THOMAS HARDY

LES FORESTIERS

*Traduction
par
Antoinette SIX*

Précédé de
PIÈGES

*par
Diane de MARGERIE*

*La Collection
P.O.L
8, villa d'Alésia, Paris 14ᵉ*

« La Collection » est dirigée
par Christophe Mercier

Cette traduction a été publiée
pour la première fois en 1930

Titre original :
The Woodlanders

PIÈGES

par
Diane de Margerie

Le social et ses lois, le regard des autres, l'autorité
familiale : dans ce récit aux apparences bucoliques et
aimables, ce sont encore eux les grands meurtriers, les
grands accusés devant le tribunal de Thomas Hardy.
Deux êtres simples, de condition modeste, étaient
promis l'un à l'autre, Grace et Winterborne. Mais le
père de Grace, Melbury, désire pour sa fille l'élévation
sociale de l'« instruction » d'où vient qu'elle devient un
être vulnérable, partagé entre des aspirations nouvelles
et la solidarité pour son ancien milieu. Le résultat de
cette autorité paternelle, d'autant plus insidieuse
qu'elle est plus hypocrite, exercée sans violence, toute
pétrie de bonne conscience parce que non dénuée
d'amour authentique, est un désastre. Il serait injuste
d'accuser Grace de lâcheté : elle est simplement victime de cet amour paternel, charnel et dominateur qui
la dénature littéralement, car il la sépare de la terre qui
est une source, pour la jeter (à travers des raisonne-
ments égoïstes) dans les bras d'un médecin intelligent,
mais volage et cruellement superficiel. Le lien entre les
deux hommes — le père et le futur mari — est le piège
dans lequel Grace va tomber, loin du rythme des saisons, de la senteur des pommes, de la croissance des
arbres, pour ne plus voir que le rêve d'une clientèle
provinciale et huppée. Ici, la situation est renversée :
Emma Bovary, c'est le médecin Fitzpiers qui reste, par

rapport au modeste Winterborne, un adolescent qui n'a pas mûri. Etrange livre où l'« instruction » est montrée sous son plus mauvais jour — celui d'un savoir livresque menant à l'aridité du cœur — étrange livre où il faudra plusieurs morts pour qu'un couple se forme, si bien que le bonheur de Grace et de Fitzpiers laisse surtout un goût d'amertume.

Déjà, dans *A la lumière des étoiles,* cruellement, l'amoureuse meurt de joie d'être réunie à celui qu'elle aimait. La cruauté de Hardy est d'autant plus perverse qu'elle chemine insidieusement pour éclater tout à coup. Qui voit (sinon trop tard) la méchanceté du chaste mari de Tess d'Uberville? L'horreur machiavélique à l'œuvre dans les stratagèmes du mari jaloux dans *L'Homme démasqué?* Le visible n'est rien, nous dit Thomas Hardy (sans pour cela nous mener dans le domaine du surnaturel ou du fantastique car nous restons toujours avec lui plongés dans le réel, le biologique et même le génétique), c'est l'invisible qui compte, la culpabilité, les liens troubles du sang et de l'hérédité. Grace ressemble beaucoup à son père par son obsession des convenances et ce jeu des ressemblances maudites est admirablement opposé à celui des affinités spirituelles. C'est le drame de ce livre que les unes tuent, alors que les autres auraient pu mener à la délivrance.

*
* *

A l'époque où, en 1887, Thomas Hardy publie *Les Forestiers,* il n'a cessé d'osciller entre les pôles de la révolte et l'inévitable résignation au destin. Après une dizaine d'œuvres déjà publiées, il tend au but atteint avec *Jude l'Obscur* et *Tess d'Uberville* : montrer le sadisme des dieux qui ne donnent la vie que pour jouer avec elle avant de la reprendre, brisant les élans de ceux qui auraient pu s'aimer s'ils n'avaient été moqués par le hasard ou le temps.

L'ironie des dieux : tel est le sujet de Hardy. Proust avait remarqué le côté obsessionnel de cette œuvre dans laquelle l'absurde défait la vie au fur et à mesure où elle se crée. Il avait insisté sur la grandeur de la répétition chez les écrivains hantés : le narrateur s'en explique avec Albertine, parlant de l'admirable monotonie musicale de l'œuvre de Vinteuil : « J'expliquais à Albertine que les grands littérateurs n'ont jamais fait qu'une seule œuvre, ou plutôt réfracté à travers des milieux divers une même beauté qu'ils apportent au monde. » De fait, livre après livre, c'est l'importance prégnante du lieu et de la nature, la pesanteur de l'hypocrisie que Hardy mêle dans un texte aussi imbriqué que la sonate de Vinteuil. Proust avait noté dans *La Prisonnière* « le parallélisme entre *La bien aimée* où l'homme aime trois femmes et *Les yeux bleus* où la femme aime trois hommes ». Ici, dans *Les Forestiers,* le chiffre trois a également une signification lourde de sens : trois femmes, en effet, se disputent l'âme et les sens de Fitzpiers : Félice Charmond, grâce à qui le médecin vit son rêve de snobisme et d'érotisme ; Suke Damson, qui le fait goûter aux joies aiguës et fugaces de la volupté ; Grace Melbury qui lui permet d'éprouver la satisfaction d'un triomphe narcissique sur un rival. Trois femmes, trois tendances de cet homme froid, calculateur et séducteur. Bien sûr, la fin du roman aux apparences heureuses cache à peine l'ironie mordante des forestiers face au nouveau couple formé. Livre puissant qui avait fortement touché Gide en 1930, à tel point qu'il écrivait dans son *Journal,* à la date du 22 août (alors qu'il devait relire ce roman, à haute voix, à Cuverville, en juillet 1937) : « J'achève ce matin les *Woodlanders.* Hardy n'a rien écrit de plus intelligent, de plus ému, de plus parfait.

C'est une perle sans défaut, d'un orient incomparable et que je préfère même au *Major*, à *Tess*, au *Return of the Native*. »

Gide et Proust ne sont pas les seuls écrivains à être touchés par Hardy : Ramon Fernandez a été profondément frappé par son don pour les scènes symboliques. Elles sont ici (surtout à la fin du roman) d'une force extrême. Le livre commence par la mutilation d'une jeune fille qui doit couper sa superbe chevelure pour parer une femme riche et frivole ; il s'achève sur la vision cruelle de pièges à loups où les êtres peuvent être déchiquetés. Les pièges : ils sont multiples, inévitables. Leurs mâchoires « au lieu de déchirer les chairs, broyaient les os... ». « On avait l'impression très nette qu'ils devaient être vivants. Ils tenaient à la fois du requin, du crocodile et du scorpion. Les dents avaient la forme de vertèbres pointues, longues de plus de deux pouces, qui alternaient étroitement quand les mâchoires se fermaient. Ouvertes, les deux moitiés formaient un cercle complet de deux ou trois pieds de diamètre... » Ces pièges de fer, inventés par les hommes, qui rendent infirmes ou donnent le tétanos, sont encore en vigueur au temps des forestiers comme fonctionneront les pièges psychologiques de la peur, de la jalousie, de l'amour vicié à sa base par la hantise d'un tiers. Ces mâchoires-symboles rappellent celles du temps, celles des principes frappés d'imbécillité, des ambitions sociales tellement éloignées des communications secrètes entre Giles Winterborne et Marty Smith : « Les aspects et les sons de la nuit, de l'hiver et du vent, qui semblaient à Grace lugubres et même surnaturels parmi ces branches impénétrables, leur étaient familiers, et ils en connaissaient la source, la durée et le rythme. Ensemble, ils avaient planté, ensemble ils avaient abattu. »

Loin de ces raisons profondes de s'aimer — instincti-ves, inscrites, violentes — comme la petite Grace Mel-bury paraît vacillante, naïve et convenue, elle qui ne désire tant Fitzpiers que parce que d'autres femmes le désirent! («Comme ces deux malheureuses ont dû l'admirer, se dit-elle. Comme il sait plaire à tout le monde! ... C'est vrai, il a du charme.»)

Les affinités, liées à la terre et à ce Dorsetshire tant aimé de Hardy, liées à son Wessex imaginaire tissé de landes et de marais, à la fois païennes, rituelles et religieuses, étaient également faites pour plaire à John Cowper Powys : dans cet univers «aveugle et incons-cient» dont les tombes sont les stèles et les signes, Powys avait perçu la grandeur d'un écrivain allant droit à l'essentiel, loin de la rhétorique et des jeux littéraires, car Hardy était proche, infiniment et humainement proche «de ces pauvres êtres en proie à la passion que le romancier voit avancer en une progression tragique au ras des bords de l'univers et, quand la procession est terminée, les ténèbres à nouveau s'établissent». Les ténèbres qui se reforment : voilà ce que Hardy cherche à percer, cherche à prévoir, sachant qu'il est impossi-ble de vaincre l'opacité, que le piège est toujours caché dans les broussailles, que la vie dévore les humains à pleines dents.

Lui, que l'on avait cru mort à peine né, survécut pour aimer douloureusement, en secret, sa cousine Tryphena; apprendre le suicide de son meilleur ami, Horace Moule; survécut pour voir décliner et pourrir son amour pour sa première femme, puis traverser les affres du regret et du remords, avant d'écrire cet épita-phe en 1922 :

« Je n'ai jamais aimé la vie : C'est elle qui m'a
*   [aimé,*
Et donc je lui devais quelque fidélité.
Elle me dit à présent : « Arrête; tu as suffisam-
*   [ment appris*
A tourner la meule d'un réticent esprit
Et je te laisse partir, non sans estime
De ce que tu n'aies réclamé aucune récompense
Ni attendu de moi plus que je ne puis donner. »

N'est-ce pas là le langage, résigné et stoïque, de Winterborne que — par amour filial — Grace Melbury n'a
pas su aimer ?

                                        Diane de Margerie.

Sources : André Gide : *Journal* (Pléiade). Marcel Proust : *La Prison-*
nière (Pléiade). Ramon Fernandez : *Messages* (Grasset, rééd. 1987).
John Cowper Powys (texte sur Hardy paru en français dans la revue
« Granit », 1973); Thomas Hardy : *A la lumière des étoiles* (Flamma-
rion, 1987). *L'Homme démasqué* (Balland, 1980).

LES FORESTIERS

PRÉFACES

Dans ce roman, ainsi que dans un ou deux autres de cette série qui soulèvent la question de mésentente conjugale, l'éternel problème reste posé : étant donné l'homme et la femme, comment fixer des règles à leur vie en commun ? Et, pour bien comprendre l'esprit du roman, il doit être entendu que pas un seul instant l'auteur ou le lecteur ne saurait mettre en doute la dépravation du cœur capricieux qui trouve qu'une tierce personne convient mieux à ses goûts que celle dont il s'est engagé à partager la vie. Si l'on considère le mariage comme une entreprise ou un contrat défini, conclu par deux individus avertis de toutes ses conséquences possibles et capables d'y faire face, ce jugement moral est évidemment logique. Et pourtant, si l'on transporte la question sur un terrain plus vaste, si l'on cherche à donner le plus grand bonheur possible aux individus de notre société humaine durant leur court passage dans ce triste monde, aucun être qui pense n'oserait prétendre que le dernier mot ait été dit sur ce contrat, et celui qui écrit ces lignes ne le prétend certes pas. Mais, comme le dit avec bonhomie Gibbon à propos des témoignages qu'il cite pour et contre les miracles : « Le devoir d'un historien ne lui impose pas de faire intervenir son jugement personnel dans cette délicate et importante controverse. »

La campagne qu'on aperçoit des hauteurs voisines du village ici désigné par le nom de « Petit-Hintock » ne peut être considérée comme inférieure en beauté à aucun paysage du même genre de l'ouest de l'Angleterre, ou même de tout le pays. Il est curieux de constater que des lieux également beaux et également accessibles peuvent être universellement réputés ou complètement ignorés. Les environs de « High Stoy » (je donne ici comme ailleurs les noms qui répondent à des aspects naturels), de « Bubb Down Hill », et à l'ouest, vers « Montacute », de « Bulbarrow », « Hambledon Hill », et à l'est vers « Sherton », « Windy Green » et « Stour Head », abondent en paysages qui, par le simple hasard d'un voyage, auraient pu être comptés parmi les sites réputés de ce siècle.

THOMAS HARDY
Septembre 1895.

On m'a fait l'honneur de tant de questions à propos du véritable nom et de l'emplacement exact du hameau de « Little Hintock », où se déroule la plus grande part de cette histoire, que je ferais aussi bien d'avouer ici une fois pour toutes que je ne sais moi-même pas où se trouve ce hameau de façon plus précise que cela ne l'est expliqué ci-dessus et dans les pages du récit. Pour faire plaisir aux lecteurs j'ai, une fois, passé plusieurs heures à bicyclette en compagnie d'un ami avec le sérieux espoir de découvrir le véritable endroit ; mais cette quête fut un échec ; bien que des promeneurs m'assurent, avec certitude, qu'ils l'ont trouvé sans difficultés, et que cela correspond, dans chaque détail, à la description donnée par le livre. En tout cas, comme cela est dit partout, les hauteurs de « High-Stoy » et de « Bubb-Down Hill » dominent le paysage dans lequel l'endroit est supposé être caché.

En ce qui concerne les occupations des personnages, l'emploi d'objets et d'instruments en fer et la disparition des toits de chaume pour les habitations ont presque mis fin au petit artisanat du bois, et au type de gens qui en vivaient.

La première édition complète des *Forestiers,* en trois volumes, date de mars 1887.

T. H.

Avril 1912.

I

Le voyageur, amoureux du passé, qui suivrait la route des diligences, aujourd'hui abandonnée, reliant presque en ligne droite Bristol à la côte méridionale de l'Angleterre, se trouverait pendant la seconde partie du trajet parmi de vastes bois coupés par des vergers. Les haies qui bordent la route ont un feuillage maigre, appauvri par l'ombre et la pluie qui tombent de ces arbres fournisseurs de bois ou de fruits ; les branches les plus basses s'étalent paisiblement au-dessus de la route, comme appuyées sur l'air immatériel.

A l'entrée de Blackmoor Vale, là où l'on aperçoit la croupe abrupte de High-Stoy Hill à deux milles devant soi, il est un endroit où, en automne, les feuilles forment un tapis si épais que la route disparaît complètement. C'est un lieu solitaire et lorsque la nuit vient, tous les joyeux charretiers aujourd'hui disparus qui suivirent cette route, les pieds meurtris qui la foulèrent, les larmes qui la mouillèrent, tout cela revient à l'esprit du voyageur.

Une grand-route abandonnée donne une impression de solitude bien plus intense que des vallons ou des collines et elle exprime le silence du tombeau plus profondément qu'une clairière ou qu'un étang. Cela tient sans doute au contraste entre ce qui est et ce qui

aurait pu être. Passer, en cet endroit, de la lisière du
bois à la route déserte, et s'y arrêter un instant, c'était,
d'une seule enjambée, passer de la simple solitude à
l'abandon total.

C'est là qu'un sombre soir d'hiver se trouvait un
homme qui venait de franchir un échalier voisin ;
maintenant qu'il était sur la grand-route, il se sentait
soudain bien plus seul. Un coup d'œil sur sa tenue
assez soignée montrait qu'il n'était pas de la campagne ;
et on voyait aussitôt à son air qu'en dépit de la grave
beauté du paysage, de la musique de la brise et du
cortège blême des voitures de jadis qui flottait sur cette
vieille route, il se préoccupait surtout de trouver son
chemin.

Il se tourna vers le nord, puis vers le sud, en frappant machinalement le sol de sa canne. D'abord, personne ne parut pour le renseigner comme il le souhaitait, et il semblait bien que nul ne paraîtrait ce soir-là,
mais bientôt on entendit le roulement lointain d'une
voiture et le bruit régulier des sabots d'un cheval, et
dans l'échancrure entre la colline et les bois parut la
voiture d'un messager.

Elle était à demi pleine de voyageurs, et surtout de
voyageuses. Il leva sa canne à son approche et la
femme qui conduisait arrêta sa voiture.

«Voilà une demi-heure que j'essaie de trouver un
raccourci pour aller à Petit-Hintock. Mrs. Dollery»,
dit-il, «mais bien que je sois déjà allé une demi-douzaine de fois à Grand-Hintock et à Hintock-House pour
affaire avec la belle dame du Château, je n'y suis plus
quand il s'agit d'aller au petit village. Vous allez pouvoir
m'aider, j'espère ? »

Elle l'en assura, lui dit qu'elle allait à Abbot's Cernel
et qu'elle passait tout près, qu'il n'y avait qu'à prendre
le chemin qui donnait sur la route qu'elle suivait.

«Mais, continua-t-elle, c'est un si petit village qu'à un
monsieur de la ville comme vous, il faudrait une bougie

et une lanterne pour le trouver si vous ne savez pas où il est. Dame ! on pourrait me payer cher pour habiter là ! A Abbot's Cernel, au moins, on voit du monde ! »

Il monta et s'assit à côté d'elle, les jambes pendantes, balayées de temps en temps par la queue du cheval.

Pour ceux qui la connaissaient bien, cette voiture faisait partie intégrante de la route. Le vieux cheval à la rude crinière couleur de bruyère, aux épaules, aux jointures et aux sabots déformés par le harnais et la fatigue depuis sa tendre jeunesse — n'aurait-il pas dû normalement brouter les herbages d'une plaine orientale, au lieu de traîner péniblement une voiture ? — était passé presque journellement sur cette route depuis vingt ans. Jusqu'à son harnachement qui était imparfait ! Le harnais trop court ne permettait pas à sa queue de passer par la croupière et la courroie postérieure pendait lamentablement de côté. Il connaissait les moindres pentes des dix milles qui séparent Abbot's Cernel de Sherton, le bourg où il se rendait, aussi exactement qu'un arpenteur qui les aurait calculées avec un niveau.

La voiture était couverte d'une bâche noire qui tombait en avant à chaque tour de roues, et au-dessus de la tête de la conductrice se trouvait un crochet auquel on suspendait parfois les guides qui s'incurvaient alors comme les chaînes d'un pont suspendu. A l'essieu pendait une chaîne dont la seule et unique fonction semblait être de cliqueter tout le long du chemin.

Comme Mrs. Dollery devait grimper et redescendre maintes fois à cause de ses clients, elle portait pudiquement des bandes molletières sous sa robe quand il faisait du vent et, en guise de chapeau, un feutre maintenu par un mouchoir pour se préserver des maux d'oreille auxquels elle était sujette.

A l'arrière se trouvait une vitre qu'elle nettoyait avec son mouchoir les jours de marché avant de partir.

Si l'on se trouvait derrière la voiture, on pouvait voir

à travers cette vitre un carré du même ciel et du même paysage qu'au-dehors, sur lequel se découpaient les divers profils des voyageurs assis qui, pendant le voyage, remuaient les lèvres et hochaient la tête dans des conversations pleines d'entrain, sans se douter, dans leur animation, que leurs tics et les singularités de leurs visages étaient de cette façon révélés avec précision aux regards du spectateur.

Ce retour du marché était pour eux le bon moment, sinon le meilleur de la semaine. Bien installés sous leur capote, ils en oubliaient les soucis du dehors et considéraient la vie ou discutaient les événements du jour avec un sourire placide. Les voyageurs assis derrière formaient un groupe à part et tandis que le nouveau venu faisait la conversation avec la propriétaire, eux se confiaient leurs impressions que le bruit de la voiture empêchait de parvenir aux oreilles de Mrs. Dollery et de son compagnon assis devant. « C'est le barbier Percomb, celui qui a la femme en cire à son étalage », dit l'un d'eux. « Qu'est ce qui peut bien l'amener ici à cette heure ? Et pas un employé encore ! mais un coiffeur installé qui ne rase plus en plein air parce que c'est pas assez relevé ! » Ils prêtèrent l'oreille, mais bien qu'il leur eût fait bonjour de la tête et parlé cordialement, le barbier semblait peu disposé à satisfaire la curiosité qu'il avait excitée ; et le flot ininterrompu de paroles qui animait l'intérieur de la voiture avant son arrivée fut désormais tari.

Ils roulaient toujours et devant eux High-Stoy Hill grandissait. Enfin, on put discerner, dans l'ombre, d'un côté de la route, à cinq cents mètres de là, des jardins et des vergers enfoncés dans un creux de terrain et, pour ainsi dire, découpés dans les bois.

De ce lieu isolé montaient silencieuses et furtives, de longues fumées que l'œil de l'imagination accompagnait jusqu'à leur source, jusqu'aux foyers paisibles où pendaient jambons et morceaux de lard.

C'était un de ces endroits perdus, situés hors du monde, où l'on trouve à l'ordinaire plus de méditation que d'action, et plus d'indolence que de contemplation, où la pensée s'aventure sur un terrain étroit pour aboutir à des conclusions de la plus haute fantaisie, mais où, cependant, de temps en temps se jouent réellement les drames d'unité et de grandeur sophocléennes, conséquences des passions qui s'y concentrent et de l'étroite interdépendance de la vie de ses habitants.

C'était là ce Petit-Hintock, objet des recherches du barbier. La nuit tombante cachait peu à peu la fumée qui montait des cheminées, mais on pouvait encore discerner la position de ce village environné de bois, aux quelques petites lumières qui scintillaient sans grand effet à travers les branches dépouillées qui portaient des oiseaux, invisibles boules de plumes sur leurs perchoirs.

A l'angle du chemin qui monte vers le hameau, le barbier descendit, et la voiture de Mrs. Dollery continua sa route vers le plus grand des deux villages dont la supériorité sur l'autre, en tant qu'exemple de va-et-vient du monde, n'était point particulièrement apparente sous le rapport des communications.

« Y a un jeune docteur très fort et très savant qui habite là où vous allez ! C'est pas qu'il y ait quelqu'un à soigner, mais on dit qu'il est d'accord avec le diable ! »

Cette remarque fut jetée au barbier de la voiture qui s'en allait, par une des femmes, avec l'ultime espoir d'apprendre ce qu'il venait faire là.

Mais il ne répondit point, et sans tarder davantage il plongea vers cette retraite ombreuse en posant prudemment le pied sur les feuilles mortes qui ensevelissaient presque complètement la route ou rue du hameau.

La plupart des habitants de Petit-Hintock trouvaient

les rideaux inutiles, puisque, à part eux-mêmes, peu de gens passaient par là, la nuit tombée ; et c'est ainsi que notre voyageur se mit à s'arrêter aux fenêtres de chaque cottage. On pouvait voir que, d'après les choses ou les gens qu'il y observait, il tâchait de déduire la situation de ceux qui y habitaient.

Seules les petites demeures l'intéressaient ; quant à une ou deux maisons dont les proportions, l'ancienneté et les vastes dépendances indiquaient que, bien que dans ce pays perdu, elles avaient dû jadis être habitées (si elles ne l'étaient plus aujourd'hui) par des gens d'un certain rang, il les négligea complètement. Une odeur de pommes, les susurrement du cidre qui fermente venant des cours d'autres habitations renseignaient sur les récentes occupations de quelques-uns de leurs habitants, et venait s'ajouter à l'odeur de pourriture qui montait des feuilles mortes.

Il passa sans résultat devant une demi-douzaine de demeures puis arriva à une maison en face d'un grand arbre, qui était tout particulièrement éclairée ; la flamme vacillante du foyer rayonnait jusqu'en haut de la cheminée, et la fumée qui en sortait avait l'air d'une vapeur lumineuse. En voyant par la fenêtre l'intérieur de la maison, il s'arrêta enfin pour observer. Elle était plutôt grande pour un cottage ; la porte qui donnait directement dans la salle était entrouverte et donnait passage à un pinceau de lumière qui coupait l'obscurité extérieure.

Par moments, un papillon de nuit, vestige de la saison passée, voletait un instant dans le champ des rayons lumineux pour disparaître à nouveau dans la nuit.

s'énerver. Vous êtes là à me tenter, tout comme le diable avec le docteur Faust dans le livre, mais je ne veux pas de votre argent, vous entendez! Pourquoi est-ce que vous êtes venu? Je vous l'ai dit dans votre magasin, quand vous insistiez tant, que je ne voulais pas vendre mes cheveux!

— Marty, écoutez-moi! La dame qui les veut y tient beaucoup. Et, entre nous, vous feriez mieux de les lui laisser. Ça ne vous rapportera rien de bon, croyez-moi, si vous refusez!

— Rien de bon? Qui est-ce, cette dame?»

Le perruquier se tut; elle répéta sa question.

«Je ne peux pas vous répondre. Et puisqu'elle part bientôt à l'étranger, qu'est-ce que ça peut vous faire, qui elle est?

— Elle les veut pour partir?»

Il fit signe que oui.

Elle le regarda d'un air pensif:

«Alors, M. Percomb, je sais qui c'est! C'est celle du Château, Mrs. Charmond!

— Ça, c'est mon affaire! mais si vous acceptez de les vendre, je vous le dirai en secret!

— Je n'accepterai certainement pas si vous ne me dites pas la vérité. Est-ce que c'est Mrs. Charmond?»

L'homme baissa la voix:

«Oui, c'est elle! L'autre jour, à l'église, vous étiez assise devant elle; elle a remarqué que vos cheveux sont exactement de la couleur des siens. Depuis, elle les veut pour ajouter à sa coiffure et elle a décidé de vous les acheter. Comme elle ne les mettra pas avant son voyage, personne ne verra la différence. Elle m'a chargé de traiter l'affaire et je dois ensuite les lui arranger. Je n'aurais pas fait tous ces kilomètres pour une autre cliente. Mais attention, hein! je perdrais tout si elle savait que j'ai dit son nom; c'est entre nous, hein, Marty! Vous ne direz rien qui puisse me faire du tort?

— Je ne vais pas aller lui raconter, dit Marty, froidement. Mais mes cheveux sont à moi, et je les garde !

— Ah ! ça, ce n'est pas bien, après tout ce que je vous ai dit, dit l'homme agacé. Vous savez, Marty, comme vous êtes de la même paroisse, et que vous habitez un de ses cottages, et qu'avec ça votre père est malade, et que ça ne lui dirait rien d'être mis dehors, vous feriez aussi bien de lui rendre service, à cette dame. Si je dis ça, c'est pour vous ! Mais je ne vais pas insister pour que vous vous décidiez ce soir. Vous allez venir au marché demain, je suppose que vous viendrez jusqu'au magasin. Si vous réfléchissez bien, vous serez toute disposée à m'apporter ce que je vous demande, allez !

— Je n'ai rien à ajouter », répondit-elle.

Son compagnon vit bien à son air qu'il n'y avait rien à en tirer par des paroles.

« Comme je sais qu'on peut avoir confiance en vous, dit-il, je vais mettre là ces deux souverains : comme cela, vous pourrez voir comme ils sont beaux. »

Il les glissa dans le cadre de la petite glace de la cheminée.

« J'espère bien, pour vous comme pour moi, que vous m'apporterez ça. Au fond, elle aurait pu se fournir ailleurs, mais puisque c'est son idée comme ça, il faut bien la satisfaire. Si vous les coupez toute seule, faites bien attention et mettez bien toutes les mèches dans le même sens. »

Il lui montra comment il fallait s'y prendre.

« Mais puisque je ne les couperai pas ! dit-elle, indifférente. Je tiens trop à ma figure pour l'enlaidir. Si elle veut mes cheveux, c'est pour trouver encore un autre amoureux ; pourtant, si tout ce qu'on dit est vrai, elle a déjà fait le malheur de plus d'un brave garçon !

— Par exemple ! c'est merveilleux ce que vous devinez bien, Marty, dit le barbier. Je le tiens de quelqu'un de sûr, il paraît qu'elle a jeté son dévolu sur un étranger. En tout cas, pensez à ce que je vous ai dit !

— C'est toujours pas avec mes cheveux qu'elle l'aura, celui-là ! »

Percomb s'était avancé vers la porte. Il revint sur ses pas, planta sa canne sur le tabouret, et, la regardant dans le blanc des yeux :

« Marty South, dit-il en appuyant sur tous les mots, c'est vous qui avez un amoureux, et c'est pour ça que vous ne voulez pas vous en défaire, de vos cheveux ! »

Elle rougit au point de dépasser cette légère teinte de pourpre qui suffit à embellir un visage ; elle enfila le gant de cuir, prit la serpe de l'autre main, et se remit obstinément à l'ouvrage sans plus lever la tête. Il l'observa un instant, se dirigea vers la porte et repartit en lui lançant un dernier regard.

Pendant quelques minutes, Marty continua sa besogne, puis, posant soudain son outil par terre, elle se leva d'un bond, alla au fond de la pièce et ouvrit une porte qui donnait sur un escalier dont les marches étaient si soigneusement récurées que le grain du bois en était presque disparu.

Arrivée en haut, elle s'approcha doucement d'une chambre à coucher et, sans entrer, demanda :

« Père, avez-vous besoin de quelque chose ? »

Une faible voix répondit que non et ajouta :

« J'irais tout à fait bien demain, s'il n'y avait pas cet arbre.

— Encore cet arbre ! toujours cet arbre ! Allons, père ! ne vous faites pas de souci pour ça. Vous savez bien qu'il ne peut rien vous faire, cet arbre !

— Qui est-ce qui causait avec toi, en bas ?

— Un homme de Sherton qui passait, rien d'important, dit-elle doucement. Père, continua-t-elle, est-ce que Mrs. Charmond aurait le droit de nous mettre dehors, si elle voulait ?

— Nous mettre dehors ? Non ! Personne ne pourra

nous faire partir tant que ma pauvre âme tiendra à mon corps. C'est un bail à vie, comme celui de Giles Winterborne. Quand ma vie sera finie, ça lui reviendra ; pas avant ! »

Jusque-là ses paroles étaient raisonnables et sensées, mais bientôt il recommença sa plainte :

« Et c'est cet arbre qui m'achèvera, cet arbre sera ma mort !

— Allons donc ! qu'est-ce que vous dites là ? Comment voulez-vous, voyons ? »

Elle se tut et redescendit l'escalier.

« Dieu merci, se dit-elle, ce qui est à moi, je le garde. »

III

Les lumières du village s'éteignirent une à une : il n'en resta bientôt plus que deux qui brillaient dans l'ombre. L'une d'elles venait d'une maison sur la colline, celle du jeune médecin d'accord avec le diable, dont nous parlerons plus tard ; l'autre venait de la fenêtre de Marty South. Celle-ci sembla s'éteindre à son tour quand Marty se leva sur le coup de dix heures pour suspendre aux vitres un épais rideau d'étoffe.

Il fallait laisser la porte entrouverte, comme dans la plupart des cottages, à cause de la fumée ; mais, pour voiler le pinceau de lumière qui en sortait, elle suspendit là aussi une étoffe épaisse. Elle était de ces gens, qui, lorsqu'ils sont obligés de travailler plus dur que leurs voisins, préfèrent autant que possible garder secrète cette nécessité et, à part le bruit léger du bois qu'elle coupait, nul passant n'aurait pu se rendre compte qu'on ne dormait pas dans ce cottage comme dans les autres.

Onze heures, minuit, une heure sonnèrent ! le tas de baguettes grandissait, la pile de copeaux et de brisures montait. Même la lumière de la colline s'était éteinte et elle travaillait toujours. Lorsque la température de la nuit la fit frissonner, elle ouvrit un grand parapluie bleu pour se garantir du courant d'air de la porte. Les deux souverains d'or la regardaient du haut de la glace comme deux yeux jaunes faisant le guet pour saisir le moment propice. Chaque fois que la lassitude la faisait soupirer, elle levait les yeux vers eux, mais les baissait aussitôt en caressant ses tresses comme pour s'assurer qu'elles étaient toujours là. Quand trois heures sonnèrent, elle se leva et lia ses baguettes en un paquet semblable à ceux qui étaient contre le mur.

Elle s'enveloppa d'une longue écharppe de laine rouge et ouvrit la porte. La nuit la plus noire l'attendait sur le seuil, semblable à un abîme sans fond, à ce Ginnung-Gagap antérieur au monde, auquel croyaient ses ancêtres teutons. Ses yeux étaient encore tout pleins de lumière et il n'y avait point de réverbère ou de lanterne pour servir de douce transition entre la clarté du logis et les ténèbres du dehors. Du bois voisin, une brise attardée apportait le gémissement de deux branches trop chargées qui se blessaient en se touchant, et les voix plaintives d'autres arbres mêlées aux cris de la hulotte et aux battements d'ailes d'un ramier maladroit basculant sur sa branche.

Mais les pupilles de ses jeunes yeux se dilatèrent bientôt et elle put voir suffisamment pour se diriger. Un fagot sous chaque bras, guidée par la ligne dentelée des cimes des arbres qui se découpait sur le ciel, elle descendit le chemin pendant une centaine de mètres jusqu'à un long hangar ouvert, jonché de feuilles mortes, comme tout aux alentours.

La nuit, être étrange, qui apporte dans les maisons défiance de soi et idées noires, mais qui, en plein air, bannit ces soucis imaginaires et futiles, donnait à Marty South une allure plus alerte et moins préoccupée. Elle posa les fagots par terre, puis retourna en chercher d'autres, faisant ainsi la navette jusqu'à épuisement de son stock. C'était là la remise du grand négociant du pays, M. George Melbury, marchand de bois, Ecorces et Bûches, pour lequel le père de Marty travaillait aux pièces. Cette remise faisait partie des vastes dépendances qui entouraient sa maison d'habitation, bâtisse irrégulière, dont, à cette heure tardive, on percevait encore les immenses cheminées. Les quatre énormes chariots dans le hangar avaient été construits d'après d'anciens modèles qui ont été remplacés depuis par des formes plus nouvelles ; ils s'élargissaient et bombaient à la base tout comme les vénérables vaisseaux de ligne de Trafalgar avec lesquels, de toute évidence, ils avaient plus d'un point commun.

L'un d'eux était chargé de mangeoires pour bergeries, un autre de claies, un troisième de longues perches de frêne, et celui au pied duquel Marty avait déposé ses baguettes était à moitié rempli de fagots semblables.

Elle reprenait haleine avec ce sentiment de soulagement qui suit une besogne accomplie à grand-peine, lorsqu'elle entendit de l'autre côté de la haie une voix de femme qui, inquiète, appelait : « George ? »

L'instant d'après elle répétait ce nom et ajoutait :

« Rentre donc, voyons, qu'est-ce que tu fais là ? »

Le hangar touchait au jardin, et avant d'avoir pu bouger, Marty y vit entrer une femme assez âgée, abritant de la main la flamme d'une bougie qui dessinait une ombre mouvante sur le visage de Marty. Ses rayons éclairèrent soudain un homme sommairement vêtu qui était là, debout, devant la femme.

Il était mince, légèrement voûté ; sa bouche était petite, nerveuse, son visage glabre ; il parcourait le sentier de long en large, les yeux fixés au sol. Marty South reconnut son patron Melbury et sa femme. C'était la seconde Mrs. Melbury, car la première était morte après la naissance de l'unique enfant du marchand de bois.

« Cela ne sert à rien de rester couché, dit-il, lorsque sa femme le rejoignit. Je ne peux pas dormir, je pense continuellement à des choses...

— Quelles choses ? »

Il ne répondit pas.

« Quoi donc ? C'est la dame du Château ?

— Non !

— Ce sont tes rentes d'Etat, alors ?

— Non ! quoique je regrette bien d'en avoir pris.

— Les fantômes des Deux frères ? »

Il secoua la tête.

« C'est pas à cause de Grace ?

— Si, c'est à cause d'elle. »

(Grace était sa fille unique.)

« Qu'est-ce qui t'inquiète à son sujet ?

— D'abord, je ne peux pas comprendre qu'elle n'ait pas répondu à ma lettre. Elle doit être malade.

— Mais non, mais non ! On se fait des idées noires comme ça, la nuit !

— Et puis, je n'ai pas placé d'argent en son nom, au cas où mes affaires péricliteraient.

— Elles marchent bien, tes affaires. Et puis, d'ailleurs, elle fera un beau mariage !

— C'est là que tu te trompes ; et c'est pour ça que je me fais du souci. J'ai arrêté un projet dans ma tête, et si ce projet se réalise, elle ne fera pas un beau mariage !

— Un projet pour qu'elle ne fasse pas un beau mariage ! répéta sa femme, interdite.

— Oui, dans un sens. C'est un projet pour qu'elle épouse quelqu'un et ce quelqu'un est pauvre ! C'est Giles Winterborne.

— Giles Winterborne ? Eh bien, c'est parfait ! l'amour remplacera l'argent. Il adore jusqu'aux pavés sur lesquels elle marche. »

Marty South sursauta et ne put s'arracher à cet entretien.

« Oui, dit l'homme, je le sais bien. De son côté à lui, je suis tranquille. Mais elle, après lui avoir fait donner une si bonne instruction et pendant si longtemps, et l'avoir rendue si supérieure à toutes les filles du pays, c'est tout de même dommage de la donner à un homme qui n'a pas une meilleure position.

— Qu'est-ce qui t'y oblige? dit-elle.

— Eh bien, voilà! Justement, Lucie, c'est pour tenir un engagement solennel que j'ai pris, parce que, dans le temps, j'ai causé un tort grave à son père, et depuis, ça m'a toujours pesé sur la conscience jusqu'au jour où j'ai vu qu'elle plaisait à Giles et où j'ai songé à cette façon de réparer.

— Tu as fait du tort au père de Giles? interrogea Mrs. Melbury.

— Oui, beaucoup de tort, dit son mari.

— Eh bien! n'y pense pas ce soir, viens! supplia-t-elle, rentrons!

— Non, non, l'air me fait du bien. Je ne resterai pas longtemps dehors. »

Il resta un instant silencieux. Puis il raconta que sa première femme, la mère de Grace, avait été la promise du père de Giles, qui l'aimait tendrement, jusqu'au jour où lui, Melbury, la lui avait soufflée pour l'épouser. Et il lui dit que la vie de l'autre en avait été empoisonnée, et que bien qu'il eût plus tard épousé la mère de Giles, il n'avait jamais été bien heureux. Marty était déjà au courant de tout cela. Melbury ajouta que, par la suite, il s'en était beaucoup voulu. Le temps passa, les enfants grandirent et semblèrent s'attacher l'un à l'autre; il résolut de faire tout ce qu'il pourrait pour réparer le mal qu'il avait causé en faisant épouser sa fille au jeune homme; il donnerait à Grace la meilleure instruction afin de faire à Giles le plus beau cadeau possible.

« Et c'est toujours mon intention, ajouta-t-il.

— Eh bien, alors?

— Mais tout cela me tracasse, dit-il, car j'ai l'impression que je la sacrifie pour racheter ma faute, et je viens souvent ici pour regarder ça. C'est pour cela que je suis encore descendu cette nuit!

— Pour regarder quoi ? » questionna sa femme.

Il lui prit la bougie des mains, éclaira le sol et souleva une tuile qui se trouvait dans l'allée.

« C'est la trace qu'a laissée son soulier lorsqu'elle est venue jusqu'ici la veille de son départ, il y a longtemps déjà. Je l'ai recouverte ensuite, et quand je viens la regarder, je me redemande pourquoi il faudrait sacrifier ma fille à un homme sans fortune.

— Ça n'est pas à proprement parler de sacrifice, dit la femme. Il l'aime et c'est un brave et honnête garçon. Si elle l'encourage, que peux-tu désirer de plus ?

— Je ne désire rien de bien précis, mais il pourrait se présenter toutes sortes d'occasions pour elle. Tiens, Mrs. Charmond qui, dit-on, cherche une jeune femme distinguée pour l'accompagner à l'étranger, comme dame de compagnie ou quelque chose comme cela, elle serait ravie d'avoir Grace.

— Rien de moins sûr. Contentons-nous de ce qui est certain.

— C'est vrai, c'est vrai ! dit Melbury, et j'espère que tout ira pour le mieux. Oui, il faut les marier aussitôt que possible et en avoir fini. »

Il continua, en regardant la trace de son pas :

« Dire qu'elle pourrait mourir et ne plus jamais poser le pied sur ce chemin !

— Elle va bientôt écrire, va ! Allons, viens, ça ne vaut rien de rester ici à ressasser toujours les mêmes choses. »

Il en convint ; mais il ne pouvait pas s'en empêcher...

« Qu'elle écrive ou non, j'irai la chercher dans quelques jours. »

Et en disant ces mots il reposa la tuile et précéda sa femme dans la maison.

C'était sans doute bien malheureux pour M. Melbury de nourrir un sentiment capable de le faire ainsi déraisonner sur la trace des pas de son enfant. La vie, en sa tyrannie, ne saurait tenir compte de telles faiblesses ; et lorsque les années s'en viennent retirer à ces cœurs trop sensibles leur promptitude à s'armer contre les tempêtes, il leur faut, comme l'humble fleur chantée par le poète, « subir les coups pressés des vents et des orages ».

Sa vie à elle, et non celle de M. Melbury, était le centre des pensées de Marty, et tout en s'en allant, elle réfléchissait à ce qui la concernait dans ce qu'elle venait d'entendre.

« C'est donc là la solution de toute cette histoire, dit-elle ; conclusion : Giles Winterborne n'est point pour moi ! »

Elle s'en retourna chez elle. Les souverains d'or la regardaient du haut du miroir, tout comme elle les avait laissés. L'air absorbé, et les larmes aux yeux, elle prit une paire de ciseaux, et elle se mit à couper sans pitié ses longs cheveux, en les attachant soigneusement, toutes les pointes dans le même sens comme le barbier le lui avait recommandé. Sur le bois blanc bien récuré du tabouret ils ressemblaient à ces herbes sinueuses qui reposent sur le lit clair d'un ruisseau.

Par pitié pour elle-même, elle ne se retourna point vers le petit miroir, car elle savait bien quelle pauvre image il lui renverrait, en lui brisant le cœur.

Son appréhension était semblable à celle de la déesse de ses ancêtres qui redoutait de voir son image dans la source lorsque Luc-le-Mauvais lui eut ravi sa chevelure. Elle se força à agir, fit un paquet de ses cheveux, le ficela, puis éteignit le feu et monta se coucher, non sans avoir improvisé un réveil-matin d'une bougie et d'un caillou attaché à un fil.

Mais une telle précaution était bien inutile cette nuit-là. Après s'être retournée et agitée jusqu'à cinq heures dans sa mansarde, Marty entendit au-dessus de sa tête les moineaux sortir de leurs longs nids de chaume par les trous des larmiers ; alors elle se leva, elle aussi, et descendit.

Il faisait encore nuit, mais elle se mit machinalement à accomplir ces gestes et ces actes préliminaires, qui, pour une maîtresse de maison, accompagnent l'avènement d'un jour nouveau. Elle entendit le roulement des charrettes de M. Melbury; là aussi, le labeur quotidien avait commencé.

Une brassée de fagots jetés sur les cendres encore chaudes fit monter une flamme joyeuse et projeta soudain l'ombre démesurée de ce qui restait de sa chevelure.

A ce moment, elle entendit un pas s'approcher de la porte.

«Est-ce qu'on est levé? s'enquit une voix qu'elle connaissait bien.

— Oui, monsieur Winterborne, dit Marty, se coiffant précipitamment d'un bonnet de toile qui dissimula entièrement les ravages récents des ciseaux. Entrez!»

La porte s'ouvrit pour laisser passage à un homme, un peu trop âgé pour un amoureux, un peu trop jeune pour un homme d'affaires, bien qu'au fond il remplît à la fois ces deux fonctions. On lisait la réserve dans son regard, et sur ses lèvres la maîtrise de soi.

Il avait à la main une lanterne qui, montée sur pivot, projetait en se balançant des formes fantastiques sur les parties les plus sombres des murs et du plafond.

Il lui dit qu'il était entré en passant pour la prévenir qu'on n'exigerait pas de son père le travail promis, puisqu'il était malade. M. Melbury lui accordait une semaine de plus, et pour aujourd'hui on partirait avec le chargement incomplet.

«Tout est fait, dit-elle, ils sont là, dans la remise.

— Tout est fait? répéta-t-il. Alors votre père a pu travailler tout de même?»

Elle répondit évasivement et ajouta :

«Je vais vous montrer où ils sont, si vous allez par là.»

Ils sortirent ensemble, et marchèrent côte à côte; les

dessins lumineux que les perforations de la lanterne projetaient jusqu'au brouillard là-haut paraissaient gigantesques comme s'ils montaient jusqu'à la voûte des cieux. Ils n'avaient rien à se dire et ne disaient rien. Quoi de plus concentré et de plus isolé que la vie de ces deux êtres qui marchaient ensemble à cette heure solitaire qui précède le jour, à cette heure où les ombres grises, ombres réelles de la nuit, ombres forgées par notre esprit sont d'un gris si sombre? Et pourtant leur destinée solitaire n'était point indépendante; elle n'était qu'une partie de ce vaste dessin dont la trame est tissée d'un hémisphère à l'autre, du cap Horn à la mer Blanche.

Arrivée au hangar, elle désigna les fagots. Winterborne les considéra en silence, puis se tournant vers elle :

«Je crois fort, Marty!... dit-il en hochant la tête.

— Quoi donc?

— Que c'est vous qui avez fait le travail.

— Ne le dites à personne, n'est-ce pas? Monsieur Winterborne, supplia-t-elle, en guise de réponse. Je craindrais que M. Melbury ne refuse le travail s'il savait que c'est moi qui l'ai fait.

— Mais comment avez-vous appris? C'est tout un métier!

— Un métier! dit-elle. Je m'engage à l'apprendre en deux heures.

— Oh non! miss Marty.»

Winterborne abaissa la lanterne pour examiner le tas de bois de noisetier soigneusement détaillé.

«Marty, s'écria-t-il avec une admiration sincère, votre père, avec ses quarante ans d'expérience, n'a jamais mieux taillé ses baguettes. Elles sont trop belles pour servir aux toitures, elles sont dignes d'être employées pour l'ameublement. Mais je n'en dirai rien. Montrez-moi donc vos mains, vos pauvres mains!»

Son ton tranquille et rude avait quelque chose d'affectueux et comme elle semblait hésiter à lui montrer ses mains, il en prit une et l'examina comme si c'était la sienne.

Ses doigts étaient couverts d'ampoules.

« Ils s'endurciront à la longue, dit-elle. Car si père ne va pas mieux, il faudra bien que je continue. Je vais vous aider à les mettre dans le camion. »

Sans mot dire, Winterborne posa sa lanterne par terre, souleva Marty, qui allait se pencher vers les fagots, comme il l'aurait fait d'une poupée, la plaça derrière lui et se mit à jeter le bois dans la voiture :

« Plutôt que de vous le voir faire, j'aime mieux le faire moi-même, dit-il. D'ailleurs, les hommes seront là dans un instant. Mais, Marty, qu'est-ce que vous avez fait à votre tête ? ma parole, il n'en reste plus ! On dirait une pomme plantée sur un pieu. »

Son cœur se serra et elle ne put dire un mot. Enfin, elle parvint à gémir :

« Je me suis rendue horrible, affreuse. Voilà ce que j'ai fait !

— Mais non, dit-il, je vois ce que c'est ! vous vous êtes coupé les cheveux, voilà tout ! Je vois maintenant !

— Alors pourquoi cette histoire de pomme et de pieu ?

— Montrez-vous un peu ! »

Pour toute réponse, elle s'enfuit dans l'ombre attardée. Il ne tenta pas de la suivre. Lorsqu'elle eut atteint la maison de son père, elle s'arrêta sur le seuil et se retourna. Les hommes de M. Melbury étaient arrivés et chargeaient le camion : à distance leurs lanternes semblaient entourées de cercles blêmes, comme des yeux las de veiller. Durant quelques instants elle les regarda atteler les chevaux, puis elle rentra.

IV

Il y avait maintenant dans l'air des signes manifestes de l'approche du matin, et bientôt, tel un enfant mort-né, parut le visage blême d'un jour d'hiver sans soleil.

De tous côtés les forestiers étaient déjà en mouvement, car à cette époque de l'année, à l'heure où ils se levaient, c'était encore la nuit complète, moins lugubre que ce petit jour blafard. Depuis plus d'une heure, bien avant qu'un seul oiseau eût sorti la tête de son aile, vingt lumières avaient surgi dans vingt chambres, vingt paires de volets s'étaient ouvertes et vingt paires d'yeux avaient inspecté le ciel pour présager du temps de la journée.

Les hiboux qui avaient attrapé des souris dans les hangars, les lapins qui avaient rongé les choux du jardin, les belettes qui avaient sucé le sang des lapins, découvrant que leurs voisins les hommes commençaient à s'agiter, se retirèrent discrètement de la scène, invisibles et cois jusqu'à la tombée de la nuit.

Le jour vint préciser l'ensemble de la propriété de M. Melbury, dont les remises n'étaient que des bâtiments détachés. Elle formait trois côtés d'un quadrilatère et comprenait toutes sortes de bâtiments dont celui du centre, plus grand, était la maison proprement dite. Le quatrième du côté du rectangle était la route. C'était une demeure dont l'apparence respectable, vaste et presque solennelle, indiquait — avec ce qui restait dans le voisinage d'autres demeures semblables — que Petit-Hintock avait dû autrefois être plus important qu'il n'était aujourd'hui. La maison, sans aucun caractère d'antiquité cependant, était fort avancée en âge, trop vieille pour qu'on pût la trouver démodée, point assez pour qu'on pût la classer comme historique, déjà décrépite, pas encore patinée. De l'époque des premiers George, qui n'est pas encore très lointaine, elle vous regardait, plus évocatrice que les monuments cent fois plus anciens et plus vénérables qui s'adressent à nous du fond de la nuit médiévale. Visages, vêtements, passions, gratitudes et rancunes des ancêtres qui avaient été les premiers à regarder par ces fenêtres rectangulaires et à passer sous la clé de voûte de cette porte, tout cela pouvait se deviner et se déduire de leurs équivalents rustiques d'aujourd'hui.

C'était une maison dont les échos retentissaient de vieilles et bizarres histoires de famille, encore perceptibles à qui sait écouter, tandis que les châteaux forts et les cloîtres restent muets et sans nulle résonance.

La façade du côté du jardin n'avait guère changé et il y avait un petit porche et une entrée par là. Mais la porte principale donnait sur le carré du côté de la route, jadis véritable entrée cochère qui servait aujourd'hui à abriter charpentes, fagots, claies et autres produits de la forêt.

Elle était séparée du chemin par un mur tout couvert de lichen, où s'ouvrait une grille flanquée de deux piliers de guingois surmontés chacun d'une boule de pierre blanche.

Sur la gauche était un long bâtiment qui s'étendait en profondeur et qui servait d'atelier pour fendre et scier le bois, fabriquer des mangeoires, et tout ce qui concernait le bois de charpente en général. En face se trouvaient les remises où Marty était allée déposer ses baguettes.

Winterborne y était resté après le brusque départ de la jeune fille pour surveiller le chargement. Il était en rapport avec la famille Melbury de bien des façons. En plus de cette sorte de parenté sentimentale qui venait de ce que son père avait aimé la première Mrs. Melbury, sa tante avait épousé le frère du marchand de bois et émigré avec lui bien des années auparavant, et cette alliance suffisait à placer Winterborne — bien qu'il fût moins riche qu'eux — sur un pied d'intimité avec les Melbury. Comme dans la plupart des villages isolés, les mariages entre parents étaient aussi fréquents parmi les habitants qu'ils l'étaient chez les Habsbourg et on comptait à peine deux maisons dans tout Petit-Hintock qui ne fussent pas unies par quelque lien matrimonial.

C'est ainsi qu'existait entre Melbury et le jeune homme une sorte d'association originale, association fondée sur le principe de l'échange et basée sur un contrat tacite suivant lequel chacun agissait envers l'autre de la façon qui lui semblait la plus juste. Melbury, avec son affaire de bois, avait surtout besoin de main-d'œuvre en hiver et au printemps; les pommes et le cidre de Winterborne exigeaient du camionnage et du travail en automne. Si bien que des chevaux, des camions et dans une certaine mesure des hommes étaient mis à sa disposition dès que les pommes commençaient à tomber; lui, à son tour, venait comme aujourd'hui, au plus fort de la saison des coupes de bois, offrir ses services à Melbury.

Il allait quitter la remise lorsqu'un gamin vint lui dire d'attendre M. Melbury. Winterborne alla donc jusqu'à l'atelier où quelques ouvriers étaient déjà au travail; deux d'entre eux étaient des bûcherons de passage qui venaient de Stagfoot Lane, et qui, dès la chute des feuilles, faisaient chaque année leur apparition pour disparaître en silence, l'hiver terminé, jusqu'à la saison prochaine.

Le bois de chauffage ne manquait pas à Petit-Hintock et une flambée de brindilles égayait le hangar de sa lueur qui rivalisait avec celle du jour naissant.

Dans les creux d'ombre du toit, on voyait pendre de pâles branches de lierre qui avaient grimpé entre des tuiles et qui cherchaient en vain un appui ; leurs feuilles s'étiolaient, privées de lumière ; d'autres adhéraient aux poutres avec une telle force qu'elles en soulevaient les planches qui y étaient fixées.

Outre ces ouvriers de passage, il y avait : John Upjohn, l'employé de Melbury ; un voisin qui travaillait au tour ; les Timothy Tangs, père et fils, tous deux scieurs de long, occupés dehors dans le chantier de M. Melbury ; le fermier, Cawtree, qui tenait la cidrerie, et Robert Creedle, un vieux qui travaillait pour Winterborne et qui était là, debout, à se chauffer les mains. Aucun d'entre eux n'avait rien de remarquable, sauf toutefois Creedle. Pour donner de lui une description complète, il eût fallu écrire tout un traité sur le costume militaire — car, sous sa blouse, il portait une vieille tunique de soldat qui en avait vu de rudes et dont le col dépassait le haut de la blouse — et un traité de chasse aussi à cause des hautes bottes qu'il avait ramassées Dieu sait où ; sans compter des chroniques maritimes et des récits de naufrages, car son couteau lui avait été donné par un vieux loup de mer. Mais Creedle transportait avec lui dans ses tournées paisibles ces témoins muets de guerre, de chasse et d'expéditions lointaines sans songer le moins du monde à leur passé et à leur histoire.

Le débitage du bois étant une occupation à laquelle suffit l'intelligence secondaire des bras et des mains sans qu'on ait besoin d'avoir recours à l'attention souveraine du cerveau, il s'ensuivait que l'esprit des travailleurs s'écartait considérablement des objets qui étaient devant eux, si bien que les souvenirs, histoires, récits interminables de chroniques familiales racontés à l'atelier, épuisaient complètement le sujet.

Winterborne, voyant que Melbury n'était pas arrivé, ressortit aussitôt, et la conversation, un instant interrompue par son entrée, reprit de plus belle, et parvint à ses oreilles comme un accompagnement au brouillard qui tombait goutte à goutte des branches environnantes.

La conversation avait pour thème un sujet particulièrement en faveur et souvent repris : la personne de Mrs. Charmond, la propriétaire des bois et des bosquets avoisinants.

« Mon beau-frère y m'a dit, et il n'y a aucune raison pour ne pas le croire, dit Creedle, qu'elle se mettait à table pour dîner avec une robe qui ne lui montait pas beaucoup plus haut que les coudes.

« Ah ! "mauvaise femme ! qu'il s'est dit la première fois qu'il l'a vue, ça va à l'église, ça s'assied, ça s'agenouille tout comme si ça avait les genoux graissés avec les saintes huiles, et ça répète des 'ayez pitié de nous, Seigneur' aussi régulièrement qu'un marchand qui compte son argent, et après ça, ça se met à table vêtue comme une drôlesse." Est-ce qu'elle se conduit mieux maintenant, je n'en sais rien ; on dira ce qu'on voudra, mais c'est comme ça qu'elle se tenait quand mon beau-frère y était.

— Est-ce que c'était déjà comme ça du temps de son mari ?

— Ah ça ! je n'en sais rien ! Ça m'étonnerait, avec le caractère qu'il avait. Ah ! c'en était un homme ! »

Ici, Creedle exprima ses souvenirs et son émotion en penchant lentement la tête de côté, les yeux humides.

« "Les anges du ciel eux-mêmes viendraient-ils m'en prier, Creedle, qu'y m'a dit, que vous ne resteriez pas un jour de plus à travailler chez moi." Ah oui ! il prononçait en vain le nom d'un ange du ciel aussi bien

que le vôtre ou le mien ! Et maintenant, il faut que je
m'occupe de rentrer ces fagots et demain, Dieu merci !
il faudra que je les utilise. »

A ce moment, une vieille femme entra en scène.
C'était la servante de M. Melbury, et elle passait la plus
grande partie de son temps à traverser la cour entre la
maison et le hangar aux fagots où elle venait chercher
du bois. Son visage avait deux expressions : l'une, toute
en rondeur à l'usage de la maison ; l'autre, toute en
raideur qu'elle adoptait au-dehors pour parler aux
hommes.

« Ah ! mère Oliver, dit John Upjohn, ça me fait chaud
au cœur de voir une vieille comme vous si alerte et si
vaillante, surtout quand je pense qu'après cinquante
ans les années comptent double. Mais ce matin, la
fumée de votre feu n'a pas paru avant sept heures vingt
à ma montre, et c'est tard, ça, mère Oliver !

— Si vous étiez un homme comme tout le monde,
John, je ferais peut-être attention à vos airs méprisants.
Mais vraiment une femme ne saurait être blessée,
même si un petit bonhomme comme vous lui lançait
du feu et des flammes. Tenez, ajouta-t-elle, en tendant
à l'un des travailleurs un bout de bois auquel pendait
un long boudin, voilà pour votre déjeuner, et si vous
voulez du thé, vous n'avez qu'à aller en chercher à la
cuisine.

— M. Melbury est en retard ! dit le scieur de long.

— Oui, il faisait noir ce matin. Quand j'ai ouvert la
porte, et il était tard pourtant, on n'aurait pas pu reconnaître un gueux d'un monsieur, ou John d'un
homme de taille raisonnable. Et je ne crois pas que
Monsieur ait bien dormi cette nuit. Il se fait du mauvais
sang pour sa fille, et je sais ce que c'est, moi ! J'ai pu
en verser des larmes pour la mienne ! »

Quand la vieille femme fut partie, Creedle dit :

« Il va se tourner les sangs s'il ne reçoit pas de
nouvelles de sa demoiselle. Bien sûr, l'instruction vaut

mieux que des terres et des maisons! Mais laisser une fille à l'école jusqu'à ce qu'elle soit plus grande sans chaussures que sa mère en galoches, ça c'est tenter Dieu.

— On dirait que c'est hier que c'était une gamine toujours en train de jouer, dit le jeune Timothy Tangs.

— Je me rappelle bien sa mère, dit l'ouvrier tourneur, un petit morceau menu et délicat; quand elle vous touchait la main, c'était doux comme la brise. On l'a vaccinée contre la petite vérole et elle l'a eue très fort, au moment où je sortais d'apprentissage et un fameux apprentissage encore! J'avais été là six ans et 314 jours! »

L'ouvrier tourneur appuya sur les jours, considérant sans doute que par leur nombre ils étaient autrement importants que les années.

« Le père de M. Winterborne la fréquentait à un moment donné », dit le vieux Timothy Tangs. « C'est M. Melbury qui l'a eue. C'était une enfant et elle pleurait à chaudes larmes s'il la rudoyait un brin. Quand ils rencontraient une flaque d'eau, en promenade, son mari la soulevait comme une poupée de deux sous, et la reposait de l'autre côté, sans une tache de boue. Et s'il la laisse en pension aussi longtemps que cela, il la rendra tout aussi délicate que sa mère. Mais le voici! »

Winterborne venait de voir Melbury traverser la cour. Il avait une lettre ouverte à la main et vint droit à Giles. Son air préoccupé de la veille avait complètement disparu.

« Je n'ai pas plutôt décidé d'aller voir sur place pourquoi Grace n'écrivait pas ou ne revenait pas, que je reçois une lettre d'elle. "Mon cher père, me dit-elle, j'arrive demain (c'est aujourd'hui!). Je n'ai pas jugé de vous prévenir longtemps à l'avance." Ah! la friponne! en effet! Dis-moi, Giles, puisque tu vas aujourd'hui au marché de Sherton avec tes pommiers, pourquoi ne

nous y rejoindrais-tu pas, Grace et moi ? Nous revien-
drions tous ensemble dans la voiture. »

Il lui fit cette proposition avec une joyeuse énergie.
Ce n'était plus le même homme qu'à l'aube. Même les
caractères les plus mélancoliques reprennent le dessus
plus vite qu'ils ne se laissent abattre.

Winterborne, malgré sa réserve habituelle, accepta
cette proposition avec empressement. On ne pouvait
douter que Marty avait de bonnes raisons de sacrifier
ses cheveux si c'était pour cet homme qu'elle désirait
les garder. Quant au marchand de bois, son invitation
avait été uniquement pour suivre son idée d'unir les
deux jeunes gens. Il s'y était résolu comme à un devoir, et il s'efforçait de le faire jusqu'au bout.

Suivi de Winterborne, il se dirigea vers la porte de
l'atelier et le bruit de ses pas y fut entendu par les
hommes que nous y avons vus.

« Eh bien ! John et Robert, dit-il en entrant, faisant
bonjour de la tête ; frisquet, ce matin !

— Ah oui ! monsieur ! » dit Creedle avec force.
Comme il n'avait pas encore réussi à trouver assez
d'énergie pour aller commencer son travail, il éprouvait
le besoin d'en mettre dans ses paroles. « On dira ce
qu'on voudra, mais il n'a pas encore fait aussi frisquet
de tout l'automne.

— Je vous ai entendu vous demander pourquoi
j'avais laissé ma fille en pension aussi longtemps », dit
M. Melbury levant les yeux de la lettre qu'il relisait à la
lueur du feu, et se tournant vers eux, avec cette brus-
querie qui lui était coutumière. « Hein, ça ! », dit-il d'un
air volontairement malin. « Eh bien ! quoique ça me
regarde, moi, et pas les autres, je vais vous le dire,
pourquoi. Quand j'étais tout gosse, un autre gamin, le
fils du pasteur, et beaucoup d'autres avec lui, me
demandèrent : "Est-ce que tu connais le 'pont aux
ânes', Melbury ?" — J'ai dit qu'en fait de pont, je
connaissais le pont qui était sur la rivière, mais que je

n'avais jamais vu d'âne dessus. Ils ont tellement ri de moi que, rentré chez moi, je n'ai pu m'endormir de honte, et cette nuit-là, j'ai pleuré à en tremper mon oreiller, mais je me suis dit : "ils peuvent bien rire de mon ignorance, pour ça c'est la faute de mon père et pas la mienne et je n'y peux rien ; mais on ne rira pas de mes enfants si j'en ai jamais, plutôt mourir !" Et, Dieu merci, j'ai eu les moyens de la laisser à l'école à raison de cent livres par an, et elle est si instruite qu'elle y restée comme institutrice pendant quelque temps. Qu'ils rient maintenant, s'ils osent ! Mrs. Charmond elle-même n'a pas reçu une meilleure instruction que ma fille Grace. »

Il y avait dans ses paroles un ton intermédiaire entre le mépris et l'émotion qui rendait toute réponse difficile.

L'intérêt avec lequel les suivait Winterborne était tel qu'il ne pouvait s'exprimer par des mots ; il écoutait, debout près du feu qu'il tisonnait machinalement avec un bâton.

« Tu seras prêt, n'est-ce pas, Giles ? continua Melbury sortant de sa rêverie. A propos, qu'est-ce qu'on racontait de neuf, hier, à Shottsford, M. Cawtree ?

— Ah bien ! c'est toujours Shottsford ; rien à faire pour y manger, si vous n'avez pas d'argent ; et pas moyen d'y boire un verre de vrai vieux, que vous en ayez ou non ! Mais, comme on dit, rien de tel que de s'en aller pour apprendre ce qui se passe au pays. Il paraît que notre nouveau voisin, ce jeune docteur, est un homme bizarre, grave et studieux, et on a de bonnes raisons de croire qu'il a vendu son âme au diable.

— Ah ! par exemple ! murmura Melbury ; toutes ces histoires le laissaient froid, mais elles lui rappelaient autre chose.

— J'ai rendez-vous avec quelqu'un ce matin même et voilà que j'avais décidé d'aller à Sherton-Abbas au-devant de la petite !

— Je me refuse à vanter la sagesse du docteur avant d'avoir entendu le récit de son pacte, dit le scieur de long.

— C'est un conte de bonne femme, dit Cawtree. Mais il paraît qu'il avait besion de certains livres de magie noire et que, pour que personne ne s'en doute dans le pays, il les a commandés directement à un libraire de Londres au lieu de s'adresser à celui de Sherton. Le colis a été distribué par erreur chez le pasteur, sa femme l'a ouvert en son absence et elle a eu une crise de nerfs en les lisant, car elle s'est figurée que son mari était devenu païen et que cela ferait du tort à ses enfants. Mais à son retour le pasteur n'en savait pas plus long que sa femme sur ces livres, et ils découvrirent qu'ils appartenaient à ce M. Fitzpiers. Aussi, il écrivit dessus "Prenez garde!" et il les lui envoya par le fossoyeur.

— Ce doit être un homme bizarre, songea le tourneur.

— Pour ça oui, dit Timothy Tangs.

— Quelle sottise! dit M. Melbury sévèrement, c'est tout simplement un homme qui aime l'étude, la philosophie, la poésie, et tout ce qui touche à la science; et comme il est seul ici, il en a fait un passe-temps.

— Possible! dit le vieux Timothy, mais c'est tout de même une chose bizarre que les docteurs : moins ils valent cher, meilleurs ils sont. Je veux dire que si on raconte sur eux des histoires comme sur celui-ci, ils vous guérissent dix fois mieux qu'un autre.

— Ça c'est vrai! insista Cawtree. Moi, je m'en vais retirer ma clientèle au vieux Jones, et j'irai chez celui-là la prochaine fois que j'aurai quelque chose qui ne va pas. Le remède qu'il m'a donné la dernière fois, le vieux Jones, n'avait absolument aucun goût. »

M. Melbury, en homme intelligent qu'il était, n'écoutait point ces racontars, d'autant plus qu'il était préoccupé par ce rendez-vous d'affaires qui lui était revenu

à l'esprit. Il arpentait la pièce de long en large, les yeux
fixés au sol, comme c'était son habitude lorsqu'il devait
prendre une décision. Cette raideur dans le bras, dans
la hanche et dans le jarret, qui se trahissait dans sa
démarche, était le résultat des divers efforts qu'il avait
dû faire en maniant des arbres et de lourdes pièces de
bois dans sa jeunesse, car il était un de ces hommes
qui sont arrivés à la force du poignet et il avait travaillé
dur. Il connaissait bien l'origine de toutes ces misères :
cette gêne qu'il avait à l'épaule gauche venait de ce
qu'il avait un jour transporté un arbre, sans aucune
aide ; cette douleur dans la jambe avait été causée par
la chute d'un orme qu'il abattait, et ce point sensible à
l'autre jambe lui était resté après avoir soulevé une
souche trop lourde. Bien souvent, après s'être couché,
épuisé par ces prodigieux efforts musculaires, il s'était
levé le lendemain matin, plus frais et plus dispos que
jamais, et ayant confiance dans le ressort de sa jeunesse, il avait répété les mêmes efforts. Mais le temps
est un traître qui n'en avait dissimulé les conséquences,
alors qu'on pouvait encore les éviter, que pour en
doubler l'effet lorsqu'il serait trop tard. Si bien qu'en
vieillissant, tout cette réserve s'était révélée sous forme
de rhumatismes, d'élancements et de spasmes dans
lesquels Melbury reconnaissait divers travaux qu'il aurait sagement évité de répéter si ces résultats pénibles
s'étaient fait sentir à l'époque où il les faisait.

Convoqué au petit déjeuner par la mère Oliver, il se
rendit à la cuisine où la famille déjeunait l'hiver pour
simplifier le ménage ; il s'assit au coin du feu, à regarder longuement les deux ombres mouvantes des che-
nets sur le mur blanchi à la chaux, l'ombre brune qui
venait de la fenêtre et l'ombre bleue qui venait du feu.

« Je ne sais que faire, dit-il enfin à sa femme. Je viens
de me souvenir que j'ai donné rendez-vous à midi à
l'intendant de Mrs. Charmond, et, pourtant, je voudrais
bien aller au-devant de Grace.

— Pourquoi ne pas envoyer Giles tout seul ? Ils n'en seront que plus tôt réunis.

— Oui, évidemment ! Mais j'y suis allé toutes les fois jusqu'ici, et peut-être sera-t-elle déçue si elle ne me voit pas.

— Ce sera toi qui seras déçu, mais pas elle, va, si tu lui envoies Giles, dit Mrs. Melbury, froidement.

— Soit, je vais l'envoyer ! »

Melbury se laissait souvent convaincre par le calme de sa femme, tandis qu'une âpre discussion n'aurait eu sur lui aucun effet. La seconde Mrs. Melbury était une femme placide, qui avait été la nourrice de la petite Grace après la mort de sa mère. Grace s'était attachée à la nourrice de toute son affection d'enfant et, finale-ment, de peur que la seule femme qui aimait sa fille ne vînt à la quitter, Melbury avait décidé la calme Lucie à l'épouser.

Il s'était bien trouvé de cet arrangement — ce n'était, au fond, pas autre chose —, la petite avait prospéré et Melbury n'avait rien regretté.

Il retourna à l'atelier et y trouva Giles auquel il fit part du changement dans leurs projets.

« Comme elle n'arrivera pas avant cinq heures, tu peux très bien avoir terminé tes affaires à temps pour la recevoir, dit Melbury. Le cabriolet vert fera l'affaire ; vous irez plus vite et vous ne serez plus sur la route quand il fera nuit. J'enverrai un des chariots pour les bagages. »

Dans son ignorance des projets que faisait le mar-chand pour le dédommager, Winterborne crut tranquil-lement que tout cela était l'effet d'un aimable hasard. Et, dans son désir, plus vif encore que celui de M. Mel-bury, d'expédier rapidement son affaire de pommiers à cidre avant l'arrivée de Grace, il se prépara à partir immédiatement.

Melbury tenait à ce que l'équipage fît bonne figure. Les roues du cabriolet n'étaient pas toujours lavées

avant une course, en hiver, la boue des routes rendant
ce travail bien inutile, mais aujourd'hui on les lava à
grande eau ; les harnais étant cirés, le cheval gris attelé,
et Winterborne sur le siège, prêt à partir, M. Melbury
parut, avec une brosse à cirage et, de ses mains, frotta
les sabots de la bête.

« Vois-tu, Giles, lui dit-il, tout en brossant, elle revient d'une belle école de la ville, et la simplicité de
chez nous pourrait la choquer. Et c'est des petites
choses comme cela qui tirent l'œil à une femme distinguée ; à force de vivre ici tout seuls, on ne remarque
pas toute cette boue qui nous couvre peu à peu ; mais
elle, venant tout droit de la ville, elle remarquera tout.

— Pour ça, oui ! dit Giles.

— Et elle nous méprisera, si on n'y fait pas attention.

— Pour ça, non !

— Non, non ! c'est vrai, je dis cela, je n'en pense pas
un mot. Elle est bien trop bonne fille pour ça. Mais
quand on pense à tout ce qu'elle sait, et à tout ce
qu'elle a vu depuis qu'elle nous a quittés, il vaut mieux
aller au-devant de ses idées. Oui, il y a un an qu'elle a
quitté notre vieille maison puisqu'elle est partie en été,
et, bien sûr, tout va lui paraître mesquin à première
vue, je dis à première vue ! »

Et le ton de M. Melbury trahissait une certaine satisfaction à sentir cette infériorité qu'il prétendait déplorer, car, enfin, cet être raffiné et moderne, c'était sa
fille après tout. Il n'en était pas de même de Giles ;
celui-ci considérait ses vêtements avec inquiétude, mais
il ne dit mot.

Il avait l'habitude, en cette saison, d'emporter avec
lui au marché un pommier spécimen, échantillon des
arbres qu'il vendait. Après avoir attaché l'arbre à la
voiture, il monta à l'avant et partit, les branches se
balançant à chaque pas du cheval. Avant qu'il se fût
éloigné, M. Melbury réapparut en criant :

« Hé, Giles ! » dit-il en accourant à bout de souffle,

avec des couvertures; « il peut faire très frais ce soir et
elle aura peut-être besoin de quelque chose pour se
couvrir. Et, à propos, Giles », ajouta-t-il quand le jeune
homme eut remis le cheval en marche, « dis-lui bien
que je serais venu moi-même sans ce rendez-vous avec
l'homme de Mrs. Charmond, n'oublie pas ! »

Il suivit Winterborne jusqu'à ce que celui-ci eût
disparu sous les branches, où, dans l'air maintenant
plus transparent, des toiles d'araignée luisaient comme
des aiguilles, tantôt longues et tantôt courtes; il vit les
ramiers s'envoler à mesure que Giles passait au milieu
d'eux et il se dit, avec ce mouvement brusque qu'il
avait dans ses moments d'émotion :

« Allons, j'espère qu'ils vont s'entendre tous les deux
et qu'on n'en parlera plus ! Mais c'est tout de même
dommage de voir une fille comme elle échoir à ce
garçon, grand dommage ! Mais c'est mon devoir, je lui
dois bien ça en souvenir de son père ! »

V

Winterborne allait bon train sur la route de Sherton-Abbas, sans rien perdre de son calme et de son sang-froid. S'il avait pratiqué l'introspection comme nos amoureux d'aujourd'hui le font de plus en plus, il aurait pu être fier de découvrir en lui cette faculté, si rare, de suspendre, dans les cas difficiles, aussi bien son émotion que son jugement. Mais il ne s'en apercevait point.

Arrivé à l'entrée d'un long chemin plat qui avait découragé plus d'un piéton au temps où, pour la plupart des gens, voyager voulait dire : aller à pied, il aperçut devant lui la silhouette bien nette d'une jeune femme en galoches, qui avançait de ce pas résolu qui indique qu'on est en route pour un but précis et non pour son plaisir. Il fut bientôt assez près d'elle pour reconnaître Marty South. Clap, clap, clap, claquaient les galoches, et elle ne se retournait point.

Pourtant, elle l'avait vu, et aurait bien voulu ne pas être rattrapée ; mais comme c'était inévitable, elle se raidit pour soutenir son regard, serra les lèvres pour que sa bouche ne trahît aucune émotion, et marcha d'un pas plus ferme encore.

« Pourquoi portez-vous des galoches, Marty ? La route est bien propre, si les chemins sont boueux.

— Ça économise mes souliers.

— Oui, mais faire douze milles en galoches! Cela va vous démolir les pieds. Allons, montez à côté de moi!»

Elle hésita, retira ses galoches, les secoua contre la roue pour en faire tomber les cailloux, et s'installa devant le pommier spécimen. Elle avait arrangé son bonnet en laissant un large bord et l'avait noué de telle façon que ses cheveux coupés étaient loin de l'enlaidir.

Giles l'avait remarqué, naturellement, et il aurait pu deviner pour quelle raison elle en avait fait le sacrifice, car de telles ventes, quoique rares, n'étaient pas chose inconnue dans le pays.

La parure que lui avait donnée la nature n'était pas bien loin; elle était là, à moins de cinquante centimètres de Giles. Dans le panier de Marty se trouvait un paquet brun, et dans ce paquet, les cheveux châtains qu'elle n'avait pas osé confier à d'autres mains, à cause de sa promesse au barbier.

Avec quelque hésitation, Giles lui demanda comment allait son père. Il allait mieux, il pourrait reprendre le travail dans un ou deux jours. Il irait même tout à fait bien sans cette idée fixe de l'arbre qui devait tomber sur lui.

«Je suppose que vous savez pourquoi je ne vous demande pas plus souvent de ses nouvelles, n'est-ce pas? dit Winterborne.

— Je crois que oui!

— C'est à cause des maisons.»

Elle fit signe que oui.

«Oui, dit-il, vous croyez peut-être, j'en ai peur, que je m'inquiète moins de sa santé que de la perte des maisons puisque c'est là la moitié de mon revenu, mais je m'intéresse aussi beaucoup à lui. Ça n'est pas bien, semble-t-il, qu'il y ait des baux à vie puisque ça mène à des sentiments si mêlés.

— Après la mort de mon père, elles appartiendront à Mrs. Charmond?

— Exactement ! »

« Elles iront tenir compagnie à mes cheveux »,
songea-t-elle.

Tout en causant, ils arrivèrent à Sherton-Abbas. A
aucun prix, elle n'accepta de remonter la grand-rue en
voiture.

« Non, non ! c'est une autre qui y a droit », dit-elle
malicieusement en remettant ses galoches. « A quoi
pensez-vous, voyons ? Merci pour le bout de chemin
dans votre belle voiture. Adieu ! »

Il rougit un peu, la regarda en secouant la tête, et
s'engagea dans la ville. Les églises, l'abbaye et les autres
monuments moyenâgeux avaient, par ce clair matin, la
netteté de lignes d'un dessin d'architecte, comme si le
rêve et la vision du maître maçon qui les avait conçus
étaient soudain projetés à travers les siècles devant les
yeux d'une génération incapable de les apprécier.

Giles vit bien l'aspect tout spécial qu'ils avaient en ce
jour transparent, mais sans pouvoir l'expliquer. Il
tourna dans la cour de l'auberge.

En suivant la même route, Marty se dirigeait rapidement vers la maison du coiffeur. Percomb était le
principal représentant de son art à Sherton-Abbas. Il
avait la clientèle de quelques rejetons de grandes familles qui avaient dû chercher refuge dans de petites
maisons de cette vieille ville ; celle du clergé local,
d'autres encore.

Pour certains, il avait confectionné des perruques,
d'autres qui l'avaient négligé de leur vivant lui donnaient en compensation leur clientèle après leur mort :
c'est à leur cadavre qu'il faisait la barbe. Et c'est ainsi
qu'il en était venu à ouvrir un magasin et à s'intituler
« Perruquier de l'Aristocratie ».

Mais ce genre de travail ne suffisait pas pour toutes
les bouches qu'il avait à nourrir, et il fallait tout de
même les nourrir ! Aussi il y avait derrière la maison
une petite cour à laquelle on arrivait par un couloir

donnant sur la rue de derrière, et dans cette cour était
une tente, et sous cette tente une installation bien
différente de celle qui ornait la façade de la grand-rue.
C'était là que le samedi soir, de sept à dix heures, il
touchait une quantité presque innombrable de pièces
de « deux pence » des fermiers qui s'y succédaient,
venus en foule des villages voisins. Et c'était ce qui le
faisait vivre.

Marty, naturellement, entra dans le magasin de la
façade et lui tendit son paquet en silence.

« Merci, dit le barbier tout joyeux. Je ne vous attendais guère, après ce que vous m'aviez dit hier soir. »

Elle se détourna, car deux larmes étaient prêtes à
jaillir à ce souvenir.

« Pas un mot de ce que je vous ai dit, murmura-t-il,
mais je vois qu'on peut avoir confiance en vous ! »

Cette démarche mélancolique terminée, elle s'en
alla, indifférente, par les rues, pour faire d'autres courses. Cela la mena jusqu'à quatre heures et elle retra-
versa la place du marché. Il lui était impossible d'éviter
d'apercevoir Giles chaque fois qu'elle repassait par là ;
comme tous les ans à cette époque, il était en plein
milieu de la place, avec son pommier, dont les branches s'élevaient par-dessus la tête des fermiers et sug-
géraient agréablement l'idée d'un verger en plein cœur
de la ville.

Lorsque ses regards tombèrent sur lui, une dernière
fois, il était un peu à l'écart, brandissant son arbre
comme un drapeau, les yeux baissés vers le sol au lieu
de faire l'article pour vendre sa marchandise comme il
l'aurait dû. A vrai dire, il n'était pas très habile à vendre
ses arbres ou son cidre, son habitude de dire tout ce
qu'il pensait lorsque, par hasard, il parlait, ne laissait
pas de lui faire du tort pour ses affaires.

Tandis qu'elle le regardait, il leva les yeux dans une
autre direction, et son visage s'éclaira de plaisir et de
surprise. Elle suivit son regard et vit s'avancer vers lui

une souple jeune fille en qui elle reconnut Miss Grace
Melbury, mais avec une autre allure et une autre distinction que celles qu'elle lui avait connues autrefois.
Winterborne, retenu par son pommier, ne pouvait aller
au-devant d'elle ; il tendit sa main libre en tenant son
chapeau, et non sans embarras il la vit traverser la boue
sur la pointe des pieds et se diriger vers le milieu de la
place où il se trouvait.

Il était visible pour Marty que Giles ne s'attendait pas
à voir arriver Miss Melbury aussi tôt. En fait, son père
avait parlé de cinq heures comme heure probable de
son arrivée et pour Giles, ce mot « cinq heures » avait
dominé toute sa journée, comme un édifice élevé
domine une plaine monotone. Et la voilà qui arrivait, il
ignorait par quel moyen, et les paroles de bienvenue
qu'il avait préparées lui manquèrent soudain.

Son visage s'assombrit en voyant qu'elle était obligée
de traverser la route et plus encore en remarquant
l'embarras qu'elle trahissait devant la perspective de
cette rencontre en plein marché, sous un pommier de
dix pieds de haut.

Ayant retiré les gants neufs qu'elle avait achetés pour
retourner chez elle, elle lui tendit la main où se dégra-
dait le rose du bout des doigts jusqu'à la blancheur de
la paume ; et cette réception sous un pommier formait
une scène assez inattendue dans les rues d'une ville.

En lui souhaitant le bonjour, les paroles et les regards
de Grace étaient un peu contraints, et cela s'expliquait
sans doute. Car Giles Winterborne, tout soigné et distingué qu'il était pour un villageois, ne laissait pas de
paraître un peu paysan à côté d'elle.

Il avait bien eu parfois, lors de ses réflexions silencieuses à Petit-Hintock, une vague intuition que les phéno-
mènes extérieurs tels que la hauteur ou la couleur d'un
chapeau, le pli d'un veston, la forme d'une chaussure, ou
une attitude à un moment donné, peuvent avoir une
influence sur l'opinion que se fait une femme de la valeur

d'un homme — opinion si souvent fondée sur des données d'ordre secondaire —, mais une certaine ironie
naturelle de son esprit à l'égard de lui-même et à l'égard
du monde entier l'avait jusqu'alors retenu de faire quoi
que ce soit sous l'influence de cette réflexion ; et cette
réserve momentanée que Grace avait manifestée tout
d'abord à sa vue était maintenant le juste châtiment que
méritait son apathie.

Dès qu'il eut trouvé quelqu'un qui voulût bien accepter ce cadeau encombrant, il lui confia son arbre et
accompagna Grace à l'auberge où il était descendu. Marty
fit un mouvement en avant pour se faire connaître de
Miss Melbury, mais elle le réprima aussitôt et se glissa
derrière une voiture, se disant amèrement : « Non, ils
n'ont pas besoin de moi », et elle se mit à considérer d'un
œil critique la compagne de Winterborne.

Il eût été malaisé de décrire Grace Melbury avec
précision, à quelque moment que ce fût.

D'ailleurs, décrire un être humain, foyer de l'univers,
quelle impossibilité ! Mais, ces réflexions philosophi-
ques mises à part, il existe sans doute peu de femmes
qui réduisent plus complètement à l'absurde tout essai
de louer sa beauté par des détails extérieurs précis.

On peut dire, en somme, que parfois elle était jolie,
et parfois pas jolie du tout, selon son état de santé ou
son humeur du moment.

Physiquement, elle avait le teint clair d'une blonde,
pâle plutôt que rose, elle était mince et souple d'allure,
l'expression de son visage révélait une tendance à laisser les autres dire leur pensée avant d'exprimer la
sienne, et peut-être même à les laisser agir avant d'agir
elle-même. Sa bouche petite et fine, qui venait à peine
d'adopter sa courbe définitive, dénotait une douceur
qui, plus tard, l'empêcherait peut-être de s'affirmer
comme il l'aurait fallu pour son bonheur. Elle avait des
sourcils au dessin net qu'un peintre eût probablement
tracés en brun Van Dyck.

Pour l'instant, il n'y avait rien de bien remarquable dans son costume, sauf qu'il lui allait fort bien, et que la mode en était nouvelle pour les rues de Sherton ; mais ce costume eût-il été plus caractéristique qu'il ne nous aurait rien révélé de plus. Car rien n'a moins de rapport avec la personnalité d'une femme que ces vêtements qu'elle n'a ni dessinés, confectionnés, taillés ou cousus, ni même vus, si l'on excepte ce vague regard d'approbation qu'elle leur accorde lorsqu'on lui dit que c'est telle forme et telle couleur qui s'impose, parce qu'il en a été ainsi décidé à cette époque.

Ce qu'on voyait d'elle à première vue était donc bien peu de chose, et, au fond, ce peu de chose n'était pas elle. Sa véritable personnalité avait, semble-t-il, bien peu de rapport avec ce que voyaient d'elle les yeux de Sherton. Elle restait dans l'ombre et on ne pouvait espérer l'apprécier qu'en rapprochant tel geste de tel regard, avec cette patience attentive que seule peut donner une tendre affection.

Ils s'attardèrent un peu avant de quitter la ville, et Marty en profita pour prendre de l'avance, afin de les éviter sur la route et pour qu'ils ne se croient pas obligés d'interrompre leur tête-à-tête en lui demandant de monter avec eux. Elle partit d'un bon pas, et à la nuit tombante, elle avait déjà parcouru un tiers de la route, sans que rien les eût signalés derrière elle. En arrivant en haut d'une côte, elle aperçut vaguement tout en bas leur voiture qui approchait, leurs têtes s'inclinaient l'une vers l'autre suivant l'impulsion de leur âme, comme les rênes rapprochent les deux têtes d'un attelage qu'on a bien en main. Elle hâta le pas. Mais devant eux et dans le même sens venait une autre voiture, aux lanternes allumées, un coupé, semblait-il.

Lorsqu'il la dépassa, assez tard, car elle marchait vite, il
faisait nuit et les lumières aveuglantes l'empêchèrent
de voir les détails de l'équipage.

Marty songea à grimper derrière le coupé afin de ne
pas forcer les deux jeunes gens à la prendre par devoir
avec eux lorsqu'ils la dépasseraient. Aussi, quand la
voiture arriva à sa hauteur, elle s'approcha des roues et
les rayons de la lanterne la plus proche la pénétrèrent.
Elle venait de passer derrière lorsqu'à sa grande surprise
le cocher, se retournant, lui demanda si elle voulait
monter. C'était d'autant plus étonnant que l'ordre en
était venu de l'intérieur de la voiture.

Marty accepta volontiers, car elle était bien lasse,
après son travail de toute la nuit et sa longue marche
de la journée. Elle monta près du cocher, se demandant d'où lui venait cette aubaine. Cet homme l'intimi-
dait et ce n'est qu'au bout d'un moment qu'elle se
décida à l'interroger.

Elle lui dit enfin :

« Qui a eu la bonté de me faire monter ?

— Mrs. Charmond », répondit son décoratif compagnon.

Marty sursauta en entendant ce nom qui avait pris
pour elle tant d'importance depuis la veille au soir.

« C'est donc sa voiture ? murmura-t-elle.

— Oui, elle est là, à l'intérieur. »

Marty réfléchit et en conclut que Mrs. Charmond
l'avait sûrement reconnue lorsqu'elle montait péniblement la côte, éclairée par la lanterne, reconnue sans
doute (puisqu'elle détournait la tête) à ses cheveux
hérissés, et elle avait dû se dire que c'était elle,
Mrs. Charmond, qui était responsable de ce ravage.

Marty South ne se trompait guère dans ses hypothèses. Dans la voiture, deux beaux yeux éclairaient un
visage en plein épanouissement ; s'ils reflétaient une
âme au mystère insondable, ils révélaient un cœur
capable d'impulsions chaleureuses — un cœur qui, à

vrai dire, pouvait parfois se passionner dangereusement. Ce soir, elle avait agi spontanément en reconnaissant la jeune fille, non sans éprouver peut-être une
certaine satisfaction à la vue de cette tête dépouillée
qui lui apprenait le succès de son ambassade.

« C'est extraordinaire qu'elle vous ait demandé de
monter », remarqua bientôt le majestueux cocher.
« C'est bien la première fois que je vois ça, car d'habitude elle ne s'occupe pas des gens du village. »

Marty ne dit plus mot, mais de temps en temps elle
se retournait pour tâcher d'apercevoir cette déesse qui,
ainsi que le disait justement le cocher, ne descendait
que rarement de son Olympe dans la Tempé de ses
villageois. Mais elle n'y parvenait pas. Elle cherchait
aussi à voir Miss Melbury et Winterborne. Parfois, les
naseaux de leur cheval touchaient presque la voiture
de Mrs. Charmond, mais ils n'essayèrent pas de la
dépasser avant qu'elle eût tourné vers le Château ; alors
seulement ils s'éloignèrent à toute allure. Le coupé
s'arrêta pendant qu'on ouvrait la grille et, dans ce court
silence, Marty entendit un murmure doux comme la
brise.

« Qu'est-ce que cela ? demanda-t-elle à voix basse.

— C'est Madame qui bâille.

— Qu'est-ce qui peut bien la faire bâiller ?

— Oh ! c'est parce qu'elle a eu une si belle vie
qu'elle s'ennuie par ici. Aussi elle va bientôt repartir.

— Etre si riche et si puissante et bâiller ! murmura la
jeune fille. La vie ne s'ajuste donc pas mieux pour elle
que pour nous ! »

Marty descendit ; la lanterne l'éclaira à nouveau, et
comme la voiture repartait, une voix lui dit : « Bonsoir »
de l'intérieur.

« Bonsoir, madame ! » dit Marty. Mais elle n'avait pas
pu voir celle qui commençait à tant l'intéresser. C'était
la deuxième fois ce jour-là qu'une femme occupait
fortement sa pensée.

VI

De leur côté, Winterborne et Grace Melbury faisaient la conversation. Pendant qu'ils quittaient la ville en voiture, tout le monde les regardait, les jeunes se disaient que Winterborne avait bien de la chance, et se demandaient ce qu'ils étaient l'un pour l'autre. Winterborne ne s'en rendait pas compte. Absorbé par cette idée qu'elle lui était confiée, il ne remarquait pas grand-chose autour de lui.

Pendant quelque temps leur conversation fut assez laconique. Grace était plutôt déconcertée, car, jusqu'au moment du départ, elle n'avait pas compris que Giles devait l'accompagner à la place de son père.

Lorsqu'ils eurent laissé derrière eux le Parc et le Château de Sherton et qu'ils furent en pleine campagne, Giles parla.

« Cela ne vous semble-t-il pas drôle de voir la ferme de Brownley sur la colline, alors qu'autrefois tous les vieux bâtiments étaient en bas ? »

Elle en convint, quoiqu'elle n'eût rien remarqué s'il n'avait pas attiré son attention.

« Ils ont eu une belle récolte d'amer-doux, ils n'ont même pas pu tout mettre au pressoir », dit-il en désignant un verger où on avait laissé quelques tas de pommes.

« Oui », dit-elle, mais c'était un autre verger qu'elle regardait.

« Mais ce ne sont pas les amer-doux que vous regardez, voyons ! vous les connaissez ! du moins, dans le temps, vous les connaissiez bien !

— Je crois fort que j'ai oublié, il fait trop nuit pour les distinguer. »

Winterborne s'en tint là. Il semblait que tout ce qu'elle avait su et tout ce qui l'avait intéressée jadis avait perdu tout intérêt pour elle. Et il se demandait si tous les souvenirs qui s'attachaient à lui s'étaient évaporés de même.

Le fait est que, pour l'instant, tandis qu'il regardait des vergers et des fermes, elle, de son côté, contemplait un spectacle bien différent : une vaste pelouse dans le faubourg aristocratique d'une grande cité, des feuillages au soleil couchant, des jeunes filles coquettement vêtues de robes aux couleurs vives, jouant et bondissant, avec des rires et des cris, dans tout l'éclat de leur jeunesse, tandis que des accords de piano et de harpe s'échappaient des fenêtres ouvertes. Et les parents de ces jeunes filles, Grace était trop femme pour n'y point songer, Giles les aurait respectueusement appelés « Monsieur » et « Madame ».

A ses yeux de vingt ans, les fermes rustiques supportaient bien mal la comparaison. La solitude de ces forêts n'empêchait pas Giles de se rendre compte de la simplicité primitive du sujet qu'il avait abordé ; il tenta de faire résonner une autre corde.

« C'est tout de même drôle, hein, ce que nous nous sommes dit dans le temps ; j'y pense encore souvent. Vous rappelez-vous ? nous nous sommes dit que lorsque vous auriez vingt ans et moi vingt-cinq...

— Enfantillages !

— Hein ? s'écria Giles.

— Mais oui, je veux dire que nous étions bien jeunes », reprit-elle plus doucement.

Cette façon directe de poser les questions lui montrait que Giles n'avait pas changé.

« C'est vrai... Excusez-moi, Miss Melbury ; vous savez, c'est votre père qui m'a chargé de venir au-devant de vous.

— Je le sais, et j'en suis bien contente », dit-elle avec un regard affectueux.

Ces paroles parurent lui faire plaisir. Il poursuivit :

« Vous étiez alors assise tout près de moi au fond de la charrette, nous revenions d'une partie de campagne, et nous étions tous serrés comme des moutons parqués pour la vente. La nuit tombait vite, et je vous ai dit... (je ne me souviens plus des mots exacts), mais j'ai passé mon bras autour de votre taille, et vous l'y avez laissé jusqu'au moment où votre père, qui était assis devant, interrompit pour allumer sa pipe l'histoire qu'il racontait au fermier. La lueur nous éclaira tous distinctement ; comme un éclair, mon bras quitta votre taille, non sans avoir été vu cependant par quelques-uns de la bande, et ils ont ri de nous. Mais, à notre grand étonnement, votre père, au lieu de se fâcher, est resté de fort bonne humeur et il n'avait pas l'air mécontent. Auriez-vous donc oublié tout cela ? »

Elle avoua que, maintenant qu'il en précisait les détails, elle s'en souvenait fort bien.

« Mais je devais être encore en robes courtes, insinua-t-elle.

— Allons donc ! Miss Melbury, cela ne prend pas avec moi ! En robes courtes ! Jamais de la vie ! Vous le savez aussi bien que moi ! »

Grace déclara qu'elle n'allait pas discuter avec un vieil ami qu'elle tenait en si haute estime, mais que dans ce cas-là, elle devait être pour le moins une vieille femme aujourd'hui, tant tout cela lui paraissait lointain.

« Mais, chez certaines gens, les amitiés de jadis revivent parfois à nouveau, ajouta-t-elle doucement.

— Chez certaines gens, elles ne meurent jamais, dit-il.

— Ce sont ces gens-là qui savent le mieux aimer, je suppose, dit-elle. Je ne prétends pas les valoir.

— Il ne s'agit pas de plusieurs, mais d'un seul ! »

Grace soupira.

« Voulez-vous que je vous parle de Bath ou de Cheltenham, ou des villes du Continent que j'ai visitées l'été dernier ? lui dit-elle.

— Avec plaisir. »

Elle se mit alors à décrire villes et gens, en évitant toutefois de parler d'elle-même, sujet qui, cependant, aurait eu tant d'attrait pour Giles. Puis, elle lui dit avec entrain :

« Et maintenant, à votre tour, racontez-moi ce qui s'est passé à Hintock depuis que j'ai quitté le village. »

« Tout ce qui peut détourner la conversation d'elle ou de moi », se dit Giles à part lui.

Et c'était vrai : la transplantation avait donné de si bons résultats avec l'esprit de Miss Melbury qu'elle avait appris à parler de tout, sauf de ce qu'elle connaissait bien, c'est-à-dire d'elle-même. Elle avait perdu les bonnes vieilles habitudes de Hintock.

Il n'avait pas été bien loin dans son récit monotone lorsqu'ils se rapprochèrent d'une voiture qui les précédait depuis quelque temps dans l'ombre. Miss Melbury lui demanda s'il savait à qui elle appartenait. Winterborne l'avait aperçue mais sans y prêter attention. Après l'avoir examinée, il lui dit que c'était celle de Mrs. Charmond.

Grace observa la voiture si bien suspendue, et sembla trouver qu'elle lui aurait mieux convenu que celle qu'elle occupait pour le moment.

« Peuh ! nous pouvons courir la poste tout aussi bien qu'eux, si ce n'est que ça, s'écria Winterborne devinant sa pensée ; et piqué au vif, il fouetta son cheval. C'est ainsi que la tête du cheval gris de M. Melbury était

arrivée tout près de l'humiliante voiture de Mrs. Charmond.

— Tiens! c'est Marty South qui est là à côté du
cocher, dit-il, la reconnaissant à sa robe.

— Ah! cette pauvre Marty! il faut que je lui demande
de venir me voir ce soir même. Qu'est-ce qu'elle fait
donc là?

— Je ne sais pas; c'est bizarre! »

C'est ainsi que ces êtres aux destins convergents
parcouraient tous la même route. Puis Winterborne,
cessant de suivre la voiture, prit le tournant qui menait
à Petit-Hintock où l'une des premières maisons était
celle du marchand de bois.

Les faisceaux de lumière qui sortaient des fenêtres
éclairaient les blancs lauriers-tins et faisaient luire les
feuilles lisses des lauriers. On apercevait distinctement
l'intérieur des pièces grâces aux flammes de l'âtre qui,
au salon, se reflétaient dans les vitres des tableaux et
de la bibliothèque, à la cuisine dans les casseroles et la
vaisselle.

« Regardons un peu cette chère maison avant de les
appeler », dit-elle.

Dans la cuisine le dîner se préparait, car si les
Melbury avaient d'ordinaire leur repas principal à une
heure, aujourd'hui on avait retardé le dîner en l'honneur de Grace. Une vieille broche branlante tournait,
fixée en son extrémité à l'un des chenêts et mise en
mouvement au moyen d'une corde qui passait sur des
poulies et qui suivait le plafond jusqu'à une grosse
pierre suspendue dans un coin de la pièce. La vieille
mère Oliver la faisait tourner avec un bruit de moulin.

Au salon, on voyait sur le mur et le plafond l'ombre
énorme de la tête de Mrs. Melbury, mais bientôt la
présence de la jeune fille fut découverte et son père et
sa belle-mère accoururent au-devant d'elle. Il y avait
chez les Melbury une certaine pudeur qui leur interdisait d'exprimer ouvertement des émotions trop fortes.

Et ceci est un trait fréquent à la campagne et assez étonnant lorsqu'on songe aux autres particularités qui différencient les villageois des citadins.

C'est ainsi qu'en dissimulant leur chaude émotion sous une conversation banale ils firent à Grace un accueil sans grandes démonstrations extérieures. Mais ce qu'ils ressentaient dépassait tellement en profondeur ce qu'ils laissaient voir que M. Melbury, en la faisant entrer, oublia complètement la présence de Giles à la porte et Grace en fit autant.

Giles ne dit mot, il fit le tour de la cour avec le cabriolet et appela l'homme qui s'occupait ordinairement des voitures (quand toutefois il n'y avait pas de conversation particulièrement intéressante dans le hangar aux fagots). Winterborne retourna ensuite à la porte avec l'intention d'entrer.

La famille était au salon, et encore toute à la joie de se retrouver au complet. Comme tantôt le feu éclairait seul la pièce, la lumière qu'il répandait sur le visage et les mains de Grace les faisait paraître étonnamment blancs et doux à côté de ceux de ses parents.

Elle irradiait les mèches folles de ses tempes comme le soleil irradie les fougères.

Son père l'observait, étonné et ravi, tant elle s'était développée et transformée dans sa taille et dans ses façons depuis la dernière fois qu'il l'avait vue.

A les voir ainsi absorbés, Winterborne restait indécis devant la porte, suivant machinalement du doigt ce qui restait des lettres gravées jadis par des générations aujourd'hui disparues que cette maison avait vu vivre et mourir.

Non, il n'irait point se joindre à eux... ils avaient oublié sa présence... Et n'était-ce point beaucoup déjà pour un seul jour de l'avoir accompagnée jusque chez elle ? Pourtant, ce n'était pas sans étonnement qu'il voyait l'insistance qu'avait montrée M. Melbury à l'envoyer au-devant de sa fille se changer en une pareille indifférence. Il prit doucement le chemin qui menait chez lui, se retourna avant d'atteindre le tournant, d'où il pouvait encore apercevoir la demeure du marchand de bois. Il essaya de deviner de quoi Grace pouvait bien parler en ce moment même et il murmura non sans ironie : « Sûrement pas de moi ! »

Et en regardant dans la direction opposée il vit se découper sur le ciel l'arête du toit et la cheminée solitaire du cottage de Marty. Sa pensée se tourna vers celle qui luttait bravement dans cet humble logis au milieu de ses fagots, de ses écumoires et de ses casseroles.

Chez le marchand de bois, pendant ce temps — Giles ne s'était pas trompé —, la conversation roulait sur des sujets où il n'avait point de part.

Le thème principal en était le changement opéré chez sa fille qui avait maintenant l'apparence et les façons d'une femme. Sa surprise était si grande que le pauvre Giles en était relégué au dernier plan.

Il parlait aussi de son entretien avec l'intendant de Mrs. Charmond le matin même, entretien auquel celle-ci avait assisté en personne pendant quelques instants. Melbury lui avait acheté des arbres longtemps auparavant, et maintenant que le moment était venu de faire les coupes, elle lui laissait toute latitude. C'était là le sujet qui les occupait précisément tandis que Giles était plongé dans ses méditations.

« Elle a si parfaitement confiance en moi que je pourrais abattre, étêter, ébrancher, n'importe quel arbre de ses bois, en fixer le prix, et conclure le marché, tout comme je l'entends. Bien sûr, je n'en ferai rien, mais tout de même, ça peut venir à point d'être en aussi bons termes avec elle. Je regrette seulement qu'elle ne se plaise pas davantage dans le pays et qu'elle n'y reste pas toute l'année.

— Je crois fort que c'est son dégoût pour Hintock plutôt que la confiance qu'elle a en toi qui la rend si accommodante », lui dit sa femme.

Après le dîner, Grace prit une bougie et se mit à parcourir d'une pièce à l'autre la vieille maison où elle se sentait presque une étrangère. Chaque recoin, cependant, et chaque objet réveillait un souvenir et le transformait à la fois. Les chambres paraissaient plus basses qu'à ses derniers séjours et la surface des murs et celle du plafond semblaient si proches que l'œil ne pouvait manquer de noter au passage tous leurs défauts et leur aspect suranné.

Dans sa chambre, qui avait pourtant un visage étranger, elle se sentait plus chez elle qu'autrefois ; la foule des petits objets qu'elle contenait la regardait, figés dans leur immobilité comme si, malgré leurs efforts, tout progrès leur avait été impossible en son absence. Au-dessus de l'endroit où elle plaçait toujours sa bougie lorsqu'elle lisait jadis jusqu'à minuit, restait encore la trace brune faite par la fumée. Elle ignorait que son père avait veillé à ce qu'on ne la nettoyât pas.

Ayant terminé son inspection de la maison, à ses yeux inutilement vaste, Grace commença à sentir la fatigue, et quand son père et sa belle-mère eurent constaté qu'elle ne manquait de rien et que le feu marchait bien, elle se prépara à se reposer. A peine avait-elle éteint sa bougie qu'il lui sembla qu'elle n'avait plus sommeil et elle regretta de s'être couchée. Elle s'amusa à écouter les bruits familiers d'autrefois et à regarder de son lit par la fenêtre. Le store était levé comme dans son enfance, et elle pouvait discerner vaguement le sommet des arbres de la colline voisine qui se détachait sur le ciel. Sous cette ligne mitoyenne de lumière et d'ombre, seul était visible un point lumineux qui scintillait derrière le balancement des branches. D'après sa position, il semblait émaner de la fenêtre d'une maison située à flanc de coteau. Cette maison était vide du temps où Grace était là et elle se demanda qui pouvait bien y demeurer aujourd'hui.

Elle ne se creusa pas longtemps la tête et elle regardait distraitement dans la direction de la lumière lorsqu'elle vit celle-ci changer peu à peu de couleur pour prendre un beau ton bleu saphir. Après quelques minutes, elle devint violette, puis rouge.

Sa curiosité mise en éveil par cette vue la fit s'asseoir sur son séant pour mieux observer ce feu étrange. Un tel phénomène, qui eût étonné partout ailleurs, était extraordinaire pour un hameau comme Petit-Hintock.

Les seuls événements diurnes ou nocturnes de ce village forestier avaient été jusque-là le résultat direct de la rotation de la terre et des changements de saisons; mais voici qu'apparaissait quelque chose d'un autre ordre et d'étranger aux compétences locales.

C'est alors que Grace entendit la maisonnée qui se préparait à monter et son père qui verrouillait toutes les portes. Puis l'escalier craqua, ses parents passèrent devant la chambre et en dernier vint la mère Oliver.

Grace se glissa hors du lit, traversa la chambre en courant et soulevant le loquet murmura : « Je ne dors pas, mère Oliver, venez donc faire un brin de causette. »

Grace avait réintégré son lit avant qu'elle entrât ; la mère Oliver posa son bougeoir et s'assit sur le bord du lit.

« Dites-moi donc ce que c'est que cette lumière que j'aperçois là-bas à flanc de coteau », dit Grace.

La vieille tourna la tête :

« Ah ! c'est chez le jeune docteur. Ça lui arrive souvent. Vous ne savez peut-être pas que nous avons un docteur dans le pays maintenant, M. Fitzpiers, qu'il s'appelle. »

Grace convint qu'elle n'en savait rien.

« Eh bien oui ! Mademoiselle, il est venu ici se faire
une clientèle ! Il appartient à une des plus vieilles familles du comté et ça ne l'empêche pas de vouloir se
rendre utile tout comme un autre. Je le connais bien !
Je vais quelquefois nettoyer chez lui, votre père m'a dit
que je pouvais y aller quand j'avais le temps. Il est
célibataire et il vit en meublé. Pour ça oui, je le
connais ! il y a des fois, il me parle tout comme si
j'étais sa mère.

— Pas possible !

— Oui, oui ! "Mère Oliver, qu'il m'a dit, un jour que
je lui demandais pourquoi il était venu s'installer ici où
il n'y a quasiment personne, je vais vous dire pourquoi
je suis venu ici. J'ai pris une carte, et j'ai marqué dessus
où se termine la clientèle du docteur Jones au nord,
celle de M. Tailor au sud, celle du petit Jemmy Green
à l'est, et celle d'un quatrième à l'ouest. Puis j'ai pris
un compas et j'ai marqué le centre du pays qui restait
entre ces limites, et ce centre c'était Petit-Hintock, et
voilà !" Mais, Seigneur, pauvre jeune homme !

— Et pourquoi donc ?

— Il m'a dit comme ça : "Mère Oliver, il y a trois
mois que je suis là et quoiqu'il y ait pas mal de monde
à Hintock et dans les villages d'alentour (et une clientèle éparpillée qui en vaut bien une autre), j'ai pas l'air
d'avoir beaucoup de clients. Et il n'y a personne à voir
et je commence à mourir d'ennui", qu'il m'a dit en
bâillant. "Heureusement que j'ai mes livres et mon
labo... laboratoire, allez ! Ah ! mère Oliver, j'étais né
pour de plus hautes distinées !" et il s'est remis à
bâiller, à bâiller !

— Croyez-vous vraiment qu'il méritait mieux ? Est-ce
qu'il est savant ?

— Savant ! Nenni ! Comment voulez-vous qu'il soit
savant ? Il sait peut-être bien remettre un membre cassé
par-ci par-là, et mettre le doigt sur votre mal si vous lui
dites à peu près où il se trouve ; mais cette jeunesse !

Qu'ils attendent de vivre aussi longtemps que moi et ils
verront alors s'ils étaient savants à vingt-cinq ans, et
avec ça, c'est un vrai malin ! il vous dit des choses
extraordinaires : "Mère Oliver, qu'y m'a dit, un au-
t'jour, je vous le dis, tout n'est rien ! Il n'y a que le moi
et non-moi en ce monde." Et y m'a dit qu'on ne
pouvait pas plus changer la marche de sa vie qu'on ne
peut changer celle d'une pendule. Ah oui ! c'est un
homme qui pense de drôles de choses ; et ses yeux ! on
dirait qu'ils voient jusqu'à l'étoile polaire !

— Il quittera bientôt le pays, sûrement !

— Je ne crois pas ! »

Grace ne demanda pas pourquoi et la vieille hésita
avant de continuer. Puis elle ajouta :

« Vous ne le direz pas à votre père et à votre mère si
je vous confie un secret ? »

Grace promit.

« Eh bien ! il parle de m'acheter, alors il n'est pas
près de partir !

— Vous acheter ! Comment cela ?

— Pas mon âme ! mon corps, quand je serai morte !
Un jour que j'étais là à nettoyer, il m'a dit :
"Mère Oliver, vous avez un grand crâne, un très
grand crâne ! Le cerveau d'une femme pèse d'ordinaire
quatre onces de moins que celui d'un homme. Mais le
vôtre est comme celui d'un homme." Et puis, hé, hé !
après m'avoir flattée comme ça un moment, y m'a dit
qu'il me donnerait dix livres pour l'avoir pour sa nato-
mie, après ma mort. Comme je ne laisse personne
après moi, je me suis dit : "Si je peux servir à mon
prochain après que je suis partie, ben tant mieux !" et
je lui ai dit que je réfléchirais et qu'il y avait bien des
chances que j'accepte et que j'empoche les dix livres.
Mais chut ! hein, c'est un secret entre nous deux ;
l'argent sera le bienvenu et il n'y a pas de mal à ça.

— Bien sûr qu'il n'y a pas de mal ! Mais, mère Oliver,

comment pouvez-vous accepter ça! Ah! j'aimerais
mieux que vous ne m'ayez rien dit!

— Je regrette si ça vous ennuie de le savoir, mais
vous inquiétez pas, allez, mam'zelle! Hé, hé! Je le ferai
attendre longtemps, vous pouvez me croire!

— Je l'espère bien! »

La jeune fille se mit alors à réfléchir si profondément
que la conversation languit et la mère Oliver, prenant
sa bougie, souhaita bonne nuit à Miss Melbury.

Cette dernière laissa ses yeux s'attarder sur cette
lointaine lueur derrière laquelle son imagination, bro-
dant sur les renseignements qu'elle venait de rececoir,
lui représentait les faits et gestes du philosophe.

Comme c'était drôle de revenir dans ce Petit-Hintock
retiré du monde et d'y découvrir, dissimulé, telle une
plante des tropiques dans une haie, un noyau d'idées
modernes et de pratiques complètement étrangères à la
vie des habitants : expériences de chimie, projets ana-
tomiques, conceptions métaphysiques, tout cela trouvait un asile bien inattendu dans ce village. Et elle resta
longtemps à rêver, imaginant les recherches de
l'homme qu'éclairait cette lumière, et les entremêlant
dans son esprit avec les conjectures qu'elle faisait sur
sa personnalité. Puis ses yeux se fermèrent d'eux-mêmes et elle s'endormit.

VII

Après un véritable kaléidoscope de rêves où passèrent pêle-mêle la personne d'un étrange alchimiste, le
squelette de la mère Oliver et le visage de Giles
Winterborne, Grace ouvrit les yeux le lendemain matin. Il faisait beau temps, le vent soufflait du nord,
compromis acceptable entre le vent d'est cinglant et
les bourrasques humides de l'ouest. De sa fenêtre elle
regarda dans la direction de la lumière de la veille, et
put à peine discerner les contours de la maison du
médecin derrière les arbres.

Au grand jour, sans le halo du mystère, cet inconnu
solitaire semblait perdre beaucoup de l'intérêt que sa
personne et ses occupations avaient su éveiller pendant
les heures sombres de la nuit ; et tandis que Grace
procédait à sa toilette, il disparut de ses préoccupa-
tions.

Cependant Winterborne, à peu près tranquille en ce
qui concernait le père, ne laissait pas de ressentir un
certain malaise devant l'attitude de la jeune fille.

Malgré son calme et sa timidité naturelle, il ne pouvait s'empêcher de regarder continuellement dans la
direction de la maison des Melbury, dans l'espoir qu'il
en verrait sortir quelqu'un.

Il fut bientôt payé de ses peines : deux personnes

apparurent : c'était M. Melbury lui-même suivi de
Grace. Ils se dirigèrent vers la partie la plus épaisse du
bois. Winterborne les suivit pensivement, et tous trois
furent bientôt sous les arbres.

Bien que ce fût maintenant l'époque où les arbres
étaient nus, il y avait dans les plantations et les taillis de
Hintock certains coins abrités où obstinément les feuilles s'attardaient plus longtemps que sur les hauteurs
battues par le vent. Il en résultait un fallacieux mélange
des saisons, si bien qu'en certains creux, des houx
couverts de baies rouges croissaient auprès de chênes
et de hêtres à peine jaunis, et de ronces dont le feuillage était d'un aussi beau vert qu'en plein mois d'août.
Aux yeux de Grace c'était là comme un tableau d'antan
qu'on aurait rajeuni.

C'était maintenant qu'on pourrait observer ce passage du beau au bizarre que subit l'aspect d'une forêt
au début des mois d'hiver. Les angles remplaçaient les
courbes, et les fins réseaux les surfaces : retour soudain
d'un style orné à des lignes primitives, comparable au
pas en arrière que ferait l'art compliqué d'une école de
peinture moderne vers la manière simpliste d'un insu-
laire du Pacifique.

Winterborne les suivait sans les quitter des yeux
tandis qu'ils avançaient parmi les profondeurs sylves-
tres. Du plus loin qu'on l'apercevait, on reconnaissait
M. Melbury à ses longues jambes, ses houseaux qui se
rétrécissaient à la cheville, à son dos légèrement voûté,
à sa façon de se perdre dans ses pensées et d'en sortir
tout à coup avec un ah! d'exclamation, et d'un brusque hochement de tête.

On aurait dit que les oiseaux et les écureuils le re-
connaissaient. Ceux-ci à son passage quittaient le sentier pour se cacher derrière un arbre dont ils faisaient
le tour à mesure que M. Melbury et sa fille avançaient
et cela d'un air moqueur comme pour dire « Hé! hé!
vous n'êtes jamais qu'un marchand de bois sans fusil. »

Ils avançaient sans bruit sur des tapis de mousse
veloutée, puis, marchant sur des feuilles sèches qui
craquaient sous leurs pas, ils frôlaient des troncs aux
racines moussues telles des mains gantées de vert,
dépassaient des trembles et des ormes aux grandes
fourches creuses remplies d'eau qui, les jours de
pluie, débordaient en vertes cascades. Sur des arbres
plus vieux encore, poussaient des champignons
comme d'énormes verrues. Ici, comme partout ailleurs, s'avérait, d'une façon aussi évidente que dans
les taudis populeux de nos villes, cette impuissance
universelle qui caractérise le monde : les feuilles
étaient déformées, les courbes mal venues, le galbe
imparfait ; le lichen rongeait la vigueur de la branche,
le lierre étranglait lentement le jeune arbre en pleine
sève.

Ils pénétraient maintenant dans une futaie de hêtres
sous lesquels plus rien ne croissait ; les jeunes rameaux
gardaient encore leurs feuilles écarlates que la brise
faisait cliqueter comme les feuilles métalliques du bois
de la Fable.

Jusqu'ici, grâce aux taches claires de la robe de
Grace, Giles avait pu les suivre des yeux, mais maintenant il les perdit de vue, et il dut se laisser guider par
son oreille ; c'était assez facile, à vrai dire, car sur leur
passage les ramiers quittaient leur abri à grand fracas,
heurtant les branches avec une violence à se briser les
ailes. Suivant ce bruit comme une piste, il arriva bientôt à un échalier. Etait-ce la peine d'aller plus loin ? Il
examina le sol humide au pied de la barrière, et à côté
de la large empreinte d'une grosse semelle, il en vit
une plus menue, faite par un soulier d'une forme inconnue dans le village. Cela lui suffit ; il franchit la
barrière, et alla de l'avant.

La forêt avait changé de caractère ; les arbres les plus
petits avaient toutes leurs ramures inférieures rongées
par les lapins, et en divers points, des tas de fragments

de bois, à côté de souches récentes, se détachaient en clair dans le sous-bois.

On avait fait des coupes importantes cette année, c'est ce qui expliquait les éclats de voix qu'il entendit bientôt. Une sorte d'aboiement humain vint lui rappeler qu'il avait ce jour même une vente de bois et de fagots. Melbury s'y touvait certainement. Winterborne décida que lui aussi avait besoin de fagots et s'avança. Un groupe important d'acheteurs entourait le crieur ou le suivait lorsque, pendant les intervalles, il errait d'un lot à l'autre tel un philosophe péripatéticien dispensant ses leçons sous les ombrages du lycée. Ses compagnons étaient des marchands de bois, agriculteurs, fermiers et villageois, forestiers pour la plupart, et qui, de ce fait, pouvaient se permettre d'exhiber des cannes originales ; ces cannes étaient empruntées à de véritables monstres végétaux ; la plupart étaient en bois d'épine noir et blanc tordu en spirale par le lent supplice qu'un chèvrefeuille lui avait infligé durant sa croissance, à la manière des Chinois, qui, dit-on, compriment des êtres humains pendant leur tendre enfance pour en faire des nains grotesques. Deux femmes, une veste d'homme sur leurs robes, formaient l'arrière-garde, avec une petite charrette contenant du pain et du fromage, un tonneau de bière forte pour une élite et des sceaux à lait remplis de cidre où les autres allaient puiser à leur guise.

Le crieur, qui savait s'adapter au milieu, se servait de sa canne en guise de marteau et il adjugeait chaque lot d'un bon coup frappé sur ce qui se trouvait à sa portée : le crâne d'un gamin, ou les épaules d'un spectateur qui n'était là que pour goûter la bière. Tout cela eût été du plus haut comique sans la gravité empreinte sur son visage qui montrait bien que c'était là l'effet d'une distraction due à l'urgence des affaires et non une excentricité intempestive.

M. Melbury restait un peu à l'écart des péripatéti-

ciens, et Grace lui donnait le bras. Ses habits à la
dernière mode détonnaient presque dans ce milieu où
tout était suranné et faisaient ressortir le caractère
rustique de tout son entourage qui eût encore gagné à
se voir comparer avec d'autres échantillons modernes.
Grace suivait des yeux la vente avec cet intérêt attaché
aux souvenirs qui renaissent après un temps d'oubli.

Winterborne alla se placer tout près d'eux ; le marchand de bois lui dit quelques mots et continua son
achat. Grace continua de lui sourire. Pour justifier sa
présence, Winterborne se mit à faire monter un lot de
bois et de fagots dont il n'avait nul besoin, enchérissant
machinalement, l'esprit ailleurs, et la voix du crieur lui
semblait devenir l'un des sons naturels et familiers de
la forêt.

Des flocons de neige tombèrent ; un rouge-gorge
inquiet à la vue de ces signes d'un hiver tout proche,
et voyant qu'il n'y avait rien à craindre du côté des
humains, alla se percher sur le tas de fagots mis en
vente, et dévisagea le vendeur dans l'attente d'une
miette qui tomberait du panier à pain.

Debout derrière Grace, Winterborne regardait descendre un flocon qui s'accrochait à une boucle de ses
cheveux ; un autre choisissait son épaule, un troisième
le bord de son chapeau ; cela occupait son attention à
tel point qu'il menait son enchère de façon bien incohérente ; et lorsque de temps en temps le crieur se
tournait vers lui avec un « adjugé M. Winterborne », il
ignorait complètement s'il avait acheté des fagots, des
perches ou des bûches.

Il déplorait le changement d'humeur du père de
Grace, qui la gardait serrée contre lui, alors que tout
dernièrement il paraissait si désireux de considérer
leurs fiançailles comme un fait accompli. Ainsi absorbé,
et ne prenant part à aucune conversation sauf lorsque
les autres acheteurs l'interpellaient directement, Giles
suivit les uns et les autres çà et là jusqu'à la fin de la

vente, et ce fut alors qu'il se rendit compte pour la première fois des achats qu'il avait faits.

Des centaines de fagots et divers lots de bois avaient été inscrits à son nom, alors que tout ce qu'il lui fallait, c'était quelques bottes de brindilles à l'usage de Robert Creedle pour chauffer le four et allumer les feux.

La vente terminée, il se tourna vers le marchand de bois pour lui parler. Mais Melbury était bref et distant, et Grace elle-même avait l'air froissé et son regard semblait chargé de reproches. Winterborne découvrit alors qu'à son insu il avait enchéri contre Melbury et qu'il lui avait soufflé sans le vouloir tous ses lots préférés. Après quelques paroles brèves ils le quittèrent et prirent le chemin du retour.

Giles était tout interdit à l'idée de ce qu'il avait fait et il restait là seul sous les arbres, alors que tous les autres avaient disparu en silence. Il vit Melbury et sa fille arriver à la hauteur d'une clairière sans se retourner. Ils la traversaient d'un pas lent lorsqu'une dame à cheval apparut à quelque distance, se dirigeant vers eux. Melbury salua, et elle arrêta sa monture. De toute évidence Grace et son père étaient maintenant en conversation avec l'amazone, en qui il lui semblait reconnaître Mrs. Charmond, moins par son aspect que par la livrée du groom qui s'était arrêté à quelques mètres de là.

Ils ne se séparèrent qu'après s'être arrêtés assez longuement, non sans avoir, apparemment, beaucoup parlé. Et quand Melbury et sa fille poursuivirent leur route, c'était, semblait-il, d'un pas plus léger.

De son côté Winterborne prit le chemin du retour. Il se refusait à laisser cette froideur s'insinuer entre lui et les Melbury pour une cause aussi futile, et le soir il se rendit chez eux.

En s'approchant de la grille, son attention fut attirée par la fenêtre d'une chambre qui s'éclairait. Grace y allumait plusieurs bougies, la main droite levant le rat

de cave, la main gauche sur la poitrine, le visage
pensivement tendu vers chacune des mèches qui s'al-
lumaient comme si, dans la flamme qui montait, elle
voyait grandir une vie. Il se demandait ce que signifiait
ce soir-là pareille illumination.

En entrant il trouva le père et la belle-mère dans un
état de joie contenue qu'il cherchait en vain à comprendre.

« Je regrette bien mon enchère de cet après-midi, dit
Giles. Je ne sais pas ce que j'avais ; je suis venu pour
vous dire que tous les lots que vous pouvez désirer
vous appartiennent.

— Oh ! laisse donc cela, dit le marchand de bois avec
un geste de la main. J'ai tant d'autres choses en tête
que j'en ai quasiment oublié cette histoire-là. Pour
l'instant, c'est un sujet étranger aux affaires qui m'oc-
cupent, aussi n'y pense plus. »

Comme le marchand lui parlait d'un ton condescendant, Giles se tourna vers Mrs. Melbury.

« Grace va demain au Château, dit-elle avec calme.
Elle est en train de s'occuper de ses affaires. Elle a
même probablement besoin de mon aide en ce moment. »

Et Mrs. Melbury quitta la pièce.

Rien n'est plus extraordinaire que cette indépendance de la langue par moments. M. Melbury n'ignorait
pas que ses paroles n'étaient pas loin de comporter
une certaine vantardise, or il méprisait les vantards et
les blâmait souvent dans ses conversations avec Giles.
Et pourtant, chaque fois qu'il était question de Grace,
malgré lui son jugement perdait le contrôle de ses
paroles.

Ce fut avec surprise et plaisir, mais non sans quelque
inquiétude, que Winterborne apprit la nouvelle. Il répéta les paroles de Mrs. Melbury.

« Mais oui, s'écria l'orgueil paternel, heureux qu'on
vienne lui tirer ce qu'en aucun cas il n'aurait pu garder.

En revenant du bois cet après-midi, nous avons rencontré Mrs. Charmond à cheval. Elle avait à me parler
affaires et fit ainsi la connaissance de Grace. C'est
merveilleux comme Grace lui a plu en l'espace de
quelques minutes ; cette franc-maçonnerie de l'instruction les a rapprochées immédiatement. Naturellement,
elle n'en revenait pas qu'un tel article pût sortir de
chez moi. Ah ! ah ! Cela se termine pour Grace par une
invitation à venir au Château. Aussi elle est fort occupée en ce moment avec ses fanfreluches et ses colifi-
chets. »

Comme Giles restait songeur et sans répondre, Melbury ajouta :

« Mais je puis l'appeler.

— Non, non n'en faites rien, puisqu'elle est occupée. »

Melbury, devant l'attitude du jeune homme, eut le
sentiment qu'il avait été trop loin. Il s'en voulut immédiatement, son expression changea, et plus bas, non
sans effort, il ajouta :

« Elle est pour toi, Giles, tout au moins en ce qui me
concerne.

— Merci ! merci bien, monsieur. Mais puisque vous
ne m'en voulez pas pour cette malheureuse vente, je
crois que je ne vais pas la déranger pour le moment, je
vais rentrer et je viendrai dire bonjour une autre fois. »

En partant, Giles leva les yeux vers la chambre.

Grace, entourée d'un nombre suffisant de bougies
pour répondre aux besoins de son œil critique, était
debout devant une psyché achetée tout récemment
pour elle par son père. Elle avait son chapeau, son
manteau et ses gants, et lançait un regard par-dessus
son épaule pour juger de l'effet général. Son visage
s'éclairait de cette joie naturelle chez une jeune fille
qui espère inaugurer le lendemain des relations étroites
avec une nouvelle amie, à la fois intéressante et in-
fluente.

VIII

C'est vers ce fameux rendez-vous qui l'avait poussée à allumer six bougies pour l'arrangement de sa
toilette que Grace Melbury se dirigeait le lendemain
matin, d'un pas élastique. Le sentiment d'être appré-
ciée à sa propre valeur dans son village même lui
remplissait le cœur d'une gratitude infinie. Elle
s'avançait, remplie d'une émotion qu'elle s'en allait
porter vers l'inconnu.

Elle traversa des taillis, franchit une barrière, parcourut un plateau gazonné ; vingt minutes après elle se
trouvait au bord d'une profonde vallée d'où surgissait
le Château immédiatement au-dessous d'elle.

Le décrire comme s'élevant dans un vallon exprime-
rait mal sa situation ; il était niché dans un creux, mais
c'était un creux rempli de beauté. De l'endroit où se
trouvait maintenant Grace, on aurait pu facilement lancer une pierre par-dessus ou même dans les cheminées
chargées de nids de la maison. Les murs étaient cou-
ronnés d'un parapet à créneaux derrière lesquels on
apercevait ses toits d'un gris de plomb, avec leurs
gouttières, leur couverture, leurs combles, leurs lucar-
nes, et aussi les lettres et les dessins que certains y
avaient gravés.

La façade, en pierre de taille des carrières de Ham-

Hill présentait, comme bien des manoirs, des fenêtres Renaissance à meneaux et à plates-bandes.

Les moellons des murs, aux endroits où ils n'étaient pas tapissés de lierre et d'autres plantes grimpantes, étaient revêtus de lichens de toutes teintes, qui devenaient plus abondants à mesure qu'ils se rapprochaient du sol, et se confondaient avec la mousse à la hauteur de la plinthe.

Derrière, surplombant la maison, se trouvait une épaisse plantation dont les arbres avaient leurs racines plus haut que les cheminées. En face, le lieu où se trouvait Grace était couvert d'une herbe drue, où croissaient quelques vieux arbres épars.

Des moutons, en ruminant, regardaient paisiblement par les fenêtres ce qui se passait à l'intérieur.

La situation de la maison, dangereuse pour les humains, était un stimulant pour la végétation, et nécessitait des tailles éternelles dans les bras vigoureux du lierre, et des coupes incessantes d'arbres et d'arbustes.

C'était un édifice construit au temps où les hommes avaient une constitution à toute épreuve, où l'éloignement des foules bruyantes guidait seul le choix d'un séjour, car on négligeait alors les dangers perfides.

Le creux qu'occupait le Château, si impropre à la vie des humains d'aujourd'hui, montrait de façon sensible la fragilité où ils en étaient arrivés. Toute la science de l'architecte le plus éminent n'aurait pu assécher ni assainir le Château de Petit-Hintock et l'ignorance la plus grossière n'aurait guère réussi à lui enlever son pittoresque. La nature végétale était là chez elle. C'était un lieu bien fait pour inspirer le poète ou le peintre — à supposer qu'ils pussent supporter cette atmosphère affaiblissante — ou pour faire gémir les hommes à l'humeur trop sociable.

Par un petit sentier en zigzag, Grace atteignit l'avenue qui longeait la base de l'escarpement gazonné. L'extérieur du Château lui était familier depuis son

enfance, mais elle n'y était jamais entrée, et la perspective de voir une vieille connaissance sous un nouveau
jour lui était une joie.

Elle entra, non sans un petit battement de cœur, puis
elle se rappela que Mrs. Charmond serait probablement
seule. Jusqu'à ces derniers temps, elle avait été accompagnée dans ses allées et venues et ses villégiatures par
une parente, sa tante croyait-on. On attribuait à une
querelle leur séparation toute récente. Et Mrs. Charmond vivait maintenant solitaire. Comme, de toute
apparence, elle avait peu de goût pour la solitude, cela
expliquait peut-être cet intérêt qu'elle portait subitement à Grace.

Lorsqu'on annonça Miss Melbury, Mrs. Charmond se
trouvait à l'extrémité de la galerie qui s'ouvrait sur le
hall, et elle aperçut la jeune fille par la porte vitrée. Elle
vint au-devant d'elle avec un sourire, et lui dit que
c'était bien aimable à elle d'être venue.

« Ah ! vous regardez ces instruments », lui dit-elle,
voyant que les yeux de Grace étaient attirés par
d'étranges objets accrochés au mur. « Ce sont des
pièges à loups. Mon mari était amateur de pièges de
toutes sortes et il les collectionnait. Il connaissait l'histoire de chacun d'eux, il savait lequel avait cassé une
jambe, lequel avait tué un homme. Je n'aime pas les
voir là. Mais je n'ai pas encore donné d'ordre pour
qu'on les enlève. Et elle ajouta en riant : pièges à loups,
pièges à hommes ! Quel sens menaçant ils peuvent
prendre, lorsque c'est une femme qui les tend, n'est-ce
pas ? »

Grace eut un sourire contraint ; son inexpérience à
cet égard lui faisait considérer sans grand plaisir cet
aspect du caractère féminin.

« Ils ont leur intérêt, sans doute, en tant que vestiges
d'un âge barbare, heureusement disparu, dit-elle, songeuse, en regardant ces instruments aux formes diverses.

— Bah! il ne faut pas prendre cela trop au sérieux »,
dit Mrs. Charmond, en tournant indolemment la tête,
et elles entrèrent dans la pièce.

Lorsqu'elle eut montré à la visiteuse divers objets de
vitrine qu'elle pensait devoir l'intéresser : tapisseries,
bois sculptés, ivoires, miniatures, toujours avec cet air
languissant qui lui était peut-être naturel, ou qu'elle
devait à la situation du Château, elle la pria de s'asseoir
pour prendre une tasse de thé matinale.

« Voulez-vous le verser, je vous prie ? » dit-elle, s'en-
fonçant dans son fauteuil en portant la main à son
front. Ses yeux en amande — ces longs yeux qu'on voit
aux légions d'anges de l'art primitif italien — devinrent
plus longs encore et sa voix plus languissante. Elle avait
cette douceur insinuante, fréquente chez des femmes
plus brunes et plus lymphatiques, de ces femmes qui
indolemment sourient leurs pensées plutôt qu'elles ne
les disent aux hommes, enjôlent plus qu'elles n'inspi-
rent, profitent des courants plus qu'elles ne mènent
leur barque.

« Ici, je suis la plus oisive des femmes, dit-elle. Parfois il me semble que je suis née pour ne rien faire,
rien, rien d'autre que de flotter çà et là comme on le
fait en rêve. Mais ce n'est évidemment pas là ma
destinée, et il me faut lutter contre de telles idées.

— Je regrette que vous n'aimiez pas l'action ; c'est
dommage. J'aimerais prendre soin de vous et vous
rendre heureuse. »

Il y avait toujours tant de sympathie, tant de cordia-
lité dans la voix de Grace, qu'on se trouvait forcé de
quitter sa réserve habituelle lorsqu'on lui parlait.

« C'est très délicat et très gentil à vous, dit
Mrs. Charmond. Je vous donne peut-être l'impression
d'être plus déprimée que je ne le suis en réalité. Mais
ce pays m'étouffe, et j'ai fait le projet de voyager
beaucoup. Une parente me tenait compagnie jusqu'ici,
mais nous avons pris d'autres dispositions. »

Après un dernier coup d'œil critique, elle parut décidée à trouver la jeune fille à son goût, et elle poursuivit :

« Quelque chose me pousse souvent à noter mes impressions. J'ai souvent songé à écrire un nouveau *Voyage sentimental*. Mais je n'ai pas le courage de le faire seule. Lorsque je me trouve dans certains pays du Midi, mon imagination fourmille d'idées de toutes sortes ; mais, ouvrir mon écritoire, prendre une froide plume d'acier et classer avec méthode ces impressions sur du papier, de cela je suis incapable. Aussi, j'ai pensé que si j'avais toujours auprès de moi quelqu'un qui me comprenne, je pourrais lui dicter toutes les idées qui me passent par la tête. Et dès que je vous ai vue l'autre jour, j'ai senti immédiatement que vous étiez celle qu'il me fallait. Cela vous plairait-il ? Vous pourriez aussi me faire la lecture, au besoin. Voulez-vous y réfléchir et demander à vos parents si cela leur conviendrait ?

— Oh oui ! dit Grace, je suis presque sûre qu'ils en seraient très contents.

— Vous êtes si instruite, me dit-on. Je serais flattée d'avoir quelqu'un d'aussi cultivé pour me tenir compagnie. »

Grace protesta en rougissant modestement.

« Continuez-vous votre travail intellectuel à Petit-Hintock ? lui demanda Mrs. Charmond.

— Oh non ! Je ne continue pas ! Pourtant le travail intellectuel n'est pas chose inconnue à Petit-Hintock.

— Comment cela ? Il y aurait un autre savant dans ce pays retiré ?

— Un médecin est venu s'y installer dernièrement, et il paraît qu'il étudie beaucoup ; j'aperçois quelquefois sa lampe tard dans la nuit, à travers les arbres.

— Ah oui ! Je sais ! un docteur ! Je dois avoir entendu parler de lui. Drôle de pays pour venir s'installer !

— Il paraît que c'est bien situé pour un médecin.

Mais il ne s'en tient pas à la médecine, semble-t-il. Il étudie la théologie, la métaphysique, et toutes sortes de sciences.

— Comment s'appelle-t-il ?

— Fitzpiers. Il descend d'une famille très ancienne, si je ne me trompe : les Fitzpiers de Oakbury-Fitzpiers, à quelques milles d'ici.

— Il n'y a pas assez longtemps que je suis dans le pays pour connaître l'histoire de cette famille. Je n'étais jamais venue dans ce comté avant que mon mari ne m'y amenât. »

Mrs. Charmond ne se souciait pas de poursuivre cette conversation généalogique, quelle que soit la valeur mystérieuse qui s'attache à l'ancienneté d'une famille. La nature changeante, vagabonde et « weltbürgerlich » de Mrs. Charmond avait cessé de s'y intéresser et en cela elle différait singulièrement de ses voisins.

« Savoir qui est l'homme est plus important que de savoir qui sont ses ancêtres, dit-elle, puisqu'il va être notre médecin. Dieu lui donne la science ! L'avez-vous déjà vu ?

— Non, jamais. Je crois qu'il n'est pas bien vieux, ajouta Grace.

— Est-il marié ?

— Pas que je sache !

— Eh bien ! j'espère qu'on sera content de l'avoir ici. Il faudra que je fasse sa connaissance à mon retour. Ce sera très commode d'avoir un médecin dans le voisinage. Si c'est un bon médecin. Je m'inquiète parfois de vivre dans un pays si retiré. Sherton est si loin ! Cela doit être un grand changement pour vous, Petit-Hintock, après une ville d'eaux !

— C'est vrai. Mais je suis ici chez moi. Cela a ses avantages et ses inconvénients. »

En disant ces mots, Grace pensait moins à l'isolement qu'à ses conséquences. Elles continuèrent à bavarder pendant quelque temps ; Grace se sentait très à l'aise avec son hôtesse. Mrs. Charmond était bien trop expérimentée pour ignorer que prendre un air protecteur avec une jeune fille aussi fine que Grace aurait été fatal à son prestige et comme elle était fermement décidée à tirer parti de cette aimable relation qu'elle avait là sous la main, elle prit bien soin de gagner sa confiance dès le début.

Juste avant le départ de Grace, elles s'arrêtèrent toutes deux par hasard devant un miroir qui leur renvoya leurs images côte à côte, rendant ainsi tangibles leurs traits communs et leurs dissemblances. L'une et l'autre étaient jolies, mais la proximité du visage de Grace eut pour effet de faire paraître Mrs. Charmond plus que son âge.

Il existe des types de beauté qui se font valoir mutuellement : il en est d'autres qui se heurtent, l'un faisant impitoyablement tort à l'autre.

C'était malheureusement le cas. Mrs. Charmond resta plongée dans une méditation et répondit distraitement à une remarque quelconque de sa compagne. Cependant elle dit adieu à sa jeune amie de la façon la plus aimable, lui promettant de lui faire savoir au plus tôt la décision qu'elle aurait prise au sujet de l'arrangement projeté.

Lorsque Grace fut presque arrivée au sommet de la colline, elle se retourna et vit Mrs. Charmond toujours à la porte, la suivant d'un air pensif.

La veille au soir, en revenant de chez les Melbury, bien des fois la pensée de Winterborne s'était tournée vers cette visite que Grace devait faire à Hintock-House. Pourquoi ne lui avait-il pas offert de l'accompagner une partie du chemin ?

Quelque chose lui disait qu'en l'occurrence il eût été de trop.

Et le lendemain, il se trouva confirmé dans son opinion quand, de son jardin, il l'aperçut qui partait si fière vers le Château. Il se demanda si l'ambition paternelle qui avait procuré à Grace une science et une culture bien supérieures à celles de tous les gens du village n'aurait pas pour résultat dans l'avenir de l'éloigner de ce village qui représentait jadis pour elle le monde entier.

Néanmoins il tenait du père l'autorisation de la conquérir s'il le pouvait ; il était souhaitable d'arriver le plus tôt possible à une solution. Si elle le trouvait inférieur à elle, il abandonnerait la partie, et ferait contre mauvaise fortune bon cœur. Ce qui importait, c'était de savoir comment précipiter les événements. Il y réfléchit longuement et conclut qu'un moyen comme un autre était d'organiser une réception à la Noël avec Grace et ses parents comme principaux invités.

Il était plongé dans ses méditations lorsqu'il entendit frapper un coup léger à la porte. Il descendit le sentier pour aller voir qui était là et aperçut Marty South en tenue de travail.

« Pourquoi n'êtes-vous pas venu, M. Winterborne ? Il y a des heures que j'attends, et finalement je me suis dit que j'allais essayer de vous trouver.

— Ah ! Miséricorde, j'ai complètement oublié ! dit Giles. »

Ce qu'il avait oublié, c'est qu'il y avait un millier de jeunes sapins à planter dans un endroit voisin où les bûcherons avaient fait une coupe, et qu'il était entendu qu'il les planterait lui-même. Il avait un pouvoir mystérieux pour faire pousser les arbres. On aurait dit qu'il remuait la terre, sans même regarder ce qu'il faisait, mais il y avait une sorte d'entente entre lui, le sapin, le chêne ou le hêtre qu'il plantait, et quelques jours après, les racines tenaient fermes au sol, tandis qu'un

quart des arbres plantés par d'autres, selon toute apparence de la même façon, dépérissaient dès le mois
d'août suivant.

Aussi Winterborne prenait-il plaisir à son travail,
même lorsque, comme c'était le cas, il allait faire des
plantations dans les coins de la forêt où il n'avait aucun
intérêt personnel ; Marty, qui savait se mettre à tout,
l'aidait ordinairement à tenir l'arbre vertical pendant
qu'il l'entourait de terreau.

Il l'accompagna jusqu'à l'endroit en question, d'autant plus décidé à faire ce travail qu'il savait que le
terrain était tout à côté du chemin où Grace devait
passer en revenant du Château.

« Vous avez un rhume de cerveau, Marty, lui dit-il en
route, voilà ce que c'est que de se couper les cheveux.

— Oui, c'est peut-être bien pour ça. J'ai trois maux
de tête en même temps. Oui, M. Winterborne ! un
rhumatisme dans le crâne, une névralgie dans le sourcil
et au milieu du cerveau un mal qui me tire le cœur.
Mais je suis venue tout de même, car je pensais que
vous m'attendiez et que vous auriez pesté comme un
beau diable si je n'étais pas venue ! »

Les trous étaient déjà creusés et ils se mirent à l'ouvrage. Winterborne avait dans les doigts l'adresse d'un
magicien pour disposer les racines de chacun des petits
arbres avec une sorte de caresse qui donnait aux fibres
délicates la direction voulue. Il plantait la plus grande
partie des racines vers le sud-ouest, car, disait-il, il
fallait aux arbres une solide assise pour résister pendant
quarante ans aux bourrasques qui souffleraient de ce
côté.

« Comme ils soupirent, dès qu'on les a plantés, dit
Marty, alors que, couchés, ils ne soupiraient pas !

— Tiens ! dit Giles, je n'ai jamais remarqué ça ! »

Elle dressa l'un des jeunes pins dans un trou, lui fit
signe d'écouter, et l'on entendit immédiatement cette
douce musique qu'ils devaient murmurer sans trêve

jusqu'au jour où l'arbre grandi serait abattu — probablement longtemps après que Giles et Marty auraient
eux-mêmes été abattus par la mort.

« Je crois, continua-t-elle, qu'ils soupirent parce qu'ils
sont désolés d'entrer dans la vie sérieuse. C'est tout
comme nous !

— Comment ! tout comme nous ? dit-il d'un air ré-
probateur. Qu'est-ce que c'est que ces idées-là,
Marty ? »

Au lieu de répondre, elle se retourna pour prendre
un autre arbre ; et ils plantèrent une grande partie de la
journée, presque sans mot dire. Winterborne songeait
à la réception projetée, il était si absorbé qu'il en
oubliait la présence de Marty.

Il résultait de la distribution de leur travail — lui
bêchait, elle lui tendait simplement les arbres — que,
tandis qu'il prenait de l'exercice, elle restait immobile.
Mais c'était une fille courageuse, et malgré ses mains
glacées, ses joues violettes et son rhume qui empirait,
elle ne voulait pas se plaindre tant qu'il était disposé à
continuer. Mais lorsqu'il s'arrêta, elle lui dit :

« M. Winterborne, vous permettez que je coure un
peu dans le chemin pour me réchauffer les pieds ?

— Mais bien sûr ! dit-il, rappelé soudain à la réalité de
sa présence. Quoique je me disais justement qu'il faisait
bien doux pour la saison. Mais vrai ! votre rhume est
deux fois plus fort qu'avant. Qu'est-ce que vous aviez
besoin de vous couper les cheveux ? Je dirais presque
que c'est bien fait. Allons, rentrez tout de suite chez
vous !

— Il me suffira de courir un peu dans le chemin.

— Non ! non ! Vous n'auriez pas dû sortir du tout
aujourd'hui.

— Mais je voudrais finir... les...

— Non, Marty ! je vous dis de rentrer ! dit-il d'un ton
péremptoire. Je m'arrangerai pour les soutenir avec
une branche fourchue ou autre chose. »

Elle partit sans plus rien dire, et quand elle eut traversé une partie du verger, elle se retourna. Giles la
rejoignit soudain.

« Marty, dit-il, vous savez que c'est pour votre bien
que je vous ai parlé si rudement. Réchauffez-vous
comme vous l'entendez, ça m'est égal ! »

Quand elle eut disparu, Giles crut apercevoir une
robe de femme à travers les buissons de houx qui
séparaient le taillis de la route. C'était enfin Grace qui
revenait de sa visite à Mrs. Charmond. Il rejeta l'arbre
qu'il plantait et allait traverser le rideau d'arbustes lorsqu'il s'aperçut tout à coup de la présence de quelqu'un
qui, de l'autre côté du chemin, observait Grace à son
insu par-dessus la haie.

Le nouveau venu était un bel homme, à l'air distingué, qui pouvait avoir vingt-six ou vingt-huit ans et qui
la regardait derrière son monocle.

Se voyant observé par Winterborne, il laissa retomber
son lorgnon qui frappa d'un bruit sec le fil de fer qui
protégeait la haie, et partit dans la direction opposée.

Giles eut immédiatement la certitude que c'était là
M. Fitzpiers. Lorsqu'il eut disparu, Winterborne traversa
le buisson de houx et en sortit tout près du passion-
nant objet de leur contemplation.

IX

« J'ai entendu remuer les branches bien avant de vous voir, dit Grace. Je me suis dit d'abord : c'est un terrible animal ! puis : c'est un braconnier ! et enfin : c'est un ami ! »

Il la regarda avec un demi-sourire, pesant non pas le sens de ses paroles, mais la question de savoir s'il lui dirait qu'elle venait d'être l'objet de l'admiration flatteuse d'un gentleman. Il décida de s'en abstenir.

« Vous êtes allée au Château, dit-il, pas besoin de vous le demander ! »

Le fait est que le visage de Miss Melbury rayonnait et sa joie l'empêchait de voir en détail ce qui l'entourait ; elle n'aurait pu dire ce que faisait Giles, elle savait seulement qu'il était là !

« A quoi le voyez-vous ? dit-elle.

— Votre visage ressemble à celui de Moïse descendant du Sinaï ! »

Elle rougit en disant :

« Comment pouvez-vous plaisanter sur la religion, Giles Winterborne ?

— Et vous comment pouvez-vous faire tant de cas de cette classe de gens ? Je vous demande pardon, cela m'a échappé. Vous plaît-elle ? Et la maison ?

— Infiniment ! Je n'y étais pas allée depuis mon en-

fance, du temps des anciens locataires, avant que
M. Charmond n'achète la propriété. C'est une femme
charmante ! »

Et Grace, par la pensée, s'absorba si évidemment
dans la contemplation de Mrs. Charmond et de ses
charmes que celle-ci surgit presque devant les yeux de
Giles.

« Elle n'est ici que depuis un mois ou deux, et elle ne
peut pas rester longtemps, c'est trop humide en hiver
et elle s'y trouve trop seule. Elle va voyager en mars.
Pensez donc ! elle voudrait m'emmener avec elle ! »

A cette nouvelle, Giles se rembrunit.

« Vous emmener ? Et pour quoi faire ? Mais je ne vais
pas vous laisser debout comme cela !

« Ohé Robert ! cria-t-il à un paquet de vieux vêtements qui remuait au loin. C'était Creedle, son serviteur qui le cherchait. Continue à remplir les trous
jusqu'à ce que je revienne !

— On y va, monsieur, on y va !

— En voilà la raison, continua Grace tout en marchant. Mrs. Charmond a cette idée merveilleuse
d'écrire ses impressions de voyage tout comme
Alexandre Dumas, Méry, Sterne et d'autres. Mais elle
n'a pas le courage de faire cela toute seule. »

Et Grace lui narra tout au long la proposition de
Mrs. Charmond.

« A mon avis c'est le style de Méry qui lui conviendrait le mieux ; il a, comme elle, cette douceur, cette
sensibilité, ce goût du beau qui la caractérise, dit-elle
songeuse.

— Dites un peu, dit Winterborne en soupirant, vous
allez continuer longtemps à me parler hébreu, Miss
Grace Melbury !

— Oh ! je vous demande pardon, dit-elle, repentante,
en le regardant dans les yeux. Pour moi, je ne peux pas
souffrir les livres français. J'aime ce vieux Petit-Hintock
et les gens qui l'habitent cent fois plus que tout le

Continent. Mais ce projet! je trouve cela une idée merveilleuse, et vous, Giles?

— D'un côté, oui, mais vous allez nous quitter, dit-il adouci.

— Pas pour bien longtemps! Nous reviendrons en mai!

— Eh bien! Miss Melbury, c'est votre père que cela regarde!»

Winterborne l'accompagna presque jusque chez elle. Il l'avait guettée sur la route pour lui parler de son invitation pour la Noël, mais les réunions à la bonne franquette du joyeux Petit-Hintock lui parurent si primitives et si barbares à côté du ton élevé de sa conversation, qu'il n'y fit même pas allusion.

Dès qu'elle l'eût quitté, il retourna vers la plantation en se disant malgré lui que son mariage avait l'air bien problématique. Et la visite de Grace au Château n'avait pas amélioré ses chances. Pensez donc, une jeune fille qui allait à Hintock-House, était traitée en amie par la châtelaine, partageait ses goûts, parlait comme elle, et s'habillait de façon pas très différente, comment se contenterait-elle d'un homme comme lui, un cultivateur, toujours en train de planter des arbres, tout habile qu'il fût? «Et pourtant, c'est un cœur fidèle, continuait-il en pensant à ce qu'elle avait dit de Petit-Hintock. Il faut absolument en finir, voilà tout!»

Lorsqu'il arriva à la plantation, Marty était de retour; il renvoya Creedle et se remit à planter avec elle en silence comme auparavant.

«Dites-moi, Marty, lui dit-il enfin, en regardant son bras étendu où d'anciennes égratignures de ronces devenaient bleues au vent froid, supposez que vous connaissiez quelqu'un et que vous vouliez l'amener à être d'accord avec vous, est-ce que vous pensez qu'un dîner de Noël, ou une réunion quelconque servirait à quelque chose pour avancer les affaires?

— On dansera?

— Oui, sans doute.

— Il dansera avec Elle?

— Mon Dieu, oui!

— Eh bien! alors, il y a des chances pour que ça aboutisse à quelque chose, dans un sens ou dans l'autre, mais c'est pas moi qui peux vous fixer là-dessus.

— Bon, c'est entendu, alors!» dit-il pour lui-même, bien qu'à haute voix. Et comme le jour tombait, il ajouta :

«Ça suffira pour aujourd'hui, Marty; j'enverrai un homme planter le reste demain. Pour le moment, j'ai autre chose à penser.»

Elle ne lui demanda pas ce que c'était, car elle l'avait vu accompagner Grace Melbury. Elle se tourna vers le couchant en feu semblable à une vaste forge où se préparaient des univers nouveaux.

La branche dénudée d'un arbre barrait le ciel, découpant ses moindres ramilles sur l'embrasement du soir, et détachant en silhouettes noires les moindres mouvements de trois faisans perchés à la file sur elle.

«Il fera beau demain, dit Marty (en les observant, ses prunelles reflétaient la pourpre du soleil), car ils se sont accroupis tout au bout de la branche; s'il devait faire mauvais, ils se seraient blottis tout contre le tronc. Ils n'ont que ça à penser, le temps qu'il fera, n'est-ce pas, M. Winterborne? Aussi, ils doivent se faire moins de souci que nous.

— Pour ça oui!» dit Winterborne.

Avant de prendre ses dispositions pour cette fameuse réception, Giles, sans grand espoir, alla dans la soirée chez les Melbury pour les prier de bien vouloir l'honorer de leur présence. Avant tout, il lui fallait poser ses pièges quotidiens pour les lapins qui venaient manger

ses choux la nuit ; sa visite en fut retardée jusqu'après
le lever de la lune dont les rayons, à cause des arbres,
n'éclairaient encore les maisons de Hintock que par
intermittence.

Melbury traversait justement la cour pour aller à l'autre village, mais il rebroussa chemin volontiers et fit les
cent pas avec le jeune homme.

Giles éprouvait un sentiment d'infériorité parce qu'il
ne vivait pas sur le même pied que les Melbury, et
pour rien au monde, il n'aurait voulu avoir l'air d'attacher de l'importance à son invitation. Si bien qu'il se
contenta de dire :

« Est-ce que vous pourriez venir après-demain passer
une heure chez moi, votre journée finie ? et Mrs. et
Miss Melbury aussi, si elles n'ont rien de mieux à
faire ? »

Melbury ne voulut pas donner sa réponse tout de
suite :

« Je ne peux pas te dire ça aujourd'hui, il faut que
j'en parle avec les femmes. Pour ce qui est de moi, tu
sais bien, Giles, que je viendrai avec plaisir. Mais je ne
sais pas ce qu'en pensera Grace, tu comprends ! elle
qui s'est trouvée un bon bout de temps avec tous ces
gens instruits, et maintenant qu'elle a fait la connaissance de Mrs. Charmond... Enfin, je lui demanderai.
C'est tout ce que je peux te dire. »

Winterborne partit. Et M. Melbury poursuivit son
chemin. Il savait mieux que personne que Grace ferait
ce qu'il proposerait quoi qu'elle en pensât. Et, pour
l'instant, il aurait instinctivement proposé de refuser
l'invitation.

Il arriva près de l'église, et là il pouvait aussi bien
traverser le cimetière que le longer. Pour une raison
quelconque, il décida de le traverser.

La lune éclairait doucement les tombes, l'allée, la
façade. Il s'arrêta soudain, traversa le gazon et s'approcha d'une pierre tombale où il lut : « A la mémoire de

John Winterborne », l'âge et la date... C'était la tombe
du père de Giles.

Le marchand de bois posa la main sur la pierre et
s'attendrit.

« Jack, mon ami, dit-il, je serai fidèle à ma promesse
de réparer le mal que je t'ai fait. »

Quand il rentra chez lui, ce soir-là, il dit à Grace et
Mrs. Melbury qui travaillaient près d'une petite table au
coin du feu :

« Giles nous demande d'aller passer une heure chez
lui après-demain, et puisque c'est chez Giles, nous
irons, n'est-ce pas ? »

Elles ne firent aucune objection ; et le lendemain
matin le marchand de bois fit dire à Giles qu'ils accep-
taient.

Par discrétion, Winterborne n'avait pas précisé
d'heure aux Melbury, bien qu'il l'eût fait pour les invités de moindre importance.

Aussi, M. Melbury et sa famille, se croyant les seuls,
avaient choisi l'heure qui les arrangeait ; il se trouvait
que c'était assez tôt dans l'après-midi, le marchand de
bois ayant terminé ses affaires avant l'heure habituelle.

Il était visible qu'ils ne se doutaient pas de l'importance de cette invitation, car ils partirent lentement,
comme s'ils allaient tout simplement faire une petite
promenade, ou tout au moins dire bonjour en passant
et prendre une tasse de thé.

A cette heure-là, de la cave au grenier, la maison de
Giles Winterborne était en proie au remue-ménage le
plus complet. Il avait prévu un thé d'importance pour
six heures environ et un bon souper plein d'entrain
vers les onze heures.

Célibataire et recevant peu, tous les préparatifs retombaient sur lui et sur son homme de confiance, Robert Creedle, qui était à toutes mains ; il faisait aussi bien le lit de Giles qu'il attrapait les taupes de son champ. Il était déjà là du temps où le père Winterborne était le maître de la maison et où Giles était encore un gamin.

Tous deux, avec cette sage lenteur qui les caractérisait, étaient plongés dans la préparation du four, car ils n'attendaient personne avant six heures. Winterborne était debout en manches de chemise devant le four en briques, le remplissant de brindilles d'aubépine et remuant le brasier avec un long trident à la manière de Belzébuth ; la chaleur faisait luire et ruisseler son visage et briller ses yeux comme des braises ; le bois craquait et crépitait tandis que Creedle, ayant aligné les tourtières sur la table en attendant que le four soit prêt, roulait la pâte d'une dernière tarte aux pommes. Une grande marmite bouillait sur le feu, et par la porte entrouverte on voyait dans l'arrière-cuisine un gamin assis près du four qui nettoyait les mouchettes, et astiquait les chandeliers ; ceux-ci étaient rangés en ligne sur la grille du feu et retournés pour faire fondre le suif.

Levant les yeux, Creedle vit défiler devant la fenêtre le marchand de bois revêtu de son complet numéro deux, Mrs. Melbury dans sa plus belle robe de soie, et enfin Grace à la dernière mode dans le costume qu'elle avait rapporté du Continent et qu'elle portait lors de sa visite à Mrs. Charmond. Leurs regards avaient été attirés vers la fenêtre par la violente lueur du four qui éclairait les travailleurs et leurs ustensiles.

« Misère de misère ! c'est-y pas que les v'là déjà, dit Creedle.

— Non ? » s'écria Giles, se retournant éperdu, tandis qu'à l'arrière-plan le gamin secouait un chandelier fumant en signe d'allégresse.

Comme il n'y pouvait rien, Winterborne abaissa en

hâte les manches de sa chemise et alla au-devant d'eux
sur le pas de la porte.

« Mon cher Giles, je vois que nous nous sommes
trompés d'heure, dit Mrs. Melbury l'air contrarié.

— Oh! ça n'a pas d'importance. Vous allez entrer,
n'est-ce pas?

— Mais c'est une véritable réception, lui dit M. Melbury
d'un ton de reproche, désignant les victuailles de sa
canne, après un regard circulaire autour de la cuisine.

— Mais oui, dit Giles.

— Et tu n'as pas commandé les musiciens de Grand-
Hintock pour faire danser au moins?

— J'ai dit à trois d'entre eux de passer par ici, s'ils
n'avaient rien d'autre à faire, avoua timidement Giles.

— Pourquoi diable ne pas l'avoir dit plus tôt que
c'était une réception en grand tralala? On ne peut pas
deviner si tu ne dis rien. Qu'est-ce que nous allons
faire : entrer? retourner chez nous et revenir dans une
couple d'heures?

— Si ça ne vous fait rien, restez, maintenant que
vous êtes là. Tout sera prêt et en ordre en un rien de
temps. J'aurais pas dû me mettre en retard comme ça,
mais ce Creedle est d'une lenteur! »

Giles parlait avec chaleur, lui si peu démonstratif à
l'ordinaire. Il craignait qu'une fois repartis les Melbury
ne revinssent plus.

« C'est nous qui n'aurions pas dû venir si tôt, au
contraire, dit M. Melbury, contrarié. Ne restons pas
comme ça au salon, conduis-nous à la cuisine. Puisque
nous sommes là, nous allons t'aider. Allons, Madame!
mettez-vous à votre aise, et aidez-le à sa cuisine, sinon
ça ne sera pas terminé avant ce soir. Je vais finir de
chauffer le four; comme cela, tu pourras trousser tes
canards. »

Son regard impitoyable avait pénétré jusqu'à l'endroit
reculé où pendaient les susdits canards dans cette
maison pleine de coins et de recoins.

« Et moi, je vais t'aider à finir tes tartes, dit Grace d'un ton enjoué.

— Ça, j'en doute ! dit son père ; c'est plutôt dans nos cordes que dans les tiennes.

— Oh ! non, Grace, je n'y consentirai pas, dit Giles, l'air navré.

— C'est moi qui vais le faire », dit Mrs. Melbury.

Elle enleva sa traîne, la suspendit à un clou, retroussa ses manches, les épingla aux épaules et dépouilla Giles de son tablier pour son usage personnel.

Tandis que son père et sa belle-mère aidaient aux préparatifs, Grace errait de pièce en pièce en touchant un peu à tout. La pitié affectueuse pour son organisation ménagère que Giles lisait dans ses yeux chaque fois que leurs regards se croisaient le désolait bien plus que ne l'aurait fait son mépris.

Quelques instants après, pendant que les autres se débattaient au milieu des difficultés de la cuisine, aux prises avec des ustensiles, des placards et des vivres inconnus, Giles se trouva à la pompe en même temps que Creedle. Celui-ci gémit dans un souffle :

« Vrai, monsieur ! Qui est-ce qui aurait pu se douter qu'ils se seraient amenés à une heure pareille ? »

L'air navré de Giles, malgré son calme, disait toutes les appréhensions qu'il se gardait de formuler.

« As-tu préparé le céleri ? demanda-t-il vivement.

— Ça y est ! encore une fois ! On me paierait des mille et des cents que je n'y penserais pas davantage ! dit Creedle. Et puis, on dira ce qu'on voudra, mais une branche de céleri peut pas être propre si on ne la frotte pas à la brosse.

— Bon, bon, entendu ! Je vais m'en occuper. Toi, va-t'en voir s'ils n'ont besoin de rien. »

Il courut au jardin, et en revint bientôt brandissant le céleri sous le nez de Creedle qui continuait à broyer du noir.

« Tout de même, hein ! si vous étiez marié, il ne vous arriverait pas des malheurs pareils ! »

Les préparatifs achevés, le four chauffé, et tout étant mis en œuvre pour qu'on pût avoir la certitude de souper ce soir-là, Giles et ses amis passèrent au salon, où les Melbury reprirent leur rôle d'invités ; mais la pièce était loin d'être aussi chaude et aussi gaie que la cuisine avec le four qui illuminait tout. D'autres arrivèrent, notamment le tourneur et le fermier Cawtree, et tout se passa parfaitement pendant le premier repas.

La volonté de trouver tout très bien et de fermer les yeux sur toutes les imperfections de l'organisation ménagère de Giles était si évidente chez Grace qu'il la soupçonna de remarquer plus d'imperfections encore qu'il n'en voyait. Cette pitié contenue, qu'il avait lue dans ses yeux dès son arrivée, ne le lui disait que trop clairement.

« Ça vous change, hein, cette façon désordonnée de tenir une maison ? lui dit-il, lorsqu'ils furent un peu à l'écart.

— C'est vrai, mais ça ne me déplaît pas. C'est si bon de voir que rien n'a changé dans ce cher Petit-Hintock. A part la graisse, tout est parfait.

— Quelle graisse ?

— La graisse qu'on a mise sur les chaises ; ça tache les robes. Mais heureusement je n'avais pas mis une robe neuve. »

En effet, Giles put constater que, dans son désir de tout faire reluire, le gamin avait couvert les chaises d'une espèce de cire grasse et s'était bien gardé de les frotter ensuite de peur d'en diminuer l'éclat. Giles s'excusa et gronda l'enfant, avec le sentiment que le Destin était contre lui.

X

Ce fut bientôt l'heure du souper, et tous les plats bien chauds sortirent du four et vinrent se placer sur la nappe blanche comme neige qui venait tout droit de chez la repasseuse, avec des plis marqués comme dans les Cènes des peintres flamands.

Creedle et son aide servaient avec une rapidité prodigieuse ; le petit, pour se faire bien voir du premier et faciliter les bons rapports, s'extasiait, quand ils étaient seuls, sur le savoir-faire de Creedle.

« Je suppose que c'est quand vous étiez dans la Milice que vous avez appris tout ça, monsieur Creedle ?

— Ah ! oui ! c'est que j'en ai vu des choses cette année-là ! Ah ! c'était une belle vie, pas ordinaire, et qui m'en a beaucoup appris. C'est pas que Giles ne m'ait pas aidé un rude coup pour arriver à ce que tout soit réussi. Quand je dis Giles, c'est mon patron, mais c'est pas que je sois obligé de l'appeler "patron" ; son père et moi on a été élevé ensemble, tout comme si on était jumeaux de la même mère.

— Je suppose que vos souvenirs remontent fort loin dans l'histoire, monsieur Creedle.

— Pour ça, oui ! le temps où qu'il y avait des batailles et des famines, et des pendaisons et encore d'autres cérémonies, on dirait que c'est hier. Et j'en ai vu s'en aller des grands-pères, dans cette paroisse ! Ah bon ! le voilà qui demande qu'on rechange les assiettes. Ils ne pourraient pas les retourner pour le dessert, comme on le faisait, nous, les vieux, dans l'ancien temps.

Cependant, dans la pièce voisine, Giles présidait le repas, comme dans un rêve. Il ne pouvait pas se pardonner cette erreur initiale qui compromettait le succès de ses affaires de cœur. Et, sans s'en apercevoir, il se bourrait de pain, sans rien manger d'autre, et mouchait sans arrêt les deux chandelles qui étaient près de lui, si bien qu'elles en étaient réduites à deux points rouges nageant dans le suif.

Creedle entra avec une marmite à trois pieds qui contenait un mets extra ; il la souleva et tout en s'écriant : « Reculons-nous, mesdames et messieurs ! », en versa le contenu dans un plat avec force éclaboussures.

Grace baissa brusquement la tête en faisant une grimace et en portant son mouchoir à ses yeux.

« Mais, bon Dieu, Creedle ! Qu'est-ce que tu fabriques ? gronda Giles en se levant aussitôt.

— C'est toujours comme ça que j' fais quand y a personne, m'sieur, s'excusa timidement Creedle en un aparté que tout le monde entendit.

— Oui, mais... »

Giles dit à Grace qu'il espérait qu'elle n'en avait pas reçu dans l'œil.

« Oh non ! dit-elle, juste une petite goutte sur la figure, ça n'est rien du tout !

— Faut l'embrasser, et ça ira mieux ! » dit gaillardement le fermier Cawtree.

Miss Melbury rougit.

Le marchand de bois ajouta vivement :

« Oh ! ça n'est rien du tout ! C'est un petit malheur ! »

Mais on pouvait lire sur son visage cette pensée : « J'aurais dû prévoir tout ça et ne pas l'amener. »

Giles, lui-même, depuis le malencontreux début du

festin, regrettait presque la présence de Grace. Il n'aurait pas dû inviter de ces gens comme Cawtree et le
tourneur.

Il s'était rabattu sur eux, faute de monde, pour que
la pièce ne parût pas trop vide. Dans son idée, ils
ne devaient former que le décor, que le fond du
tableau, et voilà qu'en fait ils étaient passés au premier
plan.

Après le souper, on joua aux cartes ; Cawtree et le
tourneur monopolisèrent un jeu tout neuf pour faire à
eux deux une partie interminable qui nécessitait l'emploi constant d'un morceau de craie. C'était un jeu qui
leur était coutumier ; où qu'ils fussent, ils accaparaient
une chandelle, avec une table dans un coin, et restaient des heures avec l'air absorbé de gens réglant une
affaire grave.

Pour la partie générale, les autres en furent réduits à
se contenter d'un vieux jeu qui dormait dans le tiroir
depuis le temps de la grand-mère de Giles. Toutes les
cartes étaient marquées au dos d'une tache grasse laissée par des générations de pouces mouillés passionnés
au jeu, aujourd'hui insensibles dans la tombe. Les rois
et les reines avaient un air de souverains déchus appar-
tenant à une dynastie détrônée, en exil dans d'obscurs
taudis.

Par moments, les rares remarques des joueurs étaient
désagréablement interrompues par le refrain qu'enton-
naient au fond de la pièce le fermier et son partenaire :

> *Marque vingt points et lanturlu,*
> *Encore douz'points et t'as perdu,*

ponctué de coups de craie répétés sur la table, d'exclamations, de disputes, de bruits de cartes — puis la
chanson reprenait.

Les sentiments du marchand de bois se devinaient à
la gravité de ses paroles, et au ton condescendant avec

lequel il rassura Giles, quand celui-ci demanda avec
inquiétude si lui et sa famille ne s'ennuyaient pas.

« Mais non ! mais non ! c'est très bien ! tu en as, de
beaux verres ! je ne savais pas que tu en avais de si
beaux. Regarde donc, Lucie, dit-il à sa femme, tu devrais nous en acheter de pareils. »

Et quand, la partie de cartes terminée, Winterborne
et Melbury causèrent ensemble au coin du feu, c'était
le marchand de bois qui était là, le dos à la cheminée,
d'un air de propriétaire. Il examinait Giles comme on
examine un tableau, semblant ignorer qu'il avait devant
lui un homme qui pensait et qui vivait.

« Quelle belle veste tu as, Giles, lui disait-il. Je n'ai
jamais pu avoir une veste comme ça ! Tu es mieux
habillé que moi ! »

Après le souper, on dansa. Les musiciens de Grand-
Hintock étaient arrivés dans la soirée. Grace avait quitté
le pays depuis si longtemps et était si faite aux danses
nouvelles qu'elle en avait oublié les contredanses de
son enfance, et elle resta à l'écart.

Alors, Giles eut l'impression que tout était perdu.
Quant à elle, en voyant tourner les danseurs, elle songeait à des pas différents qu'elle avait exécutés avec un
essaim de jeunes sylphides vêtues de mousseline, dans
le salon d'une grande maison.

Toutes ces compagnes étaient aujourd'hui, pour la
plupart, dans un cadre bien éloigné de celui-ci, par le
genre comme par la distance.

Une femme inconnue vint offrir de lui prédire l'avenir par les cartes. Grace accepta, et la femme débita
son boniment sans art, « faute d'habitude », déclara-
t-elle.

M. Melbury, debout à côté d'elle, s'écria d'un ton
méprisant :

« Lui prédire l'avenir, vraiment ! Mais des hommes de
science le lui ont déjà prédit. Comment les appelle-
t-on ? des phrénologistes ? Vous ne lui apprendrez rien

de nouveau ; elle a trop fréquenté les savants pour que rien de ce qu'elle verra à Petit-Hintock puisse encore l'étonner ! »

Ce fut enfin l'heure de se retirer. Melbury partit le premier avec sa famille, tandis que les deux joueurs de cartes poursuivaient obstinément leur partie dans leur coin, ayant complètement rayé à coup de craie la table d'acajou.

Les Melbury rentrèrent à pied ; leur maison était proche et la nuit claire.

« Ce Giles est un brave garçon, dit M. Melbury en atteignant le sentier où le noir filigrane des branches semblait enchâsser les étoiles.

— Sûrement ! » dit aussitôt Grace, d'un ton qui montrait que s'il n'avait pas monté dans son estime, il n'avait pas baissé non plus.

Arrivés à l'endroit où, pendant le jour, un intervalle entre les arbres permettait d'apercevoir la maison du docteur, ils virent de la lumière à une fenêtre bien qu'il fût deux heures du matin.

« Le docteur n'est pas encore couché, dit Mrs. Melbury.

— Il étudie, pour sûr, dit son mari.

— On croirait que puisqu'il n'a rien à faire dans la journée, il pourrait au moins se coucher tôt. C'est incroyable ce qu'on le voit peu ! »

Après les événements de la soirée, M. Melbury, non sans un certain soulagement, tourna ses pensées vers le docteur.

« Ça se comprend, dit-il. Quel intérêt un homme comme lui peut-il trouver à Hintock ? Ça m'étonnerait fort qu'il reste longtemps ici. »

Puis sa pensée retourna à la soirée chez Giles. Grace marchait un peu en avant et ils étaient presque rendus lorsqu'il reprit :

« Ça n'est vraiment pas le genre de Grace, après la vie qu'elle a eue. Je ne me suis pas rendu compte qu'en l'envoyant comme ça en pension, et en la faisant voyager pour faire un beau cadeau à Giles, j'allais au contraire la lui enlever. Ah! c'est bien malheureux! Et pourtant, elle devrait être pour lui! »

A ce moment, on entendit arriver de loin les deux hommes à la craie et au refrain, qui avaient enfin terminé leur partie. Ils vociféraient une chanson de route en marquant fortement le pas :

> ... *Car hélas ! dit la belle,*
> *Jamais plus n's'rai pucelle,*
> *Tant qu'les fleurs d'oranger*
> *N'donneront pas d'mirabelles !*

Le marchand de bois, indigné, se tourna vers sa femme :

« Et voilà le genre de société à laquelle on nous a mêlés aujourd'hui! Pour nous, mon Dieu! cela n'a pas d'importance, mais pour Grace! Vraiment, Giles est impardonnable! »

Cependant, dans la maison vide de ses invités, celui qui faisait l'objet de leur conversation allait de pièce en pièce, en considérant, sans grand enthousiasme, sa maison mise sens dessus dessous. Enfin, il entra dans la cuisine où il trouva Robert Creedle assis devant les cendres, en contemplation, lui aussi. Winterborne s'assit près de lui :

« Eh bien! Robert, tu dois être fatigué. Tu ferais mieux d'aller te coucher.

— Oui, oui, Giles! Qu'est-ce que je raconte là? M'sieur, j' veux dire. Mais ça fait plaisir de penser qu'une fois qu' c'est fini, c'est fini. »

Distraitement, Winterborne s'était emparé du tisonnier et, le front plissé, éparpillait toutes les cendres rouges dans l'âtre qui se mit à ressembler à un brûlant Sahara parsemé de rochers ardents.

« Est-ce que tu crois que ça a bien marché, Creedle ? demanda-t-il.

— Pour la mangeaille, ça, j'en réponds ! Et pour la boisson, y a qu'à entendre le creux des tonneaux. Fameuse boisson qu'c'était ! la plus forte que j'aie jamais préparée avec le meilleur vin que framboises aient donné et le cidre le plus pétillant de chez Horner et Cleeves, sans compter les épices et les liqueurs que j'y ai ajoutées ; tout ça battu avec des œufs, ça aurait passé à travers une mousseline, y avait pas un grumeau ! Ça vous aurait ravigoté jusqu'à un roi ! pardi ! ça aurait réjoui sa vieille carcasse. Mais, dame ! pour c' qui est de lui et de sa famille — Creedle désigna du menton la direction de la maison des Melbury —, faut bien l' dire, j'ai peur qu' ça ne leur ait pas plu tant qu' ça !

— Oui, moi aussi, j'ai bien peur que ça n'ait pas marché de ce côté-là.

— Qu'est-ce que vous voulez ? C'est qu' ça devait être comme ça ! Mais tout de même, cette chenille, elle aurait bien pu choisir une autre assiette.

— Quelle chenille ?

— Eh bien, m'sieur, y avait une petite chenille de rien du tout sur l'assiette de la demoiselle quand j'ai desservi ; elle devait venir des choux !

— Mais comment diable est-elle venue là ?

— Ça ! j'en sais pas plus là-dessus que feu mon grand-père ; tout c' que j' sais c'est qu'elle était là, mam'zelle la chenille !

— Mais, Robert, c'est justement là qu'elle ne devait pas être.

— Bah ! après tout, elle était là chez elle ; où vouliez-vous qu'elle aille ? On dira c' qu'on voudra, mais les chenilles et les limaces, ça va toujours se nicher tout dans l' milieu, comme par un fait exprès.

— Elle n'était pas vivante, au moins? dit Giles, fris-
sonnant en pensant à Grace.

— Oh non! elle était bien cuite. Ça, je le garantis!
Jamais on n'a vu une chenille vivante sur un plat servi
par Robert Creedle, Dieu m'en garde! Mais tout
d' même! C'est pas qu' ça m' gêne ces chenilles vertes.
C'est né dans les choux, ça vit dans les choux, c'est
quasiment du chou! Mais elle, la petite bouche cousue,
elle n'a pas soufflé mot, et pourtant ç' aurait pu faire
un bon sujet de conversation sur les insectes, surtout
que de temps en temps nous manquions d'entrain.

— Ah oui! c'est bien fini!» murmura Giles à part lui,
en hochant la tête devant son désert de cendres, et en
plissant le front plus que jamais. «Tu sais, Robert, que
depuis des années, elle est habituée à des domestiques
et à tout ce qu'il y a de mieux. Comment veux-tu
qu'elle soit à l'aise parmi nous?

— En tout cas, tout ce que j' peux dire, c'est qu'elle
n'a qu'à aller trinquer ailleurs. Ils n'avaient qu'à pas la
faire tant étudier, ou alors, quand on est garçon, on
n'invite pas du monde, ou alors on invite des gens
comme soi!»

Winterborne se leva.

«Il n'a peut-être pas tort!» dit-il en étouffant un
soupir dans un bâillement.

XI

« Ah ! C'est malheureux ! c'est tout de même malheureux ! » répétait Melbury au petit déjeuner, le lendemain matin, avant que Grace ne fût descendue.

Il y avait là un fait qu'il ne pouvait nier : depuis qu'il
avait constaté l'immense changement que ces douze
mois d'absence avaient opéré chez sa fille, après tout
l'argent que depuis des années il avait consacré à son
instruction, il avait maintenant de la répugnance à lui
faire épouser Giles Winterborne, aux professions mal
définies de forestier, marchand de cidre, cultivateur de
pommes, même si Grace y consentait.

Mais comment, sans déchoir à ses propres yeux,
interdire à Giles de faire sa cour, au point où il en était,
et détruire un projet qui était son œuvre, un projet
dont, par la force des choses, il travaillait actuellement
à accélérer la réalisation ?

Une crise était proche, et c'était lui le responsable ; il
faudrait y faire face.

« Elle deviendra sa femme, si tu ne lui ôtes pas de
la tête que c'est une chose entendue et qu'elle y est
engagée, dit Mrs. Melbury. Va, elle s'habituera vite à
Hintock et elle se fera à la façon de vivre de Giles,
d'autant plus qu'avec l'argent qu'elle apportera, ils
auront la vie plus large. Ce qui la gêne pour le

moment, c'est le contraste avec la vie mondaine qu'elle a menée jusqu'ici. Mais, moi, la première fois que j'ai vu Hintock, j'ai cru que je ne m'y ferais jamais. Et puis, peu à peu, je m'y suis habituée ; les carrelages ne m'ont plus paru aussi durs, ni aussi froids, les cris des hiboux aussi lugubres, ni l'isolement aussi pénible.

— Oui, je veux bien le croire ; mais c'est justement ça ! Je le sais bien que Grace va peu à peu redescendre jusqu'à notre niveau, et qu'elle reprendra nos habitudes et notre façon de parler, et qu'elle finira par s'endormir ici et se contenter d'être la femme de Giles. Mais je ne peux pas supporter l'idée de faire rétrograder une jeune fille pleine de promesses, qui serait à sa place dans un palais et que j'ai pris tant de peine à élever au-dessus de notre condition. Tu vois d'ici ces mains blanches qui rougiraient un peu plus tous les jours ; tu la vois perdre son joli parler de la ville, et sa jolie marche élastique pour se dandiner et se déhancher comme les femmes de Hintock ?

— Allons ! dit sa femme d'un ton péremptoire, elle se dandinera peut-être un jour, mais en tout cas, elle ne se déhanchera jamais ! »

Quand Grace descendit déjeuner, il lui reprocha de se lever aussi tard ; non qu'il blâmât tant que cela ce genre de sybaritisme, mais ses réflexions précédentes l'avaient mis de mauvaise humeur.

Les coins de la jolie bouche s'abaissèrent.

« Vous me faisiez ces reproches, et avec raison, quand j'étais une petite fille, dit-elle. Mais aujourd'hui, je suis assez grande pour juger moi-même de ce que je dois faire. D'ailleurs, ce n'est pas là la question, il y a autre chose ! »

Et, au lieu de s'asseoir, elle quitta la pièce.

Il en fut contrarié ; l'irritabilité que les membres d'une même famille montrent parfois à l'égard des uns et des autres est au fond dirigée contre cette Cause intangible qui a rendu la situation intolérable aussi bien pour les offenseurs que pour les offensés, cause insaisissable que les pauvres humains ne sauraient discerner ni saisir, lorsqu'ils sont sortis de leurs gonds.

Melbury la suivit. Elle était entrée dans le pré dont l'herbe toute blanche de givre criait sous leurs pas comme des copeaux de papier; des sansonnets s'y promenaient par bandes de vingt et trente, pendant que les regardait toute une heureuse famille de moineaux, rangés en ligne sur le fil de fer qui maintenait la cheminée, et se lissant les plumes au soleil.

« Viens déjeuner, ma fille, lui dit-il. Pour ce qui est de Giles, fait comme tu l'entendras. Ton choix sera mon choix.

— Je lui suis promise, mon père, et j'estime que si je me marie, l'honneur veut que ce soit avec lui. »

Il eut l'intuition que, quelque part au fond de son cœur, dormait encore sa prédilection d'enfance pour Giles, bien qu'elle eût été supplantée par de nouveaux sentiments.

« Bon! dit-il. Mais j'espère bien ne pas te perdre trop tôt. Viens déjeuner! Quelle impression t'a fait l'intérieur de Hintock-House, l'autre jour?

— Cela m'a beaucoup plu.

— C'est différent de chez l'ami Winterborne, hein? »

Elle ne répondit rien, mais lui qui la connaissait bien comprit à son silence qu'elle lui reprochait une comparaison aussi cruelle.

« Mrs. Charmond t'a priée d'y retourner, n'est-ce pas? Et quand ça?

— Mardi, sans doute. Elle me le confirmera la veille, si ce jour-là lui convient. »

Et c'est le nom de Mrs. Charmond à la bouche qu'ils rentrèrent déjeuner.

Le mardi arriva, mais rien de Mrs. Charmond; le mercredi non plus. Bref, quinze jours se passèrent sans nouvelles du Château; et il semblait bien que, pour l'instant, Mrs. Charmond ne donnerait pas suite à son projet d'« adopter » Grace.

Melbury se mit à réfléchir.

Après les deux succès indéniables remportés par sa fille dans ses entretiens avec Mrs. Charmond : la conversation dans le bois et sa visite au Château, Grace était allée à la soirée de Winterborne.

Nul doute que la gaieté bruyante de cette réunion n'en ait fait un sujet de conversation dans le pays, qu'on ait parlé de tous les invités présents, et — étant donné ses qualités exceptionnelles — de Grace tout particulièrement. Quoi d'étonnant à ce que Mrs. Charmond en ait eu des échos et que cela l'ait refroidie d'apprendre que Grace fréquentait ces gens-là ?

Tout plein de son raisonnement *post hoc ergo propter hoc,* M. Melbury négligea toutes les autres raisons et déraisons qui peuvent pousser une femme à changer d'avis. Ainsi il savait que sa fille était jolie, mais oubliait complètement que, de son côté, Mrs. Charmond avait à juste titre de grandes prétentions à la beauté.

Cette idée s'incrusta donc dans sa tête que c'était cette fréquentation des villageois chez le pauvre Winterborne qui, comme il disait, était cause du « désastre », en ce qui concernait Hintock-House.

« C'est un fameux sacrifice, se répétait-il. Je fais son malheur par excès de conscience ! »

Le lendemain matin, tandis qu'il remuait tout cela dans sa tête, une ombre s'arrêta devant la fenêtre pendant qu'ils finissaient de déjeuner. Levant les yeux, ils aperçurent Giles en personne, qui tendait le cou depuis quelques instants afin d'attirer leur attention. Ce fut Grace qui le vit la première, et elle s'écria involontairement : « Tiens ! le voilà ! et il a un nouveau cheval, encore ! »

Tandis qu'ils le regardaient, Giles aurait lu sur leurs visages leurs pensées en suspens et leurs sentiments complexes à son égard, s'il avait pu déchiffrer quelque chose à travers ces vieilles fenêtres. Mais il ne vit rien, et ses traits étaient par extraordinaire illuminés d'un sourire vermeil, car il pensait à tout autre chose. Ils se levèrent et allèrent jusqu'à la porte, Grace d'un air inquiet et contraint, son père d'un air rêveur, et Mrs. Melbury d'un air placidement interrogateur.

« Nous venons de voir votre cheval », dit-elle.

On pouvait deviner à l'expression de Giles que cette attention lui faisait plaisir. Il expliqua qu'il venait de faire un mille ou deux pour essayer la bête.

« Si je l'ai achetée, cette jument, ajouta-t-il avec une ardeur si contenue qu'on aurait pu le prendre pour de l'indifférence, c'est qu'elle est habituée à être montée par une dame. »

M. Melbury ne se déridait pas.

Mrs. Melbury interrogea :

« Est-elle douce ? »

Winterborne le lui affirma.

« Je m'en suis assuré, dit-il. Elle a vingt et un ans, et c'est une bête très intelligente pour son âge.

— Eh bien ! descendez de cheval et entrez ! » dit Melbury d'un ton brusque.

Et Giles mit pied à terre.

Cet achat était le résultat tangible des pensées qui avaient préoccupé Giles durant les deux dernières semaines. Il avait accepté avec la philosophie dont il était capable l'échec de sa réunion de l'autre soir, mais il lui était resté une dose suffisante d'enthousiasme le jour du marché de Sherton-Abbas pour y faire l'emplette de cette jument. Elle appartenait à un pasteur des environs qui avait des filles ; il la lui avait recommandée comme pouvant être montée indifféremment par un homme ou par une femme ; on pouvait même l'atteler en cas de besoin, ou l'employer pour des travaux d'agriculture.

Ce quadrupède de si bonne composition avait rendu à Giles l'espoir de remonter dans l'opinion de Melbury

et de se recommander à lui comme un homme attentionné, soucieux de donner à Grace la possibilité de
faire de l'équitation, si elle devenait sa femme.

Ce matin-là, la jeune fille le considérait avec plus
d'intérêt, dans cet état d'esprit qui est si spécial aux
femmes, et qui, si l'on essaie de l'exprimer tout simplement par des mots, semble aussi inconcevable que
la pénétrabilité de la matière : à savoir cette capacité
d'éprouver une tendre pitié pour l'objet de leur froideur imméritée.

L'équilibre imperturbable qui caractérisait Giles en
général était en ce moment légèrement rompu par
cette animation qui donnait de l'éclat à ses yeux et à
son teint.

Mrs. Melbury le pria de déjeuner avec eux.

Il accepta volontiers, sans se rendre compte qu'ils
avaient tous terminé et que le chant de la bouilloire
révélait qu'elle était plus vide que pleine. Il fallut remettre de l'eau à bouillir, et rétablir la bonne ordonnance de la table. Il ne voyait pas non plus, tant il était
absorbé par la pensée de son achat et de ses conséquences sentimentales, que la matinée passait rapidement, et qu'il empêchait toute la famille de vaquer à
ses occupations.

Il se mit à leur raconter l'achat de la jument, multi-
pliant les détails comiques, avec cette façon qu'il avait
de regarder fixement un objet de la pièce lorsqu'il
faisait le récit de quelque chose qui l'amusait.

Pendant qu'il revoyait par la pensée la scène qu'il
venait de décrire, Grace se leva et lui dit :

« Il faut que j'aille aider ma mère, maintenant, monsieur Winterborne !

— Hein ? » s'écria-t-il en tournant brusquement les
yeux vers elle.

Elle répéta ses paroles en rougissant d'un air un peu
gêné. Et Giles, rappelé trop soudainement à la réalité,
bondit en s'écriant :

« Bien sûr, bien sûr ! »

Et il leur dit vivement adieu.

Il avait toutefois affermi ses positions, du moins en ce qui la concernait ; le temps, d'ailleurs, en s'écoulant, deviendrait son allié, car (son père n'était pas sans le voir et avec regret) la vie rustique qu'on menait à Hintock ne la frappait déjà plus comme quelque chose d'insolite ; de même un visage qu'on n'a pas vu depuis des années perd insensiblement l'air étranger qu'il avait d'abord à nos yeux et retrouve son aspect familier d'autrefois.

M. Melbury sortit de la maison, sans avoir pu encore se réconcilier avec l'idée de sacrifier ce joyau qu'il avait pris tant de peine à monter.

Il se laissait aller à espérer dans le tréfonds de son âme qu'un événement se produirait avant que la balance des sentiments de Grace ne penchât vers Winterborne, un événement qui calmerait sa conscience et en même temps laisserait sa fille sur son piédestal.

XII

C'était une assez belle journée pour la saison. Miss Melbury partit faire une promenade matinale, et son père, toujours attentionné, ayant une heure de libre, offrit de l'accompagner.

Il soufflait un vent vif et régulier qui filtrait entre les rameaux dénudés sans les agiter ; pourtant la pointe de chaque feuille du lierre qui grimpait sur les troncs égratignait continuellement sa voisine immédiate.

Grace buvait l'air natal comme du lait.

Ils arrivèrent bientôt à un endroit où les bois formaient un coude, et ils se trouvaient maintenant presque à découvert. Après un regard circulaire, ils se préparaient à rentrer dans le taillis quand un renard en sortit tranquillement, la queue basse, les croisa en trottant aussi doucement qu'un chat, puis disparut parmi les bruyères mortes.

Ils continuèrent leur promenade, et M. Melbury dit simplement, après avoir observé l'animal : « Il y a une chasse à courre pas loin d'ici. »

Quelques instants plus tard, ils aperçurent au loin des chiens qui couraient çà et là, en désordre, comme si, ce jour-là, le fumet ne tenait pas.

L'instant d'après, un « gentleman farmer », tel Actéon tout à l'ardeur de la chasse, arriva jusqu'à nos deux promeneurs et, s'adressant à Grace qui marchait quelques pas en avant, lui demanda si elle avait vu le renard.

« Oui, dit-elle, je l'ai vu passer par là, il n'y a pas longtemps.

— Et vous n'avez pas crié "Taïaut" ?

— Non, je n'ai rien dit.

— Pourquoi diable n'avez-vous pas crié, ou votre nigaud de compagnon ? » dit l'homme en s'éloignant.

Elle parut déconcertée par cette sortie, et en se tournant vers son père elle vit qu'il avait beaucoup rougi.

« Il n'aurait pas dû te parler comme cela », dit Melbury du ton d'un homme dont le cœur était meurtri, bien que ce ne fût pas pour l'épithète qui s'adressait à lui. « Et il ne l'aurait pas fait s'il avait été vraiment un "gentleman". Ce n'est pas le langage qu'on tient à une femme tant soit peu distinguée. Toi, si instruite et si cultivée, tu te mettrais à crier "Taïaut !" tout comme une fille de ferme ! Il ne voit donc pas à qui il a affaire ? Ça m'a coûté près de cent livres par an pour t'élever au-dessus de tout cela, et pour montrer aux gens du pays ce que pouvait être une femme.

« Ah ! je sais bien pourquoi, va, Grace ! C'est parce que c'est moi qui t'accompagnais. Si, à ma place, ç'avait été un monsieur en noir ou un pasteur qui se promenait avec toi, ce chasseur ne t'aurait pas parlé ainsi.

— Mais non, mais non, père ! Vous n'avez rien de rude et de vulgaire, voyons !

— Je te le dis, moi, que c'est ça ! Il y a longtemps que j'ai remarqué qu'on juge une femme d'après l'homme qui est avec elle. Celle qui a l'air d'une vraie dame quand elle est avec un monsieur du monde, n'a plus l'air que d'une vulgaire imitation quand elle est à tu et à toi avec un gaillard de la campagne. On ne te traitera pas longtemps comme ça, et en tout cas, sûrement pas tes enfants ! Et on te trouvera quelqu'un pour t'accompagner, qui représentera un peu mieux que moi, Dieu le veuille !

— Mais, mon cher père, dit-elle, navrée, je me trouve très bien comme cela. Et je ne demande pas d'autres égards que ceux qu'on a ici pour moi. »

« Quel objet délicat et embarrassant qu'une fille » dit le poète grec, et pour Melbury plus que pour tout autre, sa fille était bien cela.

Quant à Grace, elle commençait à se sentir mal à l'aise. Peut-être, par moments, n'était-elle pas tentée par l'humble perspective de vouer sa vie à Giles Winterborne, mais elle trouvait de plus en plus gênant d'être considérée comme l'unique espoir et l'unique ambition de sa famille.

« Ça ne te déplairait pas qu'on ait plus d'égards pour toi, n'est-ce pas, si ça devait me faire plaisir ? », lui demanda son père, continuant sur le même sujet.

Elle reconnut qu'il avait raison. Malgré son sentiment de gêne, les arguments de son père n'avaient pas été sans influence sur elle.

« Grace », lui dit-il avant d'atteindre la maison, « je donnerais ma vie pour que tu fasses un beau mariage. Aujourd'hui, je viens d'être confirmé dans mon idée que la distinction d'une femme compte pour rien quand elle est seule à l'avoir. Tu feras un beau mariage, ma fille ! »

Il respira fortement, et son soupir sembla repris par le vent qui lui répondit à son tour par un léger soupir de reproche.

Elle le regarda avec calme.

« Et M. Winterborne ? interrogea-t-elle. Si j'en parle, ce n'est pas pour une question de sentiment, mais pour une question d'honnêteté. »

Le marchand baissa les yeux un instant.

« C'est vrai, je ne sais pas... Je ne sais pas quoi dire.

C'est une situation difficile! Bah! rien ne presse!
Attendons d'abord de voir comment il se tire d'affaire. »

Ce soir-là, il l'appela pour qu'elle vînt le rejoindre
dans son bureau, une petite pièce où l'on se sentait
chez soi, derrière le grand salon. Elle avait jadis fait
partie de la cuisine, et il y avait dans le mur le four
habituel, ovale et fait en briques. En la transformant en
bureau, M. Melbury avait fait placer un coffre-fort dans
la cavité et il y gardait ses papiers importants.

La porte du coffre était ouverte et les clés étaient
dessus.

« Assieds-toi, Grace, lui dit-il, viens me tenir compagnie. Tu peux t'occuper à regarder ces papiers, ajouta-
t-il en lui lançant un paquet.

— Qu'est-ce que ces papiers? » demanda-t-elle.

« Des valeurs de toutes sortes! » Il les déplia un à un.

« Des papiers à tant chacun! Tiens, par exemple,
voilà toute une série d'obligations des Ponts et Chaussées. Croirais-tu jamais que ces papiers-là valent deux
cents livres chacun?

— Sûrement non, si vous ne me l'aviez pas dit!

— C'est pourtant comme ça! Tiens! en voilà d'un
autre genre : différentes sommes placées à 3 %. Celles-ci sont des obligations de Port-Breedy. Nous avons
de gros intérêts dans ce port-là; j'y envoie beaucoup
de bois. Ouvre les autres comme tu l'entendras, ça
t'intéressera!

— Oui, c'est cela, un de ces jours! dit-elle en se
levant.

— Jamais de la vie! Vois ça maintenant; il faut t'ins-
truire un peu là-dessus. Une jeune personne instruite
ne saurait ignorer complètement les affaires d'argent.
Suppose qu'un jour tu sois veuve et que tu restes à la
tête des titres et placements de ton mari.

— Je vous en prie, père... Des titres! cela a l'air si
ambitieux!

— Mais pas du tout! Moi j'en ai des titres! Tiens! ce

morceau de parchemin représente le titre de propriété des maisons que j'ai à Sherton-Abbas.

— Oui, mais... » Elle hésita, regarda le feu, et poursuivit à voix basse. « Si les projets que vous avez faits pour mon avenir sont mis à exécution, je serai d'une situation et d'un milieu modestes.

— Modestes ! Tu m'as dit toi-même que tu ne t'étais jamais mieux sentie dans ton élément que durant l'après-midi que tu as passée chez Mrs. Charmond, où elle t'a fait faire le tour de sa maison, t'a montré toutes ses babioles, et t'as offert si aimablement le thé dans son salon, tu t'en souviens ?

— Oui, j'ai dit cela ! reconnut Grace.

— Est-ce vrai ?

— Oui, c'était vrai à ce moment-là. Maintenant l'impression que j'en avais est atténuée sans doute.

— Ah ! Eh bien ! tu ne t'en rends peut-être plus compte, mais ton impression était juste, ton esprit et ton corps étaient en plein épanouissement, et te trouver avec elle, c'était parler d'égale à égale. Depuis, tu as vécu avec nous, et tu as reculé tant soit peu, et tu ne sais plus très bien où est ta vraie place.

« Fais ce que je te dis, va ! regarde tous ces papiers et vois ce que tu vaudras un jour. Car tout ça t'appartiendra, tu sais bien que je n'ai que toi. Peut-être bien que si, à ton instruction, venaient s'ajouter ces papiers, renforcés eux-mêmes d'autres papiers et de celui qui les posséderait, eh bien, alors ! des hommes comme celui de ce matin ne te considéreraient plus tout à fait comme la fille d'un vieux nigaud. »

Elle fit donc ce qu'il lui disait, et déplia tous ces témoins de sa fortune que son père lui présentait.

Semer dans le cœur de Grace le désir d'une belle situation était évidemment son but, bien que ce désir fût en opposition directe avec un sentiment plus élevé qui avait prévalu jusqu'ici et n'avait été vaincu qu'au cours de la promenade du matin.

Elle aurait préféré ne pas être l'unique objet et tout l'espoir de l'ambition paternelle. C'était là une grande responsabilité. Elle en voulait à son extérieur et aux attentions qu'elle avait eues pour lui depuis son retour.

« Si seulement j'étais revenue mal habillée, et si j'avais essayé d'être désagréable, tout cela ne serait peut-être pas arrivé », pensait-elle. Cependant, elle déplorait moins le fait que les contingences.

Puis, son père insista pour qu'elle jetât un regard sur son carnet de chèques et qu'elle en lût les souches. Elle lui obéit et arriva enfin à deux ou trois chèques qui avaient servi dernièrement à payer ses robes, sa pension et son instruction.

« Moi aussi, je coûte cher, tout comme les chevaux, les camions et le blé, dit-elle peinée.

— Ce n'est pas pour que tu voies ces chèques-là, mais c'est pour te donner une idée de mes affaires et de mes placements. Mais si tu me coûtes autant qu'eux, ne t'inquiète pas, tu me rapporteras bien plus !

— Ne me comparez tout de même pas à des biens meubles, je vous en prie !

— Des biens quoi ? Un mot du dictionnaire ! Ah ! ça c'est ton rayon, je ne te le défends pas ! même si c'est un reproche », ajouta-t-il en riant. Et il la considéra avec fierté.

Quelques instants après, la mère Olivier vint leur dire que le souper était prêt et elle ajouta incidemment : « Alors, il paraît que nous allons bientôt perdre la châtelaine de Hintock-House, m'sieur Melbury. Oui, elle s'en va demain à l'étranger, pour y finir de passer l'hiver, et pour sûr qu' ça m' dirait d'en faire autant ; mon pauv' gosier y aurait ben b'soin d'être ramoné ! »

Quand la vieille femme eut quitté la pièce, Melbury se tournant vers sa fille lui dit :

« Tu vois, Grace, voilà que tu perds ta nouvelle amie, et avec elle toutes tes chances de l'accompagner, et de rédiger tes récits de voyage. »

Grace ne répondit pas.

« Et ça, continua-t-il avec force, c'est à cause de la soirée chez Winterborne ! Ça c'est sûr et certain. Aussi, laisse-moi te dire un mot : promets-moi de ne pas le revoir sans que je le sache.

— Je ne le vois jamais, que vous le sachiez ou non, père, répondit-elle.

— Eh bien ! tant mieux. Ça ne me dit rien du tout, cette histoire-là ! Ça n'est pas que je lui en veuille, au pauvre garçon, mais je veux ton bien ! voilà ! Car, comment une femme élevée comme tu l'as été pourrait-elle supporter de partager sa rude existence ? »

Elle soupira. C'était un soupir de pitié pour Giles, mêlé au sentiment de son impuissance devant le Destin.

A la même heure, presque à la même minute, une autre conversation ayant pour sujet Winterborne se déroulait dans la rue, en face de la grille de M. Melbury, où s'étaient rencontrés par hasard le vieux Timothy Tangs et Robert Creedle.

Le scieur de long demandait à Creedle s'il était au courant de ce qu'on disait dans toute la paroisse.

Son visage s'éclairait à l'idée d'apprendre à l'autre une nouvelle, et s'assombrissait en même temps à cause de cette même nouvelle.

« Eh ben ! Cette pauvre petite Marty South, elle va perdre son père ! Il était quasiment guéri et le v'là maintenant au plus mal, un homme qui a jamais eu de chance ! Et si y quitte Petit-Hintock pour un monde meilleur, est-ce que ça ne va pas faire une fameuse différence pour votre patron Winterborne, voisin Creedle ?

— V'là t'y pas que j'suis prophète à Hintock, maintenant! dit Creedle. J'y pensait justement hier, moi qui vois toujours venir de loin. Toutes les maisons de M. Winterborne, elles dépendent de la vie de John South. Si South y décède, la loi dit que toutes les maisons tombent aux mains de la dame du Château, sans qu'y ait aucun recours. Je lui ai bien dit! mais c'que dit un fidèle serviteur, autant en emporte le vent! »

XIII

La nouvelle était vraie. La durée de cette seule vie si fragile qui avait servi juridiquement à la mesure du temps, cette vie était maintenant en danger de disparaître. South était le dernier d'un groupe d'hommes qui avaient rendu le même service, et à son dernier soupir sa petite maison, celle plus importante de Winterborne et une demi-douzaine d'autres qui étaient entre les mains de diverses familles de Hintock depuis cent ans, verraient leur long bail expirer, et retourneraient à la grande propriété voisine.

Le lendemain, Winterborne faisait les cent pas dans son jardin en songeant à cette éventualité. Cela lui faisait une drôle d'impression de penser que les allées qu'il parcourait, les carrés de choux, les pommiers, son habitation, le cellier, le pressoir, les écuries, la girouette, tout cela allait lui glisser sous les pieds et devant les yeux tout comme s'ils étaient peints sur les plaques de verre d'une lanterne magique.

Malgré la maladie récente de John South, il n'avait pas prévu le danger.

Pendant qu'il était dans son jardin, quelqu'un vint le chercher. C'était Marty elle-même, et elle était si préoccupée qu'elle en oubliait sa tête tondue.

« Mon père continue à s'inquiéter à cause de cet

arbre, dit-elle, vous savez bien, M. Winterborne, le
grand arbre qui est devant la maison : il croit qu'il va
s'abattre et nous tuer. Ne pouvez-vous pas venir essayer de lui enlever cette idée de la tête ? Moi, je n'y
arrive pas ! »

Il l'accompagna jusqu'au cottage et monta avec elle
l'escalier. John South était appuyé à des oreillers dans
un fauteuil entre le lit et la fenêtre, juste en face de
celle-ci, la tête tournée vers le dehors.

« Ah ! c'est vous, voisin Winterborne ? dit-il. Ça ne
me ferait rien de mourir s'il n'y avait que ma vie à
perdre. Ça n'est pas que j'y attache tant de prix, et si
mon heure est venue, j'en ferai bien le sacrifice. Mais
quand je pense à ce que ça représente pour vous, un
jeune homme qui débute dans la vie, c'est ça qui me
fait faire du mauvais sang. Ça a l'air malhonnête de ma
part de m'en aller comme ça, à cinquante-cinq ans ! Je
durerais encore bien sans cet arbre-là, ça je le sais !
Oui, c'est cet arbre qui me tue : il est là tout le temps
à me menacer à chaque coup de vent ! Il nous tombera
dessus un jour, il nous écrasera ; et qu'est-ce que vous
deviendrez quand la vie qui vous conserve votre bien
aura disparu ?

— Ne vous inquiétez pas de moi, dit Giles. Ça n'a pas
d'importance ; ne pensez qu'à vous seul ! »

Il regarda par la fenêtre dans la direction du regard
du bûcheron. L'arbre était un grand orme, qu'il avait
toujours vu là. Il s'élevait à une distance égale environ
aux deux tiers de sa hauteur de la façade de la maison.
Chaque fois que le vent soufflait, comme c'était le cas,
l'arbre, tout naturellement, s'agitait. Et ce balancement
et ces gémissements avaient peu à peu fait naître dans
l'esprit du bûcheron l'illusion terrifiante.

Il restait là des jours entiers, sans vouloir rien entendre, à guetter ses oscillations et à écouter les tristes
mélodies grégoriennes qu'en tirait le vent. C'était,

semblait-il, cette crainte constante plus qu'une véritable maladie organique qui rongeait John South.

Chaque fois que l'arbre se penchait, South, le prenant docilement pour modèle, penchait misérablement
la tête.

« Ah ! disait-il, du temps qu' c'était encore un tout
petit arbre et que j'étais tout gosse, j'avais voulu un
jour lui abattre la tête avec ma serpette pour y attacher
la corde à pendre le linge. Mais j'ai toujours remis à
plus tard et puis je n'y ai plus pensé. Finalement, il est
devenu trop grand et maintenant il m'en veut, et ce
sera ma mort, cet arbre ! J'étais bien loin de me douter
quand je l'ai laissé vivre qu'un jour viendrait où il me
torturerait et me mènerait au tombeau.

— Mais non, mais non ! » dirent Winterborne et
Marty, s'efforçant de le calmer. Mais ils songeaient, eux
aussi, que cet arbre serait cause de sa mort, mais non
par sa chute.

« Ecoutez, dit Winterborne, voilà ce que je vais faire !
Cet après-midi, je vais grimper dedans et je vais alléger
les basses branches, comme cela il ne sera plus aussi
volumineux et le vent aura moins de prise dessus.

« Elle ne voudra pas, cette femme qui sort on ne sait
d'où ! elle ne vous le permettra pas !

— Mrs. Charmond ? Elle ne sait même pas que cet
arbre existe. Et puis alléger n'est pas abattre, et je
prends ça sur moi ! »

Il sortit ; l'après-midi il revint, serpe en main, monta
dans l'arbre avec une échelle et se mit à élaguer, « alléger » comme on dit à Petit-Hintock, les branches inférieures.

Elles tremblaient sous ses coups, se penchaient et
s'écroulaient dans la haie. Après avoir supprimé les
premières branches, il quitta l'échelle pour grimper un
peu plus haut et s'attaqua à une série suivante. Il monta
ainsi progressivement, bien au-dessus du sommet de
l'échelle, coupant les branches au fur et à mesure, et

ne laissant au-dessous de lui rien d'autre qu'un tronc nu.

C'était un travail fatigant, car l'arbre était grand ; l'après-midi passa, et vers quatre heures, l'obscurité et la brume descendirent. De temps en temps, Giles lançait un regard vers la fenêtre de South, où, à la lueur vacillante du feu, il pouvait voir le vieil homme qui l'observait, immobile, les deux mains appuyées sur les bras de son fauteuil. Auprès de lui était Marty, les yeux fixés, elle aussi, sur cette portion du ciel, champ des opérations.

Tout à coup, Winterborne s'arrêta, une idée étrange venait de lui traverser l'esprit. Il était là, à l'œuvre sur la propriété d'une tierce personne, afin de prolonger un bail dont l'expiration serait d'un profit considérable pour elle. Et il se demandait s'il avait le droit de continuer.

D'un autre côté, ce qu'il en faisait c'était pour prolonger la vie d'un homme, et cela semblait pouvoir l'autoriser à adopter des mesures arbitraires.

Le vent s'était calmé, et tandis qu'il pesait ainsi le pour et le contre, il vit venir sur la route, à travers le brouillard, une silhouette qu'il reconnut, tout vague qu'elle fût : c'était Grace Melbury, sortie sans doute pour une promenade avant la nuit. Il se préparait à l'entendre dire « Bonjour » en passant, car elle s'approchait de l'arbre, mais bien que, en levant les yeux, elle l'eût aperçu, les paroles de son père étaient encore trop récentes pour qu'elle donnât à Giles un encouragement quelconque.

Son retour à Hintock n'avait pas suffisamment réveillé l'affection ancienne qu'elle avait pour lui au point de la faire s'insurger.

Croyant qu'elle ne l'avait peut-être pas vu, Winterborne s'écria : « C'est moi, Miss Melbury ! »

Elle releva la tête ; elle était assez près pour voir l'expression de son visage et les clous de ses souliers rendus brillants comme l'argent par l'usure de la mar-

che. Mais elle ne répondit pas, et poursuivit son chemin en baissant les yeux.

Winterborne eut l'air stupéfait : il médita un instant
puis se remit machinalement au travail.

Cependant, Grace n'était pas allée bien loin ; appuyée mélancoliquement à une barrière, elle murmurait : « Que dois-je faire ? »

Le brouillard épaissit ; elle rebroussa chemin et re-
passa sous l'arbre. Il lui parla à nouveau.

« Grace, dit-il, quand elle fut tout près du tronc,
dites-moi quelque chose. »

Elle le regarda fixement, secoua la tête sans s'arrêter
et continua sa route. Elle s'arrêta ensuite et l'observa de
derrière la haie.

Sa froideur partait d'un bon sentiment. « S'il faut en
finir, mieux vaut en finir tout de suite », se disait-elle.

Pendant qu'elle était ainsi loin de ses regards, Giles
parut saisir son intention. D'un mouvement brusque, il
se remit au travail, grimpant de plus en plus haut dans
le ciel, et s'éloignant de plus en plus de ce monde
sublunaire. Finalement, il était si haut et le brouillard si
épais, qu'on l'apercevait tout juste, comme un point
sombre sur le zénith plus clair ; on l'aurait perdu de
vue, sans le bruit rythmé de sa serpe, la chute et le
craquement régulier des branches qui tombaient dans
la haie. Au fond, il fallait s'y prendre autrement, la
franchise pure et simple valait mieux.

Elle revint sur ses pas une troisième fois ; il ne la
voyait pas cette fois-ci et elle s'attardait à regarder la
silhouette de cet homme qui ignorait sa présence ; elle
hésitait à donner le coup de grâce à l'espoir qu'il
conservait peut-être encore.

« Giles ! M. Winterborne ! » cria-t-elle.

Il remuait si fort les branches qu'il ne l'entendit
point.

« M. Winterborne ! » répéta-t-elle ; cette fois il s'arrêta,
se pencha et répondit.

« Mon silence de tout à l'heure n'était pas involontaire », dit-elle d'une voix encore mal affermie. « Mon père dit qu'il vaut mieux pour nous ne plus trop penser à cet engagement, à ce projet que vous savez. Moi aussi, je crois qu'au fond il a raison. Mais nous restons amis, n'est-ce pas, Giles ? Nous sommes un peu parents, d'ailleurs.

— Ah oui ! » répondit-il d'une voix faible, qu'on entendit à peine au pied de l'arbre. « Je n'ai rien à dire, Grace ! je ne peux rien dire pour le moment, il faut que je réfléchisse. »

Elle ajouta, avec une teinte d'émotion dans la voix :

« Vous savez, moi, je crois que j'aurais bien fini par vous épouser. Mais j'y renonce, parce que je vois bien que ça ne serait pas raisonnable. »

Il ne répondit rien, mais s'adossa à une branche, son coude contre la fourche, et appuya sa tête dans sa main. Il resta ainsi jusqu'à ce que le brouillard l'eût complètement dérobé aux yeux de Grace.

Celle-ci soupira par deux fois et elle partit, le cœur gros et les yeux humides. Si, au lieu de rester immobile, Giles était descendu auprès d'elle, aurait-elle persisté dans cette résolution d'obéissance passive à son père, résolution qu'elle venait de lui annoncer comme définitive ?

S'il est vrai, comme les femmes elles-mêmes le déclarent, qu'elles ne sont jamais plus près d'admettre un homme dans leur vie que cinq minutes après l'avoir refusé, il est probable que si Winterborne avait regagné la terre, cela aurait changé bien des choses, mais il demeura immobile et muet dans son *Niflheim,* cette région de brumes qui l'enveloppait, et elle continua sa route.

Ce lieu semblait désert à présent : la lumière de la fenêtre de South striait le brouillard de ses rayons, mais n'atteignait pas l'arbre. Un quart d'heure passa ; là-haut, tout était obscurité. Giles n'était pas descendu.

Bientôt l'arbre parut frissonner, puis soupirer, on entendit un mouvement et Winterborne glissa presque sans bruit jusqu'au sol. Il avait réfléchi.

Après avoir remis en place serpe et échelle, il repartit chez lui. Pas plus que l'expiration possible du bail, cet incident n'affecterait son attitude et sa conduite, et il alla se coucher comme à l'ordinaire.

Deux ennuis simultanés ne font pas toujours un ennui double : si bien que l'inquiétude qu'avait Giles au sujet de la maison et qui, en temps ordinaire, aurait suffi à le tenir éveillé une bonne moitié de la nuit, se trouva supplantée et non renforcée par son tourment sentimental au sujet de Grace Melbury.

A vrai dire, cet abandon de Grace devait avoir sur lui l'effet d'une mort plutôt que d'une rupture. Mais, pour le moment, il ne s'en rendait pas compte. Le lendemain matin, à son réveil, il était encore tendu et sombre. La seconde note de la gamme de ces émotions-là : le regret d'avoir perdu l'objet aimé, n'avait pas encore résonné dans son cœur.

Un chargement de bois de chêne devait être envoyé ce matin-là à un entrepreneur dont les chantiers se trouvaient dans une ville éloignée. Les troncs furent enchaînés, et on y attela quatre des plus forts chevaux de Melbury. Les chevaux avaient leurs grelots ce jour-là — il y en avait un jeu de seize pour l'attelage — suspendus à un collier au cou de chaque bête. Ils comprenaient toutes les notes d'une gamme de deux octaves, depuis la note la plus aiguë à la droite de celui qui était en tête jusqu'à la grave qui sonnait à la gauche du timonier.

Melbury était l'un des derniers du pays à conserver la coutume des grelots. Car, à Petit-Hintock, où les chemins étaient encore aussi étroits qu'avant la percée des grand-routes, ces signaux étaient aussi utiles que jadis pour lui et pour ses voisins.

Grâce à l'avertissement de leur carillon, on évitait

bien souvent de faire reculer les voitures. De plus, le
son des grelots de chaque attelage du pays était connu
de tous les charretiers et, par une nuit noire, ceux-ci
étaient capables de discerner de très loin si c'étaient
des amis ou des inconnus qu'ils allaient croiser.

Le brouillard de la soirée précédente s'attardait encore lourdement sur les bois et le jour ne pouvait
réussir à traverser les arbres. La charge était lourde, le
chemin tortueux, l'air opaque, et Winterborne décida,
comme souvent d'ailleurs, d'accompagner l'attelage
jusqu'à l'endroit où le chemin rejoint la route.

Il avançait pesamment, en ébranlant les fondations
des cottages au bord du chemin ; les seize grelots
couvraient tout ce bruit de leur carillon harmonieux ;
après une côte, ils quittèrent la vallée et descendirent
vers la route moins encaissée ; leurs sabots raclaient la
route et soulevaient des étincelles qui risquaient de
mettre le feu au tapis de feuilles mortes.

C'est alors que se produisit un incident que les grelots avaient pour objet d'éviter.

Tout à coup, dans un halo de brouillard, surgirent
devant leurs yeux, toutes proches, les deux lanternes
d'une voiture. Le bruit du lourd attelage avait empêché
qu'on l'entendît venir. C'était une autre voiture fermée,
et, derrière, suivait un autre véhicule avec des bagages.

Winterborne alla jusqu'à la tête de l'attelage et entendit le cocher dire au charretier de retourner en
arrière. Le charretier déclara que c'était impossible.

« Si ! vous pouvez tourner si vous détachez vos chevaux au lieu de les laisser à la file.

— Il est beaucoup plus facile de tourner pour vous
que pour nous, dit Winterborne. Nous avons là, sur ces
roues, cinq tonnes de bois pour le moins.

— Oui, mais moi j'ai une voiture avec des bagages
par-derrière. »

Winterborne reconnut la valeur de cet argument.

« Mais, même comme cela, dit-il, vous pouvez reculer plus facilement que nous. Et c'est ce que vous devez faire : il y a plus d'un demi-mille que vous entendez nos grelots.

— Et vous, vous voyiez nos lumières !

— Non, le brouillard nous les cachait.

— Cela suffit ! dit le cocher avec hauteur, notre temps, à nous, est précieux. Vous vous rendez à quelque malheureux petit village, nous, nous allons directement en Italie !

— En voiture jusqu'au bout probablement », dit Winterborne d'un ton ironique.

La discussion continua sur ce ton jusqu'à ce qu'une voix demande de l'intérieur ce qui se passait.

C'était une voix féminine.

En quelques mots, elle fut mise au courant de l'obstination des gens du triqueballe et Giles l'entendit qui disait à son domestique de faire faire demi-tour aux chevaux du chargement de bois.

L'ordre fut transmis et Winterborne renvoya le messager dire à sa patronne qu'il regrettait beaucoup, mais que ce qu'elle lui demandait était impossible, impossible en comparaison du peu de difficulté qu'elle aurait à faire reculer ses voitures légères. Le destin voulait que justement l'incident de la veille avec Grace Melbury eût rendu Giles moins aimable qu'il ne l'aurait été sans cela, sa confiance dans le beau sexe ayant été singulièrement ébranlée. Finalement, rien ne put le faire céder, et les voitures furent obligées de reculer jusqu'à un endroit où le talus avait été creusé pour élargir le chemin et permettre aux véhicules de se croiser.

L'attelage avança lourdement et les seize grelots qui carillonnaient en passant devant les voitures piteusement inclinées contre le talus lui donnaient un air de triomphe qui n'avait d'ailleurs aucun rapport avec les véritables sentiments de son conducteur.

Giles marchait derrière le bois, et il venait de dépasser les voitures arrêtées, lorsqu'il entendit une voix douce qui disait :

« Quel est ce grossier personnage ? Ce n'est pas Melbury ? »

C'était si évidemment une voix de femme que Winterborne eut comme un remords.

« Non, madame ! c'est un homme plus jeune et dont l'affaire est bien moins importante à Petit-Hintock. Il se nomme Winterborne. »

C'est ainsi qu'ils se séparèrent.

« Dites donc, M. Winterborne, dit le charretier, lorsqu'ils furent hors de portée de voix, c'était elle, Mrs. Charmond ! Qui l'aurait cru ? Je vous demande un peu, qu'est-ce qu'une femme qui n'a rien à faire peut bien fabriquer dehors à une heure pareille ! Ah oui ! elle s'en va en Italie. C'est vrai, j'avais entendu dire qu'elle partait pour l'étranger. Elle ne peut pas supporter l'hiver dans ce pays-ci. »

Winterborne était ennuyé de cet incident, d'autant plus qu'il savait bien que M. Melbury, dans son adoration pour le Château, serait le premier à le blâmer s'il en avait connaissance.

Il accompagna le chargement jusqu'au tournant, puis revint sur ses pas avec l'intention de s'arrêter chez South en passant pour apprendre le résultat de l'expérience de la veille.

Or, quelques minutes auparavant, Grace Melbury, qui se levait maintenant suffisamment tôt pour déjeuner en même temps que son père, avait été envoyée par celui-ci chez South, malgré l'heure insolite, pour demander aussi des nouvelles.

Marty était sur le pas de la porte lorsque Miss Melbury arriva. Presque avant que cette dernière eût ouvert la bouche, les voitures de Mrs. Charmond, libérées cette fois, passèrent à toute allure et les deux jeunes filles se retournèrent pour les regarder.

Mrs. Charmond ne les vit pas. Mais il faisait suffi-

samment clair pour qu'elles discernassent sa silhouette
entre les vitres. La masse de ses nattes magnifiques
attira leurs regards.

« Comme elle est jolie, ce matin, dit Grace, oubliant
dans sa généreuse admiration que Mrs. Charmond
l'avait quelque peu négligée. Cette coiffure lui va si
bien. Je ne l'ai jamais vue aussi belle qu'aujourd'hui.

— Moi non plus », dit Marty d'un ton bref, en se
passant inconsciemment la main dans les cheveux.

Grace suivit les voitures des yeux jusqu'au bout, avec
regret. Elle apprit par Marty que South n'allait pas
mieux. Elle n'était pas partie que Winterborne s'approcha de la maison. Il les aperçut et, reconnaissant soudain Grace dans l'une d'elles, il fit demi-tour et alla se
réfugier chez lui jusqu'à ce qu'elle eût disparu.

XIV

La rencontre avec les voitures avait ramené la pensée de Giles vers les maisons qui reviendraient à Mrs. Charmond à la mort de South. Il se demandait ce qui avait bien pu pousser ses ancêtres de Hintock et d'autres villageois à échanger leurs vieux droits de propriété contre des baux à vie. Et il s'étonnait de la négligence de son père qui n'avait même pas pris d'assurance sur la vie de South.

Après le déjeuner il monta dans sa chambre, retourna son lit et en tira un sac de toile tout plat qui se trouvait entre le matelas et la paillasse. C'était là qu'il gardait ses « Baux » et il ne les avait pas ouverts depuis la mort de son père. C'était la cachette habituelle que les paysans choisissaient pour de semblables documents. Winterborne s'assit sur le lit et se mit à les compulser. C'étaient des baux ordinaires qu'un membre de la famille South, quelque cinquante ans auparavant, avait acceptés du châtelain du manoir en échange d'un certain nombre de droits de propriété et autres droits, ledit châtelain s'engageant à rebâtir les maisons délabrées.

Ils étaient tombés en la possession de son père, par sa mère qui était une South.

Epinglée au coin d'un acte, il y avait une lettre que

Giles n'avait jamais vue. Elle portait une date ancienne, était écrite de la main d'un notaire ou d'un homme d'affaires et signée par le propriétaire. Cette lettre disait en substance que, du vivant d'un des trois hommes dont la mort devait entraîner l'expiration du bail, M. John Winterborne ou son représentant aurait le privilège d'ajouter la durée de sa propre vie ou celle de son fils à celle du survivant, moyennant un dédommagement : à savoir, l'assentiment de Winterborne père à la démolition d'une des maisons et sa renonciation au terrain, car elle se trouvait mal placée sur le chemin et gênait la circulation.

Il y avait des années que la maison avait été démolie.

Pourquoi le père de Giles n'avait-il pas profité de ce privilège ? Mystère ? Selon toutes probabilités la mort seule l'avait empêché de mettre ce projet à exécution, car Winterborne père était un homme qui, dans sa sphère, s'intéressait aux affaires de propriété et de succession.

Puisque l'un des South était encore vivant, il n'était pas improbable que Giles pût faire, en ce qui le concernait tout au moins, ce que son père n'avait pas eu le temps d'accomplir. Cette possibilité lui rendit courage, car ces maisons représentaient beaucoup pour lui.

Les doutes de Melbury sur la valeur du jeune homme, en tant que mari pour Grace, étaient, pour la plupart, basés sur le caractère incertain de sa situation à Petit et à Grand-Hintock. Il résolut de s'en occuper immédiatement. La taxe de prolongation se montait à une somme qu'il pourrait aisément rassembler.

Cependant, il ne put réaliser son projet en un jour, et il courut chez South comme ç'avait été son intention pour savoir le résultat de leur expérience avec l'arbre.

Marty vint à sa rencontre sur le pas de la porte.

« Eh bien ! Marty ? » dit-il. Il lut avec surprise sur son visage que le résultat n'était pas aussi réconfortant qu'il l'avait imaginé.

« Je regrette que vous vous soyez donné tout ce mal, dit-elle. Cela a été peine perdue. Il dit maintenant que l'arbre a l'air plus haut que jamais. »

Winterborne se retourna pour le voir. Il n'y avait pas de doute, l'arbre semblait plus haut, son tronc complètement nu maintenant n'en paraissait que plus squelettique.

« Ça l'a terrifié ce matin de voir ce que vous y aviez fait, ajouta-t-elle. Il prétend qu'il va nous tomber dessus et nous pourfendre comme l'épée du Seigneur et de Gédéon.

— Eh bien ! puis-je faire autre chose pour vous ? demanda-t-il.

— Le docteur dit qu'il faudrait abattre l'arbre.

— Ah ! vous avez vu le docteur ?

— Je ne l'ai pas envoyé chercher. Avant son départ, Mrs. Chamond a entendu dire que mon père était malade et elle nous l'a envoyé à ses frais.

— C'est bien de la bonté de sa part ! Et alors, il dit qu'il faudrait l'abattre ? Je suppose qu'on ne peut pas le couper sans qu'elle le sache. »

Il monta. Le vieillard était assis et considérait l'arbre, l'œil fixe, comme si son regard s'était figé sur le tronc. Malheureusement, l'arbre s'était remis à se balancer, car le vent avait monté en dissipant le brouillard et ses yeux en suivaient les oscillations.

Ils entendirent un bruit de pas, le pas d'un homme, quoique léger.

« Tiens ! voilà le Dr Fitzpiers qui revient », dit-elle, et elle descendit. On l'entendit bientôt monter l'escalier.

M. Fitzpiers entra dans la chambre du malade avec cet air que prend un docteur en ces occasions, particulièrement quand il s'agit de la chambre d'un humble paysan. Il se dirigea vers le patient avec ce regard préoccupé qui révèle si clairement qu'il a oublié presque tout du cas et de ses particularités.

Car, à sa dernière visite, il s'était empressé de les

chasser de son esprit dès qu'il avait passé la porte. Il avait fait un petit signe du menton à Winterborne qui ne l'avait pas revu depuis qu'il avait surpris son regard d'admiration pour Grace par-dessus la haie; il se re-mémora le cas et, sans se hâter, arriva près de South.

Edred Fitzpiers était en somme un bel homme qui ne manquait pas de distinction. Il avait des yeux noirs et expressifs, brillants d'énergie ou de sensibilité, peut-être de l'un et de l'autre. Mais il n'avait pas cet œil vif, étincelant, averti, aigu, qui voit clairement toutes cho-ses en surface sinon en profondeur.

Cette apparente gravité du regard correspondait-elle à quelque chose de réel, ou n'était-elle, au contraire, qu'un accident artistique de son physique ? Seuls ses actes devaient le révéler.

Son visage avait plus de douceur que de caractère, plus de charme que de noblesse, et il était plutôt pâle que coloré. Son nez — si toutefois une description de tous ses traits s'impose pour quelqu'un de sa valeur — avait suffisamment de ligne pour tenter un sculpteur qui aurait des loisirs, mais de ce fait il était dépourvu de ces irrégularités et de ces bosses qui sont souvent un signe de volonté, et la courbe classique de sa bou-che manquait de fermeté vers les coins.

Sa promptitude à comprendre choses et gens et l'air de méditation qui s'attachait à sa personne révélaient un philosophe plus qu'un homme du monde, d'autant plus qu'il ne portait ni bijou ni breloque, quoique sa mise fût recherchée et ses habits plus à la mode que cela n'est ordinairement le cas pour les médecins de campagne.

Des gens sérieux et d'une classe extrêmement res-pectable, ayant entendu parler de lui, disaient que ses erreurs viendraient, non d'un manque mais d'une trop grande abondance d'idées, que c'était un rêveur, un « iste » quelconque, plongé de façon exagérée dans un faux genre de « isme »; quoi qu'il en soit, on verra que c'était là un homme, un docteur plutôt extraordinaire pour un pays comme Petit-Hintock où il était tombé du ciel.

« C'est un cas très bizarre », dit-il enfin à Winterborne, après avoir examiné South, en lui parlant, l'examinant et le palpant, et après avoir appris que son idée fixe au sujet de l'arbre n'avait fait qu'augmenter.

« Descendez avec moi, je vais vous dire ce qu'on pourrait faire. »

Ils descendirent et le docteur poursuivit :

« Il faut que cet arbre soit abattu, ou je ne puis répondre de la vie de cet homme !

— C'est un arbre à Mrs. Charmond, et je suppose qu'il faut son autorisation, dit Giles.

— Oh ! tant pis pour son propriétaire ! Qu'est-ce qu'un arbre à côté d'une vie humaine ? Abattez-le ! Je n'ai pas encore l'honneur de connaître Mrs. Charmond, mais je veux bien prendre cela sur moi.

— Il y a que c'est du bois, reprit Giles. Et on ne coupe jamais une branche ici sans qu'elle ait été marquée d'avance par la châtelaine ou son homme de confiance.

— Eh bien ! nous allons inaugurer une ère nouvelle ! Depuis combien de temps se plaint-il de cet arbre ? demanda-t-il en se tournant vers Marty.

— Oh ! depuis des semaines et des semaines ! On dirait qu'il est hanté par cet arbre comme par un esprit malin. Il dit qu'il a tout juste son âge, qu'il est quasiment humain, et qu'il est tout exprès sorti de terre quand il est né pour le dominer et régler sa destinée. C'est pas la première fois que ça arrive à Hintock ! »

On entendait la voix de South au premier.

« Ah ! le voilà qui se penche par ici ! Y va tomber ! y va tomber ! et me reprendre ma malheureuse vie qui vaut des maisons et des maisons. Ah ! la la !

— Et c'est comme ça tout l' temps, ajouta-t-elle, et jamais il ne regarde ailleurs qu'à la fenêtre, et c'est tout juste s'il accepte qu'on ferme les rideaux de temps en temps.

— Eh bien! qu'on l'abatte et tant pis pour Mrs. Charmond, dit M. Fitzpiers. Ce qu'il y a de mieux à faire c'est d'attendre ce soir quand il fera sombre, ou demain au petit jour avant qu'il soit réveillé. Comme cela il ne le verra pas tomber — il aurait plus peur que jamais! Vous garderez le store baissé jusqu'à ce que je revienne et alors je le rassurerai, et je lui montrerai que son mal est parti à tout jamais. »

Le docteur s'en alla et ils attendirent jusqu'au soir. Quand il fit nuit et que les rideaux furent fermés, Winterborne demanda à deux bûcherons de lui apporter une grande scie, et le grand arbre menaçant fut bientôt presque entièrement scié à la base.

Le lendemain matin avant le réveil de South, ils l'abaissèrent avec précaution dans la direction opposée au cottage. C'était difficile de le faire sans bruit. Ils y réussirent cependant, et l'arbre contemporain du vieux bûcheron reposa de tout son long sur le sol. Le passant le plus paresseux pouvait maintenant poser le pied sur les marques faites aux fourches supérieures par les semelles des grimpeurs les plus intrépides. Des nids jadis inaccessibles auraient pu être examinés au microscope, et les gens pouvaient désormais s'asseoir sur l'extrémité flexible des branches où seuls les oiseaux avaient perché.

Dès qu'il fit grand jour, le docteur arriva et Winterborne le suivit dans la maison. Marty leur dit que son père était entouré de ses couvertures et, comme à l'ordinaire, tout prêt à être transporté dans son fauteuil. Ils montèrent aussitôt et l'y installèrent. Il se mit immédiatement à se plaindre et à déplorer le danger qu'était cet arbre pour sa vie et par suite pour les maisons de Winterborne.

Le docteur fit un signe à Giles qui ouvrit les rideaux de cotonnade.

« Voyez, il n'est plus là », dit M. Fitzpiers.

Dès que le vieillard aperçut le carré de ciel vide au lieu du tronc et des branches qui lui étaient si familiers il se dressa, sans voix; ses yeux s'exorbitèrent et ils s'affaissa; son visage était devenu d'une pâleur bleuâtre.

Extrêmement inquiets, ils le mirent au lit. Dès qu'il revint à lui, il haleta :

« Il n'est plus là! où est-il? où est-il? »

Tout son être semblait paralysé par la stupeur.

Ils étaient accablés du résultat de leur tentative, et firent tout ce qui était en leur pouvoir. Tout semblait inutile. Giles et Fitzpiers allaient et venaient mais en vain. Il traîna toute la journée et mourut au coucher du soleil.

« Je veux être pendu si ce n'est pas mon remède qui l'a tué », se dit le docteur. Il chassa cette pensée et descendit.

En sortant de la maison, il se tourna soudain vers Giles pour lui dire : « Qui était donc cette jeune femme que nous regardions par-dessus la haie l'autre jour? »

Giles secoua la tête, comme s'il avait oublié.

XV

Quand Melbury apprit cet événement, il parut très peiné et il se rendit pensivement chez Marty. Il regrettait sincèrement la mort de South, pour South lui-même ; mais il était d'autant plus navré pour Giles que cette catastrophe coïncidait avec la suggestion impitoyable qu'il lui avait faite de renoncer à sa fille.

Il en voulait au Sort d'infliger aussi inconsidérablement un second tourment à Giles, alors que le mal nécessaire que lui, Melbury, lui avait causé, était grandement suffisant.

« Je lui avais bien dit, au père de Giles, quand il a eu ces cottages, de ne pas dépenser trop d'argent pour ces maisons avec un bail à vie, quand ce n'étaient ni sa vie ni celle de son fils qui étaient en jeu. Mais il n'a jamais voulu m'écouter et, maintenant c'est ce pauvre Giles qui en pâtit !

— Pauvre Giles ! murmura Grace.

— Mais tu sais, Grace, entre nous, c'est vraiment extraordinaire. On dirait que je l'avais senti. Je suis bien désolé pour Giles, mais je me félicite de t'avoir libérée de cet engagement. Pense un peu, si ce n'était pas fait, nous n'aurions pas le cœur de le lui dire maintenant. Aussi, je le répète, il faut nous en féliciter. Je ferai tout ce que je pourrai pour lui comme ami, mais comme prétendant à la main de ma fille, il n'y faut plus penser. »

Et pourtant, juste à ce moment-là, en songeant à l'impossibilité évidente qu'il y aurait désormais à épouser Giles, Grace sentait monter en elle un sentiment plus tendre que celui qu'elle avait pour lui depuis des années.

Cependant Giles, seul dans la maison paternelle qui, désormais ne lui appartenait plus, considérait sa situation avec calme, mais non sans tristesse. Le balancier de l'horloge cognait de temps en temps le côté de sa caisse, mais comme un tambour assourdi qui accompagnerait Giles dans le cortège de la vie. Par la fenêtre, il voyait Creedle arrêté dans son occupation de fumer le jardin, paralysé sans doute par la conviction qu'ils ne profiteraient plus des récoltes de la saison prochaine.

Giles relut les baux et la lettre. Il était indiscutable qu'il perdait ses maisons par un accident contre lequel il eût pu facilement se mettre en garde s'il avait eu connaissance des conditions réelles de ce bail.

D'après la loi stricte, il était trop tard pour y rien changer. Mais pourquoi la propriétaire ne prendrait-elle pas ses intentions en considération, lorsqu'elle serait mise au courant des événements, et pourquoi ne lui accorderait-elle pas en toute justice le droit de conserver son bien jusqu'à sa mort à lui.

Le cœur lui manqua quand il songea qu'en dépit de toutes les lois et de toutes les précautions écrites, il n'en restait pas moins vrai que, pour conserver ses maisons, il dépendait uniquement de cette femme qu'il avait rencontrée la veille dans des circonstances aussi regrettables.

Il était plongé dans ses réflexions quand Melbury parut, l'air compatissant. Winterborne l'accueillit par un mot et par un geste, et continua à examiner ses parchemins. Son visiteur s'assit.

« Ah ! dit-il, c'est bien ennuyeux pour toi, Giles, qu'est-ce que tu vas faire ? »

Giles le mit au courant de la situation exacte, et lui expliqua comment la possibilité de renouveler son bail avait tenu à peu de chose.

« Ça c'est une malchance ! comment expliquer cette négligence de ton père ? Ce que tu peux faire de mieux, c'est d'écrire à cette dame, de tout lui expliquer et de t'en remettre à sa générosité.

— C'est pas qu' ça me plaise beaucoup, dit Giles.

— N'empêche que c'est ça qu'il faut faire, dit Melbury. C'est très important. »

Bref, il fut si pressant que Giles se laissa persuader, avec la ferme conviction qu'il jouait là son dernier atout pour obtenir Grace. Il écrivit donc la lettre à Mrs. Charmond et il l'envoya à Hintock-House d'où on la ferait suivre immédiatement.

Melbury rentra chez lui, plein du sentiment que la bonne action qu'il venait de faire en allant voir Giles atténuait l'arbitraire de sa conduite des jours précédents. Et Giles resta seul, à attendre la réponse de cette divinité, qui réglait la destinée de la population de Hintock. Maintenant, tous les villageois étaient au courant de la situation, et comme ils faisaient pour ainsi dire tous partie d'une même famille, chacun attendait le résultat avec impatience.

Tout le monde songeait bien à Giles, mais personne ne songeait à Marty. Si l'on était allé voir ce qui se passait chez elle, pendant les nuits de lune qui précédèrent l'enterrement de son père, on aurait pu voir la jeune fille toute seule avec le mort. Sa chambre était la plus rapprochée de l'escalier. C'était là que pour plus de commodité on avait placé le cercueil. Et à une certaine heure de la nuit, quand la lune arrivait juste en face de la fenêtre, ses rayons ruisselaient sur le profil immobile de South, sublimisé par la présence auguste de la mort, et, un peu plus loin, sur le visage de sa fille

endormie, couchée dans son petit lit dans le silence
d'un repos presque aussi imposant que celui de son
compagnon, sommeil d'une âme innocente qui ne
possédait plus que sa vie sur cette terre, une vie à
laquelle elle n'attachait pas beaucoup de prix.

On enterra South. Une semaine passa.

Winterborne, sur le qui-vive, attendait une réponse
de Mrs. Charmond. Melbury avait confiance, mais
Winterborne ne lui avait soufflé mot de la rencontre
avec sa voiture, ce fameux jour où, pour la première
fois peut-être, il avait été initié au ton d'une femme qui
se considère comme offensée.

Le facteur passait toujours à l'heure où les hommes
de M. Melbury venaient de s'assembler dans l'atelier.
Winterborne venait les aider quand il n'avait rien de
spécial à faire. Désormais, tous les matins, il sortait
dans l'une des allées cavalières qui traversaient le taillis
de noisetiers.

La silhouette de l'homme chargé de lettres se détachait au bout de cette longue perspective toute droite.
Grace était aussi impatiente de voir arriver cette lettre,
plus que son père, peut-être plus encore que Winterborne lui-même.

Aussi, presque tous les matins, elle trouvait un prétexte quelconque pour aller dans l'atelier pendant
qu'on y attendait les nouvelles.

Onze fois, Winterborne se rendit jusque-là pour scru-
ter la longue allée droite dans la grisaille humide des
matins d'hiver. La silhouette courbée du facteur y parut
régulièrement, mais il n'apportait rien pour Giles ; le
douzième jour, du plus loin que l'homme aux missives
aperçut Giles, il brandit une lettre dans sa main. Winterborne l'emporta avec lui jusque dans l'atelier avant
d'en rompre le cachet et pendant qu'il lisait tous firent
cercle autour de lui, Grace restant au-dehors.

La lettre ne venait pas de Mrs. Charmond elle-même,
mais de son homme de confiance de Sherton.

Winterborne y jeta un regard et, levant les yeux, il dit :

« Rien à faire !

— Oh ! dirent-ils tous ensemble.

— Son notaire est chargé de me dire qu'elle ne voit aucune raison pour empêcher les choses de suivre leur cours normal, d'autant plus qu'elle a l'intention de faire démolir les maisons en question, dit-il d'un ton tranquille.

— Pensez un peu ! » dirent quelques-uns.

Winterborne s'éloigna en se disant tout haut impétueusement :

« Eh bien ! qu'elle les démolisse et qu'elle aille au diable ! »

Creedle le regarda avec un air de Mater Dolorosa.

« C'est en parlant comme ça que vous les avez perdues, vos maisons, patron ! »

Winterborne réprima ses sentiments et il les garda désormais pour lui, quels qu'ils fussent.

Cependant si un homme taciturne est un mystère pour ceux qui ne le connaissent pas, pour ses amis il est transparent bien plus qu'un bavard.

Le paysan qui doit juger de l'heure du jour par les changements qu'il observe dans la nature perçoit dans le paysage mille traits et mille teintes qui passent complètement inaperçus, parce que non indispensables, à celui qui se règle sur le carillon de son horloge. De même, nos yeux apprennent à voir notre ami taciturne. Les mouvements infimes des muscles, des courbes, des cheveux et des rides qui passent inaperçus lorsqu'ils accompagnent la voix, sont observés et traduits quand celle-ci est absente, si bien que le cercle des familiers se trouve averti de l'humeur et des pensées de l'homme réservé.

C'était le cas pour Winterborne avec ses voisins, après son coup de malchance. Lui se taisait, mais ils l'observaient et savaient qu'il se tourmentait.

Un jour qu'il rencontra Melbury, il lui parla en homme qui a perdu toute ambition.

« Bien content de vous voir, M. Melbury », dit-il d'une voix basse et qu'il tâchait de rendre aussi ferme et aussi naturelle que possible. « Je crains bien de ne pas pouvoir garder cette jument que j'avais achetée pour le cas où... pour le cas où je me serais marié. Comme je n'ai pas le goût de la vendre, je voudrais bien, avec votre consentement, la donner à Miss Melbury. C'est une bête docile ; il n'y aurait aucun danger. »

M. Melbury en fut touché.

« Je ne vois pas pourquoi nous recevrions comme ça des cadeaux à tes dépens, Giles. C'est entendu, j'accepte la jument pour Grace, mais je te la paierai, plus tout ce qu'elle t'a coûté jusqu'ici. »

Il ne voulut pas entendre parler d'autres conditions et l'affaire fut conclue. Ils étaient maintenant en face de chez Melbury, et le marchand de bois insista pour faire entrer Winterborne.

Grace n'était pas là.

« Prends ce tabouret, Giles, dit le marchand de bois dès qu'ils furent entrés, je voudrais te parler sérieusement. »

Et il s'expliqua avec Giles très franchement et de la façon la plus amicale. Il lui dit qu'il lui répugnait d'être aussi cruel envers un homme qui était dans la peine, mais que, vraiment, il ne voyait pas comment Winterborne pourrait épouser sa fille maintenant qu'il n'avait même plus un toit pour l'abriter.

Giles reconnut que c'était là une situation malencontreuse, mais une brève lueur d'espoir, le sentiment qu'il valait mieux entendre l'avis de Grace de ses propres lèvres, l'empêchèrent pour le moment de prononcer des paroles définitives.

Il partit donc un peu brusquement et rentra chez lui en se demandant s'il n'essaierait pas d'avoir un entretien avec elle.

Le soir, tandis qu'il méditait, il lui sembla entendre gratter sur le mur extérieur. Souvent, un rosier des quatre saisons qui poussait là faisait un bruit semblable ; mais comme il ne faisait aucun vent, cela ne pouvait être le rosier. Il prit la bougie et sortit. Il n'y avait personne.

Comme il s'en retournait, la lumière en vacillant éclaira le crépi de la façade et il vit les mots suivants écrits au charbon :

> *A Hintock, Giles perd sa place,*
> *Car Giles n'a plus de maison,*
> *Et c'est là, dit-on, la raison,*
> *Pour que Giles perde sa Grace.*

Giles rentra. Il avait des soupçons sur l'auteur de ces vers, mais il n'avait pas de certitude. Ce qui emplissait son cœur bien plus que de la curiosité, c'était la conviction cruelle que c'était là la vérité, malgré tous ses efforts pour regagner Grace.

Sa décision était prise : il s'assit pour écrire à Melbury une lettre en règle par laquelle il exprimait le désir que la promesse faite d'accord avec lui par Melbury et par sa fille, des années auparavant, fût tenue pour nulle et non avenue, et qu'eux-mêmes se considérassent comme libérés de toute obligation.

Ayant fermé cette lettre d'absolution plénière, il décida de s'en débarrasser immédiatement pour en avoir fini ; c'est pourquoi il partit sur-le-champ chez M. Melbury. Il était si tard que tout le monde était couché ; il s'avança à pas de loup jusqu'à la maison, glissa la lettre sous la porte, et se retira aussi discrètement qu'il était venu.

Melbury se leva le premier le lendemain matin, et lorsqu'il eut parcouru la lettre, il en ressentit un grand soulagement, car il savait que si Giles avait voulu influencer Grace, les choses auraient pu se terminer d'une façon regrettable.

« C'est très bien de la part de Giles, très bien, se répétait-il, je ne l'oublierai pas. Et maintenant il s'agit de la maintenir à un niveau digne d'elle ! »

Ce matin-là, Grace alla, par hasard, faire une promenade avant le petit déjeuner et, pour aller dans la direction habituelle, elle ne pouvait éviter de passer devant chez Winterborne. Le soleil du matin éclairait en plein le mur blanc, et elle aperçut immédiatement les vers de la veille qui y étaient encore tracés.

Elle les lut et devint pourpre. Elle voyait Giles et Creedle causer derrière la maison ; la baguette carbonisée qui avait servi à écrire ces lignes était encore là au pied du mur. Presque certaine que Giles la verrait, elle s'approcha rapidement du mur, effaça le mot « perde » et le remplaça par « garde ». Puis elle s'efforça de rentrer calmement chez elle, sans se retourner. Giles en tirerait la conclusion qu'il voudrait.

Sans doute, l'aimable Grace ressentait pour lui plus de sympathie qu'elle n'en avait jamais éprouvé tant qu'il avait été son promis. Depuis ce coup du sort qui s'était abattu sur lui, ses défauts extérieurs, tout ce qui la choquait dans sa manière de vivre, par un contraste si malencontreux avec la vie qu'elle avait menée ces dernières années, tout cela s'était effacé tandis que semblait généreusement renaître en elle son vieil attachement romanesque. Bien que son éducation et sa culture intellectuelle eussent transformé les aspirations de son enfance, Grace n'était pourtant pas ambitieuse et, laissée à elle-même, elle se serait contentée de Giles Winterborne sans déplaisir. Pour le moment, ses sentiments étaient encore assez vivaces pour que la vue de cette inscription sur le mur suffît à exciter en elle cette hardiesse inaccoutumée.

De retour chez elle, elle s'assit en silence pour le petit déjeuner. Quand sa belle-mère eut quitté la salle, elle dit à son père :

« J'ai réfléchi et je voudrais tenir ma promesse à Giles. »

Melbury la regarda, tout étonné.

« Allons donc ! dit-il sèchement. Tu ne sais pas ce que tu dis. Regarde plutôt ça ! »

Il lui tendit la lettre de Giles. Elle la lut et ne dit mot. L'avait-il vue écrire sur le mur ? Elle n'en savait rien. Le Destin, semblait-il, devait s'accomplir, et il n'y avait qu'à s'incliner.

Quelques heures plus tard, Winterborne qui, tout étrange que cela fût, n'avait pas vu Grace en train d'écrire, retirait l'arbre de devant la maison de feu South. Il aperçut Marty debout, dans l'encadrement de la porte ; toute mince dans son noir qui la diminuait, elle semblait une enfant. Il s'avança vers elle et lui dit :

« Marty, pourquoi avoir mis cette inscription sur le mur, hier soir ? Car c'était vous ?

— Parce que c'est la vérité.

— Ayant prédit une chose, pourquoi l'avoir changée ensuite ? Vos prédictions n'ont donc pas grande valeur.

— Je n'ai rien changé !

— Mais si !

— Mais non !

— Mais si, c'est changé. Allez-y voir ! »

Elle y alla et lut qu'ayant perdu sa maison, Giles « garderait » pourtant sa Grace. Marty revint tout étonnée.

« Je me demande bien, dit-elle, qui a pu écrire une sottise pareille.

— Moi aussi, dit-il.

— J'ai tout effacé puisque ça ne voulait plus rien dire.

— Vous n'aviez pas à l'effacer, je voulais justement laisser subsister l'inscription quelque temps encore.

— C'est sans doute un gamin quelconque qui l'aura changée », murmura-t-elle.

Comme cela paraissait très plausible, Giles n'ajouta rien et oublia l'incident.

A partir de ce jour-là, et pour longtemps, bien qu'il ne fût pas encore tout à fait hors de chez lui, Winterborne passa volontairement au second plan de la vie et des occupations du pays — chose aisée lorsqu'on a, comme lui, l'aide d'un prestige disparu.

Grace, croyant que Winterborne l'avait vue écrire sur le mur, s'en tint là et le fragile esquif de fidélité qu'elle avait si timidement lancé fit naufrage et sombra.

XVI

Le docteur Fitzpiers habitait sur le flanc de la colline, dans une maison de beaucoup moindre apparence, au point de vue architecture et dimensions, que celle du marchand de bois. Cette dernière avait sans doute été jadis la demeure seigneuriale du modeste domaine de Petit-Hintock, dont les limites étaient aujourd'hui disparues depuis son absorption dans la propriété voisine de Mrs. Charmond.

Il y avait toutes raisons de croire — les Melbury l'ignoraient, mais le pasteur l'affirmait — que les seigneurs du domaine avaient été les ancêtres de Melbury, car ce nom réapparaissait fréquemment dans les actes de transfert de terres du temps des guerres civiles.

Au contraire, l'habitation de M. Fitzpiers était petite, plutôt comme un pavillon, relativement moderne. Elle avait été occupée, et l'était encore en partie, par un fermier en retraite et sa femme. Ceux-ci, à l'arrivée du médecin, lui avaient fourni un logement en lui laissant les pièces du devant pour se retirer eux-mêmes dans le quartier de la cuisine, d'où ils subvenaient à ses besoins ; ils en émergeaient à intervalles réguliers pour recevoir de sa main, non sans satisfaction, un supplément pour leur revenu.

Le plan de la maison et du jardin était si régulier qu'il

aurait pu être dessiné par un Hollandais du temps de
Guillaume d'Orange et de la reine Mary.

Dans la haie épaisse et basse s'ouvrait une porte
au-dessus de laquelle elle formait un arceau.

Un sentier de buis taillés montait tout droit de cette
porte jusqu'au porche qui se trouvait exactement au
centre de la façade, avec une fenêtre de chaque côté.
A droite et à gauche du sentier, il y avait des groseilliers à maquereaux, puis des groseilliers, puis des framboisiers, puis des fraisiers, et enfin un massif de fleurs
démodées, pour finir de chaque côté en face du porche par deux énormes buis taillés en boule, semblables
à des sphères terrestres. Par-dessus la maison on apercevait le verger encore plus haut et, derrière le verger,
les arbres de la forêt qui montaient jusqu'à la crête de
la colline.

En face de la porte du jardin on apercevait de la
fenêtre du salon une barrière qu'il suffisait de pousser
pour entrer dans un pré que traversait un sentier en
diagonale. La barrière venait d'être repeinte.

Par un bel après-midi où la peinture n'était pas encore sèche, et où les moucherons venaient s'y coller et
mourir, le médecin était dans son cabinet à regarder
distraitement les gens qui suivaient ce chemin. Psychologue à ses heures, il remarqua que le caractère des
passants se révélait de façon amusante à la manière
dont ils poussaient la barrière.

Pour ce qui concernait les hommes, ce n'était pas
très varié : un coup de pied et ils passaient. Les femmes étaient plus différentes. Selon leur tempérament,
cette barrière collante était pour elles une barricade, un
objet de dégoût, une menace, un piège.

La première qu'il remarqua était une fille réjouie, aux
jupes relevées et aux cheveux fous. Fitzpiers savait que
c'était Suke Damson. Elle saisit la barrière à pleine main
sans regarder, lui donnant même en plus un bon coup
d'épaule ; la couleur blanche qui la tachait lui arracha

des exclamations peu académiques. Elle alla s'asseoir
sur le talus pour s'essuyer dans l'herbe tout en mau-
gréant.

Le docteur se mit à rire.

La suivante était une jeune fille aux cheveux coupés
court et le médecin reconnut la fille de son défunt
client : le bûcheron South. Sa robe noire lui rappela
assez désagréablement qu'il avait fait abattre un arbre et
précipité ainsi la mort du père de cette enfant. Elle
marchait pensive, sans précipitation, mais elle était si
préoccupée qu'elle saisit la barrière sans méfiance et la
toucha même du bras.

Fitzpiers compatit à la voir tacher sa robe neuve,
toute simple qu'elle fût, car c'était sans doute son
unique toilette. Elle jeta les yeux sur sa main et son
bras, eut l'air un peu étonné et frotta la tache, l'air
impassible, comme si elle poursuivait ses pensées. Puis
elle continua sa route.

Bientôt apparut dans la prairie quelqu'un de tout à
fait différent. Une femme qui marchait avec l'élégance
de la ville et la fermeté de la campagne. Elle paraissait
vaguement consciente de son charme, mais elle avait
cependant l'attrait de celles qui l'ignorent, grâce à son
air pensif. Elle s'approcha de la barrière.

Pour Fitzpiers, la laisser toucher cette peinture ne
fût-ce que du bout du gant, c'était presque la laisser
marcher au suicide. Il bondit, chercha son chapeau,
incapable de trouver celui qu'il fallait, lança un regard
vers la fenêtre et s'aperçut que son aide était inutile.
Elle regarda la barrière, ramassa un petit bâton, s'en
servit comme d'une baïonnette, poussa l'obstacle sans
le toucher.

Il la suivit attentivement des yeux jusqu'à ce qu'elle
eût disparu, la reconnaissant pour la jeune femme qu'il
avait aperçue une fois déjà sans pouvoir l'identifier.
Quel était ce visage d'une expression si fine ? Tous
ceux qu'il avait vus jusqu'ici à Hintock lui étaient

pénibles par leur rudesse campagnarde. Le contraste semblait montrer qu'elle n'était pas du pays.

C'étaient précisément les mêmes pensées qui s'étaient présentées à lui la première fois qu'il l'avait vue. Cette fois, il poursuivit ses réflexions et se dit que, puisqu'il n'avait pas vu de voiture, elle ne pouvait venir de bien loin. Elle devait habiter Hintock-House. C'était sans doute cette Mrs. Charmond dont il avait tant entendu parler. Et cette probabilité suffit à éclairer un peu le ciel si sombre de la vie du docteur.

Fitzpiers reprit le livre qu'il lisait. C'était l'œuvre d'un physicien allemand, car le docteur n'était homme d'action que par à-coups ; il préférait de beaucoup le monde des idées au monde de l'action, et la découverte des principes à leur application. La jeune fille occupait sa pensée. Il aurait pu la suivre, mais il préférait ne la suivre que par l'imagination. Cependant, lorsqu'il sortit avant la nuit, il prit instinctivement le chemin de Hintock-House qu'avait suivi Grace ; car, ce jour-là, la pensée de la jeune fille s'était tournée vers Mrs. Charmond. Mais, depuis longtemps, Grace était rentrée chez elle par un autre chemin.

Fitzpiers arriva bientôt au bord de la clairière qui surplombait le Château. Les volets étaient fermés, une seule cheminée fumait, un regard suffisait pour être convaincu que Mrs. Charmond n'était pas à Hintock-House et que personne n'y habitait pour le moment ; Fitzpiers fut déçu à la pensée que la jeune femme n'était donc pas Mrs. Charmond, et, sans s'attarder à regarder ce corps sans âme, il reprit le chemin de son logis.

Tard dans la soirée, on vint le chercher pour un malade à deux milles de là. Comme la plupart des jeunes docteurs de la région, il était loin de faire des visites dignement conduit par un domestique dans un coupé brillant au soleil comme un miroir.

Il avait un petit cabriolet qu'il conduisait lui-même.

Pendant sa visite, il accrochait les guides à la barrière, à l'anneau d'un volet, à la palissade du jardin de la maison de son client — ou il donnait deux sous à un gamin pour qu'il lui tienne son cheval — deux sous que l'enfant avait bien gagnés quand le docteur allait chez un malade bavard et réjoui qui usait la patience du petit garçon.

Comme il faisait seul ses visites, les distances paraissaient longues et lugubres à Fitzpiers lorsqu'il était appelé la nuit. Et la Nature semblait s'obstiner à vouloir que chaque fois qu'une naissance avait lieu dans un endroit particulièrement éloigné et inaccessible, cet événement arrrivât en pleine nuit. Le médecin, qui, jusqu'ici, avait habité la ville, avait en horreur la solitude de la forêt la nuit. Il n'était pas spécialement habile à conduire, et il s'était dit souvent que si, par malheur, il avait un accident dans un coin perdu des bois, sa solitude pourrait bien être cause de sa mort.

Aussi, c'était devenu une habitude chez lui de prendre dans sa voiture un paysan ou un gamin lorsqu'il en rencontrait un sur la route. Il avait l'air de leur faire une amabilité, mais de cette façon, il n'était plus seul et il avait quelqu'un pour lui ouvrir les barrières et les grilles.

Ce soir-là, le docteur venait de prendre la route qui conduisait hors du village, lorsque ses lanternes éclairèrent la silhouette rêveuse de Winterborne, qui marchait au hasard, comme s'il n'avait plus aucun but dans la vie. Winterborne était un compagnon supérieur à ceux qu'il avait ordinairement, il arrêta donc aussitôt son cheval et lui demanda si une promenade en voiture dans les bois lui plairait par cette belle soirée.

Giles parut assez étonné de l'obligeance du docteur, il lui dit qu'il n'y voyait pas d'inconvénient et monta auprès de lui.

Ils avançaient sous les branches noires qui formaient comme un réseau sombre enveloppant les étoiles.

Quand ils levaient les yeux en passant sous une grosse branche horizontale, ils apercevaient parfois des espèces de grands têtards posés perpendiculairement. Giles expliqua que c'étaient là des faisans perchés pour la nuit. Et, de temps en temps, ils entendaient un coup de fusil qui montrait qu'ils n'étaient pas les seuls à identifier ces objets à forme de têtard.

Bientôt le docteur posa la question qu'il préparait depuis un moment :

« Y a-t-il une jeune femme dans le voisinage — une très jolie femme — qui aurait un boa blanc comme un tour de cou et des gants garnis de fourrure blanche ? »

Naturellement, Winterborne comprit que ces détails précis désignaient Grace, car il avait surpris Fitzpiers la regardant. Avec une sécheresse prudente dictée par les circonstances, il répondit évasivement :

« J'ai vu une jeune fille parler à Mrs. Charmond, c'était peut-être elle.

— Peut-être bien, dit Fitzpiers. C'est une femme distinguée, celle dont je veux parler. Elle ne doit pas résider continuellement à Hintock, je l'aurais déjà vue ! Elle n'en a d'ailleurs pas l'air !

— Elle ne demeure pas à Hintock-House ?

— Non, le Château est fermé.

— Alors, c'est qu'elle habite un cottage ou une ferme.

— Certainement non, c'est une femme d'un tout autre genre. »

Et comme Giles était pour lui une quantité négligeable, il acheva sa pensée en récitant dans la nuit :

Elle était sur la terre un être de beauté,
Une déesse aux gens de ce monde étrangère,
A nos yeux étonnés, elle avançait, légère ;
On eût dit un nuage inondé de clarté.

Dans l'azur infini, errant, dans sa blancheur,
Vers un désert lointain pour verser goutte à goutte

Sa rosée bienfaisante et sa douce fraîcheur.
Elle semblait cueillir la beauté sur sa route.

On la voyait passer, telle l'ombre d'un rêve
Qui s'avance à pas lents sur les flots de la vie,
Cependant que dans l'ombre, à l'instant assoupie,
La tempête enchaînée sommeille sur la grève.

Winterborne se dit que ces vers tenaient sans doute leur charme de celui que sa Grace à jamais perdue avait exercé sur Fitzpiers.

« Vous avez l'air joliment amoureux d'elle, monsieur ! dit-il avec une sensation de malaise et décidé plus que jamais à ne pas prononcer le nom de Grace.

— Oh ! non, Winterborne ! Quand on vit isolé comme je le suis dans ce pays, on finit par se charger de fluide sentimental, tout comme une bouteille de Leyde se charge d'électricité, parce qu'on n'a pas sous la main le conducteur nécessaire pour le canaliser. L'amour est quelque chose de subjectif — l'essence même de l'homme comme l'a dit Spinoza, ce grand penseur — *« ipsa hominis essentia »*. L'amour, c'est le plaisir accompagné d'une idée que nous projetons sur un objet convenable situé dans le champ de notre vision, tout comme les couleurs de l'arc-en-ciel tombent indifféremment sur un chêne, un hêtre ou un orme. Si bien que toute autre jeune personne aurait pu paraître au lieu d'elle, j'aurais ressenti le même attrait et j'aurais cité à son sujet les mêmes vers de Shelley, tant il est vrai que nous sommes de pauvres créatures, esclaves des circonstances.

— Oui, mais, dans tous les cas, ici c'est ce qu'on appelle « être amoureux ».

— Vous êtes dans le vrai, du moment que vous admettez que je suis amoureux de quelque chose qui est dans ma tête et non pas de quelque chose d'extérieur.

— Puis-je vous demander si l'étude de ces choses fait partie des devoirs d'un médecin ? lui dit Winterborne

adoptant l'ironie socratique avec une simplicité si naturelle que Fitzpiers répondit vivement :

— Oh non ! En réalité, Winterborne, la médecine,
dans un pays comme celui-ci, c'est avant tout une
affaire d'empirisme : une potion bien amère pour cette
vieille-ci ou cette vieille-là, plus c'est amer, mieux ça
guérit, avec une ordonnance stéréotypée —, des accou-
chements où la présence du médecin est à peine
nécessaire tant les gens sont sains et bien portants —,
un coup de bistouri dans un abcès une fois de temps
en temps, et voilà tout. Il y a peu d'endroits où l'on
trouve moins de matière à expériences et à recherches
scientifiques ; j'essaie tout de même d'en faire un
peu. »

Tout ceci passait au-dessus de la tête de Giles, mais
ce qui le frappait, c'était l'attitude parallèle qu'avaient
eue M. Fitzpiers et Grace à son égard : l'un et l'autre
s'étaient laissé entraîner par un sujet qui les intéressait
sans songer une minute que c'était lettre morte pour
lui.

Aucune autre parole touchant Grace ne fut échangée
jusqu'à leur retour.

Ils s'étaient arrêtés à une auberge pour prendre un
verre de cidre et de cognac bien chaud, et lorsqu'ils
furent repartis, Fitzpiers, mis en verve par son grog,
revint à son sujet en disant :

« Je voudrais décidément savoir qui est cette jeune
femme.

— Qu'est-ce que ça peut bien vous faire ? Elle n'est
jamais que l'arbre sur lequel tombent les couleurs de
l'arc-en-ciel.

— Ah ! ah ! ma foi, c'est vrai !

— Vous n'êtes pas marié, monsieur ?

— Ni marié, ni désireux de l'être ! J'espère bien faire
autre chose que me marier et m'incruster à Hintock !
Ce n'est pas qu'un docteur ne doive pas se marier, au
contraire ! et, sapristi ! ça ne serait pas désagréable dans

ce pays, avec le vent qui mugit autour de la maison, la
pluie, les branches qui cinglent les fenêtres. J'ai entendu dire que votre maison vous était reprise, hein,
avec la mort de South ?

— Oui ! En la perdant je perds beaucoup à tous
points de vue ! »

Ils arrivaient en haut de la route ou rue d'Hintock, si
l'on peut appeler « rue » une artère dont les trois quarts
traversent des taillis et des vergers.

L'une des premières maisons qu'ils devaient dépasser
était celle de Melbury. Une lampe brillait à une fenêtre
qui donnait sur la route. Winterborne leva les yeux et
vit ce qui allait arriver. Il s'était bien gardé de répondre
aux questions du docteur, pour l'empêcher de connaître Grace. Mais « qui tint jamais le vent enfermé dans
ses poings ? qui entoura jamais les eaux d'un vêtement ? » Il ne pouvait pas empêcher ce qui devait
arriver et il aurait tout aussi bien pu parler plus tôt.
Comme ils approchaient de la maison, ils aperçurent
distinctement Grace en train de tirer les rideaux blancs
qui remplaçaient les stores.

« Mais la voilà, s'écria Fitzpiers. Que diable peut-elle
faire ici ?

— Rien que de très naturel ; elle est chez elle. Son
père est M. Melbury !

— Non ? Pas possible ! Ah ! par exemple ! Comment
a-t-il fait pour avoir une fille comme cela ? »

Winterborne se mit à rire froidement.

« Est-ce que l'argent ne peut pas tout faire, avec un
bon terrain ? Pourquoi donc une jeune fille d'Hintock
ne deviendrait-elle pas aussi distinguée qu'une autre si
on l'enlève assez tôt à son village et si on lui donne
l'instruction voulue, surtout si elle a l'intelligence et la
beauté par-dessus le marché ?

— En effet, pourquoi pas ? murmura le médecin,
pensif et déçu, mais je ne m'attendais pas à ce qu'elle
ait pour parents des paysans !

— Et, du coup, elle est descendue dans votre estime ? »

La voix de Winterborne tremblait un peu.

« Mon Dieu ! dit le médecin, retrouvant son enthousiasme, je n'en suis pas sûr. D'abord, évidemment, ça m'a un peu estomaqué, mais, sacrédié, je n'en démords pas : elle est charmante ! de la tête aux pieds !

— C'est vrai, dit Winterborne, mais pas pour moi ! »

Fitzpiers en conclut que Miss Melbury déplaisait à Winterborne — peut-être à cause d'une certaine hauteur qu'elle aurait montré à son égard — et que c'était pour cette raison que Giles ne lui avait pas dit son nom plus tôt. D'ailleurs, cela n'en diminua pas, au contraire, son admiration pour elle.

XVII

L'apparition de Grace à la fenêtre pour tirer les rideaux était le résultat d'un incident fâcheux survenu dans la maison : la mère Oliver, qui, de sa vie, ne s'était couchée un seul jour, était malade. Comme tous les gens qui ont toujours eu une excellente santé, l'idée de garder le lit l'effrayait autant que la mort elle-même. Elle avait continué à travailler jusqu'au jour où elle était littéralement tombée, et bien qu'elle eût abandonné son travail depuis une journée à peine, c'était déjà une tout autre femme que la mère Oliver au franc-parler de la cour et du hangar. Mais, toute malade qu'elle fût, elle tenait bon sur un point : pour rien au monde, elle ne voulait voir le docteur, autrement dit : Fitzpiers.

La pièce où les deux hommes avaient aperçu Grace était la chambre de la vieille femme. Elle allait se coucher et la mère Oliver lui avait fait dire qu'elle voudrait bien lui parler ce soir-là.

Grace entra, posa la bougie sur une chaise basse au pied du lit, si bien que le profil de la vieille se projetait en ombre noire sur le mur blanchi à la chaux, sa grande tête encore grandie par un énorme turban qui était, en réalité, son jupon enroulé autour de ses tempes.

Grace rangea un peu la chambre et, s'approchant de la malade, lui dit :

« Me voici, mère Oliver ! Laissez-nous donc demander le docteur sans plus attendre !

— J' veux pas d' lui, dit la vieille d'un ton décidé.

— Eh bien ! alors quelqu'un qui viendrait pour la nuit.

— Ah ! non ! j' peux pas souffrir ça. J' voulais vous voir, Miss Grace, parce qu'y a quelqu' chose qui m' tracasse. Qu'est-ce que vous voulez ? J'ai empoché son argent, après tout, à c' docteur !

— Quel argent ?

— Les dix livres ! »

Grace ne comprenait pas très bien.

« Ben ! les dix livres qu'y m'a offertes pour ma tête parce que j'ai un si grand crâne ! Quand y m'a donné l'rgent, j'ai signé un papier sans qu' ça m' fasse rien ! J' vous ai pas dit qu' c'était une affaire faite parce que vous aviez l'air toute retournée à c' t' idée-là. Eh bien ! maintenant qu' j'y ai réfléchi, je regrette c' que j'ai fait, et ça m' tracasse. Et avec John South qui est mort de peur à cause de son arbre, moi j'ai peur de mourir comme ça aussi. J' voulais aller lui demander de m' rendre mon papier, mais j'ai pas osé !

— Pourquoi ?

— J'ai dépensé une partie de l'argent, plus de deux livres déjà. Et je m' fais du mauvais sang ! Et vous verrez, je mourrai à cause de ce papier que j'ai signé de la Sainte Croix, tout comme South est mort de son souci.

— Si vous lui demandez de brûler le papier, il le fera, j'en suis sûre, et tout sera dit.

— J' lui ai déjà d'mandé, et il a ri c' mauvais !

"Vous avez un si beau crâne, mère Oliver, qu'y m'a dit, qu'on ne peut pas le laisser perdre pour la science. D'ailleurs, vous avez empoché mon argent !" Mais n'allez pas le dire à votre père, hein ? Pour rien au monde !

— Non, non! Je vais vous donner l'argent pour que
vous le lui reportiez. »

La mère Oliver secoua son fameux crâne sur l'oreiller.

« Même si j' tenais sur mes jambes, ça m' plairait pas
de le lui reporter... Pourquoi tient-il tant à aller voir ce
qui se passe dans la caboche d'une vieille comme moi,
alors qu'il y a tant d'autres gens? Ça, je n'en sais rien!
C' que j' sais c'est qu'y me répondra : "Allons donc!
mère Oliver, qu'y m' dira, vous qui ne laissez personne
après vous, qu'est-ce que ça peut bien vous faire ce
que deviendra votre corps quand vous ne serez plus de
ce monde?" Ah! ça m' fait du souci! Si vous saviez
seulement comme y' m' poursuit dans mes rêves, vous
auriez pitié d' moi! J' peux pas comprendre c' qui a pu
m' pousser à faire ça. J'ai toujours été si imprudente! Si
seulement j'avais quelqu'un qui aille plaider pour moi!

— Je suis sûre que Mrs. Melbury le ferait volontiers.

— Ça oui, mais il ne l'écouterait pas. C'est une figure
plus jeune qu'il faut pour fléchir un homme comme
lui. »

Grace sursauta, comprenant enfin.

« Vous ne pensez pas qu'il ferait cela pour moi,
voyons?

— Pour sûr qu'il le ferait!

— Mais, mère Oliver, je ne peux pas allez chez lui,
sous aucun prétexte; je ne le connais même pas.

— Ah! moi, si j'étais un' jeunesse, dit la vieille rusée,
et que j' pouvais sauver le squelette d'une pauvre
vieille du couteau d'un païen et le faire reposer en
terre chrétienne, j'hésiterais pas et je le ferais avec joie.
Mais une vieille comme moi, on n' pense qu'à s'en
débarrasser!

— Ce n'est pas bien de dire cela, mère Oliver, vous
êtes ingrate. Mais je sais bien que c'est parce que vous
êtes malade que vous parlez ainsi. Croyez-moi, vous
n'êtes pas près de mourir. Vous vous rappelez, vous

m'avez dit vous-même que vous le feriez attendre longtemps, ce docteur !

— Ah oui ! on plaisante quand on est bien portant,
mais quand on est malade, finie la gaieté. Ce qui semblait petit paraît énorme. Et ce qui était loin a l'air tout
proche. »

Grace avait les larmes aux yeux.

« Je vous assure que cette visite et cette commission
ne sont pas de mon goût, mère Oliver, dit-elle en
soupirant, mais, s'il le faut, j'irai pour calmer votre
inquiétude. »

Ce fut tout à fait à contrecœur que, le lendemain
matin, Grace mit sa mante pour aller remplir cette
mission. Les paroles de la mère Oliver sur la décision
du docteur lui rendaient la perspective de cette visite
encore plus désagréable. Et c'est ainsi qu'avec un
manque de logique frappant, elle fit ce qui aurait suffi
— si le docteur ne l'avait jamais vue auparavant — à
amener l'échec de sa visite : elle se couvrit le visage
d'un voile de laine si épais qu'on apercevait seulement
de temps en temps la lueur fugitive de son regard.

Elle désirait tout autant que la mère Oliver que cette
histoire étrange et lugubre ne fût pas connue. Elle prit
donc toutes les précautions pour passer inaperçue ; elle
sortit par la porte du jardin — c'était plus sûr, car toute
la maisonnée avait ses occupations de l'autre côté — et
elle se faufila à la dérobée.

Le temps était peu engageant ; la lutte entre gel et
dégel commençait dans l'air. L'eau qui dégouttait des
arbres empêchait tout légume de pousser — mais on en
plantait tous les ans au même endroit avec cette régu-
larité obstinée que les campagnards opposent à l'inévitable. La mousse qui recouvrait la vaste terrasse sablée
de jadis était détrempée. Grace hésita.

Puis elle songea à la pauvre vieille, à ses rêves où le
docteur la poursuivait, scalpel en main ; la possibilité
d'une fin pareille à celle de South dans un cas si

curieusement semblable la décida, et elle s'avança dans
la bruine.

La mission dont elle était chargée, ajoutée au récit
que lui avait fait la vieille femme de son contrat avec le
docteur, faisaient que Grace ressentait à l'égard de
Fitzpiers de la répulsion et de la curiosité. Elle savait
bien que c'était un homme jeune, mais le but de sa
visite lui avait fait oublier pour un temps toutes considérations d'âge et d'apparence. Pour elle, qui se plaçait
au point de vue de la mère Oliver, le docteur était,
pour ainsi dire, un implacable Jéhovah de la science,
avide de sacrifice et sans miséricorde ; un homme que,
dans d'autres circonstances, elle eût préféré ne pas
connaître. Mais puisque, dans un si petit village comme
Hintock, ils auraient fini par se rencontrer avant longtemps, il n'y avait pas à regretter l'entretien d'aujour-
d'hui.

Mais, est-il besoin de le dire, l'idée que se faisait Miss
Melbury du docteur comme d'un homme de science
cruel, inhumain, implacable, était loin de correspondre
à la réalité.

Le véritable docteur Fitzpiers était un homme qui se
passionnait pour trop de choses pour arriver vraisem-
blablement à faire jamais autorité dans la profession
qu'il avait choisie, ou même pour acquérir une clientèle importante dans la région campagnarde qu'il avait
marquée comme son champ d'action provisoire.

Au cours d'une année, son esprit faisait le tour du
zodiaque intellectuel.

Tantôt il s'arrêtait au Bélier, tantôt au Taureau ; pendant un mois il s'absorbait dans l'alchimie, pendant un
autre dans la poésie ; un autre encore, c'étaient les
Gémeaux de l'astrologie et de l'astronomie ; puis enfin
le Cancer de la littérature et de la métaphysique alle-
mandes. Il faut ajouter en toute justice que les sciences
apparentées à sa profession avaient aussi leur tour, et
ç'avait été pendant un mois de passion pour l'anato-

mie, sans la possibilité d'un sujet d'expérience, qu'il avait proposé à la mère Oliver le marché qu'elle avait révélé à Grace.

Ainsi qu'on pouvait s'y attendre, d'après le ton de sa conversation avec Winterborne, il s'était dernièrement plongé avec ardeur dans la philosophie. Son esprit moderne et sensible d'idéaliste y trouvait sans doute un champ plus adapté à ses goûts.

Bien que ses études fussent assez décousues, il avait cependant des qualités à son actif. C'était un chercheur sincère et honnête à ses heures ; encore que sa lampe qui brillait la nuit à travers les arbres de Hintock éclairât plus souvent une littérature d'émotions et de passions violentes que des livres et des instruments scientifiques.

Que l'objet de ses méditations fût les Muses ou les Philosophes, la solitude de sa vie à Hintock commençait à peser à cet homme impressionnable.

Dans une maison isolée à la campagne, et sans compagnie, l'hiver est intolérable et même agréable, à une condition ; mais cette condition n'est pas remplie par la vie d'un praticien qui tombe dans un village tout à fait par hasard.

Elle l'était pour un Winterborne, pour un Melbury, pour sa fille, mais non pas pour le docteur. Cette condition, c'est le souvenir qu'évoquent toutes les choses, c'est cette connaissance complète de l'histoire et de la vie de chaque objet animé ou inanimé qu'aperçoit l'observateur. Celui-ci doit tout connaître de ces êtres disparus qui, jadis, traversèrent ces champs si gris, vus de sa fenêtre ; — il doit se rappeler qui poussa la charrue grinçante le long de ces sillons, quelle main planta ces arbres qui, aujourd'hui, s'élèvent sur la crête de la colline ; à qui appartenaient les chevaux et la meute qui traversèrent haletants ce sous-bois ; quels oiseaux affectionnent certains de ces fourrés ; et quels drames domestiques de l'amour, de la jalousie, de la

vengeance et de la déception se sont joués jadis dans
ces cottages, dans ces maisons, dans cette rue, sur ce
pré. Le lieu peut avoir sa grandeur, sa beauté, ses
avantages, sa salubrité, mais s'il n'évoque point de
souvenirs, il finira par lasser celui qui s'y fixe sans la
possibilité de frayer avec ses semblables.

Dans cette solitude, un vieillard rêvera sans doute à
un ami idéal, jusqu'à ce qu'il se jette dans les bras d'un
imposteur qui prendra ce titre. Peut-être un homme
jeune en fera-t-il autant, mais son penchant le poussera
plutôt à rêver d'une maîtresse idéale jusqu'au jour où le
frou-frou d'une robe, le son d'une voix, l'apparition
d'une femme dans le champ de sa vision, allumera
dans son cœur un feu qui aveuglera ses yeux.

La découverte du nom et de la famille de la jolie
Grace aurait suffi, d'ailleurs, à décider le docteur, sinon
à n'y plus penser, tout au moins à changer le caractère
de son intérêt pour elle. Au lieu de garder comme un
trésor cette image au fond de son cœur, il se serait
peut-être servi d'elle comme un jouet. Mais sa situation
dans le pays lui interdisait ce genre de plaisir cruel. Elle
perdit son prestige, mais il n'en continua pas moins à
prendre son cas au sérieux.

Il allait jusqu'à imaginer l'impossible, il laissait même
sa fantaisie aller si loin dans cette direction qu'il inven-
tait — comme tant d'autres — des dialogues et des
scènes dans lesquels elle devenait soudain la châtelaine
de Hintock-House, la mystérieuse Mrs. Charmond toute
prête à se laisser aimer par lui et par lui seul.

« Evidemment, tout cela n'est qu'imagination, se disait-il ensuite, mais elle est jolie, charmante, exceptionnelle ! »

Le lendemain matin il déjeuna seul comme toujours.

La neige tombait irrégulièrement en flocons ténus
qui teintaient les bois de gris sans arriver à les blanchir
complètement. Il n'y avait pas de lettre pour Fitzpiers,
rien qu'un journal médical et un hebdomadaire.

Depuis son arrivée à Hintock, il avait passé ses matinées devant un bon feu à lire et à faire provision d'énergie pour la soirée où, à la lueur de sa lampe et plein d'entrain, il poursuivait jusqu'à l'aube un travail commencé. Mais aujourd'hui il n'arrivait pas à s'installer confortablement dans son fauteuil.

Il semblait que cette situation qui l'avait satisfait jusqu'ici, dans laquelle, dédaignant tout souci extérieur, toute son attention s'était tournée vers le dedans, venait subitement de lui être ravie par un stratagème perfide du destin : voilà que pour la première fois il se découvrait un intérêt en dehors de chez lui. Il alla d'une fenêtre à l'autre, et finit par conclure que la solitude la plus pesante n'est pas celle qui consiste à être loin du monde, mais celle qui nous tient à l'écart d'une société désirable.

L'heure du déjeuner traîna lamentablement, suivie d'une autre heure semblable ; l'humidité continuait à tomber, mi-neige, mi-pluie, car on était dans une période de mauvais temps qui, tôt ou tard, succède inévitablement à une trop belle arrière-saison comme celle qu'on venait d'avoir à Hintock. Pour les gens du pays, ces changements avaient leur intérêt ; les curieuses erreurs qu'avaient commises quelques arbres optimistes en bourgeonnant avant leur temps et dont la sève avait été aussitôt arrêtée dans son travail par toute cette eau glacée ; les erreurs semblables d'oiseaux optimistes qui avaient bâti des nids hâtifs, aujourd'hui détrempés par la neige fondue, et autres événements semblables, tout cela faisait diversion pour les gens du pays. Mais c'était là un aspect du monde étranger à Fitzpiers, et la vie intérieure qui l'avait absorbé jusqu'ici se révélant soudain insuffisante, il se laissait envahir par une profonde mélancolie.

Il se demanda si Miss Melbury allait rester longtemps à Hintock. La saison était peu favorable à des rencontres fortuites au cours de promenades, et, à moins d'une chance inespérée, il ne voyait pas bien comment il pourrait faire sa connaissance.

Une seule chose était bien claire, c'est que le souci de son avenir professionnel ne lui permettrait d'avoir avec elle que des rapports d'un caractère tout provisoire, un léger flirt tout au plus. Car il avait de l'ambition et, selon lui, cela devait, un jour ou l'autre, le conduire dans d'autres sphères.

Au milieu de ces pensées à bâtons rompus, il alla se jeter sur une chaise longue munie d'une sorte de capote comme on en voit souvent à la campagne pour se garantir des courants d'air : perfectionnement rationnel du banc rustique. Il essaya de lire, allongé, mais ce jour-là il avait veillé jusqu'à trois heures du matin : le livre lui glissa des mains et il s'endormit.

XVIII

Grace s'approcha de la maison. Elle avait l'habitude de frapper doucement, par tempérament, mais aujourd'hui elle frappa à la porte plus doucement que jamais, émue par la mission bizarre qu'elle venait remplir. La femme qui tenait la maison l'entendit pourtant et Grace fut introduite.

La femme ouvrit la porte du cabinet du docteur, y jeta un regard, et voyant la pièce vide, pria Miss Melbury d'entrer et d'attendre un instant pendant qu'elle allait le chercher, pensant qu'il était dans les environs. Grace acquiesça, entra, et s'assit près de la porte. Dès que la porte fut fermée, elle jeta sur la pièce un regard circulaire et sursauta en apercevant un beau jeune homme étendu sur la chaise longue, semblable à ces gisants du quinzième siècle étendus sous leur voûte, à cela près que ses mains n'étaient pas exactement jointes en prière. Elle ne douta pas un instant que ce fût là le docteur.

L'éveiller elle-même, c'était impossible, et sa première impulsion fut d'aller près de la cheminée tirer le large cordon terminé par une rosace en cuivre qui servait de sonnette. Mais, comme la femme allait revenir d'un moment à l'autre, elle décida de l'attendre et, très embarrassée, regarda le philosophe endormi.

Les miroirs de son âme étant pour le moment voilés, l'aspect du docteur était sans doute moins frappant qu'à l'ordinaire, mais si le sommeil enlevait à ses traits leur expression, le mystère qu'il leur imprimait la compensait largement, aux yeux d'un témoin aussi impressionnable que Grace. Dans la mesure où elle pouvait en juger, elle vit que c'était là un spécimen d'humanité rare dans le village. Grace avait vu des hommes de ce genre lorsqu'elle vivait hors de Hintock, et encore elle les avait vus de loin, et pour la plupart ils étaient d'une étoffe plus grossière que celui qu'elle avait sous les yeux. Elle se demandait avec inquiétude pourquoi la femme ne revenait pas après avoir découvert son erreur, et elle s'approcha de nouveau de la cheminée pour sonner. Elle tournait le dos à Fitzpiers mais voyait son image dans la glace. Un frémissement indescriptible parcourut tout son être lorsqu'elle s'aperçut qu'il avait les yeux ouverts et la regardait d'un air étonné. A cette vue, pour le moins inattendue, elle fut comme paralysée et presque incapable de tourner la tête pour regarder l'original. Enfin, elle se retourna avec effort : il dormait comme auparavant.

Elle était si émue en se demandant ce que cela pouvait signifier qu'elle décida précipitamment de renoncer à sa mission. Elle traversa rapidement la pièce, ouvrit la porte, la referma sans bruit et sortit de la maison sans être vue. Lorsqu'elle eut descendu le sentier et franchi la porte du jardin, elle se retrouva sur la route ayant recouvré tout son calme. Elle resta un moment derrière la haie à réfléchir.

Toc ! toc ! toc ! la pluie tombait sur son parapluie et tout autour d'elle. Si elle était sortie par ce temps, c'était à cause de l'importance de sa démarche et voilà que sottement, elle la faisait échouer en se laissant impressionner par un incident qui ne voulait probablement rien dire du tout.

Cependant, malgré toutes ses précautions, son départ

avait réveillé Fitzpiers ; il se mit sur son séant. Il n'y avait rien de mystérieux dans l'image que Grace avait aperçue dans la glace. Il avait ouvert les yeux un instant et s'était rendormi aussitôt, si toutefois il s'était vraiment réveillé. Il était certain que quelqu'un venait de quitter la pièce, et il ne doutait pas que ce quelqu'un et la charmante créature qui semblait l'avoir visité en rêve n'étaient qu'une seule et même personne.

Quelques minutes plus tard, il regarda par la fenêtre le sentier sablé bordé de buis qui descendait, il vit s'ouvrir doucement la porte du jardin et entrer la jeune fille qui occupait sa pensée. Grace venait de se décider à revenir et à tenter une seconde fois de lui parler. Comme il la voyait venir vers lui au lieu de s'éloigner, il se demanda si vraiment il n'avait pas rêvé. Elle avançait, hésitante, son parapluie si bas qu'il pouvait à peine voir son visage. Arrivée à l'endroit où les framboisiers faisaient place aux fraisiers, elle s'arrêta.

Fitzpiers, craignant qu'elle ne vînt pas jusqu'à lui, sortit rapidement de la pièce et courut vers elle.

Il ne pouvait deviner ce qui l'amenait, mais il était prêt à lui donner tous les encouragements nécessaires.

« Excusez-moi, Miss Melbury, dit-il, je vous ai vue par la fenêtre et j'ai craint que vous ne me croyiez sorti, si toutefois c'est pour moi que vous venez.

— J'aurais voulu vous dire un mot, dit-elle. Et je puis le dire ici.

— Non, non ! entrez, je vous en prie ! Et si vraiment vous ne voulez pas entrer dans la maison, venez tout au moins jusqu'au porche ! »

Comme il insistait, elle alla jusque-là et ils se mirent tous deux à l'abri pendant que Fitzpiers lui fermait son parapluie.

« J'ai une simple requête à vous faire, dit-elle. Notre servante est malade — une vieille femme, vous la connaissez —, elle est gravement malade.

— Vraiment! j'en suis navré. Je vais venir la voir immédiatement!

— Mais c'est que justement, je désirerais que vous ne veniez pas!

— Vraiment?

— Oui, et elle le désire aussi. Votre visite ne ferait qu'aggraver son mal. Cela pourrait la tuer. Ce que j'ai à vous demander est assez particulier, et bizarre. C'est au sujet d'une chose qui la tracasse : ce malheureux contrat qu'elle a conclu avec vous, pour que vous ayez son corps après sa mort.

— Ah oui! la mère Oliver, la vieille dame qui a une si belle tête. Elle est gravement malade? vraiment?

— Oui. C'est sa promesse inconsidérée qui la tourmente! Je vous rapporte l'argent, voudriez-vous me donner en retour le papier qu'elle a signé? »

Grace lui tendit les deux billets de cinq livres qu'elle avait pliés dans son gant.

Sans répondre, sans même regarder les billets, Fitzpiers fit suivre à ses pensées le même chemin qu'à ses yeux, les fit s'attarder sur la personne de Grace, et soudain se rendit compte qu'elle était là très près de lui.

Le porche était étroit, la pluie augmentait; de l'auvent elle coulait sur la vigne vierge et de la vigne vierge sur le bord de la mante et de la robe de Grace.

« La pluie mouille votre robe, entrez donc, je vous en prie. Cela me fait de la peine de vous voir rester là debout. »

Aussitôt après la porte extérieure se trouvait la porte de son cabinet; il l'ouvrit toute grande et lui montra la pièce d'un geste engageant. Malgré elle, Grace ne put résister à cette requête muette qu'elle lisait dans les yeux suppliants et dans l'attitude de cet homme, et c'est avec un air de détresse résignée qu'elle le précéda dans la salle, frôlant son veston du coude tant le passage était étroit. Il la suivit, ferma la porte — qu'elle aurait voulu lui voir laisser ouverte —, lui avança un siège et s'assit.

Le malaise que ressentait Grace pendant qu'il accomplissait ces gestes banals provenait, naturellement, de l'impression bizarre qu'elle avait ressentie en lui voyant les yeux ouverts dans la glace alors qu'elle le croyait endormi. Et elle s'imaginait que pour une raison inexplicable ce sommeil n'avait peut-être été qu'une feinte. Elle lui tendit à nouveau les billets. Il sortit de sa contemplation, cessa de la regarder comme une pièce de musée et l'écouta avec déférence pendant qu'elle disait :

« Voulez-vous y réfléchir et annuler l'engagement que la mère Oliver a pris si inconsidérément ?

— Je m'en vais l'annuler sans même prendre le temps de la réflexion. Mais vous me permettrez de garder une opinion personnelle sur la mère Oliver. C'est une femme extrêmement réfléchie et elle n'a pas été plus inconsidérée qu'à l'ordinaire. Vous trouvez qu'il y a quelque chose de diabolique dans ce contrat, n'est-ce pas, Miss Melbury ? Mais, vous savez, les plus grands chirurgiens du temps passé en ont fait de tout semblables.

— Non, pas diabolique, bizarre seulement !

— Oui, si vous voulez, puisque la bizarrerie n'est pas une qualité objective, mais vient au contraire d'un élément subjectif qui, dans le cas qui nous occupe, est un observateur extérieur. »

Il se dirigea vers son bureau, chercha un instant et y trouva bientôt un papier qu'il déplia et lui tendit. On voyait dans le bas une grosse croix à l'encre de la main de la mère Oliver. L'air tranquillisé, Grace mit le papier dans sa poche.

Comme Fitzpiers ne prenait pas l'argent (dont la moitié provenait de la bourse de Grace), elle poussa les billets plus près de lui.

« Non, non ! dit-il, je ne vais pas reprendre l'argent

de cette brave vieille. Mais, vous savez, il y a quelque chose d'encore plus bizarre que le contrat fait par un médecin pour obtenir un sujet de dissection, c'est que ce contrat nous ait fait faire connaissance !

— Peut-être m'avez-vous trouvée bien hardie d'exprimer ainsi ma répugnance. Excusez-moi !

— Pas le moins du monde ! »

Il la regarda comme il l'avait déjà fait avec une attention intriguée. « C'est curieux, c'est vraiment curieux, murmura-t-il. Il y a quelque chose qui me laisse confondu ! »

Il réfléchit, hésitant.

« Comme je m'étais couché très tard hier soir, je tombais de fatigue, et il y a à peine une demi-heure j'ai fait une petite sieste sur la chaise longue. Pendant ce court moment, j'ai rêvé, le croiriez-vous ?... que vous étiez là, dans la pièce ! »

Le lui dirait-elle ? Elle se contenta de rougir.

« Vous comprenez, poursuivit le docteur, maintenant persuadé que cela n'avait été qu'un songe, que je n'aurais pas rêvé de vous si je n'avais pas pensé très souvent à vous ! »

Il ne jouait pas la comédie ; de cela elle était convaincue.

« Dans mon rêve, vous étiez là, dit-il en montrant la cheminée. Je ne vous voyais pas directement, mais dans la glace. "Quelle adorable créature ! pensais-je. Pour une fois l'idéal a rencontré le réel. La Nature a enfin retrouvé le lien qui l'unissait à l'Idée."

« C'est là la direction qu'avaient prises mes pensées car j'avais lu la veille les œuvres d'un philosophe transcendantaliste. Et la dose d'idéalisme que j'y avais absorbée m'avait rendu presque incapable de distinguer le rêve de la réalité. J'ai failli pleurer à mon réveil, quand j'ai découvert qu'hélas, vous m'étiez apparue dans le temps, mais non pas dans l'espace. »

Par moments, il y avait quelque chose de théâtral

dans les effusions lyriques de Fitzpiers. Et pourtant il eût été inexact de dire qu'elles étaient théâtrales en soi. Il est fréquent dans certaines situations dénuées de toute contrainte et où l'esprit critique reste endormi que des sentiments sincères s'expriment d'une façon très voisine de la grandiloquence. Une légère couche d'affection recouvre un fond de vérité, ce qui a pour conséquence fâcheuse que l'interlocuteur ne voit que la surface et condamne l'ensemble.

Mais Grace n'était pas une psychologue expérimentée dans les façons de faire des hommes, et elle admira le sentiment sans songer à la forme. Pourtant elle ne laissait pas d'être embarrassée ; « l'adorable créature » rendit toute explication difficile pour sa modestie.

« Mais votre présence était-elle dans les choses possibles ?

— Je dois vous avouer que j'étais dans cette pièce tout à l'heure, dit-elle d'une voix tremblante.

« La femme qui m'avait introduite était partie vous chercher, mais comme elle ne revenait pas, je suis partie à mon tour !

— Et vous m'avez vu dormir ? murmura-t-il avec une gêne imperceptible.

— Oui, à supposer que vous dormiez vraiment !

— Pourquoi "à supposer" ?

— J'ai vu vos yeux ouverts dans la glace ! Mais comme ils étaient fermés quand je me suis retournée, j'ai pensé que vous me trompiez peut-être.

— Vous tromper ! s'écria Fitzpiers avec ferveur, jamais je ne pourrais vous tromper ! »

Si l'un et l'autre avaient pu connaître l'avenir, cela n'aurait pas laissé de gâter un peu l'effet de ces belles paroles. Ne jamais la tromper ! Mais ils étaient ignorants de l'avenir, et ces mots eurent leur succès.

Grace aurait bien voulu mettre un terme à cette visite, mais elle ne pouvait s'y décider, l'attrait de la présence de Fitzpiers la retenait comme malgré elle. Elle était comme une actrice à ses début qui, ayant réussi à entrer en scène et à réciter ses tirades, ne sait plus comment sortir.

La pensée de la mère Oliver la tira d'affaire.

« Je vais entrer tout de suite faire connaître votre générosité à la mère Oliver, dit-elle. Ce sera pour elle un grand soulagement.

— Voilà encore un cas de maladie nerveuse, dit-il en l'accompagnant. C'est vraiment curieux. Attendez ! venez voir quelque chose qui va vous intéresser ! »

Il avait ouvert une porte de l'autre côté du couloir et elle aperçut un microscope sur la table.

« Voulez-vous regarder ? c'est très intéressant, vous allez voir ! »

Elle y appliqua son œil et vit le cercle lumineux habituel tout tacheté d'un tissu cellulaire inconnu pour elle.

« Savez-vous ce que c'est ? » lui dit-il.

Elle n'en savait rien.

« Eh bien ! c'est une coupe du cerveau du vieux John South que je suis en train d'étudier. »

Elle eut un mouvement de recul : étonnement plutôt que réflexion. Elle se demandait comment il se trouvait là ! Fitzpiers se mit à rire.

« C'est bien ça ! Je m'efforce de poursuivre simultanément l'étude de la physiologie et du transcendantalisme, du monde matériel et du monde idéal, dans l'espoir de leur découvrir, si possible, un point de contact, et voilà votre délicatesse froissée !

— Oh non ! monsieur Fitzpiers, dit Grace très sérieusement. Vous vous trompez ! J'ai souvent vu votre lampe tard dans la nuit et je sais quelles recherches et quel travail vous faites. Bien loin de vous condamner, je vous admire ! »

Son visage, qu'elle levait vers lui, respirait la douceur, la sincérité, le naturel, à tel point que Fitzpiers, si

impressionnable, dut résister à la tentation de supprimer la distance qui séparait leurs visages.

Fut-il trahi par son regard ? Quoi qu'il en soit, Grace
quitta le microscope et repartit rapidement sous la
pluie.

XIX

Au lieu de reprendre son étude du cerveau de South, Fitzpiers s'étendit pour réfléchir à son aise à la visite de Grace.

L'influence visible qu'il avait sur elle — bien qu'il semblât la troubler plutôt que l'attirer — ajoutait un intérêt tout particulier au charme de la jeune fille.

Fitzpiers était sans aucun doute un scientifique : il étudiait avec une curiosité passionnée toutes les manifestations du monde physique. Mais avant tout c'était un idéaliste. Il avait la conviction que derrière l'imparfait se trouve le parfait. Il croyait que dans le fouillis quotidien se pouvait découvrir le précieux et le rare, et que des cas aux conditions matérielles identiques pouvaient se révéler dissemblables et apporter des données nouvelles.

Malgré de multiples échecs, il se considérait comme une personnalité aux possibilités innombrables, il avait une grande confiance en soi, et trouva providentielle la présence à Hintock d'une femme différente des autres.

Fitzpiers avait cette habitude, assez rare chez les rêveurs de son âge, de se parler à lui-même. Il arpenta la pièce en posant soigneusement les pieds sur les fleurs les plus apparentes du tapis, et murmura :

« Cette jeune fille exceptionnelle sera la lumière de

ma vie tant que je serai à Hintock. Et ce qu'il y a de merveilleux, c'est le caractère provisoire qu'auront nos rapports. Au point de vue situation, l'intimité nous est interdite ; des intentions matrimoniales à son égard, toute charmante qu'elle soit, seraient positivement absurdes. Cela gâterait d'ailleurs tout ce que nos rapports peuvent avoir d'agréable et de charmant. Et puis j'ai d'autres ambitions pour mon avenir ! »

Fitzpiers se servait comme d'un frein de ce projet d'un beau mariage avec une jeune fille d'aussi bonne famille que la sienne et de bourse mieux garnie. Mais, comme objet de contemplation momentanée, Grace Melbury garderait son esprit en éveil et serait un dérivatif à la monotonie des jours.

Le souvenir de la première idée qu'il avait eue à sa vue, avant de lui avoir parlé, une liaison vulgaire avec la jolie fille d'un marchand de bois, lui était particulièrement pénible aujourd'hui qu'il avait pu la juger à sa juste valeur.

Ses relations avec une jeune fille telle que Grace ne sauraient être qu'une amitié platonique et, de part et d'autre, une exploration dans un monde imaginaire. Puisqu'il n'avait pas l'intention de l'épouser, il ne pouvait aller faire visite à son père, il faudrait donc qu'il se contente de brèves rencontres sur la route, dans le bois, en allant et en revenant de l'église et en passant devant chez elle.

C'est ainsi que cela se passa en effet ; des rencontres d'une minute, fréquemment répétées, donnent naissance à un intérêt réciproque, et même à une confiance affectueuse ; leur sentiment grandit insensiblement comme les bourgeons paraissent sur les branches. Il n'y eut pas de moment précis où l'on put dire qu'ils étaient devenus amis et pourtant une entente subtile existait maintenant entre ces deux êtres qui ne se connaissaient même pas pendant l'hiver.

Le printemps parut assez brusquement ; l'espace

d'une nuit tiède suffit à libérer les bourgeons depuis longtemps gonflés. On pouvait presque entendre l'élan de la sève dans les vaisseaux des arbres ; les fleurs tardives d'avril s'installèrent sans être vues : on aurait cru qu'elles étaient là depuis longtemps, alors que l'avant-veille il n'y en avait trace ; les oiseaux ne craignirent plus d'être mouillés ; les gens qui ne quittaient pas leur logis annoncèrent qu'ils avaient entendu le rossignol, tandis que ceux qui travaillaient dehors répondaient dédaigneusement qu'ils l'entendaient depuis quinze jours.

La clientèle du docteur était loin d'atteindre celle d'un médecin de Londres, et il lui restait du temps pour se promener fréquemment dans le bois. A vrai dire, il ne suivait pas ses malades assez assidûment pour que sa clientèle prît des proportions exceptionnelles.

Un jour, il s'en alla dans une chênaie, emportant un livre.

C'était un après-midi paisible, et partout on sentait que de grandes choses se préparaient dans la nature : impression qui ne laisse pas de remplir le philosophe d'un certain malaise par le contraste qu'il perçoit entre tout ce que la nature entreprend et ses médiocres entreprises à lui. Il entendit au loin un bruit étrange, assez semblable au coin-coin d'un canard, qu'on entendait souvent à cette époque de l'année, mais qui était nouveau pour lui.

Fitzpiers aperçut bientôt à travers les arbres l'origine de ce bruit. L'écorçage des arbres avait commencé ; ce qu'il avait entendu, c'était l'outil qui, après avoir éventré l'arbre, grinçait entre l'aubier gluant et l'écorce.

La vente des écorces jouait un rôle important dans les affaires de Melbury ; comme il était le père de Grace et qu'il était peut-être sur les lieux, Fitzpiers se sentit doublement attiré par ce spectacle. En s'approchant, il reconnut parmi les travailleurs John Upjohn, les deux

Timothy et Robert Creedle « prêté » sans doute par Winterborne. Marty South avait aussi apporté son aide. Il y avait à proximité un seau à traire plein de cidre où flottait un quart en fer-blanc qu'ils plongeaient pour boire chaque fois qu'ils passaient devant le seau.

Chaque arbre marqué pour être ainsi dépouillé était d'abord attaqué par Upjohn. A coups de serpette il débarrassait soigneusement le tronc des petits rameaux et des plaques de mousse qui l'entouraient sur une hauteur de deux pieds au-dessus du sol, opération comparable à la toilette du condamné. On laissait l'arbre debout pour l'écorcer jusqu'à hauteur d'homme — si un végétal a parfois l'air ridicule, c'est bien lorsque le chêne est là, jambe nue pour ainsi dire et comme honteux ; le bûcheron venait alors tailler un cercle à coups de hache pour laisser enfin achever l'arbre par les Timothy et leur énorme scie.

Le chêne à terre, les hommes s'abattaient comme une nuée de sauterelles pour lui enlever l'écorce et bientôt il n'en restait plus une parcelle sur le tronc et sur les branches maîtresses. Marty South était passée maître en l'art de décortiquer les branches les plus hautes ; elle était là comme un grand oiseau en cage au milieu du fouillis de rameaux et de bourgeons, poussant son instrument jusqu'aux branches les plus menues, au-delà de l'endroit extrême qu'avait su atteindre l'habileté et la patience des hommes ; ces branches qui, du vivant de l'arbre, se balançaient tout en haut des bois, recevaient les premiers rayons du soleil et ceux de la lune, tandis que toute la partie inférieure de la forêt était encore dans les ténèbres.

« On dirait que vous avez un meilleur outil qu'eux, Marty, lui dit Fitzpiers.

— Oh non ! monsieur, fit-elle en lui montrant un tibia de cheval muni d'un manche et afilé d'un côté ; seulement ils ont moins de patience parce que leur temps vaut plus cher que le mien. »

On avait élevé à cet endroit une hutte en branchage et en chaume, devant laquelle flambait un feu et chantait une bouilloire. Fitzpiers entra s'y asseoir, et continua sa lecture non sans lever de temps en temps les yeux pour observer la scène et les personnages.

Un moment la pensée qu'il pourrait rester définitivement dans le pays et être à tout jamais lié à cette vie forestière s'il épousait Grace Melbury lui traversa l'esprit. Pourquoi tant d'ambition ? Le secret du bonheur, c'est de savoir limiter ses désirs. Les aspirations de ces hommes qui l'entouraient n'allaient pas plus loin que la lisière des bois, pourquoi les siennes ne s'y limiteraient-elles pas également ? Pourquoi ne se bornerait-il pas à une modeste clientèle parmi ces paysans ?

Bientôt Marty South quitta ses rameaux tremblants et sortant de son chêne couché se mit à préparer le thé. Quand tout fut prêt, elle appela les hommes, et Fitzpiers, se sentant d'humeur à se joindre à eux, leut tint compagnie.

La raison secrète de sa présence dans le bois où il s'attardait à plaisir se révéla lorsqu'on entendit le léger craquement d'une voiture ; l'un des hommes s'écria : « Le voilà ! » Se retournant, ils aperçurent le cabriolet de Melbury qui s'approchait, la mousse élastique amortissant le bruit des roues.

Le marchand de bois était à pied et menait le cheval par la bride ; il se retournait tous les deux pas pour prévenir sa fille restée dans la voiture, chaque fois qu'elle devait baisser la tête pour éviter les branches menaçantes. Ils s'arrêtèrent à l'endroit où l'écorçage des arbres était momentanément suspendu. Melbury, d'un coup d'œil rapide, inspecta les tas d'écorce et, s'approchant, accepta l'invitation des travailleurs au repos qui lui criaient de venir prendre une jatte de thé avec eux et attacha son cheval à une branche. Grace déclina leur offre et resta dans la voiture, à regarder rêveusement les rayons du soleil filtrant en fils de lu-

mière ténue à travers les buissons de houx qui alternaient avec les bûches.

Ce ne fut qu'en arrivant tout près de la hutte que
Melbury s'aperçut de la présence du docteur ; il accepta l'invitation que lui faisait celui-ci de s'asseoir à
côté de lui sur le tronc couché et le remercia chaleureusement.

« Bon Dieu ! Je ne m'attendais pas à vous trouver ici,
dit-il, évidemment ravi de cette rencontre. Je me demande si ma fille sait que vous êtes là. Je ne le crois
pas. »

Il se retourna vers le cabriolet ; Grace regardait du
côté opposé, les yeux toujours tournés dans la direction du soleil.

« Elle ne nous voit pas, dit Melbury. Ça ne fait rien,
laissons-la ! »

Grace ne se doutait pas que Fitzpiers fût si proche.
Ses pensées avaient peu de rapport avec le spectacle
qu'elle avait sous les yeux : elle songeait à Mrs. Charmond, à leur amitié éphémère, à sa manière d'agir si
capricieuse, et aux spectacles, si différents de celui-ci,
que la châtelaine contemplait sans doute à ce moment
même, sous d'autres cieux qu'elle lui avait donné l'espoir de contempler avec elle. Elle se demandait si sa
protectrice reviendrait à Hintock pendant l'été, et si
leur amitié mort-née renaîtrait à son prochain séjour.

Melbury racontait des vieilles histoires de bûcherons,
en se tournant vers Fitzpiers avec, de temps en temps,
un regard vers les hommes qui les avaient souvent
entendues. Marty, qui servait le thé, était en train de
dire : « Je vais porter une tasse à Miss Grace », quand
on entendit un bruit de harnais qui s'entrechoquaient.
Melbury se retourna et vit que le cheval donnait des
signes d'impatience et secouait la voiture de telle façon
que la jeune fille était inquiète, bien qu'elle ne poussât
pas un cri. Melbury bondit et Fitzpiers en même temps
que lui — et tandis que le père saisissait la tête du

cheval pour le maîtriser, le jeune homme aidait Grace
à descendre.

En le voyant, son étonnement fut tel qu'elle fut incapable de sauter tranquillement toute seule et il la descendit dans ses bras plus qu'elle ne descendit elle-
même. Il desserra son étreinte dès qu'elle fut sur le sol,
et lui dit qu'il espérait qu'elle n'avait pas eu peur...

« Oh non ! pas trop ! parvint-elle enfin à répondre. Il
n'y avait pas grand danger tant que le cheval ne se
mettait pas à courir sous des branches assez basses
pour me cogner la tête.

— Ce qui aurait pu fort bien arriver. Votre trouble est
très justifié. »

Il lisait ce trouble sur son visage, mais elle ne pouvait
lui dire que, bien plus que le cheval, c'était lui qui en
était responsable. Le sentir si proche d'elle lui avait
donné une inexplicable envie de pleurer comme toutes
les fois où ils avaient été plus près l'un de l'autre que
de coutume. Melbury eut tôt fait de calmer le cheval,
et, voyant que Grace avait recouvré ses esprits, rejoignit les travailleurs.

L'énervement de la jeune fille fut vite passé, et elle
dit à Fitzpiers d'un ton enjoué :

« Voyez-vous, c'est le Destin. Il était écrit que je me
joindrais à votre pique-nique, bien que ce ne fût pas
mon intention. »

Marty l'installa confortablement dans le cercle, et
Grace écouta Fitzpiers qui tirait de son père et des
bûcherons mainte histoire arrivée dans ces bois à leurs
pères, à leurs grands-pères et à eux-mêmes ; mainte
aventure que seule pouvait expliquer une intervention
surnaturelle, histoire de sorcières noires et de sorcières
blanches ; et la fameuse histoire des fantômes des deux
frères qui avaient combattu et péri et avaient hanté
« King's Hintock Court » jusqu'au jour où le curé les
avait persuadé de se retirer dans un étang du bois. Ils
n'en sortaient que tous les ans à la Nouvelle Année

(ancien style) pour regagner d'un bond leur ancien domaine ; d'où le dicton du pays : « Au nouvel an, un bond du temps ! »

L'heure était délicieuse ; la fumée du petit feu de rameaux écorcés montait entre le soleil et les hommes au repos, et derrière ses vapeurs bleues les arbres couchés étiraient leurs bras nus. L'odeur de la sève libérée se mêlait à celle du bois brûlé ; l'intérieur poisseux et brillant de l'écorce qui gisait un peu partout révélait aux regards sa couleur garance.

Melbury était si satisfait d'avoir Fitzpiers avec lui, presque comme son hôte, qu'il serait resté là indéfiniment ; mais Grace, sur qui trop souvent s'attardait le regard du docteur, sembla croire que c'était à elle qu'il incombait de donner le signal du départ. Son père l'accompagna donc jusqu'au cabriolet.

Fitzpiers, l'ayant aidée à descendre de voiture, trouva que c'était une excellente raison pour l'aider à y remonter, et il s'en acquitta sans hâte intempestive.

« Pourquoi étiez-vous prête à pleurer, tout à l'heure ? lui demanda-t-il doucement.

— Je ne sais pas ! » dit-elle, et c'était la pure vérité.

Melbury monta de l'autre côté et ils sortirent de la chênaie ; leurs roues écrasaient sans bruit des mousses aux dessins délicats, des jacinthes, des primevères, des pieds-de-veau, et mille autres plantes communes ou rares, et faisaient craquer les petites branches cassées qui leur barraient la route.

Le chemin qui les amenait chez eux suivait le flanc d'une colline : « Dogbury Hill », d'où l'on apercevait une large vallée très différente d'aspect et d'atmosphère de Hintock proprement dit.

C'était là, à flanc de coteau, que le pays du cidre rencontrait la forêt. L'air de la vallée était d'un bleu de saphir, un bleu comme on n'en voyait pas en dehors de cette vallée de pommiers. Sous cet azur, les vergers étaient en pleine floraison rose, quelques pommiers

chargés de fleurs montaient presque jusqu'à leur route.
Appuyé à une barrière qui s'ouvrait sur la pente, un
homme était si absorbé à regarder ces belles promesses
de fruits qu'il ne les vit même pas passer.

« C'était Giles ! dit Melbury un peu plus loin.

— Ah ! pauvre Giles, dit-elle.

— Toutes ces fleurs de pommier annoncent pour lui
et ses hommes du travail pour l'automne. Si la maladie
ne s'y met pas avant que les fruits ne se nouent, il y
aura une récolte de cidre comme on n'en a pas vu
depuis des années. »

Cependant, dans le bois qu'ils venaient de quitter, les
hommes s'étaient reposés si longtemps qu'ils n'avaient
plus le goût de se remettre au travail ce soir-là. On les
payait à la tonne et ils organisaient leur travail comme
ils l'entendaient.

Ils empilèrent l'écorce en longs tas pour ceux qui
viendraient la faire sécher et s'éloignèrent ainsi de plus
en plus de la hutte à mesure que le soleil déclinait.

Fitzpiers s'y attarda. Il avait rouvert son livre, mais on
n'y voyait plus et il resta assis devant le feu mourant,
s'apercevant à peine de leur départ.

Il demeura là à méditer et à rêver jusqu'à ce qu'il lui
semblât faire partie intégrante de la forêt, tant tout était
calme autour de lui.

Aucun spectacle, aucun son ne venait déranger cette
communion avec l'atmosphère du lieu. Et une fois de
plus, il envisagea la possibilité de sacrifier toute ambition, de vivre heureux dans ce pays, et, au lieu d'élabo-
rer à grand-peine de nouvelles théories, d'accepter la
vie de famille conforme à la simplicité d'autrefois.

Il resta plongé dans ces réflexions jusqu'à ce que la
nuit qui tombait vînt assombrir toute la forêt, et que,
du haut d'un buisson tout proche, le timide oiseau de
cette heure crépusculaire se mît à déverser ses roulades
passionnées.

De sa place Fitzpiers pouvait voir tout le terrain

découvert. Il aperçut soudain une silhouette qui
s'avançait dans sa direction. Le docteur était complètement dissimulé par l'ombre que faisaient les claies de
la hutte et il n'avait aucune raison pour remuer avant
que le nouveau venu eût disparu.

C'était une femme. Elle marchait lentement en regardant le sol comme si elle avait perdu quelque chose
et elle suivait la piste tracée par le cabriolet. Fitzpiers,
dans un éclair de divination, se dit que c'était Grace ; à
son approche, son espoir se changea en certitude.

Oui, elle cherchait quelque chose ; elle contournait
les arbres couchés qui, avec leur écorce, eussent été
invisibles, mais leur blancheur lui permettait de les
éviter facilement. Elle arriva ainsi jusqu'au tas de cendres, et tentée par un ou deux points rouges qui
brillaient encore elle les remua et fit jaillir une flamme.
A la lumière du feu, elle regarda autour d'elle et aperçut seulement alors le visage éclairé de Fitzpiers, exactement à l'endroit où elle l'avait laissé.

Grace sursauta en poussant un cri ; elle était loin de
s'attendre à le trouver là. Fitzpiers se leva immédiatement et vint près d'elle.

« Je vous ai fait peur, dit-il. J'aurais dû parler, mais je
ne me doutais pas tout d'abord que c'était vous. Je suis
là depuis votre départ. »

Il la soutenait positivement dans ses bras comme s'il
croyait vraiment qu'elle était effrayée au point de tomber. Dès qu'elle eut repris ses esprits, elle l'écarta
doucement, et lui expliqua pourquoi elle était revenue.
En descendant de la voiture, ou en montant, ou peut-
être au moment où elle s'était assise auprès du feu, elle
avait perdu sa bourse.

« Eh bien ! nous allons la trouver », dit Fitzpiers.

Il jeta sur le feu une brassée de feuilles de la saison
dernière ; la flamme jaillit plus haut, et l'ombre envi-
ronnante en parut soudain plus noire ; en l'espace d'un
instant, ce n'était plus le soir, c'était la nuit. Eclairés

par cette lueur, ils tâtonnèrent, accroupis. Fitzpiers
s'appuya sur son coude et regarda Grace.

« Nous nous rencontrons presque toujours dans des
circonstances bizarres, et celle-ci n'est pas une des
moins extraordinaires. Je me demande ce que cela peut
bien vouloir dire.

— Oh! rien, certainement! dit Grace, en se levant en
hâte. Je vous en prie, ne dites pas cela.

— J'espère qu'il n'y avait pas beaucoup d'argent dans
votre bourse, dit Fitzpiers se levant aussi, mais avec
moins de hâte, et secouant les feuilles qui s'attachaient
à lui.

— Oh! presque rien. C'est à la bourse que je tenais
parce que c'était un cadeau. L'argent, vous savez, on
n'est pas beaucoup plus tenté d'en dépenser à Hintock
qu'on ne le serait dans l'île de Robinson. »

Ils avaient renoncé à leur recherche, lorsque Fitzpiers aperçut quelque chose à ses pieds.

« La voici, dit-il, votre père, votre mère, l'ami ou
l'admirateur qui vous l'a donnée ne sera pas peiné de
votre négligence.

— Oh! il ne sait même pas ce que je fais, maintenant.

— L'admirateur? demanda finement le docteur.

— Ce n'est pas là le nom qui lui convient, dit Grace
avec simplicité. Un admirateur, c'est un être superficiel, variable, et celui dont je parlais est tout à fait
différent!

— Il a toutes les vertus cardinales!

— Peut-être, mais je ne les connais pas par leur nom.

— Vous les pratiquez inconsciemment, ce qui vaut
bien mieux, Miss Melbury; selon Schleiermacher, ce
sont : la Maîtrise de soi, la Persévérance, la Sagesse, et
l'Amour; et sa liste est la meilleure de toutes celles que
je connais.

— Je crains fort... » Elle allait dire qu'elle craignait
que Winterborne, donateur de la bourse, n'eût pas

beaucoup de persévérance, bien qu'il possédât les trois autres vertus ; mais elle décida de ne pas continuer sur ce sujet et elle se tut.

Cette demi-confession fut la cause d'un changement dans l'attitude de Fitzpiers. Le sentiment qu'il avait de sa propre supériorité disparut et, à partir de ce moment, Grace représenta pour lui la femme aimée.

« Miss Melbury, dit-il tout à coup, je devine que cet homme vertueux a été refusé par vous ? »

Elle dut en convenir.

« Si je vous le demande, ce n'est pas sans raison. Dieu me garde de me prosterner indûment devant l'idole d'un autre. Mais, chère Miss Melbury, puisqu'il a maintenant quitté le temple, puis-je m'en approcher à mon tour ?

— Je ne puis vous répondre, s'écria-t-elle vivement. On ressent de la pitié pour un homme qu'on a refusé et l'on n'en a que plus de sympathie pour lui. »

Aux yeux du docteur, cette nouvelle complication ne donnait que plus de prix à Grace ; elle en devenait digne de son adoration.

« Donnez-moi une réponse, un seul mot, supplia-t-il éperdu.

— Pas maintenant, il faut que je rentre chez moi.

— C'est vrai ! » dit Fitzpiers.

Mais comme il ne faisait pas un geste, elle n'osa pas le quitter brusquement et ils restèrent là, en silence, debout l'un à côté de l'autre.

Deux oiseaux vinrent faire diversion. Ils étaient perchés au-dessus de leur tête quand soudain, en proie à une querelle si acharnée qu'ils en perdirent l'usage de leurs ailes, ils tombèrent à leurs pieds dans les cendres brûlantes. Cela les sépara, et ils s'envolèrent en laissant une odeur de roussi pour disparaître complètement.

« Et voilà comment finit l'amour !... » dit une voix. Ce n'était ni Grace ni Fitzpiers qui avaient parlé. C'était Marty South qui s'approchait le nez en l'air, tâchant de suivre du regard les oiseaux dans leur fuite. Soudain, elle aperçut Grace :

« Oh ! Miss Melbury, s'écria-t-elle, j'étais si occupée à regarder ces pigeons que je ne vous avais pas vue. Et voilà aussi M. Winterborne, ajouta-t-elle timidement en regardant Fitzpiers qui était un peu en arrière.

— Voulez-vous que nous rentrions ensemble, Marty ? » interrompit Grace. Et sans plus tarder, elle lui prit le bras et l'entraîna.

Elles avancèrent entre les bras des arbres fantômes abattus à leurs pieds, puis parmi des arbres encore debout et prirent un sentier sans chêne, sans tas d'écorce et sans Fitzpiers : rien que du taillis avec de pâles touffes de primevères.

« Je ne savais pas que M. Winterborne était là, dit Marty, rompant le silence, quand elles furent tout près de la porte des Melbury.

— Ce n'était pas lui, dit Grace.

— Mais je l'ai vu, Miss Melbury !

— Non, ce n'était pas lui. C'était quelqu'un d'autre. Giles Winterborne n'est plus rien pour moi. »

XX

Les arbres déplissaient leurs feuilles, et toute la forêt
se transformait : le filigrane transparent se changeait en
une masse opaque autrement vaste et importante. Les
branches portaient une ombre verte fatale au teint des
jeunes filles ; et par la pluie la ligne de rameaux qui
surplombait le jardin de M. Melbury dégouttait sur ses
semis et les marquait de trous comme la petite vérole.
Et M. Melbury déclarait qu'on ne pouvait espérer culti-
ver un jardin dans un endroit pareil. Les deux arbres
qui avaient grincé pendant tout l'hiver cessèrent de
gémir et le cri de l'engoulevent vint remplacer leur
sinistre musique.

Sauf à midi, les gens de Hintock ne virent plus le
soleil en entier, mais sous la forme d'une multitude
d'étoiles qui perçaient le feuillage.

C'est sous cette forme que leur apparaissait le soleil,
la veille de la Saint-Jean, cette année-là. La nuit approchait, il était près de neuf heures ; le rayonnement de
la journée faisait place à l'obscure imprécision des
ombres lugubres et des coins sombres. On imaginait
parmi les troncs et les branches des visages ténébreux
et des formes funèbres. La lune n'était pas encore
levée. Mais plus tard, quand la planète eut commencé
de régner dans les cieux, et que sa face ronde eut

chassé l'ombre des clairières aux alentours du hameau,
on s'aperçut que la lisière du bois qui bordait la propriété de M. Melbury n'avait pas le calme habituel à
cette heure de repos.

Fitzpiers avait entendu des voix et il regardait par-
dessus la haie (depuis quelque temps il plongeait plus
souvent ses regards dans cette direction que dans ses
livres) en se disant que peut-être Grace était dehors
avec des amies. Son attachement pour Grace Melbury
était désormais sans remède, et il n'était pas du tout sûr
qu'elle lui fût aussi attachée.

Il était ensorcelé au point de croire que l'Idéal avait
enfin trouvé sa réalisation matérielle, chose qu'il
croyait impossible jusqu'ici.

Ce n'était point Grace qui passait devant chez lui,
mais un groupe de jeunes villageoises. Quelques-unes
marchaient calmement, d'autres en riant comme des
folles. D'une voix indifférente, il demanda à sa propriétaire qui était aussi dans le jardin ce que ces jeunes
filles allaient faire et elle lui apprit que c'était la coutume, à la Saint-Jean, de tenter d'entrevoir, par une
magie quelconque, celui qui serait leur compagnon
pour la vie. Elle ajouta que c'était une coutume de
païens que pour sa part elle se garderait bien d'encourager. Et sur ces mots, elle rentra se coucher.

Le jeune homme alluma un cigare et suivit lentement
le cortège des jeunes filles. Elles avaient tourné dans le
bois, étaient entrées chez Melbury et chez Marty South,
mais on pouvait facilement les suivre à leurs voix,
malgré leur intention de parler bas.

Cependant d'autres habitants de Hintock avaient eu
connaissance de l'expérience nocturne qu'elles s'en
allaient tenter, et de loin, suivaient à la dérobée la
troupe des fillettes délurées. Dans la journée, Marty
avait mis Grace au courant de leur projet d'aller jeter
un coup d'œil sur leur avenir. Grace n'était après tout
qu'une jeune fille et cette expédition la tenta. Il faisait

un beau clair de lune, la nuit était si calme qu'elle persuada aisément Mrs. Melbury de l'accompagner, et elles suivirent la même direction en compagnie de Marty.

En passant devant chez Winterborne, un bruit de marteau parvint jusqu'à elles. Marty leur en donna l'explication. C'était la dernière nuit que Winterborne devait passer dans sa maison natale, le bail ayant expiré en même temps que South. Aussi, Giles démontait ses armoires et ses lits avec l'intention de déménager le lendemain matin de bonne heure. Sa rencontre avec Mrs. Charmond lui avait coûté cher.

Sur la route la mère Oliver vint se joindre à Marty. En ces occasions, elle était plus enragée que les jeunes.

Grace et Mrs. Melbury poursuivirent seules leur chemin et arrivèrent à l'endroit choisi par les filles du village dont l'intention de garder secrète leur expédition avait complètement échoué. Grace et sa belle-mère s'arrêtèrent près d'un houx, tandis qu'à deux pas Fitzpiers, caché par un jeune chêne, s'absorbait dans la contemplation de Grace tout éclairée par les rayons de la lune.

Il la regardait sans parler. Seules Marty et la vieille le voyaient, car elles se trouvaient maintenant du côté du houx qui restait dans l'ombre, tandis que Grace et sa belle-mère étaient du côté éclairé. Les premières parlaient à voix basse.

« Si ces deux-là se rencontrent dans le bois ce soir, arrivant chacun de son côté, à la Saint-Jean prochaine ils y reviendront bras dessus, bras dessous, dit la vieille, faisant allusion à Fitzpiers et à Grace. Au lieu de mes vieux os, ce sera sa jeune carcasse bien vivante qu'il ramènera chez lui un de ces jours. Elle a beau être une demoiselle, et bien digne d'épouser un homme comme lui, il me semble à moi que ça vaudrait mieux qu'y se marie avec une femme dans le genre de Mrs. Charmond, et Miss Grace, elle, devrait se contenter de Winterborne ! »

Marty ne répondit pas, et on vit s'avancer un groupe de jeunes filles, quelques-unes venues de Grand-Hintock, pour faire opérer le charme, car il était près de minuit.

« Dès que nous aurons vu quelque chose, nous rentrerons chez nous à toutes jambes », dit l'une d'elles, car le courage commençait à lui manquer. Les autres acquiescèrent, ignorant qu'une douzaine de voisins rôdaient dans les buissons d'alentour.

« Je commence à regretter d'avoir voulu tenter cette épreuve, dit une autre. Nous aurions dû nous contenter d'apprendre demain, en creusant des trous, quel sera le métier de notre futur mari. Ce soir, c'est comme si on s'entendait avec le diable, d'essayer d'évoquer leur visage ! »

Mais il était trop tard pour reculer, et elles se mirent à avancer lentement en tirailleurs, à travers les arbres, avec l'intention de plonger dans l'ombre du bois, chacune de son côté. D'après ce que pouvaient entendre les oreilles qui les écoutaient, il était question d'adopter en cette occasion la forme de magie qui consistait à lancer chacune une poignée de chènevis.

Au moment d'avancer, elles se retournèrent et aperçurent la silhouette de Miss Melbury ; très intéressée par ce qui se passait, celle-ci était la seule à recevoir en face la lumière de la lune. Tout cela était si différent de sa vie des dernières années qu'elle se croyait revenue à des siècles en arrière. On la remarquait d'autant plus qu'elle portait une robe claire.

Après quelques mots chuchotés, l'une des jeunes filles (une grosse réjouie promise au jeune Timothy Tangs) lui demanda soudain si elle voulait se joindre à elles. Grace accepta, un peu nerveuse, et elle avança avec l'arrière-garde.

Bientôt, on n'entendit plus rien de ce qui se passait,

sauf, de temps en temps, un léger froissement de feuilles.

La mère Oliver murmura à l'oreille de Marty :

« Pourquoi n'allez-vous pas tenter votre chance comme les autres ?

— Je n'y crois pas ! dit Marty d'un ton bref. Et puis elles ont tout gâté en le racontant à tout le monde !

— Mais oui, la moitié du village est là. Elles auraient bien dû garder ça pour elles, ces petites sottes. Tiens ! j'aperçois M. Winterborne à travers les feuilles ; il vient d'arriver avec Robert Creedle. Marty ! il faut remplacer la Providence de temps en temps. Allez donc lui dire qu'il aille se poster juste derrière le buisson en bas de la pente. Miss Grace doit repasser par là en revenant, et il y a des chances pour qu'en courant elle aille se jeter juste dans ses bras, car, dès que minuit sonnera, elles vont détaler comme des lapins. C'est pas la première fois que j'assiste à ces jeux-là !

— Vous croyez ? dit Marty à contrecœur.

— Bien sûr ! et il vous bénira, allez !

— Je me passerais bien de sa bénédiction ! »

Mais, après avoir réfléchi, elle alla remplir sa mission, et la vieille vit avec plaisir Giles se diriger lentement vers le passage touffu que Grace devait suivre à son retour.

Cependant Mrs. Melbury resté seule avait aperçu Fitzpiers et Winterborne et elle avait vu s'avancer ce dernier. Elle trouva mieux encore que la mère Oliver, car elle avait remarqué, elle, ce qui était passé inaperçu aux yeux de son mari : l'attrait croissant de Grace pour le docteur. Elle s'approcha donc de Fitzpiers.

« Allez donc à l'endroit où se trouve maintenant M. Winterborne, lui dit-elle d'un air significatif. Elle redescendra par là en courant et autrement vite qu'elle n'y est montée, si elle est comme les autres. »

Fitzpiers ne se le fit pas répéter deux fois. Il alla rejoindre Winterborne. Chacun d'eux savait bien pour-

quoi l'autre était là, mais ils ne disaient rien ni l'un ni
l'autre car Fitzpiers dédaignait de considérer Winterborne comme un rival, et Winterborne gardait cet air
absent et indifférent que lui avait donné son échec.

Ni la mère Oliver, ni Marty South n'avaient vu les
manœuvres du docteur, et pour continuer à aider
Winterborne — elle le croyait du moins — la vieille
suggéra à la jeune fille de suivre Grace et de « l'aiguil-
ler » dans la direction voulue si elle avait l'air de vouloir
prendre un autre chemin. Et la pauvre Marty, destinée
à sacrifier éternellement ses désirs à ceux des autres,
alla se poster, tel un signal muet, dans l'attente du
retour de Grace et de ses folles compagnes, qu'on
n'entendait plus pour le moment.

La première chose qui vint rompre le silence fut
l'horloge de Hintock qui sonnait au loin l'heure fatidi-
que. Immédiatement, le coin du bois où étaient parties
les jeunes filles retentit des battements d'ailes des
oiseaux effarouchés ; des lapins et des lièvres dévalè-
rent la pente, et, enfin, le craquement des branches et
le froissement des feuilles révélèrent que les jeunes
exploratrices revenaient en toute hâte ; on aperçut
bientôt leurs robes flottantes.

Miss Melbury, qui était partie l'une des dernières,
revint l'une des premières ; l'énervement était contagieux et elle courut en riant vers Marty qui était toujours là comme un poteau indicateur ; elle contourna
rapidement le buisson fatal où le sous-bois se rétrécis-
sait pour ne laisser qu'un passage. Fitzpiers s'était vivement placé devant Winterborne qui, dédaigneux
d'améliorer sa position, se contenta de faire demi-tour ;
alors le docteur fit ce qu'il n'aurait jamais fait sans
l'encouragement de Mrs. Melbury et sans l'atmosphère
de cette nuit qui supprimait toutes conventions. Il
ouvrit tout grands les bras et, comme il l'eût fait d'un
oiseau, captura la forme blanche qui surgissait vers lui.

« Oh ! s'écria Grace, apeurée.

— Vous êtes dans mes bras, ma chérie, dit Fitzpiers, et je vais revendiquer le droit de vous y garder durant toute notre vie ! »

Elle resta appuyée contre lui, comme subjuguée, et ne se reprit qu'au bout de quelques secondes. Les cris étouffés et les bruits de lutte qui parvenaient des fourrés voisins indiquaient que d'autres jeunes hommes avaient rôdé par là dans un but tout semblable. A l'encontre de la plupart de ses compagnes, Grace ne se débattait ni ne riait et c'est d'une voix tremblante qu'elle dit :

« Monsieur Fitzpiers ! lâchez-moi, je vous en prie !

— Certainement ! dit-il en riant, dès que vous serez remise de votre frayeur. »

Elle attendit quelques instants encore, puis calmement elle l'écarta d'un bras ferme, et partit, silencieuse, le long du sentier, la lune pâlissant son visage empourpré. Mais c'en était assez : désormais, leurs rapports avaient changé de caractère.

Pour les autres jeunes filles, comme on l'a déjà dit, c'était différent. Elles se débattaient, poussaient des petits cris et n'arrivaient à s'échapper qu'après une lutte désespérée. Fitzpiers les entendait encore lorsque Grace fut partie, et il resta là, où il l'avait tenue dans ses bras. Winterborne avait disparu. Soudain une autre jeune fille glissa en courant la pente qu'avait descendue Grace, une jolie fille bien bâtie, les bras nus. Apercevant Fitzpiers, elle lui dit d'un ton de plaisanterie effrontée : « Hé ! Tim ! si tu peux m'attraper, tu pourras m'embrasser ! »

Fitzpiers reconnut Suke Damson, une fille délurée du hameau qui l'avait évidemment pris pour son amoureux. Quelque chose le poussa à profiter de sa méprise ; elle s'enfuit à toutes jambes et il se mit à sa poursuite.

Elle avançait, rapide, sous les branches, tantôt éclairée, tantôt dans l'ombre, le regardant à chaque instant par-dessus son épaule, et lui envoyant des baisers; elle s'esquivait si habilement entre les arbres et parmi leurs ombres, qu'elle parvenait toujours à le tenir à distance. Ils continuèrent ainsi à courir et à faire des crochets, jusqu'à ce qu'ils n'entendissent plus les autres.

Il commençait à désespérer de jamais la rattraper, quand, soudain, pour le provoquer, elle se dirigea vers une clôture et sauta par-dessus la barrière. Là, le décor était différent; c'était une prairie; les foins étaient en partie coupés et gisaient en tas, éclairés en plein par la lune, maintenant à son zénith. Fitzpiers comprit que, s'engageant en terrain découvert, Suke s'était mise à sa merci et il franchit à son tour la barrière. Elle vola un instant dans la prairie, puis sa forme insaisissable disparut comme si elle s'était enfoncée dans le sol. Elle s'était cachée dans une meule de foin.

Fitzpiers, piqué au jeu, n'allait pas la laisser échapper comme cela. Il s'approcha pour retourner toutes les meules l'une après l'autre; il s'arrêtait, hésitant, dans son excitation, quand, de dessous le foin, elle imita le bruit d'un baiser et, de sa voix la plus douce, elle lui chanta quelques bribes d'une romance du pays :

« *Ah ! quitte le brouillard et viens-t'en près de moi !* » le guidant ainsi vers sa cachette.

Deux minutes plus tard, elle était découverte.

« Oh ! mon Dieu ! ce n'est pas Tim ! » dit-elle en se cachant le visage.

Mais Fitzpiers ne tint pas compte de cette résistance si peu énergique : il se pencha vers elle, lui appliqua le baiser demandé, et se laissa tomber sur le foin auprès d'elle, essoufflé par la course.

« Et qui est Tim ? demanda-t-il bientôt.

— Mon bon ami, Tim Tangs, dit-elle.

— Et, en toute sincérié, vous croyiez réellement que c'était lui ?

— Oui, tout d'abord !

— Mais pas ensuite ?

— Non, pas ensuite !

— Et ça vous ennuie beaucoup que ce ne soit pas lui ?

— Non, pas beaucoup ! » dit-elle malicieusement.

Il arrêta son questionnaire ; Suke était bien belle au clair de lune, les écorchures et les griffes inhérentes à ses travaux des champs étaient invisibles sous les pâles rayons. Tandis qu'ils étaient blottis en silence sous le foin, l'engoulevent lançait éternellement son cri qui résonnait ironiquement, de la cime d'un arbre voisin.

A part ce cri, nul bruit ne parvenait jusqu'à eux.

Le temps des rossignols était passé, et Hintock était au moins à deux milles de là. Dans la direction opposée, la prairie s'étendait à perte de vue dans une brume légère.

L'aube se levait que Fitzpiers et Suke Damson n'étaient pas encore de retour à Petit-Hintock.

XXI

Au moment de la fuite éperdue, Winterborne regardait, lui aussi, et il avait demandé à l'une des jeunes filles qu'il avait rencontrées la cause de cette panique générale.

Solennelle et essoufflée, elle lui dit qu'elles avaient vu quelque chose de très différent de ce qu'elles espéraient voir et que, quant à elle, elle ne se mêlerait plus jamais à des cérémonies impies.

« Nous avons vu Satan qui nous poursuivait avec son sablier à la main. C'était effrayant ! »

Comme cette histoire était un peu compliquée, Giles s'avança vers le point du bois d'où les jeunes filles avaient battu en retraite. Il écouta et, après quelques minutes entendit un bruit de pas qui avançaient lentement, en froissant les feuilles, et à travers un rideau de chèvrefeuille entrelacé qui pendait d'une branche, il aperçut dans l'espace découvert un gros homme en tenue de soirée avec un pardessus léger sur le bras, et, dans la main un chapeau. Il le tenait si drôlement que cela avait pu, en effet suggérer « un sablier » aux timides spectatrices — si toutefois c'était là l'homme qu'avaient rencontré les jeunes filles. De l'autre main il faisait des gestes, en silence, et les rayons de lune qui éclairaient sa tête nue révélaient une chevelure noire et

un front haut, d'une forme qu'on voit plus fréquemment sur de vieilles estampes ou des tableaux anciens
que dans la vie réelle. Son air bizarre et, sans nul doute
étranger, ses gestes extraordinaires, comme s'il répétait
pour lui-même une pièce de théâtre, l'heure et le lieu,
tout cela suffisait à expliquer la terreur des jeunes filles
de Hintock à sa vue.

Il s'arrêta et regarda tout autour de lui comme s'il
avait oublié où il se trouvait, mais sans voir Giles, qui
se confondait avec ce qui l'entourait. Celui-ci s'avança
à la lumière ; le gentleman vint à Giles la main tendue.

« J'ai perdu ma route, dit-il. Peut-être pourriez-vous
me remettre dans le droit chemin ? »

Il s'essuya le front de l'air d'un homme qui souffre
d'autre chose que d'une simple fatigue.

« La grand-route est de ce côté, dit Giles.

— Ce n'est pas la grand-route que je cherche, dit
l'homme impatiemment. J'en viens ! Ce que je veux,
c'est Hintock-House. N'y a-t-il pas un chemin à travers
bois ?

— Oui, en effet ! il y a une espèce de sentier : mais
il n'est pas commode à trouver d'ici. Je vous conduirai
volontiers, si vous le voulez.

— Je vous remercie, mon ami. A vrai dire, après
avoir dîné à l'hôtel à Sherton où je me suis arrêté pour
quelques jours, j'avais décidé d'aller au Château à travers la campagne. Mais je ne me doutais pas que ce fût
si loin.

— D'ici, il y a à peu près un mille ! »

Ils continuèrent à marcher côte à côte. Comme il n'y
avait pas de sentier tracé, de temps en temps Giles
passait le premier et écartait les branches basses pour
faire un passage à son compagnon, et quand les branches libérées sifflaient comme un fouet :

« Gare à vos yeux, disait-il.

— Oui, oui ! » répondait l'étranger d'un ton préoccupé.

Ils avançaient, les ombres des feuilles couraient, rapides, sur les deux promeneurs ; l'étranger dit :

« Est-ce encore loin ?

— Plus très loin, dit Winterborne, la plantation
tourne par ici, et c'est tout près du Château. »

Il ajouta en hésitant :

« Vous savez, je suppose, que Mrs. Charmond est
absente en ce moment ?

— Vous faites erreur, dit l'autre d'un ton bref.
Mrs. Charmond a été absente pendant quelque temps,
mais elle est de retour maintenant. »

Giles ne contredit point, bien qu'il fût certain que le
gentleman se trompait.

« Vous êtes du pays ? lui demanda l'étranger.

— Oui !

— Vous avez le bonheur d'avoir un foyer ?

— Vous aussi, j'espère, monsieur ?

— C'est ce que je ne possède pas en ce monde !

— Vous paraissez venir de loin ?

— Je viens du sud de l'Europe.

— Ah ! vous êtes italien, espagnol, français, peut-
être ?

— Non, rien de tout cela ! »

Un silence suivit ; Giles ne le troubla pas et l'étranger
qui paraissait d'une nature expansive, incapable de
rester insensible à une marque d'intérêt, répondit finalement à la question de Giles :

« Je suis un Américain italianisé, je suis né en Caroline du Sud, dit-il. J'ai quitté mon pays au moment de
la défaite des Etats du Sud et je n'y suis jamais retourné
depuis. »

Il ne parla plus de lui et ils atteignirent la lisière du
bois. Ils enjambèrent la clôture et arrivèrent au plateau
gazonné d'où ils virent à leurs pieds les cheminées du
Château, blanches, muettes et immobiles.

« Pouvez-vous me dire l'heure ? demanda l'étranger.
Ma montre est arrêtée.

— Il est entre minuit et une heure », dit Giles.

Son compagnon exprima son étonnement.

« Je croyais qu'il était au plus entre neuf et dix heures. Mon Dieu, quel ennui ! »

Il prit congé de Winterborne et lui tendit une pièce d'or — un souverain apparemment — pour le service rendu.

Giles refusa, à la grand surprise de l'étranger, qui dit d'un air gêné, en remettant l'argent dans sa poche :

« Je croyais que c'était l'habitude ici. Je vous donnais cela parce que je voudrais bien que vous ne soufflicz mot de notre rencontre à personne. Vous me le pro-mettez ? »

Giles promit aussitôt. Il resta là, immobile, pendant que l'autre descendait la pente. Arrivé en bas, celui-ci se retourna d'un air méfiant. Il était si évident qu'on voulait le voir partir que Giles ne resta pas plus long-temps là et regagna Petit-Hintock à travers bois.

Il supposa que cet homme à l'air si navré et si mélancolique était peut-être cet amoureux et éternel prétendant dont il avait si souvent entendu parler et que, disait-on, Mrs. Charmond avait dédaigné. Mais rien ne vint confirmer ses suppositions, à part le bruit qui courut quelques jours plus tard sur un gentleman qui avait réveillé les domestiques après minuit ; en appre-nant que Mrs. Charmond revenue de l'étranger était encore à Londres, il avait juré violemment et était parti sans laisser une carte ni un mot d'explication.

Celles qui racontèrent cette histoire ajoutèrent qu'il avait soupiré trois fois avant de jurer, mais rien ne vint corroborer ce détail. Quoi qu'il en soit, on vit le len-demain un gentleman semblable partir de Sherton dans une voiture louée à l'auberge.

XXII

La semaine ensoleillée et verdoyante qui suivit les tendres épanchements de la nuit de la Saint-Jean amena un visiteur à la porte de Fitzpiers ; une voix qu'il connaissait bien résonna dans le corridor : c'était Melbury.

Il refusa d'entrer dans le salon : ses chaussures étaient couvertes de poussière ; mais le docteur insista et Melbury se laissa convaincre.

Sans regarder à droite, ni à gauche, et pour ainsi dire sans regarder Fitzpiers lui-même, il posa son chapeau sous sa chaise et, les yeux fixés au plancher, il commença :

« Docteur, je suis venu vous poser, tout à fait entre nous, une question sur un sujet qui me tient à cœur. J'ai une fille — Grace —, une fille unique, comme vous le savez peut-être. Eh bien ! elle est allée dehors par l'humidité et, la nuit de la Saint-Jean en particulier, elle est sortie en petits souliers pour aller voir les excentricités des filles de Hintock ; depuis elle tousse — une toux sèche et un enrouement qui me tracassent. J'ai décidé de la faire partir et de l'envoyer au bord de la mer pour changer d'air.

— La faire partir ! L'expression de Fitzpiers changea.

— Oui. Et où me conseilleriez-vous de l'envoyer ? »

Il se trouvait que la visite du marchand de bois coïncidait avec le moment où était arrivé à son paroxysme le sentiment qu'avait Fitzpiers que Grace était désormais indispensable à sa vie. Le souvenir du court instant pendant lequel il l'avait tenue pressée contre lui lorsqu'elle avait surgi tête baissée du buisson n'avait cessé de le hanter depuis cette nuit où l'occasion, l'heure tardive, et le clair de lune pouvaient seuls excuser sa conduite.

Et maintenant elle allait partir !

Situation ? cela pouvait attendre. Famille ? une communion d'idées et de goût remplaçait aujourd'hui les considérations de classes. Il se laissait emporter par le flux de ses désirs.

« Il est curieux, il est vraiment curieux que vous soyez juste venu aujourd'hui pour me parler d'elle. Voilà plusieurs jours que je songe à venir vous faire semblable visite !

— Vraiment ! vous avez remarqué que sa santé...

— Je n'ai rien remarqué parce qu'il n'y a rien à remarquer. Mais, monsieur Melbury, j'ai plusieurs fois rencontré votre fille par hasard. J'ai beaucoup d'admiration pour elle, et je voulais vous demander si vous m'autoriseriez à faire plus ample connaissance avec elle, et à lui faire ma cour ? »

Melbury avait les yeux baissés en écoutant cette déclaration et il ne vit pas l'expression d'inquiétude qui se peignait sur le visage de Fitzpiers, étonné lui-même de sa précipitation.

« Alors, vous la connaissez ? » dit Melbury, après un silence de mort où l'on avait presque vu son émotion grandir.

« Oui, dit Fitzpiers.

— Et vous désirez la mieux connaître ? en vue d'un mariage ? Ce sont bien là vos intentions ?

— Oui, dit le jeune homme. Je désire faire plus ample connaissance avec elle pour qu'elle m'agrée

comme prétendant, en attendant la suite logique, si
nous nous convenons mutuellement. »

La surprise et l'agitation du marchand de bois étaient
grandes ; sa main trembla en posant sa canne près de
lui.

« Vous me prenez au dépourvu, dit-il, et la voix lui
manqua presque. Ce n'est pas que cela m'étonne qu'un
gentleman se sente attiré par elle, mais je ne m'attendais pas que ce soit vous. Je l'avais toujours dit,
continua-t-il, la gorge serrée, que ma Grace rencontre-
rait quelqu'un digne d'elle. C'est pour cela que je lui ai
fait donner de l'instruction. Je m'étais dit : ça coûtera
ce que ça coûtera, et sa belle-mère était un peu inquiète de voir partir tant d'argent chaque année. Je
savais bien que c'était un bon placement. Là où il n'y
a pas un bon terrain, c'est peine perdue de semer,
m'étais-je dit, mais avec un terrain pareil, on est sûr du
résultat.

— Je suis heureux que vous n'y voyiez pas d'objections, dit Fitzpiers, regrettant presque que Grace ne fût
pas plus difficile à obtenir.

— Si c'est son goût, moi je n'y vois pas d'inconvénient. D'ailleurs, ajouta-t-il loyalement, pour être franc,
je dois vous dire que personnellement, je suis très
honoré de votre démarche. Et c'est tout à son honneur
d'avoir plu à un homme d'une si belle situation et de si
bonne famille. Ce chasseur, l'autre jour, il ne se doutait
pas à qui il avait affaire. Je vous le dis de bon cœur,
monsieur, elle est à vous !

— Je vais tâcher de savoir ce qu'elle en pense.

— Oui, oui, mais je crois bien qu'elle acceptera. Elle
doit accepter !

— Je veux l'espérer. Vous allez me voir souvent
maintenant !

— Certainement ! mais, sapristi, sa toux ! et le changement d'air ! Voilà que j'oubliais pourquoi j'étais venu !

— Je peux vous assurer, dit le docteur, que ce n'est

qu'un petit rhume; il n'est pas du tout nécessaire de la faire partir au bord de la mer, ni ailleurs. »

Melbury n'eut pas l'air très convaincu, car il se demandait si, dans le cas présent, l'avis du docteur avait beaucoup de valeur, étant donné qu'il désirait naturellement garder Grace auprès de lui. Fitzpiers s'en aperçut, et comme il craignait sincèrement de la voir partir, il ajouta vivement :

« D'ailleurs, si elle veut bien de moi, je l'emmènerai moi-même un mois ou deux, dès que nous serons mariés, ce qui sera, je l'espère bien, avant la mauvaise saison. Cela vaudra beaucoup mieux que de la faire partir maintenant. »

Ce projet plut beaucoup à Melbury; rien ne s'opposait vraiment à retarder ce changement d'air, tant que c'était encore la belle saison et surtout avec une pareille raison.

Rendu soudain à la réalité, il s'écria :

« Mais votre temps est précieux docteur! je m'en vais vous quitter; je vous suis très obligé. Comme vous la verrez souvent, vous pourrez vous rendre compte s'il y a lieu ou non de s'inquiéter.

— Je puis vous assurer que ce n'est rien », dit Fitzpiers, qui avait vu Grace plus souvent que son père ne le croyait.

Melbury parti, Fitzpiers resta silencieux à analyser ses impressions, comme un pêcheur de perles qui a plongé dans un milieu inconnu dont il ignore la densité et la température. Mais le sort en était jeté, et Grace était la plus charmante fille du monde.

Quant à Melbury, ses propres paroles résonnaient encore à ses oreilles, tandis qu'il reprenait le chemin du retour. Il lui semblait que tout ce qu'il avait dit sous le coup de l'émotion était stupide, vulgaire, et indigne d'un dialogue avec un gentleman aussi distingué, dont la modeste clientèle était compensée par l'ancienneté de sa famille. Il avait parlé sans peser ses pensées et presque avant de les avoir formées dans son esprit. Il avait, dans une certaine mesure, exprimé les sentiments que lui inspirait la demande de Fitz-piers, et pourtant ce n'était pas cela. Les yeux au sol, il plantait à chaque pas son bâton comme il l'aurait fait d'un drapeau ; il arriva chez lui et, en passant dans la cour, il s'arrêta machinalement pour regarder les hommes au travail dans le hangar et aux alentours ; l'un d'eux lui posa une question à propos des roues d'un chariot.

« Hein ? » dit Melbury, le regard fixe. L'homme répéta sa question.

Melbury s'arrêta puis, se retournant soudain sans répondre, il traversa la cour et entra dans la maison.

Comme pour les hommes le temps n'avait guère de valeur, et qu'il fallait bien le passer d'une façon ou d'une autre, ils regardèrent à loisir la porte qui venait de se fermer derrière eux.

« Quelle lubie a-t-il encore dans la tête, le vieux ? dit Tangs père. Encore quèqu' chose avec sa fille ! Quand vous en aurez une à vous, John Upjohn, et qu'elle vous coûtera ce que la sienne lui coûte, vous n'aurez plus de souliers qui craquent, allez, même le dimanche ! Mais vous seriez bien incapable d'en faire une pareille et ça vaut mieux pour vous, allez, John ! Lui, y d'vrait en avoir une douzaine, ça l' rendrait un peu plus raisonnable. Je l'ai vu s' promener avec elle, dimanche dernier ; à chaque flaque d'eau y la prenait dans ses bras comme une poupée d'un sou. J' vous dis qu'y devrait en avoir douze ! Y faudrait bien qu'elles s'arrangent toutes seules pour sauter les flaques d'eau ! »

Cependant Melbury était rentré chez lui avec le regard d'un homme qui a une vision. Sa femme était dans la salle. Sans même ôter son chapeau, il prit un siège au hasard.

« Luce, dit-il, c'est chose faite. C'est bien ce que je pensais, le charme a agi comme je l'avais dit. Elle a réussi et bien réussi. Où est-elle ? C'est de Grace que je parle.

— En haut, dans sa chambre. Qu'est-ce qu'il y a ? »

Melbury lui narra les événements avec autant de cohérence qu'il en était capable.

« Je l'avais bien dit : une fille comme elle ne pouvait pas rester longtemps ignorée, même dans un pays comme Hintock. Mais où est-elle ? Qu'elle descende donc !

« Graace ! Graace ! tu viens ? »

Elle parut, au bout de quelques instants seulement, car elle était suffisamment gâtée pour ne pas se presser, même quand son père s'impatientait.

« Qu'y a-t-il père ? dit-elle en souriant.

— Ah ! te voilà, coquine ! eh bien ! tu en fais de belles ! Il n'y pas six mois que tu es revenue, et au lieu de te contenter des gens de notre situation, voilà que tu fais des ravages dans la haute société ! »

Bien qu'à l'ordinaire elle comprît immédiatement ce que voulait dire son père, cette fois son visage trahit son embarras.

« Non, non, naturellement, tu ne comprends pas ! Ou tu fais comme si tu ne comprenais pas ! Quoique, à mon avis, les femmes verraient les choses à travers une double haie. Mais il faut que je te le dise, je pense. Eh bien ! le docteur s'est pris dans tes filets, et le voilà qui demande à faire sa cour !

— Pense un peu, ma petite ! dit Mrs. Melbury, tu peux être fière de toi.

— Faire sa cour ! En tout cas, je n'ai rien fait pour ça, s'écria Grace.

— Mais non, mais non ! ce n'était pas la peine. C'est le plein gré qui doit être la règle. Il a fort bien fait les choses et m'a demandé mon consentement. Tu sauras le recevoir quand il viendra ici, hein ? Je n'ai pas besoin de te dire qu'il faudra lui faire bonne figure.

— Vous voulez dire l'amener à m'épouser ?

— Bien sûr! Pourquoi t'ai-je fait donner de l'instruction? »

Grace tourna vers la fenêtre, puis vers le feu, un visage sans expression.

« Pourquoi régler ainsi les choses sans moi? dit-elle avec humeur. Je suppose que vous allez tout de même me demander mon avis!

— Bien sûr! mais tu te rends compte de la belle occasion que c'est? »

Elle pesa cette idée sans rien dire.

« Tu vas te retrouver dans le genre de société d'où tu viens, continua son père, car ça m'étonnerait fort qu'il reste longtemps ici! »

Elle reconnut sans beaucoup d'enthousiasme que c'était un avantage. Mais il était bien évident que la présence de Fitzpiers avait un certain attrait pour elle et même exerçait sur elle presque une influence psychique.

Son geste impulsif du bois l'avait indéniablement troublée, mais il n'en était pas moins vrai qu'elle ne l'avait jamais sérieusement considéré comme un mari possible.

« Je ne sais que vous répondre, dit-elle. Je n'ignore pas qu'il est très savant.

— Il est très bien! et il va venir ici pour te voir! »

Le pressentiment que, s'il venait, elle ne saurait pas lui résister, l'émut soudain étrangement.

« Mais, père, vous savez bien que tout récemment encore, Giles...

— Tu sais bien qu'il ne peut être question de Giles. D'ailleurs, il a renoncé à toi! »

Elle ne pouvait expliquer ses sentiments subtils et complexes avec la clarté qu'avait apportée Melbury dans l'affirmation de son opinion, bien qu'elle fût habile en l'art de la parole et lui point. Que Fitzpiers agissait sur elle comme une liqueur : l'excitant, la transportant dans une autre atmosphère qui transformait ses actes jusqu'à ce que son influence fût dissipée, et qu'alors elle éprouvait une sorte de regret de cet état qu'elle venait de connaître : comment l'expliquer à ces braves gens ?

Ce jour-là, Fitzpiers dut justement s'absenter de Hintock pour assister à une réunion de médecins, ce qui l'empêcha de commencer immédiatement ses visites chez les Melbruy, mais il envoya un mot pour lui dire son regret de cette absence forcée.

Extérieurement, sa lettre était élégante et bien tournée, une lettre comme elle n'en avait plus vu depuis son retour à Hintock, sauf quand une de ses amies de pension lui écrivait, et c'était chose rare ; car ces jeunes filles n'entretenaient que des relations utiles, et quand elles eurent perdu de vue la fille du marchand de bois, bien des amités se refroidirent. C'est pourquoi ce mot de Fitzpiers lui fit plaisir et elle garda un air pensif.

Le soir, son père, qui savait qu'elle l'avait reçu, lui dit :

« Eh bien ! tu vas répondre à sa lettre ? C'est comme ça que faisait la jeunesse de mon temps. »

Elle dit qu'elle n'avait pas à répondre.

« Tu le sais mieux que moi », dit-il.

Néanmoins, il alla à son travail en se demandant si elle n'avait pas tort de ne pas répondre, et si elle n'était pas en train de compromettre le succès d'une alliance qui devait lui apporter le bonheur.

La considération de Melbury pour Fitzpiers tenait moins à sa situation, qui n'avait rien d'extraordinaire, qu'au rang que tenait autrefois sa famille dans le pays. Cette foi touchante qu'ont encore les gens de nos provinces dans les membres d'une ancienne famille depuis longtemps établie dans le pays, abstraction faite de leur caractère ou de leurs qualités personnelles, atteignait sa perfection chez Melbury.

Le prétendant de sa fille descendait d'une lignée

d'ancêtres dont il avait entendu parler, du temps de son grand-père, comme de l'une des plus importantes, d'une famille qui avait donné son nom à un village voisin. Ces fiançailles ne pouvaient avoir qu'un heureux résultat.

« Il faut que j'y tienne la main », dit-il à sa femme. « Elle voit bien que son bonheur est là, mais elle est jeune, et elle a peut-être besoin d'un plus vieux qu'elle pour lui souffler son rôle. »

XXIII

C'est dans ce but que Melbury emmena Grace faire une promenade, comme c'était son habitude lorsqu'il avait quelque chose de particulièrement important à dire. Ils passèrent par la crête élevée qui sépare la forêt de la région du cidre, et d'où, au printemps dernier, ils avaient admiré les étendues infinies des pommiers en fleur. Tout était maintenant d'un vert foncé.

Se souvenant de leur dernière promenade en cet endroit, Grace dit :

« Voilà que se réalisent les promesses d'une magnifique récolte, n'est-ce pas ? Giles doit préparer ses meules et ses pressoirs ! »

C'était là le sujet que Melbury voulait à tout prix éviter. Sans répondre, il étendit le bras devant lui, suivant de l'index une ligne lointaine pour s'arrêter enfin à un point fixe.

« Voilà ! dit-il, tu vois cette colline qui s'arrondit comme une baleine, et juste après un creux abrité et tout vert ?

« Eh bien ! c'est là que les ancêtres de M. Fitzpiers ont été châtelains pendant des siècles et des siècles, et voilà là-bas le village d'Oakbury-Fitzpiers, un magnifique domaine, magnifique !

— Mais ils n'en sont plus les châtelains aujourd'hui !

— Ah! ça non! Mais on voit déchoir les grands et les gens de bien tout comme les humbles et les imbéciles. Les seuls représentants de la famille aujourd'hui sont, à ce que je crois, notre docteur et une vieille demoiselle qui vit je ne sais où. Tu ne peux pas ne pas être heureuse, va, Grace, en entrant dans une vraie famille de roman comme celle-ci. Ce sera comme si tu entrais d'un coup dans l'histoire!

— Mais notre famille est depuis aussi longtemps à Hintock que la leur à Oakbury, n'est-ce pas? Vous m'avez dit que notre nom paraît à chaque instant dans les vieux parchemins.

— Oui, mais seulement comme fermiers ou comme tenanciers. Songe un peu à ce que ça représentera pour toi. Tu auras une belle vie intéressante comme celle que tu aimes tout naturellement maintenant, et quoique la clientèle du docteur ne soit pas importante pour le moment, il ne tardera pas à aller dans une ville animée quand il se sera fait la main, et tu auras ta voiture et tu seras présentée à des dames de la meilleure société. Quand, dans la rue, tu passeras en voiture à côté de moi, tu pourras tourner la tête d'un autre côté. Je ne m'attendrai pas que tu me parles, je ne le désirerai même pas, à moins que ce ne soit dans un endroit où il n'y aurait personne pour nous voir et où ça ne te ferait pas de tort. Un homme comme notre voisin Giles n'est pas ton égal; lui et moi resterons bons amis, mais il n'est pas pour une femme comme toi. Il a toujours vécu de notre vie rude et primitive de Hintock et sa femme devra mener une vie rude et primitive tout comme lui. »

Tant de pression ne pouvait demeurer sans résultat. Grace était passablement livrée à elle-même; elle profita d'une belle journée avant le retour de Fitzpiers pour se rendre en voiture jusqu'à la vallée où se trouvait le village d'Oakbury-Fitzpiers. Elle laissa à l'auberge l'homme avec le cabriolet et elle alla jusqu'aux ruines d'un château fort qu'on apercevait dans un champ tout proche. Elle ne douta pas que ce fût là l'antique place-forte des Fitzpiers. Il en restait peu de chose, à part des vestiges de la voûte inférieure que soutenaient de larges colonnes basses surmontées de chapiteaux fleuris de cette époque.

Les deux ou trois arches qui restaient encore debout servaient aux fermiers du voisinage à abriter leurs jeunes veaux; sur leur paille, les bêtes remuaient et léchaient la paroi aux vieilles sculptures romanes, qui luisaient sous leurs coups de langue.

« Quelle déchéance! même pour une forme d'art aussi primitive », pensa-t-elle, et, pour la première fois, la famille de Fitzpiers prit à ses yeux un aspect mélancolique et romanesque.

Ce fut bientôt l'heure du retour, et elle revint, l'esprit préoccupé. L'idée qu'un homme aussi moderne que ce jeune savant philosophe fût sorti de ruines aussi anciennes, c'était quelque chose de nouveau pour elle. Cela parait Fitzpiers d'un nouvel attrait, lui donnant une importance, un intérêt pour ainsi dire historique et intellectuel qui inquiétait Grace, car cela augmentait encore cette influence étrange qu'il avait sur elle chaque fois qu'il l'approchait.

Avec un sentiment fébrile qui n'était ni de l'amour, ni de l'ambition, mais qui tenait plutôt de l'impression vague d'un danger dans l'air, elle attendit le retour de Fitzpiers.

Melbury l'attendait aussi. Il avait chez lui un vieux traité de médecine, publié vers la fin du siècle précédent, et, pour se mettre en harmonie avec les événements, chaque jour, son travail terminé, il ouvrait le volume sur ses genoux, et apprenait à connaître Galien, Hippocrate et Hérophile, les dogmatiques, les empiriques, les hermétiques, et toutes les écoles de médecins qui s'étaient succédé dans l'histoire. Il passait ensuite aux classifications des maladies et aux traitements indiqués pour les guérir, le tout étant expliqué dans ce précieux livre avec la précision la plus absolue. Melbury regrettait seulement que le traité fût si ancien, car il craignait de ne pouvoir entretenir avec M. Fitzpiers des conversations aussi complètes qu'il l'aurait souhaité, car le docteur était certainement au courant des découvertes les plus récentes.

Le jour du retour de Fitzpiers arriva et il les fit prévenir de sa visite immédiate. Il restait si peu de temps pour mettre la maison en état que le nettoyage du salon des Melbury ressembla beaucoup à ce coup de balai qui manqua d'étouffer le Pèlerin lors de sa visite chez l'Interprète[1]. La poussière dansait dans les rayons du soleil qu'on voyait entrer obliquement dans la pièce. A l'extrémité de la salle, Mrs. Melbury s'assit, mains croisées et lèvres closes, et attendit. Son mari ne pouvait rester en place, il entrait à chaque instant au chantier, en ressortait, regardait dans la pièce, poussait un « Oui ! oui ! » et s'en retournait.

Entre quatre et cinq heures arriva Fitzpiers. Il accrocha ses guides au crochet de la porte.

Il entra : dès qu'il vit que Grace n'était pas dans la pièce, l'appréhension se peignit sur son visage. Il lui fallait la présence de la jeune fille pour se maintenir au niveau de son projet passionné. Elle absente, on eût dit qu'il aurait voulu revenir sur ses pas.

Il parla machinalement de sujets adaptés selon lui au niveau d'une femme de forestier. Bientôt il entendit un frôlement de jupe dans l'escalier : Grace entra. Cette fois, Fitzpiers était aussi troublé qu'elle. Au-dessus de l'émotion sincère qu'elle faisait vibrer dans son cœur, planait ce sentiment que, par un coup de dés impulsif,

---

1. Allusion au livre de John Bunyan (1628-1688) : *Le Voyage du Pèlerin*, ouvrage que toute famille anglaise possède dans sa bibliothèque, à côté de sa Bible.

il s'engageait dans une aventure qu'il eût évitée de sang-froid.

M. Melbury n'était pas là pour le moment; il avait à faire dehors, et avait attendu l'arrivée du docteur pour mettre son veston et son gilet d'après-midi. Comme il ne voulait pas avoir l'air de manquer d'empressement, il entra dans la pièce en boutonnant hâtivement son vêtement. Grace, si pleine de tact, en fut choquée; cela la gênait que ce détail révélât à Fitzpiers combien cette visite était un événement pour son père. Et voilà que, par-dessus le marché la vieille mère Oliver semblait possédée de la passion de pomper sans arrêt dans l'arrière-cuisine en laissant la porte ouverte, si bien que le bruit des seaux qu'elle cognait et de l'eau qui coulait couvrait les voix.

Pendant le thé, chaque fois que la conversation prenait un ton agréablement fantaisiste, M. Melbury interrompait par des discours d'une précision savante, sur les sujets les plus inattendus, comme s'il eût craint de laisser réfléchir Fitzpiers sur ce qui leur tenait au cœur à tous.

Au fond, l'attitude embarrassée de Melbury n'avait rien que de très naturel si l'on songe que le sort de sa seule raison de vivre était en jeu. Si l'on avait pu voir un état d'âme au lieu de la forme extérieure d'un corps, le coin de la pièce où se trouvait Melbury aurait révélé l'image de l'Attente anxieuse aux yeux écarquillés et aux lèvres serrées. Quand les espoirs et les craintes d'un père se concentrent avec cette intensité sur la personne d'une seule fille exceptionnelle, au lieu de se disperser plus largement sur toute une famille, cela ne va pas sans compromettre son bonheur.

Fitzpiers ne resta pas plus d'une heure, mais cela avait suffi apparemment à faire prendre corps une fois pour toutes à ses sentiments pour Grace. Elle ne l'aurait pas accompagné à la porte, malgré le « venez » qu'il lui murmurait, si sa mère ne lui avait pas dit : « Naturellement, Grace, tu reconduis M. Fitzpiers », comme une chose qui va de soi.

Elle sortit donc de la pièce avec lui, tandis que ses parents restaient au salon.

Quand les deux jeunes gens se trouvèrent dans le grand vestibule carrelé, Fitzpiers prit la main de Grace, la glissa sous son bras et l'entraîna jusqu'à la porte où il lui baisa furtivement les lèvres.

Elle s'écarta tremblante, écarlate, et se détourna, ne comprenant pas bien comment les choses en étaient arrivées là.

Fitzpiers monta en voiture et s'éloigna en lui envoyant un baiser, et en faisant adieu de la main à Melbury qu'il apercevait par la fenêtre.

Celui-ci répondit de son côté par un grand geste et un sourire satisfait.

Le trouble que Grace ressentait habituellement durant la présence de Fitzpiers s'atténua avec son départ. Elle ne savait pas très bien ce qui s'était passé, mais elle concluait fébrilement que de cet après-midi dont le souvenir était vague, résultaient ses fiançailles avec le beau, le dangereux, l'irrésistible Fitzpiers.

Cette visite fut suivie de mainte autre semblable pendant les longues journées d'été de cette année-là ; Grace se laissait emporter par un torrent de raisons, d'arguments, de persuasion, auquel venait parfois s'ajouter, il faut bien le dire, une certaine inclination de sa part. Toute femme a des aspirations, et cela est défendable dans une certaine mesure. Les idées et l'instruction qu'elle avait reçues lui présentaient comme pleine de promesses la perspective d'être la femme d'un homme tel que Fitzpiers. A vrai dire, ce n'était pas sa situation matérielle, présente ou future,

qui la tentait : l'attrait des subtils rapports psychologiques qu'elle aurait avec son mari, celui d'une vie intellectuelle élevée et raffinée, l'engageaient, plus que
l'idée vulgaire de faire un beau mariage, à se laisser
entraîner par ce torrent et à ne pas résister à l'influence que Fitzpiers exerçait sur elle chaque fois qu'il
était présent.

Un esprit observateur aurait pu prédire avec pénétration que si ce n'était pas encore là de l'amour, dans le
sens habituel du mot, cela ne saurait manquer de le
devenir avec le temps.

Un soir, avant le coucher du soleil, ils avaient fait
tous deux une longue promenade et ils prirent pour
rentrer le raccourci à travers les bosquets de Hintock-
House.

Le Château était toujours inhabité et les fenêtres aux
volets clos regardaient toujours de leur regard d'aveugle les feuillages et les pentes d'alentour.

Grace était lasse ; ils s'approchèrent du mur et s'assirent côte à côte sur un rebord de pierre, encore tiède
des rayons du soleil qui l'avaient chauffé tout l'après-
midi.

« Cette demeure nous conviendrait très bien, n'est-ce
pas, ma chérie ? lui dit son fiancé tandis qu'ils regardaient nonchalamment l'antique façade.

— Tiens, c'est vrai ! dit Grace d'un ton qui montrait
bien que cette idée ne lui était jamais venue. Elle n'est
pas encore de retour, ajouta-t-elle avec mélancolie, un
moment après, car elle ne pouvait oublier qu'elle avait,
pour ainsi dire, perdu la précieuse amitié de la dame de
ces lieux.

— Qui cela ? Ah ! vous voulez dire Mrs. Charmond !
Savez-vous, chérie, qu'il fut un temps où je croyais que
c'était vous qui habitiez ici ?

— Vraiment ? dit Grace. Comment cela ? »

Il le lui expliqua, sans parler de la déception qu'il
avait éprouvée en découvrant son erreur. Il ajouta :

« D'ailleurs cela n'a pas d'importance. Mais je voudrais vous demander quelque chose. Il y a certains
détails de notre mariage que vous me laisserez régler
moi-même, n'est-ce pas? Je voudrais beaucoup ne pas
me marier dans l'affreuse petite église du village devant
un pasteur nasillard, au milieu de tous ces rustres
ébahis...

— Mais où, alors? une église en ville?

— Mais non, pas besoin d'église. Un mariage civil et
voilà tout! C'est beaucoup plus simple, plus intime et
plus commode à tous points de vue.

— Oh! dit-elle, sincèrement peinée. Comment pourrais-je me marier ailleurs qu'à l'église et sans tous ceux
que j'aime autour de moi?

— Y compris l'ami Winterborne!

— Mais oui, pourquoi pas? Vous savez bien qu'il n'y
a jamais rien eu de sérieux entre nous.

— Voyez-vous, chérie, un mariage religieux à grand
fracas et à grand renfort de cloches aurait bien des inconvénients dans notre situation; cela ferait du bruit à
plusieurs lieues à la ronde. Je voudrais vous faire comprendre sans vous faire de peine qu'une telle publicité
nous ferait peut-être du tort si nous devons quitter
Hintock par la suite pour reprendre, comme j'y songe,
une clientèle à Budmouth, à moins de vingt milles d'ici.
Ne m'en veuillez pas de vous dire qu'à ce moment-là il
vaudra mieux que personne ne sache d'où vous venez,
ni qui sont vos parents. Avec votre beauté, votre savoir
et votre éducation, vous pouvez être reçue partout, si
l'on ne va pas remuer des questions d'origine.

— Mais ne pourrait-on pas faire cela à l'église, dans la
plus stricte intimité? plaida-t-elle.

— Je n'en vois pas la nécessité, dit-il avec une ombre
d'impatience. Un mariage, c'est un contrat civil, et plus
il est simple et bref, mieux cela vaut. On ne va pas à
l'église pour acheter une maison, ni pour faire son
testament.

— Oh! Edred! cela me fait de la peine de vous entendre parler ainsi.

— Allons, allons, pardonnez-moi. J'en ai parlé à votre père et lui n'y voit pas d'objections. Pourquoi en feriez-vous? »

Elle se dit que cette question était de celles où les sentiments doivent céder à la raison, si toutefois c'était la raison qui guidait Fitzpiers en cette occasion.

Mais elle fut en proie à une tristesse indéfinissable pendant tout le chemin du retour.

XXIV

Il la reconduisit jusqu'à la porte des Melbury.

Quand il s'éloigna, happé par les voiles de la nuit, Grace eut l'impression que cet homme tenait bien peu de place dans sa vie. Elle le voyait supérieur à elle, de meilleure souche ; il était en somme extérieur à l'orbite intellectuel dans lequel elle se mouvait ; il lui semblait être un maître, plus qu'un égal, plus qu'un protecteur ou qu'un ami très cher.

La peine que lui avait faite le désir exprimé par Fitzpiers, le coup qu'il avait porté à ses sentiments juvéniles par sa façon irrespectueuse de considérer le mariage, tout cela, joint à l'approche de cette date qui allait lier son avenir à celui de cet homme, la rendit nerveuse et la tint éveillée presque toute la nuit. Elle se leva quand les moineaux sortirent des trous du toit, s'assit par terre dans la faible lueur de l'aube, et regarda de temps en temps par la fenêtre, de derrière ses rideaux.

Dehors, c'était le jour, bien que les couleurs du matin fussent encore faibles et pâles ; il faudrait encore longtemps avant que le soleil fût visible dans cette vallée ombreuse.

Pas un son ne parvenait encore des dépendances de la maison ; les troncs des arbres, la route, les remises et le hangar, le jardin, tout avait cet aspect de passivité hypnotique qu'imprime au paysage le calme de l'aube.

Une immobilité impuissante semblait combinée avec une activité intérieure intense ; la rigidité de la méditation possédait toute chose et contrastait péniblement avec l'agitation de ses sentiments à elle. Au-delà de la route, elle apercevait des toits et des vergers ; par-dessus ces toits, plus haut encore que les pommiers qui leur faisaient suite, paraissait, tout en haut de la colline appuyée au bois de la crête, la maison qu'occupait encore son futur époux. Le crépi de la façade faisait des taches blanches dans la vigne vierge. Les volets étaient clos, les rideaux bien tirés et pas la moindre spirale de fumée ne s'élevait des cheminées rugueuses.

Quelque chose vint rompre le silence. La porte de la maison qu'elle regardait s'ouvrit doucement, et sous le porche apparut une forme féminine enveloppée d'une grande mante sous laquelle on apercevait l'étoffe blanche d'une longue robe vague semblable à une chemise de nuit. Un bras vêtu de gris s'allongea pour ajuster la mante sur les épaules de la femme, puis rentra ; la porte se ferma doucement derrière elle.

Celle-ci descendit d'un pas vif le sentier bordé de buis entre les framboisiers et les groseilliers ; sa démarche et sa stature la firent reconnaître. C'était Suke Damson, la promise du naïf Tim Tangs. Arrivée en bas du jardin, elle fut cachée par la haute haie ; seule sa tête dépassait tandis qu'elle se hâtait vers sa demeure.

Dans ce bras gris entrevu un instant dans l'entrebâillement de la porte, Grace avait reconnu ou cru reconnaître la manche d'une robe de chambre que portait Fitzpiers le jour de la visite mémorable qu'elle lui avait faite. Elle avait le visage en feu ; un moment elle avait pensé s'habiller et aller faire une promenade solitaire sous les arbres d'un vert si frais à cette heure matinale, mais elle s'assit sur son lit et s'abîma dans ses pensées.

Il lui sembla que l'heure n'avait point tourné lorsqu'elle entendit toute la maisonnée qui s'agitait et le déjeuner qui se préparait en bas. Pourtant, lorsqu'elle se leva pour s'habiller et descendre, elle s'aperçut que les rayons du soleil passaient maintenant complètement par-dessus la cime des arbres, ce qui indiquait que trois heures au moins s'étaient écoulées depuis qu'elle avait regardé par la fenêtre.

Lorsqu'elle fut prête, elle chercha son père par toute la maison. Elle le découvrit enfin dans le jardin, penché sur ses pommes de terre pour vérifier si elles ne montraient pas de symptôme de maladie. L'entendant approcher, il se releva en s'étirant et l'accueillit avec un « Bonjour, ma petite Grace, mes félicitations : c'est dans un mois jour pour jour ! »

Elle ne répondit pas, mais sans retrousser sa robe elle s'avança entre deux lignes de pommes de terre toutes mouillées de rosée jusqu'au carré où il se trouvait.

« Ce matin, depuis le lever du jour, j'ai sérieusement réfléchi à ma situation, commença-t-elle nerveusement ; elle tremblait si fort qu'elle tenait à peine debout.

« J'en ai conclu que c'est une situation fausse ; je ne désire pas épouser M. Fitzpiers ; je ne désire épouser personne. Mais j'épouserai Giles Winterborne si vous tenez absolument à ce que je me marie. »

Le visage de son père durcit ; il pâlit et sortit lentement de son carré de pommes de terre avant de lui répondre. De sa vie elle ne l'avait vu aussi irrité.

« Ecoute-moi bien, Grace, lui dit-il. Il y a un moment où une femme peut changer d'avis, mais il y en a un autre où il est trop tard, si elle a tant soit peu de respect pour l'honneur de ses parents et pour la bienséance. Eh bien ! ce moment-là est venu ; je ne te dirai pas : "Je t'ordonne de l'épouser !" mais ce que je te dirai, c'est que si tu refuses, j'aurai honte de ma fille, tout sera fini entre nous, tu ne seras plus l'espoir de ma vie. Je te demande un peu ; qu'est-ce que tu sais de la vie et de ce qu'elle t'apportera ? Comment peux-tu savoir ce qui vaut mieux pour toi ? Ah ! Grace, tu es une fille ingrate. Tu l'as revu, ton Giles, et tu t'es laissé faire ; c'est là tout le secret, j'en jurerais bien !

— Non, mon père ! Ce n'est pas Giles ! c'est autre chose. Je ne peux pas vous expliquer...

— C'est ça, rends-nous tous ridicules ! Soyons la risée de tout le pays ! Eh bien ! va rompre et sois contente !

— Mais personne n'est au courant de ces fiançailles ; une rupture ne saurait nous déshonorer dans ces conditions ! »

Melbury dut reconnaître qu'il en avait un peu parlé autour de lui, à celui-ci, à celui-là, et elle se rendit compte que, dans sa vanité impatiente, il les avait publiées un peu partout.

Découragée, elle alla jusqu'à un berceau de lauriers tout en haut du jardin. Son père l'y suivit.

« C'est ce Giles Winterborne ! dit-il avec un regard chargé de reproches.

— Mais non, ce n'est pas lui ! Quoique vous l'ayez bien encouragé, il n'y a pas si longtemps ! dit-elle, poussée à bout. Ce n'est pas Giles le responsable, c'est M. Fitzpiers.

— Vous vous êtes disputés ? Une querelle d'amoureux, quoi ! la belle affaire !

— C'est à cause d'une femme !

— Oui, oui, tu es jalouse, la vieille histoire ! Je vois ce que c'est. Reste là, je t'envoie Fitzpiers. Je l'ai vu qui fumait devant sa maison il n'y a pas une minute. »

Et en hâte, il sortit du jardin et descendit la route. Mais elle ne voulut pas rester où elle était et, par un trou de la haie, elle gagna le bois.

C'était une futaie, aux arbres espacés et sans sous-bois, si bien qu'on pouvait apercevoir Grace d'assez loin : blanche sylphide teintée de vert par le soleil à travers le feuillage. Elle entendit un pas froisser les

feuilles mortes derrière elle. Se retournant aussitôt elle
s'aperçut que c'était Fitzpiers lui-même, venu en reconnaissance, qui s'approchait, frais et gai comme le
matin.

De loin, il l'avait regardée avec plus de calme intérêt
que de passion ; mais elle était adorable parmi toute
cette verdure ; ses joues roses, sa simple robe claire, la
souplesse gracieuse de ses mouvements avaient tant de
prix dans ce calme sylvestre qu'en approchant le regard de Fitzpiers s'alluma.

« Qu'y a-t-il donc, ma chérie ? votre père me dit que
vous boudez, que vous êtes jalouse, quoi d'autre encore ? Ha ! ha ! comme si, à part la Nature, on pouvait
vous trouver une rivale dans ce trou perdu ! Vous
pouvez être tranquille !

— Moi, jalouse ? Oh ! non, dit-elle, toute grave. Vous
faites erreur, vous comme lui, monsieur. Je lui ai parlé
si sérieusement de la question de notre mariage qu'il
n'a pas très bien saisi mon état d'esprit.

— Qu'est-ce qui ne va pas ? » demanda-t-il, la regardant attentivement et se penchant pour l'embrasser.

Mais elle esquiva son baiser.

« Qu'y a-t-il ? » dit-il d'un ton plus inquiet de cette
petite défaite.

Elle répondit seulement :

« Monsieur Fitzpiers, je n'ai pas encore déjeuné, il
faut que je rentre.

— Voyons, insista-t-il, ne la quittant pas des yeux. Il
faut m'expliquer ce qu'il y a. »

C'était employer la force contre sa faiblesse ; mais
elle céda moins à son ton qu'au sentiment qu'elle avait
du manque d'honnêteté de son silence.

« J'ai regardé par la fenêtre, dit-elle, non sans hésitation. Je vous expliquerai plus tard. Je dois rentrer, je
n'ai pas déjeuné ! »

Par une sorte de divination, Fitzpiers alla droit au fait.

« Moi non plus, dit-il gaiement. A vrai dire, je me suis

levé tard ce matin. On m'a dérangé cette nuit ou plutôt ce matin. Une fille du village — je ne sais pas son nom — est venue sonner à ma porte au point du jour — il pouvait être quatre ou cinq heures —, elle souffrait le martyre d'une rage de dents. Comme personne ne l'entendait sonner, elle a jeté des petits cailloux dans mes carreaux. Finalement, je l'ai entendue, j'ai enfilé ma robe de chambre et je suis descendu lui ouvrir. La pauvre fille était venue, à peine vêtue, me supplier, les larmes aux yeux, de lui arracher sa tortionnaire, dussé-je lui en décoller la tête. Elle était à peine assise que la dent était enlevée ; une splendide molaire sans une tache. Et la demoiselle est partie satisfaite avec sa dent dans son mouchoir, alors qu'elle aurait pu lui rendre service au moins cinquante ans. »

C'était si plausible, si complètement expliqué dans tous les détails, que Grace, ignorant tout de la nuit dans les foins la veille de la Saint-Jean, se dit que ses soupçons étaient vulgaires et absurdes, et avec l'empressement d'un cœur droit et honnête, elle accueillit avec joie la possibilité de faire confiance à la parole de son fiancé. Pendant qu'elle balançait encore, les buissons qui entouraient le jardin remuèrent et son père parut dans la clairière ombragée.

« Eh bien ! on est réconcilié, j'espère ? dit-il gaiement.

— Bien sûr, dit Fitzpiers, en regardant fixement Grace qui baissait les yeux, un peu gênée.

— Alors, dit son père, dites-moi tous les deux que c'est toujours votre intention de vous unir pour la vie, et vous aurez quelques centaines de livres en plus, je le jure par le Saint Nom ! »

Fitzpiers prit la main de la jeune fille :

« Nous le déclarons tous deux, n'est-ce pas ? ma chère Grace », dit-il.

Libérée de son soupçon, un peu impressionnée et toujours prête à faire plaisir, elle se disposa à acquiescer. Mais, bien femme en cela, elle ne voulut pas

laisser passer cette occasion de réclamer une conces-
sion quelconque.

« Si notre mariage doit se faire à l'église, c'est oui,
dit-elle d'une voix posée... Sinon, c'est non ! »

Ce fut au tour de Fitzpiers d'être généreux.

« Ce sera comme vous l'entendrez, dit-il aimablement, nous passerons par la Sainte Eglise et grand bien
nous fasse ! »

Ils retraversèrent les buissons et rentrèrent. Grace
marchait pensive entre les deux hommes, rassérénée à
la fois par l'explication ingénieuse de Fitzpiers et par la
certitude de n'être point privée de la cérémonie reli-
gieuse.

« Qu'il en soit ainsi ! se dit-elle. Dieu veuille que tout
soit pour le mieux. »

Désormais, il n'y eut plus de résistance sérieuse de sa
part. Fitzpiers était constamment auprès d'elle, apaisant
toute apparence de rébellion et façonnant sa volonté
d'après la sienne.

A côté de sa passion amoureuse, l'or du marchand de
bois, à portée de sa main, formait un fond agréable au
joli visage de Grace, et atténuait l'inquiétude qu'il avait
de porter préjudice à son avenir professionnel et
mondain en s'alliant à la famille d'un simple paysan.

De leur marche silencieuse mais sûre les jours passèrent.

Chaque fois que Grace s'interrogeait sur ses sentiments, cette date qui approchait lui donnait l'impression qu'elle était dans une pièce dont les parois l'em-
prisonnaient de plus en plus étroitement. D'autres fois,
elle était relativement gaie.

Les jours succédèrent aux jours. Un ou deux bûcherons qui sciaient, tournaient, rabotaient dans la pro-

priété de son père pendant cette morte-saison, venaient régulièrement ouvrir les portes chaque matin et
les fermaient le soir.

Ils soupiraient, s'appuyaient sur la barrière du jardin
pour prendre une bouffée d'air et pour saisir au passage les moindres signes des nouvelles du monde extérieur qui venaient expirer à Petit-Hintock comme la
dernière ondulation d'une vague lassée dans le creux le
plus retiré de la crique la plus profonde de quelque
baie. Mais aucune nouvelle ne vint se mettre au travers
des projets matrimoniaux de la maison de leur patron.

Les rameaux nouveaux pleins de sève seraient encore presque aussi tendres le jour de son mariage
qu'aujourd'hui, pensait-elle ; ce jour était si proche ! La
teinte du feuillage aurait à peine changé ! Tout était si
semblable aux autres années que nul n'aurait pu supposer que la destinée d'une femme se jouait durant
cette fin d'été.

Pourtant certains préparatifs pouvaient se deviner, si
l'on était particulièrement au courant des événements.

A des milles de là, dans l'élégante ville d'Exonbury,
quelque chose grandissait grâce aux soins d'un certain
nombre de femmes qui n'avaient jamais vu Grace
Melbury, qui ne la verraient jamais, et ne se soucie-
raient plus jamais d'elle. Et pourtant leur œuvre touchait de si près à sa vie qu'elle serait en contact avec
son cœur, à un moment où ce cœur battrait, sinon
d'une émotion passionnée, tout au moins d'une émotion plus vive que jamais.

Pourquoi donc, à son retour de Sherton, la voiture
de Mrs. Dollery, au lieu de suivre tout droit la grand-
route d'Abbot's Cernel, prit-elle, un samedi, le tournant
de la route de Petit-Hintock et ne s'arrêta-t-elle que
devant la porte des Melbury ? La lueur dorée du couchant tomba sur un grand carton plat, solidement fi-
celé, de près d'un mètre de long, qu'on sortait avec
précaution de dessous la capote ; il n'était pas lourd

pour sa taille et Mrs. Dollery le porta elle-même jusque
dans la maison. Tim Tangs, le tourneur, Cawtree, Suke
Damson et d'autres échangèrent des regards d'intelligence et des remarques en voyant entrer le colis.
Melbury était debout à la porte du hangar à bois, dans
l'attitude d'un pour qui cet arrivage n'était qu'un incident sans importance qui ne valait pas la peine qu'il
s'en émût... Et pourtant, il devinait bien ce qu'était le
contenu de ce carton, et sa joie était grande devant
cette preuve que, jusqu'ici, du moins, tout se passait
pour le mieux.

Tant que Mrs. Dollery fut là, et elle resta assez longtemps — toute pénétrée qu'elle était de l'importance de
sa visite —, il alla dans la remise. Mais dès qu'elle se fut
acquittée de sa mission et que, l'argent en poche, elle
eut disparu avec sa voiture, il entra dans la maison
pour y voir ce qu'il était sûr d'y trouver : sa femme et
sa fille très agitées devant la robe de mariée qui venait
d'arriver de chez la première couturière de la susdite
ville d'Exonbury.

Le court espace qui la séparait du Grand Jour diminua encore. Grace ressentait une certaine satisfaction à
se dire qu'elle serait l'héroïne d'un moment ; de plus, la
femme instruite qu'elle était se sentait fière d'épouser
l'homme instruit qu'était Fitzpiers ; c'était là une occasion que rencontraient peu de jeunes filles de sa condition. Elles n'étaient pas rares aujourd'hui, celles dont
les parents, se rendant compte de la valeur de l'instruction, avaient fait germer en elles des goûts qu'ils étaient
par la suite incapables de satisfaire.

Mais, pourtant, quelle différence entre cette froide
vanité et le rêve de sa jeunesse où elle se voyait avan-
çant solennellement vers l'autel, toute rougissante d'ardeur et d'amour, sans la moindre appréhension devant
la promesse à donner, et énivrée, recevant comme une
chose due

L'hommage de maint cœur,
Le seul amour d'un seul !

Tout était clair jadis dans son rêve ; tout était vague et indéfini aujourd'hui ; une foule d'inquiétudes la rongeaient. Il lui semblait qu'un destin étrange la menait et qu'elle souffrait profondément de n'avoir personne à qui se confier.

Le Grand Jour la dominait, si proche qu'elle en entendait déjà tous les bruits par la pensée : les murmures des villageois sortant de l'église, les trois voix des cloches de Petit-Hintock. Peu à peu, les conversations lui parurent plus bruyantes, le ding-ding-dong de ces trois cloches fêlées plus persistant. Un matin, elle s'éveilla en se disant : « C'est aujourd'hui. »

Cinq heures plus tard, elle était devenue la femme de Fitzpiers.

XXV

« Le Comte de Wessex » était le premier hôtel de Sherton-Abbas — une grande auberge à la façade en pierre de taille percée d'une arche béante sous laquelle les cochers en se courbant conduisaient leurs voitures jusqu'à des dépendances de dimensions immenses. Les fenêtres à meneaux du côté de la rue avaient de multiples petits carreaux et elles n'avaient vue que sur les maisons d'en face. Aussi la chambre la plus luxueuse et la plus confortable de l'auberge s'ouvrait-elle sur les façades latérales du bâtiment d'où l'on apercevait, par-dessus la cour, des perspectives infinies de jardins et de vergers, garnis et pour ainsi dire incrustés à cette époque de fruits dorés et vermeils ; une lumineuse brume violette les enveloppait.

C'était le début de l'automne,

> *L'automne où les pommes vermeilles,*
> *Aux teintes de soleil couchant,*
> *Font pencher l'arbre rougissant*
> *Vers le sol fécond qui sommeille.*
>
> *L'automne où les poires juteuses*
> *Et les baies noires comme des jais,*
> *Le long des haies, dans les vergers,*
> *S'agitent en danses joyeuses.*

Le paysage qu'on voyait de la fenêtre aurait pu être celui auquel pensait le jeune Chatterton en écrivant ces vers.

Dans cette chambre se trouvait celle qui avait été Grace Melbury jusqu'au jour où le doigt du Destin en avait fait Mrs. Fitzpiers. Il y avait deux mois qu'elle était mariée ; elle était seule dans la chambre.

Fitzpiers était sorti pour aller contempler l'abbaye au coucher du soleil ; trop fatiguée, elle ne l'avait pas accompagné. Ils achevaient un long voyage de huit semaines et rentraient à Hintock le soir même.

Dans la cour, entre Grace et les vergers se déroulait un spectacle fréquent dans le pays à cette époque de l'année. Un moulin et un pressoir y étaient installés, et, de divers points, des hommes apportaient des mannes pleines de fruits ; tandis que certains écrasaient les pommes, d'autres pressaient la pulpe dont le jus sucré jaillissait dans les seaux et les cuves. Un jeune cultivateur aux façons et à l'air sympathiques dirigeait les opérations ; Grace le reconnut immédiatement. Il avait suspendu sa veste à un clou du mur de la remise et, pour entasser les marcs dans les sacs de crin, il avait retroussé ses manches de chemise au-dessus du coude pour ne pas les salir. Des morceaux de pelures avaient sauté sur le bord de son chapeau — un sac ayant sans doute été bourré au point d'éclater — et il y avait des pépins bruns collés au duvet de ses beaux bras musclés et jusque dans sa barbe.

Elle comprit immédiatement pourquoi il était là.

Au cœur du pays producteur de cidre, presque tous les fermiers possèdent un pressoir et tout ce qui est nécessaire à la fabrication du cidre, et ils accumulent les marcs dans de grands « fromages » de paille comme on les appelle. Mais ici, à Sherton, à la limite du domaine de Pomone, le pays n'était ni tout à fait verger, ni tout à fait forêt et la récolte en pommes n'était pas suffisante pour que chacun eût son pressoir particulier.

C'est alors qu'intervenait le presseur ambulant. Son pressoir et ses meules étaient montés sur roues au lieu d'être établis en un lieu fixe, et avec deux chevaux, des seaux, des cuves, des filtres et un ou deux aides, il allait de village en village, et en tirait un bon profit, surtout cette année où la récolte était si abondante.

Dans toute la ville, les pommes remplissaient les arrière-maisons. Dans les cours, elles remplissaient des charrettes et des paniers, ou s'amoncelaient en tas.

L'air bleu et immobile de l'automne qui enveloppait toute chose était imprégné d'une douce odeur de cidre. Des marcs séchaient au soleil contre les murs pour être ensuite utilisés comme combustile. Mais ce n'était pas encore le plein moment de la fabrication.

Avant la véritable récolte, les années d'abondance comme celle-ci, on ramassait d'abord quantité de pommes hâtives et les fruits tombés qui ne se conserveraient pas. Si bien que dans les paniers et dans la trémie du moulin, Grace voyait danser des fruits de toutes saisons, depuis les suaves « blancs mollets », les « jaunets pointus », les « muscadets », jusqu'aux « paradis » et aux « doux évêques », et d'autres amies bien connues de son enfance gourmande.

Grace observait le presseur en chef avec intérêt ; un léger soupir lui échappa. Peut-être pensait-elle au jour peu éloigné encore où cet ami d'enfance envoyé par son père était venu la chercher dans cette même ville, rayonnant d'espoir malgré sa timidité et confiant dans une promesse plus tacite qu'exprimée. Ou peut-être, pensait-elle à une époque plus lointaine encore, aux années de son enfance où elle mettait plus d'empressement à recevoir ses baisers qu'à lui en donner. Mais tout cela était bien fini. Elle s'était, plus tard, sentie supérieure à lui ; aujourd'hui encore elle avait cette impression. Elle se demanda pourquoi il ne regardait jamais vers sa fenêtre ouverte. Elle ignorait que l'après-midi, durant le léger remue-ménage de leur arrivée à l'auberge, Winterborne l'avait aperçue sous la voûte et, tout rougissant, s'était absorbé plus profondément encore dans son travail, en raison même de sa découverte. De son côté, Robert Creedle, qui accompagnait Giles dans ses tournées, tenait du garçon d'écurie que le docteur Fitzpiers et sa jeune femme étaient dans l'hôtel et il soupirait un « Ah ! » sonore après chaque coup de vis au pressoir.

« Qu'as-tu diable à soupirer comme ça, Robert ? lui dit finalement Giles.

— Ah ! Monsieur ! c'est la faute à ce que je pense, oui, à ce que je pense ! Dire que vous avez là perdu des quintaux et des quintaux de bon bois bien sec ! vous avez perdu cinq cents livres de bel et bon argent ! vous avez perdu une maison avec de la pierre sur la façade, une maison qui pourrait loger une douzaine de familles ; vous avez perdu votre part de six bons chariots et de leur attelage, et tout ça pour l'avoir laissée échapper, celle-là qui était pour vous !

— Bon Dieu ! Creedle ! tu me rendras fou ! dit Giles rudement. Ne parle plus jamais de tout ça ! »

On cessa donc de parler de ce sujet dans la cour.

Pendant ce temps, l'inconsciente responsable de toutes ces pertes regardait la scène. Elle était élégamment vêtue, occupait la chambre la plus confortable de l'auberge ; son long voyage agréablement varié s'était écoulé dans le luxe, car Fitzpiers n'y regardait pas quand il s'agissait de plaisirs. Giles et tout son appareil lui en parurent soudain vulgaires, pitoyables et se mouvant dans une sphère si éloignée de la sienne durant ces temps derniers qu'elle avait peine à croire qu'elle eût jamais pu envisager de s'en accommoder.

« Non ! Je n'aurais jamais pu l'épouser ! » se dit-elle en secouant doucement la tête. « Ce cher papa avait raison ; ç'aurait été une vie trop rustique pour moi. » Et elle regarda le saphir et l'opale, présents de Fitzpiers, qui ornaient ses doigts blancs et effilés.

Giles avait toujours le dos tourné et Grace, poussée peut-être par cette vanité dont nous avons parlé — vanité compréhensible, voire excusable, chez une femme jeune et sans expérience, qui croit avoir fait un beau mariage —, cria enfin, un sourire aux lèvres :

« Monsieur Winterborne ! »

Il parut n'y point prêter attention et elle répéta une deuxième fois :

« Monsieur Winterborne ! »

Cette fois encore, il semblait ne pas entendre, bien qu'un spectateur placé suffisamment près de lui pour voir l'expression de son visage eût pu en douter ; et une troisième fois, élevant timidement la voix, elle répéta :

« Monsieur Winterborne ! vous avez donc oublié le son de ma voix ! », et elle resta les lèvres entrouvertes dans un sourire de bienvenue.

Il se retourna sans étonnement et s'approcha lentement :

« Pourquoi m'appeler ? » dit-il tout pâle, avec une dureté qui la prit au dépourvu. « Ça ne vous suffit pas à vous qui êtes là à jouir de votre bonheur, de me voir ici peiner et suer pour gagner mon pain quotidien ! Il faut encore que vous veniez rouvrir d'anciennes blessures en m'appelant par mon nom ! »

Elle rougit, sans voix ; mais elle lui pardonna sa colère impulsive, car elle savait trop bien qu'elle en était la source.

« Excusez-moi, Giles, si je vous ai offensé. Mais croyez-moi, ce n'était pas mon intention ! J'étais là si près de vous, je ne pouvais pas ne pas vous dire bonjour ! »

Winterborne avait maintenant le cœur gonglé et les yeux humides, tout ému qu'il était d'entendre l'affectueuse réponse de cette voix qui lui était chère. Il lui assura précipitamment sans la regarder qu'il ne lui en voulait pas. Et il réussit à lui demander d'un air gêné et

contraint si elle avait fait un bon voyage et vu beaucoup de choses intéressantes. Elle lui parla de quelques
villes qu'elle avait visitées ; le temps passait, il retourna
prendre sa place devant la barre de fer qui faisait tourner le pressoir.

Oublier sa voix ! non, il ne l'avait pas oubliée ! Son
amertume ne le prouvait que trop. Mais bien que son
premier mouvement eût été de lui faire de sanglants
reproches, il était maintenant revenu à un état d'esprit
plus clément ; il en arrivait même à considérer que
c'était pour elle un glorieux privilège de l'avoir abandonné, qu'il fût fidèle ou non !

Il aurait déclaré avec un poète contemporain :

> *Si je t'oublie,*
> *La grève oubliera l'océan ;*
> *Oui, si j'oublie*
> *Ce cœur qui fit naître en mon cœur*
> *Ce doux et merveilleux tourment,*
> *Je veux sombrer dans le malheur,*
> *Plus bas que le plus misérable,*
> *Solitaire, exilé, maudit,*
> *Si je t'oublie !*
>
> *Si tu m'oublies,*
> *Je ne veux gâter ton bonheur !*
> *Si tu m'oublies,*
> *Je ne te dirai point ma peine,*
> *Ta présence a comblé mon cœur :*
> *Tu demeures ma souveraine,*
> *Moi, sujet à jamais soumis ;*
> *Ton souvenir reste béni,*
> *Si tu m'oublies !*

Elle eut les larmes aux yeux en pensant qu'elle ne
pouvait lui rappeler ce dont il aurait dû se souvenir :
que c'était non par sa faute, mais par celle des événe-

ments que le rêve de leur enfance n'avait pu se réaliser.

C'est ainsi que, à sa grande surprise, Grace eut le dessous dans cette rencontre avec son ami d'autrefois. Elle avait ouvert la fenêtre, toute fière de son triomphe — et ce triomphe, il l'avait transformé en regrets sans qu'elle comprît très bien comment.

A vrai dire, elle n'était pas assez cruelle dans sa cruauté. S'il faut employer le bistouri, employez-le, disent les grands chirurgiens. Pour sa propre tranquillité, Grace aurait dû traiter Winterborne constamment avec la même dureté. Quoi qu'il en soit, tandis qu'elle fermait la fenêtre, un sentiment de pitié indescriptible — d'autres diraient peut-être dangereuse — vibra dans son cœur pour Giles Winterborne.

Bientôt son mari entra dans la chambre :

« Quel merveilleux coucher de soleil ! dit-il.

— Je ne l'ai pas remarqué. Mais j'ai vu là, en bas, quelqu'un de connaissance », répondit-elle en regardant dans la cour.

Fitzpiers suivit la direction de son regard et lui dit qu'il ne reconnaissait personne.

« Mais si, M. Winterborne ! il fait le cidre ici : c'est une de ses multiples occupations !

— Ah ! oui ! ce rustaud ! » dit Fitzpiers, toute curiosité tombée.

Mais elle, d'un ton de reproche :

« Voyons, Edred ! Pourquoi appeler M. Winterborne un rustaud ? Evidemment, je venais de me dire que je n'aurais jamais pu l'épouser, mais j'ai beaucoup d'estime pour lui et j'en aurai toujours.

— Mais bien sûr, bien sûr, mon amour ! Evidemment, je suis inhumain, dédaigneux et méprisable d'être aussi fier de ma vieille ruine de famille, mais je dois vous avouer honnêtement que j'ai l'impression d'appartenir à une autre race qu'à celle des gens qui travaillent dans la cour.

— Et que la mienne donc, car mon sang ne vaut pas mieux que le leur ! »

Il la regarda bizarrement comme s'il sortait d'un rêve.

Par quelle étrange anomalie, en effet, cette femme de la tribu étrangère était-elle sa femme, si les sentiments qu'il avait exprimés étaient sincères ? Durant leur voyage, il l'avait trouvée constamment à son niveau par les idées, les goûts et la façon de vivre, et il en avait presque oublié la lutte qu'avait soutenue son ambition contre son cœur.

« Oui, mais vous, vous êtes quelqu'un de cultivé, de raffiné, de tout à fait différent, dit-il comme pour se rassurer lui-même.

— Cette pensée ne me sourit guère, murmura-t-elle avec regret. Et je crois que vous ne rendez pas justice à Giles Winterborne. N'oubliez pas que j'ai été élevée avec lui avant d'aller en pension, je ne saurais donc être complètement différente de lui. De toute façon, je ne me sens pas très différente. J'ai tort évidemment, c'est là un grave défaut. Mais j'espère que vous allez vous y résigner, Edred. »

Fitzpiers répondit qu'il essaierait. Comme le soir tombait, ils se préparèrent à achever la dernière partie de leur voyage, afin d'arriver à Petit-Hintock avant la nuit.

Moins d'une demi-heure plus tard, ils se mirent en route ; les presseurs de cidre avaient fini leur travail dans la cour et ils étaient partis. On n'entendait plus que le jus qui coulait goutte à goutte du pressoir bien serré et le bourdonnement d'une guêpe enivrée, inconsciente de la nuit qui approchait.

Grace était toute joyeuse à l'idée de regagner ses forêts, mais à ses côtés Fitzpiers demeurait silencieux. Un accablement inexprimable pesait sur lui depuis que la fin du voyage approchait et avec elle les réalités de la vie. Il y avait deux mois qu'ils étaient mariés.

« Mais vous ne dites pas un mot, Edred, dit-elle. Vous n'êtes pas content de rentrer ? moi je le suis.

— Vous avez des amis ici, moi je n'en ai pas.

— Mais, mes amis sont vos amis !

— Ah oui ! dans ce sens-là évidemment. »

La conversation languit et ils arrivèrent près du chemin de Hintock. Il avait été décidé que, pour le moment, tout au moins, ils logeraient dans la grande maison des Melbury, dont une aile abandonnée par les parents était mise complètement à leur disposition. On avait peint, tapissé, blanchi à la chaux pendant l'absence des jeunes mariés. Et le marchand de bois n'avait pas omis un détail tant il désirait qu'à leur arrivée il n'y ait point d'anicroche, ni de déception possible.

Pour compléter l'appartement, une salle du rez-de-chaussée avait été aménagée en cabinet médical avec une sortie indépendante. Une plaque de cuivre, gravée au nom de Fitzpiers, était vissée sur la porte — simple ornement —, car la précaution était superflue dans un pays où chacun connaissait tous les tenants et aboutissants de ses voisins, à plusieurs milles à la ronde.

Melbury et sa femme firent un tendre accueil au jeune couple, et toute la maison leur fit honneur. Ils montèrent visiter leur logis qui s'ouvrait à gauche de l'escalier sur le palier ; M. Melbury y avait fait mettre une porte. Bien qu'il ne fît pas froid un feu qui flambait dans l'âtre leur souhaita la bienvenue.

Fitzpiers trouva qu'il était trop tôt pour prendre un repas, car ils avaient dîné peu de temps avant de quitter Sherton ; il voulait aller jusqu'à son ancienne maison pour voir comment son remplaçant s'en était tiré pendant son absence.

En sortant de chez Melbury, il se retourna pour regarder la maison. C'était une économie que de vivre sous ce toit, et une économie appréciable ; mais, d'autre part, cet arrangement lui déplaisait ; il faisait de lui trop complètement le gendre de M. Melbury. Il alla jusqu'à son ancien logis. Son « locum tenens » était sorti et Fitzpiers engagea la conversation avec sa propriétaire d'autrefois.

« Eh bien ! Mrs. Cox, quelles nouvelles ? » demanda-t-il avec un enjouement lassé.

Ce n'était pas sans amertume qu'elle avait vu se marier et, partant, lui échapper un aussi bon locataire, d'autant plus qu'il était peu probable qu'elle en trouvât un autre dans la solitude désertique de Hintock.

« Rien que je puisse répéter, surtout à vous ! marmonna-t-elle entre ses dents.

— Ne vous occupez pas de moi, Mrs. Cox, allez-y !

— Y a ce qu'on dit de votre mariage précipité, Mr. Fitzpiers. Et on pense que vous n'êtes pas aussi savant qu'on le croyait, puisque vous êtes entré dans la famille des Melbury, des simples natifs de Hintock tout comme moi.

— Eh ! qu'ils pensent ce qu'ils veulent ! » dit Fitzpiers sans s'avouer que le coup avait porté. « Et quoi d'autre de neuf ?

— Eh bien ! "elle" est enfin revenue !

— Qui cela, Elle ?

— Mrs. Charmond !

— Ah ! vraiment ? dit Fitzpiers, sans enthousiasme, je ne l'ai jamais vue !

— Eh bien ! elle vous a déjà vu, elle !

— Non, jamais !

— Si. Elle vous a aperçu dans une rue ou dans un hôtel pendant votre voyage et elle a entendu prononcer votre nom par hasard ; et à une remarque qu'elle faisait sur vous, Miss Ellis — c'est sa femme de chambre — lui a dit que vous étiez en voyage de noces avec la fille de M. Melbury ; alors elle a dit : « Il aurait dû faire un plus beau parti. J'ai bien peur qu'il n'ait gâché sa vie ! »

Fitzpiers ne continua pas longtemps cette conversation encourageante, et ce ne fut point d'un pas léger

qu'il reprit le chemin de chez lui. Il entra sans hâte, et
monta directement dans le salon improvisé pour eux
par Melbury durant leur absence, croyant y trouver
Grace comme il l'avait laissée.

Le feu brûlait dans l'âtre, mais point de lumière ; — il
jeta un coup d'œil dans la pièce voisine aménagée en
salle à manger, mais la table n'était pas mise pour le
souper. Il retourna sur le palier et entendit tout un
concert de voix, et celle de Grace par intermittence,
qui montaient du salon des Melbury.

Il descendit et, de la porte, regarda dans la pièce.

Il y avait une nombreuse société de voisins et d'autres villageois occupés à féliciter et à congratuler
Mrs. Fitzpiers de son retour. Il y avait le laitier, le
fermier Cawtree, l'employé du Bureau de bienfaisance
de Grand-Hintock, le commis des Ponts et Chaussées,
le maître tanneur, l'employé des Contributions indirec-
tes, d'autres encore avec leur femme. Grace, en enfant
qu'elle était, avait complètement oublié les devoirs que
lui imposaient sa nouvelle dignité et celle de son mari.
Elle était là, au milieu d'eux tous, toute rougissante, et
recevait leurs compliments avec tout le plaisir qu'on
éprouve à retrouver de vieux amis.

Tout cela déplut profondément à Fitzpiers ; Melbury
n'était pas dans la pièce, mais sa femme apercevant le
docteur vint vers lui.

« Nous nous sommes dit, Grace et moi, que puisqu'ils étaient tous venus en apprenant votre retour,
nous ne pouvions pas ne pas les prier à souper. Et
Grace a proposé que nous soupions ensemble pour
votre premier soir ici. »

Grace vint à son tour.

« N'est-ce pas que c'est aimable à eux de venir me
faire un si chaud accueil ? » s'écria-t-elle les larmes aux
yeux ; « après de telles marques de sympathie de leur
part, nous ne pouvions songer à aller nous terrer tout
seuls là-haut dans notre salle à manger.

— Bien sûr! bien sûr!» dit Fitzpiers, et il entra dans la pièce avec l'héroïque sourire d'un martyr.

Dès qu'ils furent à table, Melbury arriva et parut se rendre compte immédiatement que Fitzpiers aurait préféré une réception un peu plus intime. Aussi il fit à voix basse des reproches à sa femme pour son initiative. Mrs. Melbury déclara que Grace était au moins aussi responsable qu'elle, et le tendre père n'eut plus rien à dire.

Fitzpiers se résigna à cette société de joyeux convives qui, coudes écartés, mangeaient, buvaient, riaient et plaisantaient autour de lui ; leur entrain était contagieux et il fut obligé de reconnaître qu'après tout ce repas n'était pas parmi les plus désagréables de sa vie.

Pourtant, par moments, les paroles de Mrs. Charmond qu'on lui avait rapportées : «Il a gâché sa vie!» venaient le hanter comme un «Mané, Thécel, Pharès».

Alors, soudain, il paraissait distrait. Tantôt, il se demandait avec indignation pourquoi Mrs. Charmond se mêlait d'avoir une opinion sur sa vie et sur son avenir. Tantôt il se disait qu'il aurait mauvaise grâce à lui en vouloir de s'intéresser au médecin de son village. Il buvait finalement un verre de grog pour chasser ces pensées.

Ces sautes d'humeur et cette soif insolite ne passèrent pas inaperçues aux yeux de Grace et de son père. Aussi furent-ils soulagés d'un grand poids quand le premier invité se leva pour prévenir que l'heure avançait et qu'il fallait songer à se retirer.

A ces mots Melbury se dressa, comme mû par un ressort, et dix minutes plus tard tous étaient partis.

«Ecoutez, Grace», lui dit son mari dès qu'ils furent seuls chez eux, «nous venons de passer une très bonne soirée, et tout ce monde a été très gentil. Mais il faut que nous soyons bien d'accord à l'avenir sur notre mode de vie ici. Si nous continuons à habiter cet appartement, il doit être bien entendu que, du côté de

vos parents comme du nôtre, chacun vivra chez soi. Je
ne veux pas entendre parler d'un autre arrangement;
voilà ce que j'avais à vous dire. »

Grace avait ressenti un grand étonnement doublé de
tristesse devant l'aversion soudaine qu'il montrait pour
cette bonne vieille vie du pays forestier, à laquelle
pendant ses fiançailles il prétendait trouver tant d'intérêt. Mais elle s'inclina immédiatement.

« Nous sommes les locataires de vos parents, rien de
plus, continua-t-il, et il faut que nous ayons autant
d'indépendance dans nos allées et venues que si nous
habitions ailleurs.

— Mais certainement, Edred, j'en comprends très
bien la nécessité.

— Oui, mais vous êtes allée rejoindre tout ce monde
en mon absence sans même savoir si cela me plairait.
Quand je suis rentré, je me suis trouvé devant le fait
accompli.

« Evidemment, j'aurais dû vous attendre, mais ils sont
venus tout à fait à l'improviste et j'ai cru faire pour le
mieux. »

C'est ainsi que la discussion prit fin. Le lendemain,
Fitzpiers reprit ses tournées comme autrefois. Mais son
œil ultra-sensible discerna ou crut discerner que les
gens ne le considéraient plus comme un homme
mystérieux et d'une autre sphère, aux possibilités illi-
mitées par sa science comme par son rang social;
aujourd'hui, il n'était plus que l'égal des Melbury et par
conséquent jusqu'à un certain point un des leurs.

Les forestiers de Hintock restaient fidèles au vieux
principe aristocratique avec toute la force d'une
conviction héréditaire, et dès qu'ils eurent découvert
que Fitzpiers était un descendant des anciens Fitzpiers
de Oakbury, ils touchaient le bord de leur chapeau à sa
rencontre, lui rendaient service avec empressement, et
le gratifiaient de marques de respect dont Melbury
devait se passer, bien qu'il fît dix fois plus pour eux.

Mais, aujourd'hui, traître à sa propre cause par suite de son mariage, la divinité descendait de son piédestal, et comme docteur, il retombait au niveau du vieux Hones, qu'ils avaient tant méprisé.

Pendant son absence de deux mois, sa petite clientèle semblait avoir considérablement diminué et, à peine fut-il de retour, qu'il reçut une plainte du Bureau de bienfaisance, au sujet d'un indigent qui avait été négligé par son remplaçant. Dans un accès d'orgueil, Fitzpiers donna sa démission de médecin de la circonscription qui lui avait fourni le plus clair de sa clientèle.

Quinze jours après, il rentra chez lui avec plus d'entrain qu'à l'ordinaire.

« On vient de me récrire, dit-il à Grace, au sujet de cette clientèle à reprendre à Budmouth, pour laquelle j'avais déjà été en pourparlers. On demande huit cents livres de reprise et je pense que votre père pourrait m'aider à parfaire la somme. Nous pourrions alors quitter ce pays à tout jamais. »

La question avait déjà été agitée entre eux et ce n'était pas une surprise pour elle. A peine avaient-ils commencé à la discuter qu'on frappa à la porte : c'était la mère Oliver qui montait dire qu'on demandait d'urgence le docteur au Château. Mrs. Charmond avait eu un léger accident : sa voiture avait versé.

« C'est toujours quelque chose ! » dit Fitzpiers, se levant avec un intérêt qu'il n'aurait pu expliquer. « J'avais le pressentiment qu'un jour viendrait où je finirais par mieux connaître cette femme mystérieuse. »

Ces derniers mots furent dits *in petto*.

« Bonsoir ! dit Grace dès qu'il fut prêt. Je serai sans doute endormie quand vous rentrerez.

— Bonsoir ! » répondit-il, distrait, et il descendit.

C'était la première fois depuis leur mariage qu'il la quittait sans un baiser.

XXVI

Winterborne avait dit adieu à sa maison. Aussi ne le voyait-on plus que par intermittence à Hintock. Et il aurait sans doute disparu du pays pour de bon, n'étaient ses quelques rapports d'affaire avec Melbury et ses appareils à faire le cidre qu'il garait chez lui maintenant qu'il n'avait plus d'endroit pour les abriter.

Un après-midi, en se dirigeant vers une cabane où il avait maintenant son lit, il remarqua que le pignon couvert de chaume de son toit paternel avait disparu et que les murs en avaient été rasés. Pour l'instant, il ressentait pour ce lieu un sentiment qu'on pourrait qualifier de morbide et, quand il eut soupé dans la cabane, il employa l'heure qui lui restait avant d'aller se coucher à retourner à Petit-Hintock au crépuscule et à arpenter le coin de terre où il avait vu le jour.

Il répéta souvent cette visite nocturne. Même dans l'obscurité, il pouvait retrouver l'endroit où étaient jadis les différentes pièces : il pouvait situer dans la cuisine le coin de cheminée dans lequel, petit garçon, il avait rôti des marrons et des pommes de terre, fondu ses plombs et gravé ses initiales au fer rouge sur des objets qui lui appartenaient et sur d'autres qui ne lui appartenaient pas.

Les pommiers demeurés là montraient l'emplace-

ment où avait été le jardin; les plus anciens d'entre
eux gardaient encore cette inclinaison déjetée qui leur
avait été imprimée par la grande tempête de novembre
1824 qui avait fait échouer un brick sur le *Banc de
Chesil.* Aujourd'hui ils s'inclinaient encore plus bas
sous le poids de leurs fruits. Il se cognait la tête contre
les pommes, et, dans l'herbe, il en écrasait par douzai-
nes. Personne n'était plus là pour les cueillir.

Ce soir-là, plutôt couché qu'assis contre l'un de ces
troncs penchés, Winterborne était, comme à l'ordinaire, perdu dans ses pensées; les étoiles, l'une après
l'autre, paraissaient dans la portion du ciel qui remplaçait les murs et les cheminées d'autrefois. Quand elle
était encore debout, la maison empiétait sérieusement
sur la route, et le vide laissé par sa disparition était très
net.

Dans le silence on entendit approcher le trot d'un
attelage et le bruit des roues. La voiture se précisa
bientôt sur le ciel vide, elle se dirigeait droit vers l'ancien emplacement de la maison démolie. Il discerna la
silhouette d'une femme qui conduisait et celle d'un
groom immédiatement derrière elle.

Bientôt un grincement, puis un cri! Winterborne
accourut : le phaéton avait versé, celle qui conduisait
était assise sur le tas de pierres qui avait été jadis sa
maison, l'homme saisissait les chevaux par la bride.
C'était la voiture de Mrs. Charmond et la conductrice
projetée hors de la voiture était Mrs. Charmond elle-
même.

Il lui demanda si elle était blessée et il comprit à sa
réponse incohérente qu'elle n'en savait rien.

D'ailleurs, les dégâts étaient, pour ainsi dire, inexis-
tants; le phaéton fut redressé, Mrs. Charmond réinstal-
lée et le domestique prit les rênes. Elle avait été trompée par la disparition de la maison, et elle avait pris
pour le tournant l'ouverture causée par sa démolition;
elle s'était dirigée droit sur les ruines, croyant prendre

la bonne route qui ne s'ouvrait que quelques mètres plus loin.

« Rentrez au Château, vite, au Château ! » s'écria-t-elle avec impatience ; et ils se remirent en route.

A peine furent-ils partis que Winterborne, à la faveur du calme, l'entendit qui disait :

« Arrêtez ! dites à cet homme d'appeler le docteur, Mr. Fitzpiers, et de l'envoyer à Hintock-House. Je suis blessée plus gravement que je ne le croyais ! »

La « gravité » de la blessure parut assez plaisante à Winterborne. Il reçut le message et partit immédiatement chez le docteur. S'étant acquitté de sa commission, il rentra dans l'ombre et attendit de voir Fitzpiers s'éloigner. Il resta ensuite quelques minutes à regarder la fenêtre dont la lumière révélait la présence de Grace et repartit dans l'ombre sous les arbres.

Fitzpiers arriva donc à Hintock-House, dont les portes s'ouvraient à lui pour la première fois.

Contrairement à ce qu'il attendait, il n'y avait aucun signe d'agitation ou d'inquiétude comme en aurait dû causer un grave accident arrivé à la maîtresse de la maison. On l'introduisit au premier, dans une pièce où l'on reconnaissait une main féminine à l'arrangement étudié des tentures. A la lumière tamisée d'une lampe, il aperçut une femme élégante d'allure, étendue sur la chaise longue, de façon à ne pas déranger la magnifique masse de cheveux qu'elle avait sur le sommet de la tête. Une robe d'intérieur, d'un violet soutenu, faisait admirablement ressortir la curieuse teinte acajou de ses tresses. Son bras gauche, nu jusqu'à l'épaule, était placé au-dessus de sa tête, et de la main droite elle tenait une cigarette, tandis que ses lèvres finement courbées en exhalaient la mince fumée vers le plafond.

Fitzpiers pensa immédiatement que les prévisions qui lui avaient fait apporter tout le nécessaire pour un cas grave étaient fortement exagérées. Puis cette pensée fit place à une impression plus étrange.

Alors que le cadre et la situation étaient nouveaux et imprévus pour lui, l'atmosphère et le sentiment qu'elle lui inspirait lui étaient familiers sans qu'il pût dire en quoi. D'où cela venait-il ? D'un rêve sans nul doute.

Mrs. Charmond se contenta de lever les yeux vers lui et il s'approcha d'elle. Elle le regarda en soulevant les sourcils et le front et il vit une légère rougeur s'étendre sur ses joues incontestablement splendides.

Ses yeux, qui s'étaient attachés à lui d'un regard interrogateur et attentif, se détournèrent vivement, et elle remit machinalement sa cigarette entre ses lèvres.

Il oublia un instant la raison qui l'amenait, puis, revenant à la réalité, il lui adressa une formule de regrets pour son accident et lui posa les questions d'usage sur ce qui lui était arrivé, et sur ce qui la faisait souffrir.

« C'est ce que je désirerais que vous me disiez », murmura-t-elle, avec un ton d'une réserve indéfinissable. « J'ai une grande confiance en vous, car je sais que vous êtes un excellent médecin et que vous travaillez beaucoup.

— Je ferai de mon mieux pour justifier la bonne opinion que vous avez de moi », répondit le jeune homme en s'inclinant. « Je n'en suis pas moins heureux de voir que cet accident n'a rien de grave.

— J'ai été très ébranlée ! dit-elle.

— Ah oui ! » fit-il, et il acheva son examen et lui confirma qu'elle n'avait rien, et lui fit une fois de plus se creuser la tête pour trouver la raison qui l'avait poussée à l'envoyer chercher : elle n'avait pas l'air d'une femme timorée.

« Il faut vous reposer un peu et je vous ferai apporter les médicaments nécessaires, dit-il.

— Ah! j'oubliais, fit-elle. Regardez!» et elle lui montra une petite écorchure au bras, le bras rond qui était nu.

«Voulez-vous m'y mettre un morceau de taffetas?»
Il obéit.

«Et maintenant, docteur, dit-elle, avant que vous ne partiez, je voudrais vous poser une question. Asseyez-vous là en face de moi, sur ce fauteuil bas et posez les flambeaux sur la petite table, un seul suffira d'ailleurs. Vous fumez, oui? Très bien! moi, j'apprends. Prenez une de celles-ci, voilà du feu!» Elle lui lança une boîte d'allumettes.

Fitzpiers l'attrapa au vol, alluma sa cigarette et la regarda de sa nouvelle place. Pour la première fois, grâce au déplacement de la lumière, il la voyait de face.

«Combien d'années se sont écoulées depuis notre première rencontre!» continua-t-elle d'une voix à laquelle elle essayait de garder le calme du début — et elle le regarda d'un air à la fois timide et hardi.

— Notre rencontre?»
Elle inclina la tête.

«Je vous ai aperçu dernièrement dans un hôtel de Londres, vous y passiez, je suppose, avec votre jeune femme, et j'ai découvert que je vous avais connu quand j'étais toute jeune. Vous souvenez-vous d'une famille anglaise qui résidait à Heidelberg du temps où vous étiez étudiant et qui...?

— Et la jeune fille à la longue natte d'une couleur si rare... Oh! je la revois maintenant! Elle perdit un jour son mouchoir sur la grande terrasse, elle voulut y retourner le soir pour le chercher; je lui dis : "Je vais y aller!" et elle me répondit : "Oh! il n'en vaut pas la peine." Si je me souviens! Et nous avons causé très longtemps, et le lendemain matin, lorsque j'y allai, l'herbe était couverte de rosée et j'ai trouvé un petit carré de dentelle mouillée avec le nom de "Felice" brodé dans un coin. Je le vois. Je le ramassai et...

— Et ?

— Et je le baisai, acheva-t-il timidement.

— Mais vous ne m'aviez pas vue, pour ainsi dire, c'était le soir !

— Cela ne fait rien, j'étais jeune alors, je le baisai. Je me demandai comment je pourrais tirer parti de ma trouvaille et décidai de vous le reporter à l'hôtel dans l'après-midi. Il pleuvait, j'attendis le lendemain : le lendemain, vous étiez partie !

— Oui, répondit-elle d'un air mélancolique. Ma mère me dit que j'avais mon visage pour tout bien, qu'elle n'avait nulle envie de me voir m'amouracher d'un jeune étudiant sans fortune, et elle m'emmena à Baden pour me changer les idées. Aujourd'hui que tout cela est fini, je puis bien vous le dire : je vous aurais écrit si j'avais su votre nom. Ce nom, je ne l'ai su qu'il y a un mois, quand ma femme de chambre m'a dit en vous voyant passer dans l'escalier de l'hôtel : "Voilà le doc-teur Fitzpiers."

— Mon Dieu, dit Fitzpiers, tout songeur, comme tout cela m'est encore présent : le soir, le matin, la rosée, le lieu ! Quand j'appris que vous étiez véritablement par-tie, ce fut comme si on m'avait passé un froid métal dans le dos. Je grimpai jusqu'à l'endroit où je vous avais vue pour la dernière fois, je me jetai dans l'herbe. Je n'étais qu'un enfant, aveuglé par les larmes. J'igno-rais votre nom, vous m'étiez inconnue : je n'oubliai pas votre voix !

— Pendant combien de temps ?

— Très longtemps, des jours et des jours !

— Des jours, rien que des jours ? Voilà bien le cœur d'un homme, des jours et des jours !

— Mais chère madame, je ne vous avais vue que deux jours ; ce n'était point là un amour en pleine fleur, ce n'était qu'une fleurette, un bouton : vermeil, jeune, éclatant, mais petit. C'était l'embryon d'une passion colossale qui n'a jamais mûri.

— Cela vaut mieux peut-être !

— Peut-être ! mais voyez l'impuissance de la volonté humaine contre le Destin. On nous a empêchés de nous retrouver et nous nous retrouvons ! L'une des données du problème est restée la même au milieu de tous ces changements : vous êtes riche maintenant, je suis toujours pauvre. A en juger par votre remarque de tout à l'heure, vous avez perdu cette facilité d'emballement de votre jeunesse. Moi, je l'ai gardée !

— Pardon ! dit-elle d'une voix vibrante, comme mue par une profonde émotion. Il n'en est rien ; les circonstances m'ont empêchée de la perdre. D'ailleurs je crois que les êtres véritablement émotifs gardent toujours cette faculté d'emballement. Et plus on vieillit, plus c'est vrai. Il est possible qu'à quatre-vingts ou cent ans, on se sente complètement guéri. Mais quarante ans ne doivent pas suffire, du moins pour moi, si je suis encore en vie à cet âge-là. »

Il l'enveloppa d'un regard qui ne cherchait pas à déguiser son admiration. Il trouvait enfin une âme sœur !

« Vous dites vrai, dit-il. Mais vous en parlez avec une certaine tristesse. Pourquoi donc ?

— Je suis toujours triste quand je viens ici, dit-elle en baissant la voix, craignant de s'être trop livrée.

— Puis-je demander pourquoi vous y êtes venue, dans ce cas ?

— C'est un homme qui m'y a amenée ; les femmes sont toujours emportées comme le liège sur l'océan, au gré des désirs des hommes. Je ne voudrais pas vous attrister, mais Hintock a sur moi le curieux effet de concentrer mes émotions jusqu'à ce que je ne puisse plus les contenir.

« Et, bien souvent, je suis obligée de m'échapper et d'aller me délivrer de mes sentiments. Sans cela, je mourrais sur-le-champ.

— Mais je suppose qu'il y a une société à fréquenter

dans le comté, pour ceux qui ont le privilège d'y être admis ?

— C'est possible, mais le malheur est que dans un pays perdu comme celui-ci, nos voisins n'ont aucune tolérance pour les différences d'opinions et de manières de vivre. Mes voisins me croient athée, excepté ceux qui me croient catholique. Et lorsque je parle, sans le respect qui s'impose, du temps et des récoltes, alors on me considère comme une iconoclaste.

— Vous n'avez plus besoin de moi ? demanda-t-il lorsqu'il s'aperçut qu'elle se taisait, songeuse.

— Non, je ne le crois pas.

— Alors, dites-moi de m'en aller !

— Pourquoi donc est-il nécessaire qu'on vous le dise ?

— C'est que, si l'on me laissait le choix, je ne consulterais que mon propre désir.

— Eh bien ! le mal ne serait pas grand. Croyez-vous que vous seriez importun ?

— Je le craignais !

— Eh bien ! ne le craignez plus. Mais, bonsoir ! Venez voir demain si je suis en bonne voie de guérison. Vous retrouver m'a extrêmement émue. J'ai déjà beaucoup d'amitié pour vous.

— Si cela dépend de moi, cette amitié durera éternellement.

— Je le souhaite ! »

Fitzpiers descendit l'escalier, incapable de résoudre la question de savoir si elle l'avait envoyé chercher, poussée par l'inquiétude naturelle qui aurait pu suivre l'accident, ou simplement dans le but de se faire connaître à lui. Dans ce cas, elle avait été servie par les événements.

Sorti de la maison, il resta à songer sous le ciel étoilé. Comme c'était bizarre qu'il fût venu souvent en ce lieu pendant l'absence de la jeune femme et qu'il eût regardé la maison avec cet intérêt, bien qu'il ignorât le nom de celle qu'il l'habitait ; bizarre qu'il eût pris Grace pour la châtelaine avant de la connaître ; bizarre enfin qu'à des époques et dans des circonstances différentes, l'individualité de Hintock-House se fût imposée à lui comme liée à une existence qui serait de quelque façon liée à la sienne !

Autrefois, la courte rencontre des courbes de leurs destinées avait éveillé en lui un intérêt sentimental pour la jeune fille qu'elle était, mais cela avait été si fugitif que si ces courbes s'étaient à tout jamais décrites sur des plans différents, il en aurait à peine gardé le souvenir.

Mais la retrouver dans ces circonstances romanesques donnait à cette tendresse momentanée d'autrefois des proportions immenses.

En regardant Petit-Hintock, il se surprit à considérer le hameau sous un jour nouveau, du point de vue de la châtelaine, au lieu du sien et de celui de Melbury.

Toute la maisonnée était couchée ; en montant il entendit un ronflement qui venait de la chambre du marchand de bois ; il prit le corridor qui conduisait chez lui, en proie à un singulier accès de mélancolie !

Une lampe allumée l'attendait dans sa chambre ; Grace, couchée, ne dormait pas. Bientôt, de derrière les rideaux, sa voix compatissante s'enquit :

« Est-elle gravement blessée, Edred ? »

Fitzpiers avait complètement perdu de vue que c'était la victime d'un accident qu'il était allé voir en Mrs. Charmond, et il fut quelque temps avant de répondre.

« Oh non ! dit-il. Elle n'a rien de cassé, mais elle a été très ébranlée ; je dois y retourner demain. »

Après une ou deux autres questions, Grace dit :

« Vous a-t-elle demandé de mes nouvelles ?

— Mon Dieu, il me semble bien que oui. Je ne me souviens plus exactement, mais j'ai bien l'impression qu'elle a parlé de vous !

— Vous n'avez aucun souvenir de ce qu'elle a pu dire ?

— Non, cela ne me revient pas pour le moment.

— En tout cas, elle n'a pas beaucoup parlé de moi, dit Grace déçue.

— Oh non !

— Et vous ? demanda-t-elle, quêtant innocemment un compliment.

— Oh moi, bien sûr ! » répondit-il avec chaleur, sans même penser à ce qu'il disait, tant il avait l'esprit plein de Mrs. Charmond.

XXVII

Le devoir professionnel du docteur lui fit promptement répéter sa visite au Château le lendemain, puis le surlendemain. Il trouva toujours Mrs. Charmond étendue sur un divan et jouant le rôle d'une malade qui n'est pas pressée de guérir. Chaque fois, il examinait sérieusement la petite égratignure de son bras, comme si cela avait été une grave blessure.

Il découvrit aussi, à sa grande satisfaction, une légère égratignure à la tempe, il la couvrit d'un emplâtre foncé bien préférable en cet endroit apparent à un carré de baudruche transparente, car il ne pouvait échapper aux yeux des domestiques, légitimant ainsi la présence indispensable du docteur si jamais ils en avaient douté.

« Ah ! vous me faites mal ! » s'écria-t-elle un jour pendant qu'il arrachait l'emplâtre de son bras ; l'éraflure avait pris la couleur d'une framboise avant de disparaître tout à fait.

— Attendez alors, je vais le mouiller, dit Fitzpiers et il y appliqua ses lèvres sans qu'elle protestât ; l'emplâtre se décolla facilement.

— C'est vous qui m'aviez demandé de le mettre, lui dit-il.

— Je sais bien, répliqua-t-elle. Est-ce que j'ai toujours

cette veine bleue qui transparaissait à la tempe? la cicatrice doit être juste dessus. Si la coupure avait été plus profonde, mon sang ardent aurait coulé ! »

Fitzpiers l'examina de si près que leurs souffles se mêlaient, leurs yeux se rencontrèrent : ceux de Mrs. Charmond mystérieux et profonds comme les abîmes interstellaires. Elle se détourna.

« Non, non ! Pour rien au monde, dit-elle. Je ne saurais flirter avec vous. Pas un instant ! s'écria-t-elle. Notre pauvre et brève heure d'amour est passée il y a trop longtemps pour qu'on puisse la ressusciter aujourd'hui. Il nous faut être d'accord sur ce point dès maintenant.

— Flirter? non, moi non plus je ne saurais ! Tel que j'étais lorsque j'ai trouvé le mouchoir désormais historique, tel je suis aujourd'hui, déraisonnable peut-être, mais sincère. Et naturellement je ne puis oublier ce court instant durant lequel je suis passé devant vos yeux et ce souvenir laisse le champ libre à mon imagination.

— Ah ! si ma mère ne m'avait pas emmenée ! murmura-t-elle, les yeux rêveusement fixés sur la branche mouvante d'un arbre éloigné.

— Je vous aurais revue !

— Et puis?

— Et puis, la fameuse flamme aurait brûlé, plus haut, plus haut encore. Ce qui aurait suivi, je ne sais, mais tout cela aurait fini par la douleur et le chagrin.

— Et pourquoi?

— Pourquoi? mais c'est ainsi que finit l'amour. C'est la loi de la nature. Il n'y a pas d'autre raison.

— Ne parlez pas ainsi ! s'écria-t-elle. Puisque nous ne faisons qu'imaginer les possibilités de cette époque passée, n'enlaidissons pas cette image ! »

Sa voix n'était plus qu'un murmure quand elle ajouta, une petite moue sur les lèvres :

« Laissez-moi croire, au moins, que si vous m'aviez aimée sincèrement, vous m'auriez aimée à jamais !

— Croyez-le, croyez-le de toute votre âme, dit-il. C'est une pensée confortable et qui ne coûte rien. »

Elle pesa un instant le sens de cette réponse.

« Vous a-t-on parlé de moi, depuis ? demanda-t-elle.

— Jamais !

— Tant mieux ! Comme vous j'ai dû lutter dans la vie. Je vous en parlerai peut-être quelque jour. Mais ne me le demandez jamais et surtout pas maintenant ! »

C'est ainsi que ces deux ou trois jours qui les avaient réunis jadis sur les pentes romantiques des rives du Neckar prenaient à leurs yeux l'importance rétrospective de deux ou trois années.

Ils formaient le canevas de rêves et d'imaginations infinies, de mélancolies voluptueuses, d'hypothèses agréables et captivantes que rien ne pouvait prouver ni détruire.

Le nom de Grace ne fut jamais prononcé entre eux. Mais le bruit de leur départ prochain arriva jusqu'aux oreilles de Mrs. Charmond.

« Docteur, vous partez ! » s'écria-t-elle. Sa voix caressante et le regard de ses grands yeux noirs exprimaient l'accusation et le reproche.

« Oui, je le sais, continua-t-elle en se levant brusquement d'un air qu'on aurait presque pu qualifier de passionné. Ne niez pas ! vous avez repris une clientèle à Budmouth. Je ne vous en blâme pas. On ne saurait vivre à Hintock et moins que personne un médecin qui veut rester en contact avec les découvertes modernes. Et nul ne s'aviserait de l'y faire rester pour d'autres motifs. Vous avez raison, partez !

— Mais non, je n'ai pas encore repris cette clientèle, bien qu'à la vérité je sois en pourparlers à cet effet. Et vous savez, ma chère amie, si je continue à considérer cette affaire avec le peu d'entrain que j'ai pour le moment, il est bien possible que je ne parte point.

— Mais Hintock vous est odieux et avec lui tout et tous ceux que vous n'emmenez pas avec vous ! »

Fitzpiers exprima son indignation de la façon la plus vibrante et elle prit ce ton badin auquel elle avait recours pour dissimuler ses sentiments violents — passions singulières, latentes et désordonnées, couvant comme un incendie presque éteint avec des flammes subites tantôt dans une direction, tantôt dans une autre, toujours imprévues.

Si un seul mot pouvait suffire pour résumer Felice Charmond, ce serait peut-être l'inconséquence. C'était une femme capricieuse, se plaisant aux contrastes piquants. Elle aimait le mystère dans sa vie, dans ses amours, dans son passé.

Pour être juste, disons que peu de choses dans sa vie pouvaient lui faire honte, tandis qu'elle pouvait être fière d'un certain nombre d'autres.

Mais ce passé était resté inconnu aux âmes sans détour de Hintock et elle n'était pas femme à faire des confidences. Quant à sa nature fantaisiste, les gens de son domaine s'y étaient faits peu à peu et, avec cette matoiserie des paysans et cette adresse qu'ont les inférieurs en général à savoir manœuvrer avec les caractères bizarres, ils se tiraient fort bien d'affaire sous son gouvernement, peut-être mieux encore qu'ils ne l'auraient fait sous un régime plus égal.

Pour ce qui concernait son projet de quitter Hintock, le docteur était plus près d'acheter la clientèle du médecin de Budmouth qu'il ne l'avait avoué à Mrs. Charmond. Il n'avait plus que vingt-quatre heures pour se décider.

Ce soir-là après l'avoir quittée, il réfléchit en marchant entre les deux haies élevées du chemin, tout blanc de clématite sauvage, de « barbe de vieillard », comme on l'appelle dans le pays pour son aspect en cette saison.

C'était ce soir-là qu'il devait confirmer par lettre sa

décision. Ensuite son départ serait irrévocable. Mais pourrait-il s'en aller maintenant ? Les arbres, les coteaux, les feuilles, l'herbe même, tout cela avait pris un aspect et une lumière subtile et nouvelle depuis qu'il avait découvert la personnalité, l'histoire et surtout le charme de leur propriétaire. Il avait toutes les raisons pour partir : ce serait retourner à nouveau dans le monde d'où il s'était retiré dans un moment de misanthropie, dans un accès de colère achilléenne causé par une offense imaginaire. Sa femme elle-même voyait bien que leur situation était fausse à Hintock et elle accueillait ce projet de changement avec plaisir. Il ne restait plus qu'à le mettre à exécution. Mais trouverait-il dans son cœur comme il le trouvait dans sa raison le courage de s'en aller ? Non !

Il respira longuement, tourmenté, et rentra. Promptement, il écrivit une lettre par laquelle il renonçait une fois pour toutes à la clientèle de Budmouth. Le facteur avait déjà quitté Petit-Hintock ; il envoya donc un des hommes de Melbury pour qu'il rattrapât la voiture des postes sur la grand-route et la lettre partit.

De retour, l'homme rencontra Fitzpiers dans le chemin et lui dit que c'était fait ; celui-ci rentra tout songeur.

Pourquoi avait-il suivi cette impulsion, pourquoi prendre tant de peine probablement pour nuire à son avenir et à celui de sa jeune femme ? Le motif n'en était que vague, sans forme, mais éblouissant comme les ciels au couchant. Pour le monde, Mrs. Charmond ne pouvait être pour lui qu'une cliente, et pour sa femme une protectrice. Et pourtant, alors qu'il était libre et célibataire, comme il aurait sans remords donné la préférence à une raison sentimentale de rester dans le pays ! L'ambition matrimoniale est une belle chose !

« Mon père m'a dit que vous aviez envoyé une lettre à Budmouth par un de ses hommes, s'écria Grace venant joyeusement à sa rencontre sous la lumière déclinante du ciel où luisait, solitaire, l'étoile du Berger. J'ai compris tout de suite que finalement vous aviez décidé de leur payer la somme, et que cette ennuyeuse affaire était enfin réglée. Quand partons-nous, Edred ?

— J'ai changé d'avis, dit-il. Ils ont trop d'exigences. 750 livres est une trop grosse somme et j'ai décidément refusé de donner suite à ce projet. Il faut attendre une autre occasion. J'ai bien peur de ne pas être un fameux homme d'affaires. »

Il prononça ces derniers mots avec un regret subit pour sa décision trop rapide. Tandis qu'il regardait ce beau visage si loyal, son cœur lui reprochait cet acte.

Ce soir-là, la déception de Grace était visible.

Personnellement, elle aimait le lieu de son enfance et elle n'était pas ambitieuse. Mais depuis leur mariage, son mari lui avait paru si mécontent de leur vie dans le pays qu'elle avait sincèrement souhaité d'en partir.

Deux ou trois jours plus tard, il retourna chez Mrs. Charmond. Le vent avait soufflé dans la matinée et de courtes averses s'étaient égrenées contre les murs et les vitres des cottages. Il traversa le bois à pied en passant par les recoins les plus perdus.

Par les creux en pourriture laissés par d'anciennes mutilations suintait l'humidité des derniers jours, qui ruisselait visqueuse le long de l'écorce des chênes et des ormes, revêtue plus bas d'un lavis de lichen vert émeraude. C'étaient des arbres aux troncs robustes que les bourrasques les plus violentes ne parvenaient pas à ébranler, elles en déformaient seulement les branches. Sillonnés de rides comme un visage de vieille, le feuillage de leurs cimes surmonté de branches mortes, ils étaient encore verts quoiqu'une teinte jaune eût envahi les feuilles des autres arbres.

Mrs. Charmond était au premier étage, dans un petit boudoir ou bureau où Fitzpiers fut tout étonné de trouver les rideaux tirés et une lampe à abat-jour rouge et des bougies allumées, bien qu'au-dehors il fît grand jour. Un grand feu brûlait dans l'âtre malgré la douceur de la température.

« Pourquoi tout cela ? » demanda-t-il.

Elle était assise dans un fauteuil et détournait la tête.

« Ah ! murmura-t-elle, il fait trop lugubre dehors. Tristesse et mélancolie dans le ciel ; flots de larmes amères frappant les vitres, c'était trop affreux. Je n'ai pas dormi la nuit dernière et j'entendais les escargots glisser sur les carreaux. C'était lamentable. Ce matin, j'avais le cœur si lourd que j'aurais pleuré jusqu'à en mourir. Je ne veux pas que vous voyiez mon visage, c'est pour cela que je me détourne. A quoi bon être douée d'un cœur ardent et de désirs passionnés s'il faut vivre dans un monde semblable ? Pourquoi la mort seule peut-elle nous donner ce que la vie est contrainte d'emprunter : le repos ? Trouvez une réponse à cela, monsieur Fitzpiers.

— Il vous faudra manger du fruit d'un nouvel arbre de la science, avant de pouvoir y répondre vous-même, Felice Charmond !

— Et quand mes émotions se sont épuisées, je suis envahie par la peur, à en mourir ! Les terribles lois de la société, si sévères, si glacées, si inexorables, impitoyables pour les volontés trop malléables, n'admettent que les âmes de fer. Elles me font peur ! elles vous poignardent pour une faiblesse, elles vous assassinent pour une autre — arrêts et décrets qui prétendent mener les hommes vers la perfection. La perfection ! voilà un but dont je me soucie bien ! Et tout ce dont je me soucie, on veut me le retirer, me l'interdire ! »

Fitzpiers s'était assis près d'elle.

« Quelle est la cause de cette crise de tristesse ? » lui demanda-t-il avec douceur. En vérité il en attribuait la cause à une dépression physique due au manque d'exercice, mais il ne lui en dit rien.

« Mes réflexions ! docteur, il ne faut plus venir au Château. On commence déjà à ne plus prendre vos

visites au sérieux. Je vous le répète, il ne faut plus
revenir! Allons, ne m'en veuillez pas! »

Elle se leva d'un bond, lui pressa la main en le
regardant, suppliante : « Il le faut! cela vaut mieux pour
vous comme pour moi.

— Mais qu'avons-nous fait? dit-il, tout sombre.

— Rien en action. Beaucoup peut-être en pensées;
quoi qu'il en soit, c'est assez de tourments. Je m'en
vais partir pour Middleton-Abbey, près de Shottsford,
où une parente de mon défunt mari est malade. Je lui
en ai fait la promesse à Londres et je dois la tenir.
Peut-être cela vaut-il mieux; je reviendrai lorsque tout
cela sera apaisé. Quand allez-vous vous installer en
ville, vous en aller, votre jolie femme au bras?

— J'ai refusé. J'aime trop ce pays pour le quitter.

— Qu'avez-vous fait? dit-elle, doutant encore en le
regardant d'un air hagard. Pourquoi vous sacrifier ainsi?
Mon Dieu! qu'ai-je fait!

— Vous n'avez rien fait. D'ailleurs vous partez!

— C'est vrai, mais ce n'est jamais qu'à Middleton-
Abbey et pour un ou deux mois. J'y retrouverai peut-
être de la force de caractère, de la volonté, j'en ai
besoin. Et quand je reviendrai, je serai une femme
nouvelle; et vous pourrez alors venir me voir en toute
sécurité et m'amener votre jeune femme et nous serons amies, elle et moi. Ah! quand on s'enferme,
comme moi, comme on se laisse aller à faire du sentiment. Je n'aurai désormais plus besoin de vos soins,
docteur, mais je suis heureuse de penser que vous ne
partez pas, si vous ne devez pas vous en repentir. »

Dès qu'il eut quitté la pièce, son aisance, l'air mi-
badin, mi-mélancolique qu'elle avait réussi à garder
jusqu'à son départ l'abandonnèrent. Elle retrouva cette
lourdeur de plomb qui l'oppressait avant son arrivée.
Elle sentit tout son être se dissoudre en une impuissance totale, et cette impression fit trembler ses lèvres
et mouiller ses yeux.

Le bruit des pas de Fitzpiers la fit tressaillir, elle se retourna.

« Je suis revenu vous dire qu'il va faire beau ; le soleil brille ; écartez vos rideaux, éteignez ces lumières ! Je vais le faire, si vous le voulez.

— Je vous en prie ! »

Il ouvrit les rideaux, la lueur rouge de la lampe et les flammes des deux bougies devinrent presque invisibles sous le flot de soleil d'automne à son déclin qui entrait dans la pièce.

« Puis-je venir en face de vous ? lui demanda-t-il, car elle lui tournait le dos.

— Non, répondit-elle.

— Pourquoi ?

— Parce que je pleure et que je ne veux pas que vous voyiez mon visage en plein soleil. »

Il resta indécis et regretta d'avoir remplacé la lumière rose et voluptueuse de la lampe par cette éblouissante clarté.

« Alors, je m'en vais ! dit-il.

— C'est très bien, répondit-elle en lui tendant la main sans se retourner et en se tamponnant les yeux.

— Puis-je vous écrire à... ?

— Non, non ! » et elle ajouta, doucement raisonnable :

« Il ne faut pas, voyons, cela ne doit pas être !

— Bon, très bien ! » et il partit.

Le soir, d'un air habilement détaché, elle encouragea la femme de chambre, qui l'habillait pour le dîner, à lui parler du mariage de Fitzpiers.

— On dit qu'avant son mariage, Mrs. Fitzpiers n'était pas indifférente à M. Winterborne, dit celle-ci.

— Pourquoi alors ne l'a-t-elle pas épousé ? interrogea Mrs. Charmond.

— C'est qu'il n'avait plus ses maisons, madame !

— Ses maisons ! comment cela ?

— C'étaient des baux à vie. A la fin du dernier, votre

homme d'affaires n'a pas voulu le renouveler, quoique, à ce qu'il paraît, M. Winterborne y avait droit. C'est ce que j'ai entendu dire, madame, et c'est à cause de cela que le mariage ne s'est pas fait. »

Folle d'émotion, Mrs. Charmond s'enfonça dans les remords.

« En refusant à ce pauvre homme sa légitime requête, se dit-elle, j'ai amené ce réveil du roman de ma jeunesse. Qui aurait cru qu'une simple question de propriété eût pu mettre mon cœur dans cet état ? Il faut me résigner à passer un hiver de souffrances, de regrets et de souhaits vains et à l'oublier au printemps. Ah ! je fais bien de m'en aller ! »

Elle quitta sa chambre, descendit dîner en soupirant. Dans l'escalier, elle s'arrêta un instant à regarder par la grande fenêtre qui donnait sur la pelouse. Il ne faisait pas encore tout à fait nuit. A mi-côte de la pente de gazon qui descendait en face d'eux était arrêté le vieux Timothy Tangs. Il avait pris ce raccourci pour rentrer chez lui, bien qu'il n'y eût pas de chemin dans l'herbe et malgré la défense sévère d'y tracer un sentier. Tangs s'était arrêté pour priser, mais il aperçut Mrs. Charmond qui le regardait et il se hâta de grimper pour arriver hors de portée de sa voix. Dans sa précipitation, il manqua le pied et il roula jusqu'en bas comme une barrique, sa tabatière roulant devant lui.

Sa stérile et impossible passion pour Fitzpiers, le nuage de sa mélancolie naturelle, les larmes qui mouillaient encore ses cils, tout cela fit place à l'impulsion du moment. Elle éclata d'un rire inextinguible. La sombre tristesse de l'heure précédente semblait rendre son hilarité encore plus irrésistible. Elle n'était pas calmée en entrant dans la salle à manger. Et même devant les domestiques ses épaules se secouaient tandis qu'elle revoyait la scène par la pensée. Et les larmes du rire se mêlèrent à celles du chagrin.

Elle résolut d'en finir avec la tristesse. Elle but deux

coupes de champagne et plus, et pour se distraire, passa la soirée à chanter.

« En tout cas, il faut que je fasse quelque chose pour ce pauvre Winterborne ! » se dit-elle.

XXVIII

Une semaine avait passé. Mrs. Charmond avait quitté Hintock-House. Middleton-Abbey, le lieu de son séjour, était à une distance d'une douzaine de kilomètres par la route, et un peu moins par les raccourcis.

Pour la première fois, Grace s'aperçut que son mari était nerveux et qu'à certains moments il l'évitait même. Une simple politesse scrupuleuse devint son attitude à l'égard de sa femme, mais à table il semblait à peine entendre ce qu'elle lui disait. Ses faits et gestes avaient cessé de l'intéresser et, à l'égard de son beau-père, il était devenu presque distant. Il était évident que sa pensée voguait loin d'elle, mais où, elle l'igno-rait. Peut-être vers quelque région de la science, vers quelque littérature psychologique. Mais l'espoir qu'il s'absorbait à nouveau dans les études qui, avant leur mariage, faisaient de sa lampe un des points de repère dans la nuit de Hintock, n'était basé que sur ce faible indice qu'il veillait tard le soir.

Un jour, elle le découvrit appuyé à une barrière de High Stoy Hill, une des collines des environs de Hin-tock; c'était la barrière près de laquelle s'était un jour trouvé Winterborne. Elle s'ouvrait sur le sommet d'une pente descendant directement jusqu'aux vallées de

White Hart et de Blackmoor, qui s'étendaient aux regards sur plusieurs milles de distance.

Il regardait au loin. Il était si absorbé dans sa contemplation et Grace s'approcha si doucement qu'il ne l'entendit point. Quand elle fut près de lui, elle vit qu'il remuait les lèvres inconsciemment, en proie à un rêve passionné.

Elle parla. Fitzpiers tressaillit.

« Que regardez-vous ? demanda-t-elle.

— Oh ! je contemplais vaguement notre vieille terre d'Oakbury », dit-il.

Il avait semblé à Grace que ses regards étaient tournés plus à droite du berceau de ses ancêtres qui était aussi leur tombeau. Mais elle ne dit mot ; elle lui prit le bras et ils revinrent chez eux presque en silence. Elle ignorait que Middleton-Abbey était le point de direction de son regard.

« Est-ce que vous prenez Darling, tantôt ? » demanda-t-elle quelques instants plus tard.

Darling, c'était la vieille jument grise que Winterborne avait achetée pour Grace et que maintenant Fitzpiers montait constamment. La bête était vraiment exceptionnelle ; elle alliait une parfaite docilité à une intelligence presque humaine ; de plus, elle n'était point jeune. Fitzpiers avait peu l'habitude des chevaux, aussi appréciait-il beaucoup ces qualités.

« Oui, je la prends, dit-il, mais pas avec la voiture, je vais la monter. Je m'y exerce aussi fréquemment que possible, car je me suis aperçu qu'à cheval je puis prendre des raccourcis appréciables. »

En effet, il y avait une semaine qu'il s'exerçait ainsi ; depuis le départ de Mrs. Charmond. Jusque-là, il avait toujours fait ses tournées en voiture.

Quelques jours plus tard, Fitzpiers partit à cheval voir un malade dans la vallée dont nous avons parlé.

Il était parti vers cinq heures et à l'heure du coucher il n'était pas encore rentré. Cela n'avait rien de bien extraordinaire, mais Grace ignorait qu'il eût des malades à plus de cinq ou six milles du village dans cette direction. Une heure du matin avait déjà sonné quand Fitzpiers entra dans la maison ; désireux de ne pas déranger sa femme, il monta à pas de loup dans sa chambre.

Le lendemain matin, Grace se leva beaucoup plus tôt que lui. Une conversation animée se poursuivait dans la cour au sujet de la jument ; l'homme qui s'occupait des chevaux en général et de Darling en particulier prétendait qu'elle était fourbue, comme si elle avait pris part à une chevauchée de sorcières. Car, en arrivant le matin à l'écurie, il l'avait trouvée dans un état qui ne pouvait être le résultat d'une course raisonnable. Evidemment, c'était le docteur lui-même qui l'avait mise à l'écurie en rentrant, et il n'avait pas eu pour elle les soins qu'il mettait, lui, à l'étriller et à la nourrir. Mais tout de même, ça ne suffisait pas à expliquer une aussi triste apparence si M. Fitzpiers n'était allé que là où il avait dit.

L'épuisement sans précédent de Darling suffit à amener toute une série d'anecdotes de démons, de fées et de sorcières équestres, pendant un temps considérable.

Grace rentra. Elle ramassa le pardessus de son mari qu'il avait négligemment jeté sur une chaise.

Un ticket de péage tomba d'une de ses poches et elle vit qu'il portait le cachet de la Porte de Middleton. Il était donc allé à Middleton la nuit dernière, un trajet d'au moins vingt-cinq milles aller et retour.

Pendant la journée, en posant quelques questions, elle apprit pour la première fois que Mrs. Charmond résidait à Middleton-Abbey. Elle ne put s'empêcher de faire le rapprochement, si singulier que cela lui parût.

Quelques jours plus tard, il s'apprêta à repartir à la même heure et dans la même direction. Elle était sûre que le paysan malade qui logeait par là n'était qu'un prétexte ; elle ne douta pas qu'il allât retrouver Mrs. Charmond.

Grace fut tout étonnée du calme, presque de l'indifférence avec lesquels elle accueillait ce soupçon. Elle en était à peine remuée et sa jalousie était bien passive. Cela en disait beaucoup sur la nature de ses sentiments envers son mari. Avant leur mariage, c'était le respect mêlé de crainte envers un supérieur, plus que la tendresse d'une femme amoureuse, qu'elle éprouvait pour lui. Ce sentiment était né de l'inconnu, du mystère : le mystère de son passé, de sa science, de son habileté professionnelle, de ses idées. Lorsque tout cet idéal eut été démoli, après quelque temps de vie en commun, et qu'elle eût découvert que son mari était au fond tout semblable aux gens de Hintock, il lui aurait fallu trouver une nouvelle base pour une affection solide et durable : une intimité et une communion de pensées dans laquelle on unit ses faiblesses pour se défendre mutuellement. Fitzpiers ne lui avait pas apporté cette sincérité, cette confiance, cet état d'esprit qui met tout en commun, qui seul aurait pu être le point de départ d'une union plus étroite. Ce fut donc avec une émotion très surmontable qu'elle vit amener la jument.

« Je vais marcher avec jusqu'à la colline, si vous n'êtes pas trop pressé », dit-elle. C'était tout de même à contrecœur qu'elle le voyait partir.

« C'est cela, j'ai bien le temps », répondit son mari. Il mena donc sa jument par la bride, et marcha à côté de Grace, non sans impatience. Ils atteignirent la grand-route et se dirigèrent ensuite vers les deux hauteurs, Dogbury et High Stoy Hill.

Ils arrivèrent en haut de la pente jusqu'à la barrière où elle l'avait surpris, appuyé, dix jours auparavant. C'était le terme qu'elle s'était fixé pour sa promenade. Fitzpiers lui dit adieu affectueusement, voire tendrement, et elle remarqua qu'il avait les yeux fatigués.

« Pourquoi y aller ce soir ? dit-elle. On vous a déjà dérangé deux nuits en suivant.

— Il faut que j'y aille, répondit-il d'un air presque

sombre. Ne m'attendez pas. » En prononçant ces mots, il se mit en selle, passa par une petite porte que Grace lui ouvrit et descendit le sentier abrupt vers la vallée. Elle grimpa jusqu'en haut de la colline et le suivit des yeux pendant qu'il descendait la pente et poursuivait sa route vers l'est. Le soleil du soir l'éclaira en plein dès qu'il eut quitté l'ombre de la hauteur. En dépit de cette conduite répréhensible, elle était toute prête à lui rester dévouée s'il lui était fidèle. Et quand on décide comme elle d'aimer autant qu'on le peut, on est bien près d'aimer de plus en plus.

Le poil blanchi de l'animal encore vigoureux malgré son âge se voyait de loin, et il était facile de suivre longtemps du regard monture et cavalier. Quoique Winterborne eût mit tant de soins à choisir la jument pour l'usage de Grace, celle-ci n'avait jamais monté la bête au beau poil luisant. Mais, pour son mari, Darling venait bien à point depuis qu'il s'était mis à monter à cheval, car elle avait encore beaucoup d'endurance pour des courses d'une longueur raisonnable. Fitzpiers, et beaucoup sont comme lui, tout en méprisant Melbury et sa condition, ne dédaignait pas de dépenser l'argent de son beau-père, ou de s'approprier le cheval qui appartenait à sa fille.

Et, fou d'amour, le docteur poursuivit sa route à travers le merveilleux paysage de « White Hart Vale », entouré de vergers où tous les rouges des pommes, des baies, des feuillages étaient dorés par le soleil du soir.

Cette année-là la terre avait été prodigue de ses dons, et c'était alors le plein moment de ses richesses. Aux endroits les plus misérables, les haies penchaient sous les cenelles et les mûres ; les glands craquaient sous les pas et les châtaignes aux écorces éclatées s'étalaient toutes brunes pour s'offrir aux acheteurs. Parmi toute cette abondance, quelques fruits étaient douteux, comme sa situation à elle, et elle se demanda s'il existait dans l'univers un monde où il y eût des fruits sans vers et des mariages sans chagrins.

Grace apercevait encore son Tannhäuser qui s'éloignait sur sa monture. Si elle avait pu percevoir la voix de Fitzpiers, elle l'aurait entendu murmurer :

> *Vers toi, mon seul désir, je me sens emporté,*
> *Irrésistiblement, comme on voit dans la nuit*
> *Telle une feuille morte, éperdu, voleter*
> *La phalène grisé vers l'étoile qui luit.*

Mais elle le voyait sans l'entendre. Bientôt il sortit de la vallée pour suivre sur sa droite un haut plateau de calcaire abrupt qui s'appuyait sur les terres grasses du pays des fruits. Le caractère et la végétation des deux terrains étaient si différents que le plateau calcaire semblait une formation vieille seulement de quelques années déposée sur la vallée unie.

Il suivit la crête de cette campagne élevée et sans bornes ; sur le ciel devenu violet, se détachait maintenant comme une tache la forme blanche de Darling — tableau de genre à la Wouwerman réduit à des proportions minuscules — et sur cette hauteur il disparut peu à peu.

C'est ainsi que cet animal favori choisi exprès pour elle et par amour pour elle, par un homme qui lui avait toujours été fidèle, elle le voyait maintenant emporter son mari vers une nouvelle idole.

Tandis qu'elle songeait aux vicissitudes des chevaux et des femmes, elle aperçut des formes qui remontaient de la vallée dans sa direction, toutes proches bien que cachées jusqu'ici par les haies. C'était sans aucun doute Giles Winterborne, son attelage et tout son appareil à faire le cidre conduits par Robert Creedle. Ils montaient péniblement ; un dernier rayon de soleil tombait parfois comme une étoile sur le fer des pelles à marcs, rendues brillantes comme un miroir sous l'action de l'acide malique.

Quand il approcha, elle descendit jusque sur la route ; les chevaux haletants, arrivés en haut de la côte, se reposèrent un peu.

« Comment allez-vous, Giles ? » dit-elle, en suivant son impulsion soudaine de lui parler amicalement.

Il lui répondit avec beaucoup plus de froideur.

« Vous allez vous promener, Mrs. Fitzpiers ? ajouta-t-il. Il fait agréable à cette heure-ci.

— Non. Je m'en retourne », dit-elle.

Les voitures les dépassèrent, Creedle avec elles, et Winterborne marcha à ses côtés derrière les meules à cidre.

Par son aspect et par son odeur il semblait la personnification de l'automne. Son visage hâlé était couleur de froment, ses yeux bleus comme les bleuets des champs, ses manches et ses houseaux teintés de taches de fruits, ses mains collantes du jus sucré des pommes, son chapeau tout éclaboussé de pépins ; tout autour de lui flottait une atmosphère de cidre, qui, tous les ans à la même époque, a le même charme pour tous ceux qui sont nés et ont vécu parmi les vergers.

Son cœur se détendit comme une branche qu'on lâche soudain. Elle jouit tout à coup pleinement de ce retour dans la nature sans fard. Elle rejeta loin d'elle l'obligation d'être aimable et distinguée à cause de la situation de son mari, et ce vernis d'artificialité acquis dans les pensions à la mode, et elle redevint la fille de la campagne toute proche de la nature qui dormait instinctivement en elle.

Elle se dit que la nature était généreuse.

A peine était-elle abandonnée par Edred qu'un autre être représentant la virilité pure et chevaleresque sortait de la terre et venait à sa portée.

Mais c'était là une incursion de son imagination qu'elle ne désirait pas encourager, et elle dit soudain pour dissimuler le sentiment confus qui avait suivi sa pensée :

« Avez-vous rencontré mon mari ?

— Oui ! dit Winterborne après quelque hésitation.

— Où l'avez-vous vu ?

— Près de l'auberge du « Reveller ». J'arrive de Middleton-Abbey où j'ai travaillé toute la semaine.

— Ils n'ont donc pas de pressoir là-bas ?

— Si, mais il est hors d'usage.

— Je crois... j'ai entendu dire que Mrs. Charmond y était en ce moment.

— Oui, je l'ai vue à sa fenêtre une ou deux fois. »

Grace s'arrêta un instant avant de continuer.

« M. Fitzpiers a-t-il pris la route de Middleton ?

— Oui, il montait Darling. »

Comme elle ne disait rien, il ajouta avec une inflexion plus douce :

« Vous savez pourquoi la jument porte ce nom ?

— Mais oui, bien sûr », répondit-elle vivement.

Ils avaient maintenant contourné la colline et tout le ciel était soudain visible à l'occident.

Entre les nuages déchirés l'œil parvenait jusqu'au plus profond des cieux en passant sous des arches d'or, traversant des obstacles de feu, des blocs imaginaires, tumulus, stalactites et stalagmites de topaze. Toujours plus loin, il pénétrait de fins flocons incandescents, plongeait dans un abîme de feu vert.

Dans son sentiment de l'injustice du sort, elle s'abandonnait à la séduction de cette heure merveilleuse ; elle ressentait une révolte momentanée contre les lois du monde, un désir passionné pour la vie primitive.

Tout cela se lisait-il sur son visage ?

Winterborne la regardait, ses yeux s'attardèrent sur une fleur qu'elle avait au corsage. Avec l'inconscience d'un somnambule il étendit la main et doucement caressa la fleur.

Elle recula.

« Que faites-vous, Giles ? » s'écria-t-elle surprise et sévère.

Mais elle ne pouvait l'accuser de préméditation, c'était bien évident ; elle se dit aussitôt qu'il était inutile de se retrancher ainsi derrière sa dignité.

« Il ne faut pas oublier que les temps sont changés, Giles Winterborne, et on pourrait dire que vous vous permettez une certaine privauté ! »

C'était là plus qu'il ne fallait lui dire. Son acte irréfléchi l'avait rendu si furieux contre lui-même qu'il rougit sous son hâle.

« Voilà où j'en arrive ! s'écria-t-il avec rage. Ah ! je n'ai pas toujours été comme cela ! »

Des larmes de dépit brillaient dans ses yeux.

« Mais non, voyons, ce n'est pas grave, j'ai eu tort de vous gronder !

— Ça ne me serait jamais venu à l'idée si je n'avais vu dernièrement faire un geste semblable... à Middleton, ajouta-t-il d'un air pensif, après une hésitation.

— Et par qui donc ?

— Ne me le demandez pas ! »

Elle scruta son visage avec attention :

« Je le sais ! dit-elle, indifférente. C'était mon mari, et la femme, c'était Mrs. Charmond. L'association d'idées s'est présentée à vous en me voyant... Giles, dites-moi tout ce que vous savez, dites-le-moi, Giles !

« Et puis, non, je ne veux rien savoir. Laissons là ce sujet. Vous êtes mon ami et ne direz rien à mon père. »

Ils se séparèrent bientôt : leurs chemins divergeaient. Winterborne suivit la route qui restait extérieure au taillis et Grace ouvrit une barrière pour y entrer.

XXIX

Grace avança dans l'herbe du chemin cavalier, entre des buissons de noisetiers chargés de bouquets de trois et quatre fruits. Un peu plus loin, elle rencontra un chemin semblable mais transversal. Elle s'arrêta. A quelques mètres d'elle, dans l'autre chemin, elle aperçut la personne réjouie de Suke Damson, la jupe retroussée bien haut, et retenue dans sa poche, la tête nue, en train de tirer à elle les branches dont elle cueillait et mangeait les noisettes avec une étonnante célérité. Près d'elle son amoureux Tim Tangs était occupé au même agréable repas.

Crac ! crac ! croquaient les mâchoires de Suke toutes les deux secondes. Par une association d'idées toute mécanique, Grace se trouva reportée en arrière jusqu'à la séance de l'extraction de la dent racontée par son mari.

Devant les belles dents saines de Suke, elle se demanda pour la première fois si le récit était véridique. Elle tourna dans la direction des cueilleurs de noisettes et maîtrisa la répugnance qu'elle avait à interroger la jeune fille qui se trouvait plus en avant que Tim.

« Bonsoir, Suzan, dit-elle.

— Bonsoir, Miss Melbury !

— Mrs. Fitzpiers !

— Ah oui ! c'est vrai, madame, Mrs. Fitzpiers ! » dit Suke en reniflant avec un petit salut singulier.

Grace, sans se laisser intimider, continua :

« Ne croquez pas si fort, Suke ; c'est ça qui donne mal aux dents.

— Je n'ai jamais mal nulle part, que ce soit aux dents, aux oreilles ou à la tête, Dieu merci !

— Et vous n'en avez jamais perdu ?

— Regardez vous-même, madame ! »

Elle écarta ses lèvres rouges et exhiba deux rangées blanches, complètes et saines.

« On ne vous en a jamais arraché une ?

— Jamais !

— Tant mieux pour votre estomac », dit Mrs. Fitzpiers d'une voix changée.

Et elle poursuivit rapidement sa route non sans songer à toute l'amertume qu'elle aurait pu mêler au miel des amours de Tim Tangs si elle l'avait voulu.

A mesure que se dessinait la personnalité secrète de son mari, Grace était confondue de voir comme elle souffrait peu de cette jalousie conventionnelle qu'on attribue toujours aux femmes délaissées. Mais, malgré l'absence de cette rage de tigresse qu'il eût été de son devoir de ressentir, elle était bien près de se dire que son mariage avait été une erreur capitale. Par sa soumission au désir de son père, elle avait été l'artisan de sa propre honte. Les avertissements qu'on reçoit ne sont pas des choses vaines. Elle aurait dû suivre son impulsion ce jour où, à l'aube, mettant le nez à la fenêtre, elle avait vu cette silhouette féminine sortir de chez Fitzpiers ; elle aurait dû lui refuser définitivement sa main.

Qu'elle était vraisemblable l'histoire de Suke racontée par son fiancé : ses supplications pour qu'il lui arrachât la dent douloureuse, et ce détail d'artiste qu'il avait ajouté au récit en s'extasiant sur cette splendide molaire sans une tache !

Elle suivait le sentier du bois, confondue par la complexité de sa situation. Si les protestations que lui avait prodiguées son mari avant leur mariage étaient sincères, il fallait donc croire qu'il l'avait aimée en même temps qu'il aimait cette femme ; et aujourd'hui il ressentait de l'amour simultanément pour elle et pour Mrs. Charmond, car parfois il était bon, voire tendre envers elle. Mais non ! il avait plutôt chaque fois joué la comédie avec un art consommé. Et cette pensée l'écœurait ; car, alors, s'il ne l'avait pas aimée, son seul objet en l'épousant avait été sa petite fortune.

C'est ici que Grace se trompait, car bien des cœurs masculins se permettent des amours multiples et simultanées. Il avait un jour déclaré — mais pas à elle — qu'il avait éprouvé dans sa vie cinq emballements en même temps. Si cela était vrai, sa façon d'aimer différait donc de l'amour le plus élevé comme les classes inférieures du règne animal diffèrent des classes supérieures : chez celles-là la division d'un organisme ne signifie pas mort, mais multiplication de vies. Il l'avait aimée à sa façon, égoïste mais sincère, et, certes, il n'avait pas cessé de l'aimer aujourd'hui. Mais ces cœurs triplement chargés comme une arme à répétition dépassaient sa conception de l'amour.

Quant à la pauvre Suke Damson, Grace n'y pensa plus : c'était le passé.

« S'il ne m'aime pas, je ne l'aimerai pas non plus », se dit Grace fièrement.

Ce n'étaient là que des mots, mais il était grave pour Fitzpiers que le cœur de Grace en fût arrivé à considérer comme possible la mise à exécution de sa menace. Cette absence de jalousie farouche qui facilitait tant les choses et dont son mari se réjouissait était beaucoup plus inquiétante, à leur insu, que ne l'eût été l'espionnage important d'un œil méfiant.

Cette nuit-là, elle eut un sommeil agité. L'aile de leur maison qui leur servait d'habitation ne lui avait jamais paru aussi solitaire. Elle finit par se lever, passa un peignoir et descendit. Son père avait le sommeil léger, il l'entendit et parut en haut de l'escalier.

« C'est toi, Grace ? qu'y a-t-il ?

— Rien ! Je ne dors pas, voilà tout. Edred est retenu par une malade à White Hart Vale.

— Comment cela ? J'ai rencontré ton mari qui allait à Grand-Hintock tout à l'heure avant d'aller me coucher ; il m'a dit qu'elle allait mieux et que le docteur était venu !

— Alors, c'est qu'il est retenu ailleurs, dit Grace. Ne vous inquiétez pas, il ne saurait tarder maintenant, je l'attends vers une heure ! »

Elle remonta chez elle, somnola et se réveilla plusieurs fois. Il était revenu à une heure la fois précédente ; mais une heure était passée, et depuis longtemps, et Fitzpiers n'était pas rentré. Peu de temps avant l'aube, elle entendit les hommes remuer dans la cour, et leurs lanternes envoyaient de temps en temps des lueurs à travers ses stores. Elle se souvint que son père lui avait dit de ne pas se déranger quand elle les entendrait, car ils devaient se lever très tôt ce jour-là pour expédier quatre chargements de claies à une foire à bestiaux éloignée. Elle jeta un regard dans la cour et les vit tous qui s'affairaient y compris le tourneur.

Celui-ci chargeait ses marchandises : jattes, plats, chevilles, cuillers, cuves à fromage, entonnoirs, et autres ustensiles faits au tour, sur un des chariots de Melbury qui, en bon voisin, les lui faisait aimablement porter tous les ans à la foire.

Ce spectacle et ces circonstances l'auraient distraite sans l'absence de son mari ; il était maintenant cinq heures. Il était difficile de supposer, quelle que fut son aberration qu'il eût prolongé au-delà de dix heures une visite théoriquement professionnelle à Mrs. Charmond, et il aurait pu facilement rentrer à Hintock en deux heures.

Qu'était-il devenu ? La pensée qu'il avait été absent les deux nuits précédentes augmentait encore l'inquiétude de Grace. Elle s'habilla, descendit et sortit.

L'aube lugubre du jour qui se levait atténuait la lueur des lanternes et blêmissait les visages des hommes.

Dès qu'il la vit, Melbury, inquiet, s'avança vers elle.

« Edred n'est pas rentré, dit-elle. Et j'ai toutes raisons de croire qu'il n'est plus chez un malade maintenant. Voilà trois nuits qu'il ne dort pas. J'allais aller jusqu'en haut de la colline pour voir s'il venait.

— Je viens avec toi », dit Melbury.

Elle le supplia de ne pas se déranger, mais il insista, car il lisait sur son visage, en plus de son inquiétude, une singulière expression de tristesse glacée dont il n'augurait rien de bon. Il prévint les hommes qu'il serait bientôt de retour ; il l'accompagna jusqu'à la grand-route et fit avec elle une partie du chemin que la veille elle avait parcouru jusqu'à la colline et d'où elle avait suivi des yeux son mari dans sa course à travers les vallées de Great Blackmoor et de White Hart.

Ils s'arrêtèrent sous un chêne creux à demi-mort, tout défiguré par des excroissances blanches ; ses racines sorties de terre semblaient serrer le sol dans leurs griffes.

Un vent glacé tourbillonnait autour d'eux, emportant les graines d'un tilleul voisin qui descendaient sur leurs ailes à la façon d'un parachute ; elles s'envolaient de leurs branches comme des oiselets quittent leur nid. La vallée était plongée dans une atmosphère indécise et quasi surnaturelle ; l'orient était comme un rideau livide bordé de rose. De Fitzpiers aucun signe.

« Cela ne sert à rien de rester ici, dit le père. Il a pu prendre cinquante autres chemins pour rentrer. Mais, tiens, regarde ! ce sont là les traces de Darling, tournées dans la direction de chez nous, et déjà sèches et durcies. Il doit être rentré depuis plusieurs heures sans que tu t'en sois aperçue.

— Certainement non », dit-elle.

Ils rentrèrent en hâte. En franchissant la grille ils virent que les hommes avaient quitté les chariots et qu'ils étaient autour de la porte de l'écurie qui servait maintenant au docteur.

« Y a-t-il un malheur d'arrivé ? cria Grace.

— Oh non ! Madame ! Tout est bien qui finit bien, dit le vieux Timothy Tangs. Ce n'est pas la première fois que je vois une chose pareille. Mais d'ordinaire faut qu' ça arrive à des petites gens et pas à des messieurs !... »

Ils entrèrent dans l'écurie — la forme claire de Darling était au milieu de son box et sur son dos Fitzpiers dormait à poings fermés. Darling mâchonnait du foin de son mieux, le mors encore en bouche, et les rênes échappées de la main du docteur lui pendaient sur le cou.

Grace alla lui toucher la main. Elle dut le secouer avant de pouvoir le réveiller. Il remua, se dressa, ouvrit les yeux, s'écria : « Oh ! Felice !... Ah ! c'est Grace, je ne vous voyais pas dans l'ombre. Comment ? je suis encore en selle ?

— Oui, dit-elle. Comment cela vous est-il arrivé ? »

Il rassembla ses pensées et au bout de quelques minutes bégaya tout en descendant de cheval :

« Je revenais par la vallée, extrêmement fatigué de ces nuits sans sommeil ; en arrivant en face de "Holy Spring", la jument tourna la tête comme si elle voulait boire à la source. Je l'y laissai entrer et elle but. Je crus qu'elle n'en finirait jamais. Pendant qu'elle buvait, l'horloge de l'église de Newland Buckton sonna minuit. Je me souviens très distinctement d'avoir compté les coups. A partir de ce moment-là je ne me rappelle plus rien jusqu'à l'instant où je vous ai vue là à mes côtés.

— Sacré nom ! Ç'aurait été un tout autre cheval, il se rompait le cou, murmura Melbury.

— C'est merveilleux, pour sûr, comme ces chevaux doux vous ramènent un homme chez lui à des heures pareilles, dit John Upjohn. Et — ce qui est encore plus

merveilleux que de rester en selle tout endormi — moi,
j'ai vu des hommes revenir chez eux après s'en être
payé une bonne sans ménager la bière et d'autres
boissons, eh bien! ils ont marché tout droit pendant
plus d'un mille sans se réveiller. On peut dire, docteur,
que c'est une providence que vous n'ayez pas été
noyé, ou écartelé, ou même accroché par les cheveux
à un arbre comme Absalon, qui était aussi un beau
gars, à ce que disent les Prophètes!

— C'est vrai! murmura le vieux Timothy en se re-
cueillant; depuis la semelle de ses souliers jusqu'au
fond de son chapeau, il n'avait pas un défaut!

— Ou bien même, vous auriez pu être mis en pièces
par les branches, et pas un collègue pour vous recou-
dre les morceaux à plus de sept milles à la ronde!»

Pendant ces discours impressionnants, Fitzpiers descendu de cheval avait pris le bras de Grace et était
rentré tout raide dans la maison. Melbury resta là à
regarder la bête qui, non seulement était fourbue, mais
était toute crottée. Or, en ce moment il n'y avait pas de
boue à Hintock et aux environs, sauf plus loin dans les
creux bourbeux de la vallée dont le sol argileux gardait
l'humidité pendant des semaines tandis que les hauteurs étaient déjà sèches. Pendant qu'on bouchonnait
la jument, Melbury rapprocha mentalement cette boue
inconnue du nom qu'avait inconsciemment prononcé
le médecin lorsque Grace lui avait pris la main : Felice!
Qui était Felice? Mais, Mrs. Charmond! Et Mrs. Charmond, il le savait, résidait à Middleton.

La pensée de Melbury venait rejoindre l'image qui
remplissait la conscience à demi éveillée de Fitzpiers.

Celui-ci revivait cette rencontre sur une pelouse dans
la nuit étoilée avec cette femme capricieuse et passionnée qui l'avait supplié de ne plus revenir d'une
voix dont les inflexions l'avaient incité à désobéir...

« Que faites-vous là? Pourquoi me poursuivez-vous?
C'est une autre qui vous appartient. Si l'on vous voyait

escalader la clôture, on vous empoignerait comme un voleur ! »

Et, pressée par des questions torturantes, elle avait avoué tumultueusement qu'elle avait résolu ce départ à Middleton pas tant pour soigner sa parente malade que pour le fuir lâchement par crainte de sa propre faiblesse.

Quel triomphe pour Fitzpiers, tout misérable et enchaîné qu'il était, que la certitude d'avoir enfin conquis tant de beauté, conquête espérée tant d'années auparavant !

Comme le « Millamant » de Congreve, son bonheur passionné était de voir « saigner pour lui ce cœur pour qui saignaient tant d'autres ».

Le cheval étrillé, Melbury erra un peu partout, mal à l'aise. La tranquillité domestique dont il avait joui jusqu'ici était fortement compromise. Certes, depuis quelque temps il avait bien remarqué que Grace recherchait souvent sa compagnie, qu'elle préférait diriger la cuisine et le four avec sa belle-mère plutôt que de s'occuper des détails de son appartement à elle. Il semblait qu'elle ne trouvait plus dans son foyer un intérêt suffisant pour sa vie, et, comme une reine d'abeilles qui se serait détachée de l'essaim pour former sa république indépendante, elle retournait maintenant vers la ruche familiale. Jusqu'alors il n'avait pas fait tous ces rapprochements.

La paix avait quitté la maison. Il était hanté par l'idée que ce serait lui le responsable si jamais le malheur s'abattait sur celle qui était sa seule raison de vivre, celle qu'il avait voulu à tout prix conserver sous son toit, malgré tous les inconvénients qu'entraînait sa décision de donner la plus belle partie de la maison à Fitzpiers. Il n'y avait aucun doute que s'il avait laissé les événements suivre leur cours naturel, elle aurait accepté Winterborne, et Melbury aurait réalisé son rêve de dédommager la famille du jeune homme.

Que Fitzpiers se fût permis de tourner ses regards, ne fût-ce que momentanément, vers une autre femme que Grace, cela dépassait sa compréhension et le peinait profondément. Durant la vie tout unie qu'il avait menée, il n'avait, à proprement parler, jamais songé à la possibilité pour un homme d'être infidèle après son mariage. Que Fitzpiers eût pu s'élever jusqu'à Mrs. Charmond, et pour ainsi dire soulever le voile d'Isis, une telle audace aurait pu étonner Melbury s'il n'avait soupçonné la jeune femme de l'avoir sérieusement encouragé.

Que pouvaient-ils, lui et sa Grace, à l'âme simple, contre la passion de ces deux êtres compliqués, rompus aux intrigues du monde, armés pour la victoire ? Dans ce combat, le brave marchand de bois se sentait dans un état d'infériorité comparable à celui du sauvage armé de son arc et de ses flèches qui doit affronter la précision des armes modernes.

Plus tard dans la matinée, Grace sortit. Le village était plongé dans le silence ; presque tout le monde était parti pour la foire. Fitzpiers était couché ; il dormait pour se remettre de ses fatigues. Elle alla voir la pauvre Darling à l'écurie. Selon toute probabilité, c'était Giles Winterborne qui, ayant choisi pour Grace une bête aussi intelligente et aussi docile, avait sauvé la vie de son mari. Elle s'arrêta à cette pensée singulière. Son père parut derrière elle. Elle vit qu'il avait la certitude que tout n'allait pas pour le mieux dans leur ménage, à son regard terne et préoccupé, à son visage qui tantôt grimaçait, tantôt tremblait involontairement et à son insu.

« Il a été retenu, cette nuit, je suppose ? interrogea Melbury.

— Oh oui ! un cas grave dans la vallée, répliqua-t-elle très calme.

— Il n'aurait pas dû y aller.

— Mais il ne pouvait pas faire autrement, père ! »

Il s'éloigna ; il ne pouvait supporter de voir sa

fille, toujours si sincère, obligée de déguiser ainsi sa pensée.

Cette nuit-là s'installa au chevet de Melbury le souci rongeur dont la présence fit s'agiter son corps raidi.

« Je ne puis pas rester couché ! » grommela-t-il.

Il alluma une bougie et arpenta la chambre.

« Qu'ai-je fait ? qu'ai-je fait ? dit-il à sa femme réveillée et inquiète. Il y avait longtemps que je m'étais promis de lui faire épouser le fils de celui que j'avais lésé. Tu t'en souviens, Lucy, la nuit où je t'ai tout raconté, la veille de son retour ! Mais tenir parole ne me suffisait pas, je voulais faire mieux encore !

— Ne te ronge pas comme cela sans savoir, George, lui dit sa femme. Je ne veux pas croire qu'ils en soient là. Je ne veux pas croire que Mrs. Charmond l'ait encouragé. A supposer qu'elle en ait encouragé beaucoup d'autres, elle n'a pas de raison pour agir de même avec celui-là. Il est très probable qu'elle ne va pas encore très bien et qu'elle ne tient pas à changer de docteur. »

Il ne l'écoutait pas.

« Dans le temps, Grace était occupée toute la journée, elle mettait un rideau par-ci, plantait un clou par-là. Maintenant, elle ne sait se mettre à rien.

— Sais-tu quelque chose du passé de Mrs. Charmond ? Peut-être cela nous éclairerait-il. Avant qu'elle n'arrive ici, il y a quatre ou cinq ans, mariée au vieux Charmond, personne ne semble avoir entendu parler d'elle. Pourquoi ne prendrais-tu pas des renseignements ? Et alors tu pourrais voir venir et attendre que l'occasion se présente. Il sera temps de verser des larmes à ce moment-là, si ça en vaut la peine. A quoi bon se faire du souci sans avoir de certitudes ? »

Cette idée d'aller au fond des choses était remplie de bon sens. Melbury résolut de se renseigner et d'attendre, voulant espérer encore, mais plein d'appréhension.

XXX

Pour le moment, interroger Grace était inutile, on ne pourrait rien tirer d'elle. Son père se contenta donc de l'observer.

L'idée que son enfant chérie était délaissée opéra un changement presque miraculeux dans le caractère de Melbury. Il n'est pas d'homme plus retors et plus méfiant que le paysan crédule qui s'aperçoit qu'on a abusé de sa crédulité.

Désormais la confiance illimitée qu'avait Melbury en son gendre si distingué fut remplacée par des soupçons féroces qui trouvaient une raison cachée à tous ses actes, à toutes ses paroles, à toutes ses pensées.

Il savait qu'une fois donnée en mariage à un homme une femme doit, en général, s'accommoder de son sort et s'y résigner sans que personne ait à intervenir. Pour la première fois il se demanda s'il était juste que cela se passât ainsi. D'ailleurs il se disait que le cas de Grace était un cas exceptionnel. Sans compter que Grace elle-même était une femme exceptionnelle, sa situation particulière, à mi-chemin entre deux étages de la société, ajoutée à la solitude de Hintock, rendait l'abandon de son mari beaucoup plus grave pour elle que pour une femme qui aurait eu autour d'elle un large cercle d'amis.

A tort ou à raison, et indifférent à ce que faisaient les autres parents en pareil cas, il résolut de prendre en main le bonheur de sa fille.

Mrs. Charmond était de retour. Mais elle était revenue si discrètement que Hintock-House ne donnait presque pas signe de vie. L'automne se terminait frileusement.

Un beau jour, il y eut quelque chose de changé dans les jardins. Les légumes voyaient leurs feuilles les plus tendres diminuer sous la première gelée blanche et pendre lamentablement comme des haillons fanés. Dans les bois, les feuilles, qui jusque-là étaient descendues de leurs branches à loisir, tombèrent soudain en toute hâte et par multitudes, et toutes les teintes dorées qu'on avait vues au-dessus de soi étaient maintenant entassées en une masse informe qu'on foulait aux pieds. Et ces myriades chaque jour plus rousses et plus dures s'enroulaient avant de tomber en pourriture.

Les deux seuls faits qui pouvaient exciter les soupçons dans le mode de vie actuel de Mrs. Charmond étaient d'abord qu'elle vivait seule, sans amis ni parents autour d'elle, ce qui, étant donné son âge et ses charmes, était pour le moins inattendu de la part d'une jeune veuve demeurant dans une maison de campagne isolée. De plus, contrairement aux autres années, elle restait à Hintock au lieu d'aller passer l'hiver à l'étranger.

Quant à Fitzpiers, le seul changement qu'il eût apporté à ses habitudes de l'automne dernier, c'est qu'il avait cessé de travailler le soir : sa lampe ne brillait jamais plus dans sa nouvelle habitation comme elle l'avait fait dans sa maison de l'année précédente.

S'ils se rencontraient, c'était avec tant de précautions que même la vigilance de Melbury ne parvenait pas à surprendre leurs rendez-vous. Une simple visite du docteur au Château n'avait rien de répréhensible et il était indéniable qu'il en avait fait deux ou trois. Ce qui s'était passé durant ces visites, nul autre qu'eux ne le savait. Mais que Felice Charmond fût sous l'influence d'un tendre sentiment, Melbury eut bientôt l'occasion de s'en apercevoir.

L'hiver était venu : les hiboux devenaient bruyants le matin et le soir, et les bandes de ramiers réapparaissaient.

Un jour de février, six mois après le mariage de Fitzpiers, Melbury revenait à pied de Grand-Hintock, lorsqu'il aperçut le docteur qui marchait devant lui. Melbury aurait voulu le rattraper, mais Fitzpiers tourna soudain et franchit une barrière qui, en cette partie de la forêt, s'ouvrait entre les arbres sur une de ces grandes allées qui ne conduisent nulle part, et dont la seule raison d'être était la beauté de leurs détours. Presque en même temps Felice apparut sur le chemin ; elle venait dans la direction du marchand de bois dans un « panier » qu'elle conduisait elle-même pour ses déplacements à travers son domaine. Aucun domestique ne l'accompagnait. Elle tourna au même endroit sans avoir vu Melbury ni même, en apparence, Fitzpiers.

Melbury fut promptement auprès d'eux malgré ses soixante ans et ses rhumatismes. Mrs. Charmond avait maintenant rejoint le docteur ; celui-ci était debout derrière la voiture. Elle était tournée vers lui, son bras pendait indolemment sur le dossier du siège.

Ils se regardèrent dans les yeux sans dire un mot ; elle avait un fin sourire mélancolique sur les lèvres. Tandis que Fitzpiers lui pressait la main, elle gardait son attitude nonchalante, mais ses yeux en disaient long. Fitzpiers déboutonna vivement le gant de la jeune femme et le retourna complètement ; il éleva alors la main jusqu'à ses lèvres, tandis qu'elle restait appuyée à l'observer comme elle l'aurait fait d'une mouche sur sa robe. Elle lui dit enfin :

« Eh bien ! quelle est votre excuse pour cette désobéissance ?

— Je n'en ai pas.

— Alors, suivez votre chemin et laissez-moi suivre le mien... »

Elle lui reprit brusquement sa main, toucha le poney du bout de son fouet et le laissa là avec le gant retourné.

Le premier mouvement de Melbury fut de révéler sa présence à Fitzpiers et de lui faire de sanglants reproches. Mais une minute de réflexion lui suffit pour comprendre l'inutilité d'une démarche aussi simpliste. Au fond, ce dont il avait été témoin était peu de chose, en comparaison de ce que cela révélait sans doute : un état d'esprit que les reproches aggraveraient au lieu de le guérir. De plus, s'il se décidait à agir, il faudait que ce soit auprès de la femme qu'il tentât une démarche. Il resta donc caché et en remuant de tristes pensées, en pleurant même — car il était sensible comme un enfant quand il s'agissait de sa fille —, il reprit le chemin de Hintock.

On ne saurait trouver un meilleur exemple de cette pénétration qu'engendre l'affection profonde. A travers l'attitude fermée de Grace, la dignité de ses paroles et l'expression placide de son visage, Melbury savait discerner quelle était en réalité la vie de sa fille bien que les incidents en fussent ignorés de tous.

Cette vie devenait pénible. Maintenant, Fitzpiers en était arrivé à une irritabilité et à un mécontentement qu'il exprimait devant Grace en de fréquents monologues.

Après une nuit de vent, le matin parut, triste et morne ; en regardant par la fenêtre, Fitzpiers aperçut dans l'aube lugubre et grise les hommes de Melbury qui tiraient une grosse branche de hêtre qu'on avait coupée.

Tout était froid et incolore.

« Mon Dieu ! s'écria-t-il, immobile dans sa robe de chambre. Quelle vie ! »

Il ne savait pas si Grace était éveillée et il ne voulut pas tourner la tête pour s'en assurer.

« Imbécile que j'étais ! continua-t-il, de me couper les ailes alors que j'étais libre de m'envoler ! Mais non, à ce moment-là, il me la fallait à tout prix. Pourquoi ne reconnaît-on l'occasion qui s'offrait que lorsqu'elle échappe ? le bon ou le mauvais résultat d'une décision que lorsqu'elle est irrévocable ? J'étais amoureux ! »

Grace remua. Il crut qu'elle avait en partie entendu son soliloque. Il le regretta, quoiqu'il n'eût pris aucune précaution. Il s'attendait à une scène au petit déjeuner. Mais Grace, au contraire, fut extrêmement froide. Cette froideur suffit pour qu'il se reprochât de lui avoir causé de la peine, car il attribuait uniquement à ce qu'il avait dit l'attitude de sa femme.

Mais l'attitude de Grace ne venait ni des paroles ni des actes de Fitzpiers. Elle n'avait pas entendu un seul mot de ses lamentations. La raison de sa froideur était quelque chose qui la touchait de beaucoup plus près que la vie gâchée — à supposer qu'elle fût gâchée — de son mari.

Elle avait fait une découverte, une découverte presque accablante pour une jeune femme de son espèce. En interrogeant son cœur, elle s'était rendu compte que son affection d'autrefois pour Giles Winterborne avait repris une nouvelle réalité et une nouvelle force depuis qu'elle avait appris à apprécier les choses à leur juste valeur.

Sa rusticité ne la choquait plus dans ses goûts raffinés, son soi-disant manque de culture ne la frappait plus ; et sa rudesse l'attirait. Depuis que le mariage lui avait révélé que la noblesse des sentiments est loin d'accompagner nécessairement d'exceptionnelles qualités intellectuelles, elle avait complètement changé de manière de voir.

Pour elle, maintenant : honnêteté, droiture, énergie,

tendresse et dévouement ne pouvaient plus exister à l'état pur que chez les simples et celui-ci en était un chez qui, depuis sa jeunesse, elle avait toujours connu ces vertus.

De plus, il y avait toujours en elle cette pitié latente pour l'homme qu'elle avait dédaigné, cet homme peu favorisé de la fortune qui, malgré ses malheurs, s'était, comme l'ami d'Hamlet, comporté en homme.

Qui, bien que souffrant tout, semble ne rien souffrir et avait ainsi atteint au sublime.

C'était parce qu'elle avait conscience de cela et non parce qu'elle avait pu entendre les paroles de son mari qu'elle avait cet air absorbé.

Lorsque son père s'approcha de la maison après avoir été témoin de la rencontre entre Fitzpiers et Mrs. Charmond, Grace regardait par la fenêtre comme si elle n'avait rien à faire, rien à penser, rien pour s'occuper. Il s'arrêta.

« Grace, dit-il en la regardant fixement.

— Qu'y a-t-il père ? murmura-t-elle.

— Tu attends ton cher mari ? demanda-t-il — ironie dictée par son affection dévouée.

— Non, pas particulièrement. Il a beaucoup de malades à voir cet après-midi. »

Melbury s'approcha.

« Grace, dit-il, pourquoi parler ainsi quand tu sais bien ?... Descends, ma petite, viens faire un tour de jardin avec moi. »

Il ouvrit la porte du mur couvert de lierre. Cet air indifférent en apparence l'inquiétait. Il aurait bien préféré la voir courir à Hintock-House pour y déverser sans souci des convenances tout le feu de sa jalousie, se planter devant Felice Charmond, l'attaquer *unguibus et rostro*, voire l'accuser à grands cris de lui avoir volé son mari. Un tel orage aurait purifié l'atmosphère.

L'instant d'après, Grace le rejoignit et ils allèrent ensemble dans le jardin.

« Tu sais aussi bien que moi, reprit-il, que quelque chose menace ton bonheur en ce moment, malgré ton air de l'ignorer. Crois-tu donc que je ne lis pas chaque jour l'inquiétude sur ton visage ? Je suis certain que ton calme n'est pas l'attitude qu'il faudrait avoir. Tu devrais aller au fond des choses.

— Je suis calme parce que ma tristesse n'est pas de celles qui poussent à l'action. »

Melbury aurait voulu lui poser maintes questions. Ne ressentait-elle aucune jalousie ? aucune indignation ? Mais une délicatesse naturelle le retenait.

« Je dois dire que tu exagères la résignation et le laissez-faire, lui dit-il d'un ton net.

— Mon attitude répond à la réalité, père ! »

Il la regarda, et il revit par la pensée la scène où, quelques jours avant son mariage, elle avait proposé d'épouser Winterborne au lieu de Fitzpiers. Il se demanda s'il était possible qu'elle aimât Winterborne d'un sentiment plus fort, aujourd'hui qu'elle l'avait perdu, qu'autrefois alors qu'elle était relativement libre de le choisir.

« Que voulez-vous que je fasse ? » lui dit-elle à voix basse.

Il quitta ses pénibles pensées rétrospectives pour revenir à la réalité pratique.

« Je voudrais que tu ailles trouver Mrs. Charmond, dit-il.

— Allez trouver Mrs. Charmond ! Et pourquoi faire, mon Dieu ?

— Eh bien ! puiqu'il faut te mettre les points sur les i, Grace — pour lui demander, pour la prier au nom de votre sexe, au nom des idées que vous partagez, au nom de tous les sentiments que vous avez en commun, de ne pas amener le malheur entre toi et ton mari. C'est d'elle que tout dépend, ça j'en suis persuadé. »

Le visage de Grace s'enflamma à ces mots et tout en

elle, jusqu'au bruit que fit sa robe en frôlant la bordure de buis, exprima le mépris.

« Je ne saurais songer à aller la trouver, père ; ça n'est pas possible, voyons !

— Mais pourquoi ? tu ne désires donc pas plus de bonheur que le peu que tu as !

— Je ne veux surtout pas plus d'humiliation ! et si j'ai quelque chose à supporter, je préfère le supporter en silence.

— Mais, ma pauvre petite, tu es trop jeune ! Tu ne sais pas jusqu'où la situation actuelle peut vous mener. Vois un peu le mal qui est déjà fait. Sans cette histoire-là, ton mari serait parti avec toi à Budmouth et il y aurait une belle clientèle. Déjà maintenant, si peu que ce soit, votre avenir est empoisonné. Mrs. Charmond te fait du tort, sans calcul, sans préméditation. Un mot dit maintenant éviterait peut-être bien du malheur !

— Ah ! je l'ai aimée cette femme ! dit Grace d'une voix brisée, et de ce temps-là je n'existais pas pour elle. Aujourd'hui elle n'est plus rien pour moi. Qu'elle fasse ce qu'elle veut, le pire si elle veut. Cela m'est égal.

— Cela ne doit pas t'être égal. Tu as des atouts dans ton jeu. Tu as reçu une bonne instruction, une bonne éducation et tu es devenue la femme d'un docteur distingué et d'excellente famille, tu dois tirer parti de cela dans ta vie.

— Je ne vois pas pourquoi. Je regrette d'avoir eu tout cela. Comme cela vaudrait mieux si je n'avais jamais reçu toute cette instruction, si j'avais appris à travailler dans la forêt comme Marty ! Mon seul désir serait d'être comme elle, je hais cette vie bourgeoise !

— Comment ! s'écria son père ahuri.

— Oui, la culture, l'éducation ne m'ont amené que chagrins et soucis. Je le répète, il eût mieux valu ne pas m'envoyer dans ces pensions à la mode qui vous

tenaient tant au cœur. C'est de là que tout le mal est
venu. Si j'étais restée au pays, j'aurais épousé... »

Elle serra les lèvres tout à coup et se tut. Il vit qu'elle
était prête à pleurer.

Melbury était navré.

« Quoi ! tu aurais voulu grandir ici comme nous à
Hintock, sans rien apprendre et sans aucune chance de
connaître une autre vie que celle que nous avons ici ?

— Oui, je n'ai jamais été heureuse ailleurs qu'ici et
j'ai bien souffert d'être envoyée au loin. Ah ! la longueur de ces journées de janvier quand j'étais de retour
à la pension et que je vous avais laissés tous heureux
ici dans la forêt. Je me demandais pourquoi c'était
nécessaire. Et les autres m'ont toujours méprisée, parce
qu'elles savaient bien d'où je venais et n'ignoraient pas
que mes parents étaient d'une autre situation que les
leurs. »

Le pauvre homme était profondément blessé de ce
qu'il appelait son ingratitude et sa révolte.

Il s'était bien dit, non sans amertume, qu'il aurait dû
laisser libres ces jeunes cœurs, ou même qu'il aurait dû
l'influencer dans son affection pour Winterborne et la
lui donner comme cela avait d'abord été son intention.
Mais il ne s'attendait pas à ces reproches sur cette
instruction à laquelle il avait consacré tant d'années et
qui lui avait fait dépenser tant d'argent.

« Bon ! dit-il, le cœur bien gros. Si ça te déplaît tant
que ça d'aller la trouver, je ne veux pas te forcer. »

Mais, pour lui, la question restait posée. Que pouvait-il faire pour remédier à cet état de choses ? Il resta
des jours à songer près du feu, un pichet de cidre à ses
côtés, son gobelet retourné sur le pot. Il passa ainsi
plus d'une semaine, à composer une lettre pour la
coupable, une lettre que, de temps en temps, il essayait
de terminer et qu'il froissait ensuite dans sa main.

XXXI

Lorsque février fit place à mars et que les soirées plus longues vinrent atténuer la mélancolie des retours des bûcherons, les villages de Petit et de Grand-Hintock se mirent à prêter l'oreille à certains bruits qui couraient sur les événements qui tracassaient tant notre marchand de bois.

Cela prit d'abord la forme de conjectures qui flottaient éparses dans l'air sans que nul sût l'exacte vérité.

Des coïncidences bizarres, qui révélaient et cachaient à la fois les véritables rapports des personnes intéressées, commençaient à surprendre et à intriguer les habitants.

On ne pouvait pas espérer de ces braves forestiers qu'ils laisseraient passer de tels événements en restant plongés dans l'étude de leurs arbres et de leurs jardins ; ou qu'ils garderaient le dos tourné comme les bons bourgeois de Coventry au passage de la Belle Dame.

D'ailleurs, par extraordinaire, la rumeur publique n'exagérait pas grand-chose. Cette fois encore, pour Grace, comme pour tant d'autres, était là menaçant, vieux comme le monde, le drame domestique qui avait rendu légendaire le nom de Vasthi, qui avait fait pleurer Ariane et mourir Amy Dudley.

Rencontres fortuites et préméditées, correspondance

clandestine, inquiétudes soudaines chez l'un, remords brusques chez l'autre, en étaient les péripéties.

Leur esprit était en proie à un bouleversement qui ne permettait pas aux accents de la raison de se faire entendre. Ils se décidaient pour une direction, et se jetaient tête baissée dans l'autre. Ils se défendaient avec noblesse pour capituler indignement. Jamais de préméditation, mais des coups de tête constants.

C'était là ce que Melbury avait prévu et redouté ; c'était plus grave même, car il n'avait pas pensé à la publicité qui devait en résulter. Que faire ? Faire appel lui-même à Mrs. Charmond puisque Grace ne voulait pas en entendre parler ? Il songea à Winterborne et résolut de le consulter, car il avait grand besoin d'un autre homme pour se décharger du fardeau qui lui pesait tant.

Il avait totalement perdu sa confiance en soi ; son jugement, sur lequel il s'était reposé pendant des années, semblait tout à coup démasqué comme un ami à qui l'on s'est toujours fié et chez qui l'on découvre avec stupeur des abîmes d'hypocrisie et de fausseté. Il n'osait même plus juger du temps qu'il ferait ou des récoltes de fruits tant sa méfiance de soi était grande maintenant.

Ce fut par un matin glacial qu'il se mit à la recherche de Giles. Les bois semblaient couverts d'une sueur froide, des perles de transpiration étaient suspendues à chaque rameau dénudé. Le ciel était incolore et les arbres se dressaient devant lui comme des fantômes gris et hagards, à jamais immatériels. Melbury voyait rarement Winterborne à présent, mais il croyait savoir qu'il habitait une cabane à la limite du domaine de Mrs. Charmond, mais située cependant dans la forêt. Le marchand de bois partit en allongeant ses maigres jambes, traversa tout ce paysage de grisaille et d'humidité ; de temps à autre un ah ! furtif lui échappait en réponse à une de ses amères pensées.

Son attention fut attirée par une fumée bleue et légère derrière laquelle montait un bruit de voix et des coups de hache. Il se dirigea de ce côté et aperçut Winterborne en face de lui.

Bien qu'à l'insu de la plupart des gens, Giles avait été gravement malade pendant l'hiver. Cela l'avait abattu et empêché de travailler pendant longtemps, mais maintenant il était devenu l'un des hommes les plus occupés du pays. Le cas est fréquent : on perd de vue des amis ruinés, on s'attend à les retrouver dans la misère, et voilà qu'on découvre qu'ils se tirent fort bien d'affaire. Sans qu'il l'eût sollicité, ou même souhaité, on lui avait fait une importante commande de clôtures et autres travaux, ce qui l'avait obligé à acheter plusieurs acres de taillis sur pied. Il était occupé à les couper et à les confectionner, exécutant chaque jour son travail comme un automate.

Ce jour-là les noisetiers étaient couleur noisette. Là où la brume s'était dissipée, le taillis était exactement de cette couleur. Winterborne y fabriquait ses clôtures ; il avait solidement enfoncé ses pieux dans le sol sur une seule ligne et, penché sur son travail, il y entrelaçait les rameaux.

Près de lui se trouvaient empilés, tel le bûcher de Caïn, en un tas régulier, les clôtures déjà terminées tout hérissées des pointes aiguës de leurs pieux.

A quelque distance, ses hommes l'aidaient. Des rangées de broussailles gisaient là où la hache les avaient abattues ; un peu plus loin, on avait édifié un abri devant lequel brûlait un feu dont la fumée avait attiré Melbury. L'air était si imprégné d'humidité que la fumée stagnait et au lieu de s'élever s'insinuait entre les buissons.

Après avoir considéré ce tableau avec attention pendant un instant, Melbury s'approcha et demanda brièvement à Giles comment il se faisait qu'il fût si occupé, avec un rien dans la voix qui trahit sa surprise de voir Winterborne si prospère après avoir perdu Grace.

Ce n'est pas sans émotion que Melbury revoyait Giles, car le mariage de Grace les avait séparés et avait mis fin à leur vieille amitié.

Winterborne lui répondit tout aussi brièvement, sans lever la tête de son travail : il détaillait une branche qu'il tenait devant lui.

« Ça n'est pas avant le mois d'avril que tu auras fini, dit Melbury.

— Oui, à peu près », dit Winterborne en scandant ses mots d'un coup de serpe.

Il y eut un nouvel arrêt dans la conversation ; Melbury continuait à le regarder ; de temps à autre, un éclat de bois sautait sur son gilet ou sur ses jambes ; il n'y prêtait pas attention.

« Ah ! Giles ! lui dit-il enfin. Nous aurions dû être associés ; tu aurais dû être mon gendre ; ça aurait bien mieux valu pour elle comme pour moi ! »

Winterborne vit que quelque chose inquiétait son ancien ami ; rejetant la baguette qu'il allait entrelacer, il fut immédiatement à l'unisson en demandant vivement :

« Elle est malade ?

— Non, non ! »

Melbury demeura quelques minutes sans parler, puis, comme s'il ne pouvait se décider à exprimer sa pensée, il s'éloigna.

Winterborne dit à l'un de ses hommes de ranger les outils pour la nuit et il suivit le marchand de bois.

« Dieu me préserve d'avoir l'air de me mêler de ce qui ne me regarde pas, dit-il, surtout que nous n'avons plus les mêmes rapports qu'autrefois, mais j'espère que tout va bien chez vous ?

— Non ! dit Melbury, non ! ça ne va pas. »

Il s'arrêta pour frapper du plat de la main le tronc d'un jeune frêne :

« Ah ! si sa joue avait été à la place de cette écorce, il n'aurait même pas encore eu ce qu'il mérite.

— Allons! dit Winterborne, vous n'êtes pas pressé de rentrer. J'ai de la bière qui chauffe là dans la hutte et nous allons en boire tout en parlant. »

Sans résistance, Melbury laissa Giles lui prendre le bras et ils allèrent s'installer auprès du feu sous l'abri. Les autres bûcherons étaient maintenant partis. Il retira la bière des cendres, et ils burent ensemble.

« Giles, c'est toi qui aurais dû l'épouser, comme je viens de te le dire, répéta Melbury. Et pour la première fois je vais t'expliquer pourquoi. »

Il fit donc à Winterborne, comme si cela le soulageait d'un grand poids, le récit de son premier mariage avec la bien-aimée du père de Giles ; il l'avait obtenue par les procédés ordinaires d'un amoureux ; mais ces procédés, qui sont admis en amour, auraient été en toute autre occasion considérés comme cruels et déloyaux.

Il lui expliqua que, depuis, il s'était toujours promis de réparer sa faute envers Winterborne père en donnant Grace à Winterborne fils, jusqu'au jour où le démon l'avait tenté en la personne de Fitzpiers, et il avait manqué à sa juste promesse.

« Ah ! c'est que j'avais une haute opinion de cet homme ! Qui aurait pu penser qu'il serait si faible et perverti ? Oui, Giles, c'est toi qui aurais dû l'avoir, c'est la vérité ! »

Winterborne sut garder son flegme malgré ce déchirement que Melbury faisait inconsciemment subir à sa blessure à peine cicatrisée, tout aveuglé qu'il était par sa propre peine.

Le jeune homme, songeant à Grace, essaya de faire bonne figure.

« Elle aurait eu du mal à être heureuse avec moi », dit-il de cette voix incolore, indifférente, sous laquelle il cachait ses sentiments. « Je n'avais pas assez d'instruction, j'étais trop rude pour elle. En tout cas je n'aurais pas pu lui donner tous les raffinements qui lui étaient nécessaires.

— Quelle erreur! tu te trompes complètement, Giles,
dit le vieil insensé, en s'obstinant. Elle m'a dit, pas plus
tard qu'aujourd'hui, qu'elle haïssait tous ces raffinements. Tout le mal que je me suis donné, tout l'argent
que j'ai dépensé pour elle, ce fut en pure perte. Pense
donc! elle va jusqu'à envier Marty South; c'est là toute
son ambition! Elle a peut-être raison! Crois-moi, Giles,
elle t'aimait bien au fond, et ce qu'il y a de certain c'est
qu'elle t'aime encore, la pauvre petite! »

Si Melbury avait pu se douter de la flamme que son
ignorance était en train d'attiser, il se serait tu.

Winterborne resta longtemps silencieux; l'obscurité
les enveloppait et l'égouttement monotone du brouillard qui s'écoulait des branches s'accélérait en se chan-
geant en pluie.

« Oh! elle n'a jamais eu beaucoup d'affection pour
moi, parvint-il à dire en remuant les cendres encore
rouges avec une branche.

— Mais je te dis que si, et ça lui dure encore, s'entêta
l'autre. Mais tout cela ce sont de vaines paroles. Je suis
venu te consulter sur une question plus immédiate.
Qu'est-ce qu'il vaut mieux faire? J'ai pensé à risquer le
tout pour le tout, à aller trouver cette Charmond; je vais
aller lui parler, puisque Grace ne veut pas le faire elle-
même. C'est elle qui tient la balance dans ses mains, pas
lui! Tant qu'elle le mènera, il suivra, le pauvre rêveur aux
idées irréalisables, et ça durera ce que son caprice à elle
durera. Est-ce que tu avais entendu parler de la réputation
qu'elle avait avant de venir à Hintock?

— Ça été une enjôleuse dans sa jeunesse, je crois »,
répondit Giles avec ce même calme égal, en regardant
les cendres rouges. « Une femme qui souriait là où elle
n'aimait pas et qui aimait là où elle ne devait pas. Avant
que M. Charmond l'épouse, elle avait été actrice pendant quelque temps.

— Pas possible! mais comme tu as gardé tout ça pour
toi, Giles! Tu ne sais rien d'autre?

— M. Charmond était riche ; il avait une affaire de métallurgie dans le Nord ; il avait vingt ou trente ans de plus qu'elle. Il l'a épousée, s'est retiré des affaires, est venu acheter cette propriété et s'installer ici.

— Oui, oui, tout cela je le sais. Mais le reste je l'ignorais complètement. Je crains bien que cela ne présage rien de bon. Comment voulez-vous aller demander de la générosité à une femme qui s'est essayée aux amours coupables et aux passions défendues pendant des années ? Mais ça rend mon projet encore plus difficile de penser qu'elle a mené cette vie de bohème. »

Un autre silence suivit ; tout en crachant adroitement dans le feu, ils regardaient mélancoliquement la fumée qui montait jusqu'au toit de branchages à travers lequel tombait régulièrement une grosse goutte de pluie qui s'écrasait ; Giles ne devait pas beaucoup de reconnaissance à Mrs. Charmond, mais il était juste, et ne voulait pas la laisser condamner sans jugement.

« On dit qu'elle ne manque pas de générosité, répondit-il. Peut-être ne lui parlerez-vous pas en vain !

— En tout cas, c'est décidé, dit Melbury en se levant, ce sera pour un bien ou pour un mal, mais j'irai trouver Mrs. Charmond ! »

XXXII

Le lendemain matin, à neuf heures, Melbury mit son beau costume de drap fin, luisant, chiffonné par ses longs séjours dans le carton et répandant une forte odeur de naphtaline, et se mit en route pour Hintock-House.

Il était d'autant plus pressé d'y aller que son gendre était à Londres pendant quelques jours pour assister — prétexte ou réalité — à un congrès médical quelconque.

Melbury ne souffla mot du but de sa promenade à sa femme ni à sa fille, de peur de se voir supplié de renoncer à un projet aussi hasardeux. Il avait choisi cette heure-là afin de surprendre Mrs. Charmond immédiatement après son petit déjeuner, avant que d'autres ne viennent la voir pour affaires.

Il avança, songeur, traversa une clairière qui s'étendait entre les bois de Petit-Hintock et la plantation qui aboutissait au parc. Winterborne l'aperçut du taillis où il travaillait avec ses hommes sur la hauteur voisine. Sachant ce qui amenait le marchand de bois dans ces parages, le jeune homme descendit rapidement de son taillis et parvint à le rejoindre.

« J'ai réfléchi à cette question, dit-il, et mon opinion

est qu'il serait préférable de remettre votre visite à plus tard. »

Mais Melbury ne consentit même pas à s'arrêter pour l'entendre ; sa résolution était prise ; il ferait cette démarche. Winterborne le suivit tristement des yeux jusqu'à ce qu'il eût disparu dans l'autre plantation.

Melbury sonna à la porte de service du Château et on l'informa que la châtelaine n'était pas encore visible, ce que tout autre aurait aisément deviné. Melbury dit qu'il attendrait et le jeune domestique lui dit alors en confidence qu'elle était encore couchée et qu'elle dormait.

« Ça ne fait rien », dit Melbury en se retirant dans la cour d'entrée. « Je vais rester ici. »

Il était si plein de sa mission qu'il voulait se trouver seul. Mais il se lassa de marcher dans la cour et, comme personne ne venait, il entra dans la maison et alla s'asseoir dans une sorte d'antichambre, d'où il apercevait le corridor de la cuisine, où d'élégantes servantes en bonnet blanc allaient et venaient. Elles étaient au courant de sa venue, mais elles ne l'avaient pas vu entrer et, le croyant encore dans la cour, elles discutaient sans contrainte des raisons possibles de sa visite. Elles s'étonnaient de son audace.

Dans le village, les langues, qui marchaient bon train, désignaient Fitzpiers comme responsable, mais les gens du Château considéraient leur patronne comme la plus coupable.

Melbury était assis, les mains appuyées sur son bâton familier d'épine noueuse, qu'il avait vu pousser avant de s'en servir. Le spectacle qu'il voyait n'avait rien de commun avec ce qui l'entourait ; c'était une vision tragique qui le suivait partout comme si elle faisait partie de sa personne. A travers cette vision, les incidents du moment transparaissaient confusément, à la manière d'un paysage qu'on aperçoit à travers les scènes d'un vitrail aux couleurs vives.

Il attendit là une heure, une heure et demie, deux heures.

Il devint pâle et comme souffrant ; le maître d'hôtel entra et lui proposa un verre de vin.

Melbury sortit de sa stupeur et dit :

« Non, non ! Est-elle bientôt visible ?

— Elle finit de déjeuner, monsieur Melbury ; elle va vous recevoir dans peu de temps maintenant. Je vais lui dire que vous êtes là.

— Comment ! vous ne le lui avez pas encore dit ?

— Ah non ! vous pensez bien ! vous êtes venu si tôt ! »

Enfin, elle sonna : Mrs. Charmond voulait bien le recevoir. Elle n'était pas dans son bureau quand il y pénétra, mais il l'entendit bientôt monter le grand escalier et elle entra dans la pièce.

A cette heure de la matinée, Mrs. Charmond paraissait son âge, sinon plus. On aurait même pu la prendre pour « la femme de trente ans » typique, bien qu'elle n'eût en réalité que vingt-sept ou vingt-huit ans. Mais elle avait atteint « l'édition définitive » de sa beauté ; peut-être même l'avait-elle un peu dépassée.

Comme il n'y avait pas de feu dans la pièce, elle avait un châle négligemment posé sur les épaules et elle entra sans se douter le moins du monde que Melbury pût venir la voir pour une autre raison qu'une question de bois. A vrai dire, Felice était la seule personne du village qui ignorât les bruits qui couraient sur ses faiblesses. Elle vivait pour l'instant dans un paradis illusoire, en ce qui concernait tout au moins la rumeur publique, car pour ce qui était de ses faiblesses, il faut dire qu'elles n'allaient pas sans inquiétudes, ni sans regrets.

« Asseyez-vous, monsieur Melbury. Vous avez fait abattre tous les arbres que vous avez achetés, cette saison, sauf les chênes, n'est-ce pas ? c'est bien cela ?

— Oui, oui », dit Melbury d'un air absent.

Mais il ne s'assit pas et elle resta aussi debout.

Appuyé sur son bâton, il commença :

« Mrs. Charmond, je suis venu vous parler de quelque chose de plus grave — tout au moins à mes yeux — que des coupes d'arbres et, si ma façon de parler n'est pas ce qu'elle devrait être, soyez assez bonne pour attribuer cela à mon inexpérience et non à un manque de respect. »

Mrs. Charmond parut mal à l'aise. Peut-être devinait-elle ce qu'il allait lui dire. Mais, en dehors de cela, elle avait une telle horreur de tout ce qui était pénible, triste ou même simplement sérieux, que ces préliminaires suffisaient à l'affliger.

« Eh bien ! qu'y a-t-il ? demanda-t-elle vivement.

— Je suis un vieil homme, dit Melbury, et assez tard dans la vie Dieu a trouvé bon de m'envoyer un enfant, une fille unique. J'aimais tendrement sa mère, mais elle nous fut enlevée quand la petite était toute jeune, et celle-ci m'est devenue plus précieuse que la prunelle de mes yeux, car elle était tout ce qui me restait à aimer en ce monde. C'est pour elle que je me suis remarié avec une femme toute simple qui avait été pour elle comme une mère. Quand la question de son éducation s'est posée, je me suis dit : "Je lui donnerai une bonne instruction, dussé-je ne manger que du pain sec." L'idée d'un mariage possible pour elle me fendait le cœur ; je ne pouvais supporter la pensée qu'elle partirait avec un autre homme et finirait par considérer comme sienne sa maison à lui et non la nôtre. Mais je compris que c'était la loi de la nature, et que son bonheur exigeait qu'elle eût un foyer à elle quand je viendrais à mourir et, sans murmurer, je pris la résolution de m'en occuper. Dans ma jeunesse j'avais fait du tort à un ami, maintenant décédé, et pour réparer, je décidai de donner ma fille, mon trésor, à son fils, car je voyais qu'ils s'aimaient bien tous les deux ; les circonstances me firent douter que cela dût amener le bonheur de ma fille, d'autant plus que le jeune homme était pauvre et qu'elle avait des goûts raffinés.

« Un autre homme lui fit la cour, son égal en savoir et en éducation. Il me sembla que lui seul saurait lui donner la vie et le foyer nécessaires à son bonheur. Je l'y poussai et elle l'épousa. Mais, madame, il y avait une erreur fatale à la base de mes calculs.

« Je découvris par la suite que cet homme bien né en qui j'avais mis toute ma confiance n'avait pas le cœur fidèle, et que c'était là une menace terrible pour le bonheur de ma fille. Il vous a vue, madame, et vous savez le reste. Je suis venu sans exigences, sans menaces. Je suis venu tout simplement comme un père qui souffre pour son enfant, pour vous supplier de ne pas faire le malheur de ma fille en détournant son mari d'elle. Fermez-lui votre porte, parlez-lui de son devoir, vous qui avez tant d'influence : le fossé qui s'est ouvert entre eux pourra encore se combler. Et vous ne perdrez rien à agir ainsi, vous pouvez espérer mieux qu'un simple praticien et votre bonté vous attirerait de ma fille et moi une reconnaissance plus grande que je ne puis le dire. »

En comprenant le sens des paroles de Melbury, Mrs. Charmond avait d'abord été transportée d'indignation. Tour à tour ardente et glacée, elle avait murmuré :

« Sortez, mais sortez ! »

Mais comme il semblait ne pas l'entendre, elle commença à se laisser influencer par ses paroles et, lorsqu'il s'arrêta, elle lui dit haletante :

« Pourquoi avez-vous une telle opinion de moi ? qui vous dit que j'ai attiré à moi le mari de votre fille ? Ce sont là d'indignes calomnies dont j'entends le premier mot aujourd'hui ! »

Melbury, interdit, la regarda avec simplicité.

« Mais, madame, vous savez mieux que moi ce qu'il en est. »

Ses traits se contractèrent et, pour la première fois, la poudre parut quelque chose d'ajouté à son beau visage.

« Laissez-moi seule » dit-elle, si bas que c'était presque l'aveu d'une conscience coupable. « Je m'attendais si peu à cela ; vous vous êtes introduit près de moi sous de faux prétextes !

— Madame, Dieu m'est témoin que cela n'est pas vrai. Je n'ai pas essayé de vous tromper. Et je croyais avec juste raison que vous sauriez pourquoi je venais vous voir. Ce qu'on raconte...

— Je ne sais rien de ce que l'on raconte. Dites-le-moi, je vous prie !...

— Moi, vous le dire, madame ! certainement non. Ce qu'on raconte, cela n'a guère d'importance. Ce qui est, c'est vous qui le savez. Agissez comme vous le devez, et le scandale cessera de lui-même. Pardonnez-moi, je vous parle rude, et je venais avec l'intention de parler doux, de vous prier, de vous supplier de vous montrer l'amie de ma fille.

« Elle vous aimait, madame, et vous aussi vous l'avez aimée. Puis, vous l'avez laissée là, sans raison, et cela l'a peinée plus que je ne saurais vous dire. Mais c'était votre droit, sans doute, en tant que châtelaine. Aujourd'hui, si vous consentiez à réfléchir à sa situation, sûrement, sûrement vous ne voudriez pas lui faire de tort.

— Mais c'est sûr ; je ne veux lui faire aucun tort. Je suis... »

Leurs yeux se rencontrèrent. Curieusement, cette allusion à l'ancienne amitié de Grace semblait la toucher plus que tous les autres arguments de Melbury.

« Ah ! Melbury ! éclata-t-elle. Vous me rendez trop malheureuse ! Comment pouvez-vous ? Ah ! c'est terrible, terrible ! Partez, maintenant, partez, partez !

— Oui, je m'en vais, je vous laisse à vos réflexions », dit-il d'une voix rauque.

Dès qu'il fut sorti de la pièce, elle alla dans un coin,

fondit en larmes, se cabrant sous son émotion où orgueil blessé et dépit se mêlaient à de meilleurs sentiments.

La mobilité de Mrs. Charmond la rendait sujette à ces déchaînements d'orages et de tempêtes. Pour la première fois elle se rendait compte clairement que son âme était en proie à un délire dont elle subissait aujourd'hui les conséquences. Cela lui faisait perdre jugement et dignité, elle devenait le jouet de son impulsion, la passion incarnée. Elle s'était laissé attirer par un mirage ; c'était comme si elle avait été saisie par une main de velours ; le réveil était pénible, elle se trouvait soudain entourée d'une nuit insondable, comme si une tornade venait de passer.

Elle resta là, assise ou plutôt tapie, bouleversée par cette visite. L'heure du dîner, puis le début de l'après-midi passèrent, presque à son insu. Puis, un « monsieur étranger disant qu'il était inutile de donner son nom » fut annoncé tout à coup.

Felice savait bien quel était cet étranger, cet homme venu du Continent qui la suivait partout, à qui elle avait souri, un jour, comme à tant d'autres.

Mais le revoir, en cet instant, c'était au-dessus de ses forces.

« Je ne puis pas le voir, quel qu'il soit. Je ne suis visible pour personne ! »

Et elle n'entendit plus parler de son visiteur.

Un peu plus tard, elle tenta de recouvrer le calme en allant prendre de l'exercice ; elle mit son chapeau, sa mante et sortit en suivant un sentier qui grimpait dans les bois jusqu'à la hauteur la plus proche. Elle détestait les bois, mais au moins ils lui offraient l'avantage de se promener relativement loin des regards.

XXXIII

Ce jour-là fut un jour de perturbation pour tous ceux que cette histoire concerne. Ce ne fut qu'à l'heure du dîner — une heure à Petit-Hintock — que Grace s'aperçut que son père n'était pas rentré depuis le matin où il était parti de cette façon insolite. Il lui suffit de quelques questions et d'un peu de raisonnement pour deviner le but de sa promenade.

Son mari était absent et son père ne rentrait pas. Après sa visite, il était en fait allé jusqu'à Sherton dans l'espoir que les affaires lui rendraient le calme. Mais Grace l'ignorait. Elle ressentit soudain une crainte vague que quelque chose de grave eût pu survenir par suite du caractère irascible et de la nervosité de son père — quelque chose qui la rendait plus malheureuse que ne le faisait sa passivité actuelle. Elle quitta donc la maison vers trois heures et en flânant prit un sentier à travers bois qu'il suivrait, pensait-elle, pour revenir chez lui. Elle marcha lentement sous les arbres dénudés, en faisant craquer les petites branches sous ses pas, abritée du vent par cet écran et ce toit que formait le réseau des branches, puis elle laissa derrière la futaie pour tourner dans le taillis où Winterborne et ses hommes coupaient leurs branchages.

Si Giles avait été absorbé dans son travail de clôture,

il ne l'aurait même pas aperçue, mais depuis le passage de Melbury dans la clairière le matin, il était aussi nerveux et aussi inquiet que Grace elle-même.

L'arrivée de celle-ci était — depuis les paroles de M. Melbury — le seul événement qui pût l'intéresser plus encore que le retour du marchand de bois porteur de nouvelles. Craignant un accident, il courut vers elle.

Il y avait longtemps qu'elle n'avait vu son amoureux d'antan, et les tours que lui avaient joués son cœur étaient encore trop récents pour qu'elle pût l'accueillir avec calme.

« Je ne suis venue que pour chercher mon père, dit-elle en guise d'inutile excuse.

— Moi aussi, je le cherchais, dit Giles, il aura probablement continué plus loin.

— Vous saviez donc qu'il allait à Hintock-House, Giles ? », dit-elle en tournant vers lui ses grands yeux pleins d'inquiétude. « Vous a-t-il dit pourquoi ? »

Winterborne lui lança un regard interrogateur, puis lui fit doucement comprendre que son père était venu le voir la veille au soir et que leur amitié s'était rétablie ; elle devina le reste.

« Oh ! je suis bien heureuse que vous soyez amis de nouveau », s'écria-t-elle.

Ils restèrent là, face à face, en proie à une crainte mutuelle, à un trouble réciproque. Grace ressentait un profond regret devant le spectacle du travail des bûcherons dont elle s'était volontairement exclue. Elle avait soif de cette vie simple et sylvestre, même de ses défauts et de ses difficultés, de cette vie que menait son père et qui, selon toute probabilité, lui serait bientôt refusée à tout jamais.

À quelque distance, à la limite de la clairière, Marty South fendait des baguettes qu'elle achevait le soir chez elle. Dans leur embarras, Winterborne et Mrs. Fitzpiers la regardaient tous deux, et ils virent s'approcher de la jeune fille une dame vêtue d'un manteau de fourrure et d'un chapeau noir artistement drapé d'un voile blanc. Elle interpella Marty qui se retourna et fit une révérence, et elle se mit à lui parler : c'était Mrs. Charmond.

En quittant le Château, elle avait marché dans son excitation et dans sa fièvre avec plus d'énergie qu'elle n'en avait normalement — cette fièvre qu'une cigarette ne suffisait pas à apaiser. En arrivant dans le taillis, elle avait observé Marty au travail d'un œil distrait, puis, jetant sa cigarette, elle s'était approchée. Pan, pan, pan, frappait la serpe de Marty avec plus d'ardeur que jamais. Mrs. Charmond parla.

« Qui est la jeune femme en conversation avec ce bûcheron, là-bas ? demanda-t-elle.

— C'est Mrs. Fitzpiers, madame, répondit Marty.

— Ah ! » dit Mrs. Charmond, et un mouvement lui échappa — de loin elle n'avait pas reconnu Grace. « Et à qui parle-t-elle ?

— A M. Winterborne. »

Marty rougit en prononçant le nom de Giles et Mrs. Charmond s'en aperçut.

« C'est votre fiancé ? demanda-t-elle d'une voix douce.

— Non, madame, répondit Marty, il a été son fiancé, à elle, et je crains... »

Mais Marty ne pouvait expliquer clairement la pensée, la crainte qu'elle avait — crainte extraordinaire par la perspicacité qu'elle révélait chez une fille aussi jeune et si peu expérimentée. Elle sentait le danger qu'il y avait pour Winterborne et Grace délaissée par son mari, ces deux cœurs loyaux et honnêtes, à se retrouver dans ces circonstances.

Mais, avec cet instinct, cette intuition qu'ont les femmes en ces occasions, Mrs. Charmond comprit parfaitement la pensée de Marty. Et l'image qui se suggérait à elle de ces vies qui s'en allaient à la dérive entraînant avec elles le naufrage des espoirs de la pauvre Marty, renforça cette impulsion généreuse qu'avaient stimulée en elle les reproches de Melbury.

C'est dans ces sentiments qu'elle dit au revoir à la jeune fille ; elle franchit les souches des noisetiers et rejoignit Grace et Winterborne. La voyant venir, Winterborne dit à Grace :

« Elle veut vous parler, c'est de bon augure. Quant à moi, je lui déplais, aussi je m'en vais. »

Il retourna à son travail. La terrible rivale de Grace s'approcha d'elle et les deux femmes se mesurèrent du regard.

« Chère... Mrs. Fitzpiers », dit Felice Charmond ; le tumulte qui l'agitait la faisait hésiter dans ses paroles. « Il y a longtemps que je ne vous ai vue ! »

Elle tenta de lui serrer la main. Grace la regardait fixement, comme un animal sauvage en présence d'un miroir ou d'un autre produit étrange de la civilisation.

Etait-ce bien Mrs. Charmond qui parlait ainsi ?

Elle ne trouvait plus aucune réponse à l'énigme de la vie.

« Je voudrais vous parler », lui dit Mrs. Charmond avec émotion ; le regard fixe de la jeune femme la glaçait. « Voulez-vous m'accompagner un peu plus loin pour que nous soyons seules ? »

Malgré sa répugnance, Grace accepta et comme un automate marcha auprès d'elle, jusqu'aux profondeurs du bois. Elles continuèrent plus loin, plus loin que Mrs. Charmond n'avait l'intention d'aller, mais l'indiscipline naturelle de ses pensées l'empêchait de commencer la conversation et, les mots lui faisant défaut, elle marchait.

« J'ai vu votre père, dit-elle enfin, et je suis encore sous le coup de ce qu'il m'a dit.

— Que vous a-t-il dit ? Il ne m'a pas confié ce qu'il pouvait avoir à vous dire.

— Pourquoi vous répéter ce que vous pouvez facilement deviner ?

— C'est vrai, dit Grace mélancoliquement, pourquoi répéter ce que nous ne savons que trop bien !

— Mrs. Fitzpiers, votre mari... »

Dès qu'elle eut touché ce sujet brûlant, le visage de Mrs. Charmond s'enflamma, révélant par une lueur subite ce dont son cœur était plein à déborder. Ce ne fut qu'un éclair, qui aurait échappé à toute autre que Grace, si fine et rendue plus sensible encore par sa situation.

« Vous l'aimez donc ! s'écria-t-elle d'un ton de grande surprise.

— Que voulez-vous dire, ma jeune amie ?

— J'avais cru jusqu'ici que vous flirtiez cruellement avec mon mari, uniquement pour passer le temps : la dame riche qui s'amuse d'un pauvre médecin qu'elle méprise tout autant que celle qui lui est unie. Mais à votre air, je devine que vous l'aimez follement, et ne vous hais plus comme auparavant.

« Oui, continua Mrs. Fitzpiers, d'une voix tremblante, puisque ce n'est pas un jeu, mais un sentiment sincère de votre part, ah ! je vous plains plus que je ne vous méprise, car c'est vous qui souffrez ! »

A présent, Mrs. Charmond était tout aussi agitée que Grace.

« J'ai tort de discuter avec vous, c'est m'abaisser ! s'écria-t-elle, mais vous me plaisiez autrefois et c'est en souvenir de votre amitié que j'essaie de vous démontrer à quel point vous vous trompez ! »

Son humiliation venait surtout de son étonnement et de son inquiétude de voir cette simple pensionnaire la dominer, pour ainsi dire, par la raison et par le cœur.

« Je ne l'aime pas ! continua-t-elle en un mensonge désespéré ; c'était pure gentillesse de ma part ; je l'ai traité peut-être autrement qu'un médecin ordinaire. Je me sentais seule. Je lui parlai, oui, je plaisantai avec lui. Et je regrette si un jeu aussi innocent, cette pure amitié, vous a paru quelque chose de grave. Comment pouvais-je m'en douter? Il est vrai qu'on est si simple par ici.

— Oh! inutile de feindre, dit Grace en secouant la tête. Ce n'est pas la peine. Vous l'aimez! Je vois bien à votre expression que, cette fois avec mon mari, votre conduite n'a pas dépassé vos sentiments. Pendant ces cinq ou six derniers mois vous avez été imprudente, mais sincère, et j'en suis presque désarmée.

— Mais non, je n'étais pas sincère — si vous voulez que je mette les points sur les i — j'ai fait la coquette avec lui, je ne l'aime pas! »

Mais Grace tenait bon et se cramponnait à ses positions comme une huître à son rocher.

« Vous avez fait la coquette avec d'autres, c'est possible. Mais quant à lui, vous l'aimez plus que vous n'avez jamais aimé personne.

— Alors je ne discute plus, dit Mrs. Charmond avec un faible rire. Et c'est vous qui me le reprochez, petite?

— Oh non! dit Grace magnanime, vous pouvez continuer à l'aimer, cela m'est tout à fait égal, mais vous découvrirez à la longue que cet amour sera une source d'amertume pour vous bien plus que pour moi. Il se lassera vite de vous, allez! vous ne le connaissez pas comme je le connais, et alors vous regretterez de l'avoir jamais connu! »

A cette prédiction, Mrs. Charmond, toute pâle, se sentit faiblir. Il était extraordinaire que Grace, que presque tout le monde aurait considérée comme une jeune femme très douce, se révélât d'une fibre plus résistante que son interlocutrice.

« Vous exagérez, sotte, cruelle que vous êtes! » repliqua-t-elle en proie à une douleur intense. « Ce n'est qu'un marivaudage, rien de plus, ma conduite vous le prouvera bien. Je m'engage à ne plus le revoir, puisque cela est indifférent à mon cœur sinon à ma réputation.

— Je doute fort que vous refusiez de le revoir »,
reprit ironiquement Grace en pliant un jeune arbuste.
« Mais moi je ne suis pas montée contre vous comme
vous l'êtes contre moi », ajouta-t-elle en libérant l'arbuste.

« Avant de vous rencontrer tout à l'heure, je vous
méprisais d'être aussi cruelle de gaieté de cœur. A
présent, je plains votre faiblesse et votre malheureux
amour. Quand Edred sortait de chez nous dans l'espoir
de vous rencontrer, à toute heure, honnête ou non,
quand, pour vous apercevoir, je l'ai vu traverser à
cheval des milles et des milles, à minuit, au péril de sa
vie et revenir couvert de boue, je l'ai considéré comme
un pauvre insensé, comme le jouet d'une coquette
achevée.

« Je croyais que ce qui était pour moi une tragédie
n'était qu'une comédie pour vous. Mais je vois maintenant que le tragique est de votre côté aussi bien que du
mien, et même plus. Si j'ai souffert l'inquiétude, vous
souffrez le martyre. Si j'ai eu des déceptions, vous avez
eu des désespoirs. La philosophie me soutiendra. Pour
vous, que Dieu vous aide !

— Je ne saurais répondre à vos divagations », reprit
l'autre en tentant de retrouver une dignité complètement écroulée. « Mes actes seront mes témoins. Dans le
monde, dont vous ne connaissez rien, il existe des
amitiés entre hommes et femmes ; vous auriez mieux
fait, votre père et vous, de me juger de façon plus
flatteuse, et ne pas vous mêler de mes affaires. Maintenant, je ne vous reverrai jamais plus, madame, et
jamais plus je ne vous adresserai la parole ! »

Grace s'inclina et Mrs. Charmond s'éloigna, hautaine.
Elles partirent toutes deux dans des directions oppo-
sées et furent bientôt cachées par les ombrages environnants et la nuit qui tombait.

Dans l'ardeur de leur longue discussion, elles avaient
marché en zigzaguant dans la forêt sans se rendre

compte qu'elles s'éloignaient et sans prendre garde à la direction qu'elles suivaient.

Les coups des bûcherons s'étaient tus depuis long-temps, car non seulement elles étaient trop loin pour les entendre, mais à cette heure crépusculaire les hommes avaient repris le chemin du retour.

Mais Grace continua sa route sans aucune appréhen-sion, bien que le sous-bois fût épais et ne laissât qu'un étroit passage tout encombré de ronces. Elle n'avait pas traversé cette partie du bois, la plus touffue et la plus solitaire, depuis son enfance et elle y trouvait de grands changements. On avait abattu ou fait sauter de vieux arbres qui servaient jadis de points de repère, et les buissons, autrefois petits et rabougris, étaient aujour-d'hui de grands arbres ombreux.

Bientôt, ses idées devinrent assez vagues quant à la direction à suivre : à vrai dire, elle n'en avait pas la moindre notion. La nuit ne serait pas tombée aussi vite, le vent n'aurait pas gémi aussi distinctement, Grace ne s'en serait pas souciée. Mais elle s'effrayait maintenant et elle se mit à aller au hasard à travers bois.

L'obscurité croissait, les voix du vent se multi-pliaient, elle ne trouvait aucun coin familier, aucune issue, aucun bruit coutumier de Hintock, et pourtant elle errait depuis une heure ou deux et commençait à être lasse. Elle s'en voulait de sa sottise. Si elle avait parcouru en ligne droite toute la distance franchie, elle serait inévitablement sortie du bois, dans quelque vil-lage proche ou éloigné. Mais elle avait gaspillé ses forces avec ses contre-marches et maintenant elle se demandait avec inquiétude s'il lui faudrait passer la nuit dans la forêt.

Elle s'arrêta pour réfléchir et en plus du sifflement du vent, elle crut entendre des pas pressés sur les feuilles. Des pas plus lourds que ceux des lapins ou d'autres animaux « au cœur battant » qui vivent dans les bois.

Elle n'osa pas tout d'abord aller par là sans être sûre de rencontrer un ami. Puis elle se dit qu'en admettant même que ce fût un braconnier, cet autre noctambule ne lui ferait aucun mal et que peut-être même on l'avait envoyé à sa recherche. Aussi elle se décida à pousser un timide : « Ohé ! »

Un autre « Ohé ! » lui répondit immédiatement. Grace se mit à courir dans cette direction et elle aperçut une forme vague qui courait aussi vers elle. Elles étaient presque dans les bras l'une de l'autre avant que Grace eût reconnu la silhouette et le voile blanc de celle qu'elle avait quittée des heures auparavant : Mrs. Charmond.

« J'ai perdu mon chemin ! J'ai perdu mon chemin ! criait celle-ci. Ah ! c'est vous ! que je suis heureuse de trouver quelqu'un ! j'erre dans tous les sens depuis que nous nous sommes quittées et je suis à moitié morte de peur, de chagrin et de fatigue !

— Et moi aussi, dit Grace. Qu'allons-nous faire, mon Dieu ?

— Vous n'allez pas me quitter ? supplia sa compagne.

— Non, non, certainement. Etes-vous très fatiguée ?

— Je ne peux plus remuer et j'ai les chevilles tout égratignées. »

Grace réfléchit :

« Puisque le sol est sec, peut-être ferions-nous bien de nous asseoir une demi-heure et de repartir quand nous serons bien reposées. En allant tout droit devant nous, nous rencontrerons bien un chemin quelconque, avant le matin ! »

Elles trouvèrent un buisson de houx pour s'abriter du vent, et elles s'assirent dessous, nichées dans des touffes de fougères bien sèches qui restaient de la saison précédente. Mais, malgré cela, il faisait froid, par cette nuit de mars, surtout pour Grace qui, avec l'optimisme de la jeunesse pour ce qui concerne l'habillement, avait considéré que c'était déjà le printemps et s'était

vêtue moins chaudement que Mrs. Charmond qui avait
encore ses fourrures d'hiver.

Mais, au bout de quelque temps d'immobilité,
celle-ci frissonna tout autant que Grace, quand la chaleur causée par sa course éperdue l'eut quittée. Et elles
sentaient passer l'air froid entre les feuilles de houx qui
leur griffaient le dos et les épaules. De plus, elles
entendaient tomber sur les arbres quelques gouttes de
pluie, qui n'arrivaient point jusqu'à elles dans le coin
où elles s'étaient blotties.

« Si nous nous serrions bien l'une contre l'autre,
nous nous tiendrions plus chaud... », dit Mrs. Charmond. Elle ajouta, la voix mal assurée : « Mais je suppose que, pour rien au monde, vous ne voudriez venir
près de moi.

— Pourquoi donc ?

— Mais parce que... vous savez bien...

— Mais si, mais si, je ne vous déteste pas, allez ! »

Elles se rapprochèrent, lasses et solitaires, dans la
nuit et, chose inconcevable, elles se blottirent l'une
contre l'autre, les fourrures de Mrs. Charmond réchauf-
faient le visage glacé de Grace ; à chaque respiration,
leurs poitrines se touchaient tandis que, dans ce silence
de mort, les arbres agités chantaient incessamment leur
chant funèbre.

Au bout de quelques instants, Mrs. Charmond murmura, plaintive : « Que je suis malheureuse !

— Vous avez peur, dit Grace, mais il n'y a rien à
craindre, ces bois sont très sûrs !

— Ce ne sont pas les bois qui me font peur, ce sont
bien d'autres choses. »

Mrs. Charmond étreignit Grace de plus près encore,
et appuya son visage contre le sien. La jeune femme
sentit son souffle devenir de plus en plus pressé et
convulsif, comme si montaient en elle des sentiments
indomptables.

« Après vous avoir quittée, continua Felice, j'ai regretté ce que je vous avais dit. Je dois vous faire une confession, il le faut! » murmura-t-elle avec un sanglot.

Ce même instinct qui la livrait à des sentiments ardents, qui avait d'abord poussé cette passionnée vers Fitzpiers lui faisait aujourd'hui trouver une volupté consolante dans cette confession faite à sa femme.

« Je vous ai dit que je pourrais renoncer à lui sans chagrin et sans déchirement, qu'il n'avait été pour moi qu'un jouet. C'est faux; j'ai menti. Je ne le pourrais sans une grande douleur, et, ce qui est plus grave, je le voudrais que je ne le pourrais pas de mon seul plein gré.

— Et pourquoi? parce que vous l'aimez? »

Felice Charmond fit un signe affirmatif.

« Je le savais, dit Grace impulsivement. Mais, ajouta-t-elle bientôt d'un ton pénétré, cela ne doit pas vous décourager. Luttez et vous vaincrez!

— Que vous êtes naïve, naïve! s'écria Felice. Alors, vous croyez que parce que vous aviez su percer à jour ma prétendue indifférence, vous connaissez les extrémités jusqu'où une femme peut se laisser entraîner. Mais on peut aller beaucoup plus loin que ce que votre pénétration a cru deviner. Comprenez, je ne puis renoncer à lui si je ne renonce pas à moi.

— Mais voyons! c'est vous qui avez voix au chapitre, vous lui êtes supérieure en situation, en tout; c'est de votre côté que doit venir la rupture.

— Chut! innocente. Faut-il donc appeler les choses par leur nom? Sans doute il faut que je vous fasse cet aveu, car il me rongerait le cœur après vous avoir rencontrée ainsi et vous avoir vue si honnête et si pure. »

Et elle lui murmura quelques mots à l'oreille, puis éclata violemment en sanglots.

Grace s'écarta brusquement de ses fourrures et se dressa toute droite.

« Grand Dieu! s'écria-t-elle frappée de stupeur à cette

révélation qui dépassait ses soupçons. Vous êtes sa maîtresse ! Est-ce possible ? est-ce possible ? »

Elle allait s'éloigner, mais les sanglots de Felice Charmond parvinrent à son oreille. Les ténèbres l'enveloppaient, le vent glacé mordait son corps là où les fourrures de Mrs. Charmond l'avaient réchauffée et elle ne savait où aller. Après ce sursaut d'énergie, elle se radoucit et se tourna vers sa compagne immobile assise à ses pieds.

« Etes-vous reposée ? » demanda-t-elle d'une voix qui résonnait à son oreille comme vieillie de dix ans.

Mrs. Charmond se leva lentement sans répondre.

« Vous voulez m'abandonner ? demanda-t-elle désespérée. Folle, folle que j'ai été !

— Non, dit Grace sèchement. Il n'en est pas question. Mais il faut nous hâter, le temps presse. Ne songeons qu'à une chose : marcher droit devant nous ! »

Elles avancèrent dans le plus profond silence, écartant les branches maintenant mouillées et marchant sur le chèvrefeuille, sans s'écarter toutefois de la ligne droite. Grace et sa compagne étaient à bout de forces quand, soudain, elles arrivèrent sur la grand-route abandonnée où l'homme de Sherton avait attendu la voiture de Mrs. Dollery. Grace s'y reconnut dès qu'elle eut regardé autour d'elle.

« Je ne puis comprendre comment nous sommes arrivées ici, dit-elle d'un ton froid et poli. Nous avons tout le temps contourné le Petit-Hintock. Le taillis de noisetiers est maintenant à l'extrémité opposée ; nous n'avons plus qu'à suivre la route. »

Elles se traînèrent jusqu'au chemin de Hintock, tournèrent jusqu'au sentier et arrivèrent au parc du Château.

« Ici, je m'en retourne, dit Grace, de la même voix indifférente, vous êtes presque rendue. »

Mrs. Charmond resta passive, comme anéantie par ces paroles.

« Je vous ai fait un aveu, poussée par le désir irrésistible de décharger mon cœur, un aveu que toute autre eût gardé pour soi. Mais c'est fait maintenant. Garderez-vous le secret, ou voulez-vous la guerre ?

— Je garderai le secret, dit Grace avec tristesse. Comment voulez-vous qu'une pauvre créature comme moi, sans armes, sans défense, vous déclare la guerre ?

— Et moi, je ferai tout ce que je pourrai pour ne pas le revoir. Je suis son esclave, mais j'essaierai ! »

Grace ne manquait pas de bonté naturelle, mais elle ne put résister à la tentation de lancer la flèche du Parthe.

« Ne vous faites pas de peines pour moi, dit-elle avec une ombre de mépris. Pour ce qui est de moi vous pouvez le voir tant qu'il vous plaira. »

Si elle avait souffert dans son amour et non dans son orgueil, elle n'aurait pu prononcer ces paroles. Fitzpiers occupait maintenant une bien petite place dans son cœur.

Elles se séparèrent et Grace reprit pensive le chemin du logis. En passant devant le cottage de Marty, elle l'aperçut par la fenêtre qui écrivait au lieu de fendre du bois comme à l'ordinaire, et elle se demanda quelle pouvait bien être cette correspondance.

Bientôt elle rencontra des gens qui étaient à sa recherche, et elle trouva la maisonnée plongée dans l'inquiétude. Elle expliqua qu'elle s'était perdue, et on attribua à la fatigue son air abattu.

Si elle avait su l'objet de la lettre de Marty, elle eût été bien étonnée.

Les bruits qui couraient à Hintock étaient venus jusqu'à la jeune fille et elle rédigeait une lettre pour le docteur Fitzpiers, lui disant que la magnifique chevelure de Mrs. Charmond lui appartenait à elle, Marty, pour la plus grande partie. C'était là le seul atout que la pauvre Marty avait dans son jeu et elle le jouait, ignorante qu'elle était de la mode, persuadée que sa révélation serait fatale à la châtelaine.

XXXIV

C'était au commencement d'avril, quelques jours après la rencontre de Grace et de Mrs. Charmond dans le bois. Fitzpiers, de retour de Londres, revenait à Hintock dans une voiture louée à Sherton. Son regard était indécis et les lignes de son visage dédaigneux révélaient une vague inquiétude. Il avait cette expression qui semblait dire qu'on lui avait fait du tort en le mettant au monde.

A vrai dire, il était actuellement dans une triste situation, et son caractère impressionnable la lui montrait encore plus triste qu'elle n'était. Dernièrement, il avait vu diminuer peu à peu sa clientèle qui menaçait aujourd'hui de disparaître tout à fait, depuis que ce vieil intrépide de Dʳ Jones venait lui souffler ses malades jusque devant sa porte. Fitzpiers ne savait que trop bien la grande raison de son impopularité, et pourtant, tant l'homme est illogique, sa tristesse venait en second lieu du remède qu'on lui proposait à sa situation actuelle. Une lettre de Mrs. Charmond le suppliait de ne plus la revoir. Et pour rendre leur séparation plus certaine, elle ajoutait qu'elle venait de décider son départ immédiat pour le Continent.

C'était alors cette époque monotone de la vie des

forestiers qui coïncide avec la grande activité de la forêt elle-même, cette période qui suit les coupes d'hiver et précède la saison de l'écorçage, où la sève commence à monter dans tous les troncs avec la force d'un ascenseur hydraulique.

Winterborne avait livré sa commande et les plantations étaient maintenant désertes. C'était le soir. Les arbres n'avaient pas encore de feuilles : les rossignols ne commenceraient leurs chants que dans quelques semaines, et la « mère des mois » était dans sa phase la plus humble, un croissant mince et squelettique qui tenait compagnie à Fitzpiers en glissant derrière les rameaux sans feuilles.

En arrivant chez lui, il monta tout droit chez sa femme et trouva la pièce vide et sans feu. Il n'avait pas précisé le jour de son retour, mais il se demandait cependant pourquoi elle n'était pas là à l'attendre pour le recevoir.

Il descendit dans l'autre aile de la maison, et Mrs. Melbury lui apprit, à son grand étonnement, que depuis trois jours Grace était partie chez une amie, à Shottsford-Forum, que son père avait reçu de ses nouvelles le matin et qu'elle était souffrante, c'est pourquoi il était parti à cheval pour aller la voir.

Fitzpiers remonta chez lui, et l'entrée de la mère Oliver avec son tablier plein de bois ne suffit pas à égayer le petit salon maintenant éclairé par une bougie solitaire. Elle jeta les bûches dans le foyer, secoua la grille, remua les chenêts dans l'intention de rendre la pièce plus confortable. Fitzpiers, ignorant la révélation dans le bois, trouvait que Grace aurait bien pu le mettre au courant de ses projets avec un peu plus de précision, au lieu de faire une fugue de ce genre. Sans savoir à quoi se mettre, il alla à la fenêtre dont les stores étaient restés levés, et regarda le croissant étroit de la lune qui baissait rapidement et le filet de fumée qui montait de la cheminée de Suke Damson : la jeune femme venait évidemment d'allumer son feu pour préparer le souper.

Il entendit soudain le bruit d'une discussion à l'extrémité opposée de la cour. Quelqu'un parlait aux scieurs par-dessus le mur et leur disait les nouvelles à haute voix. Le nom de Mrs. Charmond lui fit tendre l'oreille.

« Ne faites pas tant de bruit avec ce feu, mère Oliver », dit le docteur. La vieille se dressa alors sur les genoux et resta immobile, le bois en main. Fitzpiers entrouvrit la fenêtre.

« La v'là qui r'part enfin à l'étranger, ell' s'y est décidée tout d'un coup comme ça, et à c' qu'on dit ça n' va pas depuis quelqu' jours, elle a un air tourmenté comme elle s' faisait des gronderies à elle-même. C'est pas un genre de femme pour Hintock : ell' n' sait pas même r'connaître un chêne d'un n'hêtre. Mais on dira c' qu'on voudra, elle a toujours été fort bien pour moi.

« C'est vrai qu'après-demain, c'est dimanche et qu' sans la charité chrétienne on n' vaut pas cher, mais je l' dis : son départ c't' une bénédiction pour un ménage que j' connais. »

Le feu était enfin allumé ; Fitzpiers s'assit devant, agité comme la dernière feuille qui reste sur un arbre. « Un air tourmenté comme si elle se faisait des gronderies à elle-même. » Pauvre, pauvre Felice !

Comme tout son être devait se tendre sous les sentiments qu'on venait de caricaturer ! comme ses jolies tempes devaient battre ! qu'elle devait se sentir malheureuse !

Sans ces racontars qui unissaient leurs deux noms, sans résolution de rompre avec lui, sans doute l'aurait-elle envoyé chercher comme docteur. Elle était seule, souffrante et regrettait sûrement maintenant de lui avoir interdit sa porte.

Incapable de demeurer plus longtemps dans cette pièce, ou d'attendre le souper qu'on préparait, il s'apprêta à sortir, descendit dans la cour, attendit près de la porte de l'écurie que Darling fût sellée, puis partit à cheval sur le chemin. Il eût préféré aller à pied mais son voyage de la journée l'avait fatigué.

Il approchait du cottage de Marty South qui était sur sa route quand celle-ci en sortit comme si elle l'avait attendu ; elle vint à sa rencontre au milieu du chemin, une lettre à la main. Fitzpiers la lui prit sans s'arrêter en lui demandant par-dessus son épaule : « De la part de qui ? »

Marty hésita : « De ma part ! » dit-elle d'une voix particulièrement ferme.

Dans cette lettre, Marty lui révélait qu'elle était la véritable propriétaire des cheveux postiches de Mrs. Charmond et elle y avait joint un échantillon de son stock personnel qui avait déjà bien repoussé. C'était sa pomme de discorde longuement mûrie, et sa main tremblait en lui tendant le document.

Mais l'obscurité empêcha Fitzpiers de satisfaire sa curiosité sur le moment et il mit l'enveloppe dans sa poche. Elle y demeura, car sa pensée était tout entière concentrée sur Hintock-House, tandis que Marty imaginait l'influence qu'elle devait avoir sur lui en le détachant de l'objet aimé.

Il atteignit bientôt les environs immédiats du Château et arrêta son cheval sous un groupe de chênes qui commandaient la vue de la façade. Il médita un instant. Son arrivée n'aurait rien de bien extraordinaire, étant donné l'indisposition de Mrs. Charmond ; mais, tout compte fait, il se dit qu'il valait mieux ne pas aller jusqu'à la porte avec Darling. En approchant sans bruit, il pourrait battre en retraite sans être vu au cas où elle ne serait pas seule. Il descendit de cheval, attacha Darling à une branche qui pendait plus bas que le niveau des broutilles, et se dirigea à pied vers l'entrée.

Cependant Melbury était revenu de Shottsford-Forum. Deux grilles peintes en blanc qui s'ouvraient à chaque extrémité du mur couvert de lierre séparant la maison du marchand de bois du chemin ombragé donnaient accès à la grande cour.

Le hasard avait voulu qu'au moment où Fitzpiers franchissait la grille de droite pour monter au Château, Melbury venant d'en bas se préparait à entrer par la grille de gauche.

Le marchand de bois avait aperçu Fitzpiers devant lui, mais, malgré la robe claire du cheval de Melbury, le docteur, parti sans tourner la tête, n'avait pas vu son beau-père qui, en silence, montait la côte sous les arbres.

« Comment va Grace ? » lui dit sa femme dès qu'il entra.

Melbury, l'air soucieux, répondit :

« Elle ne va pas bien. Elle a une mine qui ne me plaît pas. Je n'ai pas pu me résoudre à la voir rester comme cela toute seule loin de nous, et je l'ai suppliée de revenir ici. Enfin, elle s'est laissé convaincre après beaucoup de difficultés. J'ai regretté d'avoir pris mon cheval au lieu de la voiture, mais j'en ai loué une confortable, la mieux suspendue que j'aie pu trouver, elle va arriver dans une heure ou deux. Je suis venu en avant pour qu'on prépare sa chambre, mais je vois que son mari est de retour.

— Oui, dit Mrs. Melbury, ennuyée que son mari eût loué une voiture depuis Shottsford jusqu'à Hintock. Qu'est-ce que ça va coûter ! dit-elle.

— Je ne me soucie pas de ce que ça peut coûter, s'écria-t-il, bourru. J'étais décidé à la ramener chez nous. Pourquoi est-elle partie, ça je n'en sais rien. En tout cas, à ce que je vois, elle n'agit pas de façon à arranger les affaires. »

Grace n'avait rien dit à son père de la rencontre avec Mrs. Charmond et de l'aveu troublant que celle-ci lui avait murmuré à l'oreille.

« Puisque Edred est rentré, continua-t-il, il aurait bien

pu attendre mon retour pour avoir des nouvelles de sa femme, ne fût-ce que par politesse. Je l'ai vu qui sortait. Où allait-il ? »

Mrs. Melbury rappela à son mari qu'il n'y avait pas de doute à avoir sur la première visite que ferait Fitzpiers à son retour. D'ailleurs elle l'avait vu prendre la direction du Château.

Melbury ne répondit pas. Cela l'exaspérait qu'au moment même où Fitzpiers aurait dû attendre Grace chez lui, ou tout au moins aller à cheval sur la route de Shottsford au-devant de sa femme malade, il lui fit l'affront de s'en aller ailleurs. Le vieil homme sortit à nouveau de la maison, et comme son cheval n'était pas encore complètement dessellé, il pria Upjohn de resserrer les sangles. Il se remit en selle et partit sur la piste du docteur.

Lorsqu'il arriva à l'entrée du domaine il était prêt à aller jusqu'au bout dans sa lutte contre l'inconséquence et l'indigne conduite de son gendre. Il ramènerait Edred Fitzpiers au logis le soir même, bon gré mal gré.

A ses yeux son intervention ne pouvait amener rien de pire que l'état de choses actuel, et pourtant une situation, si grave soit-elle, peut toujours s'aggraver.

Il entra par la barrière qui donnait accès au parc de ce côté, fit trotter sa bête sur le sol gazonné presque exactement sur les traces du cheval de Fitzpiers et il atteignit le bouquet d'arbres sous lequel s'était arrêté le docteur : là il découvrit que la vague forme blanche qu'il avait aperçue de loin dans l'obscurité des branches était Darling, que Fitzpiers avait laissée là.

« Le diable l'emporte ! Il n'aurait pas pu aller honnêtement à cheval jusqu'au Château ! » dit Melbury.

Suivant l'exemple de Fitzpiers, il descendit de cheval, attacha l'animal à un arbre voisin et alla à pied jusqu'à la maison ainsi que l'autre avait fait. Il était décidé à ne plus se laisser arrêter par des riens dans ses recherches et il n'hésita pas à ouvrir la porte d'entrée sans sonner.

Une lampe qui pendait d'une poutre éclairait vaguement le grand vestibule carré au parquet, à l'escalier et aux lambris de chêne ; il passa dans le corridor : personne.

Il écouta à une porte, il savait que c'était celle du salon. Rien ! en tournant la poignée il constata que la pièce était vide. Seul le feu qui brûlait dans l'âtre éclairait la salle en envoyant des rayons moqueurs sur le mobilier d'un Louis XVI un peu trop doré et trop clinquant, aussi éloigné que possible du style Renaissance du bâtiment, Felice Charmond voulant probablement neutraliser l'antique et digne gravité bien anglaise du lieu.

Déçu dans son espoir de découvrir immédiatement son gendre, Melbury alla jusqu'à la salle à manger où il n'y avait ni feu ni lumière et où l'atmosphère froide indiquait qu'on n'y avait pas pris de repas ce jour-là.

L'état d'esprit de Melbury s'était maintenant un peu calmé. Tout était paisible, si pacifique dans ce grand calme qu'il ne se sentait plus décidé à soulever une querelle entre Fitzpiers et qui que ce soit.

L'aspect relativement imposant des pièces l'influençait, l'impressionnait même, au point de lui donner le sentiment, plus que la conviction, que là où tout avait un extérieur si convenable et de si bon ton, la réalité ne pouvait correspondre à ses soupçons.

Il songea aussi que même si ses craintes se trouvaient justifiées, son intrusion brusque, sinon inexcusable, dans la maison, aurait peut-être pour conséquence de mettre la châtelaine au pied du mur aux dépens de sa dignité et de celle de sa fille. Sa victoire pourrait bien ne frapper Grace que plus durement à la longue.

Il décida finalement d'adopter la solution la plus raisonnable et de parler à Fitzpiers en particulier comme il l'avait fait avec Mrs. Charmond.

Il se retira aussi discrètement qu'il était venu. En repassant devant la porte du salon, il lui sembla entendre un craquement qui n'était pas le pétillement du feu. Il entrouvrit légèrement la porte et aperçut deux silhouettes, un homme et une femme, qui franchissaient la porte-fenêtre en face de lui : il reconnut la maîtresse de la maison et Fitzpiers ; l'instant d'après ils avaient disparu dans l'ombre qui couvrait le gazon.

Il retourna dans le hall, et sortit par la porte cochère qui s'ouvrait sur la pelouse, juste à temps pour apercevoir deux ombres qui se quittaient à la grille séparant le parc proprement dit du domaine banal.

Dès que son amant l'eut quittée, Mrs. Charmond rentra en hâte au Château, et la forme de Fitzpiers se confondit bientôt avec les ténèbres qui entouraient les arbres. Melbury attendit que Mrs. Charmond eût regagné le salon, puis il sortit sur les traces de Fitzpiers. Il allait dire à ce jeune homme tout ce qu'il avait sur le cœur s'il n'était pas tenté toutefois de faire plus.

Mais, en plongeant dans l'ombre épaisse de la chênaie, il ne put découvrir Fitzpiers pas plus que la jument Blossom. Il avança prudemment à tâtons et découvrit au bout de quelque temps Darling, la jument de Fitzpiers, toujours attachée à son arbre près de celui auquel il avait accroché Blossom. Melbury crut un instant que son cheval jeune et impétueux avait brisé ses liens, mais prêtant l'oreille il l'entendit s'éloigner tranquillement avec un grincement de la selle qui prouvait qu'il avait un cavalier. Il marcha alors jusqu'à la petite barrière de l'extrémité du domaine, et rencontrant un travailleur, il lui demanda s'il n'avait vu personne sur un cheval gris. L'homme répondit qu'il n'avait vu que le docteur Fitzpiers.

C'était bien ce que pensait Melbury. Fitzpiers s'était trompé de jument, erreur très compréhensible chez un homme qui s'y connaissait peu en chevaux, dans cette obscurité et avec cette ressemblance des deux bêtes, quoique au jour celle de Melbury eût un poil plus foncé.

Il revint rapidement sur ses pas, et fit ce qu'il avait de mieux à faire : il monta Darling et se mit à la poursuite de Fitzpiers.

Melbury venait d'entrer dans le bois et il suivait le chemin en lacets qui le traverse ; l'épaisse couche de feuilles pourries qui couvrait le sol était creusée de profondes ornières tracées par les roues des lourds chariots qui servent à y transporter le bois, lorsque tout à coup, à l'endroit où la route tourne derrière un grand châtaignier, il reconnut juste devant lui son cheval Blossom. Melbury fit accélérer Darling, croyant rejoindre Fitzpiers.

Arrivé plus près, il vit que le cheval n'avait pas de cavalier : à l'approche de Melbury il s'échappa au galop sous les arbres dans la direction de Petit-Hintock. Craignant un accident, le marchand de bois descendit de sa monture dès qu'il fut près du châtaignier et, après avoir cherché autour de lui, il découvrit Fitzpiers étendu sur le sol.

« Je suis ici », lui cria le docteur dès qu'il sentit la main de Melbury. « J'ai été désarçonné... mais je crois que je n'ai rien de grave. »

Il était à présent difficile à Melbury de faire à Fitzpiers le sermon qu'il avait médité, et comme toute parole amicale de sa part aurait été de l'hypocrisie, il ne dit pas un seul mot à son gendre. Il l'aida à s'asseoir et constata qu'il était surtout étourdi et assommé par la chute, mais qu'en effet, il n'avait rien de cassé. La cause de l'accident était facile à deviner : Fitzpiers croyant monter la vieille Darling avait été pris au dépourvu par le jeune cheval ardent pressé de rentrer à l'écurie.

Melbury était un voyageur de l'ancien temps. De retour de Shottsford-Forum, il avait encore dans sa poche la gourde de rhum du pèlerin qu'il emportait toujours avec lui pour tout voyage de plus de douze milles, bien qu'il s'en servît rarement. Il fit boire le docteur et celui-ci revint bientôt à lui. Melbury le mit sur ses jambes, mais qu'allait-il en faire ? Il ne pouvait marcher plus de quelques pas, et l'autre cheval était loin.

Melbury parvint à grand-peine à le hisser sur Darling ; il monta lui-même derrière et, pour le soutenir, lui passa un bras autour de la taille. Darling était un cheval haut du garrot, elle avait le dos droit et large et elle pouvait facilement porter double charge, tout au moins jusqu'à Hintock et à une allure raisonnable.

XXXV

La jument traversa d'un pas ferme et prudent le taillis où Winterborne avait travaillé, puis plus difficilement la chênaie, enfin elle se dirigea vers Marshcombe-Bottom, creux au sombre sous-bois qu'on disait hanté.

Fitzpiers avait maintenant retrouvé ses forces, mais il n'avait rien mangé depuis son petit déjeuner pris en hâte à Londres, car son inquiétude au sujet de Felice l'avait fait partir sans attendre le dîner. Le vieux rhum que lui avait administré son beau-père lui montant à la tête lui délia la langue sans qu'il reconnût celui qui lui avait prêté assistance. Il se mit à prononcer des phrases sans suite, tandis que Melbury le contenait.

« Comme je suis là, j'arrive de Londres, dit-il. Ah ! ça c'est une ville où l'on trouve à qui parler. J'habite Hintock, pire que cela : Petit-Hintock. A dix milles à la ronde, il n'y a pas un homme pour me comprendre. C'est que, vous savez, fermier — je ne sais pas votre nom —, moi je suis un homme qui a de l'instruction. Je connais plusieurs langues ; quant aux poètes, ce sont mes bons amis. On pourrait franchir des milles sans trouver quelqu'un plus versé que moi en métaphysique. Et maintenant que j'ai changé de sujet d'étude, il n'y a personne qui m'égale comme homme de science dans tout le Wessex. Et malgré cela, il faut que je vive avec des marchands dans ce misérable petit trou de Hintock.

— Tiens, tiens ! » dit Melbury.

Puis Fitzpiers, avec une énergie d'ivrogne, quitta soudain sa position penchée en redressant si violemment ses épaules contre la poitrine de Melbury que celui-ci eut beaucoup de peine à garder les rênes en main.

« On ne me comprend pas ici », s'écria le docteur ; puis, en baissant la voix, il ajouta doucement :

« Sauf une seule ! sauf une seule ! Une âme passionnée qui a autant d'ardeur que d'intelligence, autant de beauté que d'ardeur, et autant de richesse que de beauté. Dites donc, mon vieux, votre pince me serre d'un peu trop près, on dirait les griffes de l'aigle qui dévorait le foie de ce pauvre Pro-Pre... vous savez ? l'homme du mont Caucase. Je vous le répète, on ne me comprend pas, il n'y a qu'elle ! Ah ! Bon Dieu, je suis un homme qui n'a pas de chance. Elle aurait pu être ma femme, porter mon nom ; mais c'est impossible ! Je me suis abaissé, je me suis mésallié et je m'en repens aujourd'hui. »

La situation devenait pénible pour Melbury, à la fois physiquement et moralement. Il lui fallait le maintenir de son bras gauche et ce contact commençait à lui répugner. Il ne savait que décider. Pour le moment, faire des reproches à Fitzpiers, dans l'état d'hébètement où il était après sa chute et après le rhum qu'il avait pris, serait complètement inutile. Il resta silencieux, mais la main qui soutenait Fitzpiers le serrait avec plus de fermeté que de compassion.

« Hé là ! fermier, vous me faites mal ! Mais je vous suis bien obligé de votre bonté. Je vous disais donc qu'on ne me comprend pas ici. Entre nous, je suis en train de perdre ma clientèle, et pourquoi ? parce que je sais apprécier le charme, quand je le vois, le charme de la beauté et le charme de la richesse. Je ne dis aucun nom, comme cela personne ne saura de qui il est question. Mais elle n'est pas pour moi, du moins pas d'une façon légitime. Si j'étais libre, elle ne pourrait pas me refuser, au point où nous en sommes ; et sa fortune (ça n'est pas qu'elle me plaise à cause de cela seulement) me permettrait de satisfaire une ambition très honorable, occasion que je n'ai jamais rencontrée jusqu'ici et je ne rencontrerai probablement jamais ! »

Melbury, le cœur battant contre l'épine dorsale de l'autre, la tête en feu d'indignation, se hasarda à murmurer d'une voix rauque :

« Et pourquoi donc ? »

Le cheval avança de quelques pas avant que Fitzpiers répondît :

« Parce que je suis légalement marié à une autre, aussi étroitement que vous me serrez avec votre bras ; ce n'est pas un reproche, vous êtes bien bon de m'être venu en aide. Où sommes-nous donc ? Pas encore chez moi ? Chez moi ! En voilà un chez moi, alors que j'aurais pu vivre au Château là-bas. » Et d'un air hébété, il levait la main dans la direction du parc. « Je me suis mis la corde au cou deux mois trop tôt. Si seulement c'était l'autre que j'avais vue d'abord ! »

Ici, le bras du vieil homme secoua convulsivement Fitzpiers.

« Hé là ! Qu'est-ce que vous me faites ? Du calme, s'il vous plaît, ou alors mettez-moi par terre... Je vous disais qu'elle m'a échappé à deux mois près. Et maintenant j'ai abandonné tout espoir en ce monde, et tout m'est égal, tout !... Ou bien alors, s'il arrivait quelque chose à l'autre... Elle est gentille, mais s'il lui arrivait quelque chose — et il paraît qu'elle est malade —, eh bien ! alors je serais libre, et mon avenir, mon bonheur seraient assurés ! »

Ce furent là les derniers mots que prononça Fitzpiers sur la selle du marchand de bois. Incapable de se maîtriser plus longtemps, Melbury, de son bras libre, saisit Fitzpiers au collet.

« Scélérat ! après tout ce qu'on a fait pour vous ! cria-t-il la lèvre frémissante. Et son argent que vous avez eu et le toit qu'on vous a donné ! C'est à moi, George Melbury, que vous osez parler ainsi ! »

Cette exclamation fut accompagnée d'un violent coup d'épaule qui envoya le jeune homme rouler la tête la première sur la route.

Fitzpiers tomba avec un bruit sourd sur les souches d'un fourré qui avait été coupé l'hiver précédent. Darling fit encore quelques pas et s'arrêta.

« Dieu me pardonne ! murmura Melbury, regrettant ce qu'il avait fait. Il m'a mis à trop rude épreuve, et maintenant je l'ai peut-être tué ! »

Il se retourna vers l'endroit où était tombé Fitzpiers, et à sa grande surprise il vit le docteur se dresser sur ses pieds comme s'il n'avait rien, et disparaître rapidement sous les arbres.

Melbury l'écouta s'éloigner jusqu'à ce qu'il n'entendît plus le bruit de ses pas.

« J'aurais pu avoir un crime sur la conscience sans la Providence qui avait placé des feuilles à l'endroit de sa chute », se dit-il en lui-même. Il se rappela alors les paroles de Fitzpiers et son indignation fut telle qu'il regretta presque que l'accident n'ait pas été fatal à son gendre.

Il aperçut bientôt sa propre jument à l'abri d'un buisson. Il quitta Darling un instant et mit facilement la main sur la bête qui se laissa faire, calmée par sa course. Il attacha solidement les deux chevaux à un arbre, revint sur ses pas pour tâcher de retrouver Fitzpiers, se disant qu'après tout il était allé un peu trop loin dans sa colère.

Mais il eut beau sillonner les bois dans tous les sens, foulant aux pieds des restes de feuilles recroquevillées, il ne put le découvrir. Il s'arrêta, l'oreille tendue et l'œil aux aguets. La brise filtrait à travers le réseau des branches ; les troncs et les branches maîtresses qui se détachaient sur le ciel avaient la forme de sentinelles, de gigantesques candélabres, de piques, de hallebardes et de lances, et de tout ce que l'imagination peut voir. Melbury abandonna ses recherches, retourna près de ses chevaux et revint à pied en menant une bête de chaque main.

Ce soir-là, à la même heure, un jeune garçon se rendait justement de Grand-Hintock à Petit-Hintock par la route qu'avait prise Fitzpiers pour rentrer chez lui. Il devait reporter le collier d'un cheval, qui avait été réparé chez le sellier et dont on avait besoin le lendemain à cinq heures du matin. Il se l'était passé autour du cou et marchait en sifflant le seul air qu'il connût en guise de remède contre la peur.

Soudain, le gamin entendit un cheval arriver derrière lui à une assez vive allure ; ignorant qui venait là, la prudence lui suggéra d'arrêter de siffler et de battre en retraite derrière les arbres en attendant que le cheval et le cavalier eussent disparu ; il le fit avec d'autant plus d'empressement qu'ils approchaient sans bruit et que le cheval était de couleur claire — et il se souvenait de la Mort dans l'Apocalypse.

Il déposa donc le collier au pied d'un arbre et alla se cacher par-derrière. Le cavalier approcha et le gamin, dont les yeux étaient aussi perçants que ses oreilles, reconnut, à son grand soulagement, le docteur Fitzpiers.

Comme Melbury l'avait deviné, le docteur, dans l'obscurité, avait pris Blossom pour Darling et il n'avait pas encore découvert son erreur lorsqu'il arriva en face du jeune garçon, bien qu'il fût un peu étonné de l'ardeur de sa jument, si placide d'habitude.

Mais les yeux du cheval étaient tout aussi perçants que ceux du gamin et avec cet instinct de conservation qui provoque chez les animaux une vive réaction devant tout ce qui est insolite ou nouveau, Blossom, en apercevant sous l'arbre le collier — invisible à Fitzpiers —, n'eut pas la patience de la vieille jument, et fit un écart suffisant pour désarçonner le piètre cavalier qu'était le docteur.

Celui-ci tomba et resta étendu par terre dans la position où Melbury devait le trouver par la suite. Le gamin s'enfuit à toutes jambes, calmant sa conscience qui lui reprochait sa désertion en se disant qu'il répandrait l'alarme partout en arrivant à Hintock. Ce qu'il fit sans rien omettre de l'événement et en l'enrichissant de l'histoire du squelette et de toute une série d'incidents dramatiques.

Grace était de retour. Et la voiture louée pour elle, mais non par son mari — à l'hôtel de la Couronne de Shottsford-Forum —, était repartie, le cocher payé. La longue course l'avait ranimée, car sa maladie était une nervosité fébrile et intermittente plus morale que physique ; elle fit quelques pas dans son salon, toute pleine d'espoir. Dès qu'elle était rentrée, Mrs. Melbury lui avait annoncé que son mari était revenu de Londres, mais il était sorti, lui dit-elle, sans doute pour aller voir un malade ; il reviendrait sans tarder, car il n'avait ni dîné ni goûté. Grace chassa de son esprit tout soupçon sur le lieu où il avait pu se rendre et sa belle-mère ne lui dit rien des bruits qui couraient sur les chagrins de Mrs. Charmond et son projet de départ.

La jeune femme s'assit près du feu et elle attendit en silence. Elle avait quitté Hintock en proie à une agitation et à un dégoût profond pour son mari, depuis qu'elle avait entendu les révélations de Mrs. Charmond, et elle était bien décidée à ne pas se trouver chez elle quand Fitzpiers rentrerait.

Mais, depuis, elle avait réfléchi, s'était laissé

convaincre par son père et était revenue. Maintenant elle allait presque jusqu'à regretter que Fitzpiers ne l'eût pas précédée.

Bientôt Mrs. Melbury monta chez Grace, légèrement affairée et brève dans ses paroles.

« J'ai quelque chose à te dire, Grace, de mauvaises nouvelles, lui dit-elle. Mais il ne faut pas t'inquiéter, cela n'est pas aussi grave que cela aurait pu l'être. Edred est tombé à bas de son cheval ; on ne le croit pas très sérieusement blessé ; c'est arrivé dans le bois de l'autre côté de Marshcombe-Bottom, là où l'on dit qu'il y a des fantômes. »

Elle donna quelques autres détails, mais se garda bien d'ajouter les incidents dramatiques de l'invention du gamin.

« J'ai pensé qu'il valait mieux te le dire tout de suite, ajouta-t-elle, au cas où il ne serait pas capable de revenir seul, et où quelqu'un devrait l'accompagner jusqu'ici. »

A vrai dire, Mrs. Melbury le croyait plus mal en point qu'elle ne l'avouait, et Grace s'en apercevait bien. Elle s'assit un instant, anéantie, et remercia sa belle-mère qui lui demandait si elle n'avait besoin de rien.

« Ah si ! au fait, dit Grace après réflexion ; voulez-vous aller dans la chambre à coucher pour voir si tout est prêt au cas où ce serait grave. »

Mrs. Melbury appela la mère Oliver, et elles préparèrent la chambre ainsi que tout ce qui pouvait être nécessaire à un blessé.

Il n'y avait plus personne en bas. Au bout de quelques minutes Grace entendit frapper à la porte un léger coup de marteau qu'on ne pouvait entendre de la chambre.

Elle alla donc jusqu'au palier et dit doucement : « Montez ! » sachant que la porte du bas était grande ouverte comme dans toutes les maisons du pays.

Elle recula dans l'ombre et vit monter une femme

qu'elle ne reconnut pas tout d'abord, mais dont la voix lui révéla ensuite que c'était Suke Damson, inquiète et navrée. Un rai de lumière qui sortait de la porte entrouverte du salon tomba sur son visage : elle était pâle, les traits tirés.

« Ah ! Miss Melbury ! Je veux dire Mrs. Fitzpiers, dit-elle en se tordant les mains. Quelle catastrophe ! Est-ce qu'il est mort ? Est-ce qu'il est très gravement atteint ? Dites-le moi ! Je n'ai pu m'empêcher de venir, excusez-moi, Miss Melbury, Mrs. Fitzpiers, je veux dire. »

Grace s'écroula sur le coffre en chêne du palier et porta ses mains à sa tête et à son visage en feu. Ne fallait-il pas mettre Suke à la porte ? On pouvait ramener son mari d'un moment à l'autre, que se passerait-il alors ? Mais pouvait-elle chasser cette femme si sincèrement inquiète ?

Un silence de mort suivit ; au bout de quelques minutes, Suke lui dit :

« Pourquoi ne parlez-vous pas ? Est-il là ? Est-il mort ? Dans ce cas, pourquoi ne pourrais-je pas le voir ? ça serait si mal que ça ? »

Avant que Grace lui eût répondu, quelqu'un s'arrêta en bas de la porte, d'un pas léger comme celui d'une gazelle. On frappa un coup précipité, du bout des doigts comme si l'on n'avait pas le temps de chercher le marteau.

Sans s'arrêter, guidé sans doute par le rayon de lumière visible sur le palier, on monta comme l'avait fait Suke.

Grace sursauta : c'était une dame ; Grace était visible dans l'ombre et la dame vint à elle.

« Je n'ai pas pu me faire entendre en bas », dit Felice Charmond essoufflée, les lèvres si sèches qu'on les entendait presque se toucher, et prête, semblait-il, à s'écrouler d'inquiétude sur le sol. « Qu'y a-t-il ? Dites-moi le pire. Vivra-t-il ? »

Elle regardait Grace d'un œil qui implorait, sans même apercevoir la pauvre Suke, qui intimidée par un tel personnage, avait reculé dans l'ombre.

Les petits pieds de Mrs. Charmond étaient couverts de boue, mais son aspect extérieur lui était bien indifférent pour le moment.

« Ce qu'on raconte est si terrible, continua-t-elle, que je suis venue pour savoir la vérité. Est-il... vraiment... tué ?

— Elle ne nous le dira pas, et il est en train de mourir dans cette chambre », éclata Suke, impétueusement ; elle entendait remuer Mrs. Melbury et la mère Oliver dans la chambre au bout du corridor.

« Où donc ? » dit Mrs. Charmond. Suke lui montra du doigt la pièce et elle se dirigea de ce côté. Mais Grace lui barra la route.

« Il n'est pas là ! dit-elle. Je ne l'ai pas vu plus que vous. Je ne sais que ce qu'on m'a dit — rien d'aussi grave que vous semblez le croire. On a sans doute exagéré.

— Ne me cachez rien, je vous en prie, je veux tout savoir, dit Felice d'un air de doute.

— Vous saurez ce que je sais. C'est vrai, vous avez l'une et l'autre toutes les raisons pour entrer dans sa chambre à coucher : qui le ferait à plus juste titre ? dit Grace — mais cette flèche fut perdue, car cessant de leur barrer la route elle les conduisit à la chambre dont elle ouvrit la porte toute grande.

« Nous sommes toutes ses femmes, entrons toutes ensemble !

« Je vous le répète, on m'a fait un récit moins inquiétant que le vôtre. Ce qu'il vaut, je n'en sais rien. Je prie Dieu que ce soit peu de chose, vous aussi sans doute ; moi je le souhaite par pure humanité, vous *pour d'autres raisons.* »

Dans la faible lumière, elle regarda ces deux femmes muettes d'inquiétude debout à côté d'elle autour de ce lit vide, regardant, l'œil fixe, les draps et la chemise de

nuit sur l'oreiller; elles ne répondaient pas à ses sarcasmes, elles ne voyaient pas son expression de mépris. Grace s'adoucit.

Les conventions voulaient qu'elle, la femme légitime,
leur lançât de vertueux sarcasmes en les appelant
« femme » ou « créature ». Mais qu'était-ce que la vie
après tout? Tel le poète du psaume d'Asaph, elle avait
été « affligée tout le jour et châtiée dès le matin », et si
elle avait parlé ainsi, elle aurait « trahi toute la race des
enfants du Seigneur ».

« Dire qu'il est peut-être mourant! » se mit à geindre
Suke Damson en s'essuyant les yeux avec son tablier.

Leurs visages, leurs gestes révélaient leurs inquiétudes, leur tendresse, leurs angoisses, pour un ingrat qui
n'avait jamais agi qu'en égoïste envers elles. Et l'une
comme l'autre lui aurait sacrifié la moitié de sa vie.

Les larmes que la situation, peut-être grave, de son
mari ne pouvait lui arracher, jaillirent devant le spectacle de ces deux femmes, ses sœurs, qui étaient liées à
lui aussi étroitement qu'elle, bien qu'en dehors des
conventions. Elle s'appuya à la rampe et pleura.

Felice se mit à pleurer elle aussi, laissant couler ses
larmes sans même les essuyer. Pendant que les trois
femmes étaient là à s'apitoyer sur le sort d'un autre,
bien qu'elles-mêmes fussent pitoyables, on entendit le
pas d'un cheval dans la cour, puis la voix de Melbury
appelant le garçon d'écurie.

Grace se redressa et, courant au-devant de son père
en traversant la cour :

« Père, qu'y a-t-il? s'écria-t-elle.

— Qui cela? Edred? dit Melbury d'un ton brusque.
Rien! Et toi, as-tu fait bon voyage? Te sens-tu mieux?
Mais voyons, il ne faut pas sortir comme cela dans le
froid.

— Mais il est tombé de cheval?

— Oui, oui, je sais bien, je l'ai vu. Une chute sur des
feuilles ne fait pas grand mal à un gaillard comme lui.

Il ne venait pas dans cette direction d'ailleurs, ajouta-
t-il d'un ton significatif. Il allait sans doute à la recherche de son cheval. J'ai essayé de le retrouver mais sans
résultat. Puis, après l'avoir vu disparaître entre les arbres, j'ai découvert le cheval et je l'ai ramené à l'écurie
pour plus de sûreté. Il va falloir qu'il revienne à pied.
Mais toi, ne reste pas comme ça dehors à l'air du soir. »

Elle rentra dans la maison avec son père, et quand elle
arriva sur le palier ce ne fut pas sans un grand soulagement qu'elle s'aperçut que les deux femmes avaient
disparu sans bruit. Elles avaient sans doute entendu les
paroles de son père et étaient parties rassurées.

Bientôt des parents vinrent voir Grace et s'inquiétè-
rent de savoir si elle se sentait bien ! S'apercevant
qu'elle préférait rester seule, ils partirent.

Grace attendit longtemps. La voix de l'horloge résonnait régulièrement, mais son mari ne rentrait pas. A
l'heure où son père se couchait ordinairement, il
monta près d'elle.

« Il faut vous coucher, père, dit-elle dès qu'il entra. Je
ne suis pas fatiguée du tout, c'est moi qui veillerai.

— Je crois que ce sera inutile, Grace, dit lentement
Melbury.

— Pourquoi ?

— J'ai eu une grave querelle avec lui et je ne crois
pas qu'il rentrera ce soir.

— Une querelle ? après la chute que le gamin a vue,
alors ? »

Melbury fit oui de la tête sans quitter la bougie des
yeux.

« Oui, pendant que nous revenions ensemble », dit-il.

Grace avait senti quelque chose monter en elle, en
écoutant les paroles de son père.

« Qu'aviez-vous besoin de vous quereller avec lui ?
s'écria-t-elle brusquement. Vous ne pouviez donc pas le
laisser rentrer tranquillement chez lui, si c'est cela qu'il
voulait. C'est mon mari, et puisque vous me l'avez fait

épouser, ce n'est pas la peine maintenant de l'exaspé-
rer inutilement. Vous me forcez à l'accepter et puis
après vous vous arrangez pour nous séparer plus encore que nous ne le sommes déjà !

— Comment peux-tu être aussi injuste, Grace ? lui dit
son père indigné et navré. Voilà que c'est moi qui vous
sépare maintenant ! Tu ne te doutes pas... »

Il allait lui narrer leur rencontre et lui démontrer
que, loin d'être provoqué par lui, c'était Fitzpiers qui
avait excité sa colère en parlant d'elle avec mépris.

« Tu ferais mieux de te coucher, tu es fatiguée, lui
dit-il doucement. Bonsoir. »

Toute la maisonnée se retira et la demeure entra
dans le silence, que venait rompre parfois le bruit d'un
licou secoué dans les écuries de Melbury.

Malgré le conseil de son père, Grace resta à veiller,
mais nul ne vint.

Cette nuit-là fut capitale pour la vie sentimentale de
la jeune femme. Sa pensée ne quitta pas son mari et
pour l'instant elle oublia Winterborne.

« Comme ces deux malheureuses ont dû l'admirer, se
dit-elle. Comme il sait plaire à tout le monde ! et c'est
vrai, il a du charme ! »

Peut-être cette admiration qu'elle venait de formuler,
aidée par la jalousie, se serait-elle transformée en un
sentiment plus doux si Fitzpiers lui avait donné tant
soit peu d'encouragement.

La vérité est qu'il y avait dans son cœur un amour
tout prêt qui ne demandait qu'un objet.

Mais son mari ne revint pas. Melbury s'était trompé
sur son état. On ne tombe pas impunément sur des
souches dans un buisson. Si le vieil homme avait pu
observer Fitzpiers de plus près, il aurait vu qu'en se
levant il avait perdu beaucoup de sang en se dirigeant
vers le fourré et qu'au bout de cinquante mètres à
peine, il avait montré des signes d'étourdissement,
porté les mains à sa tête, chancelé, puis s'était écroulé.

XXXVI

Grace n'était pas la seule dans Hintock à veiller et à méditer cette nuit-là. Felice Charmond, qui se sentait incapable d'aller dormir à l'heure habituelle, resta assise devant le feu de son salon, aussi immobile et aussi songeuse au Château que Grace dans la petite pièce de son modeste foyer.

Tandis qu'elle était sur le palier chez Grace, elle avait entendu les paroles de Melbury et, rassurée, le souci de sa dignité lui était revenu d'un seul coup. Elle descendit l'escalier et passa la porte comme un fantôme, rasant les murs de la cour jusqu'à la grille qu'elle franchit sans bruit avant que Grace et son père eussent achevé leur conversation. Suke Damson avait trouvé bon d'imiter la châtelaine et, descendant l'escalier des cuisines tandis que Felice descendait celui de la façade, elle sortit par la porte de derrière et regagna son cottage.

Dès qu'elle eut quitté la maison Melbury, Mrs. Charmond courut à toutes jambes jusqu'au Château, sans s'arrêter ni se retourner. Elle entra chez elle comme elle en était sortie, par la porte-fenêtre du salon. Tout y était dans l'état où elle l'avait laissé. Elle avait été absente trois quarts d'heure d'après la pendule, et personne ne paraissait s'en être aperçu. Le corps las, mais l'esprit tendu, elle s'assit tremblante, l'œil fixe, effarée de ce qu'elle avait fait.

Son amour angoissé l'avait entraînée dans une démarche qu'elle ne pouvait s'expliquer maintenant que, son inquiétude calmée, elle ne croyait plus Fitzpiers en danger. Etait-ce donc ainsi qu'elle essayait de rompre ce lien passionné ! Il semblait que depuis qu'elle avait formulé à Grace elle-même l'aveu de sa passion coupable, elle en était devenue plus que jamais l'esclave.

Si seulement le Ciel voulait lui donner l'énergie nécessaire ! Mais le Ciel était sourd. Une seule chose était certaine : c'est qu'elle devait quitter Hintock si elle voulait résister à la tentation. La lutte était épuisante et sans espoir tant qu'elle restait là. Ce n'était qu'une capitulation continuelle de sa conscience devant ce qu'elle n'osait nommer.

Peu à peu, le soulagement de croire son amant indemne après toutes les craintes qu'elle avait eues pour lui produisit chez Felice une réaction qui la remplit de volonté et de sages résolutions. Pour le moment, elle était « follement raisonnable », comme eût dit Mrs. Elizabeth Montagu, et si convaincue que la sagesse était dans la fuite, qu'elle aurait voulu partir à l'instant même. Elle bondit hors de son fauteuil et se mit à réunir quelques menus objets personnels éparpillés dans la pièce, pour se donner l'impression que ses préparatifs étaient commencés.

Tandis qu'elle marchait dans la pièce, il lui sembla entendre un bruit léger dans le parc, elle s'arrêta pour tendre l'oreille. Il n'y avait pas de doute, on frappait à la fenêtre. La pensée qui lui traversa l'esprit lui fit brûler les joues. Il était déjà venu par cette fenêtre : était-il possible qu'il osât y revenir à cette heure ? Tous les domestiques étaient couchés, et, en temps ordinaire, elle aurait reposé elle aussi. Puis elle se souvint qu'en rentrant elle avait refermé la fenêtre sans tirer complètement le volet ; sans doute un rayon de lumière avait-il révélé qu'elle veillait encore. Tout conspirait pour l'empêcher de tenir sa promesse à Grace.

On recommença à frapper d'un coup léger comme frappé par le bec d'un oiseau. Son espoir coupable l'emporta sur sa raison. Elle alla repousser le volet, mais décidée à laisser sa fenêtre fermée et à laisser son amant dehors.

Ce qu'elle aperçut aurait frappé de terreur un cœur autrement trempé que le cœur d'une femme sans défense, à minuit. Au centre de la vitre inférieure de la fenêtre, appuyé contre le carreau, était un visage humain qu'elle eut peine à reconnaître pour celui de Fitzpiers. Se détachant sur l'ombre du dehors, il était d'une pâleur de cadavre, couvert de sang. Cette apparition dans le cadre de la vitre sembla aux yeux de Felice la réplique du voile de sainte Véronique.

Il remua les lèvres et leva vers elle un regard suppliant. Son esprit vif vit dans un éclair l'enchaînement des circonstances tragiques qui pouvaient avoir amené cette issue tragique. Elle ouvrit la croisée d'une main tremblante de terreur et, se penchant sur son corps étendu, elle pressa sa joue contre la sienne avec une pitié passionnée. Sans un mot, le portant presque, elle l'aida à entrer dans la pièce.

Vite, elle referma la fenêtre, attacha les volets, et se pencha vers lui, haletante.

« Etes-vous très gravement blessé ? s'écria-t-elle d'une voix faible. Que s'est-il passé, mon Dieu ?

— Oui, c'est plutôt grave ; mais n'ayez pas peur », répondit-il péniblement dans un souffle et en se retournant pour trouver une position plus confortable. « Un peu d'eau, s'il vous plaît. »

Elle courut jusqu'à la salle à manger et en rapporta une carafe et un verre. Il but avidement. Il put alors parler avec moins de difficulté et, aidé par elle, il réussit à atteindre la chaise longue.

« Est-ce que vous allez mourir, Edred ? dit-elle. Parlez-moi je vous en conjure ?

— Je suis à moitié mort, haleta Fitzpiers, mais j'en sortirai peut-être... j'ai perdu beaucoup de sang.

— Mais je croyais que votre chute n'était pas grave. Qui vous a blessé ?

— C'est mon beau-père, Felice. J'ai rampé jusqu'à vous sur les mains et sur les genoux. Dieu ! j'ai bien cru que je n'arriverais jamais !... Je suis venu à vous parce que maintenant vous êtes ma seule amie au monde... Jamais je ne pourrai retourner à Hintock, sous le toit des Melbury ! Pavot ni mandragore n'apaiseront jamais cette amère querelle [1]... Si seulement je pouvais aller mieux...

— Laissez-moi vous bander la tête, maintenant que vous êtes reposé.

— Oui, mais attendez. Le sang s'est arrêté de couler, heureusement, car je serais déjà mort ! Dans le bois, j'ai réussi à faire une ligature de fortune avec un sou et un mouchoir, tant bien que mal dans l'obscurité... Mais écoutez-moi, ma chère Felice ! Pouvez-vous me cacher jusqu'à ma guérison ? Quoi qu'il arrive, je ne dois plus paraître à Hintock. Ma clientèle n'existe plus, et après ce qui vient d'arriver, même si je le pouvais, je ne tiendrais pas à la refaire. »

Les larmes de Felice l'aveuglaient. Où étaient ses projets de sagesse, ses résolutions de rupture éternelle ? Elle ne pensait plus qu'à l'aider dans sa douleur, dans son malheur, dans sa misère. La première chose à faire était de le soustraire aux regards, et elle chercha une cachette. Elle en trouva une tout à coup.

Elle alla à la salle à manger lui chercher du vin qui lui rendit des forces. Puis elle parvint à lui retirer ses bottes ; il pouvait maintenant se tenir debout en s'appuyant sur un bâton d'un côté et sur elle de l'autre.

---

1. Citation bien connue d'*Othello,* de Shakespeare. (N.d.T.)

Lentement, ils traversèrent ainsi la pièce et montèrent l'escalier. Elle lui fit suivre une galerie, s'arrêtant chaque fois qu'il avait besoin d'un instant de repos, puis monta un autre escalier plus étroit qui conduisait à la partie déserte de la maison. Elle ouvrit une porte. C'était une sorte de débarras contenant du vieux mobilier de toutes sortes, empilé en tas, qui interceptait la lumière des fenêtres, et qui formait des coins et des recoins où un homme pourrait passer inaperçu au cas où l'on jetterait un coup d'œil dans la pièce. C'étaient là des meubles qui avaient appartenu au propriétaire précédent et que feu M. Charmond avait achetés à la vente du Château. Mais ils étaient démodés, et, n'étant pas du goût de la jeune femme, ils avaient été relégués dans cette tour...

Fitzpiers s'assit par terre, le dos contre le mur, jusqu'à ce qu'elle eût réuni les matériaux nécessaires pour former un lit ; elle l'installa sur le plancher, dans un des coins. Elle se procura de l'eau et une cuvette, lava le sang coagulé de son visage et de ses mains, et lorsqu'il fut confortablement installé, elle descendit lui chercher à manger. Pendant qu'il reprenait des forces, elle le couvait anxieusement du regard, le suivait des yeux avec cette tendresse passionnée qu'on ne trouve que chez une femme amoureuse.

Il se sentait mieux maintenant et il se mit à envisager la situation avec elle.

« Ce que je crois avoir dit à Melbury suffirait à mettre en fureur n'importe quel homme à qui on le dirait en face et de sang-froid. Mais j'ignorais que c'était lui. Ce qu'il m'avait donné à boire m'avait complètement étourdi et je ne savais même plus ce que je disais... C'est fini, "le voile du temple est déchiré !"... Comme je ne veux plus qu'on me voie à Hintock, avant que je puisse quitter le pays, mes efforts doivent tendre d'abord à apaiser l'inquiétude que pourrait avoir causé ma disparition. Personne ne doit soupçonner que j'ai été blessé, ou bien tout le pays en parlerait. Felice, il faut que j'écrive immédiatement une lettre pour prévenir toutes recherches. Si vous m'apportez une plume et du papier je crois que j'aurai la force de le faire tout de suite. Pauvre amie ! Comme je la fatigue à la faire courir pour moi ! »

Elle apporta tout ce qu'il fallait pour écrire et soutint l'écritoire pendant qu'il traçait quelques lignes brèves destinées à sa femme légitime.

« L'animosité que m'a témoignée votre père est telle », disait cette glaciale épître conjugale, « que je ne puis songer à retourner sous mon toit, malgré votre présence. Une séparation est inévitable, vous prendrez certainement son parti dans cette querelle. Je pars pour un voyage lointain et vous ne me reverrez pas avant quelque temps. »

Il donnait ensuite quelques renseignements à Grace pour ses rendez-vous professionnels et autres questions matérielles, sans même mentionner la direction qu'il prenait ou l'époque probable de son retour. Il proposa à Felice de lui lire la lettre avant de la fermer. Mais elle n'y consentit point, ce devoir qu'il s'imposait la faisait cruellement souffrir. Elle se détourna et sanglota amèrement.

« Si vous pouviez me faire mettre cette missive à la poste à quelques milles d'ici ? murmura-t-il épuisé par cet effort ; Shottsford, Port-Breedy, ou mieux encore Budmouth, cela détournerait les soupçons du Château.

— J'irai moi-même dans ma voiture, je ferai tout pour qu'on ne vous découvre point ! » murmura-t-elle, la voix lourde d'inquiétude, maintenant que l'excitation des premières mesures à prendre était passée.

Fitzpiers lui dit qu'il y avait encore quelque chose d'indispensable à faire.

« En franchissant la barrière pour ramper jusqu'à la pelouse, dit-il, j'ai mis du sang sur la clôture, et cela crève les yeux sur la peinture blanche — même dans l'obscurité je le voyais. Il faut absolument que ce soit lavé. Pouvez-vous faire cela aussi, Felice ? »

Que ne ferait une femme dévouée en de telles occasions ? Epuisée comme elle l'était, elle descendit les deux longs escaliers jusqu'en bas, alla chercher une éponge mouillée, une lanterne qu'elle alluma et dissimula sous sa mante, et elle sortit dans la nuit. La barrière faisait une tache blanche dans l'obscurité, et un rayon de la lanterne voilée éclaira le sang juste à l'endroit qu'il lui avait indiqué. Elle frémit. C'était trop pour un seul jour. D'une main tremblante, elle épongea le sang, puis rentra au Château.

Tous ces soins avaient duré près de deux heures. Quand tout fut terminé et qu'elle eut bordé son lit, elle lui donna un baiser, plaça à sa portée tout ce qui lui sembla nécessaire, puis elle le quitta et ferma la porte à clef.

XXXVII

Lorsque Grace reçut de son mari cette lettre qui portait le cachet d'une ville éloignée, elle n'eut pas un instant l'idée que Fitzpiers pouvait être blessé à moins d'un mille d'elle. Ce fut non sans soulagement qu'elle vit qu'il ne parlait pas en termes plus violents de sa querelle avec son père, quelle qu'eût été cette querelle ; mais la froideur de cette missive éteignit en elle l'étincelle que les événements y avaient récemment allumée.

Les gens de Hintock apprirent donc ainsi que le docteur était parti, et comme, à part les Melbury, tout le monde ignorait qu'il n'était pas rentré chez lui la nuit de l'accident, il n'y eut pas de scandale dans le village.

Les premiers jours de mai passèrent. Seuls les oiseaux nocturnes aperçurent, une nuit, vers le milieu du mois, une silhouette étroitement enveloppée, appuyée d'un côté sur une béquille et de l'autre sur un bâton, qui sortait de Hintock-House à la dérobée, traversait la pelouse et gagnait les arbres pour se diriger ensuite et péniblement vers le point le plus rapproché de la grand-route.

Ce mystérieux personnage était si habilement déguisé que sa femme elle-même l'eût à peine reconnu.

Felice Charmond, cela va de soi, était versée dans cet art, et elle s'était surpassée en grimant et en fardant Fitzpiers avec tout son savoir dans les profondeurs du débarras.

Sur la grand-route une voiture couverte vint à sa rencontre, et le conduisit jusqu'à Sherton-Abbas, d'où il rejoignit le port le plus proche de la côte et traversa immédiatement la Manche.

Mais chacun savait que, trois jours après, Mrs. Charmond devait mettre à exécution son projet si souvent différé d'aller faire un long séjour sur le Continent. Elle partit un matin aussi discrètement que possible, seule, sans femme de chambre, elle en avait, paraît-il, engagé une qu'elle devait retrouver en route. Par la suite, Hintock-House, si souvent fermé, fut mis à louer. L'été n'avait pas encore succédé au printemps que se répandit dans tout le village et les environs une rumeur fondée sur des témoignages inattaquables, et qui ne laissait plus aucun doute. On avait vu Fitzpiers et Mrs. Charmond ensemble à Baden, et leurs relations résolvaient la question qui avait tant intrigué le pays depuis l'hiver.

Melbury était entré dans « la Vallée de l'humiliation » encore bien plus profondément que Grace. On eût dit un homme fini.

Mais chaque semaine il se rendait machinalement au marché de Sherton comme autrefois. Un jour qu'il passait près de la fontaine, d'une allure qui révélait son état d'esprit, il entendit une voix jadis familière l'appeler par son nom. En se retournant, il aperçut un certain Fred Beaucock — jadis clerc de notaire d'avenir et dandy bien connu. On le considérait autrefois comme le garçon le plus intelligent de tout Sherton, sans qui ses patrons n'existeraient pas. Mais, par la suite, Beaucock était tombé très bas. On l'invitait à droite et à gauche, il chantait des romances dans les dîners et aux banquets du comice agricole ; il prenait en somme beaucoup plus d'alcool que cela n'était bon pour son cerveau remarquable comme pour son organisme. Il perdit sa situation, et après avoir essayé ses talents dans une autre ville, il revint au pays natal, où, à l'époque où se passaient les événements qui précèdent, il donnait des consultations juridiques à des prix dérisoires. Il exerçait surtout sa profession sur les banquettes des cafés où l'on aurait souvent pu l'entendre faire des testaments de paysans pour une demi-couronne, réclamant d'une voix docte plume, encre et feuille de papier, et rédiger ledit testament sur un bout de table essuyé du revers de la main, entre les ronds humides faits par les verres et les tasses. Une idée reçue depuis longtemps reste ancrée sans qu'on puisse la déraciner, et parmi les marchands bien des gens âgés restaient persuadés que Fred Beaucock en savait long en matière de droit.

C'est lui qui avait appelé Melbury.

« Vous avez l'air bien soucieux, monsieur Melbury, si je ne suis pas indiscret », s'écria-t-il quand le marchand de bois se fut retourné vers lui. « Oui, je sais bien, je sais bien ; triste affaire ! triste ! Les affaires de droit et moi sommes de vieilles connaissances, comme vous le savez ; eh bien ! il y a un remède à la situation de Mrs. Fitzpiers.

— Comment donc, un remède ? fit Melbury.

— Oui, c'est cela, d'après la nouvelle loi. Depuis l'année dernière, il y a un nouveau statut, articles 20 et 21, chapitre 85, par lequel il est aussi facile de se démarier que de se marier. Aujourd'hui plus besoin d'une décision du Parlement. Il n'y a plus une loi pour les riches et une loi pour les pauvres. Mais entrez donc au café avec moi. J'allais justement prendre un doigt de rhum bien chaud en face, je vais vous expliquer cela tout au long. »

Melbury fut abasourdi à cette nouvelle, car il lisait peu les journaux. C'était un homme d'habitudes très régulières, et il ne se souciait pas d'entrer au cabaret avec Fred Beaucock, et, en toute autre occasion, tout ce qu'aurait pu dire un homme de cet acabit aurait glissé sur lui sans l'influencer en aucune façon. Mais la possibilité qu'on lui laissait entrevoir de libérer sa fille bien-aimée de son esclavage lui enlevait toutes ses facultés de jugement. Il ne put résister à l'ex-clerc de notaire, et l'accompagna dans l'auberge.

Ils prirent leur rhum. Ce fut Melbury qui paya les consommations comme si cela allait de soi. Beaucock s'appuyait sur le dossier avec une gravité de juge qui l'empêchait de prêter attention à son verre qui, pourtant, se vidait avec une célérité qui tenait du prodige.

Dans quelle mesure l'exagération de Beaucock concernant la nouvelle loi sur le divorce fut-elle le résultat de son ignorance, et dans quelle mesure le résultat de sa mauvaise foi, on ne le sut jamais exactement. Mais il inventa un roman si plausible dans lequel Grace recouvrerait sa liberté avec tant de facilité que Melbury en perdit presque la tête. Et, bien qu'il eût à peine humecté ses lèvres, Melbury ne sut jamais comment il était sorti de l'auberge, ni où ni quand il était remonté en voiture pour reprendre le chemin de Hintock.

Quoi qu'il en soit, il se trouva de retour à Hintock ; pendant toute la route, on eût dit que sa tête résonnait comme un gong tant il y remuait de pensées. Avant de voir Grace, il rencontra par hasard Winterborne qui lui trouva un visage rayonnant comme s'il avait, semblable au législateur, tenu conseil avec les anges.

Il laissa là le cheval, prit Winterborne par le bras et marcha avec lui jusqu'à un tas de bois de chêne à l'abri d'une haie de troènes.

« Giles », lui dit-il quand ils furent assis sur les troncs, « on a fait une nouvelle loi dans le pays ! Grace peut facilement reprendre sa liberté. J'ai appris ça tout à fait par hasard. J'aurais pu l'ignorer dix ans encore. Elle peut être débarrassée de lui, tu m'entends, débarrassée de lui ! Pense un peu, mon ami ! »

Et il lui expliqua ce qu'il avait appris de ce nouveau remède légal. Un tremblement des lèvres, vite réprimé fut le seul signe d'émotion que trahit Giles ; et Melbury ajouta : « Mon garçon, elle pourra encore être à toi, si tu y tiens. » En prononçant ces mots le sentiment de joie de Melbury atteignit son paroxysme, et en s'entendant formuler cette idée qui lui avait été si chère, il sentit ses yeux se mouiller.

« Est-ce que vous êtes bien certain du sens de cette loi nouvelle ? », questionna Winterborne, si troublé par la joie formidable et les doutes terribles qui l'envahissaient tour à tour, qu'il se refusait à admettre dans leur intégralité les affirmations de Melbury.

Melbury lui dit qu'il n'y avait pas le moindre doute, car il se souvenait maintenant qu'il avait eu cette conversation avec Beaucock, qu'il avait lu dans les journaux quelque chose touchant à cette transformation juridique. Mais comme à ce moment-là il n'avait pas besoin de ces remèdes désespérés, il ne s'y était pas arrêté.

« D'ailleurs, je vais tirer cette affaire au clair sans plus tarder, poursuivit-il. Je vais à Londres, Beaucock m'accompagnera, et nous nous procurerons les meilleurs conseils. Beaucock connaît bien son affaire, il n'y a rien à lui reprocher, à part son gosier en pente. Il fut un temps où il était le sauveur de Sherton quand il s'agissait de dénouer des difficultés juridiques inextricables. »

Winterborne répondit de la façon la plus vague. La perspective de cette nouvelle possibilité était à peine imaginable pour le moment. Giles était « un gaillard qui s'emballait pas », comme on disait à Hintock. Il resta passif, non par manque de sympathie, mais parce que la vie lui avait enseigné la circonspection.

« Seulement, continua le marchand de bois, et son front se rida encore davantage, Grace ne va pas bien.

Rien d'organique, c'est certain, mais, depuis cette nuit d'inquiétude, elle est restée dans un état d'abattement nerveux. Je ne doute pas qu'elle aille bientôt mieux..., je me demande comment ça va ce soir ? »

Il se leva en disant ces mots, comme s'il avait trop longtemps oublié la personne de sa fille dans l'excitation de son espoir pour l'avenir.

Ils étaient restés là jusqu'au moment où le soir avait teinté le jardin de brun, et ils rentrèrent alors dans la direction de la maison. Giles suivait à quelques pas derrière, car son vieil ami, dans son enthousiasme, était parti d'un pas plus rapide que Winterborne... Celui-ci ressentait une certaine gêne à l'idée de revoir Grace à titre de prétendant éventuel — Melbury ne manquerait pas de le présenter sous ce jour à sa fille — avant d'avoir une certitude sur la situation future de celle-ci. C'était là agir trop précipitamment, comme ceux qui courent tête baissée là où les anges n'osent marcher[1].

Mais au retour ils devaient payer l'espoir rayonnant de la journée par une déception. A peine Giles eût-il suivi Melbury dans la maison qu'il entendit la mère Oliver annoncer que l'état de Mrs. Fitzpiers avait empiré dans la journée. Le vieux docteur étant justement dans le voisinage, on l'avait appelé, et il lui avait ordonné de garder le lit. Mais elle n'était pas gravement atteinte, avait-il dit ; elle souffrait d'une crise fébrile, nerveuse, résultat immédiat de ses émotions des derniers temps. Elle serait, pensait-il, remise dans quelques jours.

Winterborne n'entra donc pas plus avant dans la maison, et son espoir de la voir ce soir-là fut déçu.

Melbury ne s'inquiéta pas outre mesure. Il savait que sa fille était solide de constitution ; c'étaient ses ennuis conjugaux qui la rendaient malade. Une fois libre, elle retrouverait vite sa bonne mine et sa santé.

---

1. « Les insensés courent tête baissée là où les anges n'osent marcher. » — Pope, *Essay on criticism.* (N.d.T.)

Comme c'est souvent le cas pour les parents, Melbury ne se trompait pas dans son diagnostic.

Il partit pour Londres le lendemain matin. Le docteur Jones était revenu et lui avait assuré qu'il pouvait se mettre en route sans inquiétude, surtout pour une démarche de ce genre qui mettrait bientôt un terme à l'incertitude de la jeune femme.

Le marchand de bois était absent depuis un jour ou deux lorsqu'on raconta à Hintock qu'on avait trouvé le chapeau de M. Fitzpiers dans le bois. Dans l'après-midi on apporta le chapeau chez les Melbury et, par un hasard malheureux, en présence de Grace. Ce chapeau était sans doute resté là depuis le jour de sa chute, mais il était si propre et si intact — ce qui n'avait rien d'étonnant en cette saison, grâce à la protection des feuilles — que Grace ne put admettre qu'il fût passé inaperçu aussi longtemps.

Un événement aussi insignifiant suffit à provoquer en elle une agitation fébrile ; elle crut qu'il était resté dans le voisinage et qu'elle allait le revoir d'un moment à l'autre. Elle eut une rechute si grave que le docteur eut l'air inquiet et que la maisonnée fut dans l'angoisse.

C'était le début de juin. En cette saison le coucou pousse son cri sans arrêt, et ne cesse que quelques heures pendant la nuit. Ce cri qui lui était pourtant si familier depuis son enfance devint un véritable supplice pour la pauvre Grace. Le vendredi qui suivit le départ de Melbury (il était parti le mercredi), c'est-à-dire le lendemain du jour où l'on avait trouvé le chapeau, le coucou commença sa chanson à deux heures du matin par un cri soudain qu'il poussa du haut d'un des pommiers du jardin, à quelques mètres seulement de la fenêtre de Grace.

« Oh ! le voilà qui vient ! » s'écria-t-elle, et, dans sa terreur, elle sauta en bas de son lit.

Cette crise de frayeur maladive dura jusqu'à midi. Quand le docteur l'eut vue et qu'il en eut parlé à

Mrs. Melbury, il s'assit pour réfléchir. Il fallait à tout prix la débarrasser de cette terreur qui la hantait, et il en chercha le moyen.

Sans souffler mot à qui que ce soit dans la maison ou même à Winterborne, rongé d'inquiétude, qui l'attendait dans le chemin, le docteur rentra chez lui et écrivit à Melbury, à l'adresse de Londres que lui avait donnée sa femme. Cette lettre disait en substance qu'il fallait faire savoir à Mrs. Fitzpiers qu'on s'occupait de rompre ce lien qui lui devenait une torture, lui affirmer qu'elle serait bientôt libre, et qu'elle l'était pour ainsi dire dès maintenant. « Si vous pouviez l'en convaincre immédiatement, cela vous éviterait peut-être bien du chagrin, lui disait-il. Ecrivez-lui immédiatement à elle, et non à moi. »

Le samedi il alla à Hintock dans sa voiture et apaisa Grace en lui faisant mystérieusement espérer qu'elle recevrait de bonnes nouvelles dans quelques jours.

En effet, le dimanche matin, il y avait une lettre de Melbury pour sa fille. Elle arriva à sept heures, à l'heure habituelle où le facteur traversait Hintock de son pas chancelant. A huit heures, Grace s'éveilla, ayant dormi quelques heures par extraordinaire, et Mrs. Melbury lui monta la lettre.

« Sauras-tu l'ouvrir toi-même ? lui dit-elle.

— Oh oui ! oui ! » s'écria Grace, impatiente et sans force. Elle déchira l'enveloppe, déplia le feuillet et lut ; une lente rougeur envahit son cou blanc et ses joues.

Son père, avec une sage témérité, l'informait qu'elle ne devait plus craindre le retour de Fitzpiers, qu'elle serait libre sous peu, et que si, par la suite, elle désirait, comme il le croyait et le souhaitait, épouser son amoureux d'autrefois, elle serait complètement libre de le faire. D'ailleurs Melbury ne dépassait pas sa pensée. Mais il exagérait beaucoup lorsqu'il ajoutait que les formalités légales du divorce étaient pratiquement réglées.

Le fait est qu'à l'arrivée de la lettre du docteur Jones, le pauvre Melbury avait été bouleversé, et Beaucock avait eu toutes les peines du monde à l'empêcher de retourner au chevet de sa fille. « A quoi bon courir à Hintock ? », lui avait-il dit ; la seule chose qui pouvait lui faire du bien, c'était la dissolution de son mariage. Il n'avait pu voir encore l'éminent avoué qu'ils devaient consulter, mais il allait le voir sous peu, et le cas était simple. Poussé à la fois par son inquiétude paternelle, par les affirmations de son compagnon et par la lettre du médecin, le naïf Melbury s'était décidé à lui écrire sans ambages qu'en fait elle serait libre.

« Et vous feriez bien aussi d'écrire à ce monsieur », lui suggéra Beaucock qui, flairant une grosse affaire, tenait à y engager complètement Melbury. Il savait qu'à cet effet le moyen le plus sûr serait d'éveiller en Grace une passion pour Winterborne ; son père n'aurait pas le cœur de renoncer à rendre cet amour légitime même s'il découvrait que la chose était plus difficile qu'il ne l'avait cru tout d'abord.

Melbury, impatient et nerveux, accueillit volontiers cette idée de « les mettre en route dès maintenant », comme il disait. Reprendre son projet de réparation à l'égard de Winterborne redevenait chez lui une obsession. Il ajouta donc un passage à la lettre pour faire entendre à Grace qu'il serait bon d'encourager Giles dès maintenant, de peur de le perdre à tout jamais. Et il écrivit d'autre part à Giles que la route était désormais libre pour lui ; la vie était courte, lui, Melbury, vieillissait, et l'on ne sait jamais ce qui peut arriver : il fallait donc réveiller en Grace son ancienne affection pour lui, afin que tout fût prêt quand leur union serait possible.

XXXVIII

Winterborne fut tout ému devant ces paroles encourageantes. La nouveauté de la situation la lui rendait presque inconcevable avec tout ce qu'elle impliquait. Quelques mois plus tôt il avait été tenu à l'écart de cette famille, et ce n'était que de loin qu'il voyait Grace aller et venir, revêtue de tout l'éclat d'une supériorité évidente qui l'éloignait de lui. Elle était alors la femme du jeune médecin à la mode, populaire dans le pays, et semblait appartenir à tout jamais à une autre sphère que la sienne. Cela, c'était si récent que les fleurs qui étaient en bouton à cette époque étaient à peine fanées aujourd'hui. Et voilà que maintenant, ce père farouchement jaloux du bonheur de sa fille venait l'encourager, lui dire d'être prêt pour le jour où il pourrait la réclamer comme sienne.

Tous les événements de l'année précédente repassèrent comme une procession lointaine ; comme il avait été repoussé ! Quel mépris Melbury avait montré pour son dîner de Noël ! Comme cette douce Grace si réservée l'avait regardé de haut, lui, sa maison et le service de Creedle !

Il n'y pouvait croire. La barrière indissoluble du mariage ne pouvait être brisée de cette façon. C'était contre toute tradition. Pourtant, une nouvelle loi pouvait être toute-puissante. Mais était-il admissible qu'une jeune femme accomplie comme elle, et habituée en outre à la culture et au raffinement d'un homme de profession libérale, pût devenir la femme de ce manant, de Giles Winterborne? Saurait-il rendre heureuse cette jeune femme si fine qui était maintenant encore plus éloignée de lui qu'elle ne l'était auparavant? Il était assailli de doutes.

Cependant, il n'était pas homme à se faire prier. Agir avec la promptitude que désirait lui voir Melbury semblait, à vrai dire, inconsidéré, car la situation n'était rien moins que certaine. Giles ignorait tout de la procédure, mais il n'ignorait pas que considérer Grace comme sa fiancée avant même que le mariage qui la liait fût dissous n'était qu'un rêve extravagant sorti du cerveau excédé de Melbury. Il avait pitié de l'enthousiasme enfantin du vieillard, et il sentait à quel point celui-ci avait dû souffrir pour en arriver à formuler des désirs aussi peu raisonnables.

Winterborne était d'esprit trop généreux pour être sceptique sur les intentions de Melbury et pour supposer que le marchand de bois, dans son ardente affection exclusive pour Grace, le recherchait maintenant parce que la jeune femme une fois divorcée serait dans une situation fausse et qu'après tout, si un mari comme Winterborne n'était pas l'idéal, c'était toujours mieux que rien. Non ; il était persuadé que son vieil ami était tout simplement torturé par l'idée qu'il devait réparer l'erreur presque irréparable qu'il avait commise en séparant ceux que la Nature avait voulu unir dans leur jeunesse, et que, tout à son ardent désir de réparation, il oubliait qu'il y fallait mettre des formes. Il en négligeait lui-même la prudence qu'il avait montrée toutes ces dernières années. Et Winterborne se rendait compte que dans cette ère nouvelle qui commençait, il allait devoir prendre lui-même les précautions nécessaires afin de ne pas compromettre Grace par des avances prématurées.

L'amour à l'état stationnaire est une chose qui n'existe point. On aime plus ou l'on aime moins. Et Giles n'avait pas remarqué de décroissance dans sa tendresse. Depuis le refus de Grace et depuis son mariage, il s'était efforcé de réduire sa passion aux proportions d'une amitié calme, par pure raison ; mais jusqu'ici il n'avait pas remporté un succès bien éclatant.

Plus d'une semaine passa sans autres nouvelles de Melbury. Mais l'effet de sa lettre sur cette enfant de la forêt aux nerfs si tendus avait été salutaire comme l'avait prévu le vieux Jones. Elle avait calmé son esprit troublé mieux que tous les narcotiques de la pharmacopée. Elle avait retrouvé le sommeil pendant toute une nuit et un jour d'affilée. La « nouvelle loi » était pour elle une entité mystérieuse, bienfaisante, providentielle, parue depuis peu sur la terre, et qui lui rendrait le calme et le bonheur perdus. Sa situation fausse la mettait mal à l'aise, et elle éprouvait moins d'aversion pour celui qui l'avait causée que pour la situation elle-même. C'était une situation humiliante, vulgaire, et la cause de nombreux affronts. Son mari, elle pouvait l'oublier, mais l'idée de son abandon la hantait.

Elle ne vit pas une seule fois Winterborne pendant sa convalescence, aussi son imagination se mit-elle à tisser autour de lui toute une trame romanesque que n'eût pas inspirée la présence de Giles avec les imperfections et les défauts inhérents à tous les hommes. Il régnait dans sa mémoire tour à tour comme le dieu des bois et comme le dieu des fruits. Tantôt entouré de feuilles et barbouillé de vert lichen, tel qu'elle l'avait vu parmi les rameaux débordants de sève de la plantation ; tantôt taché de cidre et constellé de pépins de pommes, tel qu'elle l'avait rencontré à son retour de Blackmoor Vale avec ses cuves et son pressoir. Au fond de son cœur son enthousiasme rejoignait celui de son père dans son désir de montrer à Giles une fois pour toutes que son affection pour lui n'était pas morte.

Elle ne cessait de se demander si réellement l'avenir unirait sa vie à la sienne. Elle n'ignorait pas que les convenances l'interdisaient pour le moment, mais avec la confiance aveugle qu'en fille respectueuse elle avait dans le savoir et le jugement paternels, elle se souvint de ce qu'il lui avait écrit au sujet de Winterborne. Elle n'était pas opposée à l'idée de faire sentir à celui-ci qu'il ne lui déplaisait pas, du moment qu'elle pouvait le faire en toute sécurité, pendant cette période prélimi-naire au divorce.

Après n'avoir été que l'ombre d'elle-même, sa santé rendit confiance à son entourage. En l'espace de quel-ques jours elle retrouva sa bonne mine et put repren-dre sa vie normale.

Un jour, Mrs. Melbury lui proposa comme distraction d'aller dans le cabriolet au marché de Sherton où l'homme de Melbury devait se rendre pour faire divers achats. Rien n'appelait Grace à Sherton, mais il lui vint tout à coup que Winterborne y serait sans doute, et la promenade prit soudain de l'intérêt pour elle.

Elle ne l'aperçut pas sur la route, mais au moment où le cheval marchait au pas au milieu des embarras de voitures de Sheep street, elle aperçut le jeune homme sur le trottoir. Elle songea alors au jour où il l'avait attendue debout sous son pommier lorsqu'elle revenait de pension, et où par trop de fierté elle était passée à côté du bonheur. Son cœur se gonfla. C'en était fini de la fierté, aujourd'hui ; elle se souvint aussi de la der-nière fois où elle l'avait rencontré dans cette ville, alors qu'il pressait du cidre dans la cour de l'hôtel du Comte de Wessex, tandis qu'elle jouait à la grande dame du haut de son balcon.

Grace demanda à l'homme de l'arrêter là, et elle alla immédiatement rejoindre son ancien amoureux. Giles ne l'avait pas aperçue tout d'abord, et ses yeux trahirent sa joie réprimée sans toutefois cet embarras qu'il avait montré lors de leurs rencontres précédentes.

Ils échangèrent quelques mots, et elle lui dit en guise d'invitation :

« Je n'ai rien à faire ; sans doute êtes-vous très occupé ?

— Moi, pas du tout. En ce moment, il faut l'avouer, mes affaires sont plutôt calmes, malheureusement.

— Eh bien, alors j'entre dans l'abbaye, vous m'accompagnez ? »

Elle lui faisait cette proposition pour échapper plus tôt aux regards curieux qui l'observaient. Elle avait cru que, depuis le temps, toute curiosité à son égard devait être passée. C'était tout le contraire. On la regardait avec un tendre intérêt, elle, la jeune épouse abandonnée, mais sans indiscrétion et sans vulgarité. Quelle qu'en fût la cause, elle ne s'attendait pas à être ainsi en butte aux regards.

Ils descendirent ensemble les bas-côtés, puis allèrent bientôt s'asseoir. Ils étaient seuls dans l'abbaye. Elle contempla un vitrail, la tête penchée de côté, et lui demanda timidement s'il se souvenait de leur dernière rencontre en tête à tête dans cette ville.

Il s'en souvenait parfaitement, et il lui dit :

« Vous étiez alors une demoiselle bien fière, une vraie princesse. Peut-être n'avez-vous pas changé ? »

Grace secoua lentement la tête :

« Le malheur a changé tout cela, dit-elle d'un ton pénétré. Peut-être suis-je allée trop loin dans l'autre sens maintenant. »

Comme il y avait dans ses paroles une intention qu'elle ne pouvait expliquer, elle ajouta rapidement pour qu'il n'ait pas le temps d'y réfléchir :

« Mon père vous a-t-il écrit ?

— Oui », dit Winterborne.

Elle tourna vers lui un regard pensif :

« A mon sujet ?

— Oui. »

Elle comprit que Melbury avait conseillé à Giles d'accepter les encouragements qu'il lui avait conseillé à elle de donner, et, à cette découverte, une rougeur l'envahit. Mais ce n'était que Giles qui était là devant elle, elle ne le craignait point et elle retrouva son sang-froid.

« Il m'a écrit que je devais sonder vos sentiments en vue de ce que je n'ai pas besoin de vous expliquer, si vous êtes décidée à comprendre », continua Winter-borne à voix basse. Puisqu'elle lui avait tendu la perche, il n'allait pas la lâcher tout de suite.

Ils avaient passé ensemble leurs jeunes années et il existait entre eux pour ce qui les concernait personnel-lement cette familiarité que seule peut donner une amitié d'enfance.

« Tout cela est très bien, Giles, et viendra en son temps, répondit-elle avec simplicité, mais vous com-prenez bien que pour le moment je suis dans une situation un peu particulière et qu'il est trop tôt encore pour régler cette question-là.

— Vous croyez ? » dit-il d'un air absent. Tandis qu'il la regardait, il avait l'impression curieuse de faire une découverte.

Il ne s'attendait pas à la revoir sous ce jour. Pour la première fois il trouvait en elle quelque chose d'inat-tendu, quoique pourtant il aurait dû s'y attendre. Ce n'était plus là Grace Melbury, la jeune fille qu'il avait toujours connue. Evidemment, il aurait dû s'en douter, mais il n'y avait jamais songé. Aujourd'hui c'était une femme, elle s'était transformée et, sans avoir perdu sa réserve, elle n'avait plus sa timidité de jeune fille. Jus-qu'ici ce changement inévitable, et qu'il n'ignorait pas, lui avait échappé, et il en était frappé aujourd'hui comme par une chose subite. Le fait est qu'il ne s'était jamais plus trouvé en tête à tête avec elle depuis ses fiançailles avec Fitzpiers, excepté toutefois le soir où elle l'avait rencontré au pied de High Stoy Hill, alors qu'il avait tous ses appareils à faire le cidre. Mais cette rencontre avait été trop brève pour qu'il eût pu juger du changement.

Winterborne avait évolué lui aussi. Malgré sa timidité il était maintenant en mesure de la juger, de l'observer d'un œil critique. Il fut un temps où, pour lui, juger Grace Melbury eût été une faute aussi grave que de porter un jugement sur une divinité. Aujourd'hui le résultat de son observation lui montrait une femme différente à beaucoup de points de vue, un être aux idées plus larges, l'aspect plus grave, et surtout doué de plus d'assurance que la Grace d'autrefois. Il ne pouvait dire tout d'abord si cette transformation lui plaisait. Mais, en tout cas, cette nouveauté avait son charme.

Elle était si bonne et si sensible qu'elle craignit soudain que le silence de Giles ne trahît du déplaisir, voire de l'hostilité.

« Quelles sont donc ces pensées qui vous plissent le front ? questionna-t-elle. Je n'ai pas voulu vous blesser, Giles, en disant que le moment était encore un peu prématuré. »

Touché de la tendresse réelle qui avait dicté ces paroles, Giles se détourna tout ému, et lui prit la main. Il regrettait maintenant son observation critique.

« Je vous admire, Grace, lui dit-il à voix basse, beaucoup plus encore qu'autrefois.

— Comment cela ? »

C'était difficile à expliquer, et il lui dit avec un sourire évasif :

« Vous êtes plus jolie. »

Ce qui n'était pas vraiment ce qu'il avait voulu dire. Il restait là immobile, en face d'elle, la main droite de Grace dans sa main droite ; et comme il la gardait dans la sienne, elle se permit un doux reproche.

« Je crois que pour l'instant, nous nous en sommes assez dit, suffisamment pour que mon pauvre père ait la certitude que nos cœurs n'ont pas changé. N'est-ce pas? Giles, vous le savez, cette question de séparation n'est pas réglée encore, et si jamais il y avait une irrégularité ou un ennui quelconque... Oh! Giles, si je ne retrouvais jamais ma liberté! »

Elle eut un sanglot vite réprimé et pâlit. Jusqu'ici leur dialogue affectueux avait oublié et la vie et le monde. La sombre atmosphère du passé, l'horizon sombre encore du présent, étaient restés en dehors de leurs pensées. Mais maintenant ils reprenaient leur place, l'équilibre de la lumière et de l'ombre était rétabli.

« Tout cela finira bien, je n'en doute pas, reprit-elle d'une voix mal assurée. Qu'est-ce que l'avoué avait donc dit à mon père?

— Oh! que c'était chose faite. Le cas est simple, rien n'est plus clair. Mais toute la partie juridique n'est pas complètement achevée, cela se comprend.

— Oui, oui, naturellement, dit-elle plongée dans ses confiantes pensées. Mais n'est-ce pas? père a dit que c'était presque... Est-ce que vous la connaissez cette nouvelle loi qui facilite tant les choses?

— Non. Tout ce que j'en sais, c'est qu'elle permet aux maris et aux femmes mal assortis de se séparer, ce qu'ils ne pouvaient faire autrefois sans décision spéciale du Parlement.

— Faut-il signer un papier? prêter serment? ou quelque chose comme cela?

— Oui, je le crois.

— Depuis quand cela existe-t-il?

— Six mois ou un an, je crois, d'après ce que disait l'avoué. »

A entendre ainsi ces deux innocents Arcadiens discuter cette auguste loi, une âme sensible aurait pleuré devant les échafaudages dangereux qu'ils édifiaient sur une base à eux inconnue. Ils restèrent là à réfléchir comme deux enfants en présence de l'incompréhensible.

« Giles, lui dit-elle enfin, si vous saviez comme je suis lasse de ma situation actuelle! Ne croyez-vous pas que nous ferions mieux de sortir, maintenant. Cela ne paraîtrait peut-être pas très convenable de ma part de rester si longtemps seule avec vous, si quelqu'un nous voyait. D'ailleurs je crois bien que je ne devrais pas laisser ainsi ma main dans la vôtre, étant donné que les documents, les papiers, ou je ne sais quoi, ne sont pas encore signés. Pour le moment, je suis tout aussi mariée qu'auparavant, ou presque. Mon cher papa n'a pas réfléchi. Ce n'est pas que je me considère comme moralement liée à un autre, après tout ce qui s'est passé ; — et je crois que toute femme de cœur serait de mon avis —, d'autant plus qu'il y a des mois de cela. Mais je voudrais faire mon possible pour respecter les convenances.

— Oui, bien sûr. Mais votre père nous rappelle que la vie est courte. Je me le dis souvent, moi aussi. C'est pourquoi je désirais tant être d'accord avec vous pour la suite. Depuis que j'ai reçu la lettre de votre père, ma chère Grace, je suis parfois inquiet et craintif comme un enfant. Si l'un de nous venait à mourir avant la dernière signature et le dernier cachet qui doivent vous rendre la liberté, si nous devions quitter ce monde sans avoir joui de cette occasion si brève, si courte, mais réelle, je me dirais en mourant : "Pourquoi ne pas lui avoir dit mon amour et donné un pauvre petit baiser quand il était temps encore! Mais jamais je ne l'ai fait, malgré sa promesse de devenir un jour ma femme, et maintenant c'est fini pour toujours." Voilà ce que je me dirais. »

A ses premières paroles, elle avait d'abord suivi mélancoliquement du regard les mouvements de ses lèvres comme si elle en voyait sortir les mots ; puis elle avait baissé les yeux.

« Oui, dit-elle, j'y ai songé aussi. Et tout à l'heure en parlant de convenances, je n'ai pas voulu impliquer par là que je serais froide et distante avec vous qui m'aimez depuis si longtemps. Loin de moi l'idée d'avoir voulu vous blesser comme au temps où j'étais si sotte. Oh! non! Giles. Mais n'est-ce pas vraiment un peu tôt... mais oui, n'est-ce pas? c'est évident! »

Ses yeux se remplirent de larmes tant elle était émue, troublée, inquiète.

Winterborne était trop droit pour essayer de l'influencer contre elle-même.

« Oui, c'est possible, dit-il repentant; j'attendrai jusqu'à ce que tout soit réglé. Qu'est-ce que votre père vous disait, à vous, dans ses lettres? »

Il voulait parler de la demande en divorce. Mais elle se méprit sur ses paroles, et aborda tout droit la question personnelle :

« Il dit... ce que je vous ai laissé entendre. Faut-il entrer dans plus de détails?

— Oh! non, si c'est un secret.

— Pas du tout. Si vous le désirez, Giles, je vous répéterai tout, mot pour mot. Il dit que je dois vous encourager, voilà! Mais je lui ai suffisamment obéi pour aujourd'hui. Venez, sortons maintenant. »

Elle retira doucement sa main et, passant la première, sortit de l'abbaye.

« Je viens de penser qu'il devait être temps de dîner, dit Winterborne, passant à un sujet plus prosaïque. Vous devez avoir faim, Grace, laissez-moi vous emmener dans un endroit que je connais bien. »

Une fois sortie de la maison de son père, Grace n'avait pour ainsi dire aucun ami au monde. Sa vie conjugale, au lieu de lui amener de la société, avait peut-être rendu sa solitude plus profonde encore. Aussi se sentir l'objet d'attentions affectueuses lui semblait-il délicieux. Mais elle se dit que cette offre de Giles d'aller dîner en tête à tête et en public témoignait de son ingénuité et de son inexpérience plus que de sa prudence. Elle lui répondit doucement qu'elle préférait

rester sous le porche pendant qu'il irait lui commander
un repas ; il viendrait ensuite la prévenir lorsque ce
serait prêt. Giles devina sa pensée, il se dit qu'à côté
d'elle il n'avait aucune idée des convenances, et il
partit s'acquitter de sa mission.

Il revint dix minutes plus tard, et retrouva Grace où
il l'avait laissée.

« Le temps que vous y alliez, ce sera prêt, Grace », lui
dit-il, et il lui indiqua l'auberge où il avait commandé le
repas ; c'était un nom inconnu d'elle.

« Oh ! je trouverai bien, je me renseignerai, dit Grace
en le quittant.

— Et je vous reverrai tout à l'heure ?

— Oh ! oui ! revenez me chercher. Ce n'est pas la
même chose que d'y dîner ensemble. J'aurai besoin de
vous pour me trouver le cabriolet et le charretier. »

Il attendit dix minutes ou un quart d'heure, et pensa
alors qu'elle devait avoir terminé et qu'il pouvait profiter de la permission pour aller la mettre sur la route du
retour. Il s'en alla droit « Aux Trois Tonnes », une petite
taverne dans une rue latérale, extrêmement propre,
mais sans prétentions et où l'on mangeait à bon marché. En s'y rendant, il ressentit soudain une vague
inquiétude et se demanda si l'auberge était suffisamment bien pour elle. Dès qu'il entra et la vit attablée
dans un coin, il comprit qu'il avait commis une bévue.

Grace était assise dans l'unique salle à manger de la
vieille petite auberge qui était aussi la salle de café les
jours de marché : une longue pièce, basse de plafond,
avec par terre une couche de sable strié à coups de
balai, une fenêtre à rideaux rouges qui donnait sur la
rue, et une autre sur le jardin. Grace s'était réfugiée au
fond de la pièce, de ce côté-là, car l'autre extrémité
était remplie de laitiers et de bouchers arrivés là, il faut
le dire à sa décharge, depuis que Giles était venu.

La pauvre Grace était bien malheureuse. En arrivant, et
en voyant le genre de la taverne, elle avait été prise au

dépourvu. Mais il était trop tard pour reculer : elle était entrée héroïquement et s'était assise sur la banquette bien récurée devant la table étroite couverte de couteaux et de fourchettes en fer, de poivriers en fer blanc, de salières bleues ; sur les murs des affiches annonçaient une vente de taureaux. La dernière fois qu'elle avait mangé hors de chez elle, ç'avait été en compagnie de Fitzpiers, au digne « Comte de Wessex » dans cette ville même, après avoir voyagé et être descendue dans les hôtels les plus somptueux du Continent.

De la part de Giles, pourtant, elle n'aurait pas dû s'attendre à autre chose. Et cependant elle avait été tout interdite de ce changement. Les goûts raffinés qu'elle avait acquis au contact de Fitzpiers faisaient partie d'elle-même au point qu'elle avait ignoré qu'elle les possédait jusqu'au jour où le contraste les lui révélait. A vrai dire l'élégant Fitzpiers avait à ce moment même une lourde dette envers l'hôtel en question pour les chambres luxueuses et les repas princiers qu'il avait exigés chaque fois qu'il l'avait conduite à Sherton. Mais tel est le respect humain qu'elle s'était sentie tout à fait à l'aise dans ces conditions peu honorables, tandis qu'aujourd'hui elle se sentait humiliée quoique Winterborne eût payé rubis sur l'ongle.

Celui-ci remarqua immédiatement son malaise, et tout son plaisir en fut gâté. C'était déjà cette même capacité de lire dans la pensée de Grace qui lui avait gâté son dîner de Noël, longtemps auparavant.

Mais ce qu'il ignorait, c'est que cette attitude de Grace n'était qu'un accident dans le travail d'apprentissage qu'elle était décidée à faire malgré tout — la conséquence d'une de ces surprises inévitables pour ceux qui sont déterminés à transformer leur vie. — Elle avait achevé son repas, il vit qu'elle y avait à peine touché ; et il l'emmena dès qu'il le put.

« Je vois que vous n'avez pas bien dîné du tout, lui dit-il avec un regard de ses grands yeux tristes. Venez

avec moi au "Comte de Wessex", je vais vous y faire
servir un thé. Je n'ai pas songé que ce qui me suffisait
n'était pas ce qu'il vous fallait à vous. »

Son visage exprima un profond regret lorsqu'elle
comprit ce qu'il voulait dire :

« Oh! non! Giles, s'écria-t-elle avec ferveur, pas du
tout. Pourquoi dire cela quand vous savez bien le
contraire? Vous ne me comprendrez donc jamais?

— Voyons, Mrs. Fitzpiers, prétendrez-vous que vous
vous sentiez à votre place à l'auberge des "Trois Tonnes"?

— Mon Dieu! je ne sais pas... Non, c'est certain,
maintenant que vous me le demandez.

— Et pourtant, moi je m'en suis fort bien trouvé
depuis vingt ans. C'est au "Comte de Wessex" que
votre mari vous emmenait toujours?

— Oui », répondit-elle à regret.

Comment lui expliquer, là, dans la rue d'un bourg,
que c'était quelque chose de superficiel et de provisoire qui avait souffert en elle dans cette auberge, et
non pas sa véritable nature et son affection?

Heureusement, ou malheureusement, ils aperçurent
à ce moment l'homme de Melbury qui arrivait avec la
voiture en cherchant Grace du regard; l'heure à laquelle il devait la reprendre était passée. Winterborne
le héla au passage, et il fut désormais impossible à la
jeune femme de poursuivre la conversation. Elle monta
tristement dans la voiture et s'éloigna.

XXXIX

Toute la nuit, la pensée de Giles s'appesantit sur la
fin malheureuse de cette bonne journée ; il allait jusqu'à en oublier la bonne journée elle-même. De nouveau il se reprenait à douter qu'il leur fût un jour
possible d'être heureux ensemble, même si elle était
libre de le choisir comme époux. Elle était raffinée, lui
n'était qu'un rustaud. La difficulté première restait la
même, et il était trop sensé pour vouloir l'ignorer
comme tant d'autres l'auraient fait à sa place.

Giles était de ces êtres taciturnes et discrets qui ne
tiennent pas à la faveur et à la condescendance des
autres, et qui, de ce fait sans doute, observent les
actions de leurs semblables avec un esprit plus critique
et plus averti. Il était loin d'être inconstant, mais,
contrairement à ce qui existe chez des tempéraments
plus optimistes, chez lui un espoir, une croyance qui
avait eu son aurore, son midi, son déclin, reparaissait
rarement semblable. Autrefois, il avait adoré Grace, il
était à ses pieds, il l'avait courtisée, et il l'avait perdue.
Si c'était avec la même ardeur qu'alors, ce n'était plus
avec le même espoir qu'il reprenait la même route et
qu'il jouissait du charme de sa présence aujourd'hui.

Faire un pas de plus vers elle, il s'y refusait. Au
contraire, il la rebuterait plutôt, pour l'acquit de sa

conscience. Ce serait un crime que de la laisser tomber dans ce nouveau piège tendu à son bonheur en l'attirant dans une union avec un homme comme lui. Son malheureux père était maintenant fermé à ces subtilités, lui à qui elles crevaient les yeux jadis. C'était donc le devoir de Giles de dénoncer leurs différences, par amour pour elle.

Grace passa, elle aussi, une mauvaise nuit, et son embarras et son inquiétude ne furent pas moindres le lendemain matin lorsqu'on lui remit une autre lettre de son père qui ne faisait que renforcer le ton de la première.

Il lui disait d'abord sa joie de la savoir maintenant guérie et en état de sortir, et il poursuivait :

Cette affaire menace d'être bien longue, l'avoué que nous sommes venus voir est absent de Londres pour le moment. Je ne sais quand je pourrai rentrer à Hintock. Ce retard m'inquiète surtout parce que je crains qu'il ne te fasse perdre Giles Winterborne. Je n'ai plus de sommeil à l'idée que, pendant que tout cela traîne, il pourrait se détacher de toi, ou même, timide comme il est, quitter le pays. J'ai à cœur de te voir l'épouser quand tu te remarieras. N'hésite donc pas à l'encourager, Grace, même si tu trouves que c'est prématuré. Quand je songe au passé, vois-tu, je me dis que Dieu nous pardonnera, à toi et à moi, si nous allons un peu trop vite. J'ai une autre raison pour te dire cela, ma petite, c'est que je sens que je suis sur la pente et que je n'en ai plus pour très longtemps ; et ce n'est pas les événements de cette année qui m'ont fait du bien. Avant que ce soit une affaire faite, je ne saurais reposer en paix.

Il ajoutait en post-scriptum :

J'apprends à l'instant que nous pourrons voir l'avoué demain. Il est donc possible que je sois de retour dans la soirée qui suivra l'arrivée de ma lettre.

Le désir de son père coïncidait avec le sien. Et pourtant, la veille, en s'y soumettant, elle avait été bien près de blesser Giles. Alors qu'elle avait soif de redevenir une simple paysanne tout comme son père le lui demandait, de reléguer à tout jamais l'Eve d'autrefois, la demoiselle ou plutôt la dame dédaigneuse, sa première tentative avait été mise en échec par la force inattendue de ce qu'il y avait encore de dédaigneux en elle. A son retour, son père ne manquerait pas de l'accuser du même esprit de contradiction : elle s'était fait prier pour Fitzpiers et aujourd'hui elle se jouait de ce pauvre Giles, dirait-il.

Si ce dernier avait été des plus habiles à faire vibrer l'âme de la jeune femme à son gré, au lieu d'être un homme qui venait de prendre la résolution de ne pas essayer de lui plaire, il n'aurait pu agir autrement pour se faire désirer. Il dirigeait justement des travaux dans un champ en face des fenêtres de Grace. Elle ne pouvait voir exactement ce qu'il faisait, mais elle lisait clairement son humeur et ses intentions. Dans ses allées et venues elle percevait un parti pris de ne pas tourner les yeux vers la portion du paysage qui était dans sa direction.

Comme elle aurait voulu faire la paix avec lui ! Et son père qui revenait le soir même ! — ce qui voulait dire sans doute que toutes les formalités suivaient leur cours, que son mariage était dissous en fait, et qu'elle était désormais libre ! — Comment allait-elle oser le regarder en face lorsqu'il remarquerait cette froideur entre eux ?

C'était un bel après-midi du mois de juin. Elle était dans le jardin assise sous les lauriers dans le fauteuil rustique fait de branches de chêne nu qui revenaient à Melbury en rebut après la saison de l'écorçage. La masse du feuillage plein de sève s'agitait à peine sur les hauteurs qui l'entouraient ; la brise était si faible qu'elle n'arrivait pas jusqu'à sa retraite. Toute la journée, elle

avait attendu Giles, espérant qu'il passerait demander
par exemple si elle était rentrée à bon port, ou autre
chose. Mais il n'était pas venu. Et il était là, devant elle,
dans ce verger, à la tourmenter par ses allées et venues
constantes. Elle le voyait sans même bouger.

Creedle vint bientôt faire diversion. Il apportait une
lettre à Winterborne. Il était donc allé à Sherton, et,
comme d'habitude, s'était arrêté à la poste, au cas où il
y aurait des lettres au courrier de l'après-midi, car il n'y
avait pas de seconde distribution à Hintock. Elle se
creusa la tête pour deviner quel pouvait bien être le
contenu de cette lettre et se demanda si c'était un
nouveau coup d'aiguillon de son père, semblable à
celui qu'elle avait reçu le matin.

Mais apparemment la lettre n'avait aucun rapport
avec elle, car après l'avoir lue, Giles se dirigea presque
aussitôt vers un trou de la haie — si l'on pouvait appeler une haie ce talus auquel l'eau qui coulait constamment des arbres n'avait laissé que quelques buissons
séparés. Il entra dans la plantation, se dirigeant certainement vers cette mystérieuse cabane qu'il occupait de
l'autre côté du bois.

Le triste sablier du Temps s'écoulait trop vite à son
gré. Elle en était plus que jamais consciente depuis ces
derniers jours ; et, ainsi que Giles, elle le sentait doublement depuis le solennel et émouvant rappel à l'ordre de son père. Sa fraîcheur passerait, l'affection à
toute épreuve de Giles pouvait soudain finir, cesser à
cette heure même, les hommes étaient si bizarres.
Cette pensée lui fit perdre sa réserve habituelle et la
remplit de hardiesse. Elle se dressa hors de son fauteuil.
Si leur querelle, leur différend d'hier devait être oublié,
c'était à l'instant même qu'elle devait s'y employer. Elle
traversa le verger, franchit la haie à l'endroit où était
passé Giles juste au moment où sa silhouette sylvestre
disparaissait au loin sous la voûte de verdure.

Grace s'était trompée, profondément trompée en

concluant que la lettre n'avait pas de rapport avec elle parce que Giles était parti dans le bois après l'avoir lue. Malheureusement c'était au contraire parce que cette lettre parlait d'elle qu'il avait ainsi fait demi-tour. Il craignait qu'elle ne lût sa déception et son chagrin sur son visage.

C'était une lettre de Beaucock écrite quelques heures après celle de Melbury à sa fille. Elle annonçait leur échec définitif.

Giles avait autrefois rendu service à ce panier percé et aujourd'hui Beaucock le lui rendait à sa façon. Pendant son séjour à Londres avec Melbury, le clerc de notaire en avait naturellement appris long sur les projets de réparation du marchand de bois à l'égard de Winterborne. Et il avait voulu prévenir immédiatement celui-ci de l'échec de leurs démarches afin d'empêcher le jeune homme de se placer dans une situation fausse envers Grace, dans son espoir d'un succès certain. En somme Fitzpiers ne s'était pas conduit assez cruellement envers sa femme pour qu'il fût permis à celle-ci de recouvrer sa liberté. Selon toute apparence, elle était destinée à être sa femme jusqu'au bout.

Sous le coup de cette nouvelle tragique qui faisait naître en lui un élan plus vif et plus passionné, Winterborne en oubliait les différences superficielles qui le séparaient de la jeune femme.

Renoncer à elle, et pour toujours! C'était donc la conclusion de tout cela! Il n'était plus question de douter de leur communion d'idées, ni de se chamailler sur leurs goûts dissemblables. Le rideau s'était à nouveau baissé entre eux. Elle ne serait jamais à lui. Leur espoir récent ne faisait qu'aviver la blessure. Comment avaient-ils eu tous la naïveté de croire que c'était là une chose réalisable?

C'est alors qu'il entendit venir quelqu'un derrière lui. Il se retourna et la vit courir entre les fourrés. Il vit immédiatement qu'elle ignorait la sinistre nouvelle.

« Giles, lui dit-elle, d'un gentil ton de reproche, pourquoi n'êtes-vous pas venu me parler tout à l'heure ? Vous ne m'aviez donc pas vue tout ce temps-là à ma fenêtre ?

— Oh ! si ! » dit-il pris au dépourvu, d'un ton prudent, car il ne s'attendait pas à la voir là, et il n'avait pas arrêté une ligne de conduite pour une nouvelle entrevue.

Devant son attitude elle crut qu'elle avait exagéré l'accent de son reproche ; et elle rougit en décidant de lui parler avec plus de douceur.

« J'ai reçu une autre lettre de mon père, se hâta-t-elle de dire. Et, étant donné son espoir, il serait navré maintenant qu'il y ait un malentendu — si faible qu'il soit — entre nous, Giles.

— Il n'y en a pas », lui dit-il, en la regardant tristement de la tête aux pieds, se demandant comment lui annoncer la dure vérité.

« Pourtant, je crois bien que vous ne m'avez pas tout à fait pardonné d'avoir été mal à mon aise hier à l'auberge.

— Oh si ! Grace, depuis longtemps !

— Mais alors, pourquoi ce ton si malheureux ? reprit-elle en s'approchant de lui de son air le plus charmant. Croyez-vous que vous ne serez jamais heureux, Giles ? »

Il ne répondit pas tout de suite.

« Quand le soleil éclairera d'aplomb la façade nord de l'abbaye de Sherton, je serai heureux ! dit-il, le regard fixé au sol.

— Mais alors, il y a autre chose, Giles ; ce n'est pas seulement parce que les "Trois Tonnes" ne m'ont pas plu ? Si c'est parce que... je ne vous ai pas laissé m'embrasser dans l'abbaye... vous savez bien, Giles, que ce n'est pas par indifférence, mais parce qu'à ce moment-là, en toute franchise, et malgré ce que m'avait dit mon pauvre père, il me semblait que c'était un peu prématuré. C'était là la raison, l'unique, la seule raison. Mais je ne veux pas être cruelle, Dieu m'en est témoin ! dit-elle d'une voix mal affermie, et puisque... je suis à la veille d'être libre... peut-être... ai-je tort, au fond, de penser qu'il y ait du mal à cela.

— Ah ! Seigneur ! » grogna Winterborne en lui-même, le visage détourné, les yeux toujours résolument fixés au sol.

Depuis quelques minutes, il sentait approcher cette grande tentation qui venait l'assiéger. Pour cet homme dont la vie avait été si droite et si primitive, si soumise aux lois familiales, s'emparer maintenant de ces lèvres qui s'offraient à lui, semblait — on le comprend — un acte méprisable, presque un crime.

« Que disiez-vous ? demanda-t-elle timidement.

— Oh ! rien ! je pensais seulement...

— Ah oui ! vous pensiez qu'il faut que ce soit fini pour que mon père revienne ? dit-elle gaiement.

— Fini, oui ! c'est cela.

— Eh bien ! alors, Giles qu'est-ce que vous attendez ? » dit-elle avec une petite moue devant son hésitation.

En dépit de sa lutte acharnée contre lui-même, bien qu'il tînt à la réputation de Grace comme à la prunelle de ses yeux, Winterborne n'était qu'un homme ; et, comme le dit Desdémone, les hommes ne sont point des dieux. En présence de cette séduction qui le mettait au supplice, en face de sa naïveté de pensionnaire devant les lois et les décrets, Giles fut humain, Giles fut faible. Puisqu'ils en étaient venus là — puisque Grace, se croyant libre, lui demandait effectivement de lui prouver son amour —, puisque cet amour n'était que trop réel, puisque la vie était courte et l'amour irrésistible, il céda à la tentation, tout en sachant qu'elle était irrévocablement la femme de Fitzpiers. A vrai dire, le passé et l'avenir lui importaient peu, seul le présent comptait qui lui permettait de serrer une fois au moins dans ses bras celle qu'il attendait et qu'il aimait depuis si longtemps.

Elle se dégagea brusquement de sa longue étreinte et de son long baiser, comme mue par une inspiration soudaine :

« Mon Dieu! je suis réellement libre, bégaya-t-elle, nous ne faisons rien de mal. Cette nouvelle loi existe, n'est-ce pas? Mon père n'a pas été trop optimiste en pensant... »

Il ne répondit pas, et Grace fondit en larmes, malgré elle.

« Pourquoi ne revient-il pas pour tout nous expliquer! sanglota-t-elle, appuyée sur la poitrine de Giles, et pour que je sache enfin où j'en suis! C'est trop que de me demander de... et puis, après, de me laisser si longtemps dans le vague et dans l'incertitude. Je ne sais que faire, et je fais peut-être ce qu'il ne faut pas! »

En plus de son chagrin, Winterborne se considérait comme un véritable traître. Comme il l'avait trompée, en lui laissant ignorer ce qu'il était seul à connaître! Il l'écarta et se détourna. Le sentiment de sa cruauté montait en lui. Comment avait-il pu lui donner ce baiser? Des larmes lui échappaient presque. Quoi de plus pitoyable que la situation de cette pauvre créature, victime une fois de plus de calculs pleins de bonnes intentions de son maladroit de père!

Alors même que Melbury était sûr de lui, Giles avait toujours soupçonné qu'aucune loi, ancienne ou nouvelle, ne saurait annuler le mariage de Grace sans que celle-ci dût paraître en justice; cependant n'ayant aucune certitude, il ne s'était pas risqué à faire comprendre à la jeune femme qu'elle s'illusionnait en croyant qu'une signature et le témoignage de son père seraient suffisants; mais jamais il n'avait supposé un seul instant que la situation fût sans remède.

La pauvre Grace, trouvant peut-être qu'elle trahissait

un trouble exagéré pour une simple étreinte, quoiqu'elle se fût prolongée pendant un temps incalculable,
retrouva son calme en voyant l'air grave de Giles.

« Je suis heureuse que nous soyons de nouveau amis,
lui dit-elle, souriant à travers ses larmes. Savez-vous,
Giles, que, si avant mon mariage, vous aviez été à
moitié aussi hardi que vous l'êtes maintenant, c'est
vous qui m'auriez épousé, la première fois, au lieu de
la seconde ! Quand nous nous marierons, j'espère que
vous ne me mépriserez pas pour vous avoir encouragé
un peu ; vous le savez, mon père est si impatient, il
vieillit, sa santé est moins bonne, et, à son retour, cela
lui fera plaisir de voir où nous en sommes. C'est là
mon excuse. »

Pour Winterborne, ces paroles étaient encore plus
tristes que douces à entendre. Comment pouvait-elle
avoir cette confiance aveugle dans les idées de son
père ? Il ne savait comment lui avouer la vérité et se
couvrir de honte. Et pourtant, il sentait bien que c'était
là ce qu'il fallait faire.

Mais hâter cette révélation était au-dessus des forces
d'un homme, même d'un homme comme lui. Leurs
effusions se répétèrent pendant leur promenade, et
l'après-midi était déjà fort avancé lorsqu'il se résigna à
lui ouvrir les yeux.

« Nous nous sommes peut-être trompés, commença-
t-il, en supposant que cette question pourrait être réglée sans que nous quittions Hintock. Je ne suis pas
très sûr qu'il ne faille pas aller en justice, faire un
procès, même avec la nouvelle loi ; et si l'on faisait des
difficultés, et si... ensuite nous ne pouvions pas nous
marier... »

Une pâleur de mort envahit les joues de Grace.

« Giles, s'écria-t-elle, le saisissant par le bras, vous
savez quelque chose. Mon père ne peut-il donc pas
régler cette affaire lui-même et sur place ? Ah ! Giles !
Giles ! ne me trompez pas ! Et moi qui vous ai laissé

faire ! Voyez dans quelle terrible situation je suis maintenant ? »

Malgré tous ses efforts, il ne pouvait trouver la force
de le lui dire. La confiance absolue qu'elle avait en lui,
en son honneur, le démontait. « Je ne puis rien dire »,
murmura-t-il d'une voix rauque, la gorge sèche comme
les feuilles qui craquaient sous ses pas. « Votre père ne
va pas tarder. Nous saurons alors à quoi nous en tenir.
Je vais vous reconduire chez vous. »

Dans son amour ineffable, il lui prit le bras de l'air le
plus respectueux, et, se reprenant, il lui dit : « Jusqu'à
la grande avenue tout au moins. »

Ils avançaient ainsi côte à côte, Grace vibrante de
bonheur et d'inquiétude à la fois. L'avenue était seulement à quelques minutes de là ; à peine y arrivaient-ils
qu'ils entendirent une voix qui criait derrière eux :

« Lâche-lui le bras ! »

D'abord ils n'y prêtèrent pas attention et la voix
répéta plus fort et plus rauque :

« Lâche-lui le bras ! »

C'était Melbury. Il était revenu plus tôt qu'on ne
l'attendait, et il venait à leur rencontre. Grace avait
retiré sa main, rapide comme l'éclair, à la seconde
sommation.

« Je ne vous fais pas de reproches, je ne vous fais pas
de reproches », leur dit-il de l'intonation lassée d'un
homme malmené par le destin. « Mais il ne faut plus
vous promener ensemble. J'ai été pris par surprise
— on m'a trompé. — Ne me dis rien, Giles, laisse-
nous ! »

Il ignorait évidemment que Winterborne savait la
vérité avant sa venue ; et Giles ne se souciait pas de
rester à débattre la question avec lui pour le moment.
Lorsqu'il les eut quittés, Melbury ramena sa fille à la
maison, dans la pièce qui lui servait de cabinet de
travail. Il s'assit, affaissé, penché sur la planche oblique
de son bureau, le regard effaré de Grace fixé sur lui.

Lorsqu'il eut repris ses esprits, Melbury dit à Grace :
« Tu es toujours la femme de Fitzpiers. On m'a
trompé. Il ne t'a pas fait *assez* de mal ! Tu es toujours
à sa merci.

— Eh bien ! résignons-nous, père », dit-elle, digne
dans son chagrin, « je me sens la force de le supporter,
mais c'est votre peine qui me navre. » Elle se pencha
vers lui et lui passa le bras autour du cou. Melbury n'en
fut que plus ému.

« Pour moi tout m'est égal, reprit Grace. Que je sois
la femme de celui-ci ou de celui-là ! Ce que je sais c'est
que j'aime Giles Winterborne, cela est plus fort que
moi. Et je l'ai laissé aller plus loin que je ne l'aurais fait
si j'avais connu exactement la situation. Mais je ne vous
le reproche pas.

— Alors, Giles ne t'a rien dit ? dit Melbury.

— Non, il n'en savait sûrement rien. Sa conduite m'a
prouvé qu'il ignorait tout », dit Grace.

Son père ne dit plus mot, et Grace alla chercher la
solitude dans sa chambre.

Sa lourde peine avait des aspects différents. Pour
l'instant, elle écarta le point capital pour ne songer
qu'à son attitude trop libre avec Giles. La cour qu'il lui
avait faite avait été aussi douce que brève. Mais allait-il
la mépriser, maintenant, pour sa hardiesse ? Comment
avait-elle pu être assez naïve pour supposer que sa
situation lui permettait d'agir ainsi ? Elle blâmait son
ignorance ; et pourtant, au fond de son cœur, ne la
bénissait-elle pas, cette ignorance, pour le bonheur
momentané qu'elle lui avait apporté ?

XL

La vie de ceux que cette histoire concerne sembla se resserrer et s'arrêter pendant quelque temps. Grace se montrait rarement hors de la maison, jamais hors du jardin, car elle avait peur de rencontrer Giles Winterborne et cela c'était au-dessus de ses forces.

Cette existence recueillie et cloîtrée, cette retraite monacale semblait ne devoir jamais cesser. Elle avait appris qu'il y avait une chance, et une seule, de voir se réaliser la situation qu'elle avait d'abord cru possible : c'était au cas où l'absence de son mari se prolongerait suffisamment pour être considérée comme un véritable abandon. Mais elle ne consentait pas à s'attarder à cette idée, encore moins souhaitait-elle consciemment un tel dénouement. Son amour pour Winterborne s'était purifié par le coup qu'elle avait reçu après lui en avoir fait l'aveu, et s'était transformé en un sentiment plus éthéré qui n'avait que peu de rapports avec la vie et le monde.

Quant à Giles, il était malade dans sa cabane, bien qu'il ne fût pas couché. Un état fébrile auquel il était en proie depuis quelque temps, résultat d'un refroidissement de l'hiver précédent, semblait avoir empiré avec l'anéantissement de son espoir. Mais personne ne s'en doutait, et lui ne croyait pas son cas suffisamment grave pour appeler un docteur. Au bout de quelques jours, il se sentit un peu mieux, et se traîna autour de chez lui, enveloppé dans un grand pardessus, pour vaquer lui-même aux besognes quotidiennes.

Les choses en étaient là lorsque la vie passive et stagnante de Grace fut soudain troublée comme par l'arrivée d'une bombe. Elle reçut une lettre de Fitzpiers.

C'était une lettre foudroyante quant à ses consé-quences, bien qu'elle fût écrite dans les termes les plus mesurés. Pendant l'absence de son mari, Grace en était arrivée à le considérer avec tolérance et à envisager sa situation avec calme, si bien qu'elle en avait presque oublié à quel point sa présence lui serait insupportable. Sa lettre était brève, le ton en était naturel. Il n'essayait pas d'excuser sa faute, mais il lui faisait savoir qu'il vivait seul et qu'il pensait qu'ils devraient reprendre la vie commune si elle pouvait se résoudre à lui pardon-ner. Il indiquait le jour où il prendrait le bateau jusqu'à Budmouth. « Dans trois jours », calcula-t-elle.

Il ajoutait qu'il ne pouvait venir jusqu'à Hintock pour des raisons évidentes, que son père serait le premier à comprendre. La seule solution était donc qu'elle allât sur le quai à l'arrivée du paquebot — vers minuit et demi probablement — avec les bagages nécessaires ; elle le rejoindrait là, et ils se rendraient ensemble à bord du bateau qui faisait la traversée en sens inverse et qui quittait le port peu après l'arrivée du premier. Ils repartiraient ainsi tous deux dans la ville du Continent où il demeurait actuellement, mais qu'il ne nommait pas. Il ne désirait en aucune façon aller à terre.

Toute troublée, Grace porta la lettre à son père qui, comme en hiver, restait de longues heures assis au coin de l'âtre sans feu, avec un pichet de cidre, cou-vert de poussière, auquel il ne touchait pour ainsi dire jamais. Il lut la lettre, puis, levant les yeux vers Grace :

« Tu n'iras pas, lui dit-il.

— C'était mon sentiment, répondit-elle, mais je ne savais pas ce que vous diriez.

— Si encore il venait honnêtement habiter l'Angleterre, assez loin d'ici, et qu'il te demandât de venir le rejoindre, je changerais peut-être d'avis, grommela Melbury. Je me saignerais bien pour que vous puissiez vivre à votre aise et comme il faut. Mais, à l'étranger, tu n'iras pas — du moins pas avec mon consentement. »

La question en resta là pour le moment. Grace ne pouvait répondre à son mari, faute d'adresse ; le lendemain arriva, puis le surlendemain, puis le soir qu'il avait fixé pour qu'elle allât le rejoindre. Pendant tout ce temps, elle resta enfermée entre les quatre murs de sa chambre.

Le sentiment de son accablement, la crainte lancinante de ce qui allait arriver pesait comme une ombre noire sur toute la maison. On y parlait à voix basse, et l'on se demandait ce qu'allait décider Fitzpiers. Tous espéraient que, ne la voyant pas, il repartirait pour la France. Quant à Grace, elle était toute prête à lui écrire dans les termes les plus aimables, à condition qu'il ne revînt pas.

Toute la nuit, Grace resta éveillée et tendue, et sa famille en fit autant. Le lendemain matin, au réveil, ils étaient tous pâles et inquiets, mais aucun n'aborda le sujet qui occupait toutes leurs pensées. La journée se passa sans incident comme les précédentes, et elle se mit à penser que l'esprit capricieux de Fitzpiers avait sans doute abandonné aussitôt conçue l'idée de la retrouver.

Mais, tout à coup, quelqu'un qui revenait de Casterbridge entra dans la maison et les prévint que M. Fitzpiers était sur le chemin de Hintock : on l'avait vu louer une voiture à l'hôtel des Armes du Roi.

Grace et son père étaient présents tous deux quand on annonça cette nouvelle.

« Eh bien ! dit Melbury, il faut en prendre son parti.

L'homme se repent. Sa complice l'a quitté, elle est
partie pour la Suisse, à ce que j'apprends. Ce chapitre
de sa vie est donc probablement terminé. S'il veut te
rendre un foyer, je ne vois pas très bien comment tu
pourrais dire "non" Grace. Evidemment, il est difficile
qu'il revienne habiter Hintock, ce serait une blessure
trop rude pour son orgueil. Mais s'il peut se faire à
cette idée, et s'il préfère Hintock à autre chose, mon
Dieu! il y a toujours comme autrefois cette aile vide
dans la maison.

— Oh! père! dit Grace, toute blanche de consterna-
tion.

— Et pourquoi non?» dit-il, retrouvant un peu de
son obstination d'autrefois.

A vrai dire, il était enclin à un peu plus d'indulgence
envers ce gendre, car il avait la conviction de l'avoir
traité trop durement dans sa colère.

«C'est certainement ce qui est le plus convenable,
continua-t-il. Ta situation actuelle de femme mariée
sans l'être ne me dit rien qui vaille. Ça me fait du tort,
ça t'en fait à toi, et ça sera toujours quelque chose
contre nous dans Hintock. C'est la première fois qu'il y
a un scandale de ce genre dans la famille Melbury.

— Il sera ici dans moins d'une heure», murmura
Grace.

La demi-obscurité de la pièce empêcha son père de
voir le désespoir qui se peignait sur son visage. La pire
des situations, celle qu'elle avait repoussée entre toutes, était le retour de Fitzpiers dans la maison des
Melbury.

«Non je ne veux pas, je ne veux pas le voir! dit-elle
en s'effondrant, sur le point d'avoir une crise de nerfs.

— Essaie. Fais ton possible, lui dit-il d'un air sombre.

— Oui, oui, c'est cela! répondit-elle, illogique dans sa
détresse. Oui, j'essaierai», et elle quitta brusquement la
pièce.

Dans l'obscurité de la salle où elle se réfugia, l'œil

n'eût rien pu discerner pendant la demi-heure qui suivit; mais on aurait entendu la respiration pressée de cette créature impressionnable en qui se trouvaient combinés nervosité moderne et instinct primitif. Cette double disposition la destinait à prendre place parmi les malheureux de ce monde et à ressentir les coups du destin avec une acuité extrême.

La fenêtre était ouverte. En cette calme soirée de fin d'été, les sons qui montaient dans cette solitude (cri d'oiseau, appel humain, grincement d'une roue) se répercutaient d'arbre en buisson à des distances extraordinaires. On n'entendait presque rien. Mais tandis que Grace respirait invisible dans les ténèbres brunes de la chambre, un bruit lointain et léger de roues parvint jusqu'à elle, accompagné du trot d'un cheval sur la grand-route. Il lui sembla entendre un arrêt, une pause, dans la marche de la voiture, c'est ce qui attira tout d'abord son attention. Elle savait de quel endroit exactement venait le son. C'était en haut de la côte qu'il faut franchir lorsqu'on vient du sud — c'était là qu'elle était sortie du bois avec Mrs. Charmond. Grace glissa le long du plancher, se penchant au-dessus de l'appui de la fenêtre, tendant l'oreille, la bouche entrouverte. La voiture s'était arrêtée, et elle entendit un homme pousser une exclamation. Une autre voix demanda : « Que diable peut-il avoir ce cheval ? » Elle reconnut la voix de son mari.

L'accident fut bientôt réparé, et l'on entendit alors la voiture descendre la côte du côté Hintock, puis prendre le chemin qui allait de la grand-route jusqu'à la « sente » conduisant à la maison des Melbury.

Grace frémit de tout son corps. Son veuvage avait fait renaître en elle sa pudeur farouche de jeune fille, que venaient encore augmenter son mépris pour le fugitif et son amour pour un autre. Elle ouvrit des tablettes d'ivoire sur sa coiffeuse, griffonna quelques mots au crayon : « Je suis partie voir une amie de pension », réunit quelques objets de toilette dans un sac, et trois minutes après avoir entendu cette voix, mince silhouette hâtivement enveloppée pour éviter d'être reconnue, elle franchissait la porte de derrière la maison Melbury. Elle monta lestement le sentier du jardin, passa par le trou de la haie et parvint sous les arbres jusqu'à la piste moussue qui conduisait dans les profondeurs des bois.

Au-dessus de sa tête, les feuilles avaient la teinte verte de la fin de l'été, ce vert opaque, qui rendait certains coins plus sombres qu'ils ne l'étaient en hiver, faute d'un espace entre les feuilles pour laisser passer un rayon de soleil. Mais en d'autres endroits moins touffus, elle voyait suffisamment clair. Dans la journée chaque rayon révélait une troupe d'insectes bourdonnants ; la nuit, les plantes étaient lourdes de rosée ; et après les averses, une moiteur sournoise et une fraîcheur crépusculaire montaient des creux de terrain.

Les plantations étaient toujours lugubres à cette heure tardive — plus sinistres encore l'été que dans la saison froide où les masses compactes ont fait place aux lignes plus définies des arbres dépouillés. La surface vernie des feuilles brillait comme des yeux faibles sans paupières. Des lueurs expirantes qui erraient sous le dôme obscur des feuilles faisaient surgir des formes fantastiques et d'étranges visages. Les lignes de ciel qu'on apercevait parfois entre les troncs semblaient de longs corps émaciés, et sur le bout des branches apparaissaient de vagues langues fourchues.

Mais aujourd'hui les craintes de Grace n'étaient point imaginaires ni surnaturelles, et elle percevait à peine ces formes fantastiques. Elle avançait, s'efforçant de ne pas faire de bruit, évitant les creux remplis de feuilles, et choisissant pour y mettre le pied les touffes d'herbe et la mousse qui amortit les pas. Une ou deux fois elle s'arrêta à bout de souffle, croyant entendre, entre les battements précipités de son cœur, la voiture de Fitzpiers franchir la grille de chez son père. Elle se hâta de plus belle.

Elle quitta bientôt les bois de la propriété de Mrs. Charmond pour atteindre une partie de la forêt séparée de l'autre par un talus dont la haie avait depuis longtemps péri faute de soleil. Grace marchait prudemment, non que ses craintes fussent du même ordre que lorsqu'elle y était venue précédemment. La forêt ne lui faisait pas peur, cette fois, mais elle redoutait que son effort ne fût vain et qu'on l'obligeât à retourner chez elle.

Elle avait franchi trois ou quatre milles lorsque ses yeux qui scrutaient l'ombre aperçurent enfin ce réconfort et ce soulagement bien connu de ceux qui errent dans les bois : une lumière éloignée. Elle était si menue qu'elle eût semblé inquiétante à toute autre que Grace, mais c'était là la lueur qu'elle cherchait. Elle avança et le contour vague d'une habitation se dessina bientôt.

C'était une cabane carrée, sans étage, au toit en pente, avec une seule cheminée au centre ; elle avait autrefois servi de logement à un charbonnier, au temps où l'on se servait encore de charbon de bois dans le pays. Elle avait pour toute dépendance un carré de terre enclos de palissades ; sans jardin, car l'ombre des arbres empêchait toute culture. Elle s'approcha de la fenêtre d'où provenait la lumière ; les volets n'étaient pas encore fermés et elle put observer l'intérieur à travers les vitres.

C'était une pièce qui servait à la fois de cuisine, de salle à manger et de chambre à coucher. Le grès du sol, usé à la longue, formait des creux et des bosses sur lesquels les meubles se tenaient tous de guingois, et la table était en pente comme un pupitre. Devant le feu qui brûlait dans l'âtre cuisait un tout petit lapin qui tournoyait suspendu à une ficelle. On voyait Winterborne, le coude appuyé sur la cheminée, regarder rôtir son dîner, le visage fermé, l'air absent ; nul n'aurait pu deviner ses pensées, on voyait seulement qu'elles n'avaient aucun rapport avec ce qui l'entourait. Elle le trouva changé depuis qu'elle ne l'avait vu. Mais l'éclat du feu l'empêcha de remarquer que son visage était maintenant hâve et décharné.

En arrivant au terme de sa course, Grace eut un soupir de soulagement d'y trouver ce qu'elle cherchait. Elle s'avança jusqu'à la porte et frappa un coup léger.

Habitué qu'il était au bruit des pics, des écureuils et des petits animaux de la forêt, il ne prit pas garde à ce signal discret et elle frappa de nouveau. Cette fois, il vint ouvrir la porte.

Il sursauta en voyant le visage éclairé de Grace, et, sans bien savoir ce qu'il faisait, il traversa le seuil de la cabane et lui posa les mains sur les deux bras, en proie à un tumulte de joie, d'inquiétude et de tristesse successives. Les sentiments de Grace étaient les mêmes. Même dans sa détresse actuelle, il y avait le bonheur de le retrouver. Ils restèrent là,

> *Les yeux en pleurs, les traits pâlis,*
> *A la fois navrés et ravis.*

Enfin Giles rompit le silence en lui disant dans un murmure :

« Entrez !

— Non, non Giles ! répondit-elle vivement en faisant un pas en arrière. Je suis venue en passant, mais je n'entrerai pas. Voulez-vous me rendre un service ? J'ai peur. Je voudrais aller par les bois à Sherton, et de là à Exonbury. Si seulement vous vouliez m'accompagner ! Ne m'en veuillez pas, Giles, ne me jugez pas mal. Je suis venue à vous parce que je n'ai personne d'autre à qui me confier. Il y a trois mois, vous étiez mon amoureux, aujourd'hui vous n'êtes plus que mon ami. La loi est intervenue et nous a défendu de réaliser nos projets. C'est fini, cela ne sera pas. Mais sans cesser d'être honnêtes, nous pouvons être amis pendant une petite heure ! Vous êtes mon seul ami !... »

Elle ne put continuer. Elle se passa la main sur les yeux, et, par un effort de volonté, pleura en silence, sans un soupir, sans un sanglot. Winterborne prit sa main dans les siennes :

« Que s'est-il passé ? dit-il

— Il est revenu. »

Après un silence de mort, Winterborne demanda :

« Alors, si je comprends bien, Grace, vous voulez que je vous aide à fuir, n'est-ce pas ?

— Oui, dit-elle, les apparences importent peu, quand on ne fait rien de mal en réalité. Je sais que je puis compter sur vous. »

Giles comprit à ces mots qu'elle n'avait jamais soupçonné sa trahison — si toutefois c'était là le mot juste — du début de l'été quand ils s'étaient vus librement pour la dernière fois ; et dans sa contrition ardente pour ce tendre péché, il prit le ferme propos de se rendre aujourd'hui digne de sa confiance et d'effacer ainsi ses propres scrupules.

« Le temps d'allumer une lanterne, et je viens », lui dit-il.

Il décrocha une lanterne qui était suspendue sous les poutres par un clou ; elle ne remarqua pas combien sa main tremblait en faisant ce léger effort ; elle ne soupçonna pas qu'en lui offrant ses services, il compromettait sa santé qui était loin d'être brillante. La lanterne allumée, ils se mirent en route.

XLI

Ils parcoururent quelques centaines de mètres sous les arbres immobiles dont le feuillage supérieur commença à murmurer sous des gouttes de pluie. Et au moment où ils atteignirent une clairière, la pluie tombait dru.

« Voilà qui est ennuyeux », dit Grace avec un petit rire forcé pour cacher son inquiétude.

Winterborne s'arrêta.

« Gracie, lui dit-il d'un ton calme et froid qui cachait ses sentiments véritables, vous ne pouvez pas aller à Sherton ce soir.

— Mais il le faut.

— Pourquoi ? C'est à neuf milles d'ici. C'est quasiment impossible par cette pluie.

— C'est vrai, au fond, pourquoi ? dit-elle tristement après un silence. Qu'importe ma réputation, maintenant ?

— Ecoutez-moi, dit Giles. Vous ne voulez pas retourner... avec votre...

— Non, non, non ! Ne m'y forcez pas ! s'écria-t-elle d'un ton pitoyable.

— Eh bien ! alors, rentrons. »

Ils revinrent sur leurs pas et se retrouvèrent bientôt devant la porte de la cabane.

« A partir de maintenant, cette maison vous appartient, elle n'est plus à moi, lui dit-il lentement. Moi j'ai
à deux pas d'ici un abri où je serai très bien. »

Grace changea de visage.

« Qu'ai-je fait, mon Dieu ! » murmura-t-elle, comprenant le dilemme.

On sentait une odeur de brûlé qui venait de l'intérieur, il regarda par la fenêtre. Le jeune lapin qu'il avait
fait cuire pour exciter son faible appétit commençait à
se carboniser.

« Voulez-vous vous en occuper ? dit-il. Faites comme
vous l'entendez. Je vous quitte. Vous trouverez tout ce
qu'il vous faut dans la cabane.

— Mais Giles, et votre souper ? s'écria-t-elle. Un hangar quelconque me suffirait bien jusqu'à demain matin
à l'aube ! »

Il fit signe que non.

« Je vous dis d'entrer. Vous attraperiez des fièvres,
dans votre état de santé actuel. Vous pourrez me passer
mon souper par la fenêtre, si vous n'êtes pas trop
fatiguée. J'attendrai. »

Il la força doucement à entrer, et ce ne fut pas sans
soulagement qu'il la vit enfin s'asseoir sur son lit. En se
gardant bien de franchir le seuil à son tour, il ferma la
porte derrière lui et tourna la clé dans la serrure. Puis
il frappa à la fenêtre et lui fit signe d'ouvrir la croisée ;
il lui tendit alors la clé :

« Vous voilà chez vous, maintenant, lui dit-il, et vous
êtes votre maîtresse. »

Malgré son tourment, en prenant la clé, elle ne put
retenir un sourire devant cette honnêteté scrupuleuse.

« Vous sentez-vous mieux ? continua-t-il. Dans ce cas,
si vous voulez me donner une partie de votre souper,
j'accepte. Sinon, ça n'a pas grande importance. Je trouverai toujours quelque chose. »

Le sentiment de son tendre dévouement, bien qu'elle
ne pût en mesurer toute la profondeur, la poussa à

agir. Au bout de dix minutes, elle reparut à la fenêtre, ouvrit et murmura dans un souffle :

« Giles ! »

Il sortit immédiatement de l'ombre et vit qu'elle lui tendait une assiette avec sa part de souper.

« Ça me fait peine de vous traiter ainsi », murmura-t-elle d'une voix navrée en entendant la pluie qui martelait les feuilles. Mais je suppose que c'est la seule solution ?

— Bien sûr, dit-il vivement.

— Je crois que je ne serais jamais arrivée jusqu'à Sherton.

— C'était impossible.

— Est-ce bien vrai que vous avez un abri confortable là, dehors ? lui dit-elle, de nouveau inquiète.

— Très confortable. Avez-vous tout ce qu'il vous faut ? J'ai peur que ce soit un logis bien primitif pour vous.

— Allons donc ! Croyez-vous que je songe encore à vous critiquer ? Il y a longtemps que cela m'est passé, et vous le savez bien, Giles, ou vous devriez le savoir. »

Giles contemplait tristement ce pâle visage qui exprimait une telle sympathie parmi tant d'expressions changeantes qui montraient à quel point ses nerfs étaient tendus. Si jamais le cœur de Winterborne avait battu dans sa poitrine, c'était bien aujourd'hui à la vue de cette créature absolument sans défense ainsi maltraitée par le destin. La satisfaction de lui avoir du moins fourni un abri lui fit oublier son propre malheur. Il reçut son verre et son assiette des mains de Grace en lui disant :

« Maintenant, je m'en vais pousser le volet, vous trouverez une cheville en fer à l'intérieur et vous l'enfoncerez dans le trou de la persienne. Et demain matin ne bougez pas avant que je vienne vous appeler. »

Elle lui exprima son inquiétude de le voir s'éloigner.

« Oh ! non ! dit Winterborne, je serai là tout près, à portée de la voix. »

Elle ferma le volet de la façon indiquée et il s'éloigna. Son « abri confortable » était tout ce qu'il y a de plus rudimentaire, quatre misérables claies recouvertes de fougères séchées. Là-dessous quelques sacs, du foin et autre litière. Il s'assit et essaya de manger son souper dans l'obscurité. Mais son appétit l'avait quitté. Il repoussa son assiette, secoua les sacs et le foin de façon à former une sorte de lit grossier et se jeta dessus pour dormir, car l'heure avançait.

Mais dormir il ne pouvait, pour maintes raisons dont le sentiment de sa responsabilité n'était pas la moindre. Il s'assit sur son séant, et dans l'obscurité tourna ses regards vers la cabane. Elle était semblable aux autres jours, et il pouvait à peine croire qu'elle abritât l'amie si chère — il se gardait d'employer un mot plus passionné — qui était venue vers lui si brusquement et — il ne pouvait le nier — si inconsidérément.

Il n'avait pas osé lui demander des détails, mais la situation était claire pour lui. Bien que la loi leur eût interdit à tout jamais ce paradis qu'ils avaient cru voir s'ouvrir pour eux en juin dernier, ce n'était pas sans un orgueil stoïque qu'il acceptait la pénible situation présente. Il existait un seul homme au monde en qui elle eût une foi entière, et il était cet homme. La crise actuelle ne pouvait se terminer que dans le chagrin, mais cette pensée était abolie pour le moment par la fierté joyeuse que lui causait cette confiance. Et la pureté de la tendresse qu'il lui vouait en retour le défendait contre l'assaut de toute tentation.

La pluie qui n'avait pas cessé attira maintenant son attention, car elle commençait à traverser la mince épaisseur de fougères qui l'abritait. Il se leva pour essayer d'améliorer son installation, mais le tremblement de ses genoux et les pulsations de ses artères lui démontrèrent que sa faiblesse était incapable de lutter

contre la tempête, et il se recoucha pour la supporter
de son mieux. Il s'en voulait de son épuisement, lui qui
avait été si vigoureux. Il fallait qu'à tout prix elle ignorât son état, il fallait donc éviter qu'elle ne vît son
visage au jour, car sa maigreur le trahirait inévitablement.

Aussi, le lendemain matin, alors qu'il faisait encore à
peine clair, il se leva, traîna ses membres raidis autour
de la cabane et lui prépara tout ce qui était nécessaire
à son petit déjeuner. Sur le banc de l'extérieur, sous
l'appui de fenêtre, il plaça de l'eau, du bois, et autres
choses indispensables, et à côté écrivit à la craie : « Il
vaut mieux que je ne vous voie pas. Déposez mon
déjeuner sur le banc. »

A sept heures, il frappa à la fenêtre comme il l'avait
promis, et se retira aussitôt sans être vu. Mais de son
refuge sous les branches il la vit parfaitement lorsqu'elle ouvrit la fenêtre en réponse à son signal et que
la lumière du jour éclaira son visage. L'expression ac-
cablée de ses yeux élargis montrait qu'elle non plus
n'avait pas beaucoup dormi, et ses paupières rougies
prouvaient qu'elle avait veillé et non sans larmes.

Elle lut l'inscription et, à ce qu'il crut voir, parut
déçue. Elle prit les provisions préparées, le croyant
évidemment à une certaine distance de là. Giles attendit, certain qu'il était qu'une jeune femme au courant
de la vie rustique, tout intellectuelle qu'elle soit,
n'éprouverait aucune difficulté pour préparer le petit
déjeuner.

Il ne se trompait pas. Grace avait dormi, cependant,
un peu plus longtemps que lui. Après la solitude de
la nuit, elle eût été heureuse de le revoir, mais lorsqu'elle lut sa requête, sensible à ses précautions
délicates, elle n'essaya pas de l'appeler. Elle trouva
tout ce qu'il lui fallait à l'intérieur car, chaque semaine, il remplissait son garde-manger, et c'était apparemment le lendemain du jour où passait la voiture

d'approvisionnement de Sherton. Quand le déjeuner fut prêt, elle mit sur le banc tout ce qu'il fallait à Giles comme pour le souper de la veille, et malgré son vif désir de le voir, elle s'éloigna vivement de la fenêtre et le laissa à lui-même.

C'était un matin gris de plomb, et la pluie s'était obstinément remise à tomber. Comme elle n'entendait plus Winterborne, elle se dit qu'il était parti à son travail comme tous les jours, et qu'il avait oublié sa promesse de l'accompagner à Sherton ; profonde erreur, car il resta là toute la journée, par la force des choses, à moins de cinquante mètres d'elle.

La matinée passait, et comme elle ne savait pas quand partir ni par où se diriger, elle s'attarda dans la cabane dont elle gardait la porte soigneusement verouillée de peur qu'un intrus ne vînt découvrir sa retraite. Enfermée là, elle était à peu près en sûreté ; elle se demandait s'il en serait de même ailleurs.

La tristesse sinistre d'un jour pluvieux ordinaire était encore doublée par l'ombre et les gouttes qui tombaient du feuillage. Cette année, l'automne débutait par des pluies. De la fenêtre de l'unique salle, elle regardait fixement au-dehors, dans son oisiveté forcée ; et elle apercevait mainte petite bête qui vivait tranquille dans ces parages : bêtes à poil, à plumes, à écailles, à bec et à dents, êtres souterrains et annelés, qui faisaient le tour de la cabane, persuadés que, Giles parti, nul n'était là, et la regardant d'un air inquisiteur comme si elle les dérangeait dans l'organisation de leurs quartiers d'hiver. Elle observait ces voisins qui vivaient en dehors de toute loi civique ou morale, et cela la distrayait un peu de sa peine. Elle s'occupa pendant une partie de l'après-midi à mettre en ordre le logement de Giles, et à y apporter quelques améliorations qu'il ne manquerait pas d'apprécier à son retour, se disait-elle.

Une ou deux fois il lui sembla entendre un bruit, comme une toux, venant d'entre les arbres. Mais comme le son ne se rapprochait jamais, elle en conclut que c'était un écureuil ou un oiseau.

Enfin, la nuit tomba, et elle alluma un grand feu, car les soirées étaient fraîches. Lorsqu'il fit trop sombre — et cela ne tarda pas — pour qu'on pût distinguer les traits d'un visage dans cet endroit ombreux, elle entendit à sa grande joie frapper sur la fenêtre un léger coup qu'elle reconnut pour l'appel de Giles.

Elle ouvrit aussitôt la croisée, et lui tendit la main, bien qu'elle aperçût à peine sa silhouette. Il lui étreignit les doigts, et elle remarqua qu'il avait les paumes brûlantes et qu'il tremblait.

« Il a marché vite pour arriver plus tôt ici », se dit-elle. Comment aurait-elle pu se douter qu'il sortait à l'instant d'un abri si proche, et que la chaleur de ses mains était de la fièvre ?

« Mon bon Giles ! Mon cher ami ! s'écria-t-elle impulsivement.

— Qui ne l'aurait fait pour vous ! répondit Winterborne d'un ton aussi placide que possible.

— Et mon départ pour Exonbury ?

— J'ai réfléchi, répondit Giles d'un ton tendre et respectueux à la fois, que vous feriez mieux de rester où vous êtes quelques jours encore, si vous ne tenez pas à être découverte. Je n'ai pas besoin de vous dire que vous êtes ici chez vous, et aussi longtemps que vous le voudrez. Dans un ou deux jours, voyant que votre absence se prolonge, peut-être partira-t-il définitivement. En tout cas, dans deux ou trois jours, je serai en mesure de vous aider, soit en allant me renseigner, soit en vous accompagnant pendant presque toute la route jusqu'à Sherton Abbas. Ce sera bientôt la saison du cidre, il faut que j'aille dans la vallée jeter un coup d'œil sur ma récolte, et j'irai par la route de Sherton. Mais je suis occupé par ici quelques jours encore. »

Il espérait qu'après ce délai il aurait retrouvé des forces et serait capable de lui rendre service.

« J'espère que votre vie de prisonnière ne vous est pas trop pénible ? »

Elle répondit qu'elle n'en souffrait pas ; mais soupira.

Ils se connaissaient depuis si longtemps qu'ils savaient lire leurs pensées comme un livre ouvert :

« Je crains fort que vous ne regrettiez d'être venue, dit Giles, et que vous ne me reprochiez de ne pas vous avoir plus énergiquement poussée à retourner à Hintock.

— Oh non ! non ! mon cher, si cher ami, répondit Grace, et son sein se soulevait. Ne croyez pas que ce soit là la cause de mon regret. Ce que je déplore c'est la façon cruelle dont il me faut vous traiter ; vous chasser, vous mettre à la porte de votre propre logis ! Pourquoi ne pas parler plus franchement ? Vous connaissez les sentiments que j'ai pour vous, que je n'ai eus pour nul autre homme au monde, et que je n'aurai jamais plus. Mais étant donné que je suis liée à un autre, et que je ne puis être dégagée de ce lien, je dois agir comme je le fais et tenir parole. Non que je me sente engagée par aucune loi divine, après ce qu'il a fait ; mais j'ai promis et je dois être loyale. »

Durant la fin de la soirée, il s'occupa à lui fournir tout ce qui lui serait nécessaire pour le lendemain, et il échangea quelques paroles avec elle à ce sujet, diversion qui fit oublier à Grace pendant quelque temps son chagrin de le traiter ainsi, la tristesse de sa situation et la tristesse de la vie en général. La seule infraction — si infraction il y avait — qu'il se permit fut de presser involontairement ses lèvres sur la main de Grace lorsqu'elle la lui tendit par la fenêtre pour lui souhaiter le bonsoir. Il sentit qu'elle pleurait, quoiqu'il ne pût voir ses larmes.

Cette fois encore, elle le supplia de lui pardonner de s'être égoïstement approprié sa cabane. Mais ce n'était plus que l'affaire d'un jour ou deux, pensait-elle, car il faudrait bien qu'elle s'en aille.

Il répondit avec une ardeur passionnée :

« Je voudrais que vous ne partiez jamais !

— Oh ! Giles ! dit-elle, je sais bien, je sais bien ! Mais...
je ne suis qu'une femme et vous n'êtes qu'un homme.
Je n'en dirai pas plus, "même les plus purs..." ; vous me
connaissez assez pour me comprendre.

— Oui, Gracie, oui. La question est réglée une fois
pour toutes par l'impossibilité de votre divorce. Non,
j'exprimais tout simplement... un sentiment, sans plus.

— Avant huit jours au plus, ma retraite serait découverte si je restais ici, et je crois que la loi l'autorise à
m'obliger à retourner avec lui.

— Oui, vous avez raison, sans doute. Partez quand
bon vous semblera, Grace chérie. »

Et ses dernières paroles ce soir-là furent des paroles
d'espoir : peut-être tout se terminerait-il bien pour elle ;
lorsqu'il découvrirait que sa présence lui était une telle
souffrance, peut-être M. Fitzpiers se retirerait-il ?...

La fenêtre se ferma, les volets aussi, et le bruit de ses
pas s'éloigna.

A peine Grace fut-elle couchée que le vent monta et,
après quelques rafales, s'accompagna de pluie. La tempête augmentait, et l'on avait peine à croire qu'au lieu
d'un souffle invisible et transparent ce n'était pas un
être vivant qui escaladait et remuait le toit, faisait craquer les branches, bondissait des arbres sur la cheminée, passait la tête par le tuyau, hurlait et blasphémait
aux quatre coins de la maison. Comme dans le conte
terrifiant, l'assaillant était un spectre dont on sentait la
présence sans le voir jamais.

Jamais elle n'avait été frappée à ce point par le
caractère démoniaque d'une nuit de bourrasque dans
les bois, parce que jamais elle n'avait connu cette
solitude intérieure. Elle était comme détachée d'elle-
même, un corps sans âme. Son être véritable, sa
conscience claire n'étaient pas là.

Parfois une branche voisine s'agitait si bas qu'elle

frappait le toit comme un bras gigantesque frappant l'adversaire à la face, un flot de pluie suivait, tel un flot de sang coulant d'une blessure. Dans quelle mesure Giles était-il exposé à cette tempête? Elle l'ignorait.

Grace ne put supporter plus longtemps l'idée qu'il souffrait peut-être en ce moment à cause d'elle pour lui avoir abandonné son unique logis. Elle n'était pas digne d'un pareil sacrifice, elle n'aurait pas dû l'accepter ainsi. Et à mesure que son inquiétude augmentait avec ses pensées, certains détails auxquels elle ne s'était pas arrêtée lui revinrent soudain à l'esprit. L'aspect de son visage : qu'avait-il donc de différent avec son visage d'autrefois? N'était-il pas plus maigre, plus pâle, moins semblable à ce dieu de l'automne qu'elle aimait voir en lui? Et sa voix, elle avait sans aucun doute changé de timbre. Et sa démarche était moins énergique, plus raide, comme celle d'un homme épuisé. Et, réflexion faite, ce bruit léger qu'elle avait entendu plusieurs fois dans la journée et qu'elle avait attribué aux écureuils, n'était-ce pas qu'il toussait?

Elle en arriva ainsi à la conviction inébranlable que Winterborne était souffrant, ou qu'il l'avait été, et qu'il le lui cachait soigneusement pour qu'elle n'ait aucun scrupule à accepter une hospitalité qui le chassait de sa propre demeure.

« Mon amour, mon seul bien, mon ami, si bon, si aimé! s'écria-t-elle. Non! non! cela ne sera pas! »

Et elle se leva en toute hâte, éclaira la cabane, et s'habilla sommairement. Elle prit la clé, et se dirigea vers la porte toute proche, la cabane n'ayant pas d'étage. Avant de tourner la clé dans la serrure, elle s'arrêta, la serrant de ses doigts crispés; et le front dans la main, elle réfléchit nerveusement.

Un coup de vent fit tambouriner contre les vitres l'eau qui ruisselait des arbres : elle n'hésita plus. Elle tourna la clé et ouvrit la porte.

L'obscurité intense semblait lui toucher les yeux

comme une chose matérielle. Ce fut seulement alors qu'elle se rendit compte de la violence de la pluie, l'eau coulait du toit comme d'une source. Elle resta immobile, l'oreille tendue, les lèvres entrouvertes, tenant la porte ; ses yeux s'habituant à l'obscurité discernèrent les bras follement agités des arbres voisins. Enfin elle cria avec effort :

« Giles, venez, entrez dans la maison ! »

Rien ne répondit. Vaincue par cet effort, Grace rentra en hâte, ferma la porte, les yeux fixés au sol, les joues en feu. Peut-être, au fond, était-il en sûreté, bien portant. Mais cette pensée ne dura guère. A nouveau elle souleva le loquet, d'un air plus décidé cette fois.

« Giles ! Giles ! cria-t-elle de toute la force de ses poumons et sans la timidité de son premier appel. Venez ! mais venez ! Où êtes-vous ? J'ai été cruelle, mauvaise, égoïste ! Vous m'entendez ? Je ne veux pas que vous restiez dehors plus longtemps. Je ne veux pas que vous souffriez à cause de moi. Je veux que vous rentriez. Gi-i-i-les ! »

Une réponse ? Etait-ce une réponse ?... A travers l'obscurité et le vent une voix parvint jusqu'à elle, flottant sur la tempête comme si elle en faisait partie.

« Je suis là. Je suis très bien. Ne vous inquiétez pas.

— Vous ne voulez pas rentrer ? Vous n'êtes pas mouillé ? *Venez avec moi ! Je ne m'inquiète plus de ce qu'on peut dire ou de ce qu'on peut penser.*

— Je suis très bien, répéta-t-il. Ce n'est pas la peine que je vienne. Bonsoir ! Bonsoir ! »

Grace soupira, revint sur ses pas et ferma lentement la porte. L'avait-elle blessé par ses paroles impulsives ? Peut-être, après tout, l'avait-elle trouvé changé parce qu'elle ne l'avait pas vu depuis longtemps. Parfois un homme vieillit brusquement. Elle avait fait tout ce qu'elle pouvait. Il ne voulait pas venir. Elle se recoucha.

XLII

Le lendemain matin, Grace parut très tôt à sa fenêtre. Elle était bien décidée à le voir aujourd'hui et elle lui prépara promptement son déjeuner. Huit heures sonnèrent; elle s'aperçut alors qu'il n'était pas venu comme à l'habitude frapper au volet pour la réveiller; c'était sa propre inquiétude qui l'avait fait lever.

Elle plaça le déjeuner sur l'appui de la fenêtre. Mais il ne vint pas le chercher; elle attendit. Neuf heures sonnèrent, le déjeuner fut froid, toujours pas de Giles. Une grive qui avait longuement répété sa chanson sur le buisson d'en face vint piquer un morceau sur l'assiette, l'avala, s'arrêta, jeta un regard autour d'elle, en prit un autre. A dix heures Grace retira le plateau et déjeuna solitaire. Sans doute, la pluie ayant cessé, était-on venu le chercher pour une affaire éloignée.

Elle aurait voulu s'en assurer en explorant soigneusement les alentours de la cabane. Mais, le temps étant relativement beau, elle craignit d'être aperçue pendant ses recherches par un promeneur ou un bûcheron, et elle n'osa s'y décider. La solitude lui sembla plus profonde encore ce jour-là, car la pendule non remontée s'était arrêtée et la suie détachée par la pluie s'était accumulée au coin du feu. A midi elle entendit un léger bruit à la fenêtre : c'était un lézard qui avait rampé de dessous les feuilles pour venir profiter des derniers rayons du soleil qu'il ne reverrait plus qu'au mois de mai.

Elle ne cessait de regarder à travers les vitres, mais voyait bien peu de choses : les feuilles brunies de l'an passé, les feuilles jaunies de cette saison prématurément tombées à cause de la tempête ; un vieux hêtre aux larges aisselles, sur le tronc duquel les branches abattues avaient laissé de grands trous ; une limace noire qui grimpait dessus. Des branches mortes gisaient un peu partout comme des ichtyosaures dans un musée, plus loin rampaient des tiges mortes de chèvrefeuille semblables à des cordes.

Par l'autre fenêtre elle voyait d'autres arbres habillés de lichen et chaussés de mousse. Sur leurs racines des champignons jaunes, sans pied, comme des citrons ou des oranges ; d'autres, au contraire, au pied tout en hauteur. Tout près, d'autres arbres luttant pour vivre, leurs branches déformées par le frottement et par les coups qu'ils se donnaient mutuellement. C'était la guerre entre ces voisins qu'elle avait entendue pendant la nuit. Sous eux gisaient les souches pourries des vaincus d'autrefois qui s'élevaient de leur lit de mousse — dents blanches sortant d'une gencive verte —, de la mousse semblable à de minuscules sapins, à de la peluche, à des étoiles de malachite, à tout sauf à de la mousse.

La tension nerveuse de Grace était si forte qu'après cette journée lamentable, elle sentit qu'il lui serait presque impossible d'en passer une semblable dans les mêmes conditions. Enfin le soir arriva. Le soleil, achevant sa course, passa la tête dans une déchirure entre les nuages et tendit ses gazes rayonnantes à travers l'atmosphère mouillée, faisant luire les troncs, et couvrant de taches vermeilles le tapis de feuilles ensanglantées au pied du hêtre. Quand la nuit descendit

enfin, et quand vint l'heure de Giles, Grace était brisée
par l'attente.

Le repas frugal du soir, mi-thé, mi-souper, préparé
par elle, attendait dans l'âtre; mais Giles ne venait pas.
Il y avait maintenant plus de vingt-quatre heures qu'elle
ne l'avait vu. La pièce s'obscurcissait, seule la flamme
du foyer coupait la noirceur des murs; elle sentit qu'il
serait au-dessus de ses forces de passer la nuit sans
parler, à lui ou à quiconque. Pourtant il fut bientôt huit
heures et sa silhouette n'apparaissait pas dans l'encadrement de la fenêtre.

Elle ne toucha pas à son souper. Soudain elle se
dressa devant l'âtre, où couvaient quelques cendres;
elle y était restée tapie, étreignant ses genoux de ses
bras; elle traversa la pièce, ouvrit la porte et écouta.
Avec le déclin du jour, le vent avait cessé, mais la pluie
avait recommencé à tomber sans arrêt comme la nuit
précédente. Grace était debout à la porte depuis cinq
minutes lorsqu'elle crut entendre le léger bruit de la
veille, la toux mystérieuse, à peu de distance; la toux
reprit bientôt. Si c'était Winterborne, il était là tout
près. Dans ce cas pourquoi n'était-il pas venu?

Une inquiétude horrible l'étreignit, elle chercha
anxieusement la lanterne du regard, elle était suspendue au-dessus de sa tête. L'allumer et partir dans la
direction d'où venait le son était la seule façon de
résoudre l'énigme. Mais les circonstances la firent hésiter; l'instant d'après une sueur froide la pénétra en
entendant d'autres sons venir du même coin.

C'étaient des paroles murmurées à voix basse, on eût
dit une conversation, mais la voix était toujours la
même. C'était un monologue infini, semblable à celui
qu'on entend parfois dans la nature, dans les endroits
secrets où coulent des ruisseaux, ou lorsque des feuilles de lierre frappent des pierres. Peu à peu, elle fut
convaincue que c'était bien là la voix de Winterborne.
Mais quel était cet interlocuteur silencieux et patient?

Car s'il parlait sans arrêt et rapidement, nul ne lui répondait.

La lumière se fit soudain, implacable, dans son cerveau.

« Mon Dieu ! s'écria-t-elle dans son angoisse en se préparant à sortir, comme j'ai été égoïste dans mon souci des convenances ! des convenances ! Pour ces convenances, aurais-je tué le cœur le plus aimant que jamais femme ait serré contre le sien ? »

En disant ces mots, elle avait allumé la lanterne, et sans plus réfléchir elle avait pris en toute hâte la direction d'où venaient ces murmures. Il y avait un sentier qui la conduisit à quarante mètres de là jusqu'à un petit abri fait de claies, à peine plus grand qu'une meule de blé, comme on en trouve fréquemment dans les bois à l'époque des coupes. C'était trop petit pour qu'on pût l'appeler une hutte, et trop bas pour s'y tenir debout. C'était apparemment un abri provisoire pour y garder du bois. L'abri était ouvert du côté de Grace et en y dirigeant la lumière de sa lanterne elle vit ce qu'avaient pressenti ses craintes pendant le court chemin qu'elle avait parcouru.

Sur le foin, Giles était couché tout habillé, vêtu comme elle l'avait vu ces jours derniers ; il n'avait pas de chapeau et ses cheveux étaient en désordre.

Ses vêtements, comme le foin, étaient trempés de pluie. Ses bras étaient par-dessus sa tête, son visage brûlant d'une teinte écarlate anormale. Ses yeux brillaient d'un éclat insolite, et, bien qu'elle le regardât, elle vit qu'il ne la reconnaissait pas.

« Oh ! mon Giles ! cria-t-elle. Que t'ai-je fait ! »

Mais elle s'arrêta dans ses reproches à elle-même. Elle vit que la première chose à faire et à penser était de le transporter dans la cabane.

Comment Grace s'acquitta-t-elle de cette besogne ? elle n'aurait pu l'expliquer. Mais à force de l'étreindre et de le serrer dans ses bras, elle parvint à l'asseoir en réunissant tous ses efforts, et à le placer sur l'une des claies détachées, la tira des deux mains tout le long du sentier, s'arrêta pour reprendre haleine à la porte de la cabane et le fit entrer.

Il semble extraordinaire que, dans l'état semi-conscient où il se trouvait, Giles se soit laissé faire. Mais pas un instant il ne la reconnut, il continuait sa conversation rapide avec lui-même, et semblait la considérer comme un ange ou un être surnaturel du monde de vision où il vivait pour le moment. Le transport de Giles lui prit plus de dix minutes au bout desquelles, à sa grande satisfaction, il reposa sur le lit de la pièce, dépouillé de ses vêtements mouillés.

Alors seulement la malheureuse Grace le regarda à la lueur de la bougie ; quelque chose la désespérait dans son aspect, dans la volubilité de ses paroles qui s'accéléraient de minute en minute. Son âme semblait parcourir le monde des idées comme une comète vagabonde, sans qu'on pût la suivre ni la comprendre.

Grace en délirait presque autant que lui. Il allait mourir dans un instant, elle en était sûre. Incapable de résister à une impulsion soudaine, elle s'agenouilla près de lui, lui baisant les mains, le visage, les cheveux, en gémissant à voix basse : « Comment ai-je pu ? Comment ai-je pu ? »

Ses principes timorés lui avaient fait ignorer jusqu'à quel point il poussait la chevalerie, bien qu'elle le connût depuis si longtemps. Grace n'avait jamais bien compris la pureté de sa nature étrangère aux passions vulgaires, et sa délicatesse scrupuleuse, jusqu'à ce moment où son sacrifice les lui révélait. Cette découverte ajouta de la vénération à la profonde affection de cette femme qui avait en elle plus d'Artémis que d'Aphrodite.

Tout ce que pouvait faire une tendre garde-malade, Grace le fit ; et cette possibilité d'exprimer son amour et sa pitié par des actes lui était une triste consolation bien que le patient n'en sût rien. Elle baignait cette tête brûlante, pressait ces mains contractées, mouillait ces lèvres, rafraîchissait ces paupières en feu, épongeait cette peau ardente et lui dispensait tout ce qu'elle trouvait autour d'elle qui pût lui être un soulagement. La pensée qu'elle était peut-être la cause, ou du moins en partie la cause de ce qui arrivait mêlait le désespoir à son chagrin.

Six mois plus tôt, une scène semblable en apparence s'était déroulée à Hintock-House. Elle se jouait entre deux êtres plus étroitement liés que ceux-ci. Extérieurement identique, combien la situation était différente au point de vue spirituel! Pourtant, dans les deux cas, s'exerçait le dévouement d'une femme.

Grace, quittant son attitude de tendresse, se redressa, fit appel à toute son énergie, comprenant qu'il fallait agir immédiatement. Dans son état d'esprit actuel, elle aurait aimé l'avoir à elle seule, mais la présence d'un médecin s'imposait tant qu'il restait l'espoir de lui sauver la vie. C'était trahir sa présence dans la cabane, mais les chances de le sauver eussent-elles été moindres encore que Grace aurait couru ce risque par amour pour lui. La question était de savoir où trouver ce médecin suffisamment proche et compétent.

Il y en avait un, et un seul, à une distance accessible, un homme capable de sauver Winterborne, s'il en était temps encore. Si l'on pouvait persuader cet homme, c'est à lui qu'il incombait de se rendre au chevet de Giles. Cette démarche, fatale à sa liberté, elle la tenterait. Mais elle hésitait à quitter son malade, les minutes se succédaient rapides, et elle remettait toujours son départ. Enfin, après onze heures, Winterborne s'endormit d'un sommeil intermittent, c'était le moment.

Hâtivement, elle s'habilla, alla détacher une des chandelles suspendues dans l'armoire, et l'ayant allumée, elle la plaça de façon que la flamme n'éclairât pas ses yeux. Elle ferma la porte et partit, Il ne pleuvait pas.

L'esprit de Winterborne semblait l'accompagner et lui faire oublier l'obscurité. Les pluies avaient rendu phosphorescents le bois et les feuilles en décomposition qui couvraient le sentier, on eût dit une nappe de lait lumineux étendue à ses pieds. Elle ne voulut pas courir le risque de se perdre en essayant de prendre un raccourci à travers le bois, elle suivit le chemin où les arbres étaient moins touffus, qui l'amena finalement jusqu'à la route. Arrivée là, elle courut à toutes jambes, mue par son dévouement stoïque. Après une heure de course presque sans défaillance, elle passa près de la hauteur de High Stoy et reprit le chemin de ce même Hintock, vers cette même maison d'où elle avait fui quelques jours auparavant en proie à une panique intolérable. Mais les circonstances aujourd'hui étaient telles qu'en dehors de toutes contingences, Grace oubliait tout souci personnel et faisait de son plein gré échouer son projet de fuite.

Il y avait en Fitzpiers une qualité que Grace n'avait pas cessé de lui reconnaître : c'était sa valeur professionnelle. Et elle avait raison. Si sa persévérance avait égalé sa science, si, au lieu d'agir par à-coups et par impulsions, il avait eu de l'esprit de suite, la fortune et la célébrité ne seraient pas restées chez lui à l'état d'espoir. A vrai dire sa liberté d'esprit, son indépendance à l'égard des préjugés fossiles et des erreurs routinières n'avaient pas contribué à augmenter sa réputation à Hintock et dans le pays, où les gens n'admettaient pas que c'était la nature elle-même qui opérait les guérisons et que le médecin se contentait de déblayer la route pour elle.

Il était plus de minuit lorsque Grace arriva en face de la maison de son père, provisoirement occupée par son mari, à moins qu'il ne fût reparti. Depuis qu'elle avait quitté les parties les plus sombres de la plantation aux alentours de la cabane de Giles, une clarté vague qui régnait dans ce ciel mouillé d'automne malgré la voûte des nuages révélait qu'une lune assez large brillait là-haut. On voyait distinctement les deux grilles blanches de la maison ainsi que les boules blanches des piliers. Les flaques d'eau et les ornières détrempées (conséquence des pluies des jours derniers) avaient cet éclat vitreux qu'ont les yeux des cadavres. Elle entra par la petite porte d'en bas et traversa obliquement la cour d'entrée pour gagner directement l'aile où elle avait habité depuis son mariage. Elle fit halte sous la fenêtre de la chambre où devait dormir son mari s'il était encore dans la maison.

Le cœur lui manqua et elle resta là la main sur la poitrine. Fallait-il vraiment qu'elle appelle celui qui était responsable de tous ses malheurs ? Hélas ! le vieux Jones était à des milles de là. Giles était mourant, il n'y avait rien d'autre à faire.

Couverte de sueur par l'émotion et non par la marche, elle ramassa des petits cailloux, les lança dans les carreaux et attendit. La sonnette de nuit, placée là lors de l'installation de Fitzpiers, y demeurait toujours. Mais avec la disparition de sa clientèle et sa fugue, elle n'avait plus servi. Grace n'essaya donc même pas de sonner.

La personne qui dormait dans la chambre, quelle qu'elle fût, avait entendu son léger signal ; un instant après, la fenêtre s'ouvrait et l'on entendit un « oui » interrogateur. Grace reconnut immédiatement son mari. Elle s'efforça maintenant de déguiser sa voix.

« Docteur, dit-elle d'un ton aussi différent que possible de son timbre habituel, il y a un homme dangereusement malade du côté de Delborough, dans la cabane à une seule cheminée, et il faut y aller d'urgence, à tout prix.

— Bien, j'y vais. »

Grace fut frappée par la vivacité, l'étonnement, le ton presque joyeux de sa réponse. A vrai dire c'était là l'expression de soulagement d'un homme que le regret

de sa folle équipée avait ramené vers des joies bien
hypothétiques et qui trouve un calmant dans la reprise
de la routine de son métier. Son désir le plus profond
aujourd'hui était de mener une vie honorable et labo-
rieuse. Si l'on était venu l'appeler pour un chat ou un
chien, il n'aurait même pas refusé en ces circonstances.

« Vous connaissez la route ? demanda-t-elle.

— Oui, répondit-il.

— La cabane à une seule cheminée, répéta-t-elle,
c'est urgent.

— C'est entendu », dit Fitzpiers.

Grace ne s'attarda pas. Elle franchit la grille blanche,
la referma sans bruit, et s'éloigna en toute hâte. Son
mari avait donc réélu domicile chez son père. Elle se
demandait dans quelles conditions il avait pu se réconcilier avec le vieillard et quels étaient les termes du
traité. Ils avaient dû conclure une sorte de trêve, se
disait-elle. Mais malgré l'importance qu'avait cette question pour sa vie à elle, il en était une autre qui passait
au premier plan ; et elle reprit rapidement le sentier
aux multiples détours.

Cependant Fitzpiers se préparait à la suivre. Son
ardeur professionnelle exceptée, il était en proie à un
état d'esprit bizarre. Aux premiers mots de Grace, il ne
l'avait pas reconnue, il n'avait même pas soupçonné sa
présence. Mais ensuite il avait été frappé par la ressemblance entre la voix de son interlocutrice et celle de sa
femme. Il avait accepté de si bonne foi l'explication de
ses beaux-parents lui disant que Grace était partie pour
quelque temps chez une amie parce qu'elle ne pouvait
se résoudre à reprendre immédiatement la vie commune, qu'il ne pouvait croire que cette voisine fût
réellement sa femme. Il faut dire à la louange de Fitzpiers repentant qu'après avoir reçu cette explication de
son absence, il n'avait pas forcé les sentiments de sa
femme en la poursuivant. Personne ne lui avait d'ail-

leurs révélé que le départ de Grace avait précédé de si peu de temps son arrivée, et il n'avait donc pas tiré les conclusions qui se seraient imposées à lui s'il avait eu vent de cette précipitation.

Bien inquiet et bien indécis, Melbury s'était décidé après réflexion à ne pas aller la rechercher. Il comprenait sa fuite autant qu'il la déplorait. D'autre part, le souvenir tragique des événements précédents dont il était grandement responsable l'empêcha d'intervenir à nouveau dans cette affaire. Il nourrissait le ferme espoir qu'elle était arrivée sans encombre à Sherton et de là à Exonbury, si c'était le lieu où elle se rendait, et il s'était dispensé de toute investigation que pourtant l'étrangeté de son départ brusqué aurait autorisée. Quelques mois plutôt, si Grace s'était permis le dixième de ce qu'elle faisait aujourd'hui, Melbury aurait poursuivi des recherches sans fin.

C'était le même état d'esprit qui lui avait fait tacitement accepter la présence de Fitzpiers dans la maison. Les deux hommes ne s'étaient pas trouvés face à face, mais Mrs. Melbury s'était proposée comme intermédiaire et avait ainsi facilité l'entrée de la maison au docteur. C'était une organisation provisoire et nul ne demanda d'explications. Fitzpiers était revenu avec l'intention de faire pénitence, après les événements qui seront expliqués à loisir un peu plus tard ; il était bien décidé à s'humilier jusqu'au bout ; dès qu'une voix lui parvint du chevet d'un mourant, son désir fut d'y courir et de s'y dévouer avec toute la simplicité et toute la discrétion possible. Il n'appela donc pas le garçon d'écurie pour se faire préparer un cheval ou le cabriolet, mais il partit à pied comme l'avait fait Grace.

XLIII

Elle rentra dans la cabane, retira son chapeau et sa mante, et s'approcha du malade. Ses terribles plaintes l'avaient repris et ses mains étaient glacées. Dès qu'elle le revit, toute son angoisse, que cette marche forcée avait écartée pour un temps, lui revint.

Se pouvait-il qu'il fût mourant? Elle lui baignait les tempes, lui baisait le visage, oubliant tout sauf que là devant elle gisait un homme qui l'avait aimée plus qu'un amant, qui s'était immolé pour elle et qui avait eu son honneur plus à cœur qu'elle ne l'avait eu elle-même. Ces pensées la hantèrent jusqu'au moment où elle entendit un pas vif et allègre au-dehors. Elle savait qui venait là.

Grace s'assit contre le mur de l'autre côté du lit, en tenant la main de Giles dans la sienne, si bien que, lorsque son mari entra, le malade était entre lui et elle. Tout d'abord il s'arrêta figé, ne voyant que Grace seule. Lentement il baissa les yeux et reconnut le patient. Chose bizarre, alors que l'idée de la présence de son mari était devenue pour Grace intolérable, presque de la terreur puisqu'elle en était arrivée à prendre la fuite, en cette circonstance elle ne pensait pas à elle-même un seul instant. Sa sensibilité féminine était éclipsée par son désir de dévouement, et elle oubliait que c'était son mari qui était là. Elle eut d'abord à sa vue une expression de soulagement : la joie de voir arriver le médecin lui cachait la personnalité de l'homme dont la pensée restait subconsciente sans intervenir en aucune façon dans ses paroles.

« Va-t-il mourir ? Y a-t-il encore quelque espoir ?

— Grace ! » murmura Fitzpiers d'un ton indescriptible, un ton de prière sinon de reproche.

Il restait interdit devant cette scène non point tellement à cause de ce qu'elle pouvait signifier — bien qu'il fût le mari de cette garde-malade et amie du patient — mais par sa ressemblance avec une scène symétrique dans laquelle, des mois auparavant, lui, Fitzpiers, était le patient et la femme Felice Charmond.

« Est-il en grand danger ? Le sauverez-vous ? » demanda-t-elle à nouveau.

Fitzpiers sortit de ses pensées, s'approcha et examina Winterborne. Un seul regard lui suffit. Avant de parler, il la considéra d'un air pensif comme s'il mesurait d'avance l'effet des paroles qu'il allait prononcer.

« Il va mourir, dit-il avec une précision implacable.

— Quoi ! dit-elle.

— Je ne puis rien pour lui, ni moi, ni personne. Tout sera fini bientôt ; les extrémités sont déjà refroidies. »

Les yeux de Fitzpiers restèrent fixés sur elle comme si la conclusion à laquelle il venait d'aboutir mettait à tout jamais fin à l'intérêt, professionnel ou autre, que lui avait inspiré Winterborne.

« Mais ce n'est pas possible ! Il était bien portant il y a seulement huit jours !

— Bien portant, cela me semble impossible. Cela paraît être les suites d'une maladie — une typhoïde peut-être — qu'il aurait eue il y a quelques mois ou même récemment.

— Ah oui ! il a été malade l'an passé, vous avez raison. Et il devait être malade quand je suis arrivée. »

Il n'y avait plus rien à faire ni à dire. Elle se blottit
contre le lit et Fitzpiers s'assit. Ils restèrent longtemps
silencieux ; elle, sans tourner une seule fois ses yeux ni
même en apparence ses pensées vers son mari ; lui,
donnant de temps à autre quelques ordres, murmurés
machinalement avec autorité, pour adoucir l'agonie du
mourant. Elle obéissait comme un automate, puis se
penchait vers lui, pleurant en silence.

Winterborne ne reprit pas connaissance, et elle se
rendit bientôt compte qu'il s'en allait. Moins d'une
heure plus tard, le délire cessa et après un intervalle de
somnolence paisible et de respiration calme, Winterborne expira doucement.

Alors Fitzpiers rompit le silence :

« Il y a longtemps que vous vivez ici ? » lui demanda-
t-il.

Grace était folle de douleur. Elle en voulait à tout ce
qui lui était arrivé, aux malheurs qui l'avaient assiégée,
à la vie, à Dieu même. Elle lança au hasard :

« Oui ! de quel droit me le demandez-vous ?

— Ne croyez pas que je réclame aucun droit », dit
Fitzpiers tristement. « C'est à vous qu'il appartient de
parler et d'agir comme vous l'entendrez. Je reconnais,
tout comme vous le pensez, que je suis un scélérat,
une brute, indigne de posséder la moindre parcelle de
vous. Mais je suis là et c'est l'intérêt que je vous porte
qui m'a fait vous poser cette question.

— Il est tout pour moi ! » dit Grace, indifférente à ce
qu'il disait, en posant religieusement la main sur les
paupières du mort ; elle l'y laissa longtemps et effleura
doucement les cils comme elle eût caressé un petit
oiseau.

Fitzpiers l'observait. Il parcourut la chambre des

yeux, et ses regards s'arrêtèrent sur les quelques objets de toilette qu'elle avait apportés.

« Grace, lui dit-il, si vous me permettez de vous appeler ainsi, j'ai bu le calice de l'humiliation jusqu'à la lie. Je suis revenu — puisque vous refusiez de venir me rejoindre, — je suis retourné dans la maison de votre père, j'ai tout supporté sans défaillance, et Dieu sait si cela me coûtait, parce que je savais que je méritais cette humiliation. Y en a-t-il une autre, plus grande encore, qui m'attend ? Vous dites que vous avez vécu ici avec lui. Dois-je en croire l'évidence et conclure le pire ? »

Le triomphe à tout prix est doux aux hommes, et surtout aux femmes. C'était la première et la dernière occasion qu'elle avait de se venger de tout ce qu'elle avait souffert si patiemment.

« Oui », répondit-elle ; et sa nature complexe en ressentit un frisson d'orgueil. Mais, après s'être ainsi calomniée, elle le regretta presque, son mari était devenu aussi blanc que le mur. On eût dit que tout ce qui subsistait en lui d'espoir et de courage venait de s'écrouler d'un seul coup. Mais il ne fit pas un mouvement, et dans son effort pour garder son sang-froid, il serra les lèvres comme un étau. Il réussit à se maîtriser, mais elle put voir cependant que son triomphe était plus grand encore qu'elle ne l'avait espéré. Bientôt il tourna les yeux vers Winterborne.

« Cela vous touchera-t-il d'apprendre », dit-il comme s'il avait à peine la force de formuler sa pensée, « que celle qui fut pour moi ce qu'il était pour vous est morte elle aussi ?

— Morte ! elle, morte ! s'écria Grace.

— Oui, Felice Charmond l'a précédé là-haut.

— Non ! » s'écria Grace indignée.

Il poursuivit sans prendre garde à ce qu'elle voulait dire :

« Et je suis revenu pour tenter une réconciliation, mais... »

Fitzpiers se leva et traversa la pièce pour partir, les yeux baissés, la tête courbée, de l'air d'un homme qui a sombré dans la torpeur sinon dans le désespoir. En se dirigeant vers la porte, ses yeux une fois encore se tournèrent vers Grace. Elle était toujours penchée sur Winterborne, son visage tout proche du sien.

« L'avez-vous embrassé pendant sa maladie ? lui demanda-t-il.

— Oui.

— Depuis qu'il a la fièvre ?

— Oui.

— Sur les lèvres.

— Oui.

— Alors, vous ferez bien de prendre aussitôt que possible quelques goutes de ceci avec de l'eau. »

Il sortit de sa poche un petit flacon qu'il lui tendit.

Grace secoua la tête.

« Si vous ne faites pas ce que je vous dis, vous serez peut-être bientôt là où il est.

— Ça m'est égal. Je voudrais mourir.

— Je le mets là », lui dit Fitzpiers, en plaçant la bouteille sur une planche près de lui. En tout cas, parmi toutes mes autres fautes, je n'aurai pas à me reprocher celle de ne pas vous avoir prévenue. Je m'en vais ; j'enverrai vous chercher. Votre père ignore votre présence ici, aussi je suppose que je dois l'en prévenir ?

— Certainement. »

Fitzpiers quitta la cabane, et le bruit de ses pas fut bientôt noyé dans le silence qui enveloppait les bois. Grace resta agenouillée à pleurer longuement sans se rendre compte du temps qui s'écoulait. Puis elle se redressa, couvrit le visage de Giles, pour se diriger vers la porte où se trouvait tantôt son mari. Elle n'entendit aucun bruit de pas, seul parvenait jusqu'à son oreille le craquement imperceptible des feuilles mortes qui, semblables à un lit de plume, reprenaient leur niveau

normal là où les avaient foulées les pieds de Fitzpiers.
Et elle se souvint d'avoir remarqué un changement
dans son aspect extérieur. L'expression intellectuelle
qu'avait toujours eue son visage était encore affinée par
l'amincissement des joues, et accompagnée maintenant
d'une dignité apportée par le malheur. Elle retourna au
chevet de Winterborne et, pendant ses méditations,
elle perçut le bruit d'un pas qui s'approcha, entra et
s'arrêta au pied du lit.

« Comment ? Marty ! dit Grace.

— Oui, j'ai appris... » dit Marty. Sous le coup de cette
nouvelle qui l'avait brisée, elle avait perdu son aspect
presque enfant.

« Il est mort pour moi », murmura Grace gravement.
Marty, sans bien comprendre, répondit :

« Aujourd'hui, il n'appartient plus ni à vous ni à moi,
et votre beauté et ma laideur en sont au même point.
Je viens vous aider, madame. Il ne tenait guère à moi et
il tenait beaucoup à vous, mais aujourd'hui, il ne tient
pas à l'une plus qu'à l'autre.

— Taisez-vous, taisez-vous, Marty ! »

Marty se tut, et elle s'agenouilla de l'autre côté de
Winterborne.

« Avez-vous rencontré mon... M. Fitzpiers, Marty ?

— Non.

— Alors, comment se fait-il que vous soyez venue ?

— Je viens par ici de temps en temps. A cette époque de l'année, il faut que j'aille de l'autre côté du
bois, et je dois y arriver avant quatre heures du matin
afin de pouvoir chauffer le four pour la première four-
née. Je suis souvent passée ici à cette heure. »

Grace lui lança un coup d'œil rapide.

« Vous saviez que j'étais là, alors ?

— Oui, madame.

— En avez-vous parlé ?

— Non, je savais que vous habitiez dans la cabane,
qu'il vous l'avait abandonnée, et que lui logeait dehors.

« — Saviez-vous où il logeait ?

— Non. Je n'ai pas pu le découvrir. Était-ce à Delborough ?

— Non. Ce n'était pas là, Marty — hélas ! ça l'aurait
peut-être... peut-être... »

En se détournant pour réprimer ses larmes, elle
aperçut un livre sur le rebord de la fenêtre.

« Tenez, Marty, un recueil de psaumes. Il n'y avait
pas d'ostentation dans sa religion, mais c'était un cœur
pur. Voulez-vous que nous lisions un psaume près de
lui ?

— Oh oui ! de tout cœur ! »

Grace ouvrit le petit livre brun que le pauvre Giles
gardait à portée de sa main pour aiguiser son couteau
sur la reliure de cuir. Elle se mit à lire de cette voix
chaude et dévote qu'ont les femmes en ces occasions.
Lorsqu'elle eut terminé, Marty lui dit :

« Je voudrais prier pour son âme.

— Moi aussi, dit sa compagne, mais ce n'est pas
permis.

— Pourquoi ? qui le saurait ? »

Grace se laissa convaincre par cet argument, dési-
reuse de réparer envers son âme le tort qu'elle avait
causé à son corps ; et leurs douces voix s'unirent pour
remplir l'étroite chambre de leurs murmures suppliants
qu'un calviniste n'aurait pas désapprouvés. A peine
eurent-elles terminé leur prière que d'autres bruits de
pas, plus nombreux cette fois, se firent entendre ainsi
que des bruits de voix, parmi lesquelles Grace reconnut celle de son père.

Elle se leva et sortit de la cabane dont les alentours
immédiats n'étaient éclairés que par la lumière qui
sortait de l'entrebâillement de la porte. Melbury et sa
femme étaient là.

« Je ne te fais pas de reproches, Grace », lui dit son
père, d'un air froid et d'une voix différente de celle
qu'elle lui avait connue. « Ni les reproches, ni les lar-

mes, ni les plaintes ne seraient à leur place aujourd'hui, dans la situation où tu nous a mis, toi comme nous, en allant vivre avec lui. J'en suis peut-être responsable ; mais je suis puni, je suis frappé, je suis confondu ! Devant une chose pareille, que dire ? »

Sans répondre, Grace fit demi-tour et se glissa dans la cabane.

« Marty, dit-elle vivement, je ne pourrai regarder mon père en face que lorsqu'il saura dans quelles conditions je vivais ici. Allez lui dire ce que vous m'avez dit — ce que vous avez vu — qu'il m'a abandonné sa maison. »

Elle s'assit le visage dans les mains ; Marty sortit et revint peu de temps après. Grace se leva alors et alla demander à son père si Marty lui avait parlé.

« Oui, dit Melbury.

— Et vous savez maintenant la vérité. Je veux que mon mari l'ignore, mais pas vous.

— Oui, Grace, pardonne-moi de t'avoir soupçonnée d'autre chose que d'inconséquence. J'aurais dû te mieux connaître. Reviens-tu avec moi dans ce qui était ta maison ?

— Non. Je reste là avec lui. Ne vous occupez plus de moi. »

La pensée de la situation embarrassante et troublante qu'il avait créée en encourageant Grace à montrer sa tendresse à Winterborne ne manqua pas de calmer l'irritation de Melbury.

« Ma fille, lui dit-il, les choses vont assez mal comme cela, pourquoi les empirer encore ? A quoi bon rester maintenant près de Giles, tu ne peux plus rien pour lui. Remarque que je ne te pose pas de questions. Je ne te demande pas ce qui t'a poussée à venir ici, ni ce que tu aurais fait par la suite s'il n'était pas mort ; je sais que tes intentions étaient pures. Quant à moi, je n'ai plus de droits sur toi, et je ne me plains pas. Mais ce que je dis, c'est qu'en revenant à la maison avec moi, tu ne lui fais aucun tort, et tu évites le scandale.

— Je n'ai nulle envie de l'éviter.

— Si cela t'est égal pour toi, ne peux-tu le faire pour moi comme pour elle? A part nous, tout le monde ignore que tu as quitté la maison. Pourquoi par ton obstination mener mes cheveux blancs au désespoir jusqu'au tombeau?

— S'il n'y avait pas mon mari... » murmura-t-elle, émue par ces paroles. « Mais il m'est impossible de le revoir. Aucune femme qui se respecte ne pourrait retourner avec lui après ce qui s'est passé!

— Il quitterait de nouveau le pays plutôt que de t'empêcher de revenir chez nous.

— Comment savez-vous cela, père?

— Nous l'avons rencontré en venant ici et c'est lui qui nous l'a dit, répondit Mrs. Melbury. Il avait déjà parlé dans ce sens. Il a l'air très malheureux d'ailleurs.

— Il lui a dit à elle, quand il est revenu chez nous, qu'il attendrait qu'avec le temps sa conduite lui amène son pardon, dit Melbury. C'est bien cela qu'il a dit, n'est-ce pas, Lucy?

— Oui. Il a dit qu'il ne t'imposerait pas sa présence, qu'il attendrait ta permission », dit Mrs. Melbury.

Une telle délicatesse chez Fitzpiers fut pour Grace aussi agréable qu'inattendue. Et bien qu'elle n'eût aucune envie de le revoir, elle regretta le mensonge que lui avait dicté son désir de vengeance et qui donnait à son mari une moins noble raison de l'éviter. Elle ne refusa plus de suivre ses parents, elle les emmena un instant dans la chambre pour donner un dernier regard à Winterborne et réunir quelques objets qui lui appartenaient. Pendant ce temps arrivèrent les deux femmes mandées par Melbury et, derrière elles, Robert Creedle.

« Excusez-moi, monsieur Melbury, dit-il, mais ça m' fait deuil, et j' peux pas m' retenir comme doit le faire un homme. Je n' l'avais pas r'vu depuis il y a eu jeudi huit jours, et je me demandais tout l' temps où y pouvait bien être. J'attendais toujours q'y vienne me dire d' laver ces tonneaux avant qu'on s' mette à faire le cidre ; et dire qu'il était ici !... Je l'ai connu qu'y était pas plus haut qu' cet' table. J'ai bien connu son père, avant sa mort, il allait tous les jours faire son tour au soleil en s'appuyant sur ses deux bâtons — et v'là que j' vois la fin de cette famille, et qu' c'est ben malheureux, car y a pas tant d' braves gens qu' ça à Hintock. Et pour maintenant c'est la paroisse qui s' chargera d' clouer Robert Creedle entre quat' planches, et y aura pus personne pour verser une larme sur ses vieux os. »

Ils se mirent en route, excepté Marty et Creedle. Grace et son père marchèrent d'abord côte à côte, sans échanger un seul mot, dans la lueur bleue de l'aube. La couleur froide du ciel se reflétait sur le visage froid et trempé de larmes de la jeune femme. Toute la forêt semblait être un lieu de mort, chargé de deuil dans toute son étendue. Winterborne s'en était allé, et tous les taillis étaient là pour le rappeler. Ces jeunes arbres qu'il avait plantés en disant si justement qu'il tomberait avant qu'ils ne tombent poussaient leurs racines dans la direction que sa main exercée leur avait imprimée.

« La seule chose qui nous ait permis de supporter le retour de ton mari, dit enfin Melbury, c'est la mort de Mrs. Charmond.

— Ah oui ! » dit Grace sortant de sa torpeur pour se souvenir : « Il me l'a dit.

— T'a-t-il raconté les circonstances de sa mort ? Rien à comparer avec celle de Giles. Elle a été tuée par un amant évincé. C'est arrivé en Allemagne. Le malheureux s'est suicidé ensuite. C'était cet homme de la Caroline du Sud, cet homme si passionné qui venait souvent rôder par ici pour forcer ses faveurs, et qui la suivait partout. Et voilà comment finit la belle Felice Charmond qui fut bonne pour moi, mais point pour toi, ma fille.

— Je lui pardonne, dit Grace, l'air absent. C'est Edred qui vous a raconté tout cela ?

— Non, il n'a rien dit. Mais il a posé sur la table du vestibule un journal de Londres qui relatait le fait, plié de façon que nous le voyions. Ce sera sans doute cette semaine dans le journal de Sherton. Cette mort l'a d'autant plus impressionné qu'il avait justement échangé des paroles dures avec elle et qu'il l'avait quittée. C'est ce qu'il a dit à Lucy, car on ne dit pas un mot de lui dans le journal. Et sais-tu qui, entre mille, était la cause de leur querelle ? Celle que nous avons laissée là-bas à la cabane.

— C'est Marty que vous voulez dire ? » demanda Grace indifférente car, malgré son récit d'actualité, l'histoire de Melbury la laissait froide.

« Oui, Marty South », continua Melbury, s'obstinant à poursuivre son récit pour tâcher de distraire Grace de son chagrin. « Avant qu'il ne s'en aille, elle lui avait écrit une lettre, qu'il avait longtemps gardée sans la lire. Il la tira un jour de sa poche en présence de Mrs. Charmond et la lui lut tout haut. Il se trouva que le contenu de la lettre était très désagréable pour elle, elle se fâcha et cela amena la rupture. Elle le suivait pour aller se réconcilier avec lui quand elle trouva cette mort effroyable. »

Melbury ne savait pas les détails de l'incident, il ignorait que la lettre de Marty révélait que certaine parure appartenait à la fois à Mrs. Charmond et à elle-même. Sa flèche avait tout de même atteint son but. La scène entre Fitzpiers et Felice avait été violente, comme toute scène qui est née de l'humiliation d'une femme par une autre en présence de son amant. Evidemment Marty ne l'avait pas mortifiée de vive voix ; l'accusation de faux cheveux n'avait été portée que par Fitzpiers en lisant cette lettre à Felice du ton ironique d'un homme qui commence à se lasser de la situation et qui ne trouve plus en sa compagne qu'un « plaisir fade », pour parler comme George Herbert. Il avait bien des fois caressé ces faux cheveux sans se douter que c'était un charme emprunté, et après cette découverte imprévue, il lui était difficile, malgré sa générosité naturelle, d'éviter la raillerie.

C'est ainsi que cela avait commencé pour finir bien tragiquement. Il était parti brusquement ; elle l'avait suivi à la gare, mais le train était déjà loin. Partie à sa recherche à Hombourg, elle avait rencontré le rival de Fitzpiers, ses reproches avaient suscité une querelle, puis leur mort à tous deux. Fitzpiers n'avait rien su de cette scène de passion et de crime où, heureusement pour lui, on ne faisait aucune allusion à ses rapports précédents avec la victime. Il échappa aussi à l'enquête qui suivit, car on attribua cette double mort à des pertes de jeu, quoiqu'en réalité, ni l'un ni l'autre n'eussent paru au casino.

Le seul être vivant que Melbury et sa fille rencontrèrent sur le chemin du retour fut un écureuil qui, au lieu d'escalader son arbre, à leur vue, lâcha sa noisette, et frappa le sol de ses petites pattes de derrière en criant « tchoc, tchoc, tchoc ». Lorsqu'elle vit émerger de derrière leur écran de branches les toits et les cheminées de la maison, Grace eut un sursaut qui la fit s'arrêter.

« Il est bien entendu », dit-elle de nouveau inquiète à sa belle-mère, « que je ne reviens à la maison qu'à la condition qu'il s'en aille comme il l'a promis. Faites-le-lui savoir pour qu'il n'y ait aucun malentendu. »

Mrs. Melbury, qui avait eu de longues conversations avec Fitzpiers, assura à Grace qu'il n'y avait aucun doute possible sur ce point, et qu'il partirait certainement avant le soir. Grace entra donc avec eux dans l'aile de la maison occupée par les Melbury, et dans la salle elle s'assit, indifférente à tout, tandis que sa belle-mère allait trouver Fitzpiers.

La promptitude avec laquelle le docteur se rendit à ses désirs lui fit honneur plus que tout ce qu'il aurait pu faire. Avant que Mrs. Melbury ne fût revenue dans la pièce, Grace qui était assise sur l'appui de fenêtre, vit sortir son mari, une valise à la main, dans la lumière grandissante du matin. En franchissant la grille, il se retourna. Dans l'encadrement de la fenêtre, Grace se détachait en ombre chinoise sur la lueur de l'âtre, et il ne pouvait manquer de la reconnaître. L'instant d'après il continua sa route, la grille retomba derrière lui, et il disparut. Dans la cabane elle lui avait dit qu'un autre avait usurpé sa place, et maintenant elle le bannissait.

XLIV

Il y avait à peine une heure que Fitzpiers était parti lorsque Grace se sentit malade. Le lendemain elle garda la chambre. On appela le vieux Jones : il murmura un diagnostic où revenaient les mots « symptômes fébriles ». Grace l'entendit et devina comment elle s'était attiré cette nouvelle épreuve.

Un jour qu'elle était étendue, les tempes battantes, à se demander si elle allait vraiment rejoindre celui qui l'avait précédée, la mère Oliver entra dans la chambre.

« Je n' sais pas si c'est pour vous, madame, mais j'ai trouvé ça sur la table. Je crois que c'est Marty qui l'y a laissé quand elle est venue ce matin. »

Grace tourna ses yeux brûlants vers l'objet que lui montrait la mère Oliver. C'était le flacon que son mari lui avait donné dans la cabane, en la priant d'en boire quelques gouttes si elle voulait échapper à la maladie qui avait emporté Winterborne. Elle l'examina de son mieux. Il contenait un liquide brunâtre, l'étiquette portait une inscription en italien. Cela provenait sans doute de ses voyages à l'étranger. Elle ne savait que peu d'italien, mais elle comprit que ce cordial était un fébrifuge. Son père, sa mère, toute la maisonnée, faisaient des vœux pour son rétablissement ; elle résolut de suivre le conseil de son mari. Elle allait courir ce risque, quel qu'il fût. Elle se fit apporter un verre d'eau, et verser les gouttes.

L'effet en fut remarquable sinon miraculeux. En moins d'une heure, elle se sentit plus calme et plus fraîche, plus capable de réflexion, moins agitée et moins désespérée. Elle en prit encore quelques gouttes. La fièvre diminua, puis disparut comme un incendie calmé par l'eau.

« Quelle intelligence ! » se dit-elle avec une nuance de regret. « Pourquoi n'avait-il pas de principes, avec des dons pareils ? Peut-être a-t-il sauvé ma malheureuse vie ? Mais il n'en sait rien, et ne s'en soucie guère ; aussi je ne le lui dirai jamais. Sans doute ne m'a-t-il donné ce cordial que par orgueil, pour me montrer tout son pouvoir à côté de mon impuissance, comme Elie avec le feu du ciel ! »

Dès qu'elle fut complètement guérie, le danger conjuré, Grace se rendit chez Marty South. Elle se tournait à nouveau vers la pensée du disparu.

« Marty, lui dit-elle, nous l'aimions toutes deux, allons ensemble sur sa tombe. »

L'église de Grand-Hintock était située tout en haut du village et, pour y accéder, il n'était pas nécessaire de suivre la rue. Dans le crépuscule de cette journée de fin septembre, elles y allèrent ensemble par des chemins secrets, marchant côte à côte en silence, plongées dans leurs pensées. Le chagrin de Grace était plus grand encore que celui de Marty, car il se doublait de la pensée obsédante d'avoir, par sa fuite inconsidérée, été cause de sa mort. Elle avait tenté de se persuader à elle-même que sa maladie l'aurait emporté même si elle ne s'était pas installée dans sa maison. Parfois, elle y réussissait, parfois ses efforts étaient vains.

Elles restèrent debout devant la tombe. Le soleil était couché, leur vue s'étendait à des milles de là, par-dessus les bois et jusque dans la vallée où, tous les ans,

Giles descendait avec son moulin et son pressoir ambu-
lants à la saison du cidre.

Le chagrin qu'avait ressenti Grace en apprenant que
Giles n'aurait jamais pu l'épouser tempérait peut-être
aujourd'hui la grande douleur causée par sa mort. Pour
Marty, la situation était la même. Jamais elle ne l'aurait
épousé, et comme elle n'avait jamais attendu d'amour
de sa part à lui, elle ne se sentait pas frustrée maintenant qu'il n'était plus.

Grace, peu à peu, connut l'humiliation de voir
qu'elle n'avait jamais connu Giles comme l'avait fait
Marty. Seule de toutes les femmes de Hintock et du
monde, Marty South avait su comprendre la Nature et
vivre en elle presque autant que Winterborne. A ce
point de vue, elle était la réplique féminine de Giles,
elle avait adapté ses pensées aux siennes comme une
véritable disciple.

Tandis que les gens ordinaires n'avaient que de vagues
aperçus rapides de ce monde merveilleux de sève et
de feuillage qu'on appelle le bois de Hintock, ces
deux êtres, Giles et Marty, en avaient une vision
constante et claire. Ils étaient pénétrés de leurs mys-
tères les plus subtils. Ils en déchiffraient le langage
pour d'autres incompréhensible. Les aspects et les
sons de la nuit, de l'hiver et du vent, qui semblaient
à Grace lugubres et même surnaturels parmi ces
branches impénétrables, leur étaient familiers, et ils
en connaissaient la source, la durée et le rythme.
Ensemble ils avaient planté, ensemble ils avaient
abattu. Ensemble, au cours des années, ils avaient
rapproché tous ces signes et ces symboles qui restent
lettre morte lorsqu'on les voit séparément, et qui,
réunis, prennent un sens très clair. Dans l'obscurité,
aux rameaux qui les cinglaient au passage, ils recon-
naissaient les arbres qui les entouraient. Quand le
vent chantait dans les branches, ils savaient de très
loin en identifier l'essence. Un simple regard jeté sur

un tronc leur révélait si le cœur était sain ou s'il commençait de se tacher, et à l'aspect des ramures, ils savaient la profondeur qu'atteignaient les racines. Ils voyaient les métamorphoses des saisons en presti-digitateurs et non en spectateurs.

« Il aurait dû vous épouser, Marty, et personne d'au-tre au monde », lui dit Grace avec conviction, après avoir remué ces pensées.

Marty secoua la tête.

« Pendant toutes nos journées et toutes nos années passées ensemble dans les bois, il y a une seule chose dont nous n'ayons jamais parlé : c'est d'amour.

— Et pourtant vous parliez la même langue, incon-nue à tous les autres, même à mon père, bien qu'il n'en fût pas très éloigné, la langue des arbres, des fruits et des fleurs. »

Avec Marty, elle se laissait aller à ces réflexions mélancoliques. Mais, au fond de son cœur, demeurait — inconnue à Marty — toute son amertume. Si elle avait eu la certitude que la mort de Giles était uniquement le résultat des nuits passées à la pluie et au froid, elle serait devenue folle. Mais il lui restait l'espoir qu'elle n'avait fait que précipiter ce qui était inévitable. Elle aurait voulu pouvoir croire que même de cela elle n'était pas responsable.

Il existait un homme, un seul, qu'elle eût été dispo-sée à croire sur ce sujet. C'était son mari. Mais, pour l'interroger, il eût fallu lui préciser les conditions véri-tables dans lesquelles Giles et elle avaient vécu pendant les trois ou quatre jours qui avaient suivi sa fuite. Et aller démentir sa déclaration orgueilleuse lui semblait une faiblesse indigne d'elle. Elle ne doutait pas un instant que Fitzpiers la croirait si elle lui avouait quelle avait été véritablement sa vie dans la cabane. Mais, aller ainsi d'elle-même mettre les choses au point ressem-blerait à une demande de trêve et son état d'esprit actuel n'en éprouvait pas le besoin.

Après ce qu'on connaît du caractère de Fitzpiers, on ne s'étonnera pas d'apprendre que cet homme qui n'avait pu rester fidèle lorsque sa femme l'était, sentit soudain battre en son cœur un sentiment passionné en apprenant de sa bouche qu'elle ne l'était plus.

Il se dit qu'il n'avait jamais mesuré toute l'étendue des dangereuses possibilités de sa femme puisqu'elle se révélait capable de telles représailles. Et, c'est peut-être triste à dire, l'humiliation et les regrets qu'elle lui imposait firent naître en lui une secrète admiration.

Il fut très malheureux pendant les deux mois qu'il passa à Exonbury — c'était là qu'il s'était réfugié —, plus malheureux que Grace ne l'aurait souhaité à aucun être vivant, quels que fussent ses torts envers elle. Puis, un beau jour, il eut un rayon d'espoir. Il douta de la vérité de son affirmation. Il se demanda si ce n'était pas le fait d'une femme innocente poussée à bout, aveugle un moment devant les conséquences d'une telle déclaration. Sa grande expérience du beau sexe lui avait appris que, dans bien des cas, les femmes se risquent à prononcer des paroles dangereuses parce qu'elles ignorent leurs propres forces. A la réflexion, cette révélation audacieuse de Grace n'était peut-être au fond que le défi d'une femme à qui les réalités de l'infidélité étaient étrangères.

A la fin, ce pénible sentiment du provisoire et de l'attente poussa Fitzpiers à faire un pèlerinage mélancolique du côté de Petit-Hintock. Il resta là des heures à tourner autour du théâtre des émotions les plus pures qu'il eût ressenties dans sa vie. Il erra comme un malfaiteur dans les bois environnant la maison des Melbury. C'était une belle soirée et, en s'en retournant, il passa devant le cottage de Marty South. Comme toujours elle avait allumé sa chandelle sans fermer ses volets. Il l'aperçut à l'intérieur, telle qu'il l'avait souvent aperçue autrefois.

Elle astiquait des outils et, malgré le désir de Fitzpiers

de garder l'incognito, il ne put résister à la tentation de lui adresser la parole par la porte entrebâillée.

« Pourquoi donc les astiquez-vous comme cela, Marty ?

— Parce que je veux les nettoyer. Ils ne sont pas à moi. »

Il pouvait deviner en effet qu'ils n'étaient pas à elle, à voir l'énorme et lourde bêche et la serpe qu'elle n'aurait pu soulever qu'à deux mains. La bêche, loin d'être neuve pourtant, luisait comme de l'argent tant elle avait été fourbie avec soin.

Fitzpiers se doutait que les outils venaient de Giles Winterborne, il lui posa la question.

« Oui, répondit-elle, je vais les conserver. Mais malheureusement je ne peux pas avoir son moulin et sa presse. On va les vendre, à ce qu'on dit.

— Eh bien ! je m'en vais les acheter pour vous, Marty, lui dit Fitzpiers. Je vous donnerai cela en remerciement du service que vous m'avez rendu. » Son regard s'abaissa sur les cheveux à la teinte si rare repoussés aujourd'hui. « Ah ! ces cheveux, Marty ! et cette lettre !... Et pourtant, ajouta-t-il, songeur, c'était un service à me rendre que de me l'envoyer. »

Ces quelques paroles échangées la mirent en confiance, contrairement à son attitude d'autrefois. Marty se sentait à vrai dire un peu gênée par cette allusion à la lettre et à son dessein en l'écrivant. Mais elle le remercia chaleureusement pour sa promesse d'acheter le pressoir. Son intention était de le transporter en automne de village en village comme il l'avait fait lui-même. Elle serait assez forte pour cela avec l'aide du vieux Creedle.

« Ah ! il y a une femme qui était plus proche encore de lui que vous, dit Fitzpiers faisant allusion à Grace. Elle vivait là où il vivait, et elle était là avec lui quand il est mort. »

C'est alors que Marty, soupçonnant le docteur

d'ignorer la vérité puisqu'il vivait séparé de sa femme, lui fit connaître la générosité de Giles qui avait abandonné sa demeure à Grace au péril de sa vie. En entendant ce récit, le docteur envia presque à Giles son caractère chevaleresque. Il pria Marty de ne pas divulguer sa visite, et il rentra chez lui pensif, avec le sentiment qu'il n'était pas venu en vain à Hintock.

Il aurait donné beaucoup, alors, pour obtenir le pardon de Grace. Mais si l'espoir lui était permis dans l'avenir, il n'y avait rien à faire pour l'instant tant que le souvenir de Giles était encore si présent. Il fallait attendre. Peut-être avec le temps les sentiments de Grace s'adouciraient-ils à son égard, peut-être en viendrait-elle à le tolérer, sinon à l'aimer.

XLV

Les semaines et les mois que Grace avait passés à pleurer Winterborne s'étaient déroulés dans la monotonie de ce pèlerinage consolant qu'elle faisait pieusement en compagnie de Marty. Deux fois par semaine elles partaient toutes deux pour Grand-Hintock à la tombée de la nuit et, comme pour l'Imogène de Cymbeline, allaient joncher sa tombe de fleurs et de larmes.

Rien ne lui avait jamais démontré avec autant de force combien l'instruction et la culture sont peu de chose auprès d'un beau caractère. Tandis que son chagrin perdait de son acuité à mesure que passaient les mois d'automne et d'hiver, ses remords d'avoir été peut-être la cause de sa perte gardaient toute leur force.

La vie à Hintock s'écoulait toujours pareille durant ces mois de la chute et de la mort des feuilles. Les bruits qui avaient couru sur la fin tragique de Mrs. Charmond à l'étranger s'étaient éteints peu à peu. On avait raconté que sa mort avait été causée par la frayeur plus que par le coup de revolver, mais personne n'en savait rien. Fitzpiers avait eu la chance inespérée d'échapper à l'enquête qui avait suivi l'accident, grâce à son départ motivé par la lettre de Marty — modeste instrument de son salut.

Le corps de Felice Charmond ne fut pas ramené en Angleterre, destin bien en harmonie avec toute la vie fiévreuse de cette femme passionnée : elle n'eut même pas une sépulture dans sa terre natale. Son domaine n'avait eu pour elle qu'un intérêt provisoire, et après sa mort il passa aux mains d'un parent de son mari — qui n'avait jamais connu la jeune femme — et qui parut déterminé à supprimer tout ce qui restait d'elle.

Un jour de février — joyeux jour de la Saint-Valentin —, Mrs. Fitzpiers reçut une lettre qui, depuis longtemps déjà, était destinée à lui parvenir ce jour-là.

C'était une lettre de son mari lui annonçant qu'il vivait dans une ville du centre où il servait provisoirement d'assistant à un médecin local dont les principes médicaux étaient tous faux, mais que lui, Fitzpiers, n'osait tenter de corriger. Il avait choisi ce jour de la Saint-Valentin, aux tendres traditions pour lui demander si, au cas où il reprendrait une importante clientèle qu'il avait en vue, elle oublierait le passé et viendrait le rejoindre.

Après cette entrée en matière, il poursuivait :

L'année qui vient de s'écouler m'a vieilli de dix ans, chère Grace, chère femme que j'ai méconnue. Sans doute êtes-vous absolument indifférente à ce que je vais vous dire, mais écoutez-moi cependant. Je n'ai jamais aimé une femme — vivante ou défunte — comme je vous aime, vous respecte et vous admire actuellement. Quant à l'aveu que vous a dicté l'orgueil de votre cœur blessé, je n'y ai jamais ajouté foi (ceci n'était pas l'exacte vérité); mais même si j'y avais cru, cela n'aurait pu me détacher de vous. Faut-il vous dire — non, sans doute? — que je rêve à vos lèvres vermeilles plus souvent que je ne dis mes prières? et que d'imaginer le frou-frou de votre robe me fait perdre la raison? Si vous vouliez seulement consentir à me revoir, ce serait rendre le souffle à un moribond. Ma Grace si pure,

chaste comme une colombe, comment avez-vous ja-
mais pu être à moi? Pour le bonheur d'occuper un
instant votre esprit, en ce jour cher aux amoureux,
j'aimerais mieux votre haine que votre indifférence.
Sans doute m'accusez-vous d'inconstance : mais sou-
venez-vous, ô douce bien-aimée que j'ai perdue, que
« l'amour est beauté et que partout où il se pose il crée
de la beauté ». — Je ne vous importunerai pas plus
longtemps. Donnez-moi un peu de bonheur en me
fixant ne fût-ce qu'un court rendez-vous. Je m'y ren-
drai et vous quitterai sur un mot de vous, si seulement
vous m'accordiez cette possibilité de m'entretenir avec
vous et de vous expliquer ma situation. En dépit de
tout ce que vous pouvez faire ou penser, je reste à tout
jamais votre adorateur — moi qui fus votre époux.

                                                    E.F.

    C'était chose curieuse, la première fois ou presque
que Grace recevait de lui une lettre d'amour, car, dans
les conditions de leurs fiançailles, ils n'avaient pas
échangé de correspondance. Cette lettre avait donc
l'attrait de la nouveauté pour elle. Elle trouva qu'après
tout il savait fort bien tourner une lettre d'amour. Mais
pour la raisonnable Grace l'intérêt capital de cette
missive était qu'elle allait lui fournir l'occasion de calmer ses doutes sur sa responsabilité de la mort de
Winterborne. L'avis d'un esprit compétent, du médecin
qui avait assisté aux derniers moments de Giles, lui
ferait un bien immense. Quant à l'affirmation, dictée
par sa peine et par son mépris, qu'elle avait considérée
comme un triomphe, une victoire, elle était toute prête
à admettre qu'il ne s'était pas trompé sur sa valeur. Car,
en s'accusant faussement, elle avait du même coup, ce
qui était plus grave, accusé la mémoire de Giles.

    Sans consulter son père, ni qui que ce soit de la
maison ou d'ailleurs, Grace répondit à cette lettre. Elle
acceptait de fixer un rendez-vous à Fitzpiers, à deux

conditions : la première était que le lieu de leur rencontre fut « High Stoy Hill », la deuxième que Marty
South l'accompagnerait.

Malgré toute l'habileté consciente qu'il avait mise
dans sa lettre de Saint-Valentin, en recevant sa réponse,
Fitzpiers tressaillit de toute la joie du printemps qui
éclate. Pour la première fois depuis bien des années, il
ressentait un plaisir semblable à ceux de sa jeunesse. Il
se hâta de répondre qu'il acceptait les conditions et il
précisa le jour et l'heure où il se trouverait à l'endroit
choisi.

Quelques minutes avant trois heures, au jour fixé, il
montait la colline bien connue qui avait été le centre
de maint événement durant son séjour à Hintock.

A la vue de ce cadre familier et jamais oublié, son
cœur se gonfla d'un regret qui le quittait rarement
aujourd'hui. Quelles que fussent les voies que lui ouvri-
rait l'avenir, les doux ombrages de Hintock lui étaient
désormais interdits comme lieu de résidence.

Il avait soif de Grace. Mais pour l'instant il devait se
contenter de déposer les offrandes sur cet autel jadis
abandonné par lui, et il attendrait que son sacrifice soit
complet pour la prier de revenir à lui. Le seul dédommagement qu'il pût se permettre — alors qu'il eût
désirer lui en donner tant ! — était de lui laisser l'impression qu'elle était absolument libre de régler sa vie
avec ou sans lui.

De plus, en dilettante qu'il était, il cultivait soigneusement ces émotions rares et mélancoliques et se refusait à les voir finir aussi tôt. Se hâter de suggérer dès
maintenant à Grace un « modus vivendi » ce serait
amener la mort prématurée de ces plantes précieuses.
Pour le moment, être le vassal de son bon plaisir, il
n'en demandait pas plus, et trouvait ses délices à souffrir par elle.

En arrivant à mi-côte, l'esprit tout plein de ces pensées, Fitzpiers aperçut tout un joyeux cortège de gens

qui descendaient dans sa direction et il vit bientôt que
c'était une noce. Le vent était frais, mais les femmes
étaient cependant légèrement vêtues et les gilets fleuris
des hommes jetaient une note gaie dans le paysage. Les
femmes se suspendaient si étroitement au bras de leur
cavalier qu'elles marchaient du même pas, avec la
même allure, la même cadence, le même balancement
et pour ainsi dire le même centre de gravité. L'ave-
nante mariée n'était autre que Suke Damson qui dans
sa robe claire avait l'air d'une géante à côté de son
petit mari en qui Fitzpiers reconnut Tim Tangs.

Toute la noce l'ayant vu, Fitzpiers ne pouvait les
éviter, quoique, de toutes les beautés de la terre, Suke
fût la dernière qu'il eût souhaité rencontrer. Mais il fit
bon visage et continua sa route vers eux tandis qu'ils
parlaient sans aucun doute de lui et de sa séparation
d'avec sa femme. Lorsque les couples le croisèrent, il
leur exprima ses félicitations.

« Nous faisons le tour de la paroisse pour nous
montrer un peu », dit Tim. « D'abord, nous sommes
allés à Grand-Hintock, nous voilà de retour, et maintenant en avant pour l'auberge des "Revellers" et Marsh-
wood et on rentre par les chemins de traverse. Quand
je dis "on rentre", ce n'est pas pour longtemps, dans
deux mois on sera reparti.

— Tiens ! et où cela ? »

Tim le mit au courant de leur prochain départ pour
la Nouvelle-Zélande. Non pas qu'il ne fût pas content à
Hintock, mais sa femme avait de l'ambition et désirait
qu'ils s'en aillent. Il avait cédé.

« Eh bien, adieu alors », leur dit Fitzpiers, « au cas où
je ne vous reverrais plus. » Il serra la main de Tim puis
se tournant vers la mariée : « Adieu, Suke », dit-il en lui
prenant la main. « Je vous souhaite à tous deux prospé-
rité dans le pays que vous avez choisi. » Sur ces mots il
les quitta et se hâta vers son rendez-vous.

La noce se reforma en cortège et repartit de son

côté. Mais en donnant le bras à Suke, Tim s'aperçut que son visage réjoui aux bonnes grosses joues avait changé d'expression. « Eh bien quoi ? mon amour, qu'est-ce qu'il y a d'arrivé ? demanda-t-il.

— Rien du tout », répondit-elle. Mais ses grimaces vinrent démentir ses paroles, et son visage fut bientôt trempé de larmes.

« Bon maintenant ! Que diable y a-t-il ? s'écria le marié.

— Dame ! c'est l'émotion, la pauvre petite », dit la première demoiselle d'honneur en séchant les yeux de Suke avec son mouchoir.

« Je n'ai jamais aimé les séparations », dit Suke dès qu'elle eut retrouvé l'usage de la parole.

« Mais pourquoi lui en particulier ?

— C'est un si bon docteur, que c'est un malheur de penser qu'on ne le reverra plus ! On n'en trouvera pas un pareil en Nouvelle-Zélande, va, si j'en ai besoin dans quelques mois. C'est cette idée-là qui m'a toute retournée ! »

Ils poursuivirent leur route, mais Tim avait pâli et son expression avait durci. Il venait de faire quelques rapprochements auxquels il n'avait jamais songé plus tôt. Et, entre les haies, on n'entendit plus s'esclaffer toute la noce aux plaisanteries du marié.

Fitzpiers avait continué de monter la côte ; il vit bientôt à sa droite deux silhouettes surgir du talus. C'étaient bien celles qu'il attendait : Grace et Marty, venues par un sentier caché à travers bois. Grace était emmitouflée dans ses vêtements d'hiver. Jamais, pensa-t-il, elle n'avait eu autant de séduction qu'en ce moment, au soleil éclatant de midi, sans chaleur, dans le vent froid et parmi ces masses de buissons d'un gris-violet. Fitzpiers continua à la regarder s'approcher, leurs yeux se rencontrèrent un instant, elle détourna modestement les siens, se montrant ainsi de trois quarts, tandis qu'en homme bien élevé il la saluait d'un

large coup de chapeau. Marty s'écarta, et quand Fitzpiers tendit la main, Grace lui donna la sienne.

« Si j'ai accepté de venir jusqu'ici, c'est surtout parce
que j'avais quelque chose d'important à vous demander », dit Mrs. Fitzpiers d'un ton qui n'était pas exactement celui qu'elle aurait voulu prendre.

« Je vous écoute, répondit son mari. Voulez-vous que
nous allions sous les arbres pour être plus tranquilles ? »

Grace refusa, Fitzpiers se rangea à son désir, et ils
restèrent en dehors de la barrière.

Dans ce cas, voulait-elle lui donner le bras ? Cette fois
encore elle répondit gravement que non ; Marty entendit son refus.

« Pourquoi non ? questionna-t-il.

— Oh ! monsieur Fitzpiers, pouvez-vous le demander ?

— C'est vrai, c'est vrai », dit-il, refroidi dans ses tenta-
tives d'effusions.

Ils avancèrent de quelques pas et elle reprit : « Le
sujet qui me préoccupe vous sera peut-être désagréable. Mais ce n'est pas là ce qui peut m'arrêter.

— Certainement », dit Fitzpiers héroïque.

Elle remonta alors à la mort de Winterborne et lui
expliqua les circonstances précises dans lesquelles il
était tombé malade, en particulier l'humidité de l'abri
où il s'était réfugié ; elle dit les précautions qu'il avait
prises pour qu'elle ignorât tout de ce qu'il souffrait,
tout ce qu'il avait à supporter, tout ce qu'il avait fait
pour elle, dans sa délicatesse scrupuleuse. Et c'est en
pleurant à ces souvenirs qu'elle lui demanda s'il croyait
que la responsabilité de sa mort lui incombait.

Fitzpiers ne put cacher sa satisfaction en entendant la
révélation que lui faisait indirectement ce récit. Cette
fugue qu'elle avait fait paraître si grave n'était qu'une
innocente escapade.

Et il ne tenait pas à savoir si cette innocence avait été
préméditée ou accidentelle. A sa question il répondit

que nul ne pouvait avoir de certitude à ce sujet. Mais il croyait, tout compte fait, que la balance des probabilités favorables penchait de son côté. L'aspect vigoureux de Winterborne durant les derniers mois de sa vie était trompeur. Il arrive fréquemment qu'après une première attaque de cette maladie sournoise, une guérison apparente n'est qu'un mensonge physiologique.

Grace se sentit soulagée d'un grand poids, d'avoir pu aborder ce sujet avec quelqu'un qui la comprenait, autant que d'avoir reçu de Fitzpiers cette assurance.

« C'était surtout pour vous soumettre ce cas et obtenir votre opinion professionnelle que j'ai consenti à vous voir aujourd'hui », lui dit-elle, lorsqu'il fut parvenu à la conclusion dont on vient de parler.

« C'est là l'unique raison de votre venue ? demanda-t-il, l'air navré.

— A peu près. »

Ils restèrent là à regarder par-dessus la barrière une trentaine de sansonnets qui picoraient l'herbe, puis il reprit à voix basse : « Et pourtant je vous aime plus que je ne vous ai jamais aimée. »

Grace ne quitta pas les oiseaux des yeux, et elle serra ses lèvres délicates comme pour les mieux maîtriser.

« C'est un amour très différent, dit-il, moins passionné, mais plus profond, qui n'a plus rien à faire avec le côté physique, mais qui résulte d'une connaissance plus complète de la valeur morale. "L'amour s'enrichit à mieux connaître, et l'on connaît mieux quand on a plus d'amour."

— Oui, c'est dans *Mesure pour Mesure,* dit-elle malicieusement.

— Bien sûr je ne faisais que citer Shakespeare, dit suavement Fitzpiers. Pourquoi ne me rendriez-vous pas une parcelle de votre cœur ? »

Le craquement d'un arbre qu'on abattait au plus profond du bois vint évoquer le passé et le simple amour fidèle de Winterborne. « Ne me le demandez

pas, mon cœur est avec Giles dans sa tombe, répondit-elle fermement.

— Mon cœur à moi est près de vous, dans une
tombe aussi profonde, je le crains.

— Je le regrette, mais je n'y puis rien.

— Comment pouvez-vous dire que vous le regrettez,
alors que c'est volontairement que vous laissez cette
tombe ouverte ?

— Mais non, il n'en est rien, répondit Grace vivement, faisant mine de s'éloigner.

— Mais Grace, ma chérie, lui dit-il, puisque vous
consentiez à venir, j'ai cru qu'après m'avoir mis à une
longue épreuve, vous vous montreriez généreuse. S'il
me faut abandonner tout espoir de complète réconciliation, traitez du moins avec douceur le misérable que
je suis.

— Je n'ai jamais dit que vous étiez un misérable.

— Non, mais vous avez tant de mépris dans le regard
lorsque vous vous tournez vers moi que je crains fort
que vous ne le pensiez. »

Grace était prise entre le désir de ne pas se montrer
trop cruelle et sa crainte d'avoir l'air de l'encourager.

« Je ne puis avoir de mépris dans le regard alors que
je n'en ai pas dans mon cœur, dit-elle évasivement. La
seule chose que vous puissiez y lire est de l'indifférence.

— J'ai été très coupable, je le sais, reprit-il. Mais si
vous ne devez plus jamais m'aimer, je préfère ne plus
vous revoir. Je ne veux pas que vous me supportiez par
devoir, ni pour aucune raison de ce genre. Si je n'avais
pas tenu à votre tendresse et à votre pardon plus qu'à
ma tranquillité, croyez-vous que je serais revenu ? J'aurais pu reprendre une clientèle dans une ville éloignée
et y vivre honoré et digne. Mais j'ai préféré revenir au
seul endroit en ce monde où mon nom soit flétri,
retourner dans la maison de l'homme qui m'a fait subir
les pires humiliations, et tout cela pour vous ! »

C'était indéniable et cet argument ne fut pas sans
agir sur Grace qui commença à se demander si elle
n'avait pas été trop dure.

« Avant que vous ne partiez, continua-t-il, je voudrais
savoir quel est votre bon plaisir. Que désirez-vous que
je fasse ou que je ne fasse pas ?

— Vous êtes libre et votre question a l'air d'une
plaisanterie. Ce n'est pas à moi de vous donner des
conseils. Ce serait plutôt moi qui en aurais besoin. Je
vais réfléchir.

— Vous, avoir besoin d'un conseil ! la femme la plus
raisonnable en même temps que la plus aimée ! Si
c'était vrai...

— Quel conseil me donneriez-vous ?

— Vous seriez prête à le suivre ?

— Cette question n'est pas de jeu, dit-elle en souriant, malgré sa gravité. Dites-le-moi toujours, quelle
décision dois-je prendre ? Quelle vie dois-je mener ?

— Vous me le demandez ? Je n'ose vous le dire par
crainte de vos reproches. »

Se doutant bien de ce qu'il lui dirait, elle ne le
questionna plus ; elle allait faire signe à Marty et le
quitter lorsqu'il l'interrompit : « Oh ! attendez, chère
Grace, quand nous reverrons-nous ? »

Finalement elle accepta de le revoir quinze jours plus
tard. Fitzpiers protesta contre ce délai, mais devant le
sérieux mêlé d'inquiétude avec lequel elle le supplia de
ne pas revenir plus tôt, il se hâta de s'incliner, en
ajoutant qu'il la considérait comme une amie soucieuse
de son bien-être et de son salut, jusqu'au jour où elle
lui accorderait davantage.

Toutes ces protestations avaient pour but de la rassurer. Il n'était que trop évident qu'il n'avait pas encore
regagné sa confiance. Fitzpiers était stupéfait de voir
cette jeune femme qui lui avait appartenu se garder
avec cette pudeur farouche, cela dérangeait toutes les
idées que lui avait données son expérience des fem-

mes. Cela n'était pas dépourvu d'un certain charme,
mais il retourna chez lui en proie à de sombres pensées. Il fallait qu'il l'eût bien profondément blessée
pour avoir rendu aussi méfiante une âme naguère aussi
confiante qu'innocente.

Lui-même avait trop de délicatesse pour songer à
forcer Grace à revenir contre son gré. La pensée d'être
un objet de crainte ou d'aversion pour une femme qui
partagerait sa vie lui était intolérable. Mieux valait
l'existence qu'il menait actuellement.

Lorsqu'il fut parti, Marty rejoignit Mrs. Fitzpiers.
Celle-ci aurait volontiers consulté la jeune fille sur la
question de ses relations platoniques avec son ancien
mari, comme elle préférait l'appeler. Mais Marty ne
paraissait pas s'intéresser beaucoup à leurs affaires, et
Grace garda le silence. En poursuivant leur route, elles
aperçurent Melbury qui observait la coupe des arbres
qu'elles avaient entendu abattre. Grace prévint Marty
qu'elle désirait secrète son entrevue avec Fitzpiers, puis
elle la quitta pour aller rejoindre son père. Elle allait du
moins consulter celui-ci sur l'opportunité de revoir de
temps en temps son mari.

Melbury était de bonne humeur et il l'accompagna
dans sa promenade comme il faisait souvent autrefois.

« Je pensais justement à toi, quand je t'ai vue arriver,
commença-t-il, et je me disais qu'au fond tout est pour
le mieux maintenant. Puisque ton mari est bel et bien
reparti, et qu'il a l'air décidé à te laisser bien tranquille,
eh bien ! organise ta vie sans lui. Il y a bien des femmes
qui sont plus malheureuses que toi sous ce rapport. Tu
peux vivre ici à ton aise, et lui peut émigrer ou faire ce
qu'il lui plaît. Je ne verrais même pas d'inconvénient à
lui faire parvenir la somme qu'il jugerait naturel de
recevoir de moi afin que tu sois débarrassée de sa
présence à tout jamais. Vois-tu s'il était revenu vivre
ici, il aurait été difficile de ne pas le voir et de ne pas

lui parler. Et cela aurait été, pour l'un comme pour l'autre, une situation très désagréable. »

A ces mots, Grace changea d'avis. Après cette déclaration, il était difficile d'avouer qu'elle revenait d'un rendez-vous avec son mari.

« Vous me conseilleriez donc de ne pas correspondre avec lui ? lui dit-elle.

— Je ne te conseillerai jamais plus rien. Tu es ta propre maîtresse, tu peux faire ce que tu veux. Mais mon opinion c'est que si tu ne vis pas avec lui, tu ferais mieux de vivre sans lui ; sans jouer à cache-cache ou faire comme l'âne de Buridan. Tu l'as renvoyé, il est parti, c'est fini. Laisse-le tranquille une fois pour toutes. »

Grace ne se sentit pas la conscience très tranquille — sans bien se l'expliquer — mais ne fit point de confession.

XLVI

Les bois étaient alors sans intérêt et Grace restait à la maison plongée dans les livres beaucoup plus qu'elle ne l'avait fait depuis son mariage. Sa vie de recluse n'était coupée que par les visites régulières avec Marty à la tombe de Winterborne qu'elles entretenaient pieusement et fleurissaient de perce-neige, de primevères et autres plantes printanières.

Un soir, au coucher du soleil, Grace se trouvait devant le jardin de son père qui aboutissait au bois comme tous les jardins et les prés de Hintock. Un petit sentier caché qui passait là conduisait aux deux maisons en traversant la haie. Grace allait rentrer par là lorsqu'une silhouette s'approcha et tendit le bras pour lui barrer le passage. C'était son mari.

« Que je suis heureux ! dit-il à bout de souffle, et il n'y avait aucune raison pour ne pas le croire ; je vous ai vue de loin, j'avais peur que vous ne soyez rentrée avant que je vous aie rejointe.

— Vous êtes de huit jours en avance, lui dit-elle d'un ton de reproche. J'avais dit : à dans quinze jours la dernière fois.

— Mais, ma chérie, vous croyez donc qu'il m'est possible d'attendre quinze jours entiers sans essayer de vous revoir malgré votre défense ! M'en voudrez-vous beaucoup si je vous dis que j'ai suivi ce sentier trois ou quatre fois depuis notre dernière rencontre?... Bonjour! comment allez-vous?»

Elle ne refusa pas de lui donner la main, mais comme il semblait vouloir la serrer plus longuement que le demandait la simple politesse, elle serra les doigts pour la glisser hors de la sienne, toujours avec ce regard inquiet qu'elle avait chaque fois qu'il tentait un geste de ce genre. Il vit qu'elle était toujours d'humeur aussi farouche et qu'il serait prématuré de prendre des libertés avec elle. C'est pourquoi il fut attentif à la tranquilliser.

Ses paroles semblaient avoir fait quelque impression sur Grace.

«Je ne me doutais pas que vous veniez si souvent, dit-elle, vous venez de loin?

— D'Exonbury. Je viens toujours à pied à partir de Sherton-Abbas, car, si je louais une voiture ou un cheval tout le monde le saurait. Mon succès auprès de vous n'est pas de ceux qui justifieraient une telle imprudence. Dites-moi, mon aimée — car c'est le nom qui vous convient —, nous verrons-nous plus souvent maintenant que le printemps avance? Cela ne dépend que de vous.»

L'air plus calme qu'à l'ordinaire, Grace, éludant la question, répondit d'un ton posé :

«Vous devriez vous consacrer entièrement à votre profession et abandonner une fois pour toutes ces à-côtés bizarres qui vous prenaient tout votre temps. Je suis sûre alors que vous ne sauriez manquer de réussir.

— C'est exactement ce que je fais. J'allais vous demander de brûler toute ma littérature philosophique ou tout au moins de vous en défaire. Elle se trouve dans la bibliothèque de votre appartement. A vrai dire je ne me suis jamais passionné pour ces études obscures.

— Cela me fait plaisir de vous entendre parler ainsi.

Et tous ces autres livres — toutes ces vieilles pièces de théâtre — en quoi peuvent-ils servir à un médecin?

— En rien, certainement, répondit-il gaiement. Vendez-les à Sherton pour le prix qu'on vous en donnera.

— Et ces affreux romans français, si vieux, avec leur orthographe extraordinaire, leur « filz », « ung » et « ilz » et « Mary » et « ma foy »?

— Les auriez-vous lus, Grace?

— Oh non! j'y ai jeté un regard, voilà tout.

— Eh bien! faites-en un feu de joie dès que vous serez rentrée. C'était mon intention d'ailleurs. Je ne sais pas ce qui a bien pu me pousser à les acheter. Aujourd'hui je suis devenu un homme d'action et je ne possède plus que des manuels professionnels. J'espère pouvoir bientôt vous annoncer une bonne nouvelle, et alors, Grace, croyez-vous que vous pourrez vous décider à... me revenir?

— Je voudrais ne pas agiter cette question-là maintenant, dit-elle, non sans émotion. Vous me dites que vous êtes décidé à mener une vie nouvelle, utile, efficace. Mais je voudrais vous voir à l'œuvre pendant quelque temps avant de répondre à cette question. D'ailleurs je ne pourrais vivre avec vous.

— Et pourquoi donc? »

Grace garda le silence pendant quelques instants.

« Je vais sur la tombe de Giles avec Marty, dit-elle. C'est presque de l'adoration que je ressens pour lui. Nous nous sommes promis de garder fidèlement sa mémoire. Et je veux tenir ma promesse.

— Mais bien sûr! Je n'y verrai aucun inconvénient. Je n'ai pas le droit d'exiger autre chose, et ne veux pas vous faire changer de conduite. Cet homme me plaisait infiniment plus que beaucoup d'autres. Tenez, dans votre pèlerinage, je vous accompagnerais un bout de chemin et je fumerais un cigare sur la barrière en vous attendant.

— Vous n'avez donc pas renoncé à fumer?

— Mon Dieu... non. J'y ai songé un moment, mais... »

Sa complaisance extrême avait pris Grace au dépourvu et elle n'avait posé cette dernière question que
pour faire diversion. De nouveau sa pensée se tourna
vers « l'âme sacrifiée » de Giles, ses yeux s'emplirent de
larmes sans qu'il le vît, mais elle reprit bientôt d'une
voix ferme :

« Je n'aime pas que vous parliez de ce sujet avec
légèreté, si toutefois votre intention était telle. Pour
être sincère, je le considère toujours comme mon
promis. Ce n'est pas ma faute. Mais vous voyez bien
que, dans ces conditions, ce serait mal de ma part de
retourner avec vous. »

Fitzpiers se sentit mal à son aise.

« Vous le considérez toujours comme votre promis,
dites-vous ? Mais quand donc vous êtes-vous "promis"
ou fiancés comme nous disons plutôt, nous, simples
mortels ?

— Pendant votre absence.

— Comment cela ? »

Grace eût désiré éviter ce sujet. Mais son honnêteté
naturelle la fit poursuivre :

« Oui, je croyais que mon mariage allait être annulé
et qu'il pourrait m'épouser ensuite. Alors je lui avais
permis de me dire son amour. »

Fitzpiers ne put s'empêcher de faire la grimace, tout
en reconnaissant qu'après tout elle avait raison de le lui
dire. Le sentiment de son honnêteté foncière lui
conservait toute son admiration passionnée, malgré le
rude coup qu'elle lui portait. Le temps était passé où la
certitude que Grace avait volontairement cherché à le
remplacer l'eût laissé complètement indifférent. Aujourd'hui son emprise sur lui était si profonde qu'il ne
pouvait entendre ses paroles sans souffrance, bien que
l'objet de l'amour qu'elle avouait ne fût plus de ce
monde.

« Ah ! Grace, quel coup pour moi ! s'écria-t-il amère-

ment. Je ne savais pas que vous aviez essayé de... vous
débarrasser de moi ! Ma question est bien inutile sans
doute, mais enfin, puis-je espérer qu'un jour vous re-
trouverez dans votre cœur un peu d'amour pour moi ?

— Si cela m'était possible, je vous ferais volontiers ce
plaisir. Mais je crains fort que ce me soit impossible,
dit-elle, illogique dans le regret qu'elle exprimait. Mais
je ne vois pas pourquoi vous vous plaindriez de ce que
j'ai eu un autre amour que vous dans ma vie, alors que
vous en avez eu tant et tant.

— Je puis vous dire en toute sincérité que mon
amour pour vous dépasse de beaucoup tous ces
amours réunis — vous ne m'en direz jamais autant !

— Je le crains, dit-elle en soupirant.

— Je me le demande. Il scruta son visage dans l'ombre comme s'il voulait y lire l'avenir. Soyez bonne,
dit-il, essaierez-vous ?

— De vous aimer ?

— Oui, si vous le pouvez.

— Je ne sais que répondre, dit-elle, et son embarras
prouvait la vérité de ses paroles. Me promettez-vous de
me laisser complètement libre de vous revoir ou de ne
pas vous revoir à mon gré ?

— Certainement. Ai-je manqué à ma première promesse ? »

Elle dut avouer que non.

« Eh bien ! alors, je crois que vous pouvez sortir votre
cœur de cette tombe, lui dit-il d'un ton à la fois triste
et plaisant. Il y est depuis trop longtemps. »

Elle secoua doucement la tête, mais lui dit :

« J'essaierai de penser plus à vous... si je le puis. »

Fitzpiers dut se contenter de cette promesse, et il lui
demanda quand il la reverrait.

« Dans quinze jours, comme convenu.

— Il faut vraiment que ce soit quinze jours ?

— Oui, cette fois encore tout au moins. Je verrai la
prochaine fois s'il convient de diminuer ce délai.

— Bon. Mais je viendrai en outre au moins deux fois par semaine contempler votre fenêtre.

— Quant à cela, vous êtes libre, faites comme vous l'entendez. Bonsoir !

— Dites : Bonsoir, mon mari ! »

Elle parut hésiter, puis elle s'écria :

« Non, non, c'est impossible ! » et, se glissant à travers la haie, elle disparut.

Fitzpiers n'avait pas exagéré en lui disant qu'il allait hanter les alentours de la maison. Mais dans son insistance, il ne réussit pas à la voir beaucoup plus qu'une fois par quinzaine, délai fixé par elle comme convenable. Elle apparaissait alors, exacte au rendez-vous, et, pendant tout le printemps, leurs rencontres se répétèrent sans changer pour cela de caractère.

Le petit jardin du cottage de la famille Tangs — père, fils et désormais bru — était, à son extrémité la plus élevée, sur le même plan que celui beaucoup plus grand du marchand de bois. Quand Tim fils avait terminé son travail chez Melbury, il fumait sa pipe sous la tonnelle de son jardin et voyait souvent passer le médecin dans le petit sentier dont on a parlé. Fitzpiers marchait toujours lentement, à loisir, d'un air mélancolique, et de son regard aigu observait les jardins les uns après les autres, car après avoir fait une si longue route il ne tenait pas à quitter trop promptement ces lieux si chers, et il espérait toujours entrevoir celle qu'il désirait passionnément tenir à nouveau dans ses bras.

Ces allées et venues continuelles au bout de son jardin, à l'heure du crépuscule, commencèrent à intriguer Tim qui se demanda ce que cela signifiait. Il lui était naturellement impossible de deviner le renouveau de passion dont le cœur de Fitzpiers était le théâtre. Le

sentiment subtil qui lui faisait ressentir une profonde
volupté d'artiste à être l'ardent *innamorato* d'une
femme jadis abandonnée par lui eût semblé une absur-
dité au jeune scieur de long. M. et Mrs. Fitzpiers étaient
séparés, la question amour se trouvait donc réglée
entre eux une fois pour toutes. Mais, depuis la rencontre de la noce, à ses questions répétées, Suke, repentante, avait avoué bien des choses de son passé léger,
et Tim ne pouvait s'empêcher de rapprocher les fré-
quentes et mystérieuses apparitions de Fitzpiers de la
présence de Suke sous son toit. Mais il ne s'inquiétait
pas : le bateau qui devait les emmener partait dans le
courant du mois, et alors, Suke serait séparée de Fitzpiers à tout jamais.

Les jours passèrent et les Tangs furent bientôt à la
veille de leur départ. Ils se reposaient dans la salle du
cottage mise à leur disposition par Tim père, après
une journée fatigante de préparatifs. Dans un coin
s'empilaient leurs malles, bouclées et ficelées ; leur
grande caisse était déjà partie pour prendre place
dans la cale. La flamme de l'âtre éclairait les beaux
traits et la forme de Suke debout près de la cheminée, le visage de Tim assis dans un coin, et les murs
de la maison paternelle qu'il voyait ce soir-là peut-être
pour la dernière fois.

Tim Tangs n'était pas heureux. Ce projet d'émigration lui faisait abandonner son père, car le vieux Tangs
n'avait pas voulu entendre parler de quitter Hintock,
et, sans la réputation de Suke et son bonheur, Tim se
serait décidé à renoncer à son projet au dernier moment. Assis au fond de la pièce, il considérait avec
humeur sa femme, le feu, les bagages. Il avait nettement remarqué que ce soir-là Suke était très agitée,
incapable de rester assise, et d'humeur sombre.

« Et alors, Suke, dit-il, tu regrettes tout de même de
t'en aller ? »

Elle soupira involontairement :

« Je crois bien que oui, dit-elle. C'est naturel, hein, quand on s'en va ?

— Mais toi tu n'es pas née ici ?

— Non.

— Ça n'empêche pas qu'il y a des gens que tu voudrais bien pouvoir emmener, hein ?

— Et qu'est-ce qui te fait penser ça ?

— Des choses que j'ai vues, d'autres que j'ai entendues. Et ce que j' dis, c'est qu' c'est une bonne chose pour moi qu'on s'en va. Là-bas, je me moquerai bien de lui ; mais ici ça n'est pas pareil. »

Ces derniers mots ne changèrent pas l'expression d'indifférence de Suke. Elle ne répondit rien et Tim s'en alla bientôt fumer sa pipe quotidienne dans le haut du jardin.

L'agitation de Suke était en effet causée par la présence du gentleman que soupçonnait Tim. Mais il faut ajouter en toute justice que c'était beaucoup plus innocent qu'il ne le croyait après ce qui s'était passé autrefois. Elle avait découvert par hasard que Fitzpiers venait secrètement à Hintock une ou deux fois par semaine et elle savait que ce jour-là était un de ses jours préférés.

Comme elle quittait le pays le lendemain, Suke s'était dit qu'elle ne ferait rien de mal en allant le voir passer sans que personne, ni lui-même, le sût, pour lui dire *in petto* un adieu sentimental. L'heure du passage de Fitzpiers approchait, et elle n'avait pu cacher son impatience. Aussi, à peine Tim eut-il quitté la salle qu'elle sortit sans bruit de la maison et se dirigea en hâte vers le haut du jardin d'où elle pouvait observer le docteur, si toutefois il n'était pas déjà passé.

De l'autre côté, Tim invisible dans sa gloriette, pouvait apercevoir sa robe de cotonnade claire. Il la vit se glisser dans la haie de telle façon que nul n'aurait pu douter qu'elle se cachait pour voir, sans être vue, un passant sur la route.

Il alla la rejoindre et resta debout derrière elle. Suke

sursauta, elle avait étourdiment oublié que son mari pouvait être là. Elle sortit aussitôt de la haie.

« Alors, il vient ce soir, dit Tim laconiquement, et nous tenons toujours à voir nos galants ?

— Hé oui ! comme tu dis. Il vient ce soir, et nous tenons toujours à voir nos galants, répondit-elle d'un air de défi.

— Eh bien ! tu vas rentrer, et ton galant viendra bientôt te rejoindre. C'est le rassemblement demain matin à trois heures et demie, et si on ne va pas se coucher à huit heures au plus tard, demain on aura des têtes longues comme des boîtes d'horloge. »

Elle hésita un instant, puis finalement obéit. Elle rentra lentement dans la maison, et il entendit le loquet claquer derrière elle.

Tim était furieux. Son mariage jusqu'ici avait été une source d'amertume et de regrets. Le seul remède qu'il y eut trouvé était cette émigration, remède désagréable et peut-être pas très efficace. Quoi qu'il fît, il semblait que le ciel conjugal resterait pour lui couvert jusqu'à la fin de ses jours. Ces réflexions ne faisaient qu'augmenter sa fureur. Il voulait trouver à tout prix un moyen de se venger de son infortune pendant qu'il était encore sur les lieux. Pendant quelques instants, il resta indécis, puis il eut une idée.

Soudain résolu, il se hâta de retraverser le jardin et gagna celui de la maison attenante, autrefois la demeure d'un garde-chasse. Tim descendit le sentier, arriva derrière la maison qu'habitait aujourd'hui une vieille femme seule. Il s'arrêta près du mur. A cause de la pente du terrain, il pouvait toucher de la main les poutres du toit, il passa le bras dessous et chercha à tâtons.

« Ah ! je pensais bien que ma mémoire ne me trompait pas », murmura-t-il du bout des lèvres.

Avec effort, il parvint à retirer un objet de forme bizarre, tout couvert de toiles d'araignée, qui faisait environ trois pieds de long et un et demi de large. Tim le considéra attentivement à la lumière du jour déclinant et retira les toiles d'araignée.

« Voilà qui va dire deux mots à ses jolis mollets », dit-il.

C'était un énorme piège.

XLVII

Si l'on se proposait de classer les inventeurs de mécanismes automatiques d'après le raffinement des tortures que peuvent leur faire subir leurs instruments, le créateur du piège à loup occuperait une place très honorable.

Ou plutôt, ce serait l'inventeur de ce genre particulier de piège dont Tim trouva sous le toit du garde-chasse un spécimen. Car il en existe avec d'autres formes et d'autres dimensions. Certains placés sur une ligne à côté de celui de Tim auraient fait figure d'ours, de sangliers ou de loups d'une ménagerie ambulante, en comparaison avec le lion ou le tigre royal. Bref, parmi toutes les variétés de pièges employés durant les siècles qu'on considère ordinairement comme la véritable époque de la « riante Angleterre » — dans cette région agricole en particulier — et jusqu'aux trente premières années du dix-neuvième siècle, ce modèle avait été le favori et généralement adopté quand les vergers et les domaines en exigeaient de nouveaux.

Il y avait jadis les systèmes non dentelés qu'employaient les seigneurs au cœur sensible dont on méprisait la mansuétude. Les mâchoires en ressemblaient à celles d'une vieille femme à qui le temps n'en a laissé que des gencives durcies. Il y avait aussi un genre intermédiaire, semi-denté, inventé sans doute par des hobereaux à la cruauté mitigée, influencés par leurs femmes : deux pouces de clémence, deux pouces de cruauté, deux pouces d'égratignures superficielles, deux pouces de profondes coupures, et ainsi de suite tout le long des mâchoires. Il y avait enfin une classe spéciale d'engins dit meurtrisseurs, qui, au lieu de déchirer les chairs, broyaient les os.

A voir tendus ces immenses trébuchets, on avait l'impression très nette qu'ils devaient être vivants. Ils tenaient à la fois du requin, du crocodile et du scorpion. Les dents avaient la forme de vertèbres pointues, longues de plus de deux pouces, qui alternaient étroitement quand les mâchoires se fermaient. Ouvertes, les deux moitiés formaient un cercle complet de deux ou trois pieds de diamètre, la plaque centrale ou « marchette » avait un pied de long, et du dessous sortaient, diamétralement opposés, les deux ressorts, l'âme de l'instrument. Chacun d'eux nécessitait pour être tendu un levier du poids d'un corps humain.

Il restait à Hintock des gens qui se souvenaient du temps où cet engin et d'autres semblables étaient encore employés dans le pays. Le grand-oncle de Tim lui-même était demeuré six heures durant pris entre les mâchoires de ce piège, il en était d'ailleurs resté infirme toute sa vie. Une autre fois, un garde de Hintock l'avait tendu sur la piste d'un braconnier, et en repassant par là, il l'avait oublié et s'était fait prendre. La blessure lui avait donné le tétanos, et il en était mort. Cet accident s'était produit vers 1830, et dix ans après on avait à peu près abandonné l'usage de ces appareils dans la région. Mais, construits entièrement en fer, ils n'avaient pas disparu, et presque dans chaque village il en restait un dans quelque coin comme celui retrouvé par Tim Tangs. Autrefois, il avait souvent servi de jouet dangereux à Tim et à d'autres gamins de Hintock, en particulier à ceux qui se sentaient vaguement une vocation de braconnier. Ils allaient tirer le piège de sa cachette, le tendaient, et lançaient dessus des billes de bois que le fer pénétrait à une profondeur de près d'un pouce.

Après avoir examiné le piège et constaté que les ressorts et les charnières étaient en parfait état, sans tarder plus longtemps il le mit sur son dos, traversa la haie, chargé de ce butin, retourna dans son jardin, et se dirigea vers le sentier qui le longeait en haut. Là, à l'aide d'un énorme pieu, il tendit le piège et le dissimula soigneusement derrière un buisson pour aller en reconnaissance. Comme on l'a dit, il s'écoulait souvent des jours entiers sans que personne passât par là. Mais il était possible qu'un autre passant que celui qu'il visait emprunte ce sentier, et Tim trouvait prudent de s'assurer d'abord de l'identité de la victime.

Il monta vers la droite pendant une centaine de mètres jusqu'à une crête où poussait un grand houx très épais. A partir de là, les arbres étaient plus clairsemés, et on pouvait voir venir Fitzpiers de très loin, s'il devait toutefois venir ce soir-là.

Pendant quelque temps ni lui ni personne ne parut. Puis un point vague grandit entre les deux masses des fourrés. Peu à peu Tim entendit un bruit de pieds qui frôlaient en marchant les touffes d'herbe drue. A ce pas alerte il reconnut Fitzpiers bien avant d'apercevoir nettement sa silhouette.

Tim Tangs fit demi-tour, redescendit la côte en courant jusqu'à son jardin. En un moment il eut retiré son piège du buisson avec mille précautions pour ne pas déplacer la plaque du centre, et l'eut traîné entre deux jeunes chênes aux racines contiguës qui s'écartaient en formant un V, seul passage possible en cet endroit entouré de buissons. Il y plaça son piège, toujours avec la même prudence, attacha la chaîne autour d'un des deux arbres, et enfin tira le cran de sûreté qui empêchait l'engin de se refermer sur le bras de celui qui le tendait ou plutôt « l'affûtait », comme on disait dans le pays. Ses préparatifs terminés, Tim bondit dans la haie du jardin de son père, redescendit le sentier en courant, et rentra sans bruit dans la maison.

En femme obéissante, Suke était au lit. Dès qu'il eut verrouillé la porte, Tim délaça ses bottines, d'un coup brusque les envoya rouler au pied de l'escalier, et sans prendre le temps d'allumer une chandelle, se déshabilla aussi rapidement que possible. Avant qu'il ait eu le temps de se coucher, on entendit dehors un cri perçant et prolongé qu'on ne pouvait identifier.

« Qu'est-ce que c'est que ça ? s'écria Suke en bondissant.

— On dirait qu'il y a un lièvre qui s'est fait prendre dans un collet.

— Oh ! non, c'est bien trop fort pour un lièvre, écoute donc.

— Dors, va, dit Tim. Sans ça, tu ne seras jamais réveillée à trois heures et demie. »

Elle se recoucha et se tut. Tim alla ouvrir la fenêtre en tapinois et prêta l'oreille. Dominant les douces harmonies spéciales aux différentes essences des arbres du bois voisin, il entendit le cliquetis d'une chaîne à l'endroit où il avait tendu le piège. Puis, plus rien.

Tim était abasourdi. Dans sa précipitation, il n'avait pas prévu de cri. Mais pourquoi ce hurlement n'était-il pas suivi par d'autres ! Il cessa très vite de se creuser la tête, Hintock lui était déjà étranger. Dans six heures, il l'aurait quitté pour toujours, et serait sur la route des antipodes. Il ferma la fenêtre et se recoucha.

L'heure qui avait vu s'accomplir les préparatifs de Tim avait été aussi activement employée par d'autres. En attendant dans la maison de son père l'heure fixée pour le rendez-vous avec son mari, Grace Fitzpiers réfléchissait profondément. Devait-elle informer son père que ses sentiments à l'égard de son mari n'étaient pas aussi hostiles qu'il l'imaginait et le désirait pour ce qu'il croyait son bonheur? Il lui faudrait alors se faire l'avocate de son mari, et elle n'avait nulle envie d'aller jusque-là.

Quant à celui-ci, sa conduite était un grave sujet de méditations pour elle. Il avait certainement beaucoup changé. A ses pires moments, il s'était toujours montré très doux, très respectueux envers elle. Serait-elle vraiment capable de le transformer, d'en faire un mari loyal et fidèle? Elle était sa femme, c'était un fait. Faisait-elle son devoir en continuant à le tenir à distance? Ses égards, sa charmante soumission au moindre caprice de Grace en ce qui concernait ses allées et venues, alors que sa qualité de mari légitime lui donnait des droits, étaient chez lui aussi inattendus que séduisants. Si elle avait été reine et lui son esclave, il n'aurait pas montré plus de zèle pour ne pas lui déplaire.

Poussée par un souvenir, elle prit son livre de prières et chercha l'office du mariage. Elle le relut lentement, confondue devant sa propre légèreté ces derniers temps, en revoyant le texte des graves promesses solennelles qu'elle avait faites à son mari devant l'autel de Hintock, il n'y avait pas si longtemps. Elle resta perdue dans ses pensées à se demander dans quelle mesure on pouvait considérer sa conscience engagée par des vœux dont on avait ignoré la portée en les prononçant. La phrase qui commençait par « Vous que Dieu a unis » était bien faite pour frapper de stupeur une jeune femme sincèrement dévote comme elle. Elle se demanda si vraiment c'était Dieu qui les avait unis. Elle était encore plongée dans ses réflexions quand l'heure du rendez-vous approcha; elle sortit de chez elle presque au moment où Tim Tangs rentrait chez lui.

A ce moment critique, à deux cents mètres à droite du haut du jardin Tangs, avançait toujours Fitzpiers; il était maintenant arrivé au sommet de la crête boisée et suivait le sentier, qui, plus loin, passait entre les deux jeunes chênes. Jusque-là tout se déroulait suivant les prévisions de Tim. Mais, à deux cents mètres à gauche, venait de surgir une condition qu'il n'avait pas prévue : la venue de Grace qui émergeait du fond du jardin de son père pour aller au-devant de la victime choisie par Tangs. A mi-chemin entre la femme et le mari attendait le piège diabolique, muet, tendu, béant.

Ce soir-là Fitzpiers marchait d'un pas allègre, car il était convaincu que sa méthode lente et douce lui promettait le succès certain. La retenue qu'il devait s'imposer pour ne pas risquer de porter un coup fatal à la confiance renaissante de Grace attisait la flamme de sa passion. Il avançait beaucoup plus vite que Grace, si bien que s'ils poursuivaient leur route chacun de leur côté en conservant leur vitesse initiale, Fitzpiers atteindrait le piège une demi-minute avant Grace. Mais c'est alors qu'intervint une circonstance inattendue : pour échapper à la curiosité des oreilles et des regards inquisiteurs — curiosité naturelle étant donné l'étrangeté de leurs relations —, ils s'étaient fixé comme lieu exact de rendez-vous pour ce soir-là le chêne-vert de la crête. Aussi, dès que Fitzpiers atteignit l'arbre en question il fit halte et l'attendit.

Il n'y avait pas plus de deux minutes qu'il s'était arrêté sous le feuillage piquant, lorsqu'il crut entendre un cri venant de l'autre côté de la crête. Fitzpiers se demanda ce que cela pouvait signifier, mais le vent soufflait dans la direction opposée, et il était d'humeur optimiste. Il attribua ce cri à quelque couple amoureux occupé à des joutes superstitieuses comme on en voyait encore à Hintock, survivance des coutumes de la vieille Angleterre. Au bout de dix minutes d'attente, il songea non sans inquiétude au cri entendu, monta vers la crête, puis descendit la pente ombragée jusqu'au passage entre les deux chênes jumeaux.

Il trébucha et faillit tomber. En étendant le bras pour se rendre compte de ce qui lui avait fait manquer le pied, sa main rencontra tout un fouillis de ferraille et d'étoffe de soie qui ne lui suggérait aucune explication. Le temps de frotter une allumette, et il vit un spectacle qui lui figea le sang dans les veines.

Le piège était refermé et entre les mâchoires se trouvait un vêtement de femme — une jupe de soie à dessins — happée avec tant de force que le tissu était transpercé en maints endroits. Il reconnut immédiatement la jupe d'une robe de sa femme — la robe qu'elle portait lors de leur dernière rencontre.

Fitzpiers avait souvent étudié les effets de ces engins lorsqu'il avait examiné la collection de Hintock-House. Comme un éclair, une idée lui traversa l'esprit : Grace avait été prise au piège, secourue par un passant, et reconduite chez elle toute lacérée, en laissant derrière elle une partie de ses vêtements à cause de la difficulté qu'on avait eue à la délivrer. Ce coup terrible, qui venait le frapper en plein espoir, le fit gémir comme une blessure physique, et dans sa détresse il se courba sur le sol.

De tout ce qu'il avait souffert comme expiation pour ses fautes envers Grace, c'était là le châtiment le plus atroce : « Mon amour, ma bien-aimée ! C'en est trop ! Dieu cruel ! » criait-il en se tordant les bras devant l'attribut pitoyable de celle qu'il pleurait.

Ses lamentations étaient assez fortes pour être entendues s'il y avait eu quelqu'un là, et effectivement il y avait quelqu'un. L'étroit sentier qui passait entre les deux chênes était bordé d'épais buissons de chaque côté ; il en sortit une forme féminine que dans l'obscurité on devinait gracieuse mais d'aspect singulier. Silhouette blanche des pieds à la taille, et de buste sombre. C'était Grace, sa femme, privée de la partie de sa robe qu'elle avait abandonnée au piège.

« Rassurez-vous, rassurez-vous, cher Edred », s'écria-t-elle, accourant et se penchant vers lui. «Je ne suis pas blessée! Ayant réussi à m'arracher au piège je venais au-devant de vous quand j'ai entendu un bruit de pas. Je me suis cachée car je n'étais plus qu'à demi vêtue et j'ignorais qui s'approchait.»

Fitzpiers avait bondi sur ses pieds et son premier geste fut aussi spontané qu'il fut irrésistible pour Grace et qu'il aurait été pour toute autre femme qu'une farouche amazone. Il l'étreignit tout entière, la pressa contre sa poitrine et la couvrit de baisers passionnés.

«Vous vivez! Vous êtes saine et sauve! Dieu merci! Dieu merci! dit-il, sanglotant presque de joie et de soulagement et d'amour, expliquez-moi, que s'est-il passé?

— J'avançais dans le sentier, je venais vers vous», dit-elle dans la mesure où elle pouvait parler tant son visage était serré contre le sien. «Je voulais être exacte au rendez-vous, et comme j'étais partie une minute trop tard, je courais à toute allure dans le sentier, heureusement pour moi! Au moment où je passais entre ces deux arbres, quelque chose se déclencha, je sentis ma jupe agrippée par-derrière, et je tombais à la renverse. Je criais d'épouvante, car je croyais qu'un homme tapi là voulait m'assassiner, mais je m'aperçus aussitôt que ma robe était prise dans un piège en fer. Je tirai dans tous les sens, mais l'engin tenait bon malgré tous mes efforts et je ne savais que faire. Je ne voulais pas alarmer mon père ou les voisins, car je ne tenais pas à ce qu'on fût au courant de nos rendez-vous. Je ne trouvai qu'une solution : quitter ma jupe pour courir ensuite vous conter l'étrange accident dont je venais d'être victime. C'est ce que je fis. J'entendis des pas, je n'étais pas sûre que c'était vous, et je ne voulais pas qu'on me vît dans cet appareil, aussi je me cachai.

— C'est votre rapidité qui vous a sauvée. Vous auriez

eu les jambes broyées si vous aviez seulement marché
à une allure normale.

— Ç'aurait pu être vous, si vous y étiez passé le
premier », dit-elle réalisant seulement toute l'horreur de
ce qui aurait pu être. « Ah ! Edred, la Providence veillait
sur nous ce soir, et nous pouvons lui être reconnais-
sants ! »

Il serrait toujours son visage contre le sien. « Vous
êtes à moi, je vous retrouve. »

Elle acquiesça doucement : « Je vous ai entendu
quand vous me croyiez blessé », dit-elle timidement,
« et je ne doute pas qu'un homme qui a pu souffrir à ce
point n'éprouve pour moi une tendre affection. Mais
que pouvait bien faire là cet instrument abominable ?

— On a dû le tendre à cause des braconniers sans
doute. » Fitzpiers avait été si ému qu'il lui fallut s'asseoir un instant. Et ce fut seulement lorsque Grace lui
dit : « Si seulement je pouvais ravoir ma jupe, personne
ne se douterait de ce qui s'est passé », qu'il se mit en
mouvement.

Ils se placèrent de chaque côté des ressorts ; leurs
efforts réunis parvinrent à introduire entre les deux
mâchoires une branche prise à un fagot voisin, et ils
réussirent enfin à tirer des dents du monstre sa proie
de soie chiffonnée et percée en maints endroits, mais
non déchirée. Fitzpiers l'aida à se rhabiller, et lorsqu'elle eut recouvré sa silhouette coutumière, ils marchèrent côte à côte. Grace lui prit le bras, puis il trouva
bientôt préférable de le lui passer autour de la taille.

La glace était rompue de façon inattendue, elle n'essaya plus de se dérober : « Je vous demanderais bien
d'entrer chez nous, dit-elle, mais comme jusqu'ici j'ai
caché nos rendez-vous à mon père, j'aimerais l'y préparer d'abord.

— Cela ne fait rien, mon aimée. Il m'eût été difficile
d'accepter l'invitation. Je ne reviendrai jamais plus sous
ce toit. Cela vaudra mieux pour vous comme pour moi.

J'ai une nouvelle à vous annoncer à ce propos, mais ces émotions me l'avaient fait oublier. Grâce à ce que m'a laissé ma pauvre vieille tante, morte il y a quelques mois, j'ai repris une clientèle ou plutôt je me suis associé avec un autre médecin dans le Centre, et je dois partir m'installer dans huit jours. J'ai loué provisoirement une petite maison meublée en attendant que nous en achetions une pour nous. »

Il lui décrivit la maison, les environs, la vue qu'on avait des fenêtres, toutes choses qui intéressèrent beaucoup Grace. « Mais pourquoi n'y êtes-vous pas ? lui dit-elle.

— Parce que je ne puis m'arracher à Hintock avant d'avoir reçu votre promesse. Dites, chérie, vous m'accompagnerez là-bas ? Depuis ce soir, c'est entendu, n'est-ce pas ? »

Les craintes de Grace étaient calmées et elle ne dit pas non. Ils continuèrent leur promenade.

Après cet incident — cause de leur réconciliation — et toutes ces émotions, Grace ne songeait qu'à la direction qu'ils suivaient, quand, tout à coup, elle découvrit qu'ils se trouvaient dans une clairière dans la partie la plus épaisse du bois. La lune qui avait doucement illuminé la scène envoyait maintenant ses rayons presque verticalement. C'était une soirée exceptionnellement douce et sereine pour la saison. On était à ce moment éphémère du mois de mai, où les hêtres déplient tout à coup de grandes et souples feuilles nouvelles, douces comme des ailes de papillon. Les branches chargées de ces feuilles pendaient très bas et les entouraient comme les parois d'un grand vase au fond de mousse. Ils s'assirent.

Les nuages accumulés à l'occident avaient rayonné longtemps de la lumière rouge du soleil couchant, et il avait fait clair très tard. Soudain, elle songea à l'heure.

« Il faut que je rentre », s'écria-t-elle, en se dressant sur ses pieds, et, sans plus tarder, ils reprirent la direction d'Hintock. En marchant Fitzpiers regarda l'heure à sa montre éclairée par une lune éclatante maintenant.

« Ma parole ! je crois que j'ai manqué mon train maintenant, dit Fitzpiers.

— Mon Dieu ! Où sommes-nous donc ? dit-elle.

— A deux milles de Sherton.

— Eh bien ! alors, hâtez-vous, Edred. Je n'ai pas peur du tout. Je reconnais parfaitement le coin du bois où nous sommes, et je retrouverai mon chemin très facilement. Je dirai à mon père que nous sommes réconciliés. Je regrette d'avoir tenu nos rencontres aussi secrètes, cela le fâchera peut-être d'apprendre que je vous ai vu souvent. Il vieillit et devient irritable, c'est pour cela que je le lui avais caché. Au revoir !

— Mais, Grace, puisque de toute façon j'arriverai trop tard pour mon train, il va falloir que je couche au "Comte de Wessex", ce soir ; je crois qu'il vaut mieux que je me charge de vous.

— Mais mon père va s'inquiéter ! Il ignore absolument où je suis, il croit que je suis allée dans le jardin, quelques minutes seulement.

— Oh ! il devinera, allez ! On m'a certainement vu dans le voisinage. Je vous reconduirai chez vous demain.

— Vous tenez à aller à cet hôtel tout nouvellement transformé ? au "Comte de Wessex" ?

— Si vous craignez à ce point qu'on nous voie ensemble, moi je pourrais descendre aux "Trois Tonnes".

— Non, non ! ce n'est pas cela... Mais je n'ai pas d'objets de toilette, je n'ai rien... »

XLVIII

Pendant toute la soirée, Melbury n'avait fait qu'aller et venir de la salle à la porte de la maison en disant : « Je me demande où peut être cette gamine ! Jamais elle n'est restée aussi longtemps dehors ! Enfin, elle m'a bien dit qu'elle allait chercher du persil dans le jardin ! »

Melbury fouilla tout le jardin, les communs, le verger, sans trouver trace de Grace. Puis il alla s'enquérir dans les cottages environnants, chez ceux qui n'étaient pas encore couchés, en se gardant bien d'aller déranger les Tangs, car il savait que les jeunes mariés devaient partir très tôt le lendemain matin. Une femme lui révéla imprudemment qu'elle avait entendu pousser un cri perçant dans le bois mais elle ne pouvait préciser la direction.

Cela mit le comble à l'inquiétude de Melbury. Il fit allumer des lanternes, et partit avec plusieurs des hommes. Creedle les suivit, chargé de tout un paquet de cordes et de filins qu'on ne réussit pas à lui faire laisser chez lui ; ils furent bientôt rejoints par le tourneur et Cawtree qui se trouvait au pressoir.

Ils explorèrent les environs immédiats du village et découvrirent bientôt le fameux piège, ce qui n'éclaircit pas la question. Mais les craintes de Melbury augmentèrent lorsqu'en approchant la bougie il découvrit entre les dents de l'instrument quelques lambeaux de la robe de Grace. Ils n'apprirent rien d'autre avant de rencontrer un bûcheron de Delborough qui leur dit avoir vu une dame, répondant au signalement de Grace, traverser le bois au bras d'un monsieur dans la direction de Sherton.

« Est-ce qu'il la tenait serrée ? demanda Melbury.

— Plutôt oui.

— Est-ce qu'elle avait l'air blessée ?

— A vrai dire, elle inclinait fortement la tête vers lui. »

Creedle poussa un grognement tragique.

Melbury, ignorant la présence de Fitzpiers dans le pays, rapprocha ce récit du piège et du cri entendu ; il ne comprenait pas ce que tout cela signifiait, mais la découverte inquiétante de ce piège le décida à poursuivre ses recherches. Ils continuèrent donc leur chemin dans la direction de la ville, en poussant des appels répétés, et ils arrivèrent sur la grand-route.

En approchant de Sherton-Abbas, les renseignements précédents furent confirmés par d'autres semblables, mais le bras du monsieur supportant la jeune femme avait disparu de ces nouveaux témoignages. Enfin, arrivés aux portes de Sherton, Melbury dit à ses fidèles qu'il ne voulait pas les entraîner plus loin à une heure aussi tardive, et qu'il irait seul se renseigner pour savoir si la jeune femme qu'on avait vue était réellement Grace. Mais ils ne voulurent pas le laisser seul avec son inquiétude, et ils l'accompagnèrent. Quand les réverbères de la ville commencèrent à éclairer leur visage, on leur donna de nouveaux détails sur celle qu'ils suivaient à la piste. Mais, cette fois, la dame répondant au signalement donné avait été vue seule dans la rue.

« Ma foi, on l'a hypnotisée ! Ou elle est devenue somnambule, ça n'est pas possible autrement ! » dit Melbury.

Quoi qu'il en soit, rien n'assurait que cette dame et Grace fussent une seule et même personne ; ils continuèrent à suivre la rue. Percomb, le coiffeur qui avait acheté les cheveux de Marty, était debout sur le pas de sa porte, et ils l'interrogèrent naturellement.

« Ah ! quoi de neuf à Petit-Hintock ? » dit-il avant de répondre. « Je n'y suis jamais retourné depuis le jour où je me suis perdu en cherchant le village, il y a trois ans. Comment peut-on vivre dans un trou pareil ! Grand-Hintock n'est déjà pas trop gai, mais Petit-Hintock ! Les chauves-souris et les hiboux me rendraient fou. Il m'a fallu deux jours pour me remettre de ma visite quand j'y suis allé pour la dernière fois. Voyons, monsieur Melbury, vous qui avez mis de l'argent de côté, pourquoi ne viendriez-vous pas vous retirer à Sherton, pour être un petit peu dans le mouvement ? »

La réponse qu'il fit enfin à leurs questions les mena jusqu'au meilleur hôtel de Sherton, transformé tout dernièrement depuis la construction du chemin de fer — à savoir "Au Comte de Wessex".

Laissant les autres dans la rue, Melbury entra promptement se renseigner. Son inquiétude diminua tandis que sa perplexité augmentait en entendant la réponse brève qui lui apprit que cette dame était en effet dans l'hôtel.

« Est-ce ma fille ? » demanda Melbury.

(Le garçon n'en savait rien.)

« Savez-vous le nom de la dame ? »

Cela aussi, on l'ignorait, car les nouveaux propriétaires de l'hôtel n'étaient pas du pays. On connaissait très bien le monsieur de vue, et l'on n'avait pas jugé nécessaire de lui faire inscrire son nom sur le registre.

« Ah ! voilà donc le monsieur qui réapparaît », se dit Melbury à part lui. « Je voudrais voir cette dame », dit-il à voix haute.

La commission fut faite et, au bout de quelques instants, on vit apparaître Grace au tournant de l'escalier, qu'elle descendait comme une habituée de l'hôtel, mais, à part cela, l'air coupable et inquiet.

« Que diable !... commença son père, je croyais que tu étais allée cueillir du persil ?

— Oui, oui, en effet ! c'est bien cela, murmura Grace tout agitée. Je ne suis pas seule ici, je suis avec Edred. Tout à fait un hasard, un accident, père.

— Edred ? Un accident ? Qu'est-ce qu'il peut bien faire ici ? Je le croyais à plus de cent milles de Hintock ?

— Oui, oui, c'est bien cela ! Il a repris une belle clientèle à deux cents milles de Sherton, avec son argent, un héritage. Mais il est bien venu par ici, et j'ai été prise au piège à loup, et c'est pour cela que vous me voyez là. Nous pensions justement à vous faire prévenir. »

Melbury n'eut pas l'air de trouver ces explications particulièrement lumineuses.

« Tu as été prise dans un piège à loup ?

— Oui, ma jupe. C'est pour cela, vous comprenez. Edred est là-haut, dans sa chambre. Je suis sûre qu'il ne refuserait pas de vous voir.

— Ah oui ! Eh bien, moi, je n'y tiens pas ! Je l'ai assez vu pour le moment. On verra bien une autre fois, pour te faire plaisir.

— Il est venu me voir. Il voulait me consulter au sujet de sa clientèle, car c'est une association très intéressante.

— Ah ! vraiment. Enchanté de l'apprendre », dit Melbury d'un ton sec.

Après un silence, les visages interrogateurs et les vêtements brunâtres des compagnons de Melbury parurent dans l'encadrement de la porte.

« Et alors, tu ne rentres pas avec nous ? lui demanda-t-il.

— Je... je ne crois pas, dit Grace en rougissant.

— Hum... très bien !... tu es ta propre maîtresse », répondit-il d'un ton qui voulait dire exactement le contraire. « Bonsoir ! » et Melbury se dirigea vers la porte.

« Ne m'en veuillez pas, père, lui dit-elle en le suivant. J'ai fait pour le mieux.

— Je ne t'en veux pas. Mais j'ai été mystifié, moi, dans cette affaire-là ! Enfin, bonsoir ! Il faut que je rentre chez nous. »

Il sortit de l'hôtel, non sans soulagement, car cette conversation avec sa fille, devant des étrangers, lui avait été pénible. Ses compagnons de recherches avaient fait piètre figure eux aussi, ils s'étaient joints à lui, tels qu'ils étaient, certains en manches de chemise, d'autres avec leur tablier de cuir couvert de taches, sortant tout droit de leur travail d'écorçage, et non avec le costume qu'ils endossaient d'ordinaire pour le marché de Sherton, et Creedle avec ses filins et ses cordes et son air tragique avait ajouté une note de mélodrame et de grotesque.

« Eh bien ! voisins, dit Melbury en les rejoignant, comme il est tard, nous allons trotter ferme jusque chez nous. Il faut que je vous dise qu'il y a eu un malentendu — un arrangement conclu entre M. et Mrs. Fitzpiers — que je n'avais pas compris. Une clientèle importante, qu'il reprend là-haut, dans le Centre, l'obligeait à la voir ce soir, à ce qu'elle m'a dit. Voilà tout ce qu'il y avait. Je regrette seulement de vous avoir tous dérangés comme cela.

— Le fait est que nous sommes là, à sept milles de chez nous, et la nuit encore, et sans un cheval ou une bête à quatre pieds pour nous ramener », dit le tourneur de bois. « Je suis d'avis d' manger un morceau et d' boire qué' qu' chose afin d' nous donner du cœur pour prendre nos cliques et nos claques. J'ai la gorge sèche comme du parchemin. Hein ? qu'est-ce que vous en dites ? »

Chacun fut de son avis, et ils se dirigèrent vers l'antique petite rue mal éclairée où le rideau rouge des

« Trois Tonnes » était seul apparent. Dès qu'ils furent entrés tant bien que mal dans la salle commune, Melbury commanda les consommations, et ils s'installèrent à leur aise devant la longue table, en allongeant les jambes sur le parquet sablé, tandis que le marchand de bois, impatient comme à l'ordinaire, marchait jusqu'à la porte en les attendant, et regardait ce qui se passait dans la rue.

« C'est son mari après tout, se dit-il ; qu'elle lui rouvre donc sa porte si ça lui plaît !... Mais qu'elle n'oublie pas qu'en ce moment il existe quelque part une femme à qui, l'an prochain, il fera les mêmes grimaces qu'il lui fait ce soir, les mêmes qu'il a prodiguées à Felice Charmond l'an dernier, et qu'il avait faites à Suke Damson l'année précédente... On ne change pas un homme comme celui-là. Dieu sait comment tout ça finira ! »

Dans l'auberge, la conversation roulait aussi sur le couple réconcilié.

« Faudrait voir, si qu'elle était ma fille, j' lui en donnerais une bonne raclée pour raconter qu'elle s'en va dans l' jardin, et emmener à ses trousses des gens qui doivent se l'ver à cinq heures l' lendemain matin ! » dit un homme que n'employait Melbury qu'à l'époque de l'écorçage, et qui, de ce fait, pouvait se permettre des jugements aussi énergiques.

« Je n'irais pas jusque-là, dit le tourneur. Mais si y est permis à des jeunes mariés de faire parler tout un village sur leur séparation, et d'exciter leurs voisins pour ensuite se moquer d'eux de cette façon-là, c'est que je marche sur mes deux jambes depuis vingt-cinq ans. »

Tous savaient que lorsque le tourneur faisait ainsi mystérieusement allusion à sa jambe de bois, c'est qu'il voulait impressionner son auditoire ; et Creedle fit chorus en disant : « Ah ! la jeunesse d'aujourd'hui ! Elle n'aurait pas pu rester avec ses père et mère, et tenir honnêtement parole ? » Le pauvre Creedle pensait à son défunt patron.

« Mais ça c'est courant, ces histoires de gens mariés qui trompent leur monde, dit le fermier Cawtree. Moi j'en ai connu, t' nez ? et j' peux ben l' dire, puisqu'on est entre soi, c'étaient des gens d' ma famille. Y s'en disaient d' toutes les couleurs pendant une heure, qu'on entendait l' tisonnier, les pincettes, l' soufflet et la bassinoire voler à travers la salle ; et l'heure d'après, y vous chantaient l' duo de "La Vache tachetée" comme deux innocents, même qu'y-z-avaient d' fort belles voix et qu'y s' soutenaient l'un l'autre comme les chanteurs de rue pour les notes aiguës.

— Et moi, dit l'ouvrier saisonnier, j'ai connu une femme qu' son mari y l'avait abandonnée. Au bout d' vingt-quatre ans, un soir qu'elle était comme ça assise dans son fauteuil, y est revenu et y s'est assis en face. "Et alors, qu'elle a dit, quelles nouvelles ? — Je n' sais pas trop, qu'il a dit, et ici ? — Ici non plus, qu'elle a dit, sauf qu' ma fille d' mon second mari ell' s'est mariée le mois dernier, juste un an après qu'y m'a laissée veuve. — Ah ! qu'il a dit, et à part ça ? — A part ça rien", qu'elle a dit. Et y sont restés assis comme ça dans leurs fauteuils, à droite et à gauche d' la cheminée, et les voisins les ont trouvés endormis, n'ayant pu rien trouvé à s' dire.

— Eh ben, on dira c' qu'on voudra, dit Creedle, ils n'étaient pas fort bavards pour sûr. Ça n' sera pas d' même ici, allez !

— Pour ça non. Lui c'est un vrai "prodigue" de science. Et elle, elle en sait long aussi !

— Tout ce qu'elles savent tout de même aujourd'hui, ces femmes ! dit le tourneur, y a pas moyen d' leur en faire accroire comme d' mon temps.

— Elles en savaient d'jà long, allez, dit John Upjohn. Plus long que les hommes, en tout cas. Quand j'ai fréquenté celle qui est ma femme aujourd'hui, elle s'y entendait, allez, à toujours s' tourner qu' je n' voie que l' joli côté d' sa figure. Vous l'avez peut-être remarqué qu'elle est jolie d'un côté alors qu'elle est laide de l'autre?

— Non, j' peux pas dire que j' l'aie jamais remarqué, dit le tourneur d'un air goguenard.

— Eh ben, continua Upjohn sans se laisser déconcerter, c'est pourtant comme ça. Toutes les femmes elles ont un côté plus joli qu' l'autre. Et comme je l' disais, elle s'en donnait du mal pour que je ne voie que celui-là. On pouvait avoir le soleil dans l'œil ou derrière nous, on pouvait monter la côte ou la descendre, on pouvait avoir l'vent dans l' nez ou dans l' dos, sa verrue elle était toujours du côté d' la haie et sa fossette d' mon côté à moi. Et simple que j'étais, j'ai jamais vu ses tours et ses détours, et maligne qu'elle était, quoique plus jeune de deux ans, elle me menait au bout d'une ficelle comme un mouton aveugle. Et qu' j'en étais à la troisième période de ma cour, encore!... Ah! non! j' crois pas qu'elles soient beaucoup plus malignes aujourd'hui, car elles l'étaient déjà fameusement dans l' temps.

— Et y en a combien comme ça, des périodes, quand on fait sa cour, monsieur Upjohn », demanda un gamin, celui qui avait aidé au ménage chez Winterborne la veille de Noël.

« Cinq! Depuis la glacée jusqu'à la brûlante. Tout au moins, y en a eu cinq pour moi.

— Pourriez-vous nous les raconter en détail, monsieur Upjohn?

— Eh, bien sûr! que j' le pourrais! Mais c'est pas la peine, allez, vous verrez vite ça par vous-même, jeune homme, trop vite pour vot' tranquillité!

— Pour l' moment, Mrs. Fitzpiers peut mener le docteur tout comme vot' femme vous menait, remarqua le tourneur. Y file doux, aujourd'hui; mais combien d' temps ça durera-t-il? On n'en sait rien. Un soir que j' remettais un fil de fer à la clôture d' mon jardin, j' les ai vus par hasard, fallait voir comme ell' lui parlait, et s' défendait et le t'nait à distance. Y avait d' quoi vous donner froid dans l' dos. J'aurais jamais cru ça d'elle. »

Melbury revenait vers eux ; ils déclarèrent qu'ils étaient reposés et se mirent tous en route vers Hintock, promenade qui ne manquait pas d'attraits sous les rayons de la pleine lune. Comme ils devaient faire à pied tout le chemin, ils prirent un raccourci au lieu de la grand-route. C'était un sentier difficile à trouver pour ceux qui ne connaissaient pas bien le pays. Il passait devant l'église, et, tout en parlant, les hommes aperçurent une silhouette immobile à la grille du cimetière.

« Je crois qu' c'était Marty South », dit le tourneur incidemment.

« Oui, j' crois bien, elle a toujours aimé être toute seule », dit Upjohn. Et ils poursuivirent leur route sans plus y songer.

C'était bien Marty, en effet. Ce soir-là était celui du jour qu'elles avaient choisi, elle et Grace, pour aller toutes les semaines fleurir en secret la tombe de Giles. Et c'était la première fois depuis huit mois que Grace manquait au rendez-vous. Marty l'avait attendue sur la route en face de chez Melbury, là où sa compagne de pèlerinage la rejoignait habituellement. Lasse de l'attendre croyant l'avoir manquée, elle avait continué son chemin jusqu'à l'église, pensant la rencontrer sur la route. L'heure avançait, elle avait marché jusqu'à la grille du cimetière. Mais toujours pas de Grace ! Un sentiment de camaraderie lui interdisant d'aller seule à la tombe, croyant l'autre en retard, elle était restée là pendant deux heures, avec son petit panier de fleurs dans sa main crispée, les pieds glacés sur le sol humide. Elle avait entendu ensuite approcher les pas des hommes de Melbury qui revenaient de leurs recherches. Dans le silence de la nuit, elle avait perçu malgré elle des bribes de leur conversation, ainsi mise au courant de ce qui s'était passé et de ce qu'était devenue Mrs. Fitzpiers.

Dès qu'ils eurent disparu derrière la côte, elle entra dans le cimetière et se dirigea vers un coin isolé derrière les buissons où se dressait la pierre nue qui marquait la dernière demeure de Giles Winterborne. Muette et solitaire sous la lune, mince silhouette rigide dans sa robe droite qui révélait à peine ses formes, les marques de sa pauvreté et de son dur labeur estompées par la brume du soir, elle atteignait au sublime. On eût dit un être qui aurait échangé ses attributs féminins contre la noblesse d'attributs purement humains. Elle se pencha pour retirer les fleurs fanées qu'elle y avait déposées avec Grace la semaine précédente, et elle les remplaça par les fleurs nouvelles.

« Maintenant, Giles, murmura-t-elle, tu es à moi, à moi toute seule, car elle t'a oublié, toi qui es mort pour elle ! Mais moi, chaque fois que je me lèverai le matin, et chaque fois que je me coucherai le soir, je penserai à toi. Chaque fois que je planterai de jeunes mélèzes, je me dirai que personne ne savait les planter comme toi ; et chaque fois que je taillerai une branche, chaque fois que je tournerai la meule à cidre, je me dirai que personne ne savait le faire comme toi. Si jamais j'oublie ton nom, je veux bien oublier mon pays et mon Dieu !... Mais non, va, jamais je ne t'oublierai, car tu étais un brave homme, qui ne savait faire que le bien ! »

Achevé d'imprimer le 18 novembre 1991 dans les ateliers de Normandie Roto S.A.
61250 Lonrai   N° d'éditeur : 1240   N° d'imprimeur : R1-0444
Dépôt légal : janvier 1992